W0282925

Fantasy

Herausgegeben von Wolfgang Jeschke

Von Robert Jordan erschienen in der Reihe
HEYNE SCIENCE FICTION & FANTASY:

Im CONAN-Zyklus:

Conan der Verteidiger · 06/4163
Conan der Unbesiegbare · 06/4172
Conan der Unüberwindliche · 06/4203
Conan der Siegreiche · 06/4232
Conan der Prächtige · 06/4344
Conan der Glorreiche · 06/4345

Das Rad der Zeit:

1. Roman: *Drohende Schatten* · 06/5026
2. Roman: *Das Auge der Welt* · 06/5027
3. Roman: *Die große Jagd* · 06/5028 (in Vorb.)
4. Roman: *Das Horn von Valere* · 06/5029 (in Vorb.)
5. Roman: *Der wiedergeborene Drache* · 06/5030 (in Vorb.)

Weitere Bände in Vorbereitung

Robert Jordan

DAS AUGE DER WELT

Das Rad der Zeit

Zweiter Roman

Deutsche Erstausgabe

WILHELM HEYNE VERLAG
MÜNCHEN

HEYNE SCIENCE FICTION & FANTASY
Band 06/5027

Titel der amerikanischen Originalausgabe
EYE OF THE WORLD
2. Teil
Deutsche Übersetzung von Uwe Luserke
Das Umschlagbild malte Peter Eilhardt
Die Innenillustrationen zeichnete Johann Peterka
Die Karten auf Seite 8, 9 und 524 entwarf Erhard Ringer

5. Auflage

Redaktion: F. Stanya

Die Originalausgabe erschien
bei Tom Doherty Associates, Inc., New York

Printed in Germany 1996
Umschlaggestaltung: Atelier Ingrid Schütz, München
Technische Betreuung: Manfred Spinola
Satz: Schaber Satz- und Datentechnik, Wels
Druck und Bindung: Ebner Ulm

ISBN 3-453-06580-8

INHALT

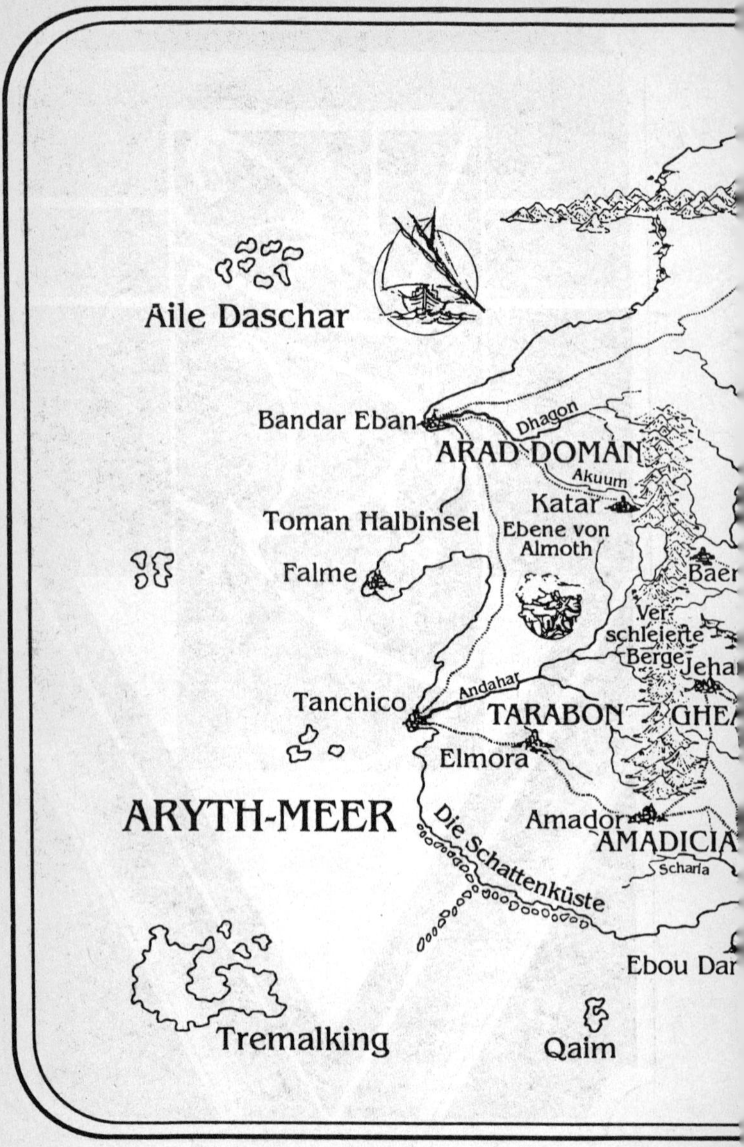

Aile Daschar
Bandar Eban
Dhagon
ARAD DOMAN
Akuum
Katar
Toman Halbinsel
Ebene von Almoth
Falme
Baer
Ver-schleierte Berge
Jehan
Andahar
Tanchico
TARABON
GHEA
Elmora
ARYTH-MEER
Die Schattenküste
Amador
AMADICIA
Scharla
Ebou Dar
Tremalking
Qaim

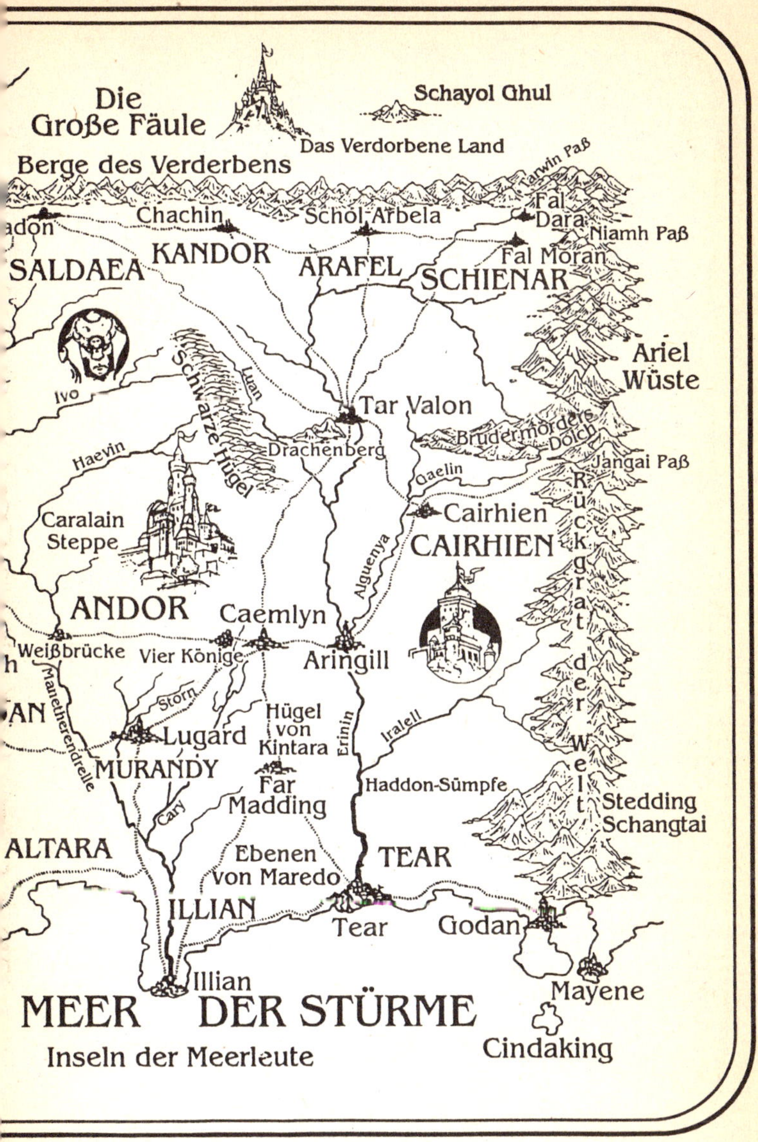
Die Große Fäule
Schayol Ghul
Das Verdorbene Land
Berge des Verderbens
Tarwin Paß
Fal Dara
Chachin
Schol Arbela
adon
Niamh Paß
Fal Moran
KANDOR
ARAFEL
SALDAEA
SCHIENAR
Ariel Wüste
Luan
Schwarze Hügel
Ivo
Tar Valon
Brudermörders Dolch
Haevin
Drachenberg
Jangai Paß
Gaelin
Caralain Steppe
Cairhien
CAIRHIEN
Alguenya
Rückgrat der Welt
ANDOR
Caemlyn
Weißbrücke
Vier Könige
Aringill
Manetherendrelle
Storn
Hügel von Kintara
Erinin
Iralell
AN
Lugard
MURANDY
Haddon-Sümpfe
Far Madding
Stedding Schangtai
Cary
ALTARA
Ebenen von Maredo
TEAR
ILLIAN
Tear
Godan
Illian
Mayene
MEER DER STÜRME
Inseln der Meerleute
Cindaking

KAPITEL 1

Wolfsbruder

Gleich von Beginn an war Perrin klar, daß die Reise nach Caemlyn alles andere als bequem werden würde. Das begann schon damit, daß Egwene darauf bestand, sich mit ihm beim Reiten auf Bela abzuwechseln.

Sie wußten nicht, wie weit es war, sagte sie, aber es war auf jeden Fall zu weit, um sie als einzige reiten zu lassen. Das Kinn vorgestreckt, sah sie ihn an, ohne mit der Wimper zu zucken.

»Ich bin zu groß, um auf Bela zu reiten«, sagte er. »Ich bin ans Laufen gewöhnt, und deshalb werde ich lieber zu Fuß gehen.«

»Bin ich vielleicht nicht ans Laufen gewöhnt?« fragte Egwene in scharfem Ton.

»Das habe ich nicht ...«

»Ich bin diejenige, die einen wunden Hintern abbekommen soll, wie? Und wenn du so lange läufst, bis dir die Füße abfallen, dann soll ich dich wohl pflegen.«

»Ach, hör auf!« meinte er seufzend, als er den Eindruck hatte, sie wolle so weitermachen. »Jedenfalls bist du als erstes dran.« Ihr Gesicht wirkte noch sturer, doch er ließ sie nicht mehr zu Wort kommen. »Falls du nicht von allein aufsteigst, hebe ich dich hinauf.«

Sie warf ihm einen überraschten Blick zu, und ein leichtes Lächeln umspielte ihre Lippen. »Wenn das so ist ...« Sie hörte sich an, als wolle sie lachen, aber sie kletterte hinauf.

Er wandte dem Fluß den Rücken zu und brummelte vor sich hin. Die Anführer in den Abenteuergeschichten hatten sich nie mit solchen Problemen herumzuschlagen.

Egwene bestand darauf, daß er immer wieder dran kam und wenn er versuchte, es zu vermeiden, dann schimpfte sie. Als Schmied hatte man nicht unbedingt einen zarten Körperbau und Bela war auch nicht gerade ein großes Pferd. Jedesmal, wenn er seinen Fuß in den Steigbügel steckte, hätte er schwören können, daß ihn die zottige Stute vorwurfsvoll anblickte. Eine Kleinigkeit vielleicht, aber es ärgerte ihn. Bald zuckte er jedesmal zusammen, wenn Egwene ankündigte: »Du bist dran, Perrin.«

In den Abenteuergeschichten zuckten die Anführer selten zusammen, und sie ließen sich nicht herumschubsen. Allerdings, überlegte er sich, hatten sie es auch nicht mit Egwene zu tun.

Sie hatten ja von Beginn an nur kleine Rationen von Brot und Käse zur Verfügung, und das wenige war am Ende des ersten Tages aufgebraucht. Perrin stellte Fallen entlang einiger mutmaßlicher Kaninchenspuren auf — sie sahen alt aus, aber es war immerhin eine Möglichkeit — während Egwene Feuer machte. Als er fertig war, entschloß er sich, es mit der Schleuder zu versuchen, bevor das letzte Tageslicht verschwunden war. Sie hatten bisher noch nichts Lebendiges gesehen, aber ... Zu seiner Überraschung scheuchte er im Nu ein mageres Kaninchen auf. Er war so verblüfft, als es aus einem Busch direkt vor seinen Füßen heraushoppelte, daß er es beinahe entkommen ließ, doch dann traf er es auf etwa vierzig Fuß Entfernung, gerade als es hinter einem Baum verschwinden wollte.

Als er mit dem Kaninchen zum Lager zurückkehrte, hatte Egwene abgebrochene Zweige für das Feuer zurechtgelegt und kniete mit geschlossenen Augen neben dem Stapel. »Was tust du da? Du kannst ein Feuer nicht herbeiwünschen.«

Egwene erschrak, als er sie ansprach, drehte sich um

und blickte ihn an, die Hand an der Kehle an. »Du ... du hast mich erschreckt.«

»Ich hatte Glück«, sagte er und hielt das Kaninchen hoch. »Hol deinen Feuerstein und den Zunder. Heute abend können wir wenigstens mal gut essen.«

»Ich habe keinen Feuerstein«, sagte sie zögernd. »Er war in meiner Tasche, und ich habe ihn im Fluß verloren.«

»Aber wie hast du dann ...?«

»Es war so leicht dort hinten am Ufer, Perrin. Genauso, wie es mir Moiraine Sedai gezeigt hat. Ich habe das Holz nur im Geist berührt, und ...« Sie gestikulierte, als greife sie nach etwas, ließ dann aber seufzend die Hand fallen. »Jetzt kann ich es nicht mehr.«

Perrin leckte sich unsicher die Lippen. »Die ... die Macht?« Sie nickte, und er starrte sie entgeistert an. »Bist du verrückt? Ich meine ... Die Eine Macht? Du kannst doch mit so was nicht einfach herumspielen!«

»Es war so leicht, Perrin. Ich kann das. Ich kann die Macht lenken.«

Er atmete tief durch. »Ich werde einen Feuerbogen machen, Egwene. Versprich mir, daß du dieses — dieses *Ding* nicht wieder ausprobierst.«

»Das werde ich nicht tun.« Ihr Kinn stand wieder auf eine gewisse Art vor, die Perrin aufseufzen ließ. »Würfest du deine Axt weg, Perrin Aybara? Liefest *du* herum mit einer hinter dem Rücken festgebundenen Hand? Ich jedenfalls nicht!«

»Ich werde den Feuerbogen machen«, sagte er müde. »Versuch es wenigstens heute abend nicht mehr. Bitte!«

Sie stimmte ihm unwillig zu, und sogar als das Kaninchen an einem geschnitzten Spieß über dem Feuer brutzelte, hatte er das Gefühl, sie glaube es besser machen zu können. Sie gab es nicht auf und versuchte es jeden Abend aufs neue, doch das beste, was sie erreichte, war ein dünner Rauchfaden, der sofort wieder verschwand. Ihre Augen rieten ihm, er solle es ja nicht wagen, ein Wort zu sagen, und so hielt er in weiser Entscheidung den Mund.

Nach dieser einen Mahlzeit mußten sie sich wieder auf zähe wildwachsende Knollen und ein paar junge Schößlinge beschränken. Ohne ein einziges Anzeichen für den kommenden Frühling gab es selbst davon nicht viel, und diese Kost schmeckte auch nicht gerade gut. Sie beklagten sich nicht, aber es gab keine Mahlzeit, bei der nicht der eine oder andere bedauernd seufzte, und beide wußten, der andere sehnte sich genauso nach dem Geschmack von Käse und wenigstens dem Duft von Brot. Als sie eines Nachmittags in einem schattendunklen Teil des Waldes eine ganze Menge Pilze fanden — Königin-Kronen, die besten von allen —, erschien ihnen das als ein großer Fund. Sie schlangen die Pilze hinunter, lachten und erzählten sich Geschichten, von zu Hause in Emondsfeld, Geschichten die so begannen: »Erinnerst du dich noch daran, als ...« Aber die Pilze wie das Lachen hielten nur kurze Zeit vor. Hunger reizt kaum zum Lachen.

Derjenige, der zu Fuß ging, trug immer eine Schleuder, bereit, auf jedes Kaninchen oder Eichhörnchen zu schießen, das in Sicht kam, und das einzige Mal, als einer von beiden schoß, geschah es aus Langeweile. Die am Abend so sorgfältig ausgelegten Fallen waren am Morgen noch immer leer, und sie wagten es nicht, einen ganzen Tag am selben Fleck zu bleiben und die Fallen draußen zu lassen. Keiner von beiden wußte, wie weit es nach Caemlyn war, und beide fühlten sich nicht sicher, solange sie nicht dort waren. Perrin fragte sich allmählich, ob sein Magen bald so weit schrumpfen würde, daß er schließlich ein Loch in der Körpermitte bildete.

Sie kamen gut vorwärts, soweit er das beurteilen konnte, doch als sie sich weiter und weiter vom Arinelle entfernten, ohne auf ein Dorf oder wenigstens einen Bauernhof zu stoßen, wo sie nach dem Weg hätten fragen können, da wuchsen seine Zweifel an ihrem Plan.

Egwene machte nach außen hin den gleichen selbstbewußten Eindruck wie zu Beginn, aber er war sicher, früher oder später würde sie ihm vorwerfen, es wäre besser gewesen, ein Zusammentreffen mit den Trollocs zu riskieren, als den Rest ihres Lebens verirrt herumwandernd zu verbringen. Sie sagte es nicht, aber er erwartete es weiterhin.

Zwei Tagesmärsche vom Fluß entfernt änderte sich der Charakter der Landschaft. Sie kamen in ein dicht bewaldetes Hügelgebiet, das immer vom kalten Griff des Winters umklammert war. Einen Tag später wurden die Hügel niedriger, und der dichte Wald wurde durch Lichtungen unterbrochen, die manchmal eine Meile oder noch breiter waren. In verborgenen Senken lag immer noch Schnee, die Luft war morgenfrisch und der Wind immer kalt. Sie sahen nirgends eine Straße, ein gepflügtes Feld, Rauch aus einem Schornstein in der Ferne oder irgendein anderes Zeichen menschlicher Besiedlung — jedenfalls nichts, was noch bewohnt gewesen wäre.

Einmal fanden sie die Überreste mächtiger steinerner Befestigungen, die sich um die Spitze eines Hügels herumzogen. Innerhalb des Rings umgestürzter Steine standen Teile von Häusern, deren Dächer eingefallen waren. Der Wald hatte alles längst geschluckt; Bäume wuchsen überall, und spinnwebengleich bedeckten alte Ranken die großen Steinblöcke. An einem anderen Tag entdeckten sie einen steinernen Turm, braun von altem Moos und mit eingestürztem Dach, der schräg an eine riesigen Eiche gelehnt stand, deren dicke Wurzeln ihn langsam zum Kippen brachten. Aber sie fanden keinen Ort, an dem zu ihren Lebzeiten noch Menschen gehaust hatten. Erinnerungen an Shadar Logoth hielten sie von den Ruinen fern und beschleunigten ihren Schritt, bis sie sich wieder tief im Wald in Gegenden befanden, die noch nie eines Menschen Fuß betreten zu haben schienen.

Träume peinigten Perrin im Schlaf, Angstträume. Ba'alzamon war darin, jagte ihn durch Labyrinthe, verfolgte ihn, aber soweit er sich später erinnern konnte, stand er ihm nie Auge in Auge gegenüber. Und ihre Reise war ja nun auch derart verlaufen, daß man davon ein paar schlimme Träume bekommen konnte. Egwene klagte über Alpträume von Shadar Logoth, besonders in den beiden Nächten, nachdem sie die verfallene Festung und den verlassenen Turm gefunden hatten. Perrin behielt alles für sich, wenn er schwitzend und zitternd in der Dunkelheit erwachte. Sie erwartete von ihm, daß er sie sicher nach Caemlyn führte und nicht, daß er seine Sorgen, gegen die sowieso nichts zu machen war, mit ihr teilte.

Er ging vorn neben Bela her und fragte sich, ob sie heute abend irgend etwas zu essen finden würden, da fiel ihm zum ersten Mal dieser Geruch auf. Die Stute blähte die Nüstern und drehte im nächsten Moment den Kopf. Er packte ihr Zaumzeug, bevor sie wiehern konnte.

»Das ist Rauch«, sagte Egwene aufgeregt. Sie beugte sich im Sattel vor und holte tief Luft. »Ein Lagerfeuer. Jemand brät gerade sein Abendessen. Kaninchen.«

»Vielleicht«, sagte Perrin vorsichtig, und ihr erfreutes Lächeln schwand. Er tauschte seine Schleuder gegen den bösartig schimmernden Halbmond der Axt aus. Seine Hände schlossen sich und lösten sich unsicher wieder von ihrem dicken Schaft. Es war eine Waffe, doch weder seine heimlichen Übungsstunden hinter der Schmiede noch der Unterricht Lans hatten ihn wirklich darauf vorbereitet, sie als solche zu benützen. Selbst der Kampf vor Shadar Logoth war in seiner Erinnerung zu verschwommen, um ihm Selbstvertrauen einzuflößen. Und er konnte auch nie richtig mit dieser Leere arbeiten, über die Rand und auch der Behüter gesprochen hatten. Sonnenschein fiel schräg zwischen den Ästen hinter ihnen durch, und der Wald war immer noch eine ruhige Masse fleckiger Schatten. Der schwache Geruch eines Holzfeuers umgab sie, gewürzt mit dem Aroma bratenden Fleisches. *Es könnte Kaninchen sein,* dachte er, und sein Magen knurrte. Es könnte auch etwas anderes sein, rief er sich in den Sinn. Er sah Egwene an, und sie beobachtete ihn. Anführer zu sein bedeutete Verantwortung.

»Warte hier«, sagte er sanft. Sie zog die Stirn kraus, aber kaum hatte sie den Mund geöffnet, da schnitt er ihr das Wort ab. »Und sei leise! Wir wissen noch nicht, wer es ist.« Sie nickte — zögernd zwar, aber immerhin. Perrin fragte sich, warum das nicht auch so sein konnte, wenn er versuchte, sie dazu zu überreden, daß nur sie auf dem Pferd ritt. Er holte tief Luft und ging los, auf die Quelle des Rauchs zu.

Er hatte nicht soviel Zeit in den Wäldern um Emondsfeld herum verbracht wie Rand und Mat, aber er hatte durchaus auch eine Menge Kaninchen gejagt. Er schlich von Baum zu Baum, ohne auch nur ein winziges Ästchen zu zertreten. Es dauerte nicht lang, und er spähte hinter dem Stamm einer hohen Eiche mit weit ausladenden, gekrümmten Zweigen, die sich zum Boden hin senkten und dann wieder nach oben wuchsen, hervor. Dahinter befand sich ein Lagerfeuer, und ein großer, von der Sonne gebräunter Mann lehnte nicht weit von den Flammen entfernt an einem der Eichenzweige.

Wenigstens war es also kein Trolloc, doch es war wohl der eigenartigste Bursche, den Perrin je gesehen hatte. Zum einen schienen seine Kleidungsstücke ausnahmslos aus Tierhäuten genäht, mitsamt dem Fell darauf, selbst seine Stiefel und die seltsame runde, abgeflachte Kappe auf seinem Kopf. Sein Umhang zeigte ein verrücktes Muster aus Kaninchen- und Eichhörnchenfellen; die Hose schien er aus dem Fell langhaariger brauner und weißer Ziegen gefertigt zu haben. Sein bereits graufleckiges braunes Haar hing ihm bis auf die

Hüften hinunter und war im Nacken mit einem Lederstrick zusammengebunden. Ein dichter Bart reichte bis auf die halbe Brust herunter. An seinem Gürtel hing ein langes Messer, schon fast ein Schwert zu nennen, und Bogen und Köcher hatte er in Reichweite an einen Ast gelehnt.

Der Mann hatte sich mit geschlossenen Augen zurückgelehnt und schlief anscheinend, doch Perrin rührte sich nicht in seinem Versteck. Sechs Stöcke hatte der Bursche über das Feuer gehängt, und an jedem Stock hing ein abgehäutetes Kaninchen. Sie waren bereits braun geröstet, und manchmal tropfte Saft herunter, der in den Flammen aufzischte. Der Geruch, noch dazu aus dieser Nähe, ließ ihm das Wasser im Mund zusammenlaufen.

»Hast du dich sattgesehen?« Der Mann öffnete ein Auge und sah zu Perrins Versteck herüber. »Du und deine Freundin, ihr könnt euch genausogut hersetzen und etwas essen. Ich habe die letzten Tage über nicht gesehen, daß ihr viel gegessen hättet.«

Perrin zögerte und stand dann langsam auf, wobei er seine Axt mit festem Griff hielt. »Habt Ihr mich etwa zwei Tage lang beobachtet?«

Der Mann lachte kehlig. »Ja, ich habe dich beobachtet. Und dieses hübsche Mädchen. Sie schubst dich herum wie einen jungen Gockel, nicht wahr? Habe euch vor allem gehört. Das Pferd ist das einzige von euch, das nicht so laut herumtrampelt, daß man es auf fünf Meilen Entfernung noch hören kann. Willst du sie herbitten, oder möchtest du alle Kaninchen allein essen?«

Perrin war empört; er wußte, daß er keineswegs viel Lärm verursachte. Man konnte im Wasserwald nicht nahe genug an ein Kaninchen herankommen, um es mit der Schleuder zu erlegen, wenn man Lärm machte. Aber der Geruch der brutzelnden Kaninchen erinnerte ihn daran, daß Egwene auch hungrig war, ganz davon zu schweigen, daß sie darauf wartete zu erfahren, ob es denn nun ein Trolloc-Feuer sei, das sie gerochen hatten. Er steckte den Schaft seiner Axt in die Gürtelschlaufe und hob die Stimme: »Egwene! Alles klar! Es ist tatsächlich Kaninchen!« Er streckte dem Mann die Hand hin und fügte in normaler Lautstärke hinzu: »Ich heiße Perrin. Perrin Aybara.«

Der Mann blickte die Hand an, bevor er sie ungeschickt ergriff, als sei er nicht daran gewöhnt, Hände zu schütteln. »Man nennt mich Elyas«, sagte er und blickte auf. »Elyas Machera.«

Perrin schnappte nach Luft und ließ Elyas Hand beinahe los. Die Augen des Mannes waren gelb, wie hellglänzendes Gold. Irgendeine Erinnerung kitzelte Perrins Verstand ganz kurz und war dann wieder verflogen. Alles, woran er in dem Moment denken konnte war, daß sämtliche Trolloc-Augen, die er gesehen hatte, fast schwarz gewesen waren.

Egwene erschien, vorsichtig Bela am Zügel hinter sich herziehend. Sie band die Zügel der Stute an einen der kleineren Äste der Eiche und sprach ein paar höfliche Worte, als Perrin sie vorstellte, doch ihre Augen kehrten immer wieder zu den Kaninchen zurück. Sie schien die Augen des Mannes nicht zu bemerken. Als Elyas sie zum Essen aufforderte, machte sie sich mit Eifer darüber her. Perrin zögerte noch ein wenig, doch dann folgte er ihrem Beispiel. Elyas wartete schweigend, während sie aßen. Perrin hatte solchen Hunger, daß er ganze Fleischstücke losriß, doch sie waren so heiß, daß er sie von Hand zu Hand jonglierte, bis er sie in den Mund stecken konnte. Selbst Egwene zeigte diesmal nicht ihre sonst so einwandfreien Manieren; fettiger Saft rann ihr am Kinn herunter. Der Tag neigte sich zur Dämmerung, bis ihre Gier endlich ein wenig nachließ. Eine mondlose Dunkelheit senkte sich über sie, und dann sprach Elyas.

»Was macht ihr hier draußen? Es gibt auf fünfzig Meilen in der Umgebung kein einziges Haus!«

»Wir gehen nach Caemlyn«, sagte Egwene. »Vielleicht könntet Ihr ...« Ihre Augenbrauen hoben sich kühl, als Elyas den Kopf zurückwarf und schallend lachte. Perrin starrte ihn an; mit einem Kaninchenbein hielt er auf halbem Weg zum Mund inne.

»Caemlyn?« Elyas Atem pfiff, als er wieder zu sprechen in der Lage war. »Der Weg, den ihr eingeschlagen habt, die Richtung, in der ihr die letzten beiden Tage gelaufen seid, werden euch zweihundert Meilen oder mehr nördlich an Caemlyn vorbeiführen.«

»Wir wollten nach dem Weg fragen«, sagte Egwene rechtfertigend. »Aber wir haben noch kein Dorf und keinen Bauernhof gefunden.«

»Das werdet ihr auch nicht«, sagte Elyas lachend. »Wenn ihr so weitergeht, dann könnt ihr bis zum Rückgrat der Welt laufen, ohne einen anderen Menschen zu treffen. Natürlich, falls ihr es fertigbringt, das Rückgrat zu erklimmen — an ein paar Stellen kann man das schaffen —, findet ihr in der Aiel-Wüste Menschen, aber es würde euch dort nicht gefallen. Ihr würdet bei Tag vor Hitze vergehen und bei Nacht erfrieren und zu jeder Zeit verdursten. Man muß schon ein Aielmann sein, um in der Wüste Wasser zu finden, und die mögen Fremde nicht besonders. Nein, ganz bestimmt nicht, würde ich sagen.« Er brach erneut in noch schallenderes Lachen aus und wälzte sich dabei doch tatsächlich am Boden. »Bestimmt nicht sehr«, brachte er heraus.

Perrin verlagerte unsicher sein Gewicht von einem Bein auf das andere. *Essen wir hier mit einem Wahnsinnigen?*

Egwene runzelte die Stirn, aber sie wartete, bis Elyas Lachanfall schwächer wurde, und sagte dann: »Vielleicht könnt Ihr uns den Weg zeigen? Ihr scheint sehr viel mehr über die Lage der Ortschaften zu wissen als wir.«

Elyas hörte auf zu lachen. Er hob den Kopf, setzte seine runde Fellkappe wieder auf, die ihm heruntergefallen war, als er sich herumwälzte, und sah sie etwas finsterer als vorher an. »Ich mag Menschen nicht besonders«, sagte er mit tonloser Stimme. »Die Städte sind voll von Menschen. Ich nähere mich nur selten Dörfern oder auch Bauernhöfen. Dorfbewohner oder Bauern mögen meine Freunde nicht. Ich hätte auch euch nicht geholfen, wenn ihr nicht so hilflos und unschuldig wie neugeborene Welpen herumgestolpert wärt.«

»Aber wenigstens könnt Ihr uns sagen, in welcher Richtung wir weitergehen sollen«, beharrte sie. »Wenn Ihr uns den Weg zum nächsten Dorf zeigt, und sei es fünfzig Meilen entfernt, wird man uns dort sicher sagen, wie wir nach Caemlyn kommen.«

»Seid still!« sagte Elyas. »Meine Freunde kommen.«

Bela wieherte plötzlich angstvoll und zerrte an ihren Zügeln. Perrin stand halb auf, als überall um sie herum im düsteren Wald dunkle Gestalten erschienen. Bela bäumte sich auf und verdrehte sich laut wiehernd.

»Beruhigt die Stute«, sagte Elyas. »Sie werden ihr nichts tun. Euch auch nicht, wenn ihr ruhig seid.«

Vier Wölfe traten in den Feuerschein, zerzauste hüfthohe Gestalten mit Gebissen, die ein Männerbein brechen konnten. Als seien die Menschen nicht vorhanden, gingen sie zum Feuer und legten sich zwischen ihnen hin. In der Dunkelheit unter den Bäumen spiegelte sich der Feuerschein auf allen Seiten in den Augen weiterer Wölfe.

Gelbe Augen, dachte Perrin. Wie Elyas Augen. Das war es, was ihm vorher nicht mehr eingefallen war. Er beobachtete die Wölfe zwischen ihnen scharf und griff nach seiner Axt.

»Das würde ich nicht tun«, sagte Elyas. »Wenn sie glauben, du wolltest ihnen etwas tun, werden sie sich nicht mehr so freundlich verhalten.«

Perrin bemerkte, daß ihn alle vier Wölfe anblickten. Er hatte sogar das Gefühl, daß ihn alle Wölfe, auch die zwischen den Bäumen hinten, anstarrten. Seine Haut juckte. Vorsichtig bewegte er die Hände von der Axt weg. Er bildete sich ein, daß er fühlen konnte, wie die Anspannung unter den Wölfen nachließ. Langsam setzte er sich wieder hin. Seine Hände zitterten, und er umfaßte seine Knie, um das Zittern zu beenden. Egwene saß so steif da, daß auch sie vor Anspannung beinahe zu beben schien. Ein Wolf, fast schwarz mit einem helleren, grauen Fleck am Kopf, lag so nahe bei ihr, daß er sie beinahe berührte.

Bela hatte aufgehört zu wiehern und sich aufzubäumen. Statt dessen stand sie jetzt zitternd und in ständiger nervöser Bewegung da und bemühte sich, alle Wölfe gleichzeitig im Blickfeld zu behalten. Manchmal schlug sie ein wenig aus, um den Wölfen zu beweisen, daß sie das konnte und ihr Leben so teuer wie möglich verkaufen würde. Die Wölfe schienen sie und die Menschen gar nicht zu beachten. Die Zungen hingen ihnen aus den Schnauzen, und sie warteten ganz entspannt.

»Jawohl«, sagte Elyas. »So ist es besser.«

»Sind sie zahm?« fragte Egwene leise und hoffnungsvoll. »Sind sie so was wie ... Haustiere?«

Elyas schnaubte. »Wölfe kann man nicht zähmen, Mädchen, jedenfalls nicht so gut wie Menschen. Sie sind meine Freunde. Wir leisten uns gegenseitig Gesellschaft, jagen miteinander und unterhalten uns in gewisser Weise. Wie eben unter Freunden üblich. Stimmt's, Scheckie?« Eine Wölfin mit einem Fell, das ein Dutzend verschiedener heller und dunkler Grautöne aufwies, hob den Kopf und wandte ihn Elyas zu.

»Ihr sprecht mit ihnen?« staunte Perrin.

»Es ist eigentlich kein Sprechen«, erwiderte Elyas bedächtig. »Die Worte spielen keine Rolle, und sie stimmen auch nicht ganz, wenn man es genau nimmt. Sie heißt nicht wirklich Scheckie. In Wirklichkeit drückt ihr Name etwa aus, wie die Schatten an einem Mitwinterabend über einen Waldteich spielen, dessen Oberfläche sich im Wind kräuselt, und dazu den Geschmack von

Eis, wenn das Wasser die Zunge berührt, und eine Andeutung von Schnee in der Luft, bevor die Nacht anbricht. Aber auch das drückt es nicht vollständig aus. Man kann es nicht in Worte fassen. Es ist mehr ein Gefühl. So sprechen die Wölfe. Die anderen hier sind Brand, Springer und Wind.« Brand hatte eine alte Narbe an der Schulter, von der sein Name herrühren mochte, aber an den beiden anderen Wölfen war nichts, was auf die Herkunft ihrer Namen hätte schließen lassen.

Obwohl Elyas so barsch wirkte, glaubte Perrin, er sei dennoch froh über die Gelegenheit, mit anderen Menschen zu sprechen. Er schien es auf jeden Fall zu genießen. Perrin beäugte die im Feuerschein schimmernden Wolfszähne und entschied, es sei auf jeden Fall besser, Elyas durch ihr Gespräch bei Laune zu halten. »Wie ... wie habt Ihr gelernt, mit den Wölfen zu sprechen, Elyas?«

»Sie haben das herausgefunden«, antwortete Elyas, »nicht ich. Jedenfalls nicht zuerst. Wie ich jetzt weiß, geht das immer so. Die Wölfe finden dich, nicht umgekehrt. Einige Leute glaubten, ich sei vom Dunklen König besessen, weil immer Wölfe dort auftauchten, wo ich mich aufhielt. Ich glaube, manchmal dachte ich das auch. Die meisten anständigen Leute mieden mich, und diejenigen, die den Kontakt mit mir suchten, waren so oder so nicht gerade solche Leute, wie ich sie eigentlich kennenlernen wollte. Dann bemerkte ich, daß die Wölfe manchmal zu wissen schienen, was ich dachte, und auf das reagierten, was in meinem Kopf vorging. Das war der echte Beginn. Sie waren neugierig in bezug auf mich. Die Wölfe fühlen normalerweise das Herannahen von Menschen, aber nicht auf diese Weise. Sie waren froh, mich gefunden zu haben. Sie sagen, es sei lange Zeit her, seit sie mit Menschen zusammen jagten. Und wenn sie von ›langer Zeit‹ reden, dann fühlt sich das an wie ein kalter Wind, der seit dem Ersten Tag her die ganze Zeit über heult.«

»Ich habe noch nie davon gehört, daß Menschen zusammen mit Wölfen jagen«, sagte Egwene. Ihre Stimme klang nicht sehr fest, aber schon die Tatsache, daß die Wölfe einfach nur so dalagen, schien ihr Mut zu verleihen.

Elyas zeigte durch nichts, daß er sie gehört hatte. »Die Wölfe erinnern sich auf andere Art als die Menschen«, sagte er. Seine fremdartigen Augen blickten in die Ferne, als treibe er selbst auf dem Strom der Erinnerungen davon. »Jeder Wolf erinnert sich an die Geschichte aller Wölfe, oder zumindest an den ungefähren Verlauf. Wie ich schon sagte: Man kann das schlecht in Worte fassen. Sie erinnern sich daran, Seite an Seite mit Menschen Beute gejagt zu haben, aber das war vor so langer Zeit, daß es eher schon der Schatten eines Schattens ist und keine unmittelbare Erinnerung.«

»Das ist sehr interessant«, sagte Egwene, und Elyas sah sie mit forschendem Blick an. »Wirklich, ich meine es so. Es ist interessant.« Sie befeuchtete sich die Lippen. »Könntet ... äh ... könntet Ihr uns beibringen, mit ihnen zu sprechen?«

Elyas schnaubte wieder. »Das kann man niemandem beibringen. Einige können es, andere nicht. Sie sagen, daß er es kann.« Er deutete auf Perrin.

Perrin blickte auf Elyas Finger, als sei es ein Messer. *Er ist wirklich verrückt.* Die Wölfe starrten ihn wieder an. Er rutschte unruhig hin und her.

»Ihr sagt, ihr geht nach Caemlyn«, sagte Elyas, »aber das erklärt noch nicht, was ihr hier draußen treibt, Tage entfernt von irgendwo.« Er warf seinen aus Fellstücken genähten Umhang von den Schultern und legte sich hin. Er lag auf der Seite, hatte sich mit einem Ellenbogen aufgestützt und wartete gespannt.

Perrin sah hinüber zu Egwene. Zuvor hatten sie sich eine Geschichte ausgedacht, die sie Leuten erzählen wollten, wenn sie welche fanden, um zu erklären, was sie hier machten, ohne sich damit in Schwierigkeiten zu bringen. Ohne irgend jemanden wissen zu lassen, woher sie wirklich kamen oder wohin sie tatsächlich wollten. Wer konnte wissen, welches unvorsichtig ausgesprochene Wort das Ohr eines Blassen erreichte? Sie hatten jeden Tag daran gearbeitet, die Einzelheiten zusammengetragen und Fehlerquellen beseitigt. Und sie hatten beschlossen, daß Egwene erzählen sollte. Sie konnte besser mit Worten umgehen als er, und sie behauptete, sie könne ihm immer am Gesicht ablesen, wann er log.

Egwene begann sofort, flüssig zu erzählen. Sie kamen aus dem Norden, aus Saldaea, von Bauernhöfen in der Nähe eines winzigen Dorfes. Keiner von ihnen war zuvor mehr als zwanzig Meilen weit von zu Hause weg gewesen. Aber sie hatten den Geschichten der Gaukler und der Kauffahrer gelauscht, und sie wollten etwas von der Welt sehen. Caemlyn und Illian. Das Meer der Stürme und vielleicht sogar die sagenhaften Inseln des Meervolkes.

Perrin hörte zufrieden zu. Nicht einmal Thom Merrilin hätte aus dem wenigen, was sie über die Welt außerhalb der Zwei Flüsse wußten, eine bessere Geschichte machen können, oder eine, die diesem Zweck besser entsprochen hätte.

»Aus Saldaea, eh?« sagte Elyas, als sie fertig war.

Perrin nickte. »Das stimmt. Wir dachten daran, zuerst Maradon zu besuchen. Ich würde gern den König sehen. Aber die Hauptstadt ist natürlich der erste Ort, an dem unsere Väter suchen würden.«

Das war sein Beitrag, um klarzustellen, daß sie nie in Maradon gewesen waren. Dann konnte nämlich niemand von ihnen erwarten, daß sie etwas über diese Stadt wußten, falls sie jemandem begegneten, der wirklich schon dort gewesen war. Das war alles weit weg von Emondsfeld und den Ereignissen der Winternacht. Niemand, der diese Geschichte hörte, würde dabei an Tar Valon oder die Aes Sedai denken.

»Eine ganz nette Geschichte.« Elyas nickte. »Ja, wirklich eine feine Geschichte. Ein paar Sachen daran stimmen nicht, aber die Hauptsache ist natürlich, daß Scheckie sagt, es sei alles ein Haufen Lügen. Jedes Wort erlogen.«

»Lügen!« rief Egwene. »Warum sollten wir wohl lügen?«

Die vier Wölfe hatten sich nicht bewegt, doch nun schienen sie nicht mehr einfach nur so am Feuer zu liegen. Statt dessen kauerten sie dort, und ihre gelben Augen starrten die Emondsfelder unverwandt an. Perrin sagte nichts, aber seine Hände verirrten sich zu der Axt an seiner Hüfte. Die vier Wölfe erhoben sich mit einer schnellen Bewegung, und seine Hände erstarrten. Sie gaben keinen Laut von sich, doch die dichten Nackenhaare sträubten sich. Einer der Wölfe unter den Bäumen schickte ein grollendes Heulen in den Nachthimmel. Andere antworteten, fünf, zehn, zwanzig, bis die Dunkelheit unter ihrem Heulen erzitterte. Dann schwiegen sie unvermittelt. Kalter Schweiß lief Perrin übers Gesicht.

»Wenn Ihr glaubt ...« Egwene unterbrach sich, um zu schlucken. Trotz der kalten Luft stand auch auf ihr Schweiß im Gesicht. »Wenn Ihr glaubt, daß wir lügen, dann ist es euch wohl lieber, daß wir uns für die Nacht unser eigenes Lager bereiten, von Eurem ein Stück entfernt.«

»Das wäre mir normalerweise schon lieber, Mädchen. Aber jetzt möchte ich endlich etwas von den Trollocs und den Halbmenschen hören.« Perrin bemühte sich, das Gesicht nicht zu verziehen, und er hoffte, daß es ihm besser gelang als Egwene. Elyas fuhr im leichten Plauderton fort: »Scheckie sagt, sie habe in euren Köpfen Halbmenschen und Trollocs gewittert, als ihr diese närrische Geschichte erzählt habt. Alle haben es gespürt. Ihr seid auf irgendeine Weise mit den Trollocs und den Augenlosen verwickelt. Die Wölfe hassen Trollocs und Halbmenschen noch mehr als einen Waldbrand, mehr als alles auf der Welt, genau wie ich.

Brand möchte euch loshaben. Es waren Trollocs, die ihm diese Verwundung beibrachten, als er noch ein Jährling war. Er sagt, daß Beute im Moment rar sei, und ihr seid fetter als alle Hirsche, die er in letzter Zeit gesehen hat; er schlägt vor, wir sollten euch auffressen. Aber Brand ist immer ungeduldig. Warum erzählt ihr mir nicht die Wahrheit? Ich hoffe, Ihr seid keine Schattenfreunde. Es gefällt mir nicht, Leute zu töten, die ich zuvor gefüttert habe. Denkt nur daran, daß sie wissen werden, wann ihr lügt, und sogar Scheckie ist mittlerweile fast genauso aufgebracht wie Brand.« Seine Augen, gelb wie die der Wölfe, starrten sie ebenfalls ohne Zwinkern an. *Das sind die Augen eines Wolfs,* dachte Perrin.

Egwene sah ihn an. Er bemerkte, daß sie auf seine Entscheidung wartete, was zu tun sei. *Aha, plötzlich bin ich wieder der Anführer.* Sie hatten gleich zu Beginn beschlossen, daß sie es einfach nicht riskieren konnten, jemandem die wahre Geschichte zu erzählen, aber er sah keine Möglichkeit, so davonzukommen, selbst wenn er es schaffte, seine Axt zu ziehen, bevor …

Scheckie grollte tief in der Kehle, und die anderen drei am Feuer und danach auch die Wölfe in der Dunkelheit schlossen sich dem Laut an. Das bedrohliche Grollen erfüllte die Nacht.

»In Ordnung«, sagte Perrin schnell. »In Ordnung!« Das Grollen brach scharf und schnell ab. Egwene entspannte die verkrampften Hände und nickte. »Es begann alles ein paar Tage vor Winternacht«, fing Perrin an, »als unser Freund Mat einen Mann mit einem schwarzen Umhang sah …«

Elyas hörte mit gleichbleibendem Gesichtsausdruck zu und veränderte auch seine Lage am Boden nicht, doch da war etwas an der Neigung seines Kopfes, das ein Ohrenspitzen andeutete. Die vier Wölfe setzten sich hin, als Perrin erzählte; er hatte den Eindruck, daß auch sie lauschten. Die Geschichte war lang, und er berichtete fast alles. Allerdings behielt er den Traum, den er und die anderen in Baerlon gehabt hatten, für sich. Er wartete darauf, daß die Wölfe mit irgendeinem Anzeichen zu erkennen gaben, daß sie das Auslassen bemerkt hatten, aber sie beobachteten ihn nur. Scheckie erschien ihm freundlich, während Brand zornig war. Als er schließlich geendet hatte, war er heiser.

»... und wenn sie uns in Caemlyn nicht findet, gehen wir weiter nach Tar Valon. Wir haben keine andere Wahl, als die Hilfe der Aes Sedai in Anspruch zu nehmen.«

»Trollocs und Halbmenschen so weit im Süden«, grübelte Elyas laut. »Das ist nun etwas, worüber man sich Gedanken machen muß.« Er griff nach hinten und warf Perrin einen ledernen Wasserbeutel zu, ohne ihn dabei anzusehen. Er schien nachzudenken. Er wartete, bis Perrin getrunken hatte, und steckte den Stöpsel wieder hinein, bevor er weitersprach: »Ich halte nicht viel von den Aes Sedai. Die Roten Ajah, das sind diejenigen, die nach Männern suchen, die mit der Einen Macht herumspielen. Sie wollten sich einst mit mir anlegen. Ich sagte ihnen ins Gesicht, sie seien Schwarze Ajah und dienten dem Dunklen König, und das gefiel ihnen gar nicht. Sie konnten mich aber nicht fangen, als ich einmal im Wald war. Doch sie taten ihr Bestes. Allerdings, wenn ich richtig überlege, bezweifle ich, daß mich irgendwelche Aes Sedai noch freundlich behandeln würden. Die Roten Ajah haben ein paar Behüter verloren. War keine schöne Geschichte, Behüter zu töten. Ich mag das nicht.«

»Dieses Mit-den-Wölfen-Sprechen«, sagte Perrin gedrückt. »Hat ... hat das mit der Macht zu tun?«

»Natürlich nicht!« grollte Elyas. »Sie hätten mich niemals von etwas abbringen können, aber daß sie es versuchten, hat mich wild gemacht. Das hier ist eine alte

Sache, Junge. Älter als die Aes Sedai. Älter als alle, die je die Eine Macht benutzten. So alt wie die Menschheit. So alt wie die Wölfe. Auch das gefällt den Aes Sedai nicht. Daß alte Dinge wiederkehren. Ich bin nicht der einzige. Es gibt noch andere Dinge, andere Leute. Das macht die Aes Sedai nervös; sie schimpfen, daß die alten Barrieren immer schwächer werden. Alles bricht auseinander, behaupten sie. Sie haben Angst, daß der Dunkle König freikommt, ganz bestimmt. So wie ein paar von denen mich ansahen, hätte man denken können, es sei alles meine Schuld. Natürlich die Roten Ajah, aber auch ein paar andere. Der Amyrlin-Sitz ... Aaaah! Ich halte mich von ihnen und den Freunden der Aes Sedai fern. Das solltet ihr auch, wenn ihr schlau seid.«

»Nichts lieber als das«, sagte Perrin.

Egwene blickte ihn durchdringend an. Er hoffte, sie werde nicht damit herausplatzen, daß sie eine Aes Sedai werden wolle. Aber sie sagte nichts, auch wenn sich ihre Mundpartie straffte, und Perrin fuhr fort: »Aber wir haben eben keine Wahl. Trollocs haben uns gejagt, ebenso Blasse und Draghkar. Alle außer den Schattenfreunden. Wir können uns nicht verstecken, und wir können nicht allein dagegen ankämpfen. Also, wer hilft uns dann? Wer sonst wäre stark genug, außer eben den Aes Sedai?«

Elyas schwieg eine Weile und betrachtete die Wölfe — vor allem Scheckie und Brand. Perrin rutschte nervös hin und her und bemühte sich, nicht hinzusehen. Wenn er hinblickte, hatte er das Gefühl, er könne beinahe hören, was sich Elyas und die Wölfe zu sagen hatten. Selbst wenn es nichts mit der Macht zu tun hatte, wollte er nichts davon wissen. *Er muß sich da einen verrückten Scherz erlaubt haben. Ich kann nicht mit Wölfen sprechen.* Einer der Wölfe, Springer, glaubte er, sah ihn an und schien zu grinsen. Er fragte sich, woher er den richtigen Namen gewußt hatte. »Ihr könntet bei mir bleiben«, sagte Elyas schließlich. »Bei uns.« Egwenes Augenbrauen schossen nach oben, und Perrins Mund klappte auf. »Na ja, wo könntet ihr wohl sicherer sein?« sagte Elyas herausfordernd. »Die Trollocs benützen jede Gelegenheit, einen einzelnen Wolf zu töten, aber sie machen einen meilenweiten Umweg, um ein ganzes Rudel zu meiden. Und ihr braucht euch auch keine Gedanken über die Aes Sedai zu machen. Sie kommen nicht oft in diese Wälder.«

»Ich weiß nicht.« Perrin vermied es, die Wölfe an seiner Seite anzublicken. Die eine war Scheckie, und er konnte ihren Blick auf sich ruhen fühlen. »Es geht nicht nur um die Trollocs.«

Elyas lachte kalt. »Ich habe schon gesehen, wie ein Rudel sogar einen der Augenlosen zerrissen hat. Wir haben das halbe Rudel verloren, aber sie gaben nicht auf, sobald sie seine Witterung hatten. Trollocs, Myrddraal, das ist für die Wölfe alles dasselbe. Du bist es, den sie wirklich wollen, Junge. Sie haben von anderen Männern gehört, die mit den Wölfen sprechen können, aber du bist der erste außer mir, den sie je getroffen haben. Sie werden auch deine Freundin akzeptieren, und hier seid ihr sicherer als in jeder Stadt. In den Städten gibt es Schattenfreunde.«

»Hört mal«, sagte Perrin nachdrücklich. »Ich wünschte, Ihr würdet aufhören, so was zu sagen. Ich kann nicht das tun was Ihr tut, wie Ihr sagt.«

»Wie du willst, Junge. Spiele ruhig den Esel, wenn es dir gefällt. Willst du nicht in Sicherheit sein?«

»Ich betrüge mich doch nicht selbst. Es gibt nichts, womit ich mich selbst betrügen könnte. Alles, was wir wollen ...«

»Wir gehen nach Caemlyn«, sagte Egwene mit fester Stimme. »Und dann nach Tar Valon.«

Er schloß den Mund, und dann sah Perrin sie genauso ärgerlich an, wie sie ihn. Er wußte, daß sie seiner Führung folgte, wenn sie wollte, und wenn sie nicht wollte, dann eben nicht, aber sie konnte ihn wenigstens für sich selbst sprechen lassen. »Wie steht's mit dir, Perrin?« sagte er und antwortete dann gleich selbst: »Ich? Na ja, laß mich mal überlegen. Ja. Ich denke, ich werde mitgehen.« Er warf ihr ein Lächeln zu. »Also Egwene, dann sind wir schon zu zweit. Ich schätze, ich werde wohl mit dir zusammenbleiben. Gut, so was auszudiskutieren, bevor man sich entscheidet, nicht wahr?« Sie wurde rot, doch ihr Kinn blieb unverändert vorgestreckt.

Elyas brummte. »Scheckie hat gesagt, daß ihr euch so entscheiden würdet. Sie sagte, das Mädchen sei fest in der Welt der Menschen verankert, während du« — er nickte Perrin zu — »zur Hälfte zwischen den Welten stehst. Unter den gegebenen Umständen denke ich, wir gehen besser mit euch zusammen in den Süden. Sonst verhungert ihr vielleicht noch oder verirrt euch oder ...«

Plötzlich stand Brand auf, und Elyas drehte den Kopf, um den großen Wolf anzublicken. Einen Moment später stand auch Scheckie auf. Sie stellte sich dicht neben Elyas, so daß auch sie Brands Blick erwidern konnte. Die Szene erstarrte minutenlang. Dann wirbelte Brand herum und verschwand in der Nacht. Scheckie schüttelte sich und nahm dann ihren Platz wieder ein. Sie ließ sich zu Boden fallen, als sei nichts geschehen.

Elyas sah in Perrins fragende Augen. »Scheckie ist Anführerin dieses Rudels«, erklärte er. »Ein paar von den Männchen könnten sie besiegen, wenn sie sie herausforderten, aber sie ist klüger als alle anderen, und das wissen sie alle. Sie hat mehr als einmal das Rudel gerettet. Aber Brand glaubt, das Rudel verschwende nur seine Zeit mit euch dreien. Alles, woran er denken kann, ist sein Haß auf die Trollocs, und wenn sich schon Trollocs so weit im Süden befinden, dann will er los und sie töten.«

»Wir verstehen das schon«, sagte Egwene, die erleichtert klang. »Wir können wirklich unseren eigenen Weg finden ... wenn Ihr uns nur die Richtung zeigt.«

Elyas wehrte mit einer Handbewegung ab. »Ich sagte, daß Scheckie dieses Rudel führt, oder? Am Morgen breche ich mit euch in den Süden auf, und sie gehen mit.« Egwene sah aus, als sei das nicht unbedingt die beste Nachricht, die sie je erhalten hatte.

Perrin hüllte sich in Schweigen. Er konnte *fühlen,* wie Brand weglief. Und der Rüde mit der Narbe war nicht der einzige; ein Dutzend andere, alles junge Rüden, sprang ihm nach. Er wollte gern glauben, daß er das nur Elyas Überzeugungskraft und seiner eigenen Einbildung verdankte, doch es war umsonst. Bevor die aufbrechenden Wölfe aus seinem Geist verschwanden, fühlte er noch einen Gedanken, von dem er wußte, daß er von Brand stammte, so scharf und klar, als sei es sein eigener. Haß. Haß und den Geschmack von Blut.

KAPITEL 2

Flucht auf dem Arinelle

Wasser tropfte in einiger Entfernung, hohles Klatschen, das widerhallte, und auch das Echo hallte wider, und so verlor sich die Quelle des Tropfens in der Ewigkeit. Überall gab es Steinbrücken und Rampen ohne Geländer; alle begannen an breiten Steintürmen mit flachen Spitzen; alle schimmerten glatt und wiesen rote und goldene Streifen auf. Schicht um Schicht erstreckte sich dieses Labyrinth durch die Düsternis nach oben und nach unten, ohne klar sichtbaren Beginn oder Ende. Jede Brücke führte zu einem Turm, jede Rampe zu einem anderen Turm und zu anderen Brücken. In welche Richtung auch immer Rand blickte, so weit seine Augen in der Dämmerung sehen konnten: Es war immer dasselbe, oben genau wie unten. Das Licht war zu schwach, um alles genau zu sehen, und Rand war fast froh über diese Tatsache. Einige der Rampen führten zu Plattformen, die sich genau über denen darunter befinden mußten. Er konnte bei keiner ein Fundament erkennen. Er wehrte sich dagegen, suchte die Freiheit; wußte, daß es eine Illusion war. Alles war nur Illusion.

Er kannte diese Illusion; er war ihr schon zu oft gefolgt, um sie nicht zu kennen. Wie weit er auch ging, hinauf oder hinunter oder in irgendeine Richtung: Es gab immer nur den schimmernden Stein. Stein, und doch durchdrang der faulige Geruch tiefer, frisch aufgeworfener Erde die Luft — die ekelerregend süße Fäulnis eines Grabes, das viel zu früh geöffnet wurde. Er bemühte sich, die Luft anzuhalten, aber der Geruch füllte seine Nase. Er klebte wie Öl an seiner Haut.

Eine kaum sichtbare Bewegung erregte seine Aufmerksamkeit, und er erstarrte dort, wo er sich gerade befand, halb gebückt an das matt glänzende Geländer um eine der Turmspitzen herum gekauert. Es war kein Versteck. Von tausend Standorten aus hätte ihn ein Beobachter sehen können. Schatten erfüllte die Luft, doch tiefere Schatten, in denen er sich hätte verbergen können, gab es nicht. Das Licht entsprang keinen Lampen oder Laternen oder Fackeln; es war einfach da, als sickere es aus der Luft heraus. Stark genug, um in etwa sehen zu können, und stark genug, um gesehen zu werden. Nur die Stille gewährte ein wenig Schutz.

Wieder eine Bewegung, und diesmal war die Ursache klar. Ein Mann schritt eine weit entfernte Rampe hinauf. Er achtete nicht auf fehlende Geländer und den drohenden Sturz ins Nichts. Der Umhang des Mannes flatterte durch die gravitätische Eile seines Schritts, und sein Kopf drehte sich suchend in allen Richtungen. Die Entfernung war zu groß, als daß Rand in der trüben Luft mehr als die Umrisse hätte erkennen können, aber er mußte gar nicht näher kommen, um zu wissen, daß der Umhang die rote Farbe frischen Blutes hatte und daß die suchenden Augen wie das Innere eines Brennofens flammten.

Er bemühte sich, das Labyrinth mit den Augen abzusuchen, um festzustellen, wie viele Übergänge Ba'alzamon noch brauchte, bevor er ihn erreichte, gab es dann aber auf. Entfernungen täuschten hier; eine andere Lektion, die er gelernt hatte. Was fern schien, konnte vielleicht erreicht werden, wenn man um die nächste Ecke kam, und was nahe lag, konnte sich völlig außerhalb jeder Reichweite befinden. Das einzige, was er tun konnte, war — wie schon seit Beginn —, in Bewegung zu bleiben. Sich fortbewegen, ohne zu denken. Denken war gefährlich, das wußte er.

Und doch: Als er sich von Ba'alzamons ferner Gestalt abwandte, konnte er nicht anders, als sich über Mat Gedanken zu machen. Befand sich auch Mat irgendwo in diesem Irrgarten? *Oder gibt es zwei Irrgärten und zwei Ba'alzamons?* Sein Verstand schreckte davor zurück; die Vorstellung war zu entsetzlich, um die Gedanken dort länger verweilen zu lassen. *Ist das wie in Baerlon? Warum können sie mich dann nicht finden?* Das war ein wenig besser. Eine kleine Erleichterung. *Erleichterung? Blut und Asche, wo ist die Erleichterung daran?*

Zwei- oder dreimal waren sie sich beinahe begegnet, auch wenn er sich nicht mehr genau daran erinnern konnte, aber lange, lange Zeit — wie lang? — war er davongerannt, und Ba'alzamon hatte ihn vergebens verfolgt. War das nun wieder wie in Baerlon, oder war es einfach ein Alptraum, nur ein Traum wie der anderer Menschen?

Einen Augenblick lang — gerade lang genug, um Luft zu holen — wußte er, warum es gefährlich war zu denken und woran er nicht denken sollte. Wie schon zuvor flimmerte die Luft, wenn er sich erlaubte, sich das in den Sinn zu rufen, was ihn als Traum umhüllte. Ein Schatten senkte sich über seine Augen. Die Luft wurde zähflüssig und hielt ihn fest. Nur einen Augenblick lang.

Die drückende Hitze ließ seine Haut prickeln, und sein Hals war schon lange ausgetrocknet, als er durch den Irrgarten von Dornenhecken trabte. Wie lange ging das jetzt schon so? Sein Schweiß verdunstete, bevor er noch Gelegenheit hatte, in Tropfenform herunterzurinnen, und seine Augen brannten. Oben — und nicht einmal sehr weit oben — kochten wilde, stählerne Wolken mit schwarzen Streifen, doch im Labyrinth rührte sich kein Lufthauch. Einen Moment lang dachte er, es sei diesmal anders gewesen, aber der Gedanke verdampfte in der Hitze. Er war schon seit langer Zeit hier. Es war gefährlich, zu denken, das wußte er.

Glatte, blasse, abgerundete Steine fügten sich zu einem dürftigen Pflaster, halbbegraben unter knochentrockenem Staub, der selbst beim leichtesten Schritt hochgewirbelt wurde. Er kitzelte ihn in der Nase. Beinahe wäre ihm ein verräterisches Niesen entflohen; als er jedoch versuchte, durch den Mund zu atmen, verklebte ihm der Staub die Kehle, bis er fast erstickte.

Dies war ein gefährlicher Ort; auch das war ihm klar. Vor sich konnte er drei Öffnungen im hohen Dornengestrüpp erkennen, und dann machte der Weg eine Kurve, die ihm die Sicht nahm. Ba'alzamon konnte jeden Moment aus einer dieser Ecken auftauchen. Sie waren sich schon zwei- oder dreimal fast begegnet, auch wenn er sich über diese Tatsache hinaus an kaum etwas erinnern konnte, außer daß er entkommen war ... irgendwie. Gefährlich, zuviel nachzudenken.

Unter der drückenden Hitze schwer atmend blieb er stehen und betrachtete die Wand des Irrgartens. Es waren dicht verwobene Dornbüsche, braun und abgestorben wirkend, mit bedrohlichen schwarzen Dornen wie zentimeterlange Haken. Zu hoch, um darüber hinwegblicken zu können; zu dicht, um hindurchzusehen. Vorsichtig berührte er das Gestrüpp und keuchte überrascht. Trotz aller Vorsicht stach ihm ein Dorn in den Finger und brannte wie eine heiße Nadel. Er stolperte rückwärts. Seine Fersen blieben an den Steinen hängen. Die verletzte Hand wurde durchgeschüttelt und verspritzte dicke Blutstropfen. Das Brennen ließ allmählich nach, aber seine ganze Hand pulsierte.

Plötzlich vergaß er den Schmerz. Seine Ferse hatte einen der glatten Steine umgeworfen, ihn aus dem trockenen Boden herausgetreten. Er sah auf ihn hinab, und leere Augenhöhlen blickten ihn an. Ein Schädel. Ein menschlicher Schädel. Er blickte den Weg entlang auf all die glatten, blassen Steine, die ziemlich gleich aussahen. Hastig nahm er die Füße herunter, doch er konnte nicht weitergehen, ohne auf sie zu treten, und er konnte nicht stehenbleiben, ohne auf ihnen zu stehen. Ein Nebengedanke formte sich undeutlich — die Dinge waren vielleicht nicht so, wie sie schienen —, doch er unterdrückte ihn rücksichtslos. Denken war hier etwas Gefährliches.

Er riß sich einigermaßen zusammen. Auf demselben Fleck zu bleiben, war auch gefährlich. Das war eine der Tatsachen, an die er sich zwar nur verschwommen erinnerte, deren er sich aber sicher war. Das Blut floß nur noch in zähen Tropfen aus seinem Finger, und das Pulsieren hatte auch schon beinahe aufgehört. Er saugte an der Fingerspitze und setzte sich, den Weg in der Richtung hinunter in Bewegung, in die er zufällig schaute. Hier war ein Weg so gut wie der andere.

Er erinnerte sich daran, daß er einmal gehört hatte, man könne aus einem Irrgarten entkommen, indem man immer in der gleichen Richtung abbog. Nach der ersten Öffnung im Dornengestrüpp wandte er sich nach rechts und bei der nächsten wieder. Und dann stand er Ba'alzamon gegenüber.

Überraschung breitete sich auf Ba'alzamons Gesicht aus, und sein blutroter Umhang hing still, als er plötzlich stehenblieb. Flammen loderten in seinen Augen auf, doch in der Hitze des Labyrinths fühlte Rand sie kaum. »Wie lang glaubst du, mir noch ausweichen zu können, Junge? Wie lange, glaubst du, kannst du deinem Schicksal noch entrinnen? Du gehörst mir!«

Während er rückwärts stolperte, fragte sich Rand, warum er an seinem Gürtel herumfummelte, als suche er nach einem Schwert. »Licht, hilf mir«, murmelte er, »Licht, hilf mir.« Er konnte sich nicht daran erinnern, was das bedeutete.

»Das Licht wird dir nicht helfen, Junge, Und das Auge der Welt wird dir nicht dienen. Du bist mein Jagdhund, und wenn du nicht auf mein Kommando springst, dann werde ich dich mit dem Kadaver der Großen Schlange erwürgen!«

Ba'alzamon streckte die Hand aus, und plötzlich fiel Rand ein Weg ein, wie er entkommen konnte — eine nebelhafte, halbausgeformte Erinnerung, die ›Gefahr‹

schrie, aber das war nichts gegen die Gefahr, vom Dunklen König berührt zu werden.

»Ein Traum!« rief Rand. »Das ist ein Traum!«

Ba'alzamon riß die Augen auf, überrascht oder zornig oder beides, und dann flimmerte die Luft; seine Gesichtszüge verschwammen und verblaßten.

Rand drehte sich auf dem Fleck herum und riß nun seinerseits die Augen auf. Er erblickte sein eigenes Abbild, das tausendfach auf ihn zurückgeworfen wurde. Zehntausendfach. Über ihm war Schwärze, und unter ihm war Schwärze, doch um ihn herum standen Spiegel, Spiegel, die in jedem möglichen Winkel nebeneinanderstanden, Spiegel, so weit er blicken konnte, und alle zeigten ihn, gebückt und in der Drehung befindlich, wie er mit ängstlich geweiteten Augen hineinblickte.

Ein roter Schleier trieb durch die Spiegel. Er wirbelte herum, versuchte, ihn zu fangen, doch in jedem Spiegel trieb er hinter sein eigenes Abbild und verschwand. Dann war er wieder da, aber nicht nur schleierhaft wie zuvor. Ba'alzamon schritt durch die Spiegel hindurch — zehntausend Ba'alzamons, suchend, zwischen den Spiegeln hin- und herkreuzend.

Er blickte das Spiegelbild seines eigenen Gesichts an, blaß und zitternd bei der beißenden Kälte. Hinter seinem wuchs Ba'alzamons Bild empor, sah ihn an, sah nichts, aber starrte noch immer. In jedem Spiegel wüteten hinter ihm die Flammen von Ba'alzamons Gesicht, umhüllten sein Bild, verschlangen es, verschmolzen damit. Er wollte schreien, doch seine Kehle war wie zugeschnürt. In den endlosen Spiegeln war nur noch ein Gesicht zu erkennen: sein eigenes Gesicht. Ba'alzamons Gesicht. Ein Gesicht.

Rand zuckte zusammen und öffnete die Augen. Dunkelheit, nur ein wenig erhellt von einem blassen Licht. Er atmete kaum und bewegte nichts außer den Augen. Eine rauhe Wolldecke bedeckte ihn bis zu den Schultern, und den Kopf hatte er auf die Arme gelegt. Unter den Händen konnte er glatte Holzplanken fühlen. Deckplanken. Die Takelage knarrte durch die Nacht. Er atmete langsam aus. Er war auf der *Gischt*. Es war vorbei ... wenigstens für diese eine Nacht.

Ohne sich etwas dabei zu denken, steckte er den Finger in den Mund. Als er Blut schmeckte, blieb ihm die Luft weg. Langsam hob er sich die Hand vors Gesicht, so daß er sie im trüben Mondlicht betrachten und sehen konnte, wie sich der Blutstropfen an der Fingerspitze bildete. Blut, wo er sich an einer Dorne gestochen hatte.

Die *Gischt* bewegte sich, langsam den Arinelle hinunter. Der Wind war stark, kam aber aus Richtungen, die die Segel zur Nutzlosigkeit verdammten. Trotz Kapitän Domons Anordnungen, schneller zu fahren, kroch das Schiff nur den Fluß entlang. In der Nacht saß ein Mann mit einer Laterne am Bug und meldete dem Steuermann in singendem Ton die Tiefen nach hinten, während die Strömung das Schiff gegen den Wind bei eingezogenen Rudern den Fluß hinunter trieb. Im Arinelle mußte man keine Riffe befürchten, doch es gab genug Untiefen und Sandbänke, auf die ein Schiff leicht auflaufen konnte, und dort würde es dann mit dem Bug im Schlamm stekkend auf Hilfe warten müssen. Falls es die erwünschte Hilfe war, die zuerst eintraf ... Tagsüber arbeiteten die Ruderer von früh bis spät, aber der Wind kämpfte gegen sie an, als wolle er den Kahn wieder flußaufwärts zurückschieben.

Sie gingen nicht an Land, weder bei Tag noch bei Nacht. Bayle Domon trieb Kahn wie Besatzung pausenlos an, beklagte den Gegenwind und verfluchte die langsame Fortbewegung. Er beschimpfte die Besatzung als lahme Schnecken an den Riemen und zog ihnen mit Worten für jedes falsch festgezurrte Tau das Fell über die Ohren. Seine leise, harte Stimme malte ihnen zehn Fuß hohe Trollocs aus, die an Deck kamen und ihnen den Hals brachen. Zwei Tage lang genügte das, um jeden Mann kräftig anzutreiben. Dann verblaßte der Schock des Trolloc-Überfalls allmählich, und die Männer fingen an, von einer Stunde an Land zu schwärmen und darüber zu klagen, wie gefährlich es sei, nachts flußabwärts zu fahren.

Die Besatzung schimpfte aber nur leise. Sie schauten aus den Augenwinkeln, ob Kapitän Domon nahe genug war, um sie hören zu können, und er schien tatsächlich alles zu hören, was auf seinem Kahn gesprochen wurde. Jedesmal, wenn das Murren wieder einsetzte, holte er schweigend das lange, sichelförmige Schwert und die Axt mit dem furchtbaren Haken daran hervor, die sie nach dem Angriff an Deck gefunden hatten. Er hängte sie eine Stunde lang am Mast auf, und die Verwundeten tasteten nach ihren Bandagen, und das Gespräch verstummte — wenigstens einen Tag lang oder so, bis es dem einen oder anderen Besatzungsmitglied einfiel, daß sie nun sicherlich die Trollocs lange hinter sich gelassen hatten. Dann begann das Ganze von neuem.

Rand bemerkte, daß sich Thom Merrilin von der Mannschaft fernhielt, wenn die Fahrensmänner miteinander zu flüstern begannen und finstere Gesichter machten, obwohl er ihnen sonst auf die Schultern klopfte und Witze erzählte und mit ihnen herumspaßte, daß selbst der am härtesten arbeitende Mann grinsen mußte. Thom beobachtete diese geheimen Gespräche sehr aufmerksam, während er sich auf das Entzünden seiner langstieligen Pfeife, oder auf das Stimmen seiner Harfe oder irgend etwas anderes zu konzentrieren schien; nur die Besatzungsmitglieder interessierten ihn dann scheinbar überhaupt nicht. Rand verstand nicht, warum er dieses Spiel trieb. Es waren ja nicht sie drei, die von Trollocs gejagt an Bord gekommen waren und denen von der Mannschaft die Schuld daran gegeben wurde, sondern vielmehr Floran Gelb. An den ersten ein oder zwei Tagen konnte man Gelbs drahtige Gestalt ständig dabei beobachten, wie er mit jedem Besatzungsmitglied sprach, das er zu diesem Zweck in eine Ecke drängen konnte, und jedem erzählte er seine Version der Geschichte, wie Rand und die anderen an Bord gekommen waren. Gelbs Verhalten änderte sich ständig — von Prahlerei zu Jammern und wieder zurück, und er verzog jedesmal den Mund verächtlich, wenn er auf Thom oder Mat deutete, aber besonders bei Rand. Natürlich versuchte er, ihnen die Schuld in die Schuhe zu schieben.

»Sie sind Fremde«, klagte Gelb ruhig und dabei immer nach dem Kapitän Ausschau haltend. »Was wissen wir schon von ihnen? Die Trollocs sind mit ihnen gekommen, das ist gewiß. Sie gehören zusammen.«

»Gelb, halt mal die Luft an!« grollte ein Mann, der sein Haar zu einem Pferdeschwanz zusammengebunden hatte und einen kleinen blauen Stern auf eine Wange tätowiert trug. Er sah Gelb nicht an, während er ein Tau auf dem Deck einrollte. Er tat das mit Hilfe der nackten Füße. Alle Fahrensleute liefen trotz der Kälte barfuß herum; Stiefel konnten auf einem nassen Deck zu leicht wegrutschen. »Wenn man dich läßt, bezeichnest du noch deine eigene Mutter als Schattenfreund. Hau ab!« Er spuckte auf Gelbs Fuß und wandte sich wieder dem Tau zu.

Die ganze Besatzung hatte nicht vergessen, daß Gelb auf Wache geschlafen hatte, und die Reaktion des Mannes mit dem Pferdeschwanz war noch das Höflichste, was er zu hören bekam. Niemand wollte mit ihm zusammenarbeiten. Gelb wurden Arbeiten zugewiesen, die er allein erledigen konnte, und alle waren schmutzig, wie zum Beispiel das Ausschrubben der schmierigen Töpfe in der Kombüse, oder er mußte auf allen vieren in den Kielraum kriechen, um unter dem Dreck von vielen Jahren nach Lecks zu suchen. Bald gab er die Bemühungen auf, mit den anderen zu sprechen. Die Schultern abwehrend eingezogen, stand er in verletztem Schweigen herum — je mehr Menschen anwesend waren, desto anklagender seine Haltung —, aber das brachte ihm nicht mehr als ein kurzes Brummen ein. Wenn Gelbs Blick aber auf Rand oder auf Mat oder Thom fiel, dann stand ›Mord‹ auf seinem langnasigen Gesicht geschrieben. Wenn Rand sich Mat gegenüber äußerte, daß Gelb ihnen früher oder später Schwierigkeiten bereiten werde, dann sah sich Mat auf dem Kahn um und sagte: »Können wir einem von ihnen trauen? Überhaupt irgendeinem?« Dann ging er weg und suchte nach einem Plätzchen, um allein zu sein, so allein wie es eben auf einem Kahn möglich war, der vom Bug bis zur Heckstange, wo das Steuerruder angebracht war, nur weniger als dreißig Schritte maß. Nach Rands Meinung, hatte Mat seit der Nacht in Shadar Logoth zu viel Zeit allein und grübelnd verbracht.

Thom meinte: »Wenn wir in Schwierigkeiten kommen, Junge, dann nicht Gelbs wegen. Jedenfalls noch nicht. Keiner aus der Mannschaft steht hinter ihm, und er hat nicht den Mut, etwas auf eigene Faust zu unternehmen. Aber was die anderen betrifft ...? Domon scheint fast zu glauben, daß die Trollocs hinter ihm persönlich her seien, doch der Rest glaubt, die Gefahr sei vorüber. Sie könnten zu dem Entschluß kommen, daß sie die Nase voll haben. Die Stimmung ist so schon kritisch genug.« Er zog sich seinen Flickenumhang über, und Rand hatte das Gefühl, er überprüfe seine versteckten Wurfmesser — seinen zweiten Satz. »Sollten sie meutern, Junge, dann lassen sie keine Passagiere zurück, die alles ausplaudern könnten. Das Gesetz der Königin mag so weit von Caemlyn entfernt nicht viel Einfluß haben, aber selbst ein Dorfbürgermeister würde in so einem Fall eingreifen.« Nach diesem Gespräch bemühte sich auch Rand, unbemerkt die Besatzungsmitglieder zu beobachten.

Thom tat, was er konnte, um die Leute nicht an Meuterei denken zu lassen. Er erzählte jeden Morgen und jeden Abend Geschichten, schön ausgeschmückt, und dazwischen spielte er jedes gewünschte Lied. Um den Eindruck zu verstärken, daß Rand und Mat wirklich Gaukler-Lehrlinge waren, nahm er sich jeden Tag Zeit, sie zu unterrichten, und auch das diente der Besatzung zur Unterhaltung. Er ließ natürlich keinen von beiden an seine Harfe heran, und ihr Flötenunterricht führte zu schmerzhaftem Jaulen des Instruments, zumindest zu Beginn, und die Fahrensleute lachten und hielten sich die Ohren zu.

Er brachte den Jungen einige der leichteren Geschichten bei, dazu ein wenig einfache Akrobatik und natürlich das Jonglieren. Mat beklagte sich darüber, daß Thom zuviel von ihnen verlange, aber Thom pustete seine Schnurrbartenden weg und sah ihn zornig an.

»Ich spiele nicht, wenn ich versuche, euch etwas beizubringen, Junge. Entweder ich unterrichte euch, oder ich lasse es. Also! Selbst eine Landpomeranze sollte fähig sein, einen einfachen Handstand zu machen. Hoch mit dir!«

Die Besatzungsmitglieder, die gerade nichts zu tun hatten, versammelten sich und hockten sich im Kreis um sie herum. Einige probierten die Dinge, die Thom lehrte, sogar selbst aus und lachten über die eigenen schwerfälligen Bemühungen. Gelb stand allein dahinter, beobachtete alles und haßte sie alle.

Rand verbrachte einen großen Teil jedes Tages damit, an der Reling zu lehnen und die Ufer zu beobachten. Es war nicht so, daß er wirklich erwartet hätte, Egwene oder einen der anderen plötzlich am Ufer auftauchen zu sehen, aber der Kahn bewegte sich so langsam fort, daß er manchmal schon darauf hoffte. Sie könnten sie einholen, ohne zu schnell reiten zu müssen. Falls sie entkommen waren. Falls sie noch am Leben waren.

Der Fluß strömte ohne ein Anzeichen irgendwelchen Lebens dahin und es war außer der *Gischt* auch kein anderes Schiff zu sehen. Das hieß aber nicht, daß es gar nichts zu sehen und zu bestaunen gab. Am ersten Tag floß der Arinelle zwischen steilen Klippen hindurch, die sich zu beiden Seiten eine halbe Meile weit erstreckten. Diese ganze Strecke entlang waren aus dem Stein Figuren gehauen, hundert Fuß hohe Männer und Frauen mit Kronen, die sie als Könige und Königinnen auswiesen. In dieser königlichen Reihe glichen sich keine zwei Figuren, und eine lange Zeitspanne trennte die ersten von den letzten. Der Wind und der Regen hatten diejenigen am Nordende glattgeschliffen und ihre Züge beinahe beseitigt; weiter nach Süden zu wurden die Gesichter und ihre Einzelheiten immer deutlicher. Der Fluß plätscherte um die Füße der Statuen herum, Füße, die bis auf glatte Stummel abgeschliffen waren, soweit der Fluß sie nicht ganz zerstört hatte. *Wie lange stehen sie schon hier?* fragte Rand sich. *Wie lange braucht der Fluß, um soviel Stein wegzuschleifen?* Keiner der Besatzung blickte auch nur von der Arbeit auf, so oft hatten sie die uralten Skulpturen schon gesehen.

Ein andermal, als das östliche Ufer sich wieder zu flachem Grasland gewandelt hatte, gelegentlich von kleinen Hainen unterbrochen, wurde die Sonne von irgend etwas in der Ferne reflektiert. »Was kann das sein?« staunte Rand laut. »Es sieht wie Metall aus.«

Kapitän Domon kam gerade vorbei; er blieb stehen und blinzelte zu dem Gleißen hinüber. »Das sein Metall«, sagte er. Seine Sprache war noch immer radebrechend, aber Rand hatte mittlerweile gelernt, ihn zu verstehen, ohne jedesmal rätseln zu müssen. »Ein Metallturm. Ich haben ihn nahe gesehen und so ich weiß. Flußhändler ihn benutzen als Markierung. Wir sein zehn Tage vor Weißbrücke, wenn so weiterfahren.«

»Ein Turm aus Metall?« sagte Rand, und Mat, der mit übereinandergeschlagenen Beinen an ein Faß gelehnt dasaß, unterbrach sein Grübeln, um zu lauschen.

Der Kapitän nickte. »Ja. Glänzender Stahl, so es sich anfühlen und aussehen, aber kein bißchen Rost daran. Er sein zweihundert Fuß hoch, so dick wie ein Haus und kein Zeichen darauf und keine Öffnung darin zu finden.«

»Ich wette, es liegt ein Schatz darin«, sagte Mat. Er stand auf und starrte hinüber zu dem fernen Turm, während die *Gischt* vom Fluß weitergetragen wurde. »So etwas muß gebaut worden sein, um etwas Wertvolles zu schützen.«

»Vielleicht, Junge«, polterte der Kapitän. »Aber es sein seltsamere Dinge auf der Welt als das. Auf Tremlking, was ist eine Insel der Meerleute, da stecken eine Steinhand fünfzig Fuß hoch aus einem Hügel und halten eine Kristallkugel, groß wie dies Schiff. Da sein Schatz unter diese Hügel, wenn überhaupt irgendwo sein Schatz, aber die Inselleute wollen nicht graben dort, und die Meerleute nichts anderes tun wollen, als mit ihre Schiffe segeln und nach Coramoor suchen, ihrer Auserwählten.«

»Ich würde graben«, sagte Mat. »Wie weit ist es nach diesem ... Tremalking?« Eine Baumgruppe schob sich vor den glänzenden Turm, doch er blickte hinüber, als könne er ihn immer noch erkennen.

Kapitän Domon schüttelte den Kopf. »Nein, Junge, Schatz nicht sein so gut wie sehen die Welt. Wenn du finden eine Handvoll Gold oder Juwelen von tote König, gut und schön, aber es sein das Fremde, das du sehen, was dich zu nächstem Horizont hinziehen. In Tanchico — das sein Hafen an Aryth-Meer — Teil von Palast des Panarch war gebaut in Zeitalter von Legenden, man sagt. Da sein eine Wand mit Fries, der zeigt Tiere, die kein lebend Mann je gesehen haben.«

»Jedes Kind kann ein Tier zeichnen, das niemand je gesehen hat«, sagte Rand, und der Kapitän schmunzelte.

»Ja, Junge, das sein so. Aber kann Kind machen die Knochen von diese Tiere? In Tanchico sie haben Knochen und haben befestigt zusammen, so, wie Tier war. Sie stehen in Teil von Panarch-Palast, wo jeder kann hineingehen und ansehen. Die Zerstörung hinterlassen tausend Wunder, und es geben seither halbes Dutzend Weltreiche, manche beinahe so groß wie das von Artur Falkenflügel; jedes hinterlassen Dinge zu sehen und finden. Lichtstäbe und Schneidegewebe und Herzstein. Ein Kristallgitter, das ganze Insel bedecken, und es summen, wenn Mond am Himmel. Ein ausgehöhlter Berg wie Schüssel, und in Mitte ein Silberdorn, hundert Spannen hoch, und jeder, wo kommt näher als eine Meile, sterben muß. Verrostete Ruinen und abgebrochene Stücke und Dinge, gefunden am Meeresgrund, Dinge, auch nicht älteste Bücher wissen, was bedeuten. Ich selbst haben gefunden einiges. Dinge du nie träumen von, an mehr Orten als du kannst sehen in zehnmal Leben. Das sein das Fremde, was dich locken immer weiter.«

»Wir haben in den Sandhügeln nach alten Knochen gegraben«, sagte Rand bedächtig. »Eigenartige Knochen. Da war einmal ein Teil eines Fisches — ich glaube, es war ein Fisch —, so groß wie dieses Schiff. Einige behaupteten, es bringe Unglück, in den Hügeln zu graben.«

Der Kapitän beäugte ihn schelmisch. »Du schon denken an zu Hause, Junge, kaum du aufgebrochen, zu sehen Welt? Die Welt wird einen Haken drücken in deine Mund. Du werden aufbrechen und Sonnenuntergang jagen. Du schon sehen wirst ... und wenn du je kommen zurück, dein Dorf werden sein zu klein, um dich zu halten.«

»Nein!« Er fuhr innerlich zusammen. Wie lange hatte er schon nicht mehr an Emondsfeld, an zu Hause gedacht? Und an Tam? Es mußte Tage her sein. Es schien Monate her zu sein. »Ich werde eines Tages nach Hause zurückkehren, wenn ich kann. Dann werde ich Schafe züchten wie ... wie mein Vater, und wenn ich niemals mehr weggehe, ist es immer noch zu früh. Stimmt's, Mat? Sobald wir können, kehren wir zurück und vergessen, daß dies alles überhaupt existiert.«

Mit sichtbarer Mühe riß sich Mat von dem Anblick des Landes flußaufwärts los, hinter dem sich der verschwundene Turm verbarg. »Was? Oh! Ja, natürlich. Wir gehen nach Hause. Klar.« Als er sich abwandte, um wegzugehen, hörte Rand ihn vor sich hin murmeln: »Ich wette, er will nicht, daß irgend jemand anders nach dem Schatz sucht.« Er schien gar nicht zu merken, daß er das laut ausgesprochen hatte.

Nach vier Tagen Fahrt den Fluß hinunter saß Rand oben auf dem stumpfen Mastende und hatte die Beine um die Querstreben geschlungen. Die *Gischt* schwankte sanft, doch fünfzig Fuß hoch über dem Wasser ließ dieses leichte Schwanken den Mast in weiten Bögen hin und her schwingen. Er warf den Kopf in den Nacken und lachte in den Wind hinein, der ihm ins Gesicht blies. Die Ruder waren draußen, und von hier oben sah das Schiff aus wie eine zwölfbeinige Spinne, die den Arinelle hinunterkrabbelte. Er war schon zuvor so hoch oben gewesen — daheim auf den Bäumen der Zwei Flüsse —, aber diesmal gab es keine Zweige, die seine Sicht behinderten. Alles an Deck, die Matrosen an den Rudern, Männer auf ihren Knien, die das Deck mit Schleifsteinen schrubbten, Männer, die an Tauen und Luken arbeiteten, sahen aus dieser Höhe und diesem Winkel — in gerader Linie von oben — so eigenartig aus, alle zusammengedrückt und verkürzt, daß er eine Stunde allein damit verbracht hatte, sie zu betrachten und zu lachen.

Er mußte immer noch lachen, wenn er auf sie hinunterblickte, aber nun betrachtete er die vorbeischwimmenden Ufer. So schien es wenigstens, als stehe er still — außer natürlich, was dieses Schwanken von einer Seite auf die andere betraf —, und die Ufer glitten langsam vorbei; Hügel und Bäume glitten auf beiden Seiten nach hinten weg. Er saß still, und die ganze Welt bewegte sich an ihm vorbei.

In einem plötzlichen Anfall von Leichtsinn nahm er

die Beine von den Querstreben am Mast und breitete Arme und Beine aus. So balancierte er das Schwanken aus. Drei vollständige Bögen bewältigte er auf diese Art, und dann war plötzlich das Gleichgewicht weg. Er schlug mit Armen und Beinen wild um sich, kippte nach vorn und bekam gerade noch die Fockstag zu fassen. Seine Beine hingen frei zu beiden Seiten des Mastes. Nichts hielt ihn an seinem luftigen Platz als seine beiden Hände an der Stange, und er lachte. Er sog sich die Lunge voll mit dem frischen, kalten Wind und lachte voll übermütiger Freude.

»Junge«, erreichte ihn Thoms Stimme, »Junge, wenn du versuchst, deinen dummen Hals zu brechen, dann falle wenigstens nicht auf mich!«

Rand blickte hinunter. Thom hielt sich an den Rattenscheiben direkt unter ihm fest und sah ihn ziemlich ernst von unten her an. Wie Rand hatte auch der Gaukler seinen Umhang unten gelassen. »Thom«, sagte er entzückt. »Thom, wann seid Ihr denn hier heraufgekommen?«

»Als du nicht darauf geachtet hast, daß die Leute dir etwas zuriefen. Junge, jeder denkt, du seist verrückt geworden!«

Er sah hinunter und war überrascht, daß alle Gesichter zu ihm nach oben schauten. Nur Mat, der mit überschlagenen Beinen und den Rücken an den Mast gelehnt am Bug saß, sah ihn nicht an. Sogar die Männer an den Rudern hatten die Augen erhoben und kamen dabei aus dem Rhythmus. Und niemand schimpfte deswegen. Rand verdrehte den Kopf und blickte unter dem Arm hindurch zum Heck. Kapitän Domon stand am Steuerruder, hatte die kräftigen Fäuste in die Hüften gestützt und sah böse zu ihm hinauf. Er wandte sich wieder Thom zu und grinste. »Wollt Ihr, daß ich jetzt hinunterkomme?«

Thom nickte lebhaft. »Das würde ich sehr begrüßen.«

»In Ordnung.« Er verlagerte den Griff an der Fockstag und sprang mit einem Satz von der Mastspitze weg. Er hörte, wie sich Thom einen Fluch verbiß, als sein Fall aufgehalten wurde und er an beiden Händen von der Stange herunterhing. Der Gaukler sah ihn mißbilligend an, eine Hand halb ausgestreckt, als wolle er ihn fangen. Er grinste Thom erneut zu. »Ich steige jetzt hinunter.«

Er schwang die Beine hoch, hakte sich mit einem Bein an einem dicken Tau fest, das vom Mast zum Bug herunterhing, warf einen Arm darüber, so daß er das Tau im Winkel zwischen Oberarm und Unterarm hatte, und ließ los. Langsam, dann immer schneller, glitt er hinunter. Direkt vor dem Bug ließ er sich fallen und landete geradewegs vor Mat auf dem Deck. Er machte einen Ausfallschritt, um das Gleichgewicht wieder zu erlangen, und dann drehte er sich dem übrigen Schiff mit weit ausgebreiteten Armen zu, wie es Thom nach einem akrobatischen Kunststück immer tat.

Vereinzeltes Klatschen von der Mannschaft war zu hören, aber er blickte überrascht auf Mat hinunter und darauf, was Mat in den Händen hielt, durch seinen Körper vor allen anderen verborgen: einen gekrümmten Dolch mit einer Goldscheide und fremdartigen Schriftzeichen darauf. Der Griff war mit feinem Golddraht umwickelt, und obenauf saß ein Rubin, so groß wie Rands Daumennagel, gehalten von zähnefletschenden Schlangen mit Goldschuppen. Mat fuhr noch einen Moment lang fort, den Dolch in die Scheide hineinzuschieben und wieder herauszuziehen. Er spielte immer noch damit, als er den Kopf langsam hob. Seine Augen schienen in weite Fernen zu blicken. Plötzlich jedoch richteten sie sich auf Rand, und er fuhr zusammen und steckte den Dolch rasch unter seinen Mantel. Rand hockte sich auf die Fersen und schlang die Arme um die Knie. »Wo hast du das her?« Mat sagte nichts, sondern sah sich nur hastig um, ob irgend jemand anders in der Nähe sei. Erstaunlicherweise waren sie allein. »Du hast das doch nicht etwa aus Shadar Logoth, oder?«

Mat sah ihn an. »Es ist deine Schuld. Deine und Perrins. Ihr zwei habt mich von dem Schatz weggerissen, obwohl ich ihn bereits in der Hand hatte. Mordeth hat ihn mir nicht gegeben. Ich habe ihn genommen, also trifft Moiraines Warnung vor seinen Geschenken nicht zu. Du erzählst es doch niemandem, Rand. Sonst stehlen sie ihn mir vielleicht.«

»Ich sage es nicht weiter«, versprach Rand. »Ich halte Kapitän Domon für ehrlich, aber den anderen traue ich nicht, besonders Gelb.«

»Niemandem«, beharrte Mat. »Nicht Domon, nicht Thom, niemandem. Wir sind die einzigen beiden aus Emondsfeld, die noch übrig sind, Rand. Wir können es uns gar nicht leisten, irgend jemand anderem zu trauen.«

»Sie sind am Leben, Mat. Egwene und Perrin. Ich weiß, daß sie noch leben.« Mat blickte beschämt drein. »Aber ich werde dein Geheimnis bewahren. Nur unter uns beiden. Wenigstens müssen wir uns jetzt des Geldes wegen keine Gedanken machen. Wir können ihn so gut verkaufen, daß wir dafür wie die Könige nach Tar Valon reisen können.«

»Natürlich«, sagte Mat nach einer Pause. »Wenn es sein muß. Sag nur niemandem etwas, bevor ich es dir erlaube.«

»Ich habe schon mal gesagt, ich tu das nicht. Hör mal, hast du wieder neue Träume gehabt, seit wir an Bord gegangen sind? Wie in Baerlon? Das ist jetzt die erste Gelegenheit, dich zu fragen, ohne daß sechs Leute zuhören.«

Mat drehte den Kopf weg und sah Rand von der Seite her an. »Vielleicht.«

»Was meinst du mit vielleicht? Entweder hast du oder nicht.«

»Ist schon gut, ja, ich hatte welche. Ich will nicht darüber sprechen. Ich will nicht mal daran denken! Es bringt nichts.«

Bevor einer von ihnen noch mehr sagen konnte, kam Thom über das Deck her, seinen Umhang über den Arm gelegt. Der Wind zerzauste sein weißes Haar, und seine langen Schnurrbartenden schienen zu beben. »Es ist mir noch einmal gelungen, den Kapitän davon zu überzeugen, daß du nicht verrückt geworden bist«, verkündete er, »sondern daß es ein Teil deiner Ausbildung war.« Er ergriff die Fockstag und rüttelte daran. »Dieser närrische Trick, am Tau herunterzurutschen, half dabei, aber du hast Glück gehabt, daß du dir nicht den Hals gebrochen hast.«

Rands Blick ging zur Fockstag und dann hinauf zur Mastspitze, und die Kinnlade fiel ihm herunter. Er *war* daran heruntergerutscht. Und er hatte auf dem Mast ge...

Plötzlich stellte er sich vor, wie er da oben mit gespreizten Armen und Beinen saß. Er setzte sich schwerfällig hin und fing sich gerade noch ab, bevor er platt auf dem Rücken lag. Thom blickte nachdenklich auf ihn herunter.

»Ich wußte gar nicht, daß du Höhen so gut verträgst, Junge. Wir können vielleicht in Illian oder Ebou Dar oder sogar in Tear damit Vorstellungen geben. Die Leute in den großen Städten im Süden sehen gern Hochseiltänzer und Schlappseilartisten.«

»Wir gehen aber nach ...« Im letzten Moment erinnerte sich Rand daran, sich erst einmal umzusehen, ob jemand nahe genug war zum Lauschen. Ein paar Besatzungsmitglieder beobachteten sie, darunter auch Gelb, der wie gewöhnlich finster dreinblickte, aber keiner konnte hören, was er sagte. »Nach Tar Valon«, vollendete er. Mat zuckte die Achseln, als sei es ihm gleich, wohin sie gingen.

»Im Augenblick sieht es so aus, Junge«, sagte Thom und setzte sich neben sie. »Aber morgen ... wer weiß? So ist das Leben eines Gauklers.« Er nahm eine Handvoll farbiger Bälle aus einem seiner weiten Ärmel.

»Nachdem du jetzt nicht mehr da oben bist, können wir ja am Dreierschnitt weiterarbeiten.«

Rands Blick wanderte noch einmal zur Mastspitze, und ein kalter Schauder lief ihm den Rücken hinunter. *Was ist denn mit mir los? Licht, was geschieht mit mir?* Er mußte es herausfinden. Er mußte nach Tar Valon gehen, bevor er wirklich überschnappte.

KAPITEL 3

Das fahrende Volk

Bela trottete gelassen unter der blassen Sonne einher, als seien die drei Wölfe, die unweit von ihr nebenherliefen, nur Dorfhunde, doch an der Art, wie sie von Zeit zu Zeit die Augen rollte, wenn sie die Wölfe ansah, merkte man, daß sie sich ganz anders fühlte. Egwene, die auf dem Rücken der Stute saß, erging es genauso. Sie beobachtete die Wölfe ständig aus den Augenwinkeln und drehte sich manchmal im Sattel nach hinten blickend um. Perrin war sicher, sie suche nach dem Rest des Rudels, als er das aber ihr gegenüber andeutete, stritt sie es ärgerlich ab. Sie bestritt, sich vor den Wölfen zu fürchten, die mit ihnen durch den Wald liefen; bestritt, sich Gedanken über den Rest des Rudels und sein weiteres Verhalten zu machen. Sie bestritt alles und sah sich weiter mit zusammengekniffenen Augen um, wobei sie sich andauernd die Lippen befeuchtete.

Der Rest des Rudels war weit entfernt; das hätte auch er ihr sagen können. *Was nützt es, selbst wenn sie mir glaubt? Oder gerade, wenn sie mir glaubt?* Er hatte keine Lust, sich ihrem Zorn auszusetzen, solange es nicht nötig war. Er wollte auch nicht darüber nachdenken, *wieso* er das wußte. Der in Felle gekleidete Mann sprang vor ihnen her. Manchmal wirkte er beinahe selbst wie ein Wolf. Er sah sich nie um, wenn Scheckie, Springer und Wind auftauchten, aber es war auch ihm bewußt.

Die Emondsfelder waren in der Morgendämmerung des ersten Tages erwacht und hatten gesehen, wie Elyas weitere Kaninchen zubereitete und sie über seinen Vollbart hinweg ausdruckslos beobachtete. Außer Scheckie,

Springer und Wind waren keine Wölfe zu sehen. Im blassen Licht des frühen Tages lag unter der großen Eiche noch tiefer Schatten, und die kahlen Bäume dahinter wirkten wie Finger, die man bis auf die Knochen abgenagt hatte.

»Sie sind in der Gegend«, antwortete Elyas, als ihn Egwene fragte, wohin der Rest des Rudels verschwunden war. »Nahe genug, um zu helfen, falls es nötig ist. Weit genug entfernt, um Problemen mit Menschen aus dem Weg zu gehen, selbst wenn wir darin verwickelt sind. Früher oder später gibt es immer Schwierigkeiten, wenn auch nur zwei Menschen zusammen sind. Wenn wir sie brauchen, sind sie da.«

Etwas kitzelte im hintersten Winkel von Perrins Verstand, als er einen Bissen Röstkaninchen mit den Zähnen herausriß. Eine verschwommen wahrgenommene Richtung. *Natürlich! Dort sind ...* Der heiße Bratensaft in seinem Mund verlor plötzlich jeglichen Geschmack. Er aß ein wenig von den Knollen, die Elyas auf der Kohle geröstet hatte — sie schmeckten ein bißchen wie Rüben —, aber der Appetit war ihm vergangen. Als sie aufgebrochen waren, hatte Egwene darauf bestanden, daß sie sich alle beim Reiten abwechselten, und Perrin hatte sich nicht einmal die Mühe gemacht, ihr zu widersprechen. »Zuerst bist du dran«, sagte er zu ihr. Sie nickte. »Und dann Ihr, Elyas.«

»Meine eigenen Beine sind gut genug für mich«, sagte Elyas. Er sah Bela an, und die Stute rollte die Augen, als sei er einer der Wölfe. »Außerdem glaube ich nicht, daß sie mich auf ihr reiten lassen möchte.«

»Das ist Unsinn«, erwiderte Egwene entschlossen. »Es hat keinen Zweck, in der Hinsicht stur zu sein. Es ist nur vernünftig, wenn jeder von uns hin und wieder reitet. Nach Euren Worten haben wir noch einen langen Weg vor uns.«

»Ich habe nein gesagt, Mädchen.«

Sie atmete tief ein, und Perrin fragte sich, ob es ihr

gelingen würde, Elyas genauso wie ihn herumzukommandieren, doch dann bemerkte er, daß sie mit geöffnetem Mund dastand und kein Wort herausbrachte. Elyas sah sie an; blickte sie einfach nur mit den gelben Wolfsaugen an. Egwene trat zurück, nur weg von dem grobknochigen Mann, leckte sich die Lippen und trat nochmals einen Schritt zurück. Bevor sich Elyas abwandte, war sie rückwärts bis zu Bela gekommen und kletterte hastig auf den Rücken der Stute. Als der Mann sich abwandte, um sie weiter nach Süden zu führen, verglich Perrin dessen Grinsen ebenfalls mit dem eines Wolfs.

Drei Tage lang reisten sie so, gingen oder ritten den ganzen Tag nach Südosten und rasteten erst, wenn sich die Dämmerung senkte. Elyas schien wohl die typische Betriebsamkeit der Stadtmenschen zu verachten, doch er verschwendete gewiß keine Zeit, wenn er irgendein Ziel anstrebte.

Die drei Wölfe ließen sich selten sehen. Jede Nacht kamen sie für eine Weile ans Feuer, und manchmal tauchten sie auch am Tag kurz auf, wenn man sie am wenigsten erwartete, und verschwanden wieder auf die gleiche Art und Weise. Perrin wußte allerdings, daß sie dort draußen waren und wo. Er wußte, wenn sie den Weg vor ihnen erkundeten und wenn sie ihnen den Rücken deckten. Er wußte, wenn sie das übliche Jagdrevier des Rudels verließen und wenn Scheckie das Rudel zurückschickte, um auf sie zu warten. Gelegentlich verblaßten die drei übriggebliebenen in seinem Geist, aber nach kurzer Zeit, bevor sie wieder nahe genug waren, um sich blicken zu lassen, fühlte er sie zurückkehren. Selbst als der Baumbestand dünner wurde und sich in weit verstreute Haine auflöste, die durch weite Flächen winterwelken Grases voneinander getrennt waren, wirkten sie wie Gespenster, wenn sie nicht gesehen werden wollten. Er hätte jedoch jederzeit geradewegs auf sie deuten können. Er wußte nicht, woher diese Fähigkeit kam, und er versuchte, sich selbst davon zu überzeugen, daß ihm lediglich seine Phantasie einen Streich spielte, aber es half nichts. Genau wie Elyas wußte er immer, wo sie sich befanden.

Er bemühte sich, nicht an Wölfe zu denken, doch sie schlichen sich immer wieder in seine Gedanken. Er hatte nicht mehr von Ba'alzamon geträumt, seit er Elyas und die Wölfe kennengelernt hatte. In seinen Träumen, soweit er sich in wachem Zustand daran erinnern konnte, ging es um alltägliche Dinge, von denen er auch zu Hause geträumt hätte ... vor Winternacht ... vor Baerlon. Normale Träume — mit einer Ergänzung. In jedem Traum, an den er sich erinnern konnte, kam ein Punkt, wo er sich von der Arbeit an Meister Luhhans Amboß aufrichtete, um sich den Schweiß von der Stirn zu wischen, oder vom Dorfgrün ging, wo er mit den Mädchen getanzt hatte, oder seinen Kopf von einem Buch hob, das er vor dem Kamin las, und gleichgültig, ob er sich unter einem Dach oder im Freien aufhielt, es war immer ein Wolf in der Nähe. Immer drehte ihm der Wolf den Rücken zu, und er wußte auch immer — in den Träumen erschien ihm dies ganz selbstverständlich, sogar bei Alsbet Luhhans Abendessen —, daß die gelben Augen des Wolfs danach Ausschau hielten, was kommen könnte, um ihn davor zu behüten. Nur im wachen Zustand erschienen ihm die Träume eigenartig.

Drei Tage ging es so, und Scheckie, Springer und Wind brachten ihnen Kaninchen und Eichhörnchen, und Elyas zeigte ihnen Pflanzen, von denen Perrin nur wenige erkannte, die sie gut essen konnten. Einmal brach ein Kaninchen fast unter Belas Hufen hervor. Bevor Perrin noch einen Stein in seine Schleuder legen konnte, nagelte Elyas es auf zwanzig Schritt Entfernung mit seinem langen Wurfmesser fest. Ein andermal schoß Elyas mit seinem Bogen einen fetten Fasan in der Luft. Sie aßen viel besser als zuvor allein, doch Perrin wäre auch mit den alten Kleinportionen zufrieden gewesen, wenn damit andere Gesellschaft verbunden gewesen wäre. Er war sich nicht sicher, wie Egwene darüber dachte, doch er wäre auch zum Hungern bereit gewesen, falls das ohne die Wölfe notwendig gewesen wäre. Bis zum Nachmittag des dritten Tages.

Ein Wald lag vor ihnen, ausgedehnter als die meisten zuvor, gute vier Meilen breit. Die Sonne stand niedrig am Westhimmel und sandte schräge Schatten nach rechts hinüber. Der Wind frischte auf. Perrin fühlte, wie die Wölfe die Nachhut aufgaben und ohne Eile nach vorne kamen. Sie hatten nichts Gefährliches gewittert und gesehen. Egwene war gerade mit dem Reiten auf Bela dran. Es war Zeit, sich nach einem Nachtlager umzusehen, und das große Waldstück kam ihnen da gerade recht.

Als sie den Bäumen näher kamen, brachen drei Mastiff-Kampfhunde aus der Deckung des Waldes hervor, breit gebaute Hunde, genauso groß wie die Wölfe und noch schwerer, die die Zähne unter lautem, grollendem Knurren fletschten. Sie blieben stehen, sobald sie sich im Freien befanden, aber kaum mehr als dreißig Fuß trennten sie von den drei Menschen, und in ihren dunklen Augen glühte die Lust, zu töten.

Bela, bereits durch die Wölfe nervös gemacht, wieherte und warf Egwene beinahe ab, aber Perrin hatte im Nu seine Schleuder in der Hand und ließ sie um seinen Kopf wirbeln. Unnötig, bei Hunden eine Axt zu verwenden; ein Stein in die Rippen würde den schlimmsten Hund vertreiben.

Elyas winkte ihm zu, ohne den Blick von den steifbeinigen Hunden abzuwenden. »Pssst! Laß das jetzt!«

Perrin sah ihn erstaunt an, ließ aber die Schleuder langsamer kreisen und schließlich schlaff an seine Seite fallen. Egwene schaffte es, Bela wieder unter Kontrolle zu bringen; sie und die Stute beobachteten mißtrauisch die Hunde.

Die Nackenhaare der Mastiffs sträubten sich, ihre Ohren waren angelegt, und ihr Knurren klang wie ein

Erdbeben. Plötzlich erhob Elyas einen Finger auf Höhe seiner Schulter und pfiff lang und durchdringend. Der Pfiff wurde im Ton höher und höher und wollte nicht enden. Das Knurren brach ungleichmäßig ab. Die Hunde traten zurück, winselten und drehten die Köpfe weg, als wollten sie gehen und würden doch festgehalten. Ihr Blick war starr auf Elyas Finger gerichtet.

Langsam senkte Elyas die Hand, und damit wurde der Ton seines Pfeifens tiefer. Die Hunde folgten dem Finger, bis sie platt auf dem Boden lagen und die Zungen aus den Schnauzen hängen ließen. Drei Schwänze wedelten.

»Siehst du«, sagte Elyas und ging zu den Hunden hinüber. »Dazu braucht man keine Waffen.« Die Mastiffs leckten seine Hände, und er streichelte ihre breiten Köpfe und kraulte sie hinter den Ohren. »Sie sehen schlimmer aus als sie sind. Sie sollen uns abschrecken, und sie hätten uns nicht gebissen, außer wir hätten versucht, zwischen die Bäume zu gehen. Na ja, darüber brauchen wir uns jetzt keine Gedanken mehr machen. Wir können es bis zum Einbruch der Dunkelheit bis zu dem nächsten Waldstück dort drüben schaffen.«

Als Perrin Egwene ansah, bemerkte er, daß ihr Mund aufklaffte. Er selbst schloß den Mund mit hörbarem Zähneklicken.

Während Elyas noch die Hunde streichelte, betrachtete er das angedeutete Waldstück. »Dort werden Tuatha'an sein. Das Fahrende Volk.« Sie blickten ihn verständnislos an, und er fügte hinzu: »Kesselflicker.«

»Kesselflicker?« rief Perrin. »Ich wollte immer schon Kesselflicker sehen! Manchmal lagern sie bei Taren-Fähre auf der anderen Seite des Flusses, aber soviel ich weiß, kommen sie nie ins Gebiet der Zwei Flüsse. Ich weiß nicht, warum.«

Egwene schnaubte. »Vielleicht weil die Leute aus Taren-Fähre genauso große Diebe sind wie die Kesselflicker. Zweifellos würden sie sich gegenseitig das letzte

Hemd stehlen. Meister Elyas, wenn wirklich Kesselflikker in der Nähe sind, sollten wir dann nicht weiterziehen? Wir wollen doch nicht, daß Bela gestohlen wird und ... na ja, wir haben sonst nicht viel, aber jeder weiß ja, daß die Kesselflicker alles stehlen, was nicht niet- und nagelfest ist.«

»Auch Babys?« fragte Elyas trocken. »Entführen sie auch Kinder und so?« Er spuckte aus, und sie errötete. Diese Geschichten über Babys wurden gelegentlich erzählt, am häufigsten von Cenn Buie oder einem der Coplins oder Congars. Die anderen Geschichten waren allgemein bekannt. »Die Kesselflicker machen mich auch manchmal krank, aber sie stehlen nicht mehr als andere Leute. Erheblich weniger als einige, die ich kenne.«

»Es wird bald dunkel, Elyas«, sagte Perrin. »Wir müssen irgendwo lagern. Warum nicht bei ihnen, wenn sie es uns erlauben?« Frau Luhhan besaß einen von den Kesselflickern reparierten Topf, von dem sie behauptete, er sei besser als je zuvor. Meister Luhhan war nicht sehr angetan davon, daß seine Frau die Kesselflicker lobte, aber Perrin wollte zusehen, wie sie arbeiteten. Und doch zögerte Elyas, was Perrin nicht verstand. »Gibt es einen Grund, warum wir uns von ihnen fernhalten sollten?«

Elyas schüttelte den Kopf, doch das Zögern war immer noch in der Haltung seiner Schultern und der schmalen Linie seines Mundes fühlbar. »Na ja, wir können schon hin. Achtet einfach nicht auf das, was sie sagen. Eine Menge Quatsch. Meistens benimmt sich das Fahrende Volk ziemlich frei, aber manchmal legen sie auch Wert auf Formalitäten. Also macht einfach nach, was ich mache. Und behaltet eure Geheimnisse für euch. Kein Grund, alles auszuplaudern.«

Die Hunde liefen schwanzwedelnd neben ihnen her, als Elyas sie zwischen die Bäume führte. Perrin fühlte, wie die Wölfe ihren Schritt verlangsamten, und wußte, daß sie nicht mit hineinkommen würden. Sie hatten keine Angst vor den Hunden — sie verachteten die Hunde, die für einen Platz am Lagerfeuer ihre Freiheit aufgegeben hatten —, aber sie mieden Menschen.

Elyas schritt gezielt voran, als kenne er den Weg, und beinahe in der Mitte des Waldstücks tauchten denn auch die Wagen der Kesselflicker auf, zwischen den Eichen und Eschen verteilt.

Wie alle in Emondsfeld hatte Perrin eine Menge von den Kesselflickern gehört, sie aber noch nie gesehen, und ihr Lager war genauso, wie er es sich vorgestellt hatte. Ihre Wagen waren kleine Häuser auf Rädern, hohe Holzkästen, lackiert und bunt bemalt in Rot und Blau und Gelb und Grün und einigen Farbtönen, für die er keinen Namen wußte. Das Fahrende Volk ging enttäuschend alltäglichen Arbeiten nach. Sie kochten, nähten, beaufsichtigten Kinder, flickten Zaumzeug, doch ihre Kleidung war noch bunter als ihre Wagen und anscheinend völlig planlos gewählt; einige trugen Mantel und Hose oder Kleid und Schal in Farbkombinationen, die in den Augen weh taten. Sie wirkten wie Schmetterlinge auf einer Blumenwiese.

Vier oder fünf Männer an verschiedenen Flecken des Lagers spielten Geige und Flöte, und ein paar Leute tanzten wie regenbogenfarbene Kolibris. Kinder und Hunde rannten spielend zwischen den Lagerfeuern herum. Die Hunde waren Mastiffs wie jene, die die Reisenden empfangen hatten, aber die Kinder zogen sie an den Ohren und Schwänzen und kletterten ihnen auf den Rücken, und die kräftigen Hunde ertrugen alles gelassen. Die drei neben Elyas blickten mit heraushängenden Zungen zu dem bärtigen Mann auf, als sei er ihr bester Freund. Perrin schüttelte den Kopf. Sie waren immer noch groß genug, um die Kehle eines Mannes zu erreichen, praktisch ohne die Vorderpfoten vom Boden zu heben.

Plötzlich hörte die Musik auf, und er merkte, daß alle Kesselflicker ihn und seine Begleiter anblickten. Selbst die Kinder und die Hunde waren stehengeblieben und beobachteten sie mißtrauisch, beinahe fluchtbereit wirkend.

Einen Augenblick lang war es totenstill, und dann trat ein kleiner, drahtiger und grauhaariger Mann vor und verbeugte sich mit ernster Miene vor Elyas. Er trug einen roten Mantel mit hohem Kragen und eine ausgebeulte, hellgrüne Hose, die er in kniehohe Stiefel gesteckt hatte. »Seid willkommen an unseren Feuern. Kennt Ihr das Lied?«

Elyas verbeugte sich auf die gleiche Art, beide Hände an die Brust gedrückt. »Euer Willkommensgruß erwärmt meinen Geist, Mahdi, so wie Eure Feuer das Fleisch erwärmen, aber ich kenne das Lied nicht.«

»Dann suchen wir weiter«, intonierte der grauhaarige Mann. »Wie es war, so soll es sein, wenn wir uns nur erinnern, suchen und finden.« Er schwang einen Arm lächelnd in Richtung auf die Feuer, und seine Stimme nahm einen fröhlich-leichten Tonfall an. »Das Mahl ist fast fertig. Bitte gesellt Euch zu uns.«

Als sei das ein Signal gewesen, begann die Musik aufs neue, und die Kinder lachten wieder und rannten mit den Hunden herum. Alle im Lager kehrten zu den vorherigen Beschäftigungen zurück, als seien die Neuankömmlinge langerwartete Freunde.

Der grauhaarige Mann zögerte allerdings und sah Elyas an. »Eure … anderen Freunde? Sie werden draußen bleiben. Sie jagen den Hunden solche Angst ein.«

»Sie werden bleiben, wo sie sind, Raen.« Elyas Kopfschütteln enthielt ein wenig Verachtung. »Das solltet Ihr allmählich wissen.«

Der grauhaarige Man spreizte die Hände, als wolle er sagen, daß nichts jemals gewiß sei. Als er sich umdrehte, um sie ins Lager zu führen, stieg Egwene ab und näherte sich Elyas. »Ihr beiden seid Freunde?« Ein lächelnder Kesselflicker erschien, um Bela wegzuführen; Egwene reichte ihm widerstrebend die Zügel, nachdem Elyas trocken geschnaubt hatte. »Wir kennen uns«, antwortete der in Felle gekleidete Mann.

»Er heißt Mahdi?« fragte Perrin.

Elyas knurrte etwas in seinen Bart hinein. »Er heißt Raen. Mahdi ist sein Titel. Sucher. Er ist der Anführer dieses Stammes. Ihr könnt ihn Sucher nennen, wenn euch das andere Wort komisch vorkommt. Er hat nichts dagegen.«

»Wie war das mit diesem Lied?« fragte Egwene.

»Deswegen ziehen sie herum«, sagte Elyas, »oder jedenfalls behaupten sie das. Sie suchen nach einem Lied. Das ist es, wonach der Mahdi sucht. Sie behaupten, sie hätten es bei der Zerstörung der Welt verloren, und wenn sie es wiederfinden, dann wird das Paradies des Zeitalters der Legenden zurückkehren.« Er sah sich im Lager um und schnaubte wieder. »Sie wissen noch nicht einmal, um welche Art von Lied es sich handelt. Sie behaupten, sie würden es erkennen, wenn sie es fänden. Sie wissen auch nicht, wie es das Paradies wiederbringen kann, und doch haben sie fast dreitausend Jahre lang danach gesucht — seit der Zerstörung. Ich schätze, sie werden weitersuchen, bis das Rad aufhört, sich zu drehen.«

Dann erreichten sie Raens Feuer im Zentrum des Lagers. Der Wagen des Suchers war gelb mit roten Rändern, und die Speichen der hohen, rot gestrichenen Räder waren abwechselnd gelb und rot. Eine mollige Frau, so grau wie Raen, doch ohne Falten im Gesicht, kam aus dem Wagen und blieb auf den Stufen am hinteren Ende einen Moment lang stehen, um eine Stola mit blauen Fransen auf ihren Schultern zurechtzurücken. Ihre Bluse war gelb und ihr Rock rot — leuchtende Farben. Die Kombination brachte Perrin zum Blinzeln, und Egwene gab einen Laut von sich, als erwürge man sie.

Als sie die Leute sah, die Raen folgten, kam die Frau mit einem warmen Lächeln herunter. Das war Ila, Raens Frau, einen Kopf größer als ihr Mann, und sie brachte es fertig, daß Perrin schnell die Farben ihrer Kleidung vergaß. Sie erinnerte ihn in ihrer Mütterlichkeit an Frau al'Vere, und von ihrem ersten Lächeln an fühlte er sich herzlich aufgenommen.

Ila begrüßte Elyas als alten Bekannten, doch hielt sie einen für Raen schmerzlichen Abstand. Elyas grinste sie trocken an und nickte. Perrin und Egwene stellten sich vor, und sie nahm ihre Hände in ihre beiden und zeigte dabei viel mehr Wärme als bei Elyas. Sie nahm Egwene sogar in die Arme.

»Du bist ja süß, mein Kind«, sagte sie, nahm Egwenes Kinn in die Hand und lächelte. »Und halb erfroren, denke ich. Setz dich nahe ans Feuer, Egwene. Setzt euch alle hin. Das Essen ist fast fertig.«

Teile umgestürzter Baumstämme waren als Sitze um das Feuer herum gruppiert. Elyas weigerte sich, der Zivilisation auch nur soweit entgegenzukommen, und setzte sich statt dessen auf den blanken Boden. Zwei kleine Kessel hingen an dreibeinigen Eisenhaltern über den Flammen, und am Rand der Kohleschicht stand ein Ofen. Ila kümmerte sich um alles.

Als Perrin und die anderen Platz nahmen, schlenderte ein schlanker junger Mann in grüngestreifter Kleidung zum Feuer herüber. Er umarmte Raen, küßte Ila und musterte Elyas und die Emondsfelder kühl. Er war ungefähr genauso alt wie Perrin und bewegte sich, als werde er mit dem nächsten Schritt zu tanzen beginnen.

»Na, Aram« — Ila lächelte liebevoll — »hast du dich entschlossen, zur Abwechslung einmal mit deinen alten Großeltern zu speisen?« Ihr Lächeln erfaßte Egwene, als sie sich bückte, um in einem Kessel über dem Feuer herumzurühren. »Ich frage mich, aus welchem Grund.«

Aram kauerte sich bequem, die Arme über den Knien verschränkt, gegenüber von Egwene am Feuer nieder. »Ich bin Aram«, sagte er mit leiser, selbstbewußter Stimme zu ihr. Er schien nicht mehr zu bemerken, daß außer ihr noch jemand zugegen war. »Ich habe auf die erste Rose des Frühlings gewartet, und nun finde ich sie an meines Großvaters Feuer.«

Perrin wartete darauf, Egwene kichern zu hören, sah aber dann, daß auch sie Aram ansah. Also blickte er den jungen Kesselflicker erneut an. Er mußte zugeben, Aram sah mehr als nur einfach gut aus. Nach einer Minute fiel Perrin ein, an wen ihn dieser Bursche erinnerte: Wil al'Seen. Alle Mädchen sahen ihm nach und flüsterten hinter seinem Rücken, wenn er von Devenritt nach Emondsfeld kam. Wil stellte jedem Mädchen nach, das er sah, und er brachte es fertig, jede davon zu überzeugen, daß er eben nur höflich zu den anderen sein wollte.

»Eure Hunde dort«, sagte Perrin so laut, daß Egwene zusammenfuhr, »sehen so groß wie Bären aus. Ich bin ganz überrascht, daß ihr die Kinder mit ihnen spielen laßt.«

Arams Lächeln verschwand, aber als er Perrin ansah, tauchte es wieder auf, noch selbstbewußter als zuvor. »Sie werden euch nichts tun. Sie spielen wild, um mögliche Gefahren abzuschrecken und uns zu warnen, aber sie wurden nach dem Gesetz des Blattes dressiert.«

»Das Gesetz des Blattes?« sagte Egwene. »Was ist das?«

Aram deutete auf die Bäume, sah ihr aber dabei ganz fest in die Augen. »Das Blatt lebt die ihm zugeteilte Zeit und kämpft nicht gegen den Wind an, der es fortträgt. Das Blatt schadet niemandem, und wenn es schließlich fällt, nährt es neue Blätter. So sollte es auch bei den Menschen sein. Und besonders bei den Frauen.« Egwene beantwortete seinen Blick, und eine leichte Röte stieg in ihre Wangen.

»Aber was bedeutet das?« fragte Perrin. Aram warf ihm einen verständnislosen Blick zu, und es war Raen, der die Frage beantwortete. »Es bedeutet, daß kein Mensch einem anderen aus irgendeinem Grund Schaden zufügen sollte.« Der Blick des Suchers huschte hinüber zu Elyas. »Es gibt keine Entschuldigung für die Anwendung von Gewalt. Keine einzige. Niemals.«

»Und wenn Euch jemand angreift?« beharrte Perrin. »Wenn euch jemand schlägt oder versucht, Euch zu berauben oder zu töten?«

Raen seufzte — ein geduldiges Seufzen —, als sehe Perrin einfach nicht, was doch für ihn so klar war. »Wenn mich ein Mann schlüge, dann würde ich ihn fragen, warum er das macht. Und wenn er mich immer noch schlagen wollte, würde ich wegrennen; genauso, wenn er mich berauben oder töten wollte. Viel besser, daß ich ihn nehmen lasse, was er will, sogar mein Leben, als daß ich Gewalt anwende. Und ich würde hoffen, daß ihm nicht zuviel Leid zugefügt würde.«

»Aber Ihr habt gesagt, Ihr würdet ihn nicht verletzen«, sagte Perrin.

»Das würde ich auch nicht, aber Gewalt gefährdet denjenigen, der sie anwendet, genauso wie den, der sie empfängt.« Perrin blickte zweifelnd drein. »Ihr könntet mit Eurer Axt einen Baum fällen«, sagte Raen. »Die Axt tut dem Baum Gewalt an und kommt ungeschoren davon. Seht Ihr das so? Holz ist weich, verglichen mit Stahl, aber der scharfe Stahl wird stumpf, wenn er draufloshackt, und der Saft des Baumes wird ihn verrosten und zerfallen lassen. Die mächtige Axt tut dem hilflosen Baum Gewalt an und wird selbst dabei zu Schaden kommen. So ist es auch bei den Menschen, auch wenn der Schaden die Seele betrifft.«

»Aber ...«

»Genug«, knurrte Elyas und schnitt Perrin das Wort ab. »Raen, es ist schon schlimm genug, daß du versuchst, Dorfjungen zu diesem Unsinn zu überreden — das bringt euch überall in Schwierigkeiten, nicht wahr? —, aber die hier habe ich nicht zu euch gebracht, damit du sie zu bequatschen versuchst. Laß das.«

»Um sie dir zu überlassen?« sagte Ila, die zwischen

den Handflächen Kräuter verrieb und sie in einen der Kessel rieseln ließ. »Wirst du sie dein Gesetz lehren, zu töten oder zu sterben? Wirst du sie dem Schicksal zuführen, das du suchst, allein bis auf die Raben und deine ... deine Freunde zu sterben, die sich dann um deinen Körper streiten können?«

»Halte Frieden, Ila«, sagte Raen sanft, als habe er das alles und noch mehr schon hundertmal gehört. »Er wurde an unserem Feuer willkommen geheißen, Frau.«

Ila gab nach, aber Perrin bemerkte wohl, daß sie sich nicht entschuldigte. Statt dessen sah sie Elyas an und schüttelte traurig den Kopf. Dann klopfte sie sich die Kräuterreste von den Händen und nahm, aus einer roten Truhe an der Seite des Wagens Löffel und Tonschüsseln heraus.

Raen wandte sich wieder Elyas zu. »Mein alter Freund, wie oft noch muß ich dir noch sagen, daß wir nicht versuchen, irgend jemanden zu bekehren. Wenn die Dorfleute neugierige Fragen über unsere Lebensweise stellen, beantworten wir sie. Sicher, es sind meistens die jungen Leute, die solche Fragen stellen, und manchmal kommt einer davon mit uns, wenn wir weiterziehen, doch es ist ihre freie Entscheidung.«

»Versuch das mal einer Bauersfrau zu erklären, die gerade herausgefunden hat, daß ihr Sohn oder ihre Tochter mit den Kesselflickern weggelaufen ist«, sagte Elyas trocken. »Deshalb lassen euch die größeren Städte noch nicht einmal in der Nähe lagern. Die Dörfer dulden euch, weil ihr alles so gut repariert, aber in den Städten werdet ihr nicht gebraucht, und sie wollen nicht, daß ihr die jungen Leute zum Weglaufen überredet.«

»Ich weiß nicht, was die Städte alles erlauben.« Raens Geduld schien unerschöpflich. Auf jeden Fall machte er nicht den Eindruck, als werde er wütend. »Es gibt immer gewalttätige Menschen in den Städten. Ich glaube außerdem auch nicht, daß wir das Lied in einer Stadt finden könnten.«

»Ich will euch nicht zu nahe treten, Sucher«, sagte Perrin bedächtig, »aber ... Na ja, ich suche nicht gerade nach Gewalt. Ich habe, glaube ich, jahrelang noch nicht einmal mit irgend jemandem gerungen, außer bei Wettbewerben an Festtagen. Doch wenn mich jemand schlägt, schlage ich zurück. Wenn nicht, würde ich ihn nur in dem Glauben ermutigen, er könne mich schlagen, wann immer er will. Einige Leute denken, sie könnten andere ausnützen, und wenn man ihnen nicht klarmacht, daß das nicht geht, dann laufen sie eben herum und peinigen jeden, der schwächer ist als sie selbst.«

»Einige Leute«, sagte Aram mit einer schwerfälligen Traurigkeit in der Stimme, »können einfach ihre niedrigen Instinkte nicht überwinden.« Er sagte es mit einem Blick auf Perrin, der deutlich machte, daß er nicht von den Schlägern sprach, die Perrin meinte.

»Ich wette, du mußt ganz schön oft wegrennen«, sagte Perrin, und das Gesicht des jungen Kesselflickers straffte sich auf eine Weise, die wohl kaum dem Gesetz des Blattes entsprechen konnte.

»Ich finde es interessant«, sagte Egwene mit einem bösen Blick in Perrins Richtung, »jemanden kennenzulernen, der nicht der Meinung ist, jedes Problem mit den Muskeln lösen zu können.«

Arams gute Laune kehrte zurück, und er stand auf und bot ihr lächelnd die Hand. »Laß mich dir unser Lager zeigen. Es wird getanzt.«

»Das würde ich auch gern.« Sie lächelte zurück.

Ila richtete sich von ihrer Tätigkeit auf, Brotlaibe aus dem kleinen eisernen Ofen zu nehmen. »Aber das Essen ist fertig, Aram.«

»Ich werde bei Mutter essen«, sagte Aram über die Schulter hinweg, als er Egwene an der Hand vom Wagen wegzog. »Wir werden beide bei Mutter essen.« Er warf Perrin ein triumphierendes Lächeln zu. Egwene lachte, als sie wegrannten.

Perrin sprang auf und hielt dann doch inne. Es war ja nicht so, daß ihr irgend etwas Schlimmes geschehen könne, nicht, wenn das Lager diesem Gesetz des Blattes gehorchte, wie Raen gesagt hatte. Er sah Raen und Ila an, die beide ihrem Enkel niedergeschlagen hinterherblickten, und sagte: »Es tut mir leid. Ich bin hier Gast und hätte nicht ...«

»Sei kein Narr«, sagte Ila beruhigend. »Es war seine Schuld, nicht deine. Setz dich und iß.«

»Aram ist ein junger Mann mit Problemen«, sagte Raen traurig. »Er ist ein guter Junge, aber manchmal glaube ich, er findet das Gesetz des Blattes schwer einzuhalten. Ich fürchte, das geht einigen so. Bitte. Mein Feuer ist dein.«

Perrin setzte sich langsam wieder hin. Es war ihm immer noch peinlich. »Was geschieht mit jemandem, der dem Gesetz nicht folgen kann?« fragte er. »Ich meine, wenn es sich dabei um einen Kesselflicker handelt.«

Raen und Ila tauschten einen besorgten Blick, und Raen sagte: »Sie verlassen uns. Die Verlorenen gehen in die Dörfer, um dort weiterzuleben.«

Ila blickte in die Richtung, in die ihr Enkel gegangen war. »Die Verlorenen können nicht glücklich sein.« Sie seufzte, doch ihr Gesicht erschien wieder ruhig, als sie ihnen die Schüsseln und Löffel reichte.

Perrin blickte zu Boden und wünschte, er hätte nicht gefragt. Es kam kein Gespräch mehr auf, während Ila ihre Schüsseln mit einer dicken Gemüsesuppe füllte und gewaltige Scheiben ihres knusprigen Brotes austeilte, und auch nicht beim Essen. Die Suppe schmeckte köstlich, und Perrin aß drei Schüsseln leer, bevor er aufhörte. Elyas, so stellte er grinsend fest, leerte vier davon.

Nach dem Essen stopfte Raen seine Pfeife. Elyas holte die seine hervor und stopfte sie mit Tabak aus Raens Ölzeugbeutel. Als sie mit dem Entzünden und Nachstopfen und Wiederentzünden fertig waren, lehnten sie sich schweigend zurück. Ila holte sich ein Bündel Wolle zum Stricken.

Die Sonne war nur noch ein roter Fleck über den Baumwipfeln im Westen. Das Lager hatte sich auf die Nacht vorbereitet, aber die Betriebsamkeit wurde nicht geringer; sie änderte sich nur. Die Musikanten, die bei ihrer Ankunft im Lager gespielt hatten, waren durch andere ersetzt worden, und noch mehr Menschen als zuvor tanzten im Feuerschein. Ihre Schatten tanzten an den Wänden der Wagen mit. Irgendwo im Lager erhob sich ein Chor männlicher Stimmen. Perrin rutschte von dem Stamm, auf dem er gesessen hatte, auf den Boden und döste bald vor sich hin.

Nach einer Weile sagte Raen: »Hast du andere Tuatha'an besucht, seit du im letzten Frühling bei uns warst, Elyas?«

Perrins Augen öffneten sich und schlossen sich wieder halb. »Nein«, antwortete Elyas, ohne die Pfeife aus dem Mund zu nehmen. »Ich halte mich nicht gern bei zu vielen Menschen gleichzeitig auf.«

Raen lachte leise. »Besonders, wenn es Menschen sind, deren Lebensart gerade das Gegenteil deiner eigenen darstellt, eh? Nein, mein alter Freund, mach dir keine Gedanken. Ich habe schon vor Jahren die Hoffnung aufgegeben, du könntest eines Tages nach dem Gesetz leben. Aber seit unserem letzten Treffen habe ich eine Geschichte gehört, und falls du sie noch nicht kennst, könnte sie dich wohl interessieren. Für mich ist sie aufschlußreich, und ich habe sie immer wieder gehört, jedesmal wenn wir andere Stämme des Volkes getroffen haben.«

»Ich höre.«

»Die Sache begann im Frühjahr vor zwei Jahren bei einem Stamm unseres Volkes, der die Wüste auf der Nordroute durchquerte.«

Perrin riß die Augen auf. »Die Wüste? Die Aiel-Wüste? Sie durchquerten die Aiel-Wüste?«

»Einige Menschen können die Wüste betreten, ohne belästigt zu werden«, sagte Elyas. »Gaukler. Händler, falls sie ehrlich sind. Die Tuatha'an ziehen die ganze Zeit durch die Wüste. Vor dem Baum und dem Aiel-Krieg kamen auch Kaufleute aus Cairhien.«

»Die Aielmänner meiden uns«, sagte Raen traurig, »obwohl sich viele von uns bemüht haben, mit ihnen zu sprechen. Sie beobachten uns aus der Ferne, aber sie kommen uns nicht nahe, und sie lassen uns nicht nahe an sich herankommen. Manchmal grüble ich darüber nach, ob sie wohl das Lied kennen, aber ich denke doch, das ist unwahrscheinlich. Bei den Aiel singen die Männer nicht, wußtet ihr das? Ist das nicht eigenartig? Von der Zeit an, da ein Aieljunge zum Mann wird, singt er nichts anderes mehr als Schlachtgesänge oder die Totenklage für die Gefallenen. Ich habe gehört, wie sie für ihre Toten gesungen haben und für diejenigen, die sie getötet hatten. Dieses Lied kann selbst die Steine zum Weinen bringen.« Ila, die zuhörte, nickte zustimmend über ihrem Stricken. Perrin sah sich gezwungen, seine Meinung schnell zu revidieren. Er hatte geglaubt, die Kesselflicker müßten die ganze Zeit über in Angst leben, weil sie ständig vom Weglaufen sprachen, aber niemand, der Angst hatte, würde auch nur daran denken, die Aiel-Wüste zu durchqueren. Nach dem zu urteilen, was er gehört hatte, würde überhaupt niemand im Vollbesitz seiner geistigen Fähigkeiten versuchen, durch diese Wüste zu ziehen.

»Falls das eine Geschichte über ein Lied werden soll«, begann Elyas, aber Raen schüttelte den Kopf.

»Nein, mein alter Freund, kein Lied. Ich bin nicht sicher, worum es eigentlich geht.« Er wandte seine Aufmerksamkeit Perrin zu. »Junge Aiel wagen sich oftmals in die Fäule. Einige dieser jungen Männer gehen allein, weil sie aus irgendeinem Grund glauben, sie seien dazu berufen, den Dunklen König zu töten. Die meisten gehen in kleinen Gruppen, um Trollocs zu jagen.« Raen schüttelte traurig den Kopf, und als er fortfuhr, klang seine Stimme bedrückt. »Vor zwei Jahren fand ein Stamm unseres Volkes, der durch die Wüste zog, ungefähr hundert Meilen südlich der Fäule eine dieser Gruppen.«

»Junge Frauen«, warf Ila genauso traurig wie ihr Mann ein, »kaum dem Mädchenalter entwachsen.«

Perrin gab einen Laut der Überraschung von sich, und Elyas grinste ihn ungerührt an. »Aielmädchen müssen sich nicht um das Haus kümmern und kochen, wenn sie nicht wollen, Junge. Diejenigen, die statt dessen Kriegerinnen werden wollen, werden Mitglieder in einer der Kriegergemeinschaften, *Far Dareis Mai*, die Töchter des Speers, und kämpfen Seite an Seite mit den Männern.«

Perrin schüttelte den Kopf. Elyas lachte über seinen Gesichtsausdruck.

Raen begann wieder mit der Geschichte, wobei in seiner Stimme sowohl Abscheu wie auch Unverständnis mitschwangen. »Die jungen Frauen waren alle tot bis auf eine, und sie lag im Sterben. Sie kroch zu den Wagen hin. Es war klar, daß sie sie als Tuatha'an erkannte. Ihre Abscheu war größer als ihre Schmerzen, doch sie hatte eine Botschaft, die ihr so wichtig war, daß sie unbedingt an jemanden weitergegeben werden mußte, selbst an uns, bevor sie starb. Es gingen auch Männer hin zu den anderen, um zu sehen, ob man ihnen helfen konnte — sie konnten ihrer Blutspur leicht folgen —, aber sie waren alle tot, genauso wie die dreifache Anzahl von Trollocs.«

Elyas fuhr hoch, so daß ihm beinahe die Pfeife aus dem Mund gefallen wäre. »Hundert Meilen weit in der Wüste? Unmöglich! *Djevik K'Schar* wird die Wüste von den Trollocs genannt. Die Sterbestätte. Sie würden nicht einmal hundert Meilen weit in die Wüste hinausgehen, wenn alle Myrddraal der Fäule sie dorthin trieben!«

»Ihr wißt eine ziemliche Menge über Trollocs, Elyas«, sagte Perrin.

»Fahr fort mit deiner Geschichte«, forderte Elyas Raen grob auf.

»Den Trophäen nach zu schließen, die von den Aiel mitgebracht worden waren, war es klar, daß sie aus der Fäule kamen. Die Trollocs waren ihnen gefolgt, aber den Spuren nach überlebten nur wenige und konnten zurückkehren, nachdem sie die Aiel getötet hatten. Was das Mädchen betrifft, so ließ sie sich von niemandem berühren, nicht einmal, um ihre Wunden zu versorgen. Doch sie packte den Sucher dieses Stammes am Mantel, und nun gebe ich euch wörtlich wieder, was sie sagte: ›Der Blattverderber will das Auge der Welt blenden, Verlorener. Er will die Große Schlange töten. Warne die Menschen, Verlorener. Der Sichtblender kommt. Sag ihnen, sie sollen sich bereithalten für den, Der Mit der Dämmerung Kommt. Sag ihnen ...‹ Und dann starb sie. Blattverderber und Sichtblender«, fügte Raen für Perrin hinzu, »sind Aielnamen für den Dunklen König, aber sonst verstehe ich kein Wort. Und doch hielt sie es für wichtig genug, um sich an die zu wenden, die sie offensichtlich verachtete, damit sie es mit ihrem letzten Atemzug weitergeben konnte. Aber für wen? Wir sind wir, das Volk, aber ich glaube kaum, daß es für uns bestimmt war. Die Aiel? Sie würden uns nicht dazu kommen lassen, es ihnen zu erzählen, auch wenn wir es versuchten.« Er seufzte schwer. »Sie nannte *uns* die Verlorenen. Ich hatte nicht gewußt, wie sehr sie uns verachten.« Ila legte ihr Strickzeug in den Schoß und berührte sanft seinen Kopf.

»Etwas, das sie in der Fäule erfahren haben«, überlegte Elyas laut. »Aber nichts ergibt einen Sinn. Die Große Schlange töten? Die Zeit selbst ermorden? Und das Auge der Welt blenden? Da kann man genausogut behaupten, er wolle einen Felsen aushungern. Vielleicht hat sie nur phantasiert, Raen? Verwundet, im Sterben — sie könnte den Kontakt mit der Wirklichkeit bereits verloren haben. Vielleicht wußte sie nicht einmal, wer diese Tuatha'an waren?«

»Sie wußte, was sie sagte und zu wem sie es sagte. Es war für sie wichtiger als ihr eigenes Leben, und wir verstehen es noch nicht einmal. Als ich dich in unser Lager kommen sah, dachte ich, wir könnten endlich die Antwort auf dieses Rätsel finden, denn du bist« — Elyas machte eine schnelle Handbewegung, und Raen sagte offensichtlich etwas anderes, als er vorgehabt hatte — »ein Freund und kennst viele seltsame Dinge.«

»Aber nichts darüber«, sagte Elyas in einem Ton, der eindeutig das Gespräch abschloß. Die Stille am Lagerfeuer wurde nur noch von Musik und Gelächter unterbrochen, die von anderen Teilen des nachtverhüllten Lagers herübertrieben.

Als er dann mit der Schulter an einen der Baumklötze am Lagerfeuer gelehnt dalag, bemühte sich Perrin, die Botschaft der Aielfrau zu enträtseln, aber sie ergab für ihn auch nicht mehr Sinn als für Raen oder Elyas. Das Auge der Welt. Das hatte er mehr als einmal in seinen Träumen gesehen, aber über diese Träume wollte er nicht nachdenken. Aber wie stand es mit Elyas? Da gab es eine Frage, auf die er gern eine Antwort gehabt hätte. Was hatte Raen über den bärtigen Mann sagen wollen, und warum hatte Elyas ihn dabei unterbrochen? Auch da hatte er kein Glück. Er versuchte sich vorzustellen, wie die Aielmädchen sein mochten — in die Fäule gehen, wo sich seines Wissens nur Behüter hineinwagten, um gegen Trollocs zu kämpfen —, als er hörte, daß Egwene vor sich hinsingend zurückkam.

Er rappelte sich hoch und empfing sie am Rand des Feuerscheins. Sie blieb stehen und sah ihn mit schräg gehaltenem Kopf an. Im Dunklen konnte er ihren Gesichtsausdruck nicht sehen.

»Du warst lange weg«, sagte er. »Hast du dich amüsiert?«

»Wir haben bei seiner Mutter gegessen«, antwortete sie. »Und dann tanzten wir ... und lachten. Es ist eine Ewigkeit her, seit ich das letzte Mal tanzte.«

»Er erinnert mich an Wil al'Seen. Du warst immer klug genug, um dich nicht von Wil einfangen zu lassen.«

»Aram ist ein lieber Junge, und es macht Spaß, mit ihm zusammenzusein«, sagte sie mit angespannter Stimme. »Er bringt mich zum Lachen.«

Perrin seufzte. »Es tut mir leid. Ich freue mich, wenn du dich beim Tanzen amüsiert hast.«

Plötzlich lag sie in seinen Armen und weinte an seiner Brust. Ungeschickt streichelte er ihr Haar. *Rand wüßte, was man da am besten tut,* dachte er. Rand hatte es leicht bei den Mädchen. Nicht so wie er, der niemals wußte, was er machen oder sagen sollte. »Ich habe ja gesagt, es tut mir leid, Egwene. Ich freue mich wirklich, daß du dich beim Tanzen amüsiert hast. Wirklich!«

»Sag mir, daß sie noch am Leben sind«, murmelte sie an seiner Brust. »Was?«

Sie drückte sich auf eine Armlänge von ihm weg, die Hände auf seinen Armen, und blickte in der Dunkelheit zu ihm auf. »Rand und Mat. Die anderen. Sag mir, daß sie noch leben.«

Er atmete tief ein und sah sich unsicher um. »Sie leben«, sagte er schließlich.

»Gut.« Sie rieb sich mit geschickten Fingern die Wangen. »Das war es, was ich hören wollte. Gute Nacht, Perrin. Schlaf gut.« Sie stellte sich auf die Zehenspitzen, hauchte ihm einen Kuß auf die Wange und eilte an ihm vorbei, bevor er etwas sagen konnte. Er drehte sich um und beobachtete sie. Ila erhob sich, um sie zu empfangen, und die beiden Frauen gingen, sich leise unterhaltend, in den Wagen. *Rand würde es verstehen,* dachte er, *aber ich nicht.*

In der fernen Nacht heulten die Wölfe die erste dünne Sichel des neuen Mondes am Horizont an, und er schauderte. Morgen würde er sich wieder der Wölfe wegen Gedanken machen müssen. Er irrte sich. Sie warteten schon auf ihn und begrüßten ihn in seinen Träumen.

KAPITEL 4

Weißbrücke

Der letzte unsichere Ton dessen, was man kaum noch als ›Der Wind, der die Weide beugt‹ hatte erkennen können, verklang zur Erleichterung der Zuhörer, und Mat senkte Thoms mit Gold und Silber verzierte Flöte. Rand nahm die Hände von den Ohren. Ein Matrose, der nebenan auf dem Deck ein Seil zusammenrollte, seufzte laut vor Erleichterung. Einen Augenblick lang hörte man nur das Klatschen des Wassers an die Bordwand, das rhythmische Quietschen der Ruder und von Zeit zu Zeit das Summen der vom Wind gezupften Takelage. Der Wind drückte schnurgerade auf den Bug der *Gischt,* und die nutzlosen Segel waren eingerollt.

»Ich denke, ich sollte dir dankbar sein«, murmelte Thom Merrilin schließlich, »daß du den Beweis geliefert hast, wie wahr das alte Sprichwort ist: Wie auch immer du es unterrichtest, ein Schwein wird niemals lernen, Flöte zu spielen.« Der Matrose lachte schallend auf, und Mat hob die Flöte, als wolle er sie nach ihm werfen. Energisch entriß Thom das Instrument Mats Hand und legte es in seinen festen Lederbehälter. »Ich dachte immer, ihr Schäfer verbringt die Zeit damit, der Herde auf dem Dudelsack oder der Flöte vorzuspielen. Das wird mir eine Lehre sein, nie wieder etwas zu glauben, was ich nicht aus eigener Anschauung weiß.«

»Rand ist der Schäfer«, grollte Mat. »Er spielt Dudelsack, nicht ich.«

»Ja, nun, er zeigt ein wenig Talent. Vielleicht sollten wir besser das Jonglieren üben, Junge. Wenigstens scheinst du dafür etwas Talent zu besitzen.«

»Thom«, sagte Rand, »ich weiß gar nicht, warum Ihr Euch immer noch so bemüht.« Er blickte zu dem Matrosen hinüber und senkte die Stimme. »Schließlich wollen wir ja nicht wirklich Gaukler werden. Das geben wir doch nur vor, bis wir Moiraine und die anderen gefunden haben.«

Thom zupfte an einem Schnurrbartende herum und schien das glatte, braune Leder des Flötenkastens auf seinen Knien einer genauen Betrachtung zu unterziehen. »Was wird, wenn du sie nicht findest, Junge? Es gibt keinen Hinweis darauf, daß sie überhaupt noch am Leben sind.«

»Sie leben«, sagte Rand überzeugt. Er wandte sich, um Unterstützung heischend, an Mat, aber Mats Augenbrauen waren fast bis zur Nase heruntergezogen, sein Mund bildete eine schmale Linie, und seine Augen waren auf das Deck gerichtet. »Jetzt sag doch was!« forderte Rand ihn auf. »Du kannst doch nicht so wütend sein, nur weil du nicht Flöte spielen kannst. Ich kann's auch nicht sehr gut. Du hast bisher auch nie Flöte spielen wollen.«

Mat blickte mit gerunzelter Stirn auf. »Was ist, wenn sie tot sind?« fragte er leise. »Wir müssen mit den Tatsachen leben, oder?«

In diesem Moment meldete der Mann im Ausguck: »Weißbrücke! Weißbrücke voraus!«

Eine ganze Weile lang sah Rand seinem Freund in die Augen, obwohl um sie herum die Matrosen damit beschäftigt waren, den Kahn auf das Anlegemanöver vorzubereiten. Rand konnte nicht glauben, daß Mat so etwas so beiläufig sagen konnte. Mat stierte ihn mit eingezogenem Kopf an. Es gab so vieles, was Rand in dem Moment sagen wollte, doch er brachte es nicht fertig, seine Gefühle in Worte zu fassen. Sie mußten einfach daran glauben, daß ihre Freunde noch lebten. Sie mußten. *Warum?* bohrte eine Stimme in seinem Hinterkopf. *Damit es alles so kommt wie in einer von Thoms Geschichten?*

Die Helden finden den Schatz und besiegen den Bösewicht, und wenn sie nicht gestorben sind, dann leben sie noch heute? Ein paar seiner Geschichten enden nicht auf diese Weise. Manchmal sterben sogar die Helden. Bist du ein Held, Rand al'Thor? Bist du ein Held, Schafhirte?

Plötzlich wurde Mat rot und wandte sich ab. Befreit sprang Rand auf und ging durch das geschäftige Treiben zur Reling hinüber. Mat kam ihm langsam nach und bemühte sich nicht einmal, den Matrosen auszuweichen, die ihm über den Weg liefen.

Männer hasteten auf dem Kahn herum. Ihre bloßen Füße klatschten auf dem Deck. Die einen zogen Taue ein, andere lösten oder befestigten welche. Einige schleppten große Säcke aus Ölzeug an, die bis zum Bersten mit Wolle vollgestopft waren, während andere Kabel von der Stärke von Rands Handgelenken bereithielten. Trotz aller Eile bewegten sie sich mit der Sicherheit von Männern, die dies alles schon tausendmal zuvor getan hatten. Nur Kapitän Domon stampfte auf dem Deck herum, schrie Befehle und verfluchte diejenigen, die sich seiner Meinung nach nicht schnell genug bewegten.

Rand konzentrierte seine Aufmerksamkeit auf das, was vor ihnen lag und klar in Sicht kam, als sie eine sanfte Kurve des Arinelle durchfahren hatten. Er hatte in Liedern und Geschichten und den Erzählungen von Händlern davon gehört, doch nun konnte er die Legende in Wirklichkeit sehen.

Die Weiße Brücke schwang sich in hohem Bogen über den breiten Fluß; doppelt so hoch wie der Mast der *Gischt,* und sie glänzte von einem Ende zum anderen milchweiß im Sonnenschein, ja, sie schien das Licht in sich zu sammeln, bis sie glühte. Dünne Pfeiler aus dem gleichen Material stemmten sich der starken Strömung entgegen. Sie erschienen fast zu zerbrechlich, um das Gewicht und die Breite der Brücke zu halten. Es wirkte alles wie aus einem Stück gefertigt, als sei sie von der Hand eines Riesen aus einem einzigen Stein gehauen oder geformt worden, breit und hoch, und sie überspannte den Fluß mit einer luftigen Eleganz, die beinahe ihre Größe vergessen machte. Alles in allem überragte sie die Stadt, die sich am Ostufer zu ihren Füßen ausbreitete, obwohl Weißbrücke viel größer als Emondsfeld war, mit Naturstein- und Backsteinhäusern, so groß wie die in Taren-Fähre, und mit hölzernen Landestegen, die wie dünne Finger in den Fluß hinausgriffen. Der Arinelle war von kleinen Booten übersät, und Fischer holten ihre Netze ein. Und über allem ragte die Weiße Brücke auf und glänzte.

»Sie sieht aus, als sei sie aus Glas«, sagte Rand zu niemand Bestimmtem.

Kapitän Domon blieb hinter ihm stehen und hakte den Daumen in seinem Gürtel ein. »Nein, Junge. Was immer es sein, es sein nicht Glas. So stark es auch regnen, es sein nicht rutschig, und der beste Meißel und stärkste Arm nicht machen Kerbe hinein.«

»Ein Überrest aus dem Zeitalter der Legenden«, sagte Thom. »Ich habe sie jedenfalls immer schon dafür gehalten.«

Der Kapitän knurrte mürrisch: »Möglich. Aber immer noch nützlich sein. Könnte sein, jemand anders sie gebaut haben. *Muß* nicht sein Aes Sedai Werk. Es nicht muß sein so alt wie das alles. Streng dich gefälligst an! Du sein verdammter Narr!« Er hastete das Deck hinunter.

Rand betrachtete die Brücke noch staunender als vorher. *Aus dem Zeitalter der Legenden.* Also von den Aes Sedai gebaut. Deshalb hatte Kapitän Domon so seine Bedenken, auch wenn er immer von der Großartigkeit und dem Zauber der Welt sprach. Ein Werk der Aes Sedai. Es war eine Sache, davon zu hören, aber eine ganz andere, es tatsächlich zu sehen und zu berühren. *Das weißt du doch, nicht wahr?* Einen Augenblick lang schien es Rand, als fließe ein Schatten durch das milchweiße Bauwerk. Er wandte die Augen ab und sah die näher kommenden Landestege an, doch am Rand seines Gesichtsfeldes ragte immer noch die Brücke auf. »Wir haben es geschafft, Thom«, sagte er und lachte dann gezwungen. »Und das sogar ohne Meuterei.«

Der Gaukler räusperte sich nur und pustete seine Schnurrbartenden weg, aber zwei Matrosen, die in Rands Nähe ein Tau bereithielten, sahen Rand scharf an, wandten sich aber schnell wieder ihrer Arbeit zu. Er lachte nicht mehr und bemühte sich, die beiden während ihrer Ankunft in Weißbrücke nicht mehr anzusehen.

Die *Gischt* drehte elegant am ersten Landesteg bei — dicke Planken auf schweren, mit Teer bestrichenen Stützbalken — und verhielt unter einem Rückwärtsschlag der Ruder, bei dem das Wasser um die Blätter aufschäumte. Als die Ruder eingezogen wurden, warfen die Matrosen Männern auf dem Landesteg Taue zu, und die Männer befestigten sie schwungvoll, während andere Besatzungsmitglieder die mit Wolle gefüllten Säcke über die Reling warfen, damit sie den Schiffsrumpf vor Beschädigungen durch die Stützbalken des Landestegs schützten. Bevor der Kahn noch an den Landesteg herangezogen war, erschienen an dessen Ende bereits Kutschen, hoch und glänzend schwarz lackiert, und auf jede Tür war in großen goldenen oder roten Lettern ein Name aufgemalt. Die Passagiere der Kutschen eilten die Laufplanke hinauf, kaum daß sie ausgelegt war: Männer mit glatten Gesichtern in langen Samtmänteln und mit Seide verbrämten Umhängen und Stoffschuhen, jeder gefolgt von einem Diener in einfacher Kleidung, der seine mit Eisen beschlagene Geldkassette trug.

Sie gingen mit aufgesetztem Lächeln auf Kapitän Domon zu, doch ihr Lächeln verschwand, als er ihnen plötzlich ins Gesicht brüllte: »Du!« Er zeigte mit einem dicken Finger an ihnen vorbei und brachte Floran Gelb am anderen Ende des Kahns damit zum Stehen. Die Beule auf Gelbs Stirn, die Rands Stiefel hinterlassen hatte, war mittlerweile verschwunden, doch er griff sich von Zeit zu Zeit an diese Stelle, wohl um sich selbst daran zu erinnern. »Du haben zum letztemal auf meinem Schiff auf Wache geschlafen! Oder auch auf irgendein anderes Schiff, wenn es gehen nach mir! Wähle eine Seite, den Steg oder den Fluß, aber runter von mein Schiff, *und zwar sofort!*«

Gelb zog die Schultern ein, und seine Augen versprühten Haß auf Rand und seine Freunde; Rand im besonderen bekam noch einen giftigen Blick ab. Der drahtige Mann sah sich an Deck nach Unterstützung um, aber es lag wenig Hoffnung in seinem Gesichtsausdruck. Einer nach dem anderen richteten sich alle Besatzungsmitglieder von ihrer Arbeit auf und sahen ihn kalt an. Gelb schrumpfte sichtbar zusammen, doch dann kehrte sein haßerfüllter Blick zurück — doppelt so stark wie vorher. Mit einem leisen Fluch eilte er hinunter zu den Mannschaftsquartieren. Domon schickte ihm zwei Männer nach, um sicherzugehen, daß er nichts anstellte, und wandte sich dann mit einem Knurren ab. Als sich der Kapitän ihnen wieder zuwandte, kehrte das Lächeln der Kaufleute zurück, und sie verbeugten sich, als seien sie nicht unterbrochen worden.

Auf ein Wort Thoms hin begannen Mat und Rand, ihre Sachen zusammenzusuchen. Sie alle besaßen kaum etwas außer den Kleidern, die sie am Leib trugen. Rand nannte seine Deckenrolle und die Satteltaschen sowie das Schwert seines Vaters sein eigen. Er nahm das Schwert eine Minute in die Hand, und das Heimweh überkam ihn so stark, daß seine Augen brannten. Er fragte sich, ob er Tam jemals wiedersehen würde. Oder die Heimat. Heimat. *Du wirst den Rest deines Lebens mit Weglaufen verbringen, mit Weglaufen und der Angst vor deinen eigenen Träumen.* Mit einem zittrigen Seufzer schnallte er sich den Gürtel um die Taille über seinen Mantel.

Gelb kam zurück an Deck, gefolgt von seinen beiden

Schatten. Er blickte geradeaus, aber Rand konnte Wellen von Haß spüren, die von ihm ausgingen. Kerzengerade aufgerichtet und mit dunkel angelaufenem Gesicht schritt Gelb steifbeinig die Laufplanke hinunter und bahnte sich grob einen Weg durch die kleine Menschenansammlung hinter dem Landesteg. Nach einer Minute war er aus ihrem Blickfeld hinter den Kutschen der Kaufleute verschwunden.

Es waren nicht viele Leute am Landesteg, und die Wartenden waren ein Gemisch aus einfach gekleideten Arbeitern, Fischern, die ihre Netze flickten, und ein paar Zuschauern aus der Stadt, die gekommen waren, um das erste Schiff zu bestaunen, das dieses Frühjahr aus Saldaea herunterkam. Keines der Mädchen war Egwene, und niemand sah auch nur ein klein wenig nach Moiraine oder Lan oder sonst jemand aus, den Rand zu finden hoffte. »Vielleicht sind sie nur nicht herunter zur Anlegestelle gekommen«, sagte er.

»Vielleicht«, erwiderte Thom kurz angebunden. Er hängte sich sorgfältig die Instrumentenkästen auf den Rücken. »Ihr zwei haltet die Augen offen in bezug auf Gelb. Wenn er kann, wird er uns Schwierigkeiten bereiten. Wir wollen so unauffällig Weißbrücke durchqueren, damit sich fünf Minuten nach unserer Abreise niemand mehr daran erinnert, daß wir hier waren.«

Ihre Umhänge flatterten im Wind, als sie zur Laufplanke gingen. Mat trug seinen Bogen quer vor der Brust. Selbst nach all diesen Tagen an Bord zog das noch immer die Blicke der Besatzungsmitglieder an; ihre Bogen waren im Vergleich dazu ziemlich kurz.

Kapitän Domon ließ die Kaufleute stehen und fing Thom vor der Laufplanke ab. »Ihr mich jetzt verlassen, Gaukler? Kann ich nicht überzeugen Euch zu bleiben hier? Ich gehen den ganzen Weg hinunter nach Illian, wo die Leute Gaukler wirklich sehr schätzen. Es sein kein besserer Ort auf der Welt für Eure Kunst. Ihr werden kommen zu richtige Zeit mit mir für Fest von Sefan.

Der Wettkampf, ja? Hundert Goldmark für den, der erzählt am besten *Die wilde Jagd nach dem Horn.*«

»Ein toller Preis, Kapitän«, antwortete Thom mit einer schwungvollen Verbeugung und einem kurzen Schwenk seines Umhangs, so daß die Flicken ins Flattern kamen. »Und ein großartiger Wettbewerb, der zu Recht Gaukler aus der ganzen Welt anzieht. Aber«, fügte er trocken hinzu, »ich fürchte, wir könnten uns Eure Fahrpreise nicht leisten.«

»Ja, also, was das betrifft ...« Der Kapitän holte einen Lederbeutel aus seiner Manteltasche und warf ihn Thom zu. Es klimperte darin, als Thom ihn fing. »Euer Fahrgeld zurück und noch etwas mehr dazu. Der Schaden sein nicht so groß wie ich denken, und Ihr für Eure Passage gearbeitet mit Euren Geschichten und Eurer Harfe. Ich vielleicht können noch einmal soviel zahlen, wenn Ihr bleiben an Bord bis zum Meer der Stürme. Und ich würden Euch setzen an Land in Illian. Ein guter Gaukler kann machen sein Glück dort, sogar ohne den Wettbewerb.«

Thom zögerte und wog den Beutel in seiner Hand, doch Rand äußerte sich: »Wir werden hier Freunde treffen, Kapitän, und dann zusammen nach Caemlyn reisen. Wir müssen unseren Besuch in Illian auf ein andermal verschieben.«

Thoms Mund verzog sich sarkastisch, doch dann pustete er seine langen Schnurrbartenden vom Mund weg und steckte den Beutel in die Tasche. »Vielleicht, wenn die Leute, die wir treffen wollen, nicht hier sind, Kapitän.«

»Na ja«, sagte Domon säuerlich. »Ihr Euch überlegen. Zu schlimm ich kann nicht Gelb behalten an Bord, um Ärger der anderen an ihm auslassen, aber ich tun, was ich sagen ich tun werden. Ich schätze, ich müssen jetzt mehr locker lassen, selbst wenn das heißen, wir brauchen dreimal so lang wie nötig nach Illian. Na ja, vielleicht die Trollocs wirklich *waren* her hinter Euch drei.«

Rand blinzelte, hielt aber den Mund. Mat war nicht so vorsichtig.

»Warum glaubt Ihr so etwas?« wollte er wissen. »Sie suchten den gleichen Schatz wie wir!«

»Vielleicht«, knurrte der Kapitän, aber es klang nicht überzeugt. Er fuhr sich mit den dicken Fingern durch den Bart und zeigte dann auf die Tasche, in die Thom den Beutel gesteckt hatte. »Zweimal das Geld, wenn Ihr kommen zurück und lenken ab die Männer, damit nicht merken, wie hart ich sie arbeiten lassen. Überlegt es Euch. Ich segeln bei erstem Tageslicht morgen früh.« Er machte eine Kehrtwendung und ging zurück zu den Kaufleuten, die Arme weit gespreizt, während er sich dafür entschuldigte, daß er sie hatte warten lassen.

Thom zögerte noch, doch Rand schob ihn die Laufplanke hinunter, ohne ihm eine Möglichkeit zum Widersprechen zu geben, und der Gaukler ließ es sich gefallen. Ein Raunen ging durch die Menschenansammlung an der Anlegestelle, als sie den mit Flicken bedeckten Umhang Thoms bemerkten, und einige sprachen ihn an, um herauszufinden, wo er auftreten werde. *Und wir wollten unbemerkt bleiben,* dachte Rand bestürzt. Bis Sonnenuntergang würde ganz Weißbrücke wissen, daß ein Gaukler in der Stadt war. Trotzdem schob er Thom schnell weiter, und dieser — in trübes Schweigen gehüllt — versuchte nicht einmal, die Eile zu bremsen, um die Aufmerksamkeit zu genießen. Die Kutscher schauten interessiert von ihren hohen Böcken auf Thom hinunter, doch offensichtlich verbot ihnen die Würde ihrer Stellung jegliche Zurufe. Rand hatte keine Ahnung, wo er genau hingehen sollte, und so bog er in die Straße ein, die am Fluß entlang unter der Brücke hindurchführte. »Wir müssen Moiraine und die anderen finden«, sagte er. »Und das schnell. Wir hätten daran denken sollen, Thom einen anderen Umhang anziehen zu lassen.«

Thom schüttelte sich plötzlich und blieb unvermittelt stehen. »Ein Wirt dürfte in der Lage sein, uns zu sagen, ob sie hier sind oder zumindest durchgekommen sind. Der richtige Wirt. Wirte hören alle Neuigkeiten und allen Klatsch. Wenn sie nicht hier sind ...« Er blickte zwischen Rand und Mat hin und her. »Wir müssen miteinander sprechen, wir drei.« Mit flatterndem Umhang ging er los, in die Stadt hinein und weg vom Fluß. Rand und Mat mußten schnell laufen, um mit ihm Schritt zu halten.

Der breite, milchweiße Bogen, der dieser Stadt ihren Namen verliehen hatte, beherrschte Weißbrücke hier aus der Nähe genauso, wie er aus der Ferne gewirkt hatte, aber nun, da Rand durch die Straßen schritt, erkannte er, daß die Stadt genauso groß wie Baerlon war, wenn auch nicht so dicht bevölkert. Ein paar Karren bewegten sich durch die Straßen, von Pferden oder Ochsen oder Eseln oder Männern gezogen, aber keine Kutschen. Die gehörten höchstwahrscheinlich alle den Kaufleuten und waren jetzt drunten am Anlegeplatz abgestellt.

Läden aller Art säumten die Straßen, und viele der Handwerker arbeiteten vor ihren Geschäften unter den im Wind pendelnden Schildern. Sie kamen an einem Mann vorbei, der gerade Töpfe reparierte, und an einem Schneider, der für einen Kunden Stoffbahnen gegen das Licht hielt. Ein Schuster, der in seiner Tür saß, hämmerte auf einem Stiefelabsatz herum. Marktschreier schrien Schilderungen ihres Könnens im Schärfen von Messern und Scheren hinaus oder versuchten, die Passanten für ihr spärliches Angebot an Obst und Gemüse zu interessieren, doch sie stießen nicht auf viel Gegenliebe. Lebensmittelgeschäfte zeigten genauso erbarmungswürdig wenige ausgestellte Waren, wie es Rand aus Baerlon noch im Gedächtnis hatte. Selbst die Fischhändler hatten nur kleine Häufchen kleiner Fische auf ihren Tischen, trotz der vielen Boote auf dem Fluß. Die Zeiten waren noch nicht wirklich schlecht, aber jeder konnte sehen, wie es kommen würde, sollte sich das Wetter nicht bald ändern, und die Gesichter, die keine permanenten Sorgenfalten zeigten, schienen etwas Unsichtbares anzustarren, etwas Unangenehmes.

Wo die Weiße Brücke in der Ortsmitte endete, befand sich ein großer Platz, der mit generationenalten Spuren von Füßen und Wagen versehenen Steinplatten gepflastert war. Schenken umgaben den Platz sowie Läden und hohe, rote Backsteinhäuser mit Schildern, die die gleichen Namen zeigten, wie Rand sie auf den Kutschen am Anlegeplatz gesehen hatte. In den Eingang einer dieser Schenken, scheinbar willkürlich ausgewählt, drückte sich Thom. Das im Wind pendelnde Schild über der Tür zeigte auf einer Seite einen gehenden Mann mit einem Bündel auf dem Rücken und auf der anderen Seite den gleichen Mann mit dem Kopf auf einem Kissen. Das sollte ›Des Wanderers Ruheplatz‹ darstellen.

Der Schankraum war leer bis auf den fetten Wirt, der Bier aus einem Faß zapfte, und zwei Männer in Arbeitskleidung, die in trüber Stimmung an einem Tisch im Hintergrund in ihre Krüge starrten. Nur der Wirt blickte auf, als sie eintraten. Eine schulterhohe Trennwand teilte den Raum von vorne bis hinten. Auf beiden Seiten standen Tische und jeweils ein Kamin, in dem ein Feuer prasselte. Rand fragte sich beiläufig, ob alle Wirte fett seien und ihnen die Haare ausfielen. Thom rieb sich heftig die Hände, sprach den Wirt auf die erneute Kälte an und bestellte Glühwein. Dann fügte er leise hinzu: »Gibt es hier irgendwo einen Platz, wo meine Freunde und ich uns unterhalten können, ohne gestört zu werden?«

Der Wirt nickte in Richtung auf die Trennwand. »Die andere Seite ist das Beste, was ich Euch dafür anbieten kann, außer Ihr wollt ein Zimmer nehmen. Das ist wegen der Matrosen, die vom Fluß heraufkommen. Es scheint, daß die Hälfte der Besatzungen etwas gegen die andere Hälfte hat. Ich will nicht, daß meine Einrichtung bei Raufereien zerstört wird, also halte ich sie fern voneinander.« Die gänze Zeit über hatte er schon Thoms Umhang beäugt, und nun neigte er den Kopf zur Seite und blickte berechnend drein. »Bleibt Ihr länger? Habe schon lange keinen Gaukler mehr hier drinnen gehabt. Die Leute würden gut für etwas zahlen, das sie von ihren Problemen ablenkt. Ich würde Euch sogar etwas vom Preis eines Zimmers und Eures Essens nachlassen.«

Unbemerkt, dachte Rand betrübt.

»Ihr seid zu großzügig«, sagte Thom mit einer eleganten Verbeugung. »Vielleicht werde ich Euer Angebot annehmen. Aber jetzt brauchen wir ein ungestörtes Plätzchen.«

»Ich bringe Euren Wein. Gutes Geld hier für einen Gaukler.«

Die Tische auf der gegenüberliegenden Seite der Trennwand waren alle leer, aber Thom wählte einen aus, der gerade in der Mitte lag. »Damit uns niemand belauschen kann, ohne daß wir es merken«, erklärte er. »Habt ihr diesen Burschen gehört? Er läßt uns etwas vom Preis nach. Dabei verdoppele ich die Zahl seiner Gäste allein schon, wenn ich nur hier sitze. Ein ehrlicher Wirt läßt einen Gaukler umsonst wohnen und essen und drückt ihm noch einiges in die Hand dazu.«

Der ungedeckte Tisch war nicht allzu sauber, und der Fußboden war tage- oder vielleicht wochenlang nicht mehr gefegt worden. Rand sah sich um und verzog das Gesicht. Meister al'Vere hätte seine Schenke nie so schmutzig werden lassen, und wenn er aus dem Krankenbett hätte klettern müssen, um dafür zu sorgen. »Wir wollen nur einiges in Erfahrung bringen, ja?«

»Warum gerade hier?« wollte Mat wissen. »Wir sind an anderen Schenken vorbeigekommen, die sauberer aussahen.«

»Von der Brücke weg geradeaus«, sagte Thom, »befindet sich die Straße nach Caemlyn. Jeder, der Weißbrücke durchquert, kommt auch auf diesen Platz, es sei denn, er reist auf dem Fluß weiter, und wir wissen ja, daß eure Freunde das nicht machen. Wenn hier nichts über sie bekannt ist, dann nirgends. Laßt mich nur reden. Das muß hier vorsichtig angepackt werden.«

In diesem Moment erschien der Wirt wieder mit drei verbeulten Zinnkrügen, die er an den Henkeln in der Faust hielt. Der fette Mann wedelte mit einem Handtuch kurz über den Tisch, stellte die Krüge ab und nahm Thoms Geld. »Wenn Ihr bleibt, müßt Ihr nichts für Eure Getränke bezahlen. Guter Wein hier.«

Thoms Lächeln huschte nur kurz um seinen Mund. »Ich werde es mir überlegen, Wirt. Was gibt es Neues hier? Wir waren ziemlich aus der Welt.«

»Große Neuigkeiten gibt es. Große Neuigkeiten.«

Der Wirt legte sich das Handtuch über die Schulter und zog einen Stuhl heran. Er verschränkte die Arme auf dem Tisch, lehnte sich mit einem langen Seufzer zurück und erklärte, wie bequem es sei, sich einmal setzen zu können. Er hieße Bartim, und dann fuhr er fort, von seinen Füßen zu erzählen, von Hühneraugen und entzündeten Ballen und wie lange er immer stehen mußte und worin er sie badete, bis Thom die Neuigkeiten wieder erwähnte, und dann wechselte er übergangslos das Thema.

Die Neuigkeiten waren tatsächlich so wichtig, wie er behauptet hatte. Logain, der falsche Drache, war nach einer großen Schlacht in der Nähe der Grenze nach Lugard gefangengenommen worden, während er versuchte, sein Heer von Ghealdan nach Tear zu führen. Die Prophezeiungen, ob sie verstünden? Thom nickte, und Bartim fuhr fort. Die Straßen nach Süden seien vollgestopft mit Menschen, den Glücklichen, mit allem, was sie nur auf dem Rücken schleppen konnten. Tausende flohen in alle Richtungen.

»Niemand«, Bartim lachte trocken auf, »hat natürlich Logain unterstützt. O nein, da wird man kaum jemanden finden, der das zugäbe, jedenfalls nicht jetzt. Nur

Flüchtlinge, die während der Unruhen nach einem sicheren Ort suchen.«

Natürlich waren an der Festnahme Logains Aes Sedai beteiligt gewesen. Bartim spuckte auf den Boden, als er das sagte, und noch einmal, als er erzählte, daß sie den falschen Drachen nach Norden, nach Tar Valon brächten. Bartim sei ein anständiger Mann, behauptete er wenigstens, ein angesehener Mann, und was ihn betraf, konnten die Aes Sedai alle zurück in die Fäule gehen, wo sie hergekommen waren, und auch noch Tar Valon mitnehmen. Wenn es nach ihm ginge, würde er sich nicht näher als tausend Meilen an eine Aes Sedai heranwagen. Natürlich hielten sie bei jedem Dorf und jeder Stadt auf dem Weg nach Norden an, um Logain vorzuführen, wie er gehört hatte. Um den Leuten zu zeigen, daß der falsche Drache gefangen und die Welt wieder sicher sei. Er hätte das schon gerne gesehen, selbst wenn er sich dabei den Aes Sedai nähern müßte. Er sei also halb versucht, nach Caemlyn zu gehen.

»Sie werden ihn dorthin bringen, um ihn Königin Morgase vorzuführen.« Der Wirt berührte respektvoll seine Stirn. »Ich habe die Königin noch nie gesehen. Ein Mann sollte seine eigene Königin kennen, meint Ihr nicht auch?«

Logain konnte Sachen machen, und die Art, wie Bartim die Augen verdrehte und sich mit der Zunge hastig über die Lippen fuhr, machte klar, was er meinte. Er hatte den letzten falschen Drachen vor zwei Jahren gesehen, als er im Land herum vorgezeigt wurde, aber das war nur so ein Bursche, der dachte, er könne sich selbst zum König machen. Damals wurden keine Aes Sedai gebraucht. Soldaten führten ihn in Ketten oben auf einem Wagen mit herum. Ein mürrisch dreinblickender Kerl, der im Inneren des Wagens stöhnte und den Kopf mit den Armen schützte, wenn die Leute Steinchen auf ihn warfen oder ihn mit Stöcken traktierten. Das war ziemlich oft geschehen, und die Soldaten hatten nichts unternommen, um es zu unterbinden, jedenfalls solange niemand versuchte, den Burschen umzubringen. Das Beste war, die Leute selbst sehen zu lassen, daß er letzten Endes nichts Besonderes darstellte. Er konnte keine Sachen machen. Aber diesen Logain zu sehen würde sich lohnen. Etwas, wovon Bartim noch seinen Enkeln erzählen könnte. Wenn die Schenke es ihm nur erlauben würde, wegzukommen!

Rand lauschte mit einem Interesse, das er keineswegs vortäuschen mußte. Als Padan Fain die Nachricht von einem falschen Drachen nach Emondsfeld gebracht hatte, von einem Mann also, der tatsächlich die Macht anwenden konnte, war das die wichtigste Neuigkeit seit Jahren für die Zwei Flüsse gewesen. Was seither geschehen war, hatte das in einen hinteren Winkel seines Gehirns verdrängt, aber es war immer noch die Art von Ereignis, über das die Leute noch in Jahren sprechen und es schließlich auch noch ihren Enkeln einst erzählen würden. Bartim würde seinen vielleicht berichten, er habe Logain gesehen, ob es stimmte oder nicht. Niemand würde je auf die Idee kommen, etwas, das einigen Dorfbewohnern aus den Zwei Flüssen zugestoßen war, könne auch nur der Rede wert sein, außer es waren selbst Menschen aus dieser Region. »Das«, sagte Thom, »ist etwas, woraus man eine Geschichte machen könnte, eine Geschichte, die noch in tausend Jahren erzählt wird. Ich wünschte, ich wäre dabei gewesen.« Es klang bei ihm, als sei es ganz einfach die Wahrheit, und Rand glaubte das auch. »Ich werde vielleicht trotzdem versuchen, ihn zu sehen. Ihr habt nicht gesagt, welchen Weg sie nehmen. Vielleicht sind noch ein paar andere Reisende in der Gegend? Sie könnten davon gehört haben und den Weg kennen.«

Bartim machte eine abwertende Geste mit einer schmuddeligen Hand. »Nach Norden, das ist alles, was man hier in der Gegend weiß. Wenn Ihr ihn sehen wollt, dann geht nach Caemlyn. Mehr weiß ich auch nicht, und wenn es irgend etwas Wissenswertes in Weißbrükke gibt, dann weiß ich es.«

»Kein Zweifel«, sagte Thom verbindlich. »Ich schätze, eine Menge Fremde auf der Durchreise bleiben hier hängen. Euer Schild erregte meine Aufmerksamkeit bereits, als ich am Fuß der Weißen Brücke stand.«

»Nicht nur vom Westen her, müßt Ihr wissen. Vor zwei Tagen war ein Bursche hier, ein Illianer mit einer mit Siegeln und Bändern versehenen Proklamation. Hat sie gleich hier draußen auf dem Platz verlesen. Sagte, er reise damit bis hin zu den Verschleierten Bergen, vielleicht sogar zum Aryth-Meer, falls die Pässe offen sind. Sagte, sie hätten Männer in alle Länder der Welt geschickt, um sie zu verlesen.« Der Wirt schüttelte den Kopf. »Die Verschleierten Berge. Ich habe gehört, daß sie das ganze Jahr über von Nebel verhüllt sind, und es gibt in dem Nebel Dinge, die einem das Fleisch von den Knochen schälen, bevor man wegrennen kann.« Mat kicherte, was ihm einen tadelnden Blick Bartims einbrachte.

Thom beugte sich gespannt vor. »Was beinhaltete diese Proklamation?«

»Ja, natürlich die Jagd nach dem Horn«, rief Bartim. »Habe ich das nicht gesagt? Die Illianer rufen alle auf, die sich der Suche nach dem Horn verschwören wollen, sich in Illian zu treffen. Könnt Ihr Euch das vorstellen? Euch mit Eurem Leben einer Legende zu verschwören? Ich schätze, sie werden einige Narren finden. Es gibt immer Narren genug. Dieser Bursche behauptete, das Ende der Welt sei nahe. Die letzte Schlacht mit dem Dunklen König.« Er lachte leise, aber es klang hohl, ein Mann, der lacht, um sich selbst davon zu überzeugen, daß eine Sache das Lachen wert sei. »Ich schätze, sie glauben, sie müßten davor noch das Horn von Valere finden. Was haltet Ihr denn von so was?« Er kaute überlegend eine Minute lang an seinem Knöchel herum. »Natürlich, nach diesem Winter wüßte ich auch nicht, was ich dagegen sagen sollte. Der Winter und dieser Kerl Logain und natürlich auch die anderen beiden davor. Warum behaupteten alle diese Kerle in den letzten paar Jahren, sie seien der Drache? Und der Winter. Das muß doch irgend etwas zu bedeuten haben. Was glaubt Ihr?«

Thom schien ihn nicht zu hören. Mit sanfter Stimme begann der Gaukler mehr für sich selbst zu zitieren:

In der letzten, einsamen Schlacht
gegen den Anbruch der langen Nacht
werden Berge sich beugen
und die Toten sind Zeugen,
und das Grab kann meinen Ruf nicht verhindern.

»Das ist es.« Bartim grinste, als könne er bereits die Menschenmengen sehen, die ihm ihr Geld aushändigten, während sie Thom lauschten. »Das ist es. *Die Wilde Jagd nach dem Horn.* Erzählt *die* Geschichte, und die Zuhörer werden noch in Trauben an den Dachbalken hängen. Alle haben die Proklamation gehört.«

Thom schien sich noch immer tausend Meilen entfernt zu befinden, und so sagte Rand: »Wir suchen ein paar Freunde, die hierher kommen wollten. Aus dem Westen. Sind in den letzten ein, zwei Wochen viele Fremde hier durchgekommen?«

»Ein paar«, sagte Bartim bedächtig. »Es gibt immer welche, sowohl aus dem Westen als auch aus dem Osten.« Er sah sie — plötzlich mißtrauisch geworden — einen nach dem anderen an. »Wie sehen sie denn aus, Eure Freunde?«

Rand öffnete den Mund, doch Thom, der mit einem Schlag wieder voll da war, sah ihn scharf an, um ihn zum Schweigen zu bringen. Mit einem ärgerlichen Seufzer wandte sich der Gaukler an den Wirt. »Zwei Männer und drei Frauen«, sagte er zögernd. »Sie sind möglicherweise beisammen, vielleicht aber auch nicht.«

Er gab Kurzbeschreibungen ab, charakterisierte jeden in kurzen Worten, deutlich genug, damit jeder, der sie gesehen hatte, sie auch wiedererkennen konnte, aber ohne etwas darüber zu verraten, wer sie waren.

Bartim rieb sich mit einer Hand über den Kopf, wobei er sein spärliches Haar durcheinanderbrachte, und stand langsam auf. »Vergeßt jeden Auftritt hier, Gaukler. Ich würde es sogar begrüßen, wenn Ihr jetzt Euren Wein austrinkt und geht. Wenn Ihr klug seid, dann verlaßt Ihr Weißbrücke.«

»Hat jemand anders bereits nach ihnen gefragt?« Thom nahm einen Schluck, als sei die Antwort die unwichtigste Sache auf der Welt, und hob lediglich die Augenbrauen. »Wer könnte das sein?«

Bartim fuhr sich noch mal mit der Hand durchs Haar, trat von einem Fuß auf den anderen, bereit wegzugehen, und nickte dann leicht zu sich selbst. »Soweit ich mich erinnern kann, kam vor ungefähr einer Woche ein schmierig aussehender Bursche über die Brücke. Ein Verrückter, dachte jeder. Führte immer Selbstgespräche und bewegte sich ständig, selbst noch im Stehen. Hat nach den gleichen Leuten gefragt ... nach ein paar davon jedenfalls. Er fragte, als sei es wichtig, und dann benahm er sich, als sei ihm die Antwort völlig gleichgültig. Einmal sagte er, er müsse hier auf sie warten, und dann wieder, daß er weiter müsse und in Eile sei. In einem Augenblick jammerte und bettelte er, und im nächsten stellte er Forderungen wie ein König. Hätte sich ein oder zweimal beinahe eine Tracht Prügel eingefangen, verrückt oder nicht. Fast hätte ihn die Wache in Gewahrsam genommen, und zwar zu seinem eigenen Schutz. Er brach am selben Tag in Richtung Caemlyn auf. Auch da redete er mit sich selbst und weinte in sich hinein. Verrückt, wie ich schon sagte.«

Rand sah Thom und Mat fragend an, und beide schüttelten den Kopf. Falls dieser schmierige Bursche nach ihnen suchte, war es niemand, den sie kannten.

»Seid Ihr sicher, daß er nach denselben Leuten suchte?« fragte Rand.

»Ein paar davon. Der Kämpfer und die Frau in Seide. Aber die waren es nicht, die ihn so besonders interessierten. Das waren drei Jungen vom Land.« Sein Blick huschte zu Rand und Mat und so schnell wieder weg, daß Rand sich nicht sicher war, ob er den Blick wirklich gesehen oder sich nur getäuscht hatte. »Er wollte sie unbedingt finden. Ein Verrückter, wie ich schon sagte.«

Rand schauderte und fragte sich, wer dieser Verrückte sein mochte und warum er nach ihnen suchte. *Ein Schattenfreund? Würde Ba'alzamon einen Wahnsinnigen gebrauchen?*

»*Er* war verrückt, aber der andere ...« Bartims Blick wanderte unstet von einem zum anderen, und seine Zunge fuhr immer wieder über die Lippen, als könne er nicht genug Speichel hervorbringen, um sie feucht zu halten. »Am nächsten Tag ... am nächsten Tag kam der andere zum erstenmal.« Er schwieg.

»Der andere?« hakte ihn Thom schließlich nach.

Bartim sah sich um, obwohl dieser Teil des Raums immer noch bis auf sie unbesetzt war. Er stellte sich sogar auf die Zehenspitzen und blickte über die niedrige Trennwand hinweg. Als er schließlich sprach, war es ein hastiges Flüstern.

»Er trägt nur Schwarz. Läßt niemals die Kapuze seines Umhangs fallen, damit man sein Gesicht nicht sehen kann, aber man kann fühlen, wie er einen anschaut. Das ist, als ob man einem einen Eiszapfen in das Rückgrat steckt. Er ... er hat mit mir gesprochen.« Er schauderte und kaute an seiner Lippe, bevor er fortfuhr. Es klang, als ob eine Schlange durch abgestorbene Blätter kriecht. »Hat meinen Magen fast in einen Eisklumpen verwandelt. Jedesmal, wenn er zurückkommt, stellt er die gleichen Fragen. Dieselben Fragen, wie der Verrückte sie stellte. Keiner sieht ihn jemals kommen — er ist einfach plötzlich da, am Tag oder bei Nacht, und man erstarrt, wo immer man auch steht. Die Leute fangen schon an, ständig über die Schultern nach hinten zu schauen. Das Schlimmste daran ist, daß die Torwächter behaupten, er sei niemals durch eines der Tore gekommen, weder hinein noch hinaus.«

Rand bemühte sich, ein nichtssagendes Gesicht zu machen; er preßte die Kiefer zusammen, bis sein Gebiß schmerzte. Mat schaute finster drein, und Thom versenkte den Blick in seinen Wein. Das Wort, das keiner von ihnen aussprechen wollte, hing zwischen ihnen in der Luft: Myrddraal.

»Ich glaube, ich würde mich daran erinnern, wenn ich schon einmal jemanden wie den getroffen hätte«, sagte Thom nach einer kurzen Pause.

Bartim nickte energisch. »Versengen soll mich das Licht, ja, das würdet Ihr. Wahrheit des Lichts, ganz gewiß würdet Ihr das. Er ... er sucht die gleichen Leute wie der Verrückte, nur sagt er, es sei auch noch ein Mädchen dabei. Und« — er blickte Thom von der Seite her an — »ein weißhaariger Gaukler.«

Thoms Augenbrauen hoben sich in einer Überraschung, von der Rand sicher war, daß sie nicht gespielt sein konnte. »Ein weißhaariger Gaukler? Na ja, ich bin wohl kaum der einzige Gaukler der Welt, der schon ein wenig Alter zeigt. Ich versichere Euch, daß ich diesen Burschen nicht kenne und er keinen Grund haben kann, nach mir zu suchen.«

»Das kann schon sein«, sagte Bartim bedrückt. »Er hat es nicht so direkt ausgedrückt, aber ich hatte den Eindruck, er sähe es als äußerst unfreundlich an, sollte jemand diesen Leuten helfen oder versuchen, sie vor ihm zu verstecken. Wie auch immer, ich sage Euch, was ich auch ihm gesagt habe. Ich habe keinen von ihnen gesehen und auch nichts über sie gehört, und das ist die Wahrheit. Keinen von ihnen«, betonte er noch einmal. Plötzlich knallte er Thoms Geld auf den Tisch. »Trinkt nur Euren Wein aus und geht. In Ordnung? Klar?« Und damit hastete er fluchtartig weg, wobei er sie über die Schulter hinweg beobachtete.

»Ein Blasser«, hauchte Mat, als der Wirt weg war. »Ich hätte wissen sollen, daß die hier nach uns suchen werden.«

»Und er wird zurückkommen«, sagte Thom, lehnte sich über den Tisch und dämpfte die Stimme. »Ich würde sagen, wir stehlen uns an Bord des Kahns zurück und nehmen Kapitän Domons Angebot an. Die Suche wird sich auf die Straße nach Caemlyn konzentrieren, während wir auf dem Weg nach Illian sind, tausend Meilen weit weg von dem Gebiet, in dem uns die Myrddraal vermuten.«

»Nein«, sagte Rand mit fester Stimme. »Entweder warten wir in Weißbrücke auf Moiraine und die anderen, oder wir gehen weiter nach Caemlyn. Entweder oder, Thom. Das hatten wir beschlossen.«

»Das ist verrückt, Junge. Die Lage hat sich geändert. Hört doch auf mich. Gleich, was dieser Wirt sagt, wenn ihn ein Myrddraal anschaut, wird er alles über uns ausplaudern, bis zu unseren Getränken und wieviel Staub wir auf unseren Stiefeln hatten.« Rand schauderte, als er sich an den augenlosen Blick des Blassen erinnerte. »Was Caemlyn betrifft ... Glaubt Ihr, die Halbmenschen wüßten nicht, daß wir nach Tar Valon wollen? Dies ist die richtige Zeit, um sich auf einem Schiff in Richtung Süden abzusetzen.«

»Nein, Thom.« Rand zwang sich zu diesen Worten, nachdem er sich vorgestellt hatte, tausend Meilen weit weg von dem Gebiet zu sein, wo ihn die Blassen suchten, aber er holte tief Luft, und seine Stimme klang wieder entschlossen. »Nein!«

»Stell dir doch vor, Junge: Illian! Es gibt keine großartigere Stadt auf dieser Welt! Und die Wilde Jagd nach dem Horn. Es hat beinahe vierhundert Jahre lang keine Jagd nach dem Horn mehr gegeben. Ein ganz neuer Geschichtenzyklus kann darüber gemacht werden. Denk doch nach! Du hast dir so etwas nie erträumt. Bis die Myrddraal herausbekommen, wo du bist, wirst du alt und grau sein und die Nase so voll davon haben, auf deine Enkel aufzupassen, daß es dir gleich ist, ob sie dich finden.«

Rands Gesichtsausdruck wurde unnachgiebig. »Wie oft soll ich noch nein sagen? Sie werden uns finden, wohin wir auch gehen. Dann warten eben Blasse in Illian auf uns. Und wie sollen wir den Träumen entkommen? Ich will wissen, was mit mir los ist, Thom, und warum. Ich gehe nach Tar Valon. Mit Moiraine, wenn es sich machen läßt, aber auch ohne sie, falls es sein muß. Wenn es keine andere Möglichkeit gibt, auch allein. Ich muß es wissen.«

»Aber Illian, Junge! Es gibt nur einen sicheren Weg hier hinaus — flußabwärts, während sie uns in einer ganz anderen Richtung vermuten. Blut und Asche, ein Traum kann dich nicht verletzen!«

Rand schwieg. *Ein Traum kann nicht verletzen? Können Traumdornen einen Finger zum Bluten bringen?* Er wünschte fast, er hätte Thom auch von diesem Traum erzählt. *Wagst du es, irgend jemandem davon zu erzählen? Ba'alzamon ist in deinen Träumen, aber was steht nun noch zwischen Traum und Wirklichkeit? Wem wagst du zu erzählen, daß der Dunkle König dich berührt?*

Thom schien zu verstehen. Das Gesicht des Gauklers nahm einen sanfteren Ausdruck an. »Sogar *diese* Träume, Junge. Es sind doch immer noch nur Träume, oder? Um des Lichts willen, Mat, sprich mit ihm. Ich weiß, daß zumindest du nicht nach Tar Valon willst.«

Mats Gesicht rötete sich, halb aus Verlegenheit, halb vor Ärger. Er vermied es, Rand anzusehen, und blickte Thom statt dessen böse an. »Warum macht Ihr bloß solches Theater? Ihr wollt zurück zum Schiff? Geht doch zum Schiff zurück! Wir passen schon auf uns auf.«

Die schmalen Schultern des Gauklers zitterten in stummem Lachen, doch seine Stimme klang angespannt wie im Zorn. »Du glaubst, du wüßtest genug über die Myrddraal, um auf eigene Faust zu entkommen, ja? Und du bist so weit, daß du allein nach Tar Valon hineinmarschierst und dich dem Amyrlin-Sitz übergibst? Kannst du wenigstens eine Ajah von der nächsten unterscheiden? Versengen soll mich das Licht, Junge, wenn du glaubst, du könntest Tar Valon überhaupt allein erreichen, dann sag mir, ich solle gehen.«

»Geht«, grollte Mat, und eine Hand glitt unter seinen Umhang. Rand erkannte erschreckt, daß er den Dolch aus Shadar Logoth in der Hand hielt und vielleicht sogar bereit war, ihn zu gebrauchen.

Heiseres Gelächter erklang von der anderen Seite der niedrigen Trennwand her, und eine Stimme sagte laut und verächtlich: »Trollocs? Zieh doch gleich den Umhang eines Gauklers an, Mann! Du bist betrunken! Trollocs! Sagen aus den Grenzlanden!«

Die Worte kühlten den Zorn ab wie eine kalte Dusche. Selbst Mat drehte sich mit großen Augen halb zu der Wand herum.

Rand stand so, daß er gerade über die Wand hinwegblicken konnte, duckte sich dann aber schnell wieder mit einem flauen Gefühl im Magen. Floran Gelb saß auf der anderen Seite der Wand am hinteren Tisch bei den beiden Männern, die schon bei ihrem Eintreten dort gesessen hatten. Sie lachten ihn aus, aber sie hörten doch zu. Bartim wischte einen Tisch ab, der das auch sehr nötig hatte, wobei er Gelb und die beiden Männer wohl nicht ansah, aber auch er lauschte. Er wischte ständig mit seinem Handtuch über den gleichen Fleck und beugte sich zu ihnen hin, bis er beinahe vornüber zu fallen drohte.

»Gelb«, flüsterte Rand, als er sich auf seinen Stuhl zurückfallen ließ, und die anderen strafften sich. Thom unterzog schnell ihren Teil des Schankraumes einer genaueren Betrachtung.

Auf der anderen Seite der Wand fiel die Stimme des

anderen Mannes ein: »Nein, nein, es hat mal Trollocs gegeben. Aber sie wurden in den Trolloc-Kriegen alle getötet.«

»Grenzland-Sagen!« wiederholte der erste Mann.

»Es ist wahr, sage ich Euch«, protestierte Gelb laut. »Ich war in den Grenzlanden. Ich habe Trollocs gesehen, und das waren wirklich Trollocs, so wahr, wie ich hier sitze. Diese drei behaupteten, die Trollocs jagten sie, aber das weiß ich besser. Deswegen sind sie nicht auf der *Gischt* geblieben. Ich habe Bayle Domon schon eine Weile mißtraut, aber diese drei sind ganz sicher Schattenfreunde. Ich sage Euch ...« Gelächter und rauhe Scherze erstickten den Rest dessen, was Gelb zu sagen hatte.

Wie lang würde es dauern, fragte sich Rand, bis der Wirt eine Beschreibung dieser drei hörte? Wenn das nicht schon der Fall gewesen war. Wenn er nicht sowieso gleich an die drei Fremden dachte, die er bereits kennengelernt hatte. Der einzige Weg aus ihrer Hälfte des Schankraums würde sie direkt an Gelbs Tisch vorbeiführen.

»Vielleicht ist das Schiff doch keine so schlechte Idee«, murmelte Mat, aber Thom schüttelte den Kopf.

»Jetzt nicht mehr.« Der Gaukler sprach leise und schnell. Er zog den Lederbeutel heraus, den ihm Kapitän Domon gegeben hatte und teilte hastig das Geld in drei Stapel. »Diese Geschichte wird sich in einer Stunde im ganzen Ort verbreitet haben, gleich ob jemand sie glaubt oder nicht, und der Halbmensch kann jederzeit davon erfahren. Domon segelt nicht vor morgen früh. Im besten Fall werden ihn die Trollocs bis nach Illian verfolgen. Na ja, er erwartet das aus irgendeinem Grund ja schon beinahe, aber das nützt uns nichts. Wir haben keine andere Wahl, als wegzurennen, und das schnell.«

Mat steckte rasch die Münzen, die Thom vor ihn hingeschoben hatte, in seine Tasche. Rand nahm seinen

Stapel etwas langsamer auf. Die Münze, die ihm Moiraine gegeben hatte, war nicht dabei. Domon hatte ihnen das gleiche Gewicht in Silber gegeben, aber aus irgendeinem unerfindlichen Grund wünschte sich Rand, er hätte statt dessen die Münze der Aes Sedai. Er steckte das Geld in seine Tasche und sah den Gaukler fragend an.

»Falls wir getrennt werden«, erklärte Thom. »Wahrscheinlich werden wir das nicht, aber falls es geschieht ... na ja, ihr beide werdet es schon auch allein schaffen. Ihr seid gute Jungs. Haltet euch um eures Lebens willen aber von den Aes Sedai fern.«

»Ich dachte, Ihr bleibt bei uns«, sagte Rand.

»Bleibe ich, Junge. Bleibe ich. Aber sie kommen uns jetzt sehr nahe, und das Licht allein weiß, was geschieht. Na ja, es spielt keine Rolle. Wahrscheinlich wird gar nichts passieren.« Thom schwieg einen Moment und sah Mat an. »Ich hoffe, du hast nichts mehr dagegen, wenn ich bei Euch bleibe«, sagte er trocken.

Mat zuckte die Achseln. Er sah sie beide an und zuckte dann noch mal die Achseln. »Ich bin eben nur so nervös. Ich werde die Angst nicht los. Jedesmal, wenn wir Rast machen und Luft holen, sind sie da und jagen uns. Ich fühle mich, als ob mir die ganze Zeit jemand auf den Hinterkopf starrt. Was sollen wir machen?«

Auf der anderen Seite der Wand erklang wieder lautes Lachen, wiederum von Gelb unterbrochen, der laut die beiden Männer zu überzeugen versuchte, daß er die Wahrheit sagte. Wie lange noch, überlegte Rand. Früher oder später mußte Bartim die drei aus Gelbs Erzählung mit ihnen in Verbindung bringen. Thom schob seinen Stuhl zurück und erhob sich, blieb aber gebückt stehen. Niemand, der von der anderen Seite der Wand aus Neugier herüberblickte, konnte ihn sehen. Er bedeutete ihnen, zu folgen und flüsterte: »Seid ganz still.«

Die Fenster zu beiden Seiten des Kamins auf ihrer Seite der Trennwand gingen auf eine Gasse hinaus.

Thom betrachtete eines der Fenster ganz genau, bevor er es gerade so weit aufzog, daß sie sich durchquetschen konnten. Sie machten kaum einen Laut, nichts, was man bei dem Lärm des heiteren Streits auf der anderen Seite der niedrigen Wand drei Fuß weiter noch hätte hören können. Sobald er sich in der Gasse befand, wollte Mat zur Straße loslaufen, aber Thom packte ihn am Arm. »Nicht so schnell«, sagte der Gaukler zu ihm. »Wir müssen erst wissen, worauf wir uns einlassen.« Thom zog das Fenster soweit zu, wie er das von der Gasse aus konnte, und drehte sich dann um. Er betrachtete die Gasse.

Rand folgte Thoms Blick. An der Schenke und am nächsten Gebäude, einer Schneiderei, stand ein halbes Dutzend Regentonnen, doch ansonsten war die Gasse leer, der festgetretene Lehmboden trocken und staubig.

»Warum tut Ihr das?« wollte Mat wieder wissen. »Ihr wärt sicherer, wenn Ihr uns verließet! Warum bleibt Ihr bei uns?«

Thom blickte ihn einen Moment lang über an. »Ich hatte einen Neffen, Owyn«, sagte er müde und schälte sich aus seinem Umhang. Er wickelte ihn um seine Bettrolle, während er sprach, und legte vorsichtig seine Instrumentenkästen obenauf. »Der einzige Sohn meines Bruders und mein einziger lebender Verwandter. Er hatte Schwierigkeiten mit den Aes Sedai, doch ich war zu sehr mit … anderen Sachen beschäftigt. Ich weiß nicht, was ich hätte unternehmen können, aber als ich es schließlich versuchte, war es zu spät. Owyn starb ein paar Jahre später. Man könnte sagen, die Aes Sedai töteten ihn.« Er richtete sich auf, sah sie aber nicht an. Seine Stimme klang immer noch ruhig, aber Rand sah Tränen in seinen Augen, bevor Thom den Kopf wegdrehte. »Wenn ich euch zwei aus Tar Valon fernhalten kann, dann kann ich vielleicht aufhören, an Owyn zu denken. Wartet hier.« Er mied immer noch ihre Augen, eilte zum Ausgang der Gasse, verlangsamte aber seinen

Schritt, bevor er ihn erreichte. Nach einem schnellen Blick in die Runde schlenderte er gleichmütig auf die Straße hinaus und außer Sicht.

Mat erhob sich halb, um ihm zu folgen, ließ sich dann aber zurückfallen. »Die wird er nicht im Stich lassen«, sagte er und berührte die Lederbehälter der Instrumente. »Nimmst du ihm diese Geschichte ab?«

Rand hockte sich geduldig neben die Regentonnen. »Was ist los mit dir, Mat? Du bist doch sonst nicht so. Ich habe dich tagelang nicht mehr lachen gehört.«

»Ich mag es nicht, wenn man mich wie ein Kaninchen jagt«, fauchte Mat. Er seufzte und lehnte den Kopf an die Backsteinwand der Schenke. Sogar in dieser Stellung erschien er angespannt. Sein Blick huschte aufmerksam hin und her. »Tut mir leid. Das liegt am Wegrennen und all diesen Fremden und ... ach, an allem halt. Es macht mich nervös. Ich sehe jemanden an und kann mir nicht helfen: Ich muß mich einfach fragen, ob er den Blassen von uns berichten oder uns betrügen oder ausrauben oder wird ... Rand, macht dich das nicht auch nervös?«

Rand lachte, ein kurzes Bellen aus der Tiefe seiner Kehle heraus. »Ich habe zu viel Angst, um nervös zu sein.«

»Was, glaubst du, haben die Aes Sedai seinem Neffen angetan?«

»Ich weiß es nicht«, sagte Rand unsicher. Es gab nur eine Art von Schwierigkeiten, die ein Mann mit den Aes Sedai bekommen konnte. »Mit uns ist das etwas anderes, schätze ich.«

»Stimmt. Etwas ganz anderes.«

Eine Weile lang lehnten sie schweigend an der Wand. Rand war sich nicht sicher, wie lange sie warteten. Vielleicht nur ein paar Minuten, aber es erschien ihnen wie eine Stunde, als sie so auf Thom warteten und darauf, daß Bartim und Gelb das Fenster öffneten und sie als Schattenfreunde denunzieren würden. Dann bog ein

Mann in die Gasse ein, ein hochgewachsener Typ, der seine Kapuze hochgezogen hatte, um sein Gesicht zu verbergen. Sein Umhang war so schwarz wie die Nacht und stand im harten Kontrast zum Licht der Straße. Rand mühte sich auf die Füße, und eine Hand ergriff den Knauf von Tams Schwert so verkrampft, daß seine Knöchel schmerzten. Sein Mund war ausgetrocknet, und da half auch kein Schlucken. Mat erhob sich zu einer gebückten Haltung und hatte eine Hand unter seinem Umhang.

Der Mann kam näher, und mit jedem Schritt zog sich Rands Kehle noch mehr zusammen. Plötzlich blieb der Mann stehen und warf seine Kapuze zurück. Rands Knie wurden ganz weich. Es war Thom.

»Also, wenn Ihr mich schon nicht erkennt« — der Gaukler grinste — »dann denke ich, ist die Verkleidung auch gut genug für die Torwächter.«

Thom streifte an ihnen vorbei und begann, Sachen aus seinem mit Flicken besetzten Umhang in seinen neuen zu stecken, und zwar so geschickt, daß Rand nichts davon erkennen konnte. Der neue Umhang war dunkelbraun, das konnte Rand jetzt sehen. Er atmete tief, wenn auch stockend; seine Kehle schien immer noch von einer Faust umklammert zu werden. Braun, und nicht schwarz. Mat hatte immer noch die Hand unter seinem Umhang, und er starrte Thoms Rücken an, als dächte er tatsächlich daran, den verborgenen Dolch zu gebrauchen.

Thom sah zu ihnen hoch und blickte sie dann etwas schärfer an. »Das ist der falsche Zeitpunkt, um überängstlich zu werden.« Entschlossen machte er sich daran, seinen alten Umhang um die Instrumentenkästen zu wickeln, natürlich mit der Innenseite nach außen, so daß die Flicken verborgen waren. »Wir werden hier einer nach dem anderen hinausgehen, dicht genug, um uns gegenseitig in Sicht zu behalten. Auf diese Art wird man uns kaum bemerken. Kannst du nicht etwas gebückter laufen?« fügte er, an für Rand gewandt, hinzu. »Deine Größe ist genauso schlimm, als trügen wir eine Flagge mit herum.« Er hievte das Bündel auf seinen Rücken und stand auf, wobei er seine Kapuze wieder hochzog. Er sah überhaupt nicht wie ein weißhaariger Gaukler aus. Er war nur irgendein Reisender von vielen, ein Mann, der zu arm war, um sich ein Pferd zu leisten, geschweige denn einen Wagen. »Gehen wir. Wir haben schon zuviel Zeit verschwendet.«

Rand stimmte leidenschaftlich zu, aber trotzdem zögerte er, bevor er aus der Gasse auf den Platz trat. Keiner der wenigen über den Platz verstreuten Menschen schenkte ihnen gesteigerte Aufmerksamkeit. Die meisten sahen überhaupt nicht her, doch seine Schultern verkrampften sich, und er wartete auf den Schrei ›Schattenfreund‹, der normale Menschen in einen wilden, mordlüsternen Mob verwandeln konnte. Er ließ den Blick über den Platz schweifen, über die Menschen, die ihren täglichen Geschäften nachgingen, und als er sich wieder auf ihre nächste Umgebung konzentrierte, hatte ein Myrddraal bereits den halben Platz überquert. Er hatte nicht die geringste Ahnung, wo der Blasse hergekommen war, aber er schritt tödlich langsam auf die drei zu, ein Raubtier, das die Beute im Blick hatte. Die Menschen traten vor der schwarzgekleideten Gestalt zurück und vermieden es, sie anzublicken. Der Platz leerte sich rasch, als ob die Leute zu der Auffassung kamen, daß sie anderswo benötigt wurden.

Die schwarze Kapuze ließ Rand auf dem Fleck erstarren. Er bemühte sich, das Nichts heraufzubeschwören, aber es war, als griffe er nach Rauch. Der verborgene Blick des Blassen schnitt in seine Knochen und ließ sein Mark zu Eis gefrieren.

»Sieh sein Gesicht nicht an«, zischte Thom. Seine Stimme schwankte und klang, als zwinge er die Worte aus sich heraus. »Das Licht soll dich verbrennen — sieh sein Gesicht nicht an!«

Rand riß den Blick los — er ächzte beinahe; es war ein Gefühl, als reiße er sich einen Blutegel vom Gesicht —, aber auch wenn er die Steinplatten des Platzes anstarrte, konnte er den Myrddrall kommen sehen, eine Katze, die mit Mäusen spielt, sich über ihre schwächlichen Fluchtversuche amüsiert, bis schließlich die Kiefer zuschnappten. Der Blasse hatte die Hälfte der Strecke zwischen ihnen zurückgelegt. »Sollen wir bloß hier herumstehen?« murmelte er. »Wir müssen rennen … entkommen.« Aber er brachte seine Füße nicht dazu, sich zu bewegen.

Mat hielt den Dolch mit dem rubinbesetzten Griff endlich in der zitternden Hand. Seine Lippen waren hochgezogen und gaben den Blick auf seine Zähne frei — ein Fauchen und gleichzeitig Zeichen verkrampfter Angst.

»Denkst du …« Thom unterbrach sich, schluckte und fuhr dann heiser fort: »Denkst du, daß du ihm davonrennen kannst, Junge?« Er begann, leise mit sich selbst zu sprechen. Das einzige Wort, das Rand verstehen konnte, war ›Owyn‹. Plötzlich grollte Thom: »Ich hätte mich nie mit euch Jungen einlassen sollen. Hätte ich nicht.« Er schüttelte das Bündel in dem Gauklerumhang von den Schultern und legte es in Rands Arme. »Paß darauf auf. Wenn ich sage rennt, dann rennt ihr, und haltet nicht an bis Caemlyn. *Der Königin Segen.* Eine Schenke. Denkt daran, für den Fall … Erinnert euch bloß daran.«

»Ich verstehe nicht«, sagte Rand. Der Myrddraal war jetzt keine zwanzig Schritte mehr entfernt. Seine Füße fühlten sich an wie Bleigewichte.

»Denkt einfach nur daran!« fauchte Thom. »*Der Königin Segen.* Jetzt, RENNT!«

Er gab ihnen jeweils einen Schubs auf die Schulter, um sie zum Laufen zu bringen, und Rand stolperte torkelnd mit Mat an der Seite los. »RENNT!« Thom sprang mit einem langen, wortlosen Aufbrüllen los. Nicht hinter ihnen her, sondern auf den Myrddraal zu. Seine Hände bewegten sich flink, wie bei seinen besten Auftritten, und Dolche erschienen in ihnen. Rand blieb stehen, doch Mat zog ihn weiter.

Der Blasse war genauso überrascht. Sein Schlendern brach mitten im Schritt ab. Seine Hand fuhr hinunter zum Griff des schwarzen Schwertes, das an seiner Hüfte hing, aber die langen Beine des Gauklers legten die wenigen Schritte schnell zurück. Thom prallte auf den Myrddraal, bevor die schwarze Klinge zur Hälfte gezogen war, und zusammen stürzten sie um sich schlagend zu Boden. Die wenigen Menschen, die sich noch auf dem Platz befanden, flohen. »RENNT!« Durch die Luft über dem Platz zuckte ein sengendes Blau, und Thom schrie laut auf, aber selbst mitten im Schreien schaffte er es noch, ein Wort hervorzubringen: »RENNT!«

Rand gehorchte. Die Schreie des Gauklers verfolgten ihn.

Er drückte sich Thoms Bündel an die Brust und rannte, so schnell er konnte. Panik breitete sich vom Platz durch die ganze Stadt aus, als Rand und Mat auf der Schaumkrone der Angstwoge flohen. Ladeninhaber ließen ihre Waren im Stich, als die Jungen vorbeikamen. Fensterläden krachten über den Schaufenstern in ihre Halterungen herunter, und in den Fenstern der Wohnhäuser erschienen verängstigte Gesichter und verschwanden wieder. Menschen, die zu weit entfernt gewesen waren, um alles zu sehen, rannten verstört durch die Straßen und beachteten sie nicht. Sie rempelten einander an, und diejenigen, die umgerannt worden waren, mühten sich auf die Füße oder wurden vollends niedergetrampelt. Weißbrücke kochte wie ein Ameisenhaufen nach einem Fußtritt.

Als Mat und er auf die Stadttore zuhasteten, dachte Rand plötzlich daran, was Thom über seine Größe gesagt hatte. Ohne den Schritt zu verlangsamen, duckte er sich, so gut es ging, ohne daß es aussehen durfte, als ducke er sich. Aber das Tor selbst — aus dickem Holz, mit schwarzen Eisenscharnieren — stand offen. Die beiden Torwächter trugen Stahlkappen und Kettenpanzer über billig wirkenden roten Mänteln mit weißen Krägen. Sie tasteten nach ihren Hellebarden und blickten unsicher in die Stadt hinein. Einer von ihnen sah Rand und Mat an, doch sie waren ja nicht die einzigen, die durch das Tor hinausrannten. Ein stetiger Strom hetzte schnaufend hindurch; schwer atmende Männer klammerten sich an ihre Frauen, weinende Mütter trugen Babys und zerrten heulende Kinder hinter sich her; blasse Handwerker in ihren Arbeitsschürzen trugen, ohne es selbst zu bemerken, ihre Arbeitsgeräte mit hinaus.

Niemand würde später sagen können, auf welchem Weg sie die Stadt verlassen hatten, dachte Rand, als er halb betäubt weiterrannte. *Thom! O Licht, rette mich, Thom!*

Mat taumelte neben ihm, fing sich wieder, und sie rannten, bis die letzten fliehenden Menschen hinter ihnen zurückgeblieben waren, rannten, bis die Stadt und die Weiße Brücke weit hinter ihnen außer Sicht waren. Schließlich fiel Rand im Staub auf die Knie. Er sog in unregelmäßigen Zügen Luft in die schmerzende Kehle. Die Straße hinter ihnen war leer, bis zu den weit entfernten kahlen Bäumen hin. Mat zupfte ihn. »Komm weiter! Komm schon!« sagte Mat schwer atmend. Schweiß und Staub rannen über sein Gesicht, und er sah aus, als werde er gleich zusammenbrechen. »Wir müssen weiter.«

»Thom«, sagte Rand. Er festigte den Griff um das Bündel in Thoms Umhang; die Instrumentenkästen waren harte Klötze darin. »Thom!«

»Er ist tot. Du hast es gesehen. Du hast es gehört. Licht, Rand, er ist tot!«

»Du glaubst, Egwene und Moiraine und die anderen sind auch tot. Wenn sie tot sind, warum jagt der Myrddraal sie dann immer noch? Kannst du mir das beantworten?«

Mat fiel im Staub neben ihm auf die Knie. »In Ordnung. Vielleicht leben sie noch. Aber Thom — du hast es doch gesehen! Blut und Asche, Rand, dasselbe kann auch uns passieren.«

Rand nickte bedächtig. Die Straße hinter ihnen war immer noch leer. Er hatte halb erwartet — oder zumindest gehofft —, Thom auftauchen zu sehen, wie er vorwärtsschritt, die langen Schnurrbartenden hochpustete und ihnen sagte, was für Schwierigkeiten sie ihm bereiteten. *Der Königin Segen* in Caemlyn. Er stand mühsam auf und warf sich Thoms Bündel neben die Bettrolle über den Rücken. Mat blickte zu ihm auf, die Augen schmal und wachsam. »Gehen wir«, sagte Rand und setzte sich in Bewegung, die Straße hinunter in Richtung Caemlyn. Er hörte, wie Mat etwas in seinen Bart murmelte, und einen Augenblick später holte er Rand ein. Sie stapften mühsam die staubige Straße entlang, schweigend und mit gesenkten Köpfen. Der Wind brachte kleine Wirbel hervor, die über ihren Weg huschten. Manchmal blickte sich Rand um, doch die Straße hinter ihnen blieb leer.

KAPITEL 5

Zuflucht vor dem Sturm

Perrin wurde ganz nervös in diesen Tagen, die sie bei den Tuatha'an verbrachten. Sie fuhren gemütlich nach Südosten. Das Fahrende Volk sah keinen Grund zur Eile; sie hetzten sich nie ab. Die bunten Wagen rollten keinen Morgen los, bevor nicht die Sonne ein gutes Stück über dem Horizont stand, und sie hielten oft mitten am Nachmittag bereits an, wenn sie einen günstigen Lagerplatz fanden. Die Hunde liefen bequem neben den Wagen einher, und manchmal schafften das sogar die Kinder. Sie hatten keine Schwierigkeiten mitzuhalten. Jede Anregung, doch etwas weiter und etwas schneller zu fahren, wurde mit Gelächter bedacht oder vielleicht einem: »Ach, möchtest du die armen Pferde so hart arbeiten lassen?«

Er war überrascht, daß Elyas seine Gefühle nicht teilte. Elyas fuhr nicht im Wagen mit — er zog es vor zu laufen, und so manches Mal schritt er an der Spitze der Wagenkolonne einher —, aber er schlug kein einziges Mal vor, daß sie die Kolonne verlassen oder ihr vorauseilen sollten.

Der eigenartige bärtige Mann in seiner ebenso eigenartigen Fellkleidung unterschied sich dermaßen von den sanftmütigen Tuatha'an, daß er auffiel, wo immer zwischen den Wagen er sich befand. Selbst von der anderen Seite des Lagers aus konnte man Elyas nicht für ein Mitglied des Volkes halten, und das nicht nur seiner Kleidung wegen. Elyas bewegte sich mit der lässigen Grazie eines Wolfs, was noch verstärkt wurde durch die Lederkleidung und den Fellhut, und er strahlte Gefahr auf so natürliche Weise aus, wie das Feuer Hitze ausstrahlt. Der Kontrast zu dem Fahrenden Volk war auffallend. Jung wie alt machten die Mitglieder des Volkes einen fröhlichen Eindruck. In ihrer Anmut lag keine Andeutung von Gefahr, sondern nur von purer Lebensfreude. Ihre Kinder rannten aus reinem Bewegungsdrang umher, ganz klar, aber auch die Graubärte und Großmütter unter den Tuatha'an schritten leichtfüßig wie in einem gravitätischen Tanz einher, der trotz aller Würde nicht weniger übermütig wirkte. Alle schienen beinahe zu tanzen, selbst im Stehen, selbst während der seltenen Zeiten, wenn im Lager keine Musik zu hören war. Fiedel und Flöte, Hackbrett und Zither und Trommel spannen fast zu jeder Stunde ein Netz von Harmonie und Kontrapunkt um die Wagen, im Lager genau wie unterwegs. Freudige Lieder, fröhliche Lieder, lachende Lieder, traurige Lieder; wenn im Lager jemand wach war, gab es gewöhnlich auch Musik.

Freundliches Kopfnicken und Lächeln begrüßten Elyas an jedem Wagen, neben dem er stehenblieb, und an jedem Feuer, an dem er sich niederließ, wurden fröhliche Worte an ihn gerichtet. Das mußte es sein, was das Volk immer Außenseitern gegenüber zeigte: offene, freundliche Gesichter. Doch Perrin hatte erfahren, daß unter der Oberfläche verborgen die Wachsamkeit eines halb gezähmten Hirsches steckte. Etwas Tiefes lag unter dem Lächeln, das den Emondsfeldern entgegenstrahlte, etwas, das in diesen Tagen nur ganz wenig abgeschwächt wurde. Bei Elyas war die Wachsamkeit stark fühlbar, als flimmere tiefe Sommerhitze in der Luft, und das wurde auch nicht schwächer. Wenn er nicht hinsah, dann blickten sie ihn offen an, als seien sie nicht sicher, was er machen werde. Wenn er durch das Lager schritt, schienen die zum Tanzen bereiten Füße auch zur Flucht bereit.

Elyas hatte sicherlich genausowenig ein inneres Verhältnis zu ihrem Gesetz des Blattes wie sie zu seiner Lebensauffassung. Sein Mund war immer leicht verzogen, wenn er sich bei den Tuatha'an befand. Es war nicht herablassend oder gar verächtlich, er wirkte aber, als wäre er lieber anderswo als hier, ganz gleich wo. Aber immer wenn Perrin vorschlug wegzugehen, sprach Elyas beruhigende Worte von Ausruhen und nur noch ein paar Tage ...

»Ihr hattet schwere Tage hinter Euch, bevor Ihr mich fandet«, sagte Elyas beim vierten oder fünften Mal, »und vor Euch liegen noch schwerere, verfolgt von Trollocs und Halbmenschen und mit Aes Sedai zum Freund.« Er grinste mit vollem Mund — Ilas Auflauf aus getrockneten Äpfeln. Perrin fand seinen gelbäugigen Blick immer noch beunruhigend, selbst wenn er lächelte. Vielleicht besonders, wenn er lächelte; das Lächeln berührte kaum jemals die Augen dieses Jägers. Elyas lag an Raens Feuer. Wie gewöhnlich weigerte er sich, auf einem der dafür herangeschleiften Holzblöcke zu sitzen. »Ihr solltet es nicht so verdammt eilig haben, Euch wieder in die Hände der Aes Sedai zu begeben.«

»Und was ist, wenn uns die Blassen finden? Was kann sie davon abhalten, wenn wir bloß hier herumsitzen und warten? Drei Wölfe können sie nicht von uns fernhalten, und das Fahrende Volk ist auch keine Hilfe. Sie verteidigen sich nicht einmal selbst. Die Trollocs werden sie abschlachten, und das ist dann unsere Schuld. Wie auch immer — wir müssen sie früher oder später verlassen. Dann kann es von mir aus früher sein.«

»Irgend etwas sagt mir, wir sollten warten. Nur ein paar Tage.«

»Irgend etwas!«

»Entspanne dich, Junge! Nimm das Leben, wie es kommt. Renn weg, wenn du mußt, kämpfe, wenn du mußt, und ruhe dich aus, wenn du kannst.«

»Wovon sprecht Ihr ... sprichst du eigentlich — irgend etwas?«

»Nimm ein wenig von diesem Auflauf. Ila mag mich nicht, aber sie nährt mich wahrlich hervorragend, wenn ich zu Besuch bin. Es gibt immer gutes Essen in den Lagern des Volkes.«

»Was heißt ›irgend etwas‹?« wollte Perrin wissen. »Wenn du etwas weißt, das du uns anderen nicht sagst ...«

Elyas blickte finster auf das Stück Auflauf in seiner Hand, legte es dann nieder und klopfte sich die Hände ab. »Irgend etwas«, sagte er schließlich mit einem Achselzucken, als verstünde er es selbst nicht ganz, »irgend etwas sagt mir, daß es wichtig ist zu warten. Noch ein paar Tage. Ich habe nicht oft eine solche Vorahnung, aber wenn, dann kann ich mich darauf verlassen. Das hat mir in der Vergangenheit das Leben gerettet. Diesmal ist es irgendwie anders, aber wichtig. Das ist ganz eindeutig. Wenn du wegrennen willst, dann tu's ohne mich. Ich bleibe.«

Das war alles, was aus ihm herauszubekommen war, gleich wie oft Perrin noch fragte. Er lag herum, plauderte mit Raen, aß, schlief mit dem Hut über den Augen und weigerte sich, über eine Abreise zu sprechen. Etwas sagte ihm, er müsse warten. Etwas sagte ihm, es sei wichtig. Er würde wissen, wenn es an der Zeit war zu gehen. Iß ein wenig Auflauf, Junge. Setze dich nicht selbst so arg unter Druck. Versuche ein wenig von diesem Eintopf. Entspanne dich.

Perrin konnte sich nicht entspannen. Nachts lief er zwischen den regenbogenfarbenen Wagen einher und grübelte — einerseits, weil kein anderer irgendeinen Grund zur Besorgnis zu sehen schien, und andererseits, ach, überhaupt. Die Tuatha'an sangen und tanzten, kochten und aßen an ihren Lagerfeuern — Obst und Nüsse, Beeren und Gemüse; sie aßen kein Fleisch — und erledigten Unmengen von Alltagsarbeiten, als hätten sie keinerlei Sorgen. Die Kinder tollten und spielten überall herum, versteckten sich zwischen den Wagen, kletterten auf die Bäume, die das Lager umgaben, lachten und wälzten sich mit den Hunden am Boden ... Keiner schien irgendwelche Sorgen zu haben.

Wenn er ihnen zusah, dann juckte es ihn wirklich, sich fortzustehlen. *Geh, bevor wir ihnen die Jäger auf den Hals hetzen! Sie haben uns aufgenommen, und wir vergelten ihre Freundlichkeit, indem wir sie in Gefahr bringen. Zumindest haben sie einen Grund, so fröhlich zu sein: Niemand jagt sie. Aber wir anderen ...*

Es war schwer, überhaupt einmal mit Egwene zu sprechen. Entweder unterhielt sie sich mit Ila — sie steckten die Köpfe auf eine Art zusammen, die klar ausdrückte: Männer sind nicht willkommen —, oder sie tanzte mit Aram, wirbelte ein ums andere Mal herum, zum Klang der Flöten und Fiedeln und Trommeln, nach Melodien, die die Tuatha'an aus der ganzen Welt mitgebracht hatten oder nach den eindringlichen trillernden Liedern des Fahrenden Volks selbst, gleich ob sie schnell oder langsam waren. Sie kannten viele Lieder. Manche erkannte er von zu Hause her, wenn auch häufig unter anderen Titeln als in den Zwei Flüssen. Zu Drei Mädchen auf der Wiese sagten die Kesselflicker beispielsweise Hübsche Mädchen beim Tanz, und sie behaupteten, Der Wind aus dem Norden hieße in einigen Ländern einfach Ein Regenguß und in anderen Berins Rückzug. Als er sich, ohne nachzudenken, nach Der Kesselflicker hat meinen Topf erkundigte, überschlugen sie sich fast vor Lachen. Sie kannten es, aber unter dem Titel ›Wirf die Federn‹.

Er konnte es verstehen, daß man zu den Liedern des Volkes tanzen mochte. Daheim in Emondsfeld betrachtete ihn niemand als besonders guten Tänzer, aber diese Lieder ließen seine Füße zucken, und er glaubte, noch nie in seinem Leben so lang, so kraftvoll und so gut getanzt zu haben. Er war wie in Trance; sein Herz schlug im Rhythmus der Trommeln.

Es war am zweiten Abend, als Perrin erstmals auch

Frauen zu einigen der langsamen Weisen tanzen sah. Die Feuer waren fast niedergebrannt, die Nacht umschloß die Wagen, und Finger klopften einen schleppenden Rhythmus auf den Trommeln. Erst eine Trommel, dann eine weitere, bis alle Trommeln im Lager den gleichen leisen, mitreißenden Rhythmus schlugen. Alles war still bis auf die Trommeln. Ein Mädchen in rotem Kleid wiegte sich in den Feuerschein hinein. Sie löste ihre Stola. Perlenschnüre hingen in ihrem Haar, und sie hatte die Schuhe abgestreift. Eine Flöte begann mit der Melodie, leise, klagende Töne, und das Mädchen tanzte. Ausgestreckte Arme breiteten die Stola hinter ihr aus; ihre Hüften schwangen, als ihre bloßen Füße sich zum Klang der Trommeln bewegten. Die dunklen Augen des Mädchens waren auf Perrin gerichtet, und ihr Lächeln war so langsam wie ihr Tanz. Sie drehte sich in kleinen Kreisen und lächelte ihn über die Schulter hinweg an.

Er schluckte schwer. Die Hitze in seinem Gesicht kam nicht vom Feuer. Ein zweites Mädchen schloß sich dem ersten an. Die Fransen an ihren Stolen flogen im Rhythmus der Trommeln zum bedächtigen Kreisen ihrer Hüften. Sie lächelten ihn an, und er räusperte sich heiser. Er wagte es nicht, sich umzusehen; sein Gesicht war rot wie eine Rübe, und alle, die nicht gerade dem Tanz zusahen, lachten ihn vielleicht aus. Da war er sicher.

So unauffällig wie möglich glitt er von dem Holzblock herunter, als wolle er sich nur bequemer hinsetzen, aber er sorgte dafür, daß er schließlich vom Feuer und von den Tänzerinnen wegsah. So etwas gab es in Emondsfeld nicht. Bei einem Fest auf dem Grün mit den Mädchen tanzen, das konnte man überhaupt nicht mit diesem hier vergleichen. Ausnahmsweise einmal wünschte er sich, der Wind würde auffrischen und ihn abkühlen.

Die Mädchen tanzten wieder in sein Gesichtsfeld hinein. Doch jetzt waren es drei. Eine zwinkerte ihm herausfordernd zu. Seine Augen wichen verzweifelt aus.

Licht, dachte er, *was mache ich jetzt? Was würde Rand tun? Der kennt sich mit Mädchen aus.*

Die tanzenden Mädchen lachten leise; Perlen klickten gegeneinander, als sie ihr langes Haar fliegen ließen, und er glaubte, sein Gesicht werde verbrennen. Dann reihte sich eine etwas ältere Frau bei den Mädchen ein, um ihnen zu zeigen, wie man richtig tanzt. Mit einem Aufstöhnen gab er auf und schloß die Augen. Selbst hinter den geschlossenen Lidern verspottete und reizte ihn ihr Lachen. Sogar hinter den geschlossenen Lidern konnte er sie immer noch sehen. Schweiß rann ihm über die Stirn, und er sehnte sich nach dem Wind.

Raen erklärte später, daß die Mädchen diesen Tanz nicht oft und die Frauen fast nie tanzten, und Elyas meinte, Perrins Erröten sei der Grund dafür gewesen, daß sie es von nun an jede Nacht taten.

»Ich muß dir danken«, sagte Elyas mit nüchterner und ernster Stimme zu ihm. »Bei euch jungen Burschen ist es anders, aber in meinem Alter ist mehr als ein Lagerfeuer nötig, um meine Knochen zu erwärmen.« Perrin machte ein finsteres Gesicht. Da lag etwas in Elyas Haltung beim Weggehen, das ihm sagte: Selbst wenn er sich nichts anmerken ließ, lachte er doch innerlich.

Perrin merkte bald, daß er besser nicht den Anblick der tanzenden Frauen und Mädchen meiden sollte, obwohl ihn das Zwinkern und das Lächeln immer noch wünschen ließ, er könne sich einfach wegdrehen. Eine allein wäre schon in Ordnung gewesen, aber fünf oder sechs, und alle schauten zu ... Er konnte ein Erröten nie vermeiden.

Dann begann Egwene, den Tanz zu lernen. Zwei der Mädchen, die am ersten Abend getanzt hatten, brachten es ihr bei. Sie klatschten den Rhythmus, während sie die schleppenden Tanzschritte wiederholte. Eine geborgte Stola flatterte hinter ihr her. Perrin wollte etwas sagen, beschloß aber, lieber doch den Mund zu halten. Als die Mädchen den Hüftschwung hinzufügten, begann Egwene zu lachen, und die drei Mädchen fielen sich kichernd um den Hals. Aber Egwene machte beharrlich weiter. Ihre Augen glitzerten, und auf ihren Wangen brannten rote Flecke.

Aram sah ihrem Tanz mit heißem, hungrigem Blick zu. Der gut aussehende junge Tuatha'an hatte ihr eine Kette blauer Perlen geschenkt, die sie die ganze Zeit trug. Ilas Lächeln war einem besorgten Blick gewichen, wenn sie das Interesse ihres Enkels an Egwene bemerkte. Perrin beschloß, den jungen Meister Aram gut im Auge zu behalten.

Einmal konnte er Egwene allein erwischen. Sie standen neben einem grün und gelb bemalten Wagen. »Du amüsierst dich gut, nicht wahr?« fragte er.

»Warum auch nicht?« Sie fühlte nach den blauen Perlen an ihrem Hals und lächelte. »Wir müssen uns doch nicht alle so wie du bemühen, uns möglichst schlecht zu fühlen. Haben wir keine Gelegenheit verdient, uns mal zu amüsieren?« Aram stand nicht weit von ihnen entfernt — er war immer nah bei Egwene zu finden —, hatte die Arme auf der Brust verschränkt und lächelte ein wenig, teils triumphierend, teils überheblich. Perrin senkte die Stimme. »Ich dachte, du wolltest nach Tar Valon. Hier lernst du nie, wie man eine Aes Sedai wird.«

Egwene warf den Kopf zurück. »Und ich dachte, du wolltest gar nicht, daß ich eine Aes Sedai werde«, sagte sie etwas übertrieben süß.

»Blut und Asche, glaubst du etwa, wir sind hier sicher? Wie sicher sind diese Leute, solange wir uns hier befinden? Uns kann doch jederzeit ein Blasser aufstöbern.«

Ihre Hand an den Perlen zitterte. Sie nahm sie herunter und atmete tief ein. »Was auch geschehen mag, es wird sowieso geschehen, ob wir heute oder nächste Woche abreisen. Das glaube ich jetzt ganz sicher. Amüsiere dich, Perrin. Es könnte unsere letzte Gelegenheit sein.«

Traurig streichelte sie seine Wange. Dann streckte

Aram eine Hand nach ihr aus, und sie eilte zu ihm und lachte bereits wieder. Als sie wegrannten, hinüber, wo die Fiedeln sangen, grinste ihn Aram über die Schulter hinweg triumphierend an, als wolle er sagen: Dir gehört sie nicht, aber sie wird mir gehören.

Sie befanden sich alle bereits zu sehr unter dem Einfluß des Volkes, dachte Perrin. *Elyas hat recht. Sie müssen gar nicht versuchen, jemanden für ihr Gesetz des Blattes zu gewinnen. Es sickert von allein in dich ein.*

Ila hatte einmal bemerkt, wie er sich vor dem Wind zusammenkauerte, und dann brachte sie ihm einen dikken Wollumhang aus ihrem Wagen. Er war dunkelgrün, und das gefiel ihm. Er hatte sich an all den Rot- und Gelbtönen sattgesehen. Als er ihn sich um die Schultern legte, dachte er, es sei schon ein Wunder, daß der Umhang groß genug war für ihn, aber Ila sagte nur kurz: »Er könnte besser passen.« Sie blickte hinunter auf die Axt an seinem Gürtel, und als sie ihm wieder in die Augen sah, war ihr Blick trotz ihres Lächelns traurig. »Er könnte viel besser passen.«

Das war typisch für die Kesselflicker. Ihr Lächeln versagte nie, sie zögerten nie, sie zum Trinken oder zum Musizieren einzuladen, aber ihr Blick berührte immer die Axt, und er konnte fühlen, was sie dachten. Ein Werkzeug der Gewalt. Es gibt niemals eine Ausrede für die Anwendung von Gewalt einem anderen menschlichen Wesen gegenüber. Das Gesetz des Blattes.

Manchmal hätte er sie am liebsten angeschrien. Es gab auch Trollocs und Blasse auf der Welt. Es gab diejenigen, die jedes Blatt abhacken würden. Da draußen war der Dunkle König, und das Gesetz des Blattes würde in Ba'alzamons Augen verbrennen. Stur fuhr er fort, die Axt zu tragen. Er gewöhnte sich an, den Umhang offen hinter den Gürtel zu stecken, selbst wenn es windig war, damit die Halbmondklinge nie verborgen war. Gelegentlich betrachtete Elyas fragend die Waffe, die schwer an seiner Seite hing, und grinste ihn an. Diese gelben Augen schienen seine Gedanken lesen zu können. Deshalb hätte er beinahe seine Axt wieder bedeckt. Beinahe.

Wenn ihn auch das Lagerleben der Tuatha'an ständig verwirrte, so waren doch wenigstens seine Träume dort normal. Manchmal erwachte er schwitzend aus einem Traum, in dem Trollocs und Blasse das Lager stürmten und mit geschleuderten Fackeln die regenbogenfarbenen Wagen in Flammen setzten ... Menschen stürzten in Blutlachen, Männer und Frauen und Kinder rannten weg und schrien und starben, bemühten sich aber nicht, sich gegen die Sichelschwerter zu verteidigen. Nacht für Nacht fuhr er im Dunkeln hoch, atmete schwer und griff nach seiner Axt, bevor ihm klar wurde, daß die Wagen keineswegs in Flammen standen, daß keine Gestalten mit blutigen Schnauzen zerfetzte und verdrehte Körper am Boden anknurrten. Aber das waren ganz gewöhnliche Alpträume, und das beruhigte ihn auf gewisse Weise. Wenn es jemals einen würdigen Platz für den Dunklen König in seinen Träumen gegeben hatte, dann in diesen, doch er tauchte nicht auf. Kein Ba'alzamon. Nur ganz normale Alpträume.

Allerdings war er sich im wachen Zustand immer der Wölfe bewußt. Sie hielten Abstand zum Lager und zum Wagenzug, wenn er unterwegs war, aber er wußte immer, wo sie sich befanden. Er konnte ihre Verachtung für die Hunde spüren, die das Fahrende Volk schützten. Lärmende Tiere, die vergessen hatten, wofür ihre Kiefer da waren, die den Geschmack warmen Blutes nicht mehr kannten; sie jagten vielleicht Menschen Angst ein, aber sie würden auf dem Bauch wegkriechen, wenn das Rudel jemals käme. Jeden Tag wurde diese innere Verbindung schärfer, klarer.

Mit jedem Sonnenuntergang wurde Scheckie ungeduldiger. Daß Elyas die Menschen nach Süden bringen wollte, war ja in Ordnung, aber wenn schon, dann doch schnell. Beendet dieses langsame Vorwärtskriechen!

Wölfe waren dazu bestimmt, das Land zu durchstreifen, und es gefiel ihr nicht, so lange vom Rudel weg zu sein. Auch in Wind brannte die Ungeduld. Die Jagd war hier mehr als armselig, und er haßte es, von Feldmäusen zu leben. Denen konnten die Welpen auflauern, wenn sie das Jagen lernen sollten, oder die Alten konnten sie fressen, die keinen Hirsch mehr erlegen oder keinem wilden Stier die Sehnen durchbeißen konnten. Manchmal glaubte Wind, daß Brand recht gehabt hatte: überlaßt die Probleme der Menschen den Menschen selbst. Aber er hütete sich vor solchen Gedanken, wenn Scheckie in der Nähe war und noch mehr bei Springer. Springer war ein alter Kämpfer mit vielen Narben und ergrauter Schnauze. Die Last der Jahre ließ ihn teilnahmslos erscheinen, doch er war so schlau, daß er damit alles wettmachte, was ihm das Alter genommen haben mochte. Er kümmerte sich nicht um Menschen, aber Scheckie wollte, daß sie dies taten, und Springer würde warten, wenn sie wartete, und rennen, wenn sie rannte. Wolf oder Mensch, Stier oder Bär, jeder, der Scheckie bedrohte, würde Springers mächtige Kiefer zu spüren bekommen, um ihn in den ewigen Schlaf zu versenken. Das war Springers ganzes Leben, und das ließ Wind vorsichtig sein, und Scheckie mißachtete beide.

Alles das war in Perrins Geist ganz deutlich zu fühlen. Sehnsuchtsvoll wünschte er sich Caemlyn und Moiraine und Tar Valon herbei. Selbst wenn er keine Antworten finden würde, so hätte doch alles dort ein Ende. Elyas blickte ihn an, und er war sicher, daß der gelbäugige Mann ihn verstand. *Bitte, laß es enden.*

Der Traum begann angenehmer als die meisten anderen in letzter Zeit. Er saß an Alsbet Luhhans Küchentisch und schärfte seine Axt mit einem Wetzstein. Frau Luhhan erlaubte ihnen nie, Schmiedearbeiten oder ähnliches ins Haus zu bringen. Meister Luhhan mußte sogar die Messer mit nach draußen nehmen, um sie zu schleifen. Aber nun kümmerte sie sich um das Essen und sagte kein Wort wegen der Axt. Sie sagte nicht einmal etwas, als ein Wolf aus dem Inneren des Hauses kam und sich zwischen Perrin und der Hoftür zusammenrollte. Perrin wetzte weiter; bald würde die Zeit kommen, sie zu benützen.

Plötzlich erhob sich der Wolf. Er grollte aus tiefster Kehle, und sein dichtes Nackenfell richtete sich auf. Ba'alzamon trat aus dem Hof in die Küche ein. Frau Luhhan kochte unberührt weiter.

Perrin rappelte sich hoch und erhob seine Axt, doch Ba'alzamon ignorierte die Waffe und konzentrierte sich statt dessen auf den Wolf. Flammen tanzten dort, wo seine Augen sein sollten. »Ist es das, was dich beschützen soll? Nun, ich habe dem zuvor schon gegenübergestanden. Viele Male schon.«

Er krümmte einen Finger, und der Wolf heulte auf, als Feuer aus seinen Augen und aus seinen Ohren und seiner Schnauze und seiner Haut schoß. Der Gestank brennenden Fleisches und versengter Haare erfüllte die Küche. Alsbet Luhhan hob den Deckel von einem Topf und rührte mit einem hölzernen Kochlöffel um.

Perrin ließ die Axt fallen und sprang vor, um die Flammen mit den Händen zu ersticken. Der Wolf zerfiel unter seinen Handflächen zu schwarzer Asche. Er starrte das formlose Häufchen Asche auf Frau Luhhans sauber gefegtem Fußboden an und trat zurück. Er wünschte, er könne den schmierigen Ruß von seinen Händen wischen, aber der Gedanke daran, ihn an seine Kleider zu schmieren, drehte ihm den Magen um. Er schnappte sich seine Axt und umklammerte den Schaft so kräftig, daß seine Knöchel knackten.

»Laß mich in Ruhe!« schrie er. Frau Luhhan klopfte den Löffel auf dem Topfrand ab und legte den Deckel wieder auf. Sie summte vor sich hin.

»Du kannst mir nicht entkommen«, sagte Ba'alzamon. »Du kannst dich nicht vor mir verstecken. Wenn du derjenige bist, dann gehörst du mir.« Die Hitze des

Feuers in seinem Gesicht zwang Perrin, sich durch die ganze Küche zurückzuziehen, bis er mit dem Rücken an die Wand stieß. Frau Luhhan öffnete den Backofen, um nach ihrem Brot zu sehen. »Das Auge der Welt wird dich verschlingen«, sagte Ba'alzamon. »Ich zeichne dich als mein Eigentum!« Er warf ihm die geballte Faust entgegen, als werfe er etwas nach ihm. Als sich seine Finger öffneten, flatterte ein Rabe auf Perrins Gesicht zu.

Perrin schrie auf, als der schwarze Schnabel sein linkes Auge durchdrang ... und setzte sich auf. Er griff nach seinem Gesicht, um ihn herum die schlummernden Wagen des Fahrenden Volkes. Langsam senkte er die Hände wieder. Da war kein Schmerz, kein Blut. Aber er konnte sich daran erinnern, an den schrecklich stechenden Schmerz.

Er schauderte, und dann hockte plötzlich Elyas neben ihm in der ersten Dämmerung, eine Hand nach ihm ausgestreckt, als wolle er ihn wachrütteln. Jenseits der Bäume, zwischen denen die Wagen standen, heulten die Wölfe — ein schneidender Aufschrei aus drei Kehlen. Er teilte ihre Gefühle. *Feuer. Schmerz. Feuer. Haß. Haß! Töte!*

»Ja«, sagte Elyas leise. »Es ist Zeit. Steh auf, Junge. Es ist Zeit, daß wir gehen.«

Perrin kroch unter seinen Decken hervor. Während er noch seine Deckenrolle zusammenband, kam Raen aus seinem Wagen und rieb sich den Schlaf aus den Augen. Der Sucher blickte zum Himmel auf und erstarrte auf halbem Weg die Stufen hinunter, die Hände zum Gesicht erhoben. Nur seine Augen bewegten sich, als er eingehend den Himmel studierte, doch Perrin verstand nicht, wonach er suchte. Ein paar Wolken hingen im Osten, die Unterseiten rosa von einer Sonne beleuchtet, die bald aufgehen würde, aber sonst war nichts zu sehen. Raen schien auch zu lauschen und den Geruch der Luft zu prüfen, aber es gab kein Geräusch außer dem des Windes in den Bäumen und keinen Geruch außer den rauchigen Resten der Lagerfeuer vom letzten Abend.

Elyas kam mit seinen spärlichen Besitztümern zurück, und Raen ging die letzten Schritte hinunter. »Wir müssen die Richtung unserer Reise ändern, mein alter Freund.« Der Sucher blickte wieder unsicher zum Himmel hinauf. »Heute gehen wir anderswohin. Wirst du mit uns kommen?« Elyas schüttelte den Kopf, und Raen nickte, als habe er das die ganze Zeit schon geahnt. »Also dann, paß auf dich auf, alter Freund. Es liegt heute etwas in der Luft ...« Er wollte schon wieder nach oben blicken, wandte den Blick aber schnell wieder nach unten, bevor er mehr als die Wagendächer betrachtet hatte. »Ich denke, die Wagen werden nach Osten fahren. Vielleicht bis hin zum Rückgrat der Welt. Vielleicht finden wir ein *Stedding* und bleiben eine Weile dort.«

»Das Unglück kommt nicht in ein *Stedding* hinein«, stimmte Elyas zu. »Aber die Ogier mögen Fremde nicht besonders.«

»Jeder mag das Fahrende Volk«, sagte Raen und grinste. »Außerdem haben auch die Ogier Töpfe und andere Dinge, die geflickt werden müssen. Komm, laß uns frühstücken, und wir reden darüber.«

»Keine Zeit«, sagte Elyas. »Auch wir ziehen heute weiter. So bald wie möglich. Es ist der richtige Tag zum Weiterziehen, wie es scheint.«

Raen bemühte sich, ihn zu überreden, wenigstens zum Essen zu bleiben, und als Ila mit Egwene aus dem Wagen trat, tat sie das Ihre dazu, doch nicht mit soviel Überzeugungskraft vehement wie ihr Mann. Sie sagte die richtigen Worte, doch ihre Höflichkeit klang steif, und es war klar, daß sie froh sein würde, Elyas und wohl auch Egwene von hinten zu sehen.

Egwene bemerkte die bedauernden Seitenblicke Ilas in ihre Richtung nicht. Sie fragte, was los sei, und Perrin bereitete sich darauf vor, daß sie sagen würde, sie wolle bei den Tuatha'an bleiben, aber als Elyas ihr alles erklärte, nickte sie nur gedankenschwer und eilte in den Wagen zurück, um ihre Sachen zu holen.

Schließlich hob Raen resignierend die Hände. »In Ordnung. Ich kann mich nicht erinnern, daß ich jemals einen Besucher dieses Lager ohne Abschiedsmahl verlassen ließ, aber ...« Unsicher hob er die Augen erneut zum Himmel. »Na ja, ich glaube, wir sollten auch früh aufbrechen. Vielleicht essen wir unterwegs. Aber sagt wenigstens allen Lebewohl.«

Elyas setzte zu einem Widerspruch an, aber Raen eilte schon von Wagen zu Wagen und hämmerte gegen die Türen, wo noch niemand wach war. Als dann ein Kesselflicker mit Bela im Schlepptau ankam, war das ganze Lager in schönster Festtagskleidung angetreten — eine Farbsymphonie, gegen die Raen und Ilas rotgelber Wagen beinahe blaß erschien. Die großen Hunde liefen mit heraushängenden Zungen durch die Menge und warteten darauf, daß jemand sie hinter den Ohren kraulte, während Perrin und die anderen unzählige Hände schüttelten und eine Umarmung nach der anderen über sich ergehen ließen. Die Mädchen, die jede Nacht getanzt hatten, gaben sich nicht mit Händeschütteln zufrieden, und ihre Umarmungen ließen in Perrin plötzlich den Wunsch aufkommen, überhaupt nicht mehr fortzugehen — bis ihm bewußt wurde, wie viele andere zusahen. Dann nahm sein Gesicht beinahe die Farbe des Wagens hinter ihm an.

Aram zog Egwene ein wenig zur Seite. Perrin konnte über dem Lärm all des Abschiednehmens nicht hören, was er ihr zu sagen hatte, aber sie schüttelte wiederholt den Kopf, zu Beginn halbherzig, dann aber energischer, als er sie mit bittenden Gesten bestürmte. Sein Gesichtsausdruck wechselte von bittend zu streitend, aber sie schüttelte weiterhin eisern den Kopf, bis Ila sie durch ein paar scharfe an ihren Enkel gerichtete Worte erlöste. Mit finsterer Miene schob sich Aram durch die Menge und ließ Abschied Abschied sein. Ila sah ihm nach und schien ihn beinahe zurückrufen zu wollen. *Sie ist auch erleichtert,* dachte Perrin. *Erleichtert, daß er nicht mit uns und Egwene weggehen will.*

Als er schließlich jede Hand im Lager mindestens einmal geschüttelt und jedes Mädchen mindestens zweimal umarmt hatte, trat die Menge zurück und ließ einen freien Raum um Raen und Ila und die drei Besucher herum. »Ihr kamt in Frieden«, sprach Raen würdevoll, wobei er sich formell verbeugte, die Hände auf der Brust. »Geht nun in Frieden. Immer werden unsere Feuer Euch in Frieden willkommen heißen. Das Gesetz des Blattes ist der Friede.«

»Friede sei für immer mit Euch«, erwiderte Elyas, »und mit dem ganzen Volk.« Er zögerte und fügte dann hinzu: »Ich werde das Lied finden, oder ein anderer wird das Lied finden, aber das Lied wird gesungen werden, dieses Jahr oder ein zukünftiges. Wie es einst war, so soll es wieder sein, eine Welt ohne Ende.«

Raen zwinkerte überrascht, und Ila sah total entgeistert drein, aber die anderen Tuatha'an murmelten zur Antwort: »Eine Welt ohne Ende. Welt und Zeit enden nicht.« Raen und seine Familie wiederholten das sehr hastig.

Dann war es wirklich Zeit zu gehen. Ein paar letzte Verabschiedungen, ein paar letzte Ratschläge, auf sich aufzupassen, ein letztes Lächeln und Winken, und sie gingen aus dem Lager. Raen begleitete sie bis zum Waldrand. An seiner Seite rannten zwei Hunde.

»Wahrlich, mein alter Freund, Ihr müßt sehr vorsichtig sein. Heute ... Ich fürchte, etwas Böses ist in der Welt erwacht, und was Ihr auch vortäuschen möchtet, Ihr seid nicht so böse, daß es Euch nicht verschlingen würde.«

»Friede sei mit dir«, sagte Elyas.

»Und mit dir«, sagte Raen traurig.

Als Raen weg war, sah Elyas die beiden anderen ihrer fragenden Blicke wegen grimmig an. »Natürlich glaube ich nicht an ihr närrisches Lied«, grollte er. »Aber das ist kein Grund, sie zu beschämen, indem man ihre Zeremonie durcheinanderbringt, oder? Ich habe Euch gesagt, daß sie manchmal besonders viel Wert auf ihre Zeremonien legen.«

»Natürlich«, sagte Egwene sanft. »Absolut kein Grund.« Elyas wandte sich ab und murmelte irgend etwas in sich hinein.

Scheckie, Wind und Springer kamen und begrüßten Elyas — nicht mit freudigem Schwanzwedeln wie die Hunde, sondern würdevoll, ein Wiedersehen unter Ebenbürtigen. Perrin spürte, was zwischen ihnen vorging. *Feueraugen. Schmerz. Herzfang. Tod. Herzfang.* Perrin wußte, was das bedeutete. Der Dunkle König. Sie erzählten ihm von seinem Traum. Ihrem Traum.

Er schauderte, als die Wölfe vorausliefen, um den Weg zu erkunden. Egwene war an der Reihe, auf Bela zu reiten, und er ging nebenher. Elyas führte sie wie gewöhnlich mit gleichmäßigen, ausholenden Schritten an.

Perrin wollte nicht an seinen Traum denken. Er hatte geglaubt, die Wölfe könnten ihnen Sicherheit bieten. *Nicht vollständig. Akzeptiere. Volles Herz. Ganzer Verstand. Du kämpfst noch dagegen. Nur vollständig, wenn du akzeptierst.*

Er drängte die Wölfe aus seinem Geist und zwinkerte überrascht. Er hatte nicht gewußt, daß er das konnte. Er beschloß, sie nicht wieder hineinzulassen. *Auch nicht in Träumen?* Er war nicht sicher, ob das ihr Gedanke gewesen war oder seiner.

Egwene trug immer noch die Kette blauer Perlen, die ihr Aram gegeben hatte, und einen kleinen Zweig mit winzigen, leuchtend roten Blättern in ihrem Haar, ein anderes Geschenk des jungen Tuatha'an. Perrin war sicher, daß Aram versucht hatte, sie zu überreden, beim Fahrenden Volk zu bleiben. Er war froh, daß sie nicht nachgegeben hatte, aber er wünschte, sie würde die Perlen nicht ständig so liebevoll durch die Finger ziehen. Schließlich sagte er: »Was hast du eigentlich die ganze Zeit über mit Ila besprochen? Wenn du nicht gerade mit diesem langbeinigen Kerl getanzt hast, hast du dich mit ihr unterhalten, als hättet ihr Geheimnisse miteinander.«

»Ila hat mir einiges darüber gesagt, was es heißt, eine Frau zu sein«, antwortete Egwene abwesend. Er begann zu lachen, und sie sah ihn mit einem verschleierten, warnenden Blick an, den er nicht bemerkte.

»Ha! Niemand sagt uns, was es heißt, Männer zu sein. Wir sind es einfach.«

»Das«, sagte Egwene, »ist vielleicht auch der Grund, warum ihr das so schlecht macht.«

Vorn lachte Elyas schallend auf.

KAPITEL 6

Fußspuren in der Luft

Nynaeve blickte staunend auf das, was flußabwärts vor ihnen lag: die Weiße Brücke, die mit milchigem Schimmern in der Sonne glänzte. Noch eine Legende, dachte sie mit einem Blick auf den Behüter und die Aes Sedai, die vor ihr herritten. Noch eine Legende, und sie scheinen es nicht einmal zu bemerken. Sie beschloß, ihr Staunen nicht zu zeigen, wenn sie hersahen. Sie werden lachen, wenn sie mich wie eine Landpomeranze gaffen sehen. Die drei ritten schweigend weiter, auf die legendäre Weiße Brücke zu.

Seit jenem Morgen nach der Flucht aus Shadar Logoth, als sie Moiraine und Lan am Ufer des Arinelle gefunden hatte, hatte sie sich kaum jemals richtig mit der Aes Sedai unterhalten. Sie hatten natürlich miteinander gesprochen, aber nichts Wesentliches, jedenfalls nach Nynaeves Meinung. Zum Beispiel Moiraines Versuche, sie zu überreden, nach Tar Valon mitzukommen. Tar Valon. Sie würde, wenn nötig, dorthingehen und ihre Ausbildung mitmachen, aber nicht aus den Gründen, an die die Aes Sedai glaubte. Wenn Moiraine Unheil über Egwene und die Jungen gebracht hatte ...

Manchmal war es Nynaeve bewußt geworden, daß sie unfreiwillig doch daran dachte, was eine Seherin mit der Einen Macht alles anfangen konnte. Sobald sie sich jedoch bei diesem Gedanken ertappte, verglühte er in aufflammendem Zorn. Die Macht war eine schmutzige Sache. Sie wollte nichts damit zu tun haben. Nur wenn es gar nicht anders ging.

Die verfluchte Frau wollte von nichts anderem reden

als davon, daß sie zur Ausbildung nach Tar Valon gebracht werden sollte.

»Wie wollt Ihr sie denn überhaupt finden?« fiel ihr ihre Frage wieder ein. »Wie ich Euch gesagt habe«, antwortete Moiraine, ohne es für nötig zu halten, sich nach ihr umzudrehen, »werde ich spüren, wenn ich den beiden, die ihre Münzen verloren haben, nahe bin.« Es war nicht das erste Mal, daß Nynaeve diese Frage gestellt hatte, aber die Stimme der Aes Sedai klang wie ein ruhiger See, der sich weigerte, Wellen zu schlagen, so viele Steine Nynaeve auch hineinwerfen mochte; es brachte das Blut der Seherin jedesmal zum Kochen, wenn sie diesen Tonfall hörte. Moiraine fuhr fort, als spüre sie den Blick der Seherin auf ihrem Rücken gar nicht, doch Nynaeve wußte, daß es anders war, und sie konzentrierte ihren Blick auch dementsprechend. »Je länger es dauert, desto näher muß ich kommen, aber ich werde es wissen. Und was denjenigen betrifft, der sein Zeichen noch trägt — ihm kann ich notfalls durch die halbe Welt folgen, solange er es in seinem Besitz hat.«

»Und dann? Was gedenkt Ihr zu tun, wenn Ihr sie gefunden habt, Aes Sedai?« Sie glaubte nicht eine Minute lang daran, daß die Aes Sedai sie so eifrig suchte, ohne gewisse Pläne mit ihnen zu haben.

»Tar Valon, Seherin.«

»Tar Valon. Tar Valon. Das ist alles, was ich von Euch zu hören bekomme, und ich bin langsam ...«

»Ein Teil der Ausbildung, die Euch zuteil wird, Seherin, wenn wir in Tar Valon sind, wird Euch lehren, Eure Ungeduld zu zügeln. Ihr könnt mit der Einen Macht nichts anfangen, wenn Ihr euch von Gefühlen beherrschen laßt.« Nynaeve öffnete den Mund, doch die Aes Sedai redete weiter: »Lan, ich muß dich einen Moment sprechen.«

Die zwei steckten die Köpfe zusammen, und Nynaeve wurde mit einem übellaunigen Gesichtsausdruck zurückgelassen, den sie an sich selbst haßte. Er war oft zu sehen, wenn die Aes Sedai entschlossen von ihren Fragen auf etwas anderes ablenkte, die Fallen, die Nynaeve ihr im Gespräch stellte, leicht vermied oder ihrem Toben keine Beachtung schenkte, bis sie endlich schwieg. Dieser böse Gesichtsausdruck gab ihr das Gefühl, sie sei wieder ein Mädchen, das bei irgendeiner Dummheit von jemandem aus dem Frauenzirkel erwischt worden war. Nynaeve kannte dieses Gefühl an sich sonst nicht, und das ruhige Lächeln auf Moiraines Gesicht machte es nur noch schlimmer.

Wenn es nur einen Weg gäbe, diese Frau loszuwerden! Lan wäre allein auch eher zu ertragen — sie fühlte, wie sie bei dem Gedanken errötete, und nur aus diesem Grund sagte sie sich hastig, daß ein Behüter ja schließlich mit allen Schwierigkeiten fertigwerden müsse.

Und doch machte Lan sie noch wütender als Moiraine. Sie verstand nicht, wie sie sich so leicht von ihm aus dem Gleichgewicht bringen lassen konnte. Er sagte selten etwas — manchmal kein Dutzend Worte an einem ganzen Tag —, und er mischte sich nie in die … Diskussionen mit Moiraine ein. Er war oft weg, erkundete das Land, aber selbst wenn er da war, hielt er sich meist ein wenig entfernt von ihnen, als beobachte er ein Duell. Nynaeve wünschte, er würde damit aufhören. Falls es ein Duell war, dann hatte sie noch keinen einzigen Treffer erzielt, und Moiraine schien noch nicht einmal zu bemerken, daß sie sich in einem Kampf befand. Nynaeve hätte sich ohne seine kühlen blauen Augen und ohne einen schweigenden Zuschauer wohler gefühlt.

So war ihre Reise zum großen Teil verlaufen. Ruhig, außer zu Zeiten, da ihr Temperament mit ihr durchging, und manchmal, wenn sie herumschrie, klang ihre Stimme in der Stille wie berstendes Glas. Das Land selbst war ruhig, als hielte die Welt den Atem an. Der Wind ächzte in den Bäumen, doch sonst war alles still. Auch der Wind schien irgendwie fern, selbst wenn er durch den Umhang auf ihrem Rücken schnitt.

Zuerst war die Stille erholsam, nach alledem, was geschehen war. Es schien, als hätte sie seit der Zeit vor der Winternacht keinen Augenblick Ruhe mehr gehabt. Am Ende ihres ersten Tages allein mit der Aes Sedai und dem Behüter blickte sie jedoch ständig nach hinten und rutschte im Sattel umher, als fühle sie ein Jucken am Rücken und könne den Fleck nicht erreichen. Die Stille erschien ihr wie ein Kristall, der zum Zerspringen verdammt war, und auf den ersten Riß zu warten, machte sie rasend.

Auch Moiraine und Lan litten darunter, selbst wenn sie nach außen hin so unerschütterlich erschienen. Sie erkannte bald, daß die beiden sich unter der ruhigen Oberfläche von Stunde zu Stunde mehr spannten, wie die Feder einer Uhr, die bis zum Zerspringen aufgezogen wird.

Moiraine schien nach Geräuschen zu lauschen, die gar nicht vorhanden waren, und was sie hörte, ließ Runzeln auf ihrer Stirn erscheinen. Lan beobachtete den Wald und den Fluß, als ob er aus den kahlen Bäumen und dem breiten, langsam fließenden Wasser Anzeichen für Fallen und Hinterhalte vor ihnen herauslesen könne.

Etwas in ihr war froh, daß sie nicht die einzige war, die dieses Am-Rand-der-Welt-Angekommensein fühlte; wenn es auch die anderen beeinflußte, dann war es wohl Wirklichkeit, obwohl ein Teil ihres Bewußtseins nichts sehnlicher wünschte, als daß all dies ihrer Einbildung entsprungen sei. Etwas davon kitzelte sie am äußersten Rand ihres Bewußtseins, genauso, wie sie es fühlte, wenn sie dem Wind lauschte, aber mittlerweile wußte sie: Das hatte mit der Einen Macht zu tun. So brachte sie es nicht fertig, diese Wellen an der Grenze des Bewußten freudig zu begrüßen.

»Es ist nichts«, sagte Lan ruhig, als sie ihn danach fragte. Er sah sie nicht an, während er mit ihr sprach; seine Augen hörten nie auf, die Umgebung abzusuchen.

Dann fügte er im Widerspruch zu dem vorher Gesagten hinzu: »Ihr solltet zu Euren Zwei Flüssen zurückkehren, wenn wir Weißbrücke und die Straße nach Caemlyn erreichen. Es ist hier zu gefährlich. Aber nichts wird Euch davon abhalten, zurückzukehren.« Das war die längste Rede, die er an diesem Tag gehalten hatte.

»Sie ist ein Teil des Musters, Lan«, sagte Moiraine scheltend. Auch ihr Blick ruhte irgendwo anders. »Es ist der Dunkle König, Nynaeve. Der Sturm ist vorüber — jedenfalls für eine Weile.« Sie erhob eine Hand, als wolle sie die Luft prüfen, und dann wischte sie sie an ihrem Kleid ab, als habe sie Schmutz berührt. »Er beobachtet alles aber immer noch« — sie seufzte — »und sein Blick ist stärker geworden. Er ruht nicht nur auf uns, sondern auf der ganzen Welt. Wie lange wird es noch dauern, bis er stark genug ist, um ...«

Nynaeve zog die Schultern ein; plötzlich konnte sie beinahe fühlen, wie sie jemand von hinten anstarrte. Sie hätte diese Erklärung lieber nicht von der Aes Sedai gehört.

Lan erkundete ihren Weg den Fluß hinunter, doch während er zuvor bestimmt hatte, welchen Weg sie wählten, war es nun Moiraine, die sie so sicher anführte, als folge sie unsichtbaren Spuren, Fußspuren in der Luft, dem Duft der Erinnerung. Lan überprüfte lediglich den von ihr erwählten Weg, um zu sehen, ob er sicher genug sei. Nynaeve hatte das Gefühl, daß Moiraine auch dann darauf bestanden hätte, wenn er gesagt hätte, der Weg sei nicht sicher. Und er würde ihr folgen, das war klar. Geradewegs den Fluß hinunter nach ...

Nynaeve schrak auf und riß sich von ihren Gedanken los. Sie befanden sich am Fuß der Weißen Brücke. Der blasse Bogen leuchtete im Sonnenschein, ein milchiges Gespinst von Spinnweben, das sich über den Arinelle spannte, scheinbar zu zerbrechlich, um überhaupt stehen bleiben zu können. Das Gewicht eines Mannes würde sie schon einstürzen lassen, geschweige denn das eines Pferdes. Sicher mußte sie jede Minute unter ihrem eigenen Gewicht zusammenbrechen.

Lan und Moiraine ritten unbeeindruckt voran, die weiß schimmernde Rampe hinauf und auf die Brücke. Die Hufschläge erklangen nicht wie Stahl auf Glas, sondern wie Stahl auf Stahl. Die Oberfläche der Brücke sah sicherlich genauso glatt aus wie Glas, nasses Glas, bot aber den Hufen der Pferde einen festen und sicheren Halt. Nynaeve zwang sich dazu, ihnen zu folgen, aber vom ersten Schritt an wartete sie halb darauf, daß der gesamte Bau unter ihnen zerspringen werde. *Wenn Spitzen aus Glas gefertigt würden,* dachte sie, *würde es wie das hier aussehen.*

Erst als sie schon beinahe den ganzen Weg über die Brücke zurückgelegt hatten, bemerkte sie den teerigen Geruch von Ruß, der die Luft schwängerte. Einen Moment später sah sie den Grund.

Um das Ende der Weißen Brücke herum lagen geschwärzte Balken, aus denen noch Rauchfäden emporstiegen, die Reste eines halben Dutzends Häuser. Männer in schlecht sitzenden roten Uniformen und angerosteten Brustpanzern patrouillierten durch die Straßen, aber sie marschierten schnell, als hätten sie Angst davor, etwas zu finden, und sie sahen sich beim Marschieren ständig um. Die Stadtbewohner — es waren nicht viele da — rannten fast, die Schultern eingezogen, als ob sie von etwas verfolgt würden.

Lan blickte grimmig drein, noch grimmiger als sonst, und die Leute machten den dreien Platz; sogar die Soldaten. Der Behüter schnupperte in die Luft und verzog das Gesicht. Er grollte leise vor sich hin. Nynaeve wunderte das nicht — bei dem starken Gestank nach Feuer.

»Das Rad webt, wie das Rad es will«, murmelte Moiraine. »Kein Auge kann das Muster erkennen, bis es gewoben ist.«

Im nächsten Augenblick war sie von Aldieb abgesprungen und sprach mit Stadtbewohnern. Sie stellte keine Frage, zeigte aber ihr Mitgefühl, und zu Nynaeves Überraschung schien es echt zu sein. Menschen, die Lan auswichen und gewillt erschienen, vor jedem Fremden davonzulaufen, blieben stehen und sprachen mit Moiraine. Sie schienen von sich selbst überrascht zu sein, aber sie tauten auf gewisse Weise unter Moiraines klarem Blick und ihrer beruhigenden Stimme auf. Die Augen der Aes Sedai schienen den Schmerz der Menschen zu teilen, ihre Verwirrung zu fühlen, und ihre Zungen lösten sich.

Sie logen aber trotzdem. Die meisten von ihnen. Einige stritten ab, daß es überhaupt Unruhen gegeben hatte. Gar nichts. Moiraine erwähnte die brennenden Gebäude, die den Platz umgaben. Alles war bestens, behaupteten sie beharrlich, und blickten an dem vorbei, was sie nicht sehen wollten.

Ein fetter Bursche sprach mit einer hohlen Herzlichkeit, doch seine Wange zuckte bei jedem Geräusch hinter ihm. Mit einem Grinsen, das von Zeit zu Zeit versagte, behauptete er, eine umgestoßene Lampe habe ein Feuer verursacht, das der Wind verbreitete, bevor man irgend etwas dagegen hatte unternehmen können. Ein Blick genügte Nynaeve, um zu erkennen, daß kein verbranntes Gebäude direkt neben einem anderen stand.

Man hörte beinahe so viele unterschiedliche Geschichten, wie es hier Menschen gab. Mehrere Frauen senkten verschwörerisch die Stimmen. In Wirklichkeit gebe es hier im Ort einen Mann, der mit der Einen Macht experimentiere. Es sei an der Zeit, eine Aes Sedai herbeizurufen, ihrer Meinung nach sogar höchste Zeit, was die Männer auch über Tar Valon sagen mochten. Laßt die Roten Ajah die Dinge wieder in Ordnung bringen.

Ein Mann behauptete, Banditen hätten sie überfallen, und ein anderer machte Ausschreitungen von Schattenfreunden verantwortlich. »Diejenigen, wißt Ihr, die weg wollen, um den falschen Drachen zu sehen«, vertraute er ihnen mit düsterer Miene an. »Sie sind überall. Alles Schattenfreunde.«

Wieder andere erzählten, der Ärger — sie waren recht vage, was die Natur dieses Ärgers betraf — habe mit einem Schiff begonnen, das den Fluß heruntergekommen war.

»Wir haben's ihnen gezeigt«, äußerte ein Mann mit schmalem Gesicht, der sich andauernd nervös die Hände rieb. »Laßt sie solche Sachen in den Grenzlanden machen, wo sie hingehören. Wir sind hinunter zu den Anlegebrücken gegangen und ...« Er brach so unvermittelt ab, daß seine Zähne gegeneinanderschlugen. Ohne ein weiteres Wort hastete er fort, wobei er sie über die Schulter hinweg anblickte, als fürchte er, sie wollten ihn verfolgen.

Das Schiff war entkommen — soviel bekamen sie schließlich von anderen heraus —, man hatte die Taue gekappt und war erst gestern im letzten Moment flußabwärts geflohen, während der Mob bereits die Landestege erreichte. Nynaeve fragte sich, ob Egwene und die Jungen an Bord gewesen waren. Eine Frau meinte, ein Gaukler habe sich an Bord befunden. Falls das Thom Merrilin gewesen war ...

Sie erzählte Moiraine von ihrer Vermutung, daß einige der Emondsfelder mit dem Schiff geflohen sein könnten. Die Aes Sedai hörte geduldig zu und nickte, bis sie ausgeredet hatte.

»Vielleicht«, sagte Moiraine dann, doch sie klang nicht überzeugt.

Am Platz stand immer noch eine Schenke, deren Schankraum durch eine schulterhohe Mauer in zwei Teile unterteilt war. Moiraine blieb einen Moment stehen, als sie in die Schenke eintrat. Sie fühlte mit der Hand nach der Luft. Sie lächelte, was immer sie auch dabei fühlen mochte, aber sie sagte ihnen zu der Zeit nichts darüber.

Sie aßen stumm, aber nicht nur an ihrem Tisch

herrschte Schweigen, sondern im gesamten Schankraum. Die Handvoll Menschen, die hier aßen, konzentrierten sich auf ihre eigenen Teller und ihre eigenen Gedanken. Der Wirt, der mit dem Schürzenzipfel Tische abwischte, führte andauernd Selbstgespräche, aber immer zu leise, als daß sie etwas davon hätten verstehen können. Nynaeve fand, es sei nicht gerade angenehm, hier übernachten zu müssen; selbst die Luft war von Angst geschwängert.

Ungefähr zu der Zeit, als sie ihre Teller wegschoben, nachdem sie sie mit den letzten Brotresten saubergewischt hatten, erschien einer der rot uniformierten Soldaten in der Tür. Nynaeve kam er prachtvoll vor, mit seinem Pikenhelm und dem polierten Brustpanzer, bis er sich innerhalb des Eingangs zurechtstellte, eine Hand auf dem Knauf seines Schwertes und mit strengem Blick, und sich mit einem Finger in den zu engen Kragen fuhr. Das erinnerte sie an Cenn Buie, wenn er versuchte, sich wie ein richtiger Gemeinderat zu benehmen.

Lan warf einen Blick auf ihn und schnaubte: »Miliz. Unbrauchbar.«

Der Soldat ließ den Blick durch den Raum schweifen. Seine Augen ruhten schließlich auf ihnen. Er zögerte und atmete dann tief durch, bevor er herüberstampfte und hastig zu wissen verlangte, wer sie seien, was sie in Weißbrücke wollten und wie lange sie zu bleiben gedachten. »Wir reisen ab, sobald ich mein Bier ausgetrunken habe«, sagte Lan. Er nahm einen weiteren langen Schluck, bevor er zu dem Soldaten aufblickte. »Das Licht beschütze die gute Königin Morgase.«

Der rot uniformierte Mann öffnete den Mund, sah Lans Augen an und trat zurück. Er fing sich sofort wieder, nach einem Blick auf Moiraine und sie. Sie glaubte einen Augenblick lang, er werde irgend etwas Närrisches tun, um nicht vor den beiden Frauen als Feigling dazustehen. Ihrer Erfahrung nach benahmen sich Männer in solchen Situationen oft wie Idioten. Aber in Weißbrücke war schon zuviel geschehen, zuviel Unsicherheit steig aus den Tiefen des Bewußtseins dieser Männer hoch. Der Milizsoldat blickte noch einmal zu Lan zurück und überlegte. Das kantige Gesicht des Behüters war ausdruckslos, aber da waren diese kalten blauen Augen. So kalt.

Der Milizsoldat entschied sich schließlich für ein zakkiges Nicken. »Seht, daß Ihr weiterkommt. Es sind heutzutage zu viele Fremde hier, um für den Frieden der Königin gut zu sein.« Er drehte sich auf dem Fuß um und stampfte wieder hinaus, wobei er unterwegs seinen strengen Blick ausprobierte. Keiner der Gäste in der Schenke schien davon Notiz zu nehmen.

»Wohin gehen wir?« wollte Nynaeve von dem Behüter wissen. Im Raum herrschte eine Atmosphäre, die sie die Stimme senken ließ, aber sie sprach trotzdem energisch genug. »Dem Schiff nach?«

Lan sah Moiraine an, die aber andeutungsweise den Kopf schüttelte, und sagte: »Zuerst muß ich den finden, bei dem ich sicher bin, daß ich ihn tatsächlich finde, und im Moment hält er sich irgendwo nördlich von uns auf. Ich glaube außerdem sowieso nicht, daß die anderen beiden mit dem Schiff gefahren sind.« Ein leichtes, befriedigtes Lächeln umspielte ihre Lippen. »Sie waren hier in diesem Raum, vielleicht vor einem Tag, höchstens aber vor zweien. Sie hatten Angst, aber sie entkamen lebend. Die Spur hätte sich ohne diese starken Gefühlsregungen nicht gehalten.«

»Welche beiden?« Nynaeve beugte sich gespannt über den Tisch. »Wißt Ihr das?« Die Aes Sedai schüttelte den Kopf, nur eine ganz leichte Bewegung, und Nynaeve sank zurück. »Wenn sie uns nur einen oder zwei Tage voraus sind, warum folgen wir ihnen dann nicht zuerst?«

»Ich weiß, daß sie hier waren«, sagte Moiraine in diesem unerträglich ruhigen Tonfall, »aber abgesehen davon kann ich nicht sagen, ob sie sich nach Osten oder Norden oder Süden wandten. Ich hoffe, sie sind schlau genug, in Richtung Caemlyn zu gehen, nach Osten, aber ich weiß es nicht, und da sie ihre Zeichen nicht mehr haben, werde ich es auch nicht wissen, bis ich vielleicht auf eine halbe Meile an sie herankomme. In zwei Tagen könnten sie in jeder Richtung zwanzig Meilen zurückgelegt haben oder auch vierzig, falls die Angst sie treibt, und als sie hier wegliefen, hatten sie ganz sicher Angst.«

»Aber ...«

»Seherin, wie verängstigt sie auch gewesen sein mochten, in welche Richtung sie auch rannten, sie werden sich schließlich an Caemlyn erinnern, und dort werde ich sie finden. Aber zuerst werde ich dem helfen, den ich jetzt finden kann.«

Nynaeve öffnete den Mund wieder, aber Lan unterbrach sie sofort mit sanfter Stimme. »Sie hatten allen Grund, sich zu fürchten.« Er blickte sich um und senkte dann die Stimme. »Es war ein Halbmensch hier.« Er verzog das Gesicht so wie draußen auf dem Platz. »Ich kann ihn immer noch überall riechen.«

Moiraine seufzte. »Ich werde weiter hoffen, bis ich sicher weiß, daß es vergebens ist. Ich weigere mich, daran zu glauben, daß der Dunkle König so leicht gewinnen kann. Ich werde alle drei lebendig und gesund finden. Ich muß daran glauben.«

»Ich will die Jungen auch finden«, sagte Nynaeve, »aber was ist mit Egwene? Ihr erwähnt sie niemals, und wenn ich frage, dann beachtet Ihr mich nicht. Ich dachte, Ihr wolltet sie« — sie blickte zu den anderen Tischen hinüber und senkte die Stimme ebenfalls noch mehr — »nach Tar Valon mitnehmen.«

Die Aes Sedai betrachtete einen Moment lang die Tischfläche, bevor sie die Augen zu denen Nynaeves erhob, und als sie das tat, schreckte Nynaeve vor dem zornigen Leuchten in ihnen zurück. Dann versteifte sich ihr

Rücken, und auch in ihr wuchs der Zorn, doch bevor sie ein Wort herausbringen konnte, sagte die Aes Sedai kalt: »Ich hoffe, auch Egwene lebendig und gesund zu finden. Ich gebe nicht leicht junge Frauen auf, die solche Fähigkeiten besitzen, wenn ich sie einmal gefunden habe. Aber es wird sein, wie das Rad es webt.«

Nynaeve fühlte einen kalten Klumpen in ihrem Magen. *Bin ich eine dieser jungen Frauen, die du nicht aufgeben wirst? Das werden wir ja sehen, Aes Sedai. Das Licht verbrenne dich, aber wir werden ja sehen!*

Sie beendeten ihr Mahl schweigend, und es waren drei schweigende Menschen, die durch das Tor hinaus und die Straße nach Caemlyn hinunterritten. Moiraines Blicke suchten den Horizont im Nordosten ab. Hinter ihnen kauerte die rußgeschwärzte Stadt Weißbrücke.

KAPITEL 7

Gnadenlose Augen

Elyas ließ sie über die braune Grasebene hetzen, als wolle er die Zeit wieder aufholen, die sie beim Fahrenden Volk verbracht hatten. Sein Tempo Richtung Süden war so stramm, daß selbst Bela dankbar schien, wenn sie beim Einbruch der Dämmerung anhielten. Trotz der angestrebten Eile traf er jedoch Vorsichtsmaßnahmen, die er zuvor nicht getroffen hatte. Nachts entzündeten sie nur dann ein Feuer, wenn genug trockenes Holz am Boden lag. Er ließ sie nicht einmal ein winziges Zweiglein von einem Baum abbrechen. Seine Lagerfeuer waren klein und immer in einer Kuhle verborgen, die er sorgfältig grub, nachdem er ein Stück Grasnarbe herausgeschnitten hatte. Sobald ihre Mahlzeit fertig war, vergrub er die Kohlen und schloß die Kuhle wieder mit dem Stück Grasnarbe. Bevor sie in der ersten Dämmerung aufbrachen, untersuchte er jeden Fingerbreit ihres Lagerplatzes, um sicherzugehen, daß es kein Anzeichen dafür gab, daß sich hier jemand aufgehalten hatte. Er richtete sogar umgetretene Stein wieder auf und glättete heruntergedrückte Halme. Das erledigte er schnell — er brauchte nie mehr als ein paar Minuten —, aber sie brachen erst auf, wenn er zufriedengestellt war.

Perrin glaubte nicht, daß diese Vorsichtsmaßnahmen gegen Träume helfen würden, aber wenn er darüber nachdachte, wogegen sie schützen sollten, dann wünschte er, sie würden nur der Träume wegen getroffen. Beim ersten Mal fragte Egwene ängstlich, ob die Trollocs zurückgekehrt seien, aber Elyas schüttelte den Kopf und trieb sie weiter voran. Perrin sagte nichts. Er wußte, daß keine Trollocs in der Nähe waren; die Wölfe witterten nur Gras und Bäume und Kleintiere. Es war nicht die Angst vor Trollocs, die Elyas so eilig vorwärtstrieb, sondern dieses andere Gefühl, dessen sich sogar Elyas nicht ganz sicher war. Die Wölfe wußten nichts darüber, aber sie fühlten Elyas' drängende Vorsicht, und deshalb erkundeten sie alles so genau, als klebe ihnen die Gefahr an den Füßen oder als warte hinter dem nächsten Hügel ein Hinterhalt.

Niedrige Landwellen, nicht hoch genug, um Hügel genannt zu werden, erhoben sich vor ihnen. Darüber breitete sich ein Teppich zähen Grases aus, noch wintergelb und mit wucherndem Unkraut durchsetzt. Es wogte unter einem Wind, der hundert Meilen weit auf kein Hindernis stieß. Die Baumgruppen wurden seltener. Die Sonne ging zögernd auf und verbreitete keine Wärme.

Zwischen diesen geduckten Höhenzügen folgte Elyas den Konturen des Landes so weit wie möglich. Er vermied es nach Möglichkeit, die Erhebungen direkt zu überschreiten. Er sprach selten, und wenn, dann ...

»Wißt ihr überhaupt, wieviel Zeit uns das kostet, jeden verdammten kleinen Hügel einzeln zu umgehen? Blut und Asche! Ich werde bis zum Sommer brauchen, bis ich euch endlich los bin. Nein, wir können nicht einfach geradeaus laufen! Wie oft muß ich euch das noch sagen? Habt ihr eine blasse Ahnung, wie sehr sich ein Mensch abhebt, wenn er in einer solchen Landschaft auf einem Hügelkamm steht? Seng mich, aber wir marschieren genausoweit seitwärts und zurück wie vorwärts! Kriechen wie eine Schlange! Ich könnte mich noch mit zusammengebundenen Füßen schneller bewegen. Also was ist, wollt ihr mich angaffen oder weitergehen?«

Perrin wechselte einen schnellen Blick mit Egwene. Sie streckte die Zunge nach Elyas' Rücken aus. Keiner von beiden sagte etwas. Beim ersten Mal, als Egwene protestiert hatte, daß es ja Elyas sei, der um die Hügel herumlaufen wolle, und er sie nicht dafür verantwortlich machen solle, hatte sie eine Lektion darüber erhalten, wie weit man sie hören könne, und das in einem grollenden Ton, den man bestimmt eine Meile weit hören konnte. Er belehrte sie über die Schulter weg und lief nicht einmal langsamer dabei.

Ob er nun gerade redete oder schwieg, immer suchten Elyas' Augen die Umgebung ab. Manchmal blickte er so eindringlich auf etwas, als gebe es außer dem groben Gras wie unter ihren Füßen noch etwas zu sehen. Falls er etwas sah, konnte ihm Perrin nicht folgen, und auch die Wölfe sahen nichts. Auf Elyas Stirn bildeten sich noch ein paar Runzeln mehr, aber er gab keine Erklärung ab, weder warum sie es so eilig hatten, noch vor wessen Verfolgung er sich so sehr fürchtete.

Manchmal erstreckte sich ein noch längerer Höhenzug als sonst quer über ihren Weg und verlief meilenweit nach Westen und nach Osten. Dann mußte ihnen sogar Elyas zugestehen, daß es ein zu großer Umweg sei, ihn zu umgehen. Aber er ließ sie auch nicht einfach darübersteigen. Er verließ sie am unteren Ende des Abhangs, kroch auf dem Bauch bis zum Kamm hinauf und spähte so vorsichtig hinüber, als hätten die Wölfe nicht zehn Minuten zuvor hier alles abgesucht. Als sie so auf der Talsohle unten warteten, vergingen ihnen die Minuten so zäh wie Stunden, und die Ungewißheit drückte sie nieder. Egwene kaute auf der Lippe herum und klickte unbewußt ständig mit den Perlen, die ihr Aram gegeben hatte. Perrin wartete hartnäckig. Sein Magen war wie zu einem Knoten verschnürt, aber er brachte es fertig, das Gesicht nicht zu verziehen und den Aufruhr im Inneren zu verbergen.

Die Wölfe werden uns warnen, wenn eine Gefahr auftaucht. Es wäre wunderbar, wenn sie einfach wegliefen, wenn sie verschwänden, aber jetzt in diesem Augenblick ... jetzt würden sie uns warnen. Wonach sucht er bloß? Wonach?

Nach langer Suche, während der er nur die Augen

über den Hügelkamm erhob, bedeutete Elyas ihnen für gewöhnlich, nachzukommen. Jedesmal war der Weg nach vorn frei — bis zur nächsten Erhebung, die sie nicht umgehen konnten. Als das zum dritten Mal geschah, verkrampfte sich Perrins Magen vollkommen. Er stieß sauer auf und wußte, wenn er auch nur fünf Minuten lang warten mußte, würde er sich übergeben. »Ich ...« Er schluckte. »Ich komme auch.«

»Duck dich«, war alles, was Elyas sagte.

Während er sprach, sprang Egwene von Belas Rücken.

Der in Felle gehüllte Mann schob seinen runden Hut nach vorn und spähte unter dem Rand hervor nach ihr. »Erwartest du, daß die Stute auf dem Bauch kriechen kann?« fragte er trocken.

Ihr Mund bewegte sich, doch sie brachte keinen Laut hervor. Schließlich zuckte sie die Achseln, und Elyas wandte sich wortlos ab und machte sich daran, den sanften Abhang zu erklimmen. Perrin eilte ihm nach.

Ein gutes Stück vor Erreichen des Hügelkammes machte Elyas eine Bewegung nach unten, und einen Augenblick später lag er schon flach am Boden und wand sich die letzten paar Schritte vorwärts. Perrin ließ sich auf den Bauch fallen.

Oben angekommen, nahm Elyas seinen Hut ab, bevor er den Kopf ganz langsam hob. Perrin lugte durch ein Dornengestrüpp hindurch, sah aber nur die gleiche wellige Ebene, wie sie hinter ihnen lag. Der Abhang auf der ihnen abgewandten Seite war kahl; nur unten an seinem Fuß stand eine kleine Baumgruppe — vielleicht hundert Schritte im Durchmesser — etwa eine halbe Meile südlich des Kammes. Die Wölfe waren bereits hier durchgekommen und hatten keine Witterung von Trollocs oder Myrddraal aufgenommen.

Im Osten wie im Westen sah das Land gleich aus, soweit Perrin blicken konnte — welliges Grasland und hier und dort etwas Unterholz. Nichts bewegte sich. Die Wölfe befanden sich mehr als eine Meile voraus außer

Sichtweite; auf diese Entfernung konnte er sie kaum fühlen. Sie hatten nichts gesehen, als sie diesen Fleck erkundeten. *Wonach sucht er? Es gibt hier nichts.*

»Wir verschwenden unsere Zeit«, sagte er und wollte sich aufrichten, da brach aus den Bäumen unten ein ganzer Schwarm Raben hervor, fünfzig, hundert schwarze Vögel, und kreiste zum Himmel empor. Er erstarrte zusammengekauert, als sie über die Bäume flatterten. *Die Augen des Dunklen Königs. Haben sie mich gesehen?* Schweiß lief ihm übers Gesicht.

Als ob ein einziger Gedanke gleichzeitig hundert winzige Hirne erfaßt hätte, so flogen alle Raben in die gleiche Richtung los: Süden. Der Schwarm verschwand hinter der nächsten Erhebung, wobei er sich bereits wieder dem Boden entgegensenkte. Im Osten spie ein anderes Dickicht weitere Raben aus. Die schwarze Masse kreiste zweimal und flog dann nach Süden weiter.

Zitternd ließ er sich wieder am Boden nieder. Er versuchte zu sprechen, doch sein Mund war ausgetrocknet. Nach einer Minute brachte er wieder ein wenig Speichel hervor. »War es das, wovor du Angst hattest? Warum hast du nichts gesagt? Wieso haben die Wölfe sie nicht gesehen?«

»Wölfe schauen nicht oft in die Bäume hinauf«, grollte Elyas. »Und nein, danach habe ich nicht gesucht. Ich habe dir bereits gesagt, ich wußte nicht, was ...« Weit weg im Westen erhob sich eine schwarze Wolke über einem anderen Hain und schwang sich Richtung Süden durch die Luft. Sie waren zu weit weg, um einzelne Vögel ausmachen zu können. »Dem Licht sei Dank, daß es noch nicht so viele sind. Sie wissen nichts. Selbst nach dem ...« Er drehte sich um und blickte zurück, woher sie gekommen waren.

Perrin schluckte. Selbst nach diesem Traum, hatte Elyas sagen wollen. »Nicht viele?« sagte er. »Zu Hause sehen wir so viele Raben nicht einmal in einem ganzen Jahr.«

Elyas schüttelte den Kopf. »In den Grenzlanden habe ich Schwärme gesehen, das waren bestimmt tausend Raben auf einmal. Nicht zu oft — es gibt dort Raben im Überfluß —, aber es kam vor.« Er blickte immer noch nach Norden. »Ruhig jetzt!«

Perrin fühlte es jetzt: das Bemühen, Kontakt mit den entfernten Wölfen aufzunehmen. Elyas wollte, daß Scheckie und ihre Begleiter aufhörten, das Land voraus auszukundschaften; statt dessen sollten sie zurückkommen und ihre Spur nach hinten absichern. Bei der Anstrengung wurde sein sowieso schon hageres Gesicht noch schmaler und spannte sich an. Die Wölfe waren so weit entfernt, daß Perrin sie nicht einmal fühlen konnte. *Beeilt euch. Beobachtet den Himmel. Schnell.*

Schwach empfing Perrin eine Antwort von weit weg aus dem Süden. *Wir kommen.* Ein Bild huschte durch seinen Verstand — rennende Wölfe, die Schnauze in den Wind gestreckt, als sei ein Steppenfeuer hinter ihnen her, rennen, rennen — blitzte auf und war einen Augenblick später wieder verschwunden.

Elyas sank in sich zusammen und atmete tief ein. Mit gerunzelter Stirn spähte er über den Hügelkamm hinweg und dann wieder nach Norden. Er murmelte etwas in seinen Bart.

»Glaubst du, daß hinter uns noch mehr Raben sind?« fragte Perrin.

»Könnte sein«, antwortete Elyas unbestimmt. »Manchmal machen sie es so. Ich kenne einen Ort, den sollten wir bis zur Dunkelheit erreichen. Wir müssen sowieso bis tief in die Nacht weitergehen, auch wenn wir den Ort nicht erreichen, aber wir kommen nicht so schnell vorwärts, wie ich es gern hätte. Wir können es nicht riskieren, den Raben vor uns zu nahe zu kommen. Aber wenn sie auch hinter uns sind ...«

»Warum bei Nacht?« fragte Perrin. »Was für ein Ort? Irgendwo, wo wir vor den Raben sicher sind?«

»In Sicherheit vor den Raben«, sagte Elyas, »aber zu

viele Menschen kennen ... Die Raben lassen sich die Nacht über nieder. Wir brauchen uns keine Sorgen zu machen, daß sie uns in der Dunkelheit finden könnten. Das Licht wolle, daß wir uns nur über Raben den Kopf zerbrechen müssen.« Nach einem weiteren Blick über den Hügelkamm erhob er sich und winkte Egwene zu, sie solle Bela hochbringen. »Aber es ist noch lange nicht dunkel. Wir müssen weiter.« Er begann, den Abhang vor ihnen mit langen Schritten hinunterzurennen. Jeder Schritt ließ ihn beinahe stürzen. »Bewegt euch, Licht noch mal!«

Perrin kam ihm, halb rennend, halb rutschend, hinterher. Egwene überquerte den Hügelkamm hinter ihnen. Sie ließ Bela die Fersen spüren, und die Stute trabte hinunter. Ein Lächeln der Erleichterung überzog ihr Gesicht, als sie sie sah. »Was ist los?« rief sie ihnen zu, wobei sie die zerzauste Stute vorwärtstrieb, um aufzuholen. »Als ihr so plötzlich verschwunden seid, dachte ich ... Was ist geschehen?«

Perrin ersparte sich die Antwort, bis sie bei ihnen war. Er erzählte ihr von den Raben und Elyas' sicherem Versteck, aber es war eine unzusammenhängende Erzählung. Nach einem erstickten »Raben!« unterbrach sie ihn ständig mit Fragen, auf die er genauso oft keine Antwort wußte. So beendete er das Gespräch nicht, bevor sie den nächsten Hügelkamm erreicht hatten.

Normalerweise — wenn auf dieser Reise irgend etwas normal genannt werden konnte — hätten sie diesen Hügel umrundet, anstatt ihn zu überqueren, aber Elyas bestand darauf, in jedem Fall zunächst das Terrain zu erkunden.

»Willst du mitten unter denen landen, Junge?« war sein mürrischer Kommentar.

Egwene sah den Hügelkamm an und leckte sich die Lippen, als wolle sie diesmal mit Elyas gehen und gleichzeitig lieber dort bleiben, wo sie war. Elyas war der einzige unter ihnen, der nicht zögerte.

Perrin fragte sich, ob die Raben je zur Sicherheit noch einmal zurückflögen. Das wäre eine schöne Bescherung, wenn sie den Kamm zur gleichen Zeit erreichten wie ein Schwarm Raben.

Oben hob er ganz vorsichtig den Kopf, bis er gerade hinüberblicken konnte, und ein Seufzer der Erleichterung entrang sich ihm. Alles, was er sah, war eine Baumgruppe ein wenig westlich von ihnen. Es waren keine Raben zu sehen. Plötzlich brach ein Fuchs aus der Baumgruppe hervor und rannte weg, so schnell er konnte.

Raben erhoben sich von den Ästen und folgten ihm. Ihr Flügelschlagen erstickte fast das ängstliche Winseln des Fuchses. Ein schwarzer Wirbelwind tauchte ab und schwärmte um ihn herum. Das Gebiß des Fuchses schnappte nach ihnen, aber sie stießen zu und waren pfeilschnell wieder weg, ohne daß er sie auch nur berühren konnte. Ihre schwarzen Schnäbel glänzten feucht. Der Fuchs wandte sich wieder der Baumgruppe zu und suchte nach der Sicherheit seines Baus. Er rannte nun plump und mit gesenktem Kopf, das Fell dunkel und blutig, und die Raben umflatterten ihn in immer größerer Zahl. Die flatternde Masse verdichtete sich, bis sie den Fuchs vollkommen verbarg. So schnell, wie sie sich über ihn gesenkt hatten, erhoben sie sich nun, kreisten und verschwanden über die nächste Bodenwelle im Süden. Ein verzerrter Klumpen zerrissenen Fells war alles, was von dem Fuchs übriggeblieben war.

Perrin schluckte schwer. *Licht! Das könnten sie auch uns antun. Hundert Raben. Sie könnten …* »Bewegt Euch!« brummte Elyas, der dabei aufsprang. Er winkte Egwene zu mitzukommen, und ohne zu warten setzte er sich in Trab auf die Bäume zu. »Macht schon, Licht noch mal!« rief er über die Schulter zurück. »Los!«

Egwene ließ Bela über die Anhöhe galoppieren und holte sie ein, bevor sie die Talsohle erreicht hatten. Es gab keine Zeit für Erklärungen, aber ihre Augen erspähten den Fuchs sofort. Ihr Gesicht wurde weiß wie Schnee.

Elyas erreichte die Bäume und drehte sich dort am Rand des Wäldchens um. Er winkte ihnen lebhaft zu, sie sollten sich beeilen. Perrin versuchte, schneller zu rennen, und stolperte. Mit wild rudernden Armen fing er sich gerade noch, bevor er auf der Nase lag. *Blut und Asche! Ich renne doch schon, so schnell ich kann!*

Ein einzelner Rabe flog aus dem Gehölz auf. Er hielt auf sie zu, schrie und wirbelte Richtung Süden. Er wußte, daß er zu spät dran war, aber trotzdem nestelte Perrin irgendwie seine Schleuder aus ihrer Halterung an seiner Hüfte. Er bemühte sich noch, einen Stein aus seiner Tasche in die Schlinge zu legen, als der Rabe plötzlich in der Luft die Flügel anlegte und wie ein Stein zu Boden stürzte. Sein Mund klappte auf, und dann sah er die Schleuder in Egwenes Hand. Sie grinste ihn unsicher an.

»Steht nicht da herum und zählt eure Zehen!« rief Elyas.

Aufschreckend hastete Perrin unter die Bäume und sprang dann schnell aus dem Weg, um nicht von Bela mit Egwene darauf niedergetrampelt zu werden.

Fern im Westen, beinahe außer Sichtweite, erhob sich etwas in die Luft, das wie ein dunkler Dunstschleier wirkte. Perrin fühlte, wie die Wölfe auf dem Weg nach Norden dessen Weg kreuzten. Er fühlte, wie sie zur Rechten und zur Linken Raben bemerkten, ihr Tempo aber nicht verringerten. Der dunkle Schleier schwirrte nach Norden, als wolle er die Wölfe verfolgen, drehte dann aber plötzlich nach Süden ab.

»Glaubst du, sie haben uns gesehen?« fragte Egwene. »Wir waren doch schon unter den Bäumen, oder? Sie konnten uns auf die Entfernung bestimmt nicht sehen. Oder doch?«

»Wir haben sie auf die Entfernung gesehen«, sagte Elyas trocken. Perrin trat unsicher von einem Fuß auf den anderen, und Egwene atmete angstvoll ein. »Wenn sie uns gesehen hätten«, grollte Elyas, »dann wären sie auf uns heruntergestoßen wie auf diesen Fuchs. Ihr müßt euren Verstand gebrauchen, wenn ihr am Leben bleiben wollt. Die Angst wird euch umbringen, wenn ihr sie nicht beherrscht.« Sein durchdringender Blick traf jeden der beiden einen Moment lang. Schließlich nickte er. »Sie sind jetzt weg, und das sollten wir auch sein. Haltet die Schleudern bereit. Könnten wieder nützlich sein.«

Als sie aus dem Wäldchen heraustraten, ließ Elyas sie ein wenig westlich von ihrem bisherigen Kurs weitergehen. Perrin blieb beinahe die Luft weg: Es war, als jagten sie diese letzten Raben, die sie gesehen hatten. Elyas lief unermüdlich weiter, und sie konnten nichts anderes tun, als ihm zu folgen. Schließlich kannte Elyas einen sicheren Ort. Irgendwo. Sagte er.

Sie rannten zur nächsten Erhebung, warteten, bis die Raben weiterflogen, und rannten wieder, warteten und rannten. Die gleichmäßige Gangart von vorher war schon ermüdend genug gewesen, aber bei diesem unregelmäßigen Rennen erlahmten alle außer Elyas schnell. Perrins Brustkorb drohte zu zerspringen, und er sog gierig die Luft ein, als er auf einem Hügelkamm liegend ein paar Minuten Zeit hatte und Elyas die Suche überließ. Bela stand bei jedem Halt mit gesenktem Kopf und geblähten Nüstern da. Die Angst trieb sie voran, und Perrin wußte nicht, ob er sie beherrschte oder nicht. Er wünschte nur, die Wölfe würden ihnen mitteilen, was hinter ihnen her war, falls etwas hinter ihnen her war, was es auch sein mochte.

Voraus befanden sich mehr Raben, als Perrin jemals wieder sehen wollte. Die schwarzen Vögel flogen in Wolken links und rechts und im Süden auf. Dutzendmal erreichten sie das Versteck eines Wäldchens oder den spärlichen Schutz eines Abhangs nur Augenblicke bevor Raben über den Himmel fegten. Einmal — die Sonne sank gerade von ihrer Mittagshöhe herab — standen sie im Freien wie zu Statuen erstarrt, während hundert gefiederte Spione des Dunklen Königs eine knappe Meile von ihnen entfernt nach Osten schossen. Trotz des Windes lief Perrin der Schweiß übers Gesicht, bis der letzte schwarze Umriß zu einem Punkt zusammengeschrumpft und verschwunden war. Er zählte die Einzelgänger nicht mehr, die sie mit ihren Schleudern erlegten.

Er sah auf dem Weg, den die Raben zurückgelegt hatten, genügend Anzeichen dafür, daß ihre Furcht gerechtfertigt war. Mit aufsteigender Übelkeit hatte er ein Kaninchen angestarrt, das zu Fetzen zerrissen worden war. Der augenlose Schädel stand aufrecht, und die anderen Stücke — Läufe, Eingeweide — waren in einem unregelmäßigen Kreis darum herum verstreut. Auch Vögel hatten sie zu formlosen Federklumpen zerhackt. Und noch zwei weitere Füchse.

Er erinnerte sich an etwas, was Lan gesagt hatte. Alle Kreaturen des Dunklen Königs töten aus Lust daran. Die Macht des Dunklen Königs ist der Tod. Und falls die Raben sie fanden? Gnadenlose Augen, die wie schwarze Perlen schimmerten. Hackende Schnäbel überall um sie herum. Nadelspitze Schnäbel, die sie blutig hackten. Hundert? Oder können sie noch mehr von ihrer Sorte herbeirufen? *Vielleicht alle, die an der Jagd beteiligt sind?* Ein Bild entstand in seinem Geist, das ihn krank machte: ein hügelgroßer Haufen von Raben, wie Würmer durcheinanderkrabbelnd, die sich um ein paar blutige Fetzen rissen.

Plötzlich wurde dieses Bild von anderen verdrängt, jedes zu Beginn einen Moment lang klar, die dann wirbelten und sich neue formten. Die Wölfe hatten im Norden Raben vorgefunden. Kreischende Vögel stießen auf sie herab, flatterten auf und stießen wieder herab. Bei jedem Angriff ließen sie blutige Spuren zurück. Knurrende Wölfe wichen aus, sprangen hoch und drehten sich in der Luft mit schnappenden Kiefern herum. Wieder und wieder spürte Perrin Federn im Mund und den fauligen Geschmack flatternder Raben, die von den kräftigen Kiefern zermalmt wurden. Er spürte den Schmerz von blutenden Rissen am ganzen Körper und wußte — verzweifelt, doch nie auch nur in Gedanken aufgebend —, daß all seine Mühe vergebens war. Plötzlich wirbelten die Raben davon, kreisten mit einem letzten Kreischen der Wut über den Wölfen. Wölfe starben nicht so schnell wie Füchse, und sie hatten eine Aufgabe zu erfüllen. Ein kurzes Schlagen schwarzer Flügel, und sie waren weg. Ein paar schwarze Federn trieben herunter und senkten sich auf ihre Toten. Wind leckte über ein Loch in seinem linken Vorderbein. Mit einem von Springers Beinen stimmte auch etwas nicht. Scheckie ignorierte ihre eigenen Verwundungen und trieb sie mit schmerzerfüllten Sätzen in die Richtung, die die Raben genommen hatten. Ihr Fell war blutverschmiert. *Wir kommen. Gefahr kommt noch vor uns.*

In taumelndem Trab begriffen, sahen Perrin und Elyas einander an. Die gelben Augen des Mannes waren ausdruckslos, doch er wußte Bescheid. Er sagte nichts, beobachtete lediglich Perrin und wartete, ohne dieses mühelos scheinende Laufen zu unterbrechen.

Er wartet auf mich. Wartet darauf, daß ich zugebe, die Wölfe fühlen zu können.

»Raben«, schnaufte Perrin zögernd. »Hinter uns.«

»Er hatte recht«, hauchte Egwene. »Du kannst mit ihnen sprechen.«

Perrins Füße schienen ihm wie Eisenklumpen an Holzpfosten zu hängen, doch er bemühte sich, sie noch schneller zu bewegen. Wenn er nur schneller als diese Augen rennen könnte, schneller als die Raben, schneller als die Wölfe, aber vor allem schneller als Egwenes Blick! Nun hatte sie ihn durchschaut, wußte, was er war. *Was bist du denn? Gezeichnet, Licht noch mal! Verflucht!*

Seine Kehle brannte, wie sie selbst in Rauch und der

Hitze von Meister Luhhans Schmiede nicht gebrannt hatte. Er taumelte und hängte sich an Egwenes Steigbügel, bis sie herabkletterte und ihn trotz seiner Proteste beinahe in den Sattel hob. Allerdings dauerte es nicht lang, und sie hielt sich mit einer Hand am Steigbügel fest, während sie mit der anderen ihre Röcke hochraffte. Kurze Zeit später stieg er mit wackligen Knien ab. Er mußte sie hochheben, damit sie seinen Platz übernehmen konnte, und sie war zu müde, um sich dagegen zu wehren.

Elyas dachte nicht daran, langsamer zu gehen. Er trieb sie an, schimpfte mit ihnen, und sie hielten sich so nah hinter den suchenden Raben im Süden, daß Perrin glaubte, ein Blick eines der Raben nach hinten würde genügen. »Bewegt euch gefälligst, Licht noch mal! Glaubt ihr, euch würde es besser gehen als dem Fuchs, wenn sie uns fangen? Dem sie die Eingeweide auf den Schädel geworfen haben?« Egwene wankte aus dem Sattel und übergab sich geräuschvoll. »Ich wußte doch, daß ihr euch daran erinnert. Lauft nur noch ein Stück weiter! Das ist alles. Nur ein bißchen weiter noch. Das Licht versenge euch, aber ich dachte, Bauernkinder seien ausdauernd. Den ganzen Tag arbeiten und die Nacht durchtanzen. Es sieht eher so aus, als hättet ihr den ganzen Tag und die ganze Nacht über geschlafen! Bewegt eure blutigen Füße!«

Sie marschierten hügelabwärts, sobald der letzte Rabe über dem nächsten Hügelkamm verschwunden war, und später sogar dann schon, wenn noch die letzten Nachzügler über dem Hügel flatterten. *Wenn ein Vogel zurückschaut!* Die Raben suchten im Osten und Westen, während sie über die deckungslosen Landstriche dazwischen hasteten. *Es ist nur ein einziger Vogel nötig.*

Die Raben hinter ihnen holten schnell auf. Scheckie und die anderen Wölfe umgingen sie und rannten weiter, ohne anzuhalten und ihre Wunden zu lecken, aber sie hatten ihre Lektion in bezug auf das Beobachten des

Himmels gelernt. *Wie nah? Wie lange noch?* Die Wölfe verstanden Zeit nicht so wie die Menschen. Sie hatten keinen Grund, den Tag in Stunden zu unterteilen. Ihnen genügten die Jahreszeiten und Helligkeit und Dunkelheit. Mehr brauchten sie nicht. Schließlich formte Perrin ein Bild in seinem Geist, wo die Sonne am Himmel stehen würde, wenn die Raben sie von hinten erreichten. Er blickte zurück zur sinkenden Sonne und leckte sich mit trockener Zunge über die Lippen. In einer Stunde, vielleicht sogar weniger, würden die Raben sie finden. Eine Stunde, und bis zum Sonnenuntergang waren es noch gut zwei Stunden; mindestens zwei bis zur völligen Dunkelheit.

Wir werden mit dem Sonnenuntergang sterben, dachte er. Er rannte taumelnd voran. Wie der Fuchs gemetzelt. Er fühlte nach seiner Axt und dann nach der Schleuder. Die würde nützlicher sein. Aber es reicht trotzdem nicht. Nicht gegen hundert Raben, hundert pfeilschnelle Ziele, hundert hackende Schnäbel.

»Du bist mit Reiten dran«, sagte Egwene müde.

»Wart noch ein bißchen«, schnaufte er. »Ich kann noch ein paar Meilen rennen.« Sie nickte und blieb im Sattel. *Sie ist müde. Soll ich es ihr sagen? Oder lasse ich sie im Glauben, wir hätten noch eine Chance zu entkommen? Eine Stunde Hoffnung, wenn auch verzweifelt, oder eine Stunde nur noch voller Verzweiflung?*

Elyas beobachtete ihn wieder, sagte aber nichts. Er mußte es wissen, doch er sprach nicht darüber. Perrin sah Egwene wieder an und blinzelte sich heiße Tränen aus den Augen. Er berührte seine Axt und fragte sich, ob er den Mut aufbringen könne. Während der letzten Minuten, wenn die Raben sich auf sie herabsenkten, wenn alle Hoffnung dahin war, würde er den Mut aufbringen, ihr das gleiche Ende zu ersparen, wie es der Fuchs erlebt hatte? *Licht, gib mir Kraft!*

Die Raben vor ihnen schienen plötzlich zu verschwinden. Perrin konnte aber immer noch die dunklen Schleierwolken weit im Osten und im Westen ausmachen, doch vor ihnen ... nichts. *Wo sind sie hin? Licht, wenn wir sie überholt haben ...*

Plötzlich überlief ihn ein Schauder, ein kaltes, sauberes Prickeln, als sei er mitten im Winter in den Weinquellenbach gesprungen. Es durchfuhr ihn und schien ihm etwas von der Erschöpfung zu nehmen, ein wenig von den Schmerzen in seinen Beinen und dem Brennen seiner Lunge. Es hinterließ ... irgend etwas. Er konnte nicht sagen, was, er fühlte sich einfach nur anders. Er blieb stolpernd stehen und blickte sich angsterfüllt um.

Elyas beobachtete ihn, beobachtete sie beide mit einem gewissen Glitzern in den Augen. Er wußte, was es bedeutete, da war Perrin sicher, aber er beobachtete sie nur.

Egwene brachte Bela zum Stehen und sah sich unsicher um, halb staunend und halb ängstlich. »Es ist ... eigenartig«, flüsterte sie. »Ich fühle mich, als hätte ich etwas verloren.« Sogar die Stute hielt den Kopf erwartungsvoll erhoben. Ihre Nüstern blähten sich, als wittere sie den schwachen Geruch frischgemähten Heus.

»Was ... was war das?« fragte Perrin.

Elyas lachte plötzlich meckernd los. Er beugte sich mit zitternden Schultern vor und stützte die Hände auf die Knie. »Sicherheit — das war es. Wir haben es geschafft, ihr blutigen Anfänger. Kein Rabe wird diese Linie überqueren ... keiner, der die Augen des Dunklen Königs trägt! Einen Trolloc müßte man herübertreiben, und es wäre schon etwas Gewaltiges nötig, um einen Myrddraal dazu zu bringen, ihn herüberzutreiben. Auch keine Aes Sedai. Die Eine Macht wirkt hier nicht — sie können die Wahre Quelle nicht erreichen. Können sie nicht mal fühlen, so, als sei sie verschwunden. Das muß sie innerlich ganz schön jucken, sage ich euch. Läßt sie zittern wie einen, der sieben Tage lang besoffen war. Wir sind in Sicherheit.«

Zuerst erschien Perrin das Land unverändert — die

gleichen welligen Hügel und Höhenzüge, die sie den ganzen Tag lang überquert hatten. Dann bemerkte er grüne Triebe im Gras, nicht viele, aber sie schienen sich durchzusetzen, mehr als er sonst irgendwo gesehen hatte. Es war auch weniger Unkraut zwischen den Gräsern. Er konnte sich nicht vorstellen, was es war, aber... irgend etwas war hier anders. Und etwas von dem, was Elyas gesagt hatte, nagte in seinem Gedächtnis.

»Was ist das?« fragte Egwene. »Ich fühle ... Was ist das für ein Ort? Ich glaube nicht, daß er mir gefällt.«

»Ein *Stedding*«, grölte Elyas. »Hört ihr bei den Geschichten nie richtig zu? Klar, seit ungefähr dreitausend Jahren war kein Ogier mehr bei Euch, seit der Zerstörung der Welt, aber das *Stedding* bringt die Ogier hervor, und nicht die Ogier das *Stedding*.«

»Nur eine Legende«, stammelte Perrin. In den Geschichten waren *Steddings* immer eine sichere Zuflucht, ein Ort, wo man sich verstecken konnte, ob es vor den Aes Sedai war oder vor den Kreaturen des Vaters der Lügen.

Elyas richtete sich auf. Wenn er auch nicht unbedingt frisch wirkte, so zeigte er auch kein Anzeichen, daß er den größten Teil des Tages über gerannt war. »Kommt schon! Wir wollten noch tiefer in diese Legende hineingehen. Die Raben können nicht folgen, aber so nahe am Rand können sie uns immer noch sehen, und es könnten genug vorhanden sein, um die gesamte Grenze zu überwachen. Lassen wir sie daran vorbeijagen.«

Perrin wollte am liebsten da bleiben, wo er sich befand, nachdem er nun einmal stehengeblieben war. Seine Beine zitterten und sagten ihm, er solle sich eine Woche lang hinlegen. Alle Erfrischung hatte nur kurze Zeit angehalten; Erschöpfung und Muskelkater waren zurückgekehrt. Er zwang sich zu einem Schritt, dann einem weiteren. Es wurde nicht leichter, doch er gab nicht auf. Egwene schüttelte die Zügel, um Bela wieder in Bewegung zu setzen. Elyas sprang mühelos vorwärts und ging erst langsamer, als ihm klar wurde, daß die anderen nicht mithalten konnten. Ein schnelles Gehen.

»Warum — bleiben wir nicht hier?« keuchte Perrin. Er atmete durch den Mund und zwang die Worte zwischen tiefen, schmerzenden Atemzügen heraus. »Wenn das wirklich ein — *Stedding* ist. Dann sind wir doch in Sicherheit. Keine Trollocs. Keine Aes Sedai. Warum bleiben wir — bleiben wir nicht hier — bis alles vorbei ist?« *Vielleicht kommen auch die Wölfe nicht hierher?*

»Wie lange denn?« Elyas blickte sie über die Schulter hinweg mit hochgezogenen Augenbrauen an. »Was würdet ihr essen? Gras, wie die Pferde? Außerdem gibt es andere, die diesen Ort kennen, und nichts hält Menschen davon ab, ihn zu betreten, nicht einmal die schlimmsten unter ihnen. Und es gibt nur einen Ort hier, wo man immer noch Wasser finden kann.« Er zog unsicher die Stirn in Falten und drehte sich einmal um die eigene Achse, wobei er das umliegende Land betrachtete. Als er fertig war, schüttelte er den Kopf und murmelte etwas in seinen Bart hinein. Perrin fühlte, wie er nach den Wölfen rief. *Schnell! Schnell!* »Wir müssen zwischen zwei Übeln wählen. Die Raben sind uns sicher. Kommt mit. Es ist nur noch ungefähr eine Meile, vielleicht auch zwei.«

Perrin hätte stöhnen können, sparte sich aber die Luft fürs Laufen.

Große Felsblöcke lagen hier überall auf den niedrigen Hügeln; unregelmäßige Klumpen grauen, flechtenbewachsenen Steins, zur Hälfte im Boden vergraben — manche von der Größe eines Hauses. Dornbüsche umrankten sie, und niedriges Unterholz verbarg die meisten zum Teil. Hier und da im ausgedörrten Braun von Ranken und Unterholz bewies ein einzelner grüner Schößling, daß dies ein besonderer Ort war. Was auch das Land jenseits der Grenzen dieses Gebiets verwundet hatte, das hatte auch diesen Teil verletzt, doch die

Wunden waren nicht so tief. Schließlich mühten sie sich über eine weitere Anhöhe, und am unteren Ende des folgenden Abhangs lag ein Teich. Jeder von ihnen hätte ihn mit zwei langen Schritten durchwaten können, doch das Wasser war klar und sauber genug, um den sandigen Grund wie unter einer Glasscheibe zu zeigen. Selbst Elyas eilte erwartungsvoll den Hang hinunter.

Perrin warf sich der Länge nach zu Boden, als er den Teich erreichte, und steckte den Kopf hinein. Einen Augenblick später prustete er, denn das aus den Tiefen der Erde emporquellende Wasser war kalt. Er schüttelte den Kopf. Aus seinen langen Haaren spritzte das Wasser. Egwene grinste und spritzte ihn naß. Perrins Blick wurde wieder nüchtern. Sie zog die Stirn kraus und öffnete den Mund, doch er steckte das Gesicht wieder unter Wasser. *Keine Fragen. Nicht jetzt. Keine Erklärungen. Niemals.* Aber eine schwache Stimme ließ ihm keine Ruhe. *Aber du hättest es getan, nicht wahr?*

Schließlich rief Elyas sie von dem Teich weg. »Falls jemand essen möchte — ich brauche Hilfe.«

Egwene arbeitete fröhlich. Sie lachte und scherzte, während sie ihr spärliches Mahl bereiteten. Es war nur noch Käse und Trockenfleisch übrig; zum Jagen hatten sie keine Gelegenheit gehabt. Wenigstens war noch Tee da. Perrin half mit, schwieg aber dabei. Er fühlte Egwenes Blick auf sich ruhen, sah die wachsende Besorgnis auf ihrem Gesicht, vermied es aber soweit wie möglich, ihr in die Augen zu sehen. Ihr Lachen wurde schwächer, und die Scherze waren seltener und jedesmal mehr an den Haaren herbeigezogen. Elyas sah zu und sagte nichts. Eine düstere Stimmung senkte sich über sie herab, und sie begannen, schweigend zu essen. Die Sonne im Westen färbte sich rot, und ihre Schatten streckten sich lang und dünn.

Keine Stunde mehr bis zur Dunkelheit. Wenn nicht das *Stedding* gewesen wäre, dann wärt ihr alle jetzt tot. Hättest du sie gerettet? Hättest du sie niedergehackt wie so viele Büsche zuvor? Büsche bluten nicht, oder? Sie schreien auch nicht, sehen dir nicht in die Augen und fragen nicht warum.

Perrin zog sich in sich selbst zurück. Er konnte fühlen, wie ihn etwas aus den Tiefen des eigenen Verstands auslachte. Etwas Grausames. Nicht der Dunkle König. Er wünschte sich fast, es wäre nur das. Nicht der Dunkle König — er selbst war es.

Ausnahmsweise hatte Elyas seine eigene Regel in bezug auf Feuer übertreten. Es gab keine Bäume, aber er hatte abgestorbene Zweige aus dem Unterholz gebrochen und entzündete ein Feuer neben einem riesigen Felsklotz, der aus dem Abhang des Hügels ragte. Den Rußschichten auf dem Stein nach zu schließen, dachte Perrin, war anzunehmen, daß Generationen auf Generationen von Reisenden diesen Fleck für ihre Feuer benutzt hatten.

Was von dem großen Felsen über dem Boden aufragte, war ein wenig abgerundet, und an der einen Seite brach er scharf ab. Dort bedeckte altes, braunes Moos die gezackte Oberfläche. Die vom Wetter geschaffenen Rillen und Aushöhlungen auf dem runden Teil kamen Perrin eigenartig vor, aber er war zu sehr in seiner trüben Stimmung befangen, um sich damit zu beschäftigen. Egwene aber betrachtete sie genau, während sie aß.

»Das«, stellte sie schließlich fest, »sieht wie ein Auge aus.« Perrin blinzelte; es sah *wirklich* unter all diesem Ruß wie ein Auge aus.

»Das ist es auch«, sagte Elyas. Er kehrte im Sitzen dem Feuer und dem Felsen den Rücken zu und betrachtete ihre Umgebung. Dabei kaute er auf einem Stück Trockenfleisch herum, das so zäh wie Leder war. »Das Auge von Artur Falkenflügel. Das Auge des Hochkönigs selbst. Das ist schließlich aus all der Macht und dem Ruhm geworden«, sagte er gedankenverloren. Sogar beim Kauen wirkte er abwesend; sein Blick und seine Aufmerksamkeit galten den Hügeln.

»Artur Falkenflügel!« rief Egwene. »Du erlaubst dir einen Scherz mit mir. Das ist doch überhaupt kein Auge. Warum sollte jemand Artur Falkenflügels Auge hier draußen in einen Felsen hauen?«

Elyas blickte sie über die Schulter hinweg an und murmelte: »Warum bringen sie euch Dorfwelpen nichts bei?« Er schnaubte und richtete sich wieder auf, um sein Beobachten fortzusetzen, sprach aber weiter: »Artur Paendrag Tanreall, Artur Falkenflügel, der Hochkönig, einte alle die Länder von der Großen Fäule bis zum Meer der Stürme, vom Aryth-Meer bis zur Aiel-Wüste und sogar noch ein paar jenseits der Wüste. Er sandte sogar Heere auf die andere Seite des Aryth-Meeres. Die Geschichten behaupten, er herrschte über die ganze Welt, aber was er wirklich regierte, hätte auch für jeden Menschen außerhalb einer Legende gereicht. Und er brachte Frieden und Gerechtigkeit für das ganze Land.«

»Alle waren vor dem Gesetz gleich«, sagte Egwene, »und niemand erhob die Hand gegen einen anderen.«

»Also habt ihr die Geschichten wenigstens gehört.« Elyas lachte leise. Es klang trocken. »Artur Falkenflügel brachte Frieden und Gerechtigkeit, aber das tat er mit Feuer und Schwert. Ein Kind konnte ganz allein mit einem Beutel voll Gold vom Aryth-Meer zum Rückgrat der Welt reiten und mußte dabei keinen Augenblick lang Angst haben, aber die Gerechtigkeit des Königs war hart wie ein Fels, sobald jemand seine Macht in Frage stellte, selbst wenn sie sich eben nur so gaben, wie sie waren, oder dachten, sie könnten ihn herausfordern. Die einfachen Menschen hatten Frieden und Gerechtigkeit und volle Bäuche, aber er belagerte Tar Valon zwanzig Jahre lang und setzte einen Preis von tausend Goldkronen auf den Kopf jeder Aes Sedai aus.«

»Ich dachte, du magst die Aes Sedai nicht«, sagte Egwene.

Elyas lächelte sie trocken an. »Es spielt keine Rolle, wen ich mag, Mädchen. Artur Falkenflügel war ein stolzer Narr. Eine Aes Sedai-Heilerin hätte ihn retten können, als er krank wurde — oder vergiftet, wie manche behaupten —, aber jede noch lebende Aes Sedai war hinter der Leuchtenden Mauer eingesperrt, und sie mußten all ihre Kräfte gebrauchen, um einem Heer zu widerstehen, dessen Lagerfeuer die Nacht zum Tage machten. Er hätte auch, davon abgesehen, keine in seine Nähe gelassen. Er haßte die Aes Sedai genauso inbrünstig wie den Dunklen König.«

Egwenes Lippen strafften sich, doch als sie sprach, sagte sie lediglich: »Was hat das alles damit zu tun, ob das hier Artur Falkenflügels Auge ist?«

»Nur soviel, Mädchen. Nachdem Friede herrschte, abgesehen von dem, was jenseits des Ozeans vorging, nachdem ihm die Menschen überall zujubelten, wo er auch auftauchte — seht ihr, sie liebten ihn wirklich; er war ein strenger Mann, aber niemals zu den einfachen Leuten — also, in dieser Lage beschloß er, es sei an der Zeit, sich eine Hauptstadt zu erbauen. Eine neue Stadt, die im Geist der Menschen nicht mit irgendeinem alten Zweck oder einem alten Zwist oder einer Rivalität verbunden war. Er wollte sie hier erbauen, im Mittelpunkt des vom Meer und der Wüste und der Fäule begrenzten Landes. Hier, wohin keine Aes Sedai jemals freiwillig kommen oder ihre Macht benützen würde, falls sie doch kam. Eine Hauptstadt, aus der eines Tages die ganze Welt Frieden und Gerechtigkeit empfangen würde. Als sie seine Proklamation vernahmen, sammelten die einfachen Leute genug Geld, um ihm ein Denkmal zu setzen. Die meisten betrachteten ihn mit einer Ehrfurcht, als befinde er sich nur eine Stufe unterhalb des Schöpfers. Eine kleine Stufe unterhalb. Es dauerte fünf Jahre, bis sie aus Stein gehauen und fertig gebaut war. Eine Statue Falkenflügels, hundertmal größer als der Mann selbst. Sie stellten sie genau hier auf, und die Stadt sollte darum herum entstehen.«

»Hier stand niemals eine Stadt«, spottete Egwene.

»Falls doch, wäre irgend etwas davon übriggeblieben. Irgendwas.«

Elyas nickte, gab aber seinen Beobachtungsposten nicht auf. »Sie wurde tatsächlich nicht gebaut. Artur Falkenflügel starb an dem Tag, an dem die Statue fertiggestellt wurde, und seine Söhne und der Rest seiner Familie stritten sich darum, wer auf Falkenflügels Thron sitzen solle. Die Statue stand verlassen inmitten dieser Hügel. Die Söhne und Neffen und Vettern starben, und die letzte Spur von Falkenflügels Blut verschwand vom Angesicht der Erde — abgesehen vielleicht von denjenigen, die über das Aryth-Meer fuhren. Es gab welche, die hätten am liebsten sogar jedes Andenken an ihn ausradiert, hätte es in ihrer Macht gestanden. Bücher wurden verbrannt, nur weil sie seinen Namen enthielten. Am Ende blieb von ihm nichts außer den Geschichten übrig, und die meisten von ihnen stimmten nicht. So ging sein Ruhm zugrunde.

Die Kämpfe hörten natürlich nicht auf, nur weil Falkenflügel und seine Familie tot waren. Es galt immer noch, einen Thron zu gewinnen, und jeder Lord und jede Lady, die ein Heer aufbieten konnten, wollten ihn besteigen. Das war der Beginn des Hundertjährigen Krieges. Er dauerte in Wirklichkeit hundertdreiundzwanzig Jahre, und das meiste Wissen über diese Zeit ging mit dem Rauch brennender Städte zugrunde. Viele gewannen einen Teil des Landes, aber niemand das ganze, und irgendwann in dieser Zeit wurde die Statue niedergerissen. Vielleicht konnten sie es nicht mehr ertragen, an ihm gemessen zu werden.«

»Zuerst hast du danach geklungen, als verachtest du ihn«, sagte Egwene, »und nun klingt es so, als ob du ihn bewunderst.« Sie schüttelte ihren Kopf.

Elyas drehte sich um und sah sie an. Sein Blick schien nichtssagend. Er blinzelte nicht. »Nehmt euch jetzt noch mehr Tee, wenn ihr wollt. Ich möchte, daß das Feuer vor Einbruch der Dunkelheit erloschen ist.«

Perrin konnte das Auge nun klar ausmachen, obwohl das Tageslicht schwächer wurde. Es war größer als der Kopf eines Mannes und, in den darüberfallenden Schatten erschien es ihm wie das Auge eines Raben: hart und schwarz und gnadenlos. Er wünschte, sie würden irgendwo anders schlafen.

KAPITEL 8

Kinder des Schattens

Egwene blieb am Feuer sitzen und blickte zu dem Rest der Statue auf, doch Perrin ging hinunter zum Teich, um allein zu sein. Der Tag verblaßte, und im Osten erhob sich bereits der Nachtwind und kräuselte die Wasseroberfläche. Er nahm die Axt aus der Schlaufe an seinem Gürtel und drehte sie in den Händen um. Der Eschenholzschaft war so lang wie sein Arm und fühlte sich glatt und kühl an. Er haßte sie. Er schämte sich, daß er daheim in Emondsfeld so stolz auf die Axt gewesen war. Bevor er wußte, was er vielleicht einmal gewillt sei, mit ihr anzurichten.

»Haßt du sie so sehr?« sagte Elyas hinter ihm.

Überrascht sprang er auf und hob die Axt, bevor er sah, wer ihn angesprochen hatte. »Kannst ... kannst du auch in meinen Gedanken lesen? Wie die Wölfe?«

Elyas hielt den Kopf schräg und betrachtete ihn abschätzend. »Deinen Gesichtsausdruck könnte auch ein Blinder deuten, Junge. Also red schon! Haßt du das Mädchen? Verachtest du sie? Das muß es sein. Du warst bereit, sie zu töten, weil du sie verachtest. Du schleifst sie immer hinterher, und sie hält dich mit ihrem weiblichen Getue auf.«

»Ich mußte Egwene noch nie hinterherschleifen«, widersprach er. »Sie leistet immer ihren Anteil. Ich verachte sie nicht, ich liebe sie.« Er funkelte Elyas an. Der sollte ja nicht lachen! »So war das wieder nicht gemeint. Also, sie ist nicht gerade wie eine Schwester für mich, aber sie und Rand — Blut und Asche! Wenn uns die Raben fingen — wenn — ich weiß nicht.«

»Natürlich weißt du's. Wenn sie wählen könnte, auf welche Art sie sterben will, wie glaubst du, würde sie sich entscheiden? Ein sauberer Schlag mit deiner Axt oder ein Tod wie der der Tiere, die wir heute gesehen haben? Ich weiß, wie sie sich entscheiden würde.«

»Ich habe kein Recht, für sie zu entscheiden. Du sagt es ihr doch nicht, oder? Wegen ...« Seine Hände krampften sich um den Schaft der Axt; die Muskeln seiner Arme waren wie zu Seilen verknotet — starke Muskeln für sein Alter, aufgebaut in langen Stunden, während deren er in Meister Luhhans Schmiede den Hammer geschwungen hatte. Einen Moment lang glaubte er, der dicke Holzschaft werde brechen. »Ich hasse dieses blutige Ding«, murrte er. »Ich weiß nicht, was ich überhaupt damit anfange. Ich renne damit herum wie ein alter Narr. Weißt du, ich hätte es nicht fertiggebracht. Solange es nur darum geht, sich das vorzustellen und vielleicht und so, da gebe ich eben an und tue, als ob ...« Er seufzte, und seine Stimme wurde schwächer. »Jetzt ist alles anders. Ich möchte sie nie mehr benutzen.«

»Du wirst sie benutzen.«

Perrin hob die Axt, um sie in den Teich zu werfen, doch Elyas hielt seinen Arm auf.

»Du wirst sie benutzen, Junge, und solange du es gegen deinen Willen tust, wirst du sie überlegter einsetzen als die meisten Männer. Warte ab! Wenn du sie nicht mehr haßt, dann ist es an der Zeit, sie so weit wie möglich wegzuwerfen und in entgegengesetzter Richtung davonzulaufen.«

Perrin wog die Axt in beiden Händen. Er war immer noch versucht, sie im Teich zurückzulassen. *Leicht für ihn zu sagen, ich solle warten. Was ist, wenn ich warte und sie dann nicht mehr wegwerfen* kann?

Er öffnete den Mund, um Elyas zu fragen, brachte aber kein Wort heraus. Statt dessen empfing er eine Botschaft der Wölfe. Sie war so dringend, daß seine Augen ganz glasig wurden. In diesem Augenblick vergaß er, was er hatte sagen wollen, daß er überhaupt etwas sagen wollte, ja, er vergaß sogar, wie man spricht und atmet. Auch Elyas Gesicht erschlaffte, und seine Augen schienen gleichzeitig nach innen hinein und in weite Ferne zu blicken. Dann war es vorüber, so schnell, wie es gekommen war. Es hatte nur einen Herzschlag lang gedauert, aber das war genug.

Perrin schüttelte sich und sog tief Luft ein. Elyas ließ sich keine Zeit; sobald sich der Schleier von seinen Augen gehoben hatte, eilte er ohne zu zögern ans Feuer. Perrin rannte schweigend hinter ihm her.

»Lösch das Feuer!« rief Elyas heiser Egwene zu. Er gestikulierte wild und bemühte sich, flüsternd zu schreien: »Mach's aus!«

Sie erhob sich, schaute ihn unsicher an und trat dann näher an das Feuer, aber eben langsam. Sie verstand offensichtlich nicht, was vorging.

Elyas schubste sie grob zur Seite, ergiff den Teekessel und fluchte, als er sich die Finger verbrannte. Er balancierte den heißen Kessel in den Händen und leerte ihn über dem Feuer aus. Einen Schritt hinter ihm kam Perrin gerade rechtzeitig, um Erde über die zischenden Kohlen zu treten, während noch der letzte Tee ins Feuer platschte. Es zischte, und Dampfwölkchen stiegen auf. Er hörte nicht auf, bis die letzten Überreste des Feuers begraben waren.

Elyas warf Perrin den Kessel zu, der ihn sofort mit einem unterdrückten Schrei fallen ließ. Perrin blies auf seine Hände und sah Elyas böse an, aber der fellgekleidete Mann war zu sehr damit beschäftigt, das Lager hastig zu überprüfen, um ihm Aufmerksamkeit zu schenken.

»Keine Möglichkeit zu verbergen, daß sich jemand hier befunden hat«, sagte Elyas. »Wir müssen uns eben beeilen und hoffen. Vielleicht kümmern sie sich auch gar nicht darum. Blut und Asche, aber ich war so sicher, daß es die Raben sind.«

Hastig warf Perrin Bela den Sattel über und stützte die Axt gegen seine Hüfte, während er sich bückte, um den Gurt anzuziehen.

»Was ist los?« fragte Egwene. Ihre Stimme zitterte. »Trollocs? Ein Blasser?«

»Geht entweder nach Osten oder Westen«, sagte Elyas zu Perrin. »Sucht euch ein Versteck; ich stoße zu euch, sobald ich kann. Wenn sie einen Wolf bemerken ...« Er hastete weg, gebückt, als wolle er auf allen vieren laufen, und verschwand in den länger werdenden Schatten des Abends.

Egwene suchte schnell ihre wenigen Habseligkeiten zusammen, aber sie wollte trotzdem noch eine Erklärung von Perrin. Ihre Stimme klang eindringlich, und je mehr er sich ausschwieg, desto ängstlicher wurde sie. Auch er hatte Angst, doch die Angst ließ sie schneller vorwärtskommen. Er wartete, bis sie in Richtung der untergehenden Sonne unterwegs waren. Er lief vor Bela her und hielt die Axt in beiden Händen vor der Brust. Nun erzählte er ihr in kurzen Zügen über die Schulter hinweg alles, was er wußte, und dabei sah er sich ständig um und suchte nach einem Ort, wo sie sich niederlassen und auf Elyas warten konnten.

»Es kommen eine Menge berittener Männer. Sie sind hinter den Wölfen hergekommen, haben sie aber nicht bemerkt. Sie reiten auf den Teich zu. Vielleicht haben sie gar nichts mit uns zu tun — es ist ja meilenweit die einzige Wasserstelle. Aber Scheckie sagt ...« Er blickte sich um. Die Abendsonne warf eigenartige Schattenfiguren auf ihr Gesicht, Schatten, die ihren Gesichtsausdruck verbargen. *Was denkt sie jetzt? Sieht sie dich an, als kenne sie dich nicht mehr? Kennt sie dich überhaupt?* »Scheckie sagt, sie riechen irgendwie schlecht. So ... so wie ein tollwütiger Hund.« Der Teich hinter ihnen war nicht mehr zu sehen. Er konnte immer noch Felsen in der tiefer werdenden Dämmerung erkennen — Fragmente der Statue Artur Falkenflügels —, wußte aber nicht mehr zu sagen, neben welchem Stein sich das Feuer befunden hatte. »Wir werden uns von ihnen fernhalten und einen Ort finden, an dem wir auf Elyas warten können.«

»Warum sollten sie etwas von uns wollen?« fragte sie. »Wir sind doch angeblich hier sicher? Licht, es muß doch wenigstens einen sicheren Ort geben!«

Perrin sah sich noch intensiver nach einem Versteck um. Sie konnten sich noch nicht sehr weit von dem Teich entfernt haben, aber die Dämmerung verdichtete sich. Bald würde es zu dunkel zum Weitergehen sein. Die Hügelkämme lagen noch unter erblassendem Sonnenschein. In den Niederungen — dort konnte man kaum noch etwas erkennen — erschien es hell. Zur Linken hob sich ein dunkler Umriß scharf vom Himmel ab, ein großer, flacher Felsblock, der aus einem Abhang herausragte und dessen unteren Teil die Dunkelheit einhüllte.

»Dorthin«, sagte er.

Er trabte auf den Hügel zu, wobei er sich umblickte, um zu sehen, ob er die ankommenden Männer entdekken konnte. Es war noch nichts von ihnen zu sehen. Mehr als einmal mußte er stehenbleiben und warten, daß ihm die beiden mühsam nachstolperten. Egwene saß tief über Belas Hals gekauert im Sattel, und die Stute suchte sich vorsichtig einen Weg durch das unebene Gelände. Perrin merkte, daß die beiden noch müder sein mußten, als er geglaubt hatte. *Hoffentlich ist das ein gutes Versteck. Ich glaube kaum, daß wir noch mal ein anderes suchen können.*

Vom Fuß des Hügels aus betrachtete er den sich vom Himmel deutlich abhebenden, massiven, flachen Felsvorsprung, der knapp unter dem Kamm aus dem Abhang ragte. Es kam ihm irgendwie bekannt vor, wie der obere Teil des großen Brockens unregelmäßige Stufen zu bilden schien — drei hinauf und eine hinunter. Er kletterte hinauf und tastete sich im Gehen an dem Stein entlang. Trotz der jahrhundertelangen Verwitterung konnte er immer noch vier verbundene Säulen ertasten. Er blickte hinauf zu dem stufengleichen Oberteil des Steins, der wie eine riesige Lehne über seinem Kopf aufragte. *Finger. Wir machen unser Lager in der Hand Artur Falkenflügels. Vielleicht ist ein wenig von seiner Gerechtigkeit hier übriggeblieben.*

Er winkte Egwene zu, sie solle herkommen. Sie rührte sich nicht, also rutschte er den Hügel zu ihr hinunter und sagte ihr, was er herausgefunden hatte. Egwene spähte mit vorgestrecktem Kopf hügelaufwärts. »Wie kannst du denn irgendwas erkennen?« fragte sie ihn.

Perrin öffnete den Mund und schloß ihn wieder. Er leckte sich über die Lippen, während er sich umsah. Zum erstenmal war ihm wirklich klar, was er da sah. Die Sonne war gesunken. Sie war nun vollständig untergegangen, und der Mond wurde von Wolken verdeckt. Trotzdem erschien es ihm, als erhellten die Purpurfransen der Dämmerung die Nacht. »Ich habe den Felsen betastet«, sagte er schließlich. »Das muß es wohl sein. Sie werden nicht in der Lage sein, uns in diesem Schatten zu erkennen, selbst wenn sie hierher kommen.« Er nahm Bela am Zaumzeug und führte sie in den Schutz der Hand. Er fühlte Egwenes Blick im Rükken.

Als er ihr gerade aus dem Sattel half, hörten sie Schreie vom Teich her. Sie legte eine Hand auf Perrins Arm, und er verstand ihre unausgesprochene Frage.

»Die Männer haben Wind gesehen«, sagte er zögernd. Es war schwierig, die richtige Bedeutung der Wolfsgedanken herauszulesen. Etwas über Feuer. »Sie haben Fackeln.« Er drückte sie am Fuß der Finger zu Boden und kauerte sich neben sie. »Sie teilen sich in Suchtrupps auf. Sehr viele, und die Wölfe sind alle verwundet.« Er bemühte sich, seine Stimme voller klingen zu lassen. »Aber Scheckie und die anderen sollten trotz ihrer Verwundungen in der Lage sein, ihnen zu entgehen, und mit uns rechnen sie sowieso nicht. Die Menschen sehen nicht, womit sie nicht rechnen. Sie werden bald aufgeben und ein Lager errichten.« Elyas war bei den Wölfen, und er würde sie nicht verlassen, solange sie gejagt wurden. *So viele Reiter. So hartnäckig. Warum sind sie so hartnäckig?*

Er sah, wie Egwene nickte. »Es wird schon alles gutgehen, Perrin.«

Licht, dachte er staunend, *sie versucht ja, mich zu beruhigen!*

Die Schreie hörten nicht auf. Kleine Gruppen von Fackeln bewegten sich in einiger Entfernung — flakkernde Lichtpunkte in der Dunkelheit.

»Perrin«, sagte Egwene sanft. »Wirst du am Sonntag mit mir tanzen? Wenn wir bis dahin zu Hause sind?«

Seine Schultern bebten. Er machte kein Geräusch und war sich selbst nicht klar darüber, ob er lachte oder weinte. »Das werde ich. Versprochen.« Gegen seinen Willen umklammerten seine Hände die Axt kräftiger, was ihn daran erinnerte, daß er sie immer noch festhielt. Seine Stimme sank zu einem Flüstern ab. »Versprochen«, wiederholte er, und er hoffte.

Gruppen von Fackelträgern ritten nun zwischen den Hügeln hindurch; immer zehn oder zwölf Mann. Perrin konnte nicht abschätzen, wie viele Gruppen es waren. Manchmal sah man drei oder vier gleichzeitig, die hin- und zurückritten. Sie verständigten sich weiterhin rufend, und gelegentlich war die Nacht von Schreien erfüllt — vom Wiehern der Pferde und von menschlichen Schreien.

Er sah alles von mehr als einem Standpunkt aus. Er kauerte mit Egwene am Abhang, beobachtete, wie die Fackeln glühwürmchengleich durch die Dunkelheit flimmerten, und in seinem Geist rannte er mit Scheckie und Wind und Springer durch die Nacht. Die Wölfe waren durch die Raben zu schwer verwundet worden, um sehr weit oder sehr schnell zu rennen, also planten sie, die Menschen aus der Dunkelheit in den Schutz ihrer Feuer zurückzutreiben. Menschen suchten schließlich immer am Feuer Zuflucht, wenn Wölfe die Nacht durchstrichen. Einige der Berittenen führten Gruppen reiterloser Pferde hinter sich her. Die Pferde wieherten und bäumelten sich mit weit aufgerissenen Augen auf, wenn zwischen ihnen graue Gestalten auftauchten. Sie wieherten und rissen sich von den Leitriemen los und zerstreuten sich in alle Richtungen, so schnell sie galoppieren konnten. Auch die Pferde mit Reitern auf dem Rükken wieherten, wenn graue Schatten mit grauenerregenden Reißzähnen aus der Dunkelheit heranjagten, und manchmal schrien auch die Reiter, bevor ihre Kehlen von den mächtigen Gebissen zerfetzt wurden. Elyas war ebenfalls dort draußen, auch wenn er seine Anwesenheit nicht so deutlich spüren konnte, und schlich mit seinem langen Messer durch die Nacht — ein zweibeiniger Wolf mit einem scharfen Stahlzahn. Meistens wurde aus den Rufen bald Flüche, aber die Jäger gaben nicht auf.

Plötzlich wurde Perrin klar, daß die Männer mit den Fackeln einem Muster folgten. Jedesmal, wenn einer der Suchtrupps in Sicht kam, befand sich zumindest einer von ihnen wieder etwas näher an dem Abhang, der ihn und Egwene verbarg. Elyas hatte gesagt, sie sollten sich verstecken, aber ... *Was geschieht, wenn wir weglaufen? Vielleicht können wir uns in der Dunkelheit verstecken, wenn wir ständig in Bewegung bleiben.* Vielleicht. Dazu muß es dunkel genug sein.

Er drehte sich zu Egwene um, doch in dem Moment wurde ihm die Entscheidung abgenommen. Gebündelte Fackeln, vielleicht ein Dutzend, kamen um den Fuß des Hügels herum und schwankten im Schritt der Pferde. Lanzenspitzen schimmerten im Fackelschein. Er erstarrte und hielt die Luft an. Seine Hände umklammerten den Schaft der Axt.

Die Reiter ritten am Hügel vorbei, doch einer der

Männer rief etwas, und die Fackeln bewegten sich zurück. Er überlegte krampfhaft; suchte nach einem Ausweg. Aber sobald sie sich bewegten, würde man sie sehen, falls das nicht schon geschehen war. Einmal erkannt, hätten sie keine Chance. Nicht einmal die Dunkelheit könnte ihnen dann helfen.

Die Reiter versammelten sich am Fuß des Hügels. Jeder trug in einer Hand eine Fackel und in der anderen eine lange Lanze. Sie lenkten ihre Pferde durch Schenkeldruck. Im Fackelschein konnte Perrin die weißen Mäntel der Kinder des Lichts erkennen. Sie hielten ihre Fackeln hoch und beugten sich in den Sätteln vor, um besser in die tiefen Schatten unter Artur Falkenflügels Fingern spähen zu können.

»Dort oben ist doch irgendwas«, sagte einer von ihnen. Seine Stimme klang zu laut, als habe er Angst vor dem, was sich außerhalb des Scheins seiner Fackel befinden mochte. »Ich habe euch gesagt, daß sich dort jemand verbergen könnte. Ist das nicht ein Pferd?«

Egwene legte eine Hand auf Perrins Arm. Ihre Augen waren in der Dunkelheit weit aufgerissen. Trotz des Schattens, der ihre Gesichtszüge verbarg, war ihre stumme Frage klar. Was tun? Elyas und die Wölfe schlichen noch immer durch die Nacht. Die Pferde unter ihnen tänzelten nervös. *Wenn wir wegrennen, jagen sie uns, bis wir nicht mehr können.*

Einer der Weißmäntel ließ sein Pferd vortreten und schrie den Hügel hinauf: »Wenn Ihr die menschliche Sprache verstehen könnt, dann kommt herunter und ergebt Euch. Euch geschieht kein Leid, wenn Ihr im Licht wandelt. Wenn Ihr Euch nicht ergebt, werdet Ihr alle getötet. Ihr habt eine Minute!« Die Lanzen wurden gesenkt, ihre langen Stahlspitzen glänzten im Fackelschein.

»Perrin«, flüsterte Egwene. »Wir können ihnen nicht davonlaufen. Wenn wir nicht aufgeben, töten sie uns. Perrin?«

Elyas und die Wölfe waren noch frei. Ein weiterer röchelnder Aufschrei in der Ferne verriet einen Weißmantel, der Scheckie zu nahe gekommen war. *Wenn wir wegrennen* ... Egwene blickte ihn an und wartete auf seine Entscheidung. *Wenn wir rennen* ... Er schüttelte müde den Kopf und stand auf wie in Trance. Er stolperte den Hügel hinunter auf die Kinder des Lichts zu. Er hörte, wie Egwene seufzte und ihm mit zögernden Schritten folgte. *Warum jagen die Weißmäntel die Wölfe so hartnäckig, als haßten sie sie besonders? Warum riechen sie schlecht?* Er hatte beinahe das Gefühl, er könne selbst etwas Ungutes, Gefährliches riechen, wenn der Wind von den Reitern herkam. »Laß die Axt fallen!« schnauzte ihn der Anführer an.

Perrin stolperte auf ihn zu und rümpfte die Nase, um den Geruch loszuwerden, den er sich einbildete.

»Laß sie fallen, Bauer!« Die Lanze des Anführers richtete sich auf Perrins Brustkorb.

Einen Augenblick lang starrte er die Lanzenspitze an. Da war genug scharfer Stahl, um ihn vollständig zu durchbohren. Plötzlich schrie er: »Nein!« Der Schrei galt nicht dem Reiter.

Aus der Nacht flog Springer heran, und Perrin war eins mit dem Wolf. Springer, der Welpe, der einst die Adler im Flug bewundert hatte und genauso über den Himmel segeln wollte wie ein Adler. Der Welpe, der gehüpft und gesprungen war, bis er sie höher als jeder andere Wolf springen konnte, und der niemals die Sehnsucht der eigenen Jugend vergessen hatte. Aus der Nacht heraus erschien Springer und sprang in einem fliegenden Satz hoch. Den Weißmänteln blieb nur ein Moment zum Fluchen, dann schloß sich Springers Gebiß um die Kehle des Mannes, der seine Lanze auf Perrin gerichtet hatte. Der Schwung des großen Wolfes ließ sie beide auf der anderen Seite des Pferdes herabstürzen. Perrin spürte, wie der Hals aufgerissen wurde, schmeckte das Blut.

Springer landete leicht auf den Füßen, bereits ein Stück von dem Mann entfernt, den er getötet hatte. Sein Fell war blutverkrustet — mit seinem Blut und dem anderer. Ein Riß an seinem Kopf ging durch die leere Augenhöhle, in der sich sein linkes Auge befunden hatte. Er blickte einen Moment lang Perrin mit dem übriggebliebenen Auge an. *Renn, Bruder!* Er wirbelte herum, um erneut ein letztes Mal zu springen, und eine Lanze nagelte ihn am Boden fest. Eine zweite Stahlspitze durchdrang seinen Brustkorb und bohrte sich unter ihm in den Boden. Seine Beine zuckten, als er nach den Lanzenschäften schnappte, die ihn am Aufstehen hinderten. *Fliegen!*

Schmerz erfüllte Perrin, und er schrie auf. Es war ein wortloser Schrei, der etwas vom Heulen eines Wolfs an sich hatte. Ohne zu denken sprang er vor. Er schrie immer noch. Alle Überlegung war dahin. Die Reiter befanden sich zu dicht beieinander, um ihre Lanzen benützen zu können, und die Axt lag wie eine Feder in seiner Hand, der Stahlzahn eines riesigen Wolfs. Etwas krachte auf seinen Kopf herab, und im Fallen wußte er nicht, ob es Springer war oder er selbst, der in dem Moment starb.

»... fliegen wie ein Adler.« Vor sich hinmurmelnd und benebelt öffnete Perrin die Augen. Sein Kopf schmerzte, und er erinnerte sich nicht, warum. Er blinzelte in das Licht und sah sich um. Egwene kniete an seiner Seite und beobachtete ihn. Sie befanden sich in einem quadratischen Zelt von etwa der Größe eines durchschnittlichen Zimmers in einem Bauernhaus. Der Boden war mit Segeltuch ausgelegt. Öllampen auf hohen Ständern in allen vier Ecken warfen helles Licht in den Raum.

»Dem Licht sei Dank, Perrin«, hauchte sie. »Ich hatte gefürchtet, sie hätten dich umgebracht.«

Statt zu antworten, sah er den grauhaarigen Mann an, der auf dem einzigen Stuhl im Zelt saß. Aus einem großväterlichen Gesicht blickten ihn dunkle Augen an. Das Gesicht paßte gar nicht zu dem weiß und goldfarbenen Uniformrock, den der Mann trug, und zu dem glänzenden Brustpanzer, der über sein reinweißes Unterhemd geschnallt war. Es schien ein freundliches Gesicht zu sein, gutmütig und ehrwürdig, und etwas an ihm paßte doch zu der eleganten Strenge der Einrichtungsgegenstände im Zelt: ein Tisch und ein klappbares Feldbett, ein Waschtischchen mit einer einfachen weißen Schüssel und einem Krug, eine einzige Holztruhe, die mit schlichten geometrischen Mustern verziert war. Wo immer Holz verwandt worden war, da hatte man es poliert, bis es matt schimmerte. Auch die Metallgegenstände glänzten, aber nicht zu stark. Nichts davon wirkte protzig. Alles im Zelt sah nach guter handwerklicher Arbeit aus, aber nur jemand, der wirklich erstklassige Handwerker bei der Arbeit beobachtet hatte — Leute wie Meister Luhhan oder Meister Aydaer, den Tischler — konnte das ermessen.

Mit gerunzelter Stirn stocherte der Mann mit einem Finger in zwei kleinen Stapeln von Gegenständen herum, die vor ihm auf dem Tisch lagen. Perrin erkannte in einem der beiden Häufchen den Inhalt seiner Taschen und sein Messer. Die Silbermünze, die ihm Moiraine gegeben hatte, fiel heraus, und der Mann schob sie in Gedanken zurück. Er schürzte die Lippen und wandte sich von den Häufchen weg Perrins Axt zu. Er hob sie vom Tisch auf und wog sie in der Hand. Dann kehrte seine Aufmerksamkeit zu den Emondsfeldern zurück.

Perrin versuchte, sich aufzusetzen. Die Anstrengung war vergebens — seine Arme und Beine schmerzten höllisch. Nun erst wurde ihm bewußt, daß er an Händen und Füßen gefesselt war. Sein Blick wanderte zu Egwene. Sie zuckte bedauernd die Achseln und drehte sich ein wenig, so daß er ihren Rücken sehen konnte. Ein halbes Dutzend Lederschnüre fesselten ihre Handgelenke und Knöchel. Die Schnüre schnitten ihr tief ins

Fleisch. Die Schnüre an ihren Knöcheln und an den Handgelenken waren durch ein Seil verbunden. Es war so kurz, daß sie sich nicht zu mehr als einer gebückten Haltung aufrichten konnte, falls sie auf die Beine kam. Perrin machte große Augen. Es war schon erschreckend genug, daß man sie gefesselt hatte, aber man hatte so viele Stricke benützt, daß sie auch ein Pferd gehalten hätten. *Was glauben die denn, wer wir sind?*

Der grauhaarige Mann beobachtete sie neugierig und nachdenklich, so wie Meister al'Vere, wenn er nach der Lösung eines Problems suchte. Er hielt die Axt gedankenverloren in den Händen.

Der Zelteingang wurde zur Seite geschoben, und ein hochgewachsener Mann trat ein. Sein Gesicht war schmal und hager; die Augen lagen so tief, daß sie aus Höhlen hervorzublicken schienen. Er hatte kein bißchen überflüssiges Fleisch auf den Knochen, kein bißchen Fett. Die Haut spannte sich straff über den Muskeln und Knochen.

Perrin konnte kurz in die Nacht draußen blicken, sah Lagerfeuer und zwei in weiße Mäntel gehüllte Wächter am Zelteingang, und dann war das Zelt wieder geschlossen. Sobald der Ankömmling eingetreten war, blieb er stehen, stand stocksteif da und blickte geradeaus auf die hintere Zeltwand. Sein aus Metallplatten auf einem Kettenhemd bestehender Panzer schimmerte wie Silber zwischen dem schneeweißen Mantel und dem weißen Unterhemd. »Mein Lordhauptmann.« Seine Stimme klang so steif, wie seine Haltung war, und knarrte irgendwie völlig ausdruckslos. Der grauhaarige Mann machte eine lockere Handbewegung. »Steht bequem, Kind Byar. Ihr habt unsere Verluste bei diesem ... Zusammentreffen überprüft?«

Der hochgewachsene Mann stellte sich breitbeiniger hin, aber ansonsten sah Perrin nichts Bequemes in seiner Haltung. »Neun Mann tot, mein Lordhauptmann, und dreiundzwanzig verwundet, sieben davon schwer.

Es können jedoch alle reiten. Dreißig Pferde mußten getötet werden. Ihre Sehnen waren durchgebissen.« Das betonte er mit seiner gefühllosen Stimme besonders, als sei das, was den Pferden geschehen war, schlimmer als tote und verwundete Menschen. »Viele der Ersatzpferde sind weggelaufen. Wir finden möglicherweise einige bei Tagesanbruch wieder, aber da Wölfe in der Nähe sind und sie ängstigen, kann es Tage dauern, sie alle wieder einzufangen. Die Männer, die sie eigentlich hätten bewachen sollen, sind bis zum Erreichen von Caemlyn zum Nachtdienst eingeteilt.«

»Wir haben nicht tagelang Zeit, Kind Byar«, sagte der grauhaarige Mann sanft. »Wir reiten bei Sonnenaufgang. Dabei bleibt es. Wir müssen rechtzeitig in Caemlyn sein, ja?«

»Wie Ihr befehlt, mein Lordhauptmann.«

Der grauhaarige Mann blickte zu Perrin und Egwene hinüber und dann wieder weg. »Und was haben wir vorzuweisen, von diesen beiden Jugendlichen abgesehen?«

Byar atmete tief ein und zögerte. »Ich habe den Wolf abhäuten lassen, der sich bei denen befand, mein Lordhauptmann. Das Fell sollte einen schönen Bettvorleger für das Zelt meines Lordhauptmanns ergeben.«

Springer! Perrin knurrte und stemmte sich gegen seine Bande. Dabei war ihm nicht einmal bewußt, was er tat. Die Seile schnitten ihm in die Haut — seine Handgelenke waren schlüpfrig von Blut —, aber sie gaben nicht nach.

Zum ersten Mal sah Byar die Gefangenen an. Egwene schreckte vor ihm zurück. Sein Gesicht war genauso ausdruckslos wie seine Stimme, aber in den eingesunkenen Augen glimmte ein grausames Licht, ebenso eindeutig wie in Ba'alzamons Augen Flammen loderten. Byar haßte sie, als seien sie langjährige Feinde und nicht Menschen, die er vor dem heutigen Abend noch nie gesehen hatte. Perrin blickte trotzig zurück. Sein Mund verzog sich zu einem angespannten Lächeln, als er sich ausmalte, die Zähne in die Kehle dieses Mannes zu schlagen.

Plötzlich verging ihm das Lächeln, und er schüttelte sich. *Meine Zähne? Ich bin ein Mensch und kein Wolf! Licht, dem muß ein Ende gemacht werden!* Aber er widerstand Byars haßerfülltem Blick und gab ihn in gleicher Münze zurück.

»Ich bin nicht an Wolfspelz-Bettvorlegern interessiert, Kind Byar.« Die Zurechtweisung in der Stimme des Lordhauptmannes war sanft, aber Byar stand wieder stramm, die Augen stur auf die rückwärtige Zeltwand gerichtet. »Ihr wart dabei zu berichten, was wir heute nacht erreicht haben, oder? Falls wir etwas erreicht haben.«

»Ich schätze, das Rudel, das uns angriff, dürfte mindestens aus fünfzig Tieren bestanden haben, mein Lordhauptmann. Davon haben wir zumindest zwanzig, wenn nicht sogar dreißig, getötet. Ich habe es nicht für wert gehalten, den Verlust weiterer Pferde zu riskieren, um die Kadaver noch heute nacht herbeizuschleifen. Morgen früh werde ich sie einsammeln und verbrennen lassen, jedenfalls diejenigen, die nicht bis dahin im Dunklen weggeschleppt wurden. Neben diesen beiden waren mindestens noch ein Dutzend weiterer Männer beteiligt. Ich glaube, wir haben vier oder fünf davon erledigt, aber es ist unwahrscheinlich, daß wir ihre Leichen finden. Die Schattenfreunde haben ja die Angewohnheit, ihre Leichen verschwinden zu lassen, um so ihre Verluste zu vertuschen. Es scheint sich um einen wohlgeplanten Überfall gehandelt zu haben, aber das läßt natürlich die Frage offen ...«

Perrins Kehle war wie zugeschnürt, als der hagere Mann fortfuhr. Elyas? Vorsichtig und zögernd tastete er in Gedanken nach Elyas, nach den Wölfen ... und fand nichts. Es war, als sei er niemals in der Lage gewesen, die Gedanken und Gefühle eines Wolfs zu spüren. *Ent-*

weder sind sie tot, oder sie haben dich verlassen. Er wollte lachen — ein bitteres Lachen. Jetzt hatte er endlich, was er wollte, doch der Preis dafür war hoch.

In dem Augenblick lachte der grauhaarige Mann. Es war ein volles, sarkastisches Lachen, das Byar die Röte in die Wangen trieb. »Also, Kind Byar, Ihr schätzt, daß wir in einem geplanten Angriff von mehr als fünfzig Wölfen und einem guten Dutzend Schattenfreunden überfallen wurden? Ja? Vielleicht, na ja, wenn Ihr noch ein paar Kampfhandlungen erlebt ...«

»Aber, mein Lordhauptmann Bornhald ...«

»Ich würde sagen, es waren sechs oder acht Wölfe, Kind Byar, und vielleicht überhaupt keine weiteren Menschen außer diesen beiden. Ihr legt den wahren Eifer an den Tag, habt aber keine Erfahrung außerhalb der Städte. Es ist etwas anderes, das Licht zu bringen, wenn Straßen und Häuser weit weg sind. Es scheinen bei Nacht oft mehr Wölfe und auch mehr Menschen beteiligt zu sein. Höchstens sechs oder acht, glaube ich.« Byars Röte wurde langsam kräftiger. »Ich hege auch die Vermutung, sie waren aus dem gleichen Grund hier wie wir: wegen des einzigen gut erreichbaren Wassers im Umkreis eines Tagesmarsches. Eine viel einfachere Erklärung als Spione oder Verräter unter den Kindern, und für gewöhnliche ist die einfachste Erklärung die richtige. Mit mehr Erfahrung werdet Ihr das auch noch lernen.«

Byars Gesicht wurde totenblaß, als der großväterliche Mann ausgeredet hatte, doch im Gegensatz dazu brannten die beiden Flecke auf seinen Wangen nun dunkelrot. Einen Moment lang blickte er zu den beiden Gefangenen hin.

Jetzt haßt er uns nur noch mehr, dachte Perrin, *nachdem er das gehört hat. Aber warum hat er uns eigentlich von vornherein gehaßt?*

»Was haltet Ihr davon?« sagte der Lordhauptmann und hielt Perrins Axt hoch.

Byar sah seinen Befehlshaber fragend an, und auf ein Kopfnicken hin gab er seine stramme Haltung auf und ergriff die Waffe. Er wog sie in der Hand und brummte überrascht. Dann wirbelte er sie in engem Bogen über seinem Kopf und verfehlte das Zeltdach nur ganz knapp. Er ging damit so gewandt um, als sei er mit einer Axt in der Hand geboren worden. Widerwillige Bewunderung zeigte sich einen Augenblick lang auf seinem Gesicht, aber als er die Axt senkte, war seine Miene bereits wieder ausdruckslos.

»Hervorragend ausbalanciert, mein Lordhauptmann. Aus einfacher Fertigung, aber von einem sehr guten Waffenschmied, vielleicht sogar einem Meister seines Fachs.« Seine Augen glühten die Gefangenen düster an. »Nicht die Waffe eines Dorfbewohners und schon gar nicht die eines Bauern.«

»Bestimmt nicht.« Der grauhaarige Mann wandte sich mit einem müden, leicht tadelnden Lächeln Perrin und Egwene zu: ein freundlicher Großvater, der wußte, daß seine Enkel etwas angestellt hatten. »Ich heiße Geofram Bornhald«, sagte er zu ihnen. »Du heißt Perrin, wie ich gehört habe. Aber du, junge Frau, wie heißt du?«

Perrin funkelte ihn an, doch Egwene schüttelte den Kopf. »Sei nicht dumm, Perrin. Ich heiße Egwene.«

»Einfach Perrin und einfach Egwene«, murmelte Bornhald. »Aber ich schätze, wenn ihr wirklich Schattenfreunde seid, dann werdet ihr nach Möglichkeit eure wahre Identität verbergen.«

Perrin erhob sich auf die Knie; höher ging es nicht, so wie er gefesselt war. »Wir sind keine Schattenfreunde«, protestierte er wütend.

Die Worte waren noch nicht ganz ausgesprochen, als Byar schon bei ihm war. Der Mann bewegte sich wie eine Schlange. Er sah den Schaft seiner eigenen Axt auf sich zukommen und versuchte, sich zu ducken, aber der dicke Stiel erwischte ihn über dem Ohr. Nur die Tatsache, daß er sich von dem Schlag wegbewegte, bewahrte seinen Schädel davor, gespalten zu werden. Auch so sah er erstmal Sterne. Die Luft blieb ihm weg, als er auf dem Boden aufschlug. Sein Kopf dröhnte, und Blut rann ihm über die Wange.

»Dazu habt Ihr kein Recht«, begann Egwene und schrie auf, als der Schaft der Axt auf sie zuschnellte. Sie warf sich zur Seite, und der Schlag traf nur die leere Luft, während sie auf die Segeltuchunterlage stürzte. »Du wirst dich höflich ausdrücken«, sagte Byar, »wenn du mit einem Gesalbten des Lichts sprichst, oder du hast bald keine Zunge mehr.« Das Schlimmste daran war, daß die Stimme immer noch völlig gefühllos klang. Ihre Zungen herauszuschneiden würde ihm weder Vergnügen bereiten, noch würde er es bedauern; es war eben einfach etwas, was er tun mußte.

»Laßt es gut sein, Kind Byar.« Bornhald sah die Gefangenen wieder an. »Ich denke, ihr wißt nicht viel über die Gesalbten oder über Lordhauptmänner der Kinder des Lichts, oder? Nein, das dachte ich mir. Also, um Kind Byars willen, versucht wenigstens nicht zu streiten oder zu schreien, ja? Ich will nicht mehr, als daß ihr im Licht wandelt, und die Beherrschung zu verlieren, hilft niemandem von uns.«

Perrin blickte zu dem Mann mit dem hageren Gesicht über ihm auf. *Um Kind Byars willen?* Ihm wurde klar, daß der Lordhauptmann Byar nicht befohlen hatte, sie ungeschoren zu lassen. Byar erwiderte seinen Blick und lächelte. Das Lächeln berührte lediglich seine Mundwinkel, aber die Haut seines Gesichtes spannte sich, bis es wie ein Totenschädel wirkte. Perrin schauderte.

»Ich habe davon gehört, daß Menschen bei den Wölfen leben«, sagte Bornhald nachdenklich, »obwohl ich es noch nicht selbst erlebt habe. Menschen, von denen man annimmt, daß sie mit Wölfen und anderen Kreaturen des Dunklen Königs sprechen. Eine schmutzige Sache. Es läßt mich fürchten, daß wirklich bald die Letzte Schlacht bevorsteht.«

»Wölfe sind keine ...« Perrin stockte, als Byar den Fuß hob. Er atmete tief ein und fuhr dann ruhiger fort. Byar senkte den Fuß mit enttäuschter Miene. »Wölfe sind keine Kreaturen des Dunklen Königs. Sie hassen den Dunklen König. Zumindest hassen sie Trollocs und Blasse.« Er war überrascht, als er sah, daß der hagere Mann versonnen nickte.

Bornhald hob die Augenbrauen. »Wer hat euch das erzählt?«

»Ein Behüter«, sagte Egwene. Sie lehnte sich unter Byars glühendem Blick noch weiter zurück. »Er sagte, die Wölfe hassen Trollocs, und Trollocs haben Angst vor den Wölfen.« Perrin war froh, daß sie Elyas nicht erwähnt hatte.

»Ein Behüter«, seufzte der grauhaarige Mann. »Eine Kreatur der Hexen von Tar Valon. Was sonst würde euch einer von der Sorte schon erzählen, wo er doch selbst ein Schattenfreund ist und ein Diener von Schattenfreunden? Wißt ihr nicht, daß Trollocs die Schnauzen und Zähne von Wölfen haben und auch einen Wolfspelz?«

Perrin blinzelte und bemühte sich, wieder einen klaren Kopf zu bekommen. Sein Hirn war immer noch eine wabbelige Masse von Schmerzen, aber hier stimmte irgend etwas nicht. Er konnte aber nicht klar genug denken, um darauf zu kommen.

»Nicht alle«, murmelte Egwene. Perrin sah Byar mißtrauisch an, aber der hagere Mann sah nur sie an. »Einige davon haben Hörner wie Widder oder Ziegenböcke oder Falkenschnäbel oder ... alle möglichen Sachen.«

Bornhald schüttelte traurig den Kopf. »Ich gebe euch jede erdenkliche Chance, aber ihr verstrickt euch immer mehr.« Er hielt einen Finger hoch. »Ihr lebt bei Wölfen, also Kreaturen des Dunklen Königs.« Ein zweiter Finger. »Ihr gebt zu, einen Behüter zu kennen, eine weitere Kreatur des Dunklen Königs. Ich bezweifle, daß er euch all das gesagt hätte, wenn ihr nur flüchtige Bekannte gewesen wärt.« Ein dritter Finger. »Du, Junge, trägst ein Zeichen Tar Valons in der Tasche. Die meisten Menschen außerhalb Tar Valons versuchen, so was so schnell wie möglich loszuwerden. Außer eben, wenn sie den Hexen von Tar Valon dienen.« Ein vierter. »Du trägst die Waffe eines Kriegers, ziehst dich aber wie ein Bauernjunge an. Eine Verkleidung also.« Der Daumen hob sich. »Du kennst Trollocs und Myrddraal. So weit im Süden glauben nur ein paar Gelehrte und Leute, die die Grenzlande bereist haben, daß das mehr sind als nur Geschichten. Bist du vielleicht in den Grenzlanden gewesen? Falls ja, dann sag mir doch wo! Ich bin ein ganzes Stück weit in den Grenzlanden herumgekommen und kenne sie gut. Du willst nicht? Auch gut.« Er blickte seine gespreizten Finger an und ließ die Hand hart auf den Tisch hinunterfallen. Der großväterliche Gesichtsausdruck zeigte deutlich, daß die Enkel etwas sehr Schlimmes angestellt hatten. »Warum erzählt ihr mir nicht die Wahrheit darüber, wieso ihr mit den Wölfen zusammen die Nacht unsicher gemacht habt?«

Egwene öffnete den Mund, aber Perrin sah bereits an der verbissenen Haltung ihres Kinns, daß sie eine der abgesprochenen Geschichten erzählen wollte. Das würde nicht ausreichen. Nicht jetzt, nicht hier. Sein Kopf schmerzte, und er wünschte, er hätte mehr Zeit, um sich das gründlich zu überlegen. Wer wußte schon, wo dieser Bornhald überall gewesen war und welche Länder und Städte ihm bekannt waren? Wenn er sie bei einer Lüge ertappte, gäbe es keine Rückkehr zur Wahrheit mehr. Dann wäre Bornhald endgültig überzeugt, daß sie Schattenfreunde waren.

»Wir kommen von den Zwei Flüssen«, sagte er schnell.

Egwene starrte ihn überrascht an, fing sich dann aber wieder. Er machte mit der Wahrheit weiter — zumindest einer abgeänderten Fassung der Wahrheit. Sie beide hatten die Zwei Flüsse verlassen, um Caemlyn zu sehen. Auf dem Weg dorthin hatten sie von den Ruinen einer großen Stadt gehört, doch als sie Shadar Logoth fanden, trafen sie auf Trollocs. Sie brachten es fertig, über den Arinelle zu fliehen, hatten sich von da ab allerdings völlig verirrt. Sie schlossen sich einem Mann an, der ihnen angeboten hatte, sie nach Caemlyn zu führen. Er sagte, sein Name gehe sie nichts an, und er schien auch nicht gerade freundlich, aber sie brauchten eben einen Führer. Das erste Mal bekamen sie Wölfe zu sehen, nachdem die Kinder des Lichts erschienen. Sie hatten lediglich versucht, sich zu verstecken, damit sie weder von Wölfen aufgefressen noch von den Reitern getötet würden.

»... wenn wir gewußt hätten, daß Ihr Kinder des Lichts seid«, beendete er seine Erzählung, »dann hätten wir Euch um Hilfe gebeten.«

Byar schnaubte ungläubig. Das kümmerte Perrin aber kaum; falls der Lordhauptmann überzeugt werden konnte, würde Byar ihnen kein Leid zufügen. Es war klar, daß Byar zu atmen aufhören würde, sollte Lordhauptmann Bornhald es ihm befehlen.

»In dieser Geschichte kommt aber kein Behüter vor«, sagte der grauhaarige Mann einen Moment später.

Perrins Erfindergeist verließ ihn; er wußte, er hätte sich zum Ausdenken mehr Zeit nehmen sollen. Egwene sprang für ihn in die Bresche. »Wir trafen ihn in Baerlon. Die Stadt war voll von Männern, die nach dem Ende des Winters aus den Bergwerksdörfern heruntergekommen waren, und wir wurden in der Schenke an den gleichen Tisch gewiesen. Wir haben uns nur während des Essens mit ihm unterhalten.«

Perrin konnte wieder frei atmen. *Danke, Egwene!*

»Gebt ihnen ihre Habseligkeiten zurück, Kind Byar. Natürlich nicht die Waffen.« Als Byar ihn überrascht anblickte, fügte Bornhald hinzu: »Oder gehört Ihr zu denen, die Unerleuchtete auszuplündern pflegen, Kind Byar? Das ist eine schlimme Sache, nicht wahr? Niemand kann ein Dieb sein und trotzdem im Licht wandeln.« Byar nahm den Hinweis etwas ungläubig entgegen.

»Dann laßt Ihr uns gehen?« Egwene klang überrascht. Perrin hob den Kopf und sah den Lordhauptmann an.

»Natürlich nicht, Kind«, sagte Bornhald traurig. »Du sagst vielleicht die Wahrheit, daß du von den Zwei Flüssen kommst, denn du weißt gut über Baerlon und die Bergwerke Bescheid, aber Shadar Logoth ...? Das ist ein Name, den nur sehr, sehr wenige kennen, die meisten davon Schattenfreunde. Und jeder, der genug weiß, um diesen Namen zu kennen, der geht nicht dorthin. Ich schlage vor, du denkst dir auf dem Weg nach Amador eine bessere Geschichte aus. Du wirst Zeit genug haben, denn wir unterbrechen die Reise in Caemlyn. Möglichst aber die Wahrheit, Kind. In der Wahrheit und dem Licht liegt auch Freiheit.«

Byar vergaß einiges von seiner Unterwürfigkeit dem grauhaarigen Mann gegenüber. Er fuhr herum, weg von den Gefangenen, und in seinen Worten schwang Empörung mit: »Das könnt Ihr nicht! Das ist nicht erlaubt!« Bornhald hob fragend eine Augenbraue, und Byar riß sich zusammen. Er schluckte. »Vergebt mir, mein Lordhauptmann. Ich habe mich vergessen, und ich erbitte untertänigst Eure Vergebung und unterwerfe mich Eurer Gerechtigkeit. Aber, wie mein Lordhauptmann bereits festgestellt hat, müssen wir Caemlyn rechtzeitig erreichen, und da die meisten unserer Ersatzpferde weg sind, werden wir es schwer genug haben, auch ohne noch Gefangene mitzuschleppen.«

»Und was würdet Ihr vorschlagen?« fragte Bornhald ruhig.

»Die Strafe für Schattenfreunde ist der Tod.« Durch die ausdruckslose Stimme klang das noch erschreckender. Er hätte mit der gleichen Ruhe vorschlagen können, einen Käfer zu zertreten. »Es gibt keinen Waffenstillstand mit dem Schatten. Es gibt keine Gnade für Schattenfreunde.«

»Eifer ist begrüßenswert, Kind Byar, aber, wie ich auch oft meinem Sohn Dain sagen muß: Übereifer kann ein ernsthafter Fehler sein. Erinnert Euch daran, was das Dogma auch sagt: Niemand ist so verloren, daß er nicht zum Licht geführt werden könnte. Diese beiden sind jung. Sie können noch nicht so tief im Schatten verwoben sein. Sie können noch zum Licht geführt werden, wenn sie nur gestatten, daß der Schatten von ihren Augen gehoben werde. Wir müssen ihnen Gelegenheit dazu geben.«

Einen Augenblick lang mochte Perrin den großväterlichen Mann, der zwischen ihnen und Byar stand, direkt gut leiden. Dann drehte Bornhald sein Großvaterlächeln Egwene zu.

»Wenn du dich weigerst, zum Licht zu kommen, bis wir Amador erreichen, bin ich gezwungen, dich den Vernehmern zu überstellen, und denen gegenüber wirkt Byars Eifer wie eine Kerze neben der Sonne.« Der Grauhaarige klang wie ein Mensch, der bedauert, was er tun muß, der aber nicht die Absicht hatte, jemals etwas anderes als seine Pflicht zu tun, so, wie er sie sah. »Bereue, entsage dem Dunklen König, komme zum Licht, gestehe Eure Sünden, und sage alles, was du weißt, über diese schmutzige Sache mit den Wölfen, dann erspare ich dir das alles. Du wirst frei sein und im Licht wandeln.« Sein Blick kehrte zu Perrin zurück, und er seufzte traurig. Es lief Perrin eiskalt den Rücken hinunter. »Aber du, Perrin von den Zwei Flüssen. Du hast zwei der Kinder getötet.« Er berührte die immer noch in Byars Hand befindliche Axt. »Auf dich, fürchte ich, wartet in Amador der Galgen.«

KAPITEL 9

Verdiene dir dein Essen!

Rand kniff die Augen zusammen und beobachtete die Staubspur, die sich vorn, vielleicht drei oder vier Kurven voraus, auf der Straße erhob. Mat war schon auf dem Weg in die wild neben der Straße wuchernden Hecken. Die immergrünen Blätter und dicht verwobenen Äste würden sie genausogut verbergen wie eine Steinmauer, falls sie sich einen Weg hindurch zur anderen Seite bahnen konnten. Neben der gegenüberliegenden Straßenseite sah man nur spärliche braune Überreste kopfhoher Büsche und dahinter eine halbe Meile freies Feld bis hin zum Waldrand. Es könnte Teil eines noch nicht allzu lange aufgegebenen Ackers gewesen sein, aber dort bot sich kein schnell erreichbares Versteck. Er versuchte, die Geschwindigkeit der Staubfahne und die des Windes einzuschätzen.

Ein plötzlicher Windstoß wirbelte Straßenstaub um ihn auf und nahm ihm die Sicht. Er blinzelte und verschob den einfachen, dunklen Schal, den er um Nase und Mund gebunden hatte. Er war mittlerweile nicht mehr ganz sauber — sein Gesicht juckte —, doch er verhinderte, daß er mit jedem Atemzug Staub einatmete. Ein Bauer hatte ihm den gegeben, ein Mann mit langem Gesicht und Sorgenfalten in den Wangen.

»Ich weiß nicht, wovor ihr weglauft«, hatte er mit bedenklicher Miene gesagt, »und ich will es auch nicht wissen. Versteht ihr? Meine Familie.« Plötzlich hatte der Bauer zwei lange Schals aus seiner Tasche gezogen und ihnen das wollige Bündel hingehalten. »Es ist nicht viel, aber hier habt ihr etwas. Gehören meinen Jungen. Sie haben noch mehr davon. Ihr kennt mich nicht, verstanden? Es sind schwere Zeiten.«

Für Rand war der Schal viel wert. Sie hatten in den Tagen seit Weißbrücke nicht viel Freundlichkeit erlebt, und er glaubte auch nicht daran, daß sie noch mehr solcher Beispiele finden würden.

Mat, dessen Gesicht bis auf die Augen von dem Schal um seinen Kopf verdeckt wurde, rannte schnell an der hohen Hecke entlang und zog immer wieder an den dicht mit Blättern bewachsenen Zweigen. Rand berührte den Knauf mit dem Reiherzeichen an seinem Gürtel, ließ aber die Hand wieder fallen. Schon einmal hatten sie sich fast selbst verraten, weil sie ein Loch in eine Hecke gehauen hatten. Die Staubfahne bewegte sich auf sie zu und blieb immer dicht geschlossen. Es war nicht der Wind. Wenigstens regnete es nicht. Regen hielt den Staub am Boden. Wie stark es auch regnen mochte, die festgefahrene Straßendecke wurde niemals zu Schlamm verwandelt, aber wenn es regnete, gab es keinen Staub. Staub war das einzige Warnsignal, daß sich irgend jemand näherte. Wenn sie den Ankömmling erst einmal hören konnten, war es manchmal schon zu spät.

»Hier«, rief Mat mit gedämpfter Stimme. Er schien geradewegs durch die Hecke zu gehen.

Rand eilte zu dieser Stelle. Irgendwann einmal hatte dort jemand ein Loch hineingeschnitten. Es war teilweise zugewachsen, und bereits aus drei Fuß Entfernung wirkte es genauso geschlossen wie die übrige Hecke, aber aus der Nähe sah man, daß es nur von einigen wenigen Ästen verschlossen war. Als er sich hindurchschob, hörte er das Getrappel von Pferdehufen. Es war nicht der Wind gewesen.

Er kauerte hinter der kaum bedeckten Öffnung und hielt den Knauf seines Schwertes in der Hand, als die Reiter vorbeikamen. Fünf ... sechs ... sieben Reiter. Einfach gekleidete Männer, doch an Schwertern und Speeren konnte man sehen, daß es keine Dorfbewohner waren. Ein paar trugen Lederwämse mit Metallbeschlägen, und zwei hatten runde Stahlkappen. Vielleicht Leibwächter von Kaufleuten, die sich gerade einen neuen Dienstherren suchten. Vielleicht.

Einer von ihnen sah im Vorbeireiten die Hecke ohne großes Interesse an, und Rand zog sein Schwert ein Stück aus der Scheide. Mat fauchte leise wie ein in die Enge getriebener Dachs, während er über seinen Schal hinwegschielte. Seine Hand hatte er unter dem Mantel; wenn Gefahr im Verzug war, ergriff er immer den Dolch aus Shadar Logoth. Rand war nicht sicher, ob er das tat, um sich zu schützen oder um den Dolch mit dem Rubingriff zu schützen. In letzter Zeit vergaß Mat manchmal, daß er einen Bogen besaß.

Die Reiter passierten sie in langsamem Trab, zielbewußt wohl, aber ohne zu große Eile. Staub trieb durch die Hecke.

Rand wartete, bis das Hufegeklapper verstummt war, bevor er den Kopf vorsichtig aus dem Loch hinaussteckte. Die Staubfahne befand sich ein gutes Stück die Straße hinunter in der Richtung, aus der sie gekommen waren. Im Osten war der Himmel klar. Er kletterte hinaus auf die Straße und beobachtete, wie sich die Staubsäule nach Westen bewegte.

»Nicht hinter uns her«, sagte er. Es war Feststellung und Frage zugleich. Mat kletterte ihm nach und sah sich mißtrauisch nach allen Seiten um. »Vielleicht«, sagte er. »Vielleicht.«

Rand wußte nicht, wie er das meinte, nickte aber. Vielleicht. So hatte ihre Reise die Caemlyn-Straße hinunter nicht angefangen.

Noch lange Zeit, nachdem sie Weißbrücke verlassen hatten, wurde Rand immer wieder bewußt, daß er sich umblickte und die Straße hinter ihnen beobachtete. Manchmal erblickte er jemanden, der ihm den Atem stocken ließ — einen großen, hageren Mann, der die Straße entlangeilte, oder einen schlacksigen, weißhaarigen Burschen oben auf dem Bock eines Wagens neben dem Fahrer —, aber immer war es ein Hausierer oder es waren Bauern auf dem Weg zum Markt; niemals Thom Merrilin. Als die Tage vergingen, verging auch die Hoffnung.

Auf der Straße herrschte beachtlicher Verkehr: Wagen und Karren, Reiter und Fußgänger. Sie kamen einzeln und in Gruppen, ein Wagenzug von Kaufleuten oder ein Dutzend Berittene. Sie verstopften die Straße nicht gerade, und oft sah man nichts außer kahlen Bäumen, die die festgetretene Straßendecke einrahmten, aber sie wurde immerhin von mehr Leuten benützt, als Rand jemals in den Zwei Flüssen gesehen hatte.

Die meisten reisten in der gleichen Richtung wie sie — nach Osten, auf Caemlyn zu. Manchmal wurden sie ein kurzes Stück auf einem Bauernwagen mitgenommen, eine Meile weit oder fünf, aber meistens liefen sie zu Fuß. Sie mieden Reiter; wenn sie in der Entfernung auch nur einen Reiter erspähten, rannten sie von der Straße weg und versteckten sich, bis er vorbei war. Keiner trug jemals einen schwarzen Umhang, und Rand glaubte auch nicht wirklich, daß ein Blasser ihnen gestattet hätte, ihn rechtzeitig auszumachen, aber sie wollten kein Risiko eingehen. Zu Anfang fürchteten sie nur die Halbmenschen.

Das erste Dorf nach Weißbrücke sah Emondsfeld so ähnlich, daß Rand kaum noch weitergehen mochte, als er es sah. Strohgedeckte Häuser mit hohen Giebeln, Hausfrauen in ihren Schürzen, die zwischen den Häusern über den Zaun hinweg mit der Nachbarin klatschten, und Kinder, die auf dem Dorfgrün spielten. Das Haar der Frauen hing offen auf die Schultern herunter, und das Dorf unterschied sich auch in anderen Dingen, aber alles in allem war es wie zu Hause. Kühe weideten auf dem Grün, und Gänse watschelten mit überheblichem Getue über die Straße. Die Kinder tollten lachend im Staub umher, wo das Gras gänzlich verschwunden war. Sie schauten sich noch nicht einmal um, wenn Rand und Mat vorbeikamen. Da lag ein weiterer Unterschied: Fremde waren hier nichts Ungewöhnliches — auch sie beide waren den Leuten keinen zweiten Blick wert. Die Dorfhunde hoben lediglich die Köpfe und nahmen ihre Witterung auf, als sie vorbeikamen, doch ansonsten rührten sie sich nicht.

Es war beinahe schon Abend, als sie durch das Dorf kamen, und ihn packte gewaltiges Heimweh, wenn er so die Lichter in den Fenstern aufleuchten sah. *Gleich wie es aussieht,* flüsterte eine kleine Stimme in seinem Verstand, *es ist nicht wirklich deine Heimat. Auch wenn du in eines der Häuser gehst, wird dort kein Tam auf dich warten. Und wenn, könntest du ihm dann in die Augen sehen? Du weißt doch mittlerweile Bescheid, oder nicht? Außer über solche Kleinigkeiten, wo du herkommst und wer du eigentlich bist. Keine Fieberträume.* Er zog die Schultern vor dem spöttischen Gelächter in seinem Kopf ein. *Du kannst genausogut hierbleiben,* höhnte die Stimme. *Ein Ort ist so gut wie der andere, wenn du aus dem Nirgendwo kommst und dich der Dunkle König gezeichnet hat.*

Mat zupfte ihn am Ärmel, aber er riß sich los und betrachtete die Häuser. Er wollte nicht dableiben, aber er wollte sie ansehen, um sich später daran erinnern zu können. *So ähnlich wie zu Hause, aber so was wirst du wohl nicht mehr wieder zu sehen bekommen, oder?*

Mat zupfte noch mal. Sein Gesicht war angespannt; die Haut um seinen Mund und die Augen herum weiß. »Komm weiter«, murmelte Mat. »Komm schon!« Er sah das Dorf an, als befürchte er, daß sich etwas darin verstecke. »Komm jetzt! Wir können noch nicht ausruhen.«

Rand drehte sich um die eigene Achse, um den Anblick des ganzen Dorfes in sich aufzunehmen, und dann seufzte er. Sie waren noch nicht weit von Weißbrücke entfernt. Wenn der Myrddraal schon die Mauern von Weißbrücke passieren konnte, ohne gesehen zu werden, dann hätte er auch keinerlei Schwierigkeiten, dieses kleine Dorf zu durchsuchen. Er ließ sich ins freie Land hinauszerren, bis die strohgedeckten Häuser weit hinter ihnen lagen.

Die Nacht brach herein, und endlich fanden sie im Mondschein einen Schlafplatz unter einigen Büschen, an denen noch die abgestorbenen Blätter hingen. Sie schlugen sich die Bäuche mit kaltem Wasser aus einem kleinen Rinnsal in der Nähe voll und rollten sich am Boden zusammen, ohne Lagerfeuer und nur in ihre Umhänge gewickelt. Ein Feuer könnte gesehen werden — besser, frierend zu schlafen.

Rand wurde von Erinnerungen geplagt und wachte öfters auf. Jedesmal hörte er, wie Mat im Schlaf redete und sich herumwälzte. Er träumte nichts, woran er sich später erinnern konnte, aber er schlief auch nicht gerade gut. *Du wirst die Heimat nie wiedersehen.*

Es war nicht die einzige Nacht, in der nur ihre Umhänge sie gegen Wind und manchmal auch kalten, durchdringenden Regen schützten. Es war nicht ihre einzige Mahlzeit, die nur aus kaltem Wasser bestand. Zusammen besaßen sie wohl genug Münzen, um damit ein paar Mahlzeiten in einer Schenke zu bezahlen, aber ein Bett für die Nacht war denn doch zu teuer. Außerhalb der Zwei Flüsse war alles teurer, und auf dieser Seite des Arinelle noch mehr als in Baerlon. Das übriggebliebene Geld mußten sie für einen Notfall sparen.

Eines Nachmittags erwähnte Rand den Dolch mit dem Rubingriff, während sie mit schweren Beinen die Straße entlangliefen, die Mägen zu leer, um auch nur Energie zum Knurren aufzubringen. Die blasse Sonne stand tief am Himmel, und ihre einzige Aussicht auf die kommende Nacht waren weitere Büsche. Dunkle Wolken türmten sich über ihnen und versprachen nächtlichen Regen. Er hoffte auf ein wenig Glück: vielleicht nur ein eisiger Nieselregen. Er ging noch ein paar Schritte weiter, bevor ihm klar wurde, daß Mat stehengeblieben war. Also blieb er auch stehen und bewegte die Zehen in den Stiefeln. Wenigstens hatte er warme Füße. Er lockerte die Schulterriemen. Seine Deckenrolle und Thoms gebündelter Umhang waren nicht schwer, aber nach so vielen Meilen mit leerem Magen schienen auch ein paar Pfund schon wie ein schweres Gewicht. »Was ist los, Mat?« fragte er.

»Warum bist du so erpicht darauf, ihn zu verkaufen?« wollte Mat zornig wissen. »Ich habe ihn schließlich gefunden. Hast du je daran gedacht, daß ich ihn vielleicht behalten möchte? Jedenfalls eine Weile lang. Wenn du etwas verkaufen willst, dann verkauf doch dieses verdammte Schwert!«

Rand strich mit der Hand über den Knauf mit dem Reiherzeichen. »Mein Vater hat mir dieses Schwert gegeben. Es gehörte ihm. Ich würde dir nie vorschlagen, etwas zu verkaufen, das dir dein Vater geschenkt hat. Blut und Asche, Mat, gefällt dir vielleicht dieser Hunger? Und außerdem, selbst wenn ich jemanden fände, der es kaufen würde — wieviel würde ein Schwert schon bringen? Was kann ein Bauer mit einem Schwert anfangen? Dieser Rubin würde uns genug einbringen, um mit einer Kutsche bis nach Caemlyn zu fahren! Vielleicht sogar bis Tar Valon. Und wir würden jedesmal in einer Schenke essen und jede Nacht in einem Bett schlafen. Aber vielleicht macht es dir auch Spaß, über die halbe Welt zu marschieren und auf dem Boden zu schlafen?« Er funkelte Mat an, und sein Freund funkelte zurück.

So standen sie mitten auf der Straße, bis Mat plötzlich unsicher die Achseln zuckte und zu Boden sah. »Wem könnte ich ihn schon verkaufen, Rand? Ein Bauer würde uns mit Hühnern bezahlen müssen, und damit können wir keine Kutsche kaufen. Und selbst wenn ich ihn in irgendeinem Dorf herumzeigen würde, durch das wir gekommen sind, dächten sie doch wahrscheinlich, wir hätten ihn gestohlen. Das Licht mag wissen, was dann geschähe.«

Nach einer Weile nickte Rand zögernd. »Du hast recht. Ich weiß. Tut mir leid; ich wollte dich nicht so anfahren. Es ist halt nur, daß ich Hunger habe und mir die Füße weh tun.«

»Meine auch.« Sie gingen wieder los, die Straße hinunter, aber nun womöglich noch müder als vorher. Der Wind frischte auf und blies ihnen Staub ins Gesicht. »Meine auch«, keuchte Mat.

Ein paar Mahlzeiten und einige Nächte im Warmen bekamen sie schon auf Bauernhöfen. Ein Heustadel war fast genauso warm wie ein Zimmer mit einem Feuer im Kamin, jedenfalls wenn man ihn mit einem Lager unter Büschen verglich, und ein Heustadel, sogar eine ohne eine schützende Abdeckung, hielt den schlimmsten Regen ab, wenn man sich tief genug hineingrub. Manchmal versuchte sich Mat darin, Eier zu stehlen, und einmal unternahm er einen Versuch, eine Kuh zu melken, die herrenlos herumstand, lediglich an einer langen Leine angebunden, um auf einem Feld zu weiden. Die meisten Bauern hielten allerdings Hunde, und die Hofhunde waren wachsam. Wie Rand die Sache sah, war ein Zwei-Meilen-Wettlauf mit kläffenden Hunden auf den Fersen ein zu hoher Preis für zwei oder drei Eier, besonders wenn es manchmal Stunden dauerte, bis sie die Hunde wieder los waren und sie aus dem Baum herabsteigen konnten, auf dem sie Zuflucht gesucht hatten. Die vergeudeten Stunden reuten ihn.

Es gefiel ihm wohl nicht, aber Rand zog es vor, sich einem Bauernhaus offen und im hellen Tageslicht zu nähern. Gelegentlich hetzte man trotzdem die Hunde auf sie, ohne überhaupt ein Wort mit ihnen zu reden, denn die umlaufenden Gerüchte und die schlechten Zeiten machten jedermann, der allein und von anderen ein Stück entfernt wohnte, Fremden gegenüber mißtrauisch. Aber oft genügte auch eine Stunde Holzhacken oder Wasserschleppen, um ihnen eine Mahlzeit und ein Bett einzubringen, selbst wenn es nur ein Strohsack in der Scheune war. Andererseits bedeuteten ein oder zwei Stunden solcher Arbeiten auch ein oder zwei Stunden Stillstand bei Tageslicht, also ein oder zwei Stunden, in denen der Myrddraal aufholen konnte. Manchmal fragte er sich, wie viele Meilen in der Stunde ein Blasser zurücklegen konnte. Jede versäumte Minute reute ihn — aber zugegebenermaßen nicht so sehr, wenn er dabei die heiße Suppe einer Bauersfrau hinunterlöffeln konnte. Und wenn sie nichts zu beißen hatten, war das Wissen, daß sie sich mit jeder Minute Caemlyn ein bißchen näherten, ein schwacher Trost für einen leeren Magen. Rand konnte sich nicht entscheiden, was schlimmer war: ein leerer Magen oder verlorene Zeit. Nur Mat ging noch ein Stückchen weiter, als sich nur über seinen Bauch oder die Verfolger Gedanken zu machen.

»Was wissen wir denn schon von ihnen?« fragte Mat eines Nachmittags, als sie auf einem kleinen Hof den Stall ausmisteten. »Licht, Mat, was wissen sie denn über uns?« ächzte Rand. Sie arbeiteten mit nacktem Oberkörper und waren beide mit Schweiß und Stroh bedeckt. Die Luft war voll von Strohstaub. »Jedenfalls weiß ich, daß sie uns Lammbraten und ein richtiges Bett zum Schlafen geben.«

Mat stieß seine Mistgabel in den Haufen aus Stroh und Dung und sah den Bauer von der Seite her an. Der war aus dem hinteren Teil des Stalles gekommen, trug einen Eimer in der einen Hand und in der anderen seinen Melkhocker. Es war ein gebeugter alter Mann mit einer Haut wie Leder und dünnem grauen Haar. Der Bauer verlangsamte seinen Schritt, als er bemerkte, daß Mat ihn ansah, blickte dann aber schnell zur Seite und eilte aus der Scheune, wobei Milch über den Eimerrand hinausschwappte.

»Ich sage dir, er führt etwas im Schilde«, sagte Mat. »Hast du gemerkt, daß er mir nicht in die Augen sehen konnte? Warum sind sie so freundlich zu ein paar Wanderern, die sie zuvor noch nie gesehen haben? Sag's mir!«

»Seine Frau sagt, wir erinnern sie an ihre Enkel. Hör schon auf, dir darüber Gedanken zu machen. Was uns Sorgen bereitet, kommt hinter uns nach. Hoffe ich jedenfalls.«

»Er plant irgendwas«, murmelte Mat.

Als sie fertig waren, wuschen sie sich an dem Trog vor der Scheune. Ihre Schatten erstreckten sich lang unter der sinkenden Sonne. Rand trocknete sich mit seinem Hemd ab, während sie zum Haus gingen. Der Bauer erwartete sie an der Tür. Er lehnte sich etwas zu beiläufig auf seinen Stock. Hinter ihm verkrampfte seine Frau die Hände um den Schürzenrand und schaute ihm über die Schulter. Sie kaute unentschlossen auf der Unterlippe. Rand seufzte. Er glaubte nicht, daß Mat und er sie jetzt noch an ihre Enkel erinnerte.

»Unsere Söhne kommen heute abend zu Besuch«, sagte der alte Mann. »Alle vier. Ich hatte es vergessen. Sie kommen alle vier. Große Burschen. Stark. Können jede Minute ankommen. Ich fürchte, wir haben kein Bett mehr frei, auch wenn wir es euch versprochen haben.«

Seine Frau schob ein kleines, in eine Stoffserviette gehülltes Bündel an ihm vorbei. »Hier. Da ist Brot und Käse und Gurke und Lammfleisch. Genug für zwei Mahlzeiten. Hier!« Ihr runzliges Gesicht flehte sie stumm an, es doch bitte anzunehmen und zu verschwinden.

Rand nahm das Bündel. »Danke. Ich verstehe schon. Komm, los, Mat.«

Mat folgte ihm. Er murrte vor sich hin, während er sich das Hemd überzog. Rand hielt es für das Beste, so viele Meilen wie möglich zurückzulegen, bevor sie anhielten und aßen. Der alte Bauer hatte einen Hund.

Es hätte schlimmer kommen können, dachte er. Vor drei Tagen hatte man die Hunde auf sie gehetzt, als sie noch an der Arbeit waren. Die Hunde und der Bauer mit seinen beiden Söhnen hatten sie knüppelschwingend hinaus zur Straße nach Caemlyn und noch eine halbe Meile weiter gejagt, bevor sie aufgaben. Sie hatten kaum Zeit genug gehabt, ihre Habseligkeiten zusammenzuraffen und loszurennen. Der Bauer hatte einen Bogen getragen und einen Pfeil mit breiter Spitze aufgelegt gehabt.

»Kommt ja nicht zurück!« hatte er ihnen nachgeschrien. »Ich weiß nicht, was ihr wollt, aber ich will eure Wieselaugen nicht mehr sehen!«

Mat hatte sich umdrehen wollen, fummelte bereits an seinem Köcher herum, aber Rand zog ihn weiter. »Bist du verrückt?« Mat warf ihm einen mürrischen Blick zu, aber wenigstens rannte er weiter.

Rand fragte sich manchmal, ob es sich wirklich lohnte, zu Bauernhöfen zu gehen. Je weiter sie kamen, desto mißtrauischer wurde Mat Fremden gegenüber und desto weniger konnte er es verbergen. Er gab sich auch kaum Mühe dabei. Die Mahlzeiten wurden immer kleiner, bei gleicher Arbeit, versteht sich, und manchmal bot man ihnen noch nicht einmal die Scheune zum Schlafen an. Doch dann fiel Rand eine Lösung für all ihre Probleme ein — zumindest schien es eine zu sein —, and das geschah an Grinwells Hof.

Meister Grinwell und seine Frau hatten neun Kinder. Das älteste davon war eine Tochter, die kaum mehr als ein Jahr jünger war als Rand und Mat. Meister Grinwell war ein kräftiger Mann, und bei all den Kindern brauchte er wahrscheinlich keine weitere Hilfe, aber er musterte sie von oben bis unten, betrachtete ihre verschmutzten Kleider und staubigen Stiefel und gab zu, daß er immer noch Arbeit für weitere Hände finden könne. Frau Grinwell meinte, wenn sie an ihrem Tisch essen sollten, dann nicht in diesen dreckigen Sachen. Sie sei gerade bei der Wäsche, und bei der Arbeit würden ihnen auch ein paar alte Sachen ihres Mannes genügen. Sie lächelte, als sie das sagte, und in dem Augenblick sah sie für

Rand genauso aus wie Frau al'Vere, obwohl ihr Haar gelb war. Diese Farbe hatte er noch nie zuvor gesehen. Selbst aus Mat schien etwas von der Anspannung zu weichen, als ihr Lächeln ihn berührte. Mit der ältesten Tochter war das auch so eine Sache.

Else hatte dunkle Haare, große Augen und war hübsch. Wenn ihre Eltern gerade nicht hersahen, grinste sie frech herüber. Während sie arbeiteten — sie wuchteten Fässer und Getreidesäcke in der Scheune herum —, lehnte sie sich über eine niedrige Stalltüre, summte vor sich hin, kaute auf dem Ende eines langen Pferdeschwanzes herum und beobachtete sie. Besonders oft sah sie Rand an. Er bemühte sich, sie nicht zu beachten, aber nach ein paar Minuten zog er sich dann doch das von Meister Grinwell ausgeliehene Hemd an. Es war zu kurz und an den Schultern zu eng, aber besser als gar nichts. Else lachte laut auf, als er es überzog. Ihm kam der Gedanke, daß es diesmal wohl nicht Mats Schuld sein würde, wenn man sie fortjagte.

Perrin wüßte, wie man das macht, dachte er. *Er würde ein paar Witze reißen, und bald würde sie sich schieflachen, anstatt ihn anzuhimmeln, wenn ihr Vater zuschaute.* Nur fielen ihm halt gerade keine lustigen Geschichten oder gar Witze ein. Wann immer er in ihre Richtung blickte, lächelte sie ihn auf eine Weise an, daß ihr Vater bestimmt die Hunde loslassen würde, wenn er es bemerkte. Einmal sagte sie ihm, daß ihr große Männer gefielen. Alle Burschen auf den Höfen in der Gegend seien klein. Mat grinste schelmisch. Rand wünschte, ihm fiele ein Witz ein, und er versuchte, sich ganz auf die Heugabel zu konzentrieren.

Wenigstens waren die jüngeren Kinder in Rands Augen ein Segen. Mats Mißtrauen ließ immer etwas nach, wenn Kinder in der Nähe waren. Nach dem Abendessen setzten sie sich alle vor den Kamin. Meister Grinwell saß auf seinem Lieblingsplatz, stopfte seine Pfeife, und Frau Grinwell kramte in ihrem Nähkästchen und stopfte Löcher in den Hemden, die sie für ihn und Mat gewaschen hatte. Mat holte Thoms farbige Bälle hervor und begann zu jonglieren. Er tat das nur, wenn Kinder zusahen. Die Kinder lachten, als er so tat, als ließe er die Bälle fallen und sie dann in letzter Sekunde doch auffing, und sie beklatschten die Springbrunnen und Achter und einen Ring mit sechs Bällen, die er wirklich beinahe fallen ließ. Aber es machte ihnen mächtig Spaß, und auch Meister Grinwell und seine Frau klatschten so laut wie ihre Kinder. Als Mat fertig war und sich mit genauso weitschweifigen Verbeugungen wie Thom für den Beifall bedankt hatte, holte Rand Thoms Flöte aus dem Kasten. Er war nie in der Lage, das Instrument zu spielen, ohne dabei traurig zu werden. Wenn er die Gold- und Silberverzierungen berührte, war es ihm, als berühre er Thoms Andenken. Er nahm niemals die Harfe in die Hand, außer um nachzusehen, ob sie sicher und trocken aufbewahrt sei — Thom hatte immer gesagt, die Harfe sei nichts für die ungeschickten Hände eines Bauernjungen —, aber wenn ihnen ein Bauer das Übernachten gestattete, spielte er immer nach dem Essen ein oder zwei Lieder auf der Flöte. Das war immer eine kleine Extrazahlung an den Bauer und vielleicht auch ein Weg, um das Andenken an Thom frischzuhalten.

Aus der lustigen Stimmung heraus, die Mat mit seinem Jonglieren heraufbeschworen hatte, spielte er ›Drei Mädchen auf der Wiese‹. Meister Grinwell und seine Frau klatschten mit, und die kleineren Kinder tanzten durch das Zimmer. Selbst der kleinste Junge, der kaum laufen konnte, stampfte im Rhythmus mit den Füßen. Er wußte, daß er beim Bel Tine noch keinen Preis gewinnen würde, aber nach der guten Lehre bei Thom müßte er sich auch nicht schämen, an einem Wettbewerb teilzunehmen. Else saß mit übergeschlagenen Beinen vor dem Kamin, und als er nach dem letzten Ton die Flöte senkte, beugte sie sich mit einem langen Seufzer vor und lächelte ihn an. »Du spielst so schön! Ich habe noch nie etwas so Schönes gehört.«

Frau Grinwell unterbrach plötzlich ihr Nähen, hob eine Augenbraue in Richtung ihrer Tochter und sah Rand lang und abschätzend an. Er hatte den Lederbehälter schon in der Hand, um die Flöte wieder einzupacken, aber bei dem Blick ließ er den Behälter fallen und beinahe auch die Flöte. Wenn sie ihn bezichtigte, ihrer Tochter schönzutun ... Verzweifelt hob er die Flöte wieder an die Lippen und spielte ein weiteres Lied, und dann noch eines und noch eines. Frau Grinwell beobachtete ihn weiterhin. Er spielte ›Der Wind, der die Weide beugt‹, ›Heimkehr vom Tarwin-Paß‹, ›Frau Aynoras Hahn‹ und ›Der alte Schwarzbär‹. Er spielte alle Lieder, die ihm einfielen, aber sie sah ihn unverwandt an. Sie sagte nichts dabei, aber sie musterte ihn und überlegte.

Es war schon spät, als Meister Grinwell schließlich aufstand. Er lachte und rieb sich die Hände. »Also, das war schon ein seltenes Vergnügen, aber es ist schon viel später, als wir normalerweise zu Bett gehen. Ihr Wanderburschen teilt euch die Zeit anders ein, aber auf einem Bauernhof kommt der Morgen schnell. Ich sage euch, ich habe in der Schenke schon mehr Geld bezahlt und mich schlechter amüsiert als heute abend. Viel schlechter.«

»Ich glaube, sie sollten eine Belohnung dafür bekommen, Vater«, sagte Frau Grinwell, während sie ihren Jüngsten auf die Arme nahm, nachdem er schon lange vor dem Feuer eingeschlafen war. »Die Scheune ist kein guter Schlafplatz. Sie können in Elses Zimmer schlafen, und Else schläft heute nacht bei mir.«

Else verzog das Gesicht. Sie hütete sich aufzublicken, aber Rand bemerkte es. Er glaubte zu sehen, daß auch ihre Mutter es bemerkte.

Meister Grinwell nickte. »Ja, ja, viel besser als in der Scheune. Wenn ihr nichts dagegen habt, zu zweit in einem Bett zu schlafen.« Rand errötete; Frau Grinwell sah ihn immer noch an. »Ich wünschte, ich könnte mehr von dieser Flöte hören. Und von euerem Jonglieren sehen! Wißt ihr, morgen hätte ich eine kleine Arbeit, bei der ihr mir helfen könntet, und ...«

»Sie werden früh aufbrechen wollen, Vater«, warf Frau Grinwell ein. »Arien ist das nächste Dorf auf ihrem Weg, und wenn sie dort ihr Glück in der Schenke versuchen wollen, müssen sie den ganzen Tag wandern, damit sie vor Einbruch der Dunkelheit dort ankommen.«

»Ja«, sagte Rand, »das müssen wir. Und ich danke Euch!«

Sie lächelte ihn mit aufeinandergepreßten Lippen an, als wisse sie recht gut, daß sein Dankeschön mehr galt als nur dem guten Rat, dem Essen und einem warmen Bett.

Den ganzen nächsten Tag über neckte ihn Mat wegen Else, während sie die Straße entlangmarschierten. Er bemühte sich, das Thema zu wechseln, und was Grinwell in bezug auf ihr Auftreten in Schenken vorgeschlagen hatte, lieferte ihm einen guten Vorwand. Am Morgen schmollte Else, als sie aufbrachen, und Frau Grinwell sah sie mit einem Blick an, der ihnen sagte: ›Besser so, und sie wird schnell darüber hinwegkommen‹, und Meister Grinwells Vorschlag hielt Mat eine Weile vom Spötteln ab. Als sie schließlich das nächste Dorf erreichten, hatten sie an anderes zu denken.

Als sich die Abenddämmerung herabsenkte, betraten sie die einzige Schenke in Arien, und Rand sprach mit dem Wirt. Er spielte ›Fähr übern Fluß‹ — was der mollige Wirt ›Liebling Sara‹ nannte — und einen Teil von ›Die Straße nach Dun Aren‹, und Mat jonglierte ein wenig, und das Ergebnis war, daß sie diese Nacht in einem Bett schliefen und Bratkartoffeln mit Rindfleisch aßen. Sicher, es war das kleinste Zimmer der Schenke, ganz hinten unter dem Dach, und das Essen kam erst mitten am Abend nach langem Spielen und Jonglieren, aber es war immerhin doch ein Bett unter einem richtigen Dach. Und was daran nach Rands Ansicht noch besser war: Sie hatten jeden Moment des Tageslichts zum Vorwärtskommen ausgenützt. Und die Gäste in der Schenke schienen Mats mißtrauische Blicke nicht zu stören. Einige von ihnen beäugten sogar ihrerseits die anderen mißtrauisch. Mißtrauen Fremden gegenüber war in solchen Zeiten normal, und in einer Schenke traf man eben immer auf Fremde.

Rand schlief besser als je zuvor, seit sie Weißbrücke verlassen hatten, obwohl er das Bett mit Mat teilen mußte, der immer noch im Schlaf redete. Am Morgen versuchte der Wirt, sie zu überreden, noch ein oder zwei Tage zu bleiben, aber als sie nicht darauf eingingen, holte er einen Bauern mit verschlafenen Augen herbei, der am Abend zu viel getrunken hatte, um noch mit seinem Karren heimzufahren. Eine Stunde später befanden sie sich fünf Meilen weiter östlich und lagen gemütlich auf dem Rücken im Stroh auf Eazil Forneys Karren. So reisten sie von nun an weiter. Mit ein wenig Glück und manchmal einer Mitfahrgelegenheit konnten sie bis Einbruch der Dunkelheit fast immer das nächste Dorf erreichen. Wenn es im Ort mehr als eine Schenke gab, dann überboten sich für gewöhnlich die Wirte gegenseitig, nachdem sie Rands Flöte gehört und Mat jonglieren gesehen hatten. Auch zusammen konnten sie noch keinem Gaukler das Wasser reichen, aber sie boten immer noch mehr, als die Dorfbewohner sonst im ganzen Jahr zu sehen und zu hören bekamen. Zwei oder drei Schenken im gleichen Ort bedeuteten ein schöneres Zimmer mit zwei Betten und größere Portionen eines besseren Bratens und manchmal sogar ein paar Kupfermünzen in der Tasche, wenn sie weiterzogen. Am Morgen fanden sie fast immer jemanden, der sie mitfahren ließ, einen weiteren Bauern, der zu lange geblieben war und zuviel getrunken hatte, oder einen Händler, der ihre Art von

Unterhaltung gut genug gefunden hatte, um nichts dagegen zu haben, wenn sie hinten auf einem seiner Wagen aufsprangen. Rand begann zu glauben, daß ihre Probleme vorbei seien, jedenfalls bis sie Caemlyn erreichten. Aber dann kamen sie nach Vier Könige.

KAPITEL 10

Vier Könige unter dem Schatten

Das Dorf war größer als die meisten anderen, aber immer noch ein viel zu schäbiges Kaff, um den Namen Vier Könige zu verdienen. Wie gewöhnlich führte die Straße nach Caemlyn mitten durch den Ortskern, aber vom Süden her mündete eine andere vielbenutzte Straße ein. Die meisten Dörfer waren vor allem Märkte und Treffpunkte für die Bauern der Gegend, aber hier waren nicht viele Bauern zu sehen. Vier Könige überlebte als Haltepunkt für die Wagenzüge der Kaufleute auf dem Weg nach Caemlyn und zu den Bergwerksorten in den Verschleierten Bergen jenseits von Baerlon und den Dörfern zwischendrin. Die Straße aus dem Süden war die Hauptschlagader des Handels von Lugard mit den Bergwerken im Westen; die Kaufleute aus Lugard, die nach Caemlyn wollten, benutzten einen kürzeren Weg. Im Umland fand man wenige Bauernhöfe, kaum genug, um sich selbst und die Stadt zu versorgen, und im Ort selbst standen die Kaufleute und ihre Wagen im Mittelpunkt, dazu die Männer, die sie fuhren, und die Verladearbeiter.

Überall in Vier Könige fand man freie Plätze, auf denen der blanke Boden zu Staub zermahlen war, und dort hatte man die Wagen Rad an Rad geparkt. Sie standen verlassen da, nur von ein paar gelangweilten Wächtern behütet. Die Straßen wurden gesäumt von Stallungen und eingezäunten, niedergetrampelten Wiesen für die Pferde. Sie waren alle breit genug für die durchfahrenden Wagen und zeigten tiefe, von zu vielen Wagenrädern hinterlassene Furchen. Es gab kein Dorfgrün, und die Kinder spielten in den Furchen. Sie mußten ständig den Wagen und den Flüchen der Fahrer ausweichen.

Die Dorffrauen trugen Kopftücher, hatten den Blick gesenkt und schritten schnell durch die Straßen. Manchmal wurden sie von den Fahrern der Wagen auf eine Art angepöbelt, daß Rand errötete; sogar Mat fuhr bei manchen dieser Äußerungen zusammen. Es waren keine Frauen zu sehen, die über den Zaun hinweg mit der Nachbarin klatschten. Verwahrloste Holzhäuser standen Seite an Seite. Zwischen ihnen befanden sich lediglich ganz schmale Gäßchen. Wo irgend jemand tatsächlich die verwitterten Bretterwände weiß getüncht hatte, verblaßte die Farbe schnell und wirkte, als sei sie jahrelang nicht nachgestrichen worden. Schwere Fensterläden waren offensichtlich so lange schon nicht mehr geöffnet worden, daß ihre Scharniere zu festen Rostklumpen verbacken waren. Über allem hing Lärm; das Hämmern der Hufschmiede, Rufe der Wagenfahrer, rauhes Gelächter aus den Schenken.

Rand schwang sich vom hinteren Ende eines Planwagens herunter, als sie an einer grellbemalten Schenke vorbeikamen — grün und gelb —, die schon von weitem unter all den bleifarbenen Häusern auffiel. Der Wagenzug fuhr weiter. Keiner der Fahrer schien zu bemerken, daß er und Mat weg waren. Die Abenddämmerung senkte sich über die Stadt, und sie dachten alle nur daran, die Pferde auszuspannen und in eine Schenke zu gehen. Rand stolperte in einer Furche und sprang dann flink zur Seite, um einem schwerbeladenen Wagen auszuweichen, der in der Gegenrichtung heranklapperte. Der Fahrer schrie ihm einen Fluch zu, als der Wagen vorbeirollte. Eine Dorffrau wich ihm aus und eilte weiter, ohne ihn anzusehen.

»Ich bin mir bei diesem Ort nicht sicher«, sagte er. Er glaubte, durch all diesen Lärm hindurch Musik hören zu können, wußte aber nicht, woher sie kam. Vielleicht aus der Schenke, aber es war schwer einzuschätzen. »Es gefällt mir hier nicht. Vielleicht sollten wir diesmal doch weitergehen.«

Mat warf ihm einen verächtlichen Blick zu und hob dann die Augen himmelwärts. Oben türmten sich dunkle Wolken. »Und heute nacht unter einer Hecke schlafen? Bei dem Wetter? Ich bin wieder an Betten gewöhnt.« Er hielt den Kopf schief, um zu lauschen, und brummte dann: »Vielleicht gibt es in einer dieser Schenken keine Musikanten. Außerdem könnte ich wetten, daß sie keinen Jongleur haben.« Er schob sich den Bogen über die Schulter und ging in Richtung der hellgelben Tür, wobei er alles mit zusammengekniffenen Augen genau betrachtete. Rand folgte ihm zweifelnd.

Drinnen befanden sich Musikanten. Ihre Zither- und Trommelklänge gingen fast in dem rauhen Gelächter und angetrunkenen Geschrei unter. Auch in den nächsten beiden Schenken spielten Musikanten, und es erklang die gleiche betäubende Dissonanz. Männer in Arbeitskleidung füllten die Tische und taumelten dazwischen herum. Sie winkten mit Bierkrügen und versuchten, die Kellnerinnen zu betatschen, die ihnen mit starrem, leidgewohntem Lächeln auswichen. Die Gebäude zitterten von dem Getöse, und der Geruch war säuerlich — der Gestank alten Weins und ungewaschener Körper. Es war nichts von Kaufleuten in Seide und Samt und Spitzen zu sehen; ihre Ohren und Nasen wurden durch die Wände privater Speisesäle im Obergeschoß geschützt. Er und Mat steckten lediglich die Köpfe kurz hinein und gingen dann wieder. Er kam allmählich zu dem Schluß, daß sie diesmal wohl keine andere Wahl hätten, als weiterzuziehen.

In der vierten Schenke, dem Tanzenden Fahrer, war alles ruhig.

Sie war so auffallend bemalt wie die anderen Schenken, gelb, mit leuchtendem Rot und giftigem Grün eingerahmt, aber hier hatte die Farbe bereits Sprünge und schälte sich ab. Rand und Mat traten ein.

An den Tischen im Schankraum saßen nur etwa ein halbes Dutzend Männer über ihre Weinkrüge gebeugt und in trübe Gedanken versunken. Das Geschäft ging offensichtlich schlecht, war aber offenbar einst besser gewesen. Genauso viele Kellnerinnen wie Gäste drückten sich in dem Raum herum. Es hätte genug für sie zu tun gegeben — der Fußboden war schmutzverkrustet, und in den Ecken hingen Spinnweben —, aber die meisten taten nichts wirklich Nützliches. Sie bewegten sich eben nur, damit man sie nicht herumstehen sah.

Ein knochiger Mann mit schulterlangem, strähnigem Haar drehte sich um und sah sie mürrisch an, als sie eintraten.

Das erste lange Donnergrollen erklang über Vier Könige. »Was wollt ihr?« Er wischte sich die Hände an einer schmierigen Schürze ab, die ihm bis auf die Knöchel herabhing. Rand fragte sich, ob er mehr Schmutz von seiner Schürze an die Hände wischte oder umgekehrt. Es war der erste magere Wirt, den Rand je gesehen hatte. »Also? Sagt, was ihr wollt, kauft euch was zu Trinken oder haut ab! Seh ich aus wie ein Raritätenkabinett?«

Rand errötete und begann mit seiner üblichen Rede, die er nun schon oft genug in anderen Schenken erprobt hatte. »Ich spiele Flöte, und mein Freund jongliert, und Ihr werdet im nächsten Jahr niemand Besseres zu sehen bekommen. Für ein gutes Zimmer und eine gute Mahlzeit werden wir diesen Schankraum mit Gästen füllen!« Er dachte an die vollen Schankräume, die er an diesen Abend bereits gesehen hatte, besonders an den Mann in der letzten Schenke, der sich direkt vor ihm erbrochen hatte. Er hatte schnell zur Seite springen müssen, um seine Stiefel zu retten. Er kam ins Stocken, fing sich aber wieder und fuhr fort: »Wir werden Eure Schenke mit Männern füllen, die Euch das bißchen, was wir kosten, zwanzigfach mit Essen und Trinken wieder einbringen. Warum solltet ...«

»Ich habe einen Mann, der Zither spielt«, sagte der Wirt mürrisch.

»Ihr habt einen Säufer, Saml Hake«, sagte eine der Kellnerinnen. Sie kam gerade mit einem Tablett und zwei Krügen vorbei und blieb kurz stehen, um Rand und Mat anzulächeln. »Meistens kann er nicht mal mehr genug sehen, um den Schankraum überhaupt zu finden«, vertraute sie ihnen vernehmlich flüsternd an. »Hab ihn schon zwei Tage lang nicht mehr gesehen.«

Ohne den Blick von Rand und Mat zu wenden, schlug ihr Hake ganz beiläufig mit dem Handrücken ins Gesicht. Sie keuchte überrascht und fiel schwerfällig auf den ungefegten Fußboden. Einer der Krüge zerbrach, und der auslaufende Wein bildete Rinnsale im Schmutz. »Den Wein und das zerbrochene Geschirr ziehe ich dir vom Lohn ab. Hol ihnen neue Getränke. Und beeil dich. Die Männer zahlen nicht fürs Warten, während du dich herumdrückst.« Seine Stimme klang genauso beiläufig, wie es der Schlag gewesen war. Keiner der Gäste blickte von seinem Wein auf, und die anderen Kellnerinnen sahen betont zur Seite.

Die mollige Frau rieb sich die Wange und warf Hake einen mörderischen Blick zu, aber dann sammelte sie die Scherben und den leeren Krug auf und trug sie wortlos auf ihrem Tablett weg. Hake sog nachdenklich die Luft durch die Zähne und beäugte Rand und Mat. Sein Blick ruhte auf dem Schwert mit dem Reiherzeichen. Er riß ihn wieder los und sagte schließlich: »Ich sag euch was. Ihr könnte ein paar Strohsäcke in einem leeren Lagerraum hinten haben. Die Zimmer sind zu teuer zum Verschenken. Ihr eßt, wenn alle weg sind. Es wird schon was übrigbleiben.«

Rand sehnte eine andere Schenke in Vier Könige herbei, bei der sie es noch nicht versucht hätten, aber es gab wohl keine. Seit sie Weißbrücke verlassen hatten, waren sie auf Reserviertheit, Gleichgültigkeit und offene Feindseligkeit getroffen, aber nirgendwo hatte er ein solches Unbehagen empfunden wie bei diesem Mann und an diesem Ort. Er sagte sich, daran seien einfach nur der Schmutz, die Verwahrlosung und der Lärm schuld, aber sein Unbehagen wich deshalb noch nicht. Mat beobachtete Hake, als vermute er irgendwo eine Falle, aber er schien trotzdem den Tanzenden Fahrer nicht aufgeben und ein Bett unter einer Hecke vorziehen zu wollen. Donner rüttelte an den Fenstern. Rand seufzte.

»Die Strohsäcke sind schon in Ordnung, falls sie sauber und genug saubere Decken vorhanden sind. Aber essen werden wir zwei Stunden nach Einbruch der Dunkelheit, nicht später, und das Beste, das Ihr habt. Hier. Wir werden Euch zeigen, was wir können.« Er griff nach dem Flötenkasten, aber Hake schüttelte den Kopf.

»Nicht wichtig. Diese Bande hier kann man mit jeder Art von Geräusch zufriedenstellen, solange es nur ein wenig nach Musik klingt.« Sein Blick berührte noch einmal Rands Schwert; sein dürftiges Lächeln umspielte nur kurz die Lippen. »Eßt, wann Ihr wollt, aber wenn Ihr hier keine Menge Leute reinbringt, fliegt Ihr raus.« Er deutete mit einem Nicken nach hinten auf zwei Männer mit harten Gesichtern, die an der Wand saßen. Sie tranken nichts, und ihre Arme waren so stark, daß es auch für Beine gereicht hätte. Als Hake ihnen zunickte, sahen sie Rand und Mat ausdruckslos an.

Rand legte eine Hand auf den Knauf seines Schwertes und hoffte, daß sie das flaue Gefühl in seinem Magen nicht von seinem Gesicht ablesen konnten. »Solange wir bekommen, was wir abgemacht haben«, sagte er mit ruhiger Stimme.

Hake blinzelte und schien selbst einen Moment lang unsicher zu werden. Doch dann nickte er. »Wie ich sagte, ganz klar. Also, dann fangt mal an. Ihr werdet niemanden hereinlocken, wenn ihr bloß da rumsteht.« Er stolzierte mit finsterer Miene weg und schrie die Kellnerinnen an, als würden sie mindestens fünfzig Gäste vernachlässigen.

Am hinteren Ende des Raums, in der Nähe des rückwärtigen Ausgangs, befand sich ein kleines, leicht erhöhtes Podium. Rand schleppte eine Bank hinaus und legte seinen Umhang, die Deckenrolle und Thoms Bündel darauf und schließlich das Schwert obenauf.

Er fragte sich, ob es klug gewesen sei, das Schwert offen zu tragen. Schwerter sah man genug, doch das Reiherzeichen erregte Aufmerksamkeit und ließ Vermutungen aufkommen. Nicht jeder bemerkte es, aber jedes bißchen Aufmerksamkeit machte ihn nervös. Es könnte sein, daß er dem Myrddraal eine eindeutige Spur hinterließ — falls Blasse solche Spuren überhaupt benötigten. Es schien ja nicht so. Andererseits zögerte er, es abzulegen. Tam hatte es ihm gegeben. Sein Vater. Solange er das Schwert trug, bestand noch eine Verbindung zwischen Tam und ihm, eine Nabelschnur, die ihm das Recht gab, Tam immer noch Vater zu nennen. *Jetzt ist es zu spät,* dachte er. Er war sich nicht einmal sicher, was er damit meinte, aber es war schon wahr. *Zu spät.*

Beim ersten Ton von ›Hahn des Nordens‹ hob das halbe Dutzend Gäste im Schankraum die Köpfe und stierte nicht mehr in die Weinkrüge. Selbst die beiden Rausschmeißer richteten sich etwas auf. Sie klatschten alle Beifall, als er fertig war — selbst die beiden Schläger —, und dann ließ Mat wieder einen Schwarm farbiger Bälle über seinen Händen tanzen. Draußen grollte der Himmel erneut. Der Regen hielt sich noch zurück, doch der Druck der Feuchtigkeit wuchs fühlbar; je länger es noch dauerte, desto härter würde der Regen herunterprasseln. Es sprach sich herum, und als es draußen dunkel war, war die Schenke voll von lachenden und sich unterhaltenden Menschen. Es war so laut, daß Rand kaum hören konnte, was er spielte. Nur der Donner übertönte noch den Lärm des Schankraums. In den Fenstern sah man Blitze aufzucken, und wenn es mal einen Moment still war, konnte man leise den Regen auf das Dach trommeln hören. Männer, die jetzt noch hereinkamen, hinterließen nasse Spuren auf dem Fußboden.

Wenn er eine Pause einlegte, erhoben sich Stimmen, die durch den Lärm hindurch nach bestimmten Melodien verlangten. Eine ganze Menge der Titel erkannte er nicht. Wenn er allerdings jemanden dazu brachte, einen Teil der Melodie zu summen, fand er häufig heraus, daß er das Lied unter einem anderen Titel kannte. Das war vorher auch schon anderswo so gegangen. ›Der fröhliche Jaim‹ hieß hier ›Rheas Flirt‹, und bei einem früheren Halt hatte er es als ›Die Farben der Sonne‹ kennengelernt. Einige Titel waren gleich geblieben, andere änderten sich alle zehn Meilen. Er lernte auch neue Lieder dabei. ›Der betrunkene Händler‹ war einer davon, den man andernorts auch ›Kesselflicker in der Küche‹ nannte. ›Zwei Könige bei der Jagd‹ wurde zu ›Zwei Pferde im Galopp‹ und führte noch einige weitere Titel. Er spielte, was er so kannte, und die Männer trommelten auf die Tische und verlangten nach mehr.

Andere forderten Mat immer wieder zum Jonglieren auf. Manchmal gab es kleine Raufereien zwischen Männern, die Musik hören wollten, und solchen, denen das Jonglieren besser gefiel. Einmal blitzte ein Messer auf, und eine Frau schrie. Ein Mann taumelte mit blutüberströmtem Gesicht von einem Tisch weg. Jak und Strom, die beiden Rausschmeißer, kamen schnell herüber und warfen total unparteiisch alle Beteiligten mit Beulen am Kopf auf die Straße hinaus. So machten sie es grundsätzlich, wenn Probleme auftauchten. Unterhaltung und Gelächter gingen weiter, als sei nichts geschehen. Niemand sah sich auch nur um, außer denen, die von den Rausschmeißern auf dem Weg zur Tür angerempelt wurden.

Viele Gäste liebten es auch, die Kellnerinnen zu betatschen, wenn eine gerade nicht aufpaßte. Mehr als einmal mußten Jak oder Strom einer der Frauen zur Hilfe kommen. Sie beeilten sich allerdings nicht gerade dabei. Hake schrie die entsprechende Frau dann auch noch an und schüttelte sie. Er gab ihnen grundsätzlich die Schuld daran, und sie fanden sich unter Tränen und gestammelten Entschuldigungen mit seiner Auffassung ab. Die Frauen sprangen schon, wenn Hake nur die Augenbrauen hochzog, selbst wenn er irgendwo anders hinblickte. Rand fragte sich, warum sie sich das gefallen ließen.

Hake lächelte, wenn er Rand und Mat ansah. Nach einer Weile wurde es Rand aber klar, daß Hake nicht sie anlächelte. Das Lächeln bezog sich auf das, was hinter ihnen auf der Bank lag: das Schwert mit dem Reiherzeichen. Einmal, als Rand die mit Gold und Silber verzierte Flöte neben seinen Hocker legte, lächelte er auch die Flöte an.

Beim nächsten Platztausch mit Mat auf dem Podium beugte er sich hinüber und sagte Mat etwas ins Ohr. Sogar auf diese geringe Entfernung hin mußte er laut sprechen, doch bei dem Hintergrundlärm bezweifelte er, daß irgend jemand mithören konnte. »Hake wird versuchen, uns auszurauben.«

Mat nickte, als habe er das schon erwartet. »Wir müssen unsere Tür heute nacht verbarrikadieren.«

»Unsere Tür verbarrikadieren? Jak und Strom könnten eine Tür mit bloßen Fäusten einschlagen. Hauen wir lieber ab!«

»Warte zumindest bis nach dem Essen. Ich habe Hunger. Hier drin können sie uns nichts tun«, fügte Mat hinzu. Der vollgestopfte Schankraum rief ihnen ungeduldig zu, endlich weiterzumachen. Hake sah sie böse an. »Wollt Ihr heute nacht draußen schlafen?« Ein besonders starker Blitz ließ alles andere erblassen. Einen Augenblick lang war das Licht von draußen heller als das der Lampen.

»Ich will hier nur mit heilem Kopf herauskommen«, sagte Rand, doch Mat schlich schon wieder zu seinem Hocker zurück, um eine Pause einzulegen. Rand seufzte und begann mit ›Die Straße nach Dun Aren‹. Das schien einer Menge Leute zu gefallen. Er hatte es schon viermal gespielt, und sie wollten es immer noch hören. Das Dumme war, daß Mat soweit durchaus recht hatte. Er hatte auch Hunger. Und er konnte sich nicht vorstellen, wie Hake ihnen Schwierigkeiten bereiten sollte, solange der Schankraum voll war, und er wurde ja immer noch voller. Für jeden Gast, der die Schenke verließ oder durch Jak und Strom hinausgeworfen wurde, kamen zwei von der Straße herein. Sie verlangten, daß Mat jonglierte, oder riefen nach einem bestimmten Lied, waren aber ansonsten vor allem am Trinken interessiert und daran, die Kellnerinnen zu belästigen. Ein Mann machte allerdings eine Ausnahme.

Er hob sich allenthalben von der Menge im Tanzenden Fahrer ab. Die Kaufleute interessierten sich offensichtlich nicht für die heruntergekommene Schenke. Soweit er das beurteilen konnte, gab es für sie nicht einmal private Speiseräume. Die Gäste trugen alle grobe Kleidung, und ihre Haut ließ darauf schließen, daß sie ständig in Sonnenschein und Wind arbeiteten. Dieser Mann wirkte wohlgenährt, seine Hände sahen weich aus, und um die Schultern trug er einen Samtmantel und darüber einen mit blauer Seide besetzten Umhang aus dunkelgrünem Samt. Alle seine Kleidungsstücke sahen maßgeschneidert aus. Seine Schuhe — keine Stiefel, sondern weiche Samthalbschuhe — waren nicht für die gefurchten Straßen von Vier Könige angefertigt oder, besser gesagt, überhaupt nicht für irgendwelche Straßen.

Er kam eine ganze Weile nach Einbruch der Dunkelheit herein, schüttelte den Regen von seinem Umhang ab, während er sich mit einem vor Abscheu verzogenen Mund umblickte. Er sah sich einmal im Raum um und wandte sich dann wieder zum Gehen, doch plötzlich fuhr er hoch — Rand konnte nicht sehen, warum — und setzte sich an einen Tisch, von dem gerade zuvor Jak und Strom aufgestanden waren. Eine Kellnerin blieb an seinem Tisch stehen und brachte ihm dann einen Krug Wein, den er aber auf die Seite schob und nicht mehr anrührte. Sie schien es sehr eilig zu haben, seinen Tisch wieder zu verlassen, obwohl er keineswegs versuchte, sie zu belästigen — er sah sie nicht einmal an. Was er auch an sich haben mochte, daß sie sich in seiner Nähe nicht wohlfühlte, das bemerkten offensichtlich auch andere, die sich ihm näherten. Obwohl er so sanft wirkte, genügte ein Blick, um jeden Wagenfahrer mit schwieligen Händen zu vertreiben, der sich an seinen Tisch setzen wollte. Er saß da, als gebe es im ganzen Raum niemanden sonst — nur ihn, Rand und Mat. Er beobachtete sie über gefaltete Hände hinweg. An jedem Finger glitzerte ein Ring. Er beobachtete sie mit einem Lächeln, das Wiedererkennen und Selbstzufriedenheit ausdrückte.

Rand murmelte Mat etwas zu, als sie wieder die Plätze tauschten, und Mat nickte. »Ich habe ihn gesehen«, äußerte er sich. »Wer *ist* das? Ich habe das Gefühl, daß ich ihn kenne.«

Das war auch Rand bereits aufgefallen. Etwas nagte in seinem Gedächtnis, aber er konnte einfach nicht herausfinden, was es war. Und doch war er sicher, daß er gerade dieses Gesicht noch nie zuvor gesehen hatte.

Als sie, soweit Rand das schätzen konnte, etwa zwei Stunden lang aufgetreten waren, steckte er die Flöte in ihren Behälter und Mat und er lasen ihre Besitztümer auf. Als sie von dem niedrigen Podium heruntertraten, kam Hake mit vor Zorn verzerrtem Gesicht angewuselt. »Es wird Zeit, daß wir essen«, kam ihm Rand zuvor, »und wir wollen nicht, daß unsere Sachen gestohlen werden. Würdet Ihr dem Koch Bescheid sagen?« Hake zögerte. Er war noch immer wütend und bemühte sich vergebens, den Blick von dem fernzuhalten, was Rand in den Armen trug. Beiläufig nahm Rand das Bündel in den einen Arm, so daß er eine Hand frei hatte, um sie auf den Griff des Schwerts zu legen. »Ihr könnt ja auch *versuchen,* uns hinauszuwerfen.« Er betonte das mit voller Absicht und fügte hinzu: »Der Abend ist noch jung, und wir können noch lange auftreten. Wir brauchen Kraft, wenn wir gut genug sein wollen, um diese Menge Leute dazu zu bringen, ihr Geld auszugeben. Was glaubt Ihr, wie lange dieser Raum noch voll bleiben wird, wenn wir vor Hunger umfallen?«

Hakes Blick zuckte über den Raum voller Menschen hinweg, die ihm Geld in die Taschen stopften, und dann drehte er sich um und rief durch die Hintertür: »Gebt ihnen was zu essen!« Er wandte sich wieder Rand und Mat zu und fauchte sie an: »Braucht nicht den ganzen Abend dazu. Ich erwarte von euch, daß ihr dort droben bleibt, bis der letzte Gast weg ist.«

Einige Gäste riefen bereits nach dem Musiker und dem Jongleur, und Hake wandte sich nun ihnen zu, um sie zu beruhigen. Der Mann im Samtumhang gehörte zu den ganz eifrigen. Rand winkte Mat zu, ihm zu folgen.

Eine massive Tür trennte die Küche vom vorderen Teil der Schenke und außer, wenn sie gerade für eine Kellnerin geöffnet wurde, war das Trommeln des Regens in der Küche lauter zu hören als das Geschrei vom Schankraum her. Es war ein großer Raum, heiß und voller Dampf von den Herden und Backöfen, mit einem riesigen Tisch, auf dem halbfertige Gerichte neben bereits fertigen standen, die gleich serviert werden sollten. Ein paar der Kellnerinnen saßen auf einer Bank nahe dem Hinterausgang zusammen. Sie rieben sich die schmerzenden Füße und plauderten mit der fetten Köchin, die ihnen ständig ins Wort fiel und mit einem großen Kochlöffel herumfuchtelte, um ihre Meinung zu unterstreichen. Sie blickten alle auf, als Rand und Mat hereinkamen, unterbrachen aber ihre Unterhaltung keineswegs und massierten sich auch weiterhin die Füße.

»Wir sollten hier raus, solange wir noch eine Gelegenheit haben«, sagte Rand leise, aber Mat schüttelte den Kopf und sah nur auf die beiden Teller, die gerade von der Köchin mit Rindfleisch und Kartoffeln und Erbsen gefüllt wurden. Sie sah die beiden kaum an und unterhielt sich weiter mit den anderen Frauen, während sie mit den Ellenbogen Sachen beiseite schob und die beiden Teller auf den Tisch stellte. Gabeln legte sie auch daneben.

»Nach dem Essen ist noch genug Zeit.« Mat setzte sich auf eine Bank und begann damit, seine Gabel wie eine Schaufel zu benützen. Rand seufzte, tat es Mat aber schnell gleich. Seit dem vergangenen Abend hatte er nur eine Brotkruste gegessen. Sein Magen war so leer wie der Geldbeutel eines Bettlers, und der Geruch nach Essen, der sich durch die Küche zog, trug das seinige dazu bei. Er kaute hastig mit vollem Mund, aber bevor er seinen Teller zur Hälfte leer hatte, ließ Mat seinen bereits von der Köchin neu füllen.

Er wollte das Gespräch der Frauen nicht belauschen, aber einiges von dem, was sie sagten, ließ ihn dann doch die Ohren spitzen.

»Das hört sich verrückt an, finde ich.«

»Verrückt oder nicht, so hat man es mir jedenfalls erzählt. Er hat die Hälfte aller Schenken im Ort durchgemacht, bevor er hierher kam. Ist nur hereingekommen, hat sich umgeschaut und ist dann ohne ein Wort wieder hinausmarschiert, sogar aus der Königlichen Schenke. So, als ob es überhaupt nicht regnen würde.«

»Vielleicht hat er die hier für die bequemste gehalten.« Das rief einen Sturm von Gelächter hervor. »Wie ich gehört habe, ist er überhaupt erst nach Anbruch der Dunkelheit in Vier Könige angekommen, und seine Pferde müssen ganz schön fertig gewesen sein, so hart hat er sie rangenommen.«

»Wo ist der denn hergekommen, wenn er in der Dunkelheit noch draußen war? Nur Narren oder Verrückte verreisen, ohne richtig zu planen.«

»Na ja, vielleicht ist er ja ein Narr, aber ein reicher! Ich habe gehört, daß er noch eine zweite Kutsche hat, für seine Diener und das Gepäck. Da ist Geld zu holen, sage ich euch. Habt ihr seinen Umhang gesehen? Ich hätte nichts dagegen, wenn der mir gehörte.«

»Für meinen Geschmack ist er ein bißchen dick. Aber ich sage immer: Ein Mann kann gar nicht zu dick sein, wenn er dafür genug Gold hat.« Sie bogen sich alle vor Kichern, und die Köchin legte den Kopf in den Nacken und lachte schallend. Rand ließ seine Gabel auf den Teller fallen. In seinem Kopf bohrte ein Gedanke, der ihm gar nicht gefiel. »Ich bin gleich wieder zurück«, sagte er. Mat nickte kaum sichtbar und stopfte sich ein Stück Kartoffel in den Mund.

Rand nahm den Gürtel mit seinem Schwert und den Umhang. Er zog sich an und ging zum Hinterausgang. Niemand beachtete ihn.

Es goß in Strömen. Er legte sich den Umhang um und zog die Kapuze über den Kopf. Mit einer Hand hielt er den Umhang zu, während er über den Stallhof lief. Ein wahrer Wasservorhang verbarg alles, außer wenn es gerade blitzte, aber er fand doch, wonach er gesucht hatte. Man hatte die Pferde in den Stall gebracht, doch die beiden schwarzlackierten Kutschen standen glänzendnaß im Freien. Donner grollte, und ein Blitz zuckte über der Schenke auf. Der kurze Moment der Beleuchtung reichte ihm, um einen Namen in Goldschrift auf den Kutschentüren ausmachen zu können. Howal Gode.

Ohne auf den Regen zu achten, der auf ihn herunterprasselte, starrte er den Namen an, den er nicht einmal mehr sehen konnte. Er erinnerte sich daran, wo er zum letzten Mal schwarzlackierte Kutschen mit den Namen ihrer Eigentümer auf den Türen und dazu aalglatte, übergewichtige Männer in seidenbesetzten Samtumhängen und Samtschuhen gesehen hatte. Weißbrücke. Ein Kaufmann aus Weißbrücke konnte durchaus einen legitimen Grund haben, nach Caemlyn zu fahren. *Einen Grund, der ihn dazu führt, die Hälfte aller Schenken im Ort abzuklappern und dann ausgerechnet dort einzukehren, wo du bist? Und dann starrt er dich an, als habe er gefunden, wonach er suchte?*

Rand schauderte, und es wurde ihm bewußt, daß ihm Regenwasser den Rücken hinunterrann. Sein Umhang war wohl dicht, aber nicht für einen solch gewaltigen Regenguß geeignet. Er eilte zur Schenke zurück. Die Pfützen, durch die er platschte, wurden immer tiefer. Jak stand in der Tür, als er eintreten wollte.

»Na, na, na! Allein hier draußen im Dunklen. Die Dunkelheit ist gefährlich, Junge.«

Regennasse Haarsträhnen klebten an Rands Stirn. Bis auf sie beide war der Stallhof leer. Er fragte sich, ob Hake Schwert und Flöte unbedingt jetzt schon haben wollte und sogar riskierte, daß ihm die Menge im Schankraum weglaufen würde.

Mit einer Hand wischte er sich die Nässe von der Stirn und aus den Augen, die andere griff nach seinem Schwert. Auch naß war das Noppenleder noch ausgesprochen griffig. »Meint Hake etwa, die Leute blieben alle nur seines Bieres wegen und nicht, weil ihnen Unterhaltung geboten wird? Wenn das so ist, dann nehmen wir eben das Essen als Bezahlung für die geleistete Arbeit und machen uns wieder auf den Weg.«

Der grobschlächtige Mann, der im Trockenen stand, blickte in den Regen hinaus und schnaubte: »Bei dem Wetter?« Sein Blick glitt hinab zu Rands Hand auf dem Schwertgriff. »Weißt du, ich und Strom haben gewettet. Er denkt, du hast das deiner alten Großmutter gestohlen. Ich glaube aber, deine Oma würde dich mit dem Besen um den Schweinestall hetzen und dann zum Trocknen aufhängen.« Er grinste. Seine Zähne standen teilweise schief und waren ganz gelb. Das Grinsen ließ ihn noch bösartiger erscheinen. »Der Abend ist noch lang, Junge.«

Rand schob sich an ihm vorbei, und Jak ließ ihn mit einem häßlichen Auflachen ziehen. Drinnen warf er seinen Umhang zur Seite und ließ sich auf die Bank am Tisch fallen, die er erst Minuten vorher verlassen hatte. Mat hatte seinen zweiten Teller geschafft und ›arbeitete‹ an einem dritten. Er aß jetzt langsamer, aber sehr bewußt, als plane er, jeden Bissen zu verzehren, und wenn er auch platzte.

Jak stellte sich an die Tür zum Stallhof, lehnte sich an die Wand und beobachtete sie. Selbst die Köchin verspürte aber anscheinend kein Bedürfnis, sich mit ihm zu unterhalten.

»Er kommt aus Weißbrücke«, sagte Rand leise. Es war nicht nötig, zu sagen, wen er mit ›er‹ meinte. Mats Kopf drehte sich ihm zu. Ein auf die Gabel gespießtes Stück Rindfleisch hing auf halbem Weg zum Mund bewegungslos in der Luft. Rand war sich der Tatsache nur zu bewußt, daß Jak sie beobachtete, und so rührte er im Essen auf seinem Teller herum. Er hätte jetzt keinen Bissen mehr heruntergebracht, und wenn er am Verhungern gewesen wäre, aber er täuschte großes Interesse an seinen Erbsen vor, während er Mat von den Kutschen berichtete und was die Frauen gesagt hatten, falls Mat das nicht mitbekommen haben sollte.

Offensichtlich hatte er das nicht. Mat zwinkerte überrascht und pfiff durch die Zähne, blickte dann finster das Stück Fleisch an seiner Gabel an und warf es auf den Teller zurück. Rand wünschte, er würde sich wenigstens etwas Mühe geben, sich unverdächtig zu benehmen.

»Er ist hinter uns her«, sagte Mat, als er fertig war. Die Runzeln auf Mats Stirn vertieften sich. »Schattenfreund?«

»Vielleicht. Ich weiß nicht.« Rand sah nach Jak, und der grobschlächtige Mann streckte sich auffällig. Er hatte Schultern wie ein Hufschmied. »Glaubst du, wir kommen an dem vorbei?«

»Nicht, ohne daß er Trubel veranstaltet und uns Hake und den anderen auf den Hals hetzt. Ich wußte, wir hätten nicht hierbleiben sollen.«

Rand blieb vor Verblüffung der Mund offen, aber bevor er etwas herausbringen konnte, schob sich Hake durch die Tür zum Schankraum. Hinter ihm ragte Stroms große Gestalt auf. Jak stellte sich direkt vor die Hintertür. »Wollt ihr die ganze Nacht lang essen?« bellte Hake. »Ich hab euch nichts zu essen gegeben, damit ihr euch hier draußen auf die faule Haut legt!«

Rand sah seinen Freund an. Mat formte mit den Lippen das Wort ›später‹, und so packten sie unter den wachsamen Augen von Hake, Strom und Jak ihre Sachen. Sobald Rand und Mat erschienen, wurden durch den Lärm des Schankraums hindurch Rufe nach weiterem Jonglieren und die Titel neuer Lieder laut. Der Mann im Samtumhang — Howal Gode — schien immer noch alle anderen um sich herum zu ignorieren, aber er saß trotzdem gespannt auf der Stuhlkante. Bei ihrem Anblick lehnte er sich mit einem befriedigten Lächeln auf den Lippen zurück.

Rand war als erster vorn auf dem Podium an der Reihe. Er spielte ›Wasser aus dem Brunnen‹, doch er war nur mit halbem Herzen dabei. Keiner schien die wenigen falschen Töne zu bemerken. Er versuchte zu überlegen, wie sie wohl entkommen könnten, und zu vermeiden, Gode direkt anzusehen. Wenn er wirklich hinter ihnen her war, hatte es keinen Sinn, ihm zu zeigen, daß sie Bescheid wußten. Und was das Entkommen betraf ...

Ihm war früher noch nie so klar geworden, welch gute Falle eine solche Schenke darstellte. Hake, Strom und Jak mußten sie nicht einmal ständig im Auge behalten; die Reaktion der Menge würde ihnen zeigen, wenn er oder Mat das Podium verließen. Solange der Schankraum voll von Gästen war, konnte Hake ihnen Jak und Strom nicht auf den Hals hetzen, aber sie konnten sich auch nicht davonmachen, ohne daß es Hake wußte. Und nun beobachtete auch noch Gode jede ihrer Bewegungen. Es war so komisch, daß er hätte lachen können, wenn ihm nicht so zum Heulen zumute gewesen wäre. Sie mußten also höllisch aufpassen und den richtigen Moment abwarten.

Als er den Platz mit Mat tauschte, stöhnte Rand innerlich. Mat funkelte Hake, Strom und Jak böse an und achtete nicht darauf, ob sie es bemerkten oder sich fragten, aus welchem Grund er so dreinblicken mochte. Wenn er gerade keine Bälle jonglierte, hatte er immer die Hand unter seinem Mantel. Rand zischte zu ihm herüber, doch er achtete nicht darauf. Wenn Hake auch noch den Rubin sah, wartete er vielleicht nicht mehr ab, bis sie allein waren. Falls die Gäste im Schankraum ihn sahen, würde sich möglicherweise die Hälfte Hake anschließen.

Was am schlimmsten war: Mat starrte den Kaufmann aus Weißbrücke — den Schattenfreund? — derart an, daß Gode es bemerkte. Er konnte es gar nicht übersehen. Aber er ließ sich davon nicht im geringsten stören. Wenn überhaupt, dann wurde sein Lächeln noch breiter, und er nickte Mat wie einem alten Bekannten zu, sah dann zu Rand hinüber und hob fragend eine Augenbraue. Rand wollte gar nicht wissen, was er damit fragen wollte. Er bemühte sich, den Mann nicht anzusehen, aber er wußte, es war bereits zu spät. Zu spät. Wieder zu spät.

Nur eine Sache brachte den Mann im Samtumhang aus dem Gleichgewicht: Rands Schwert. Er hatte es nicht abgenommen. Zwei oder drei Männer taumelten zu ihm hoch und fragten, ob er sein Spiel für so schlecht hielt, daß er sich schützen müsse, aber keiner davon hatte den Reiher auf dem Knauf bemerkt. Gode schon. Seine blassen Hände verkrampften sich, und er blickte das Schwert eine ganze Weile finster an, bevor sein Lächeln zurückkehrte. Und dann war es nicht mehr so überlegen wie vorher.

Wenigstens etwas Gutes hat das, dachte Rand. *Wenn er glaubt, daß ich als Kämpfer das Reiherzeichen verdient habe, dann läßt er uns vielleicht in Ruhe. Dann müssen wir uns lediglich über Hake und seine Schläger den Kopf zerbrechen.* Der Gedanke trug auch nicht viel zu seiner Beruhigung bei, und — Schwert oder nicht — Gode beobachtete sie weiterhin. Und lächelte.

Rand schien dieser Abend ein Jahr lang zu dauern. All diese Augen, die ihn anstarrten: Hake und Strom und Jak lauerten wie die Geier auf ein Schaf, das in einem Moorloch gefangen war. Gode wartete wie etwas noch Schlimmeres. Er bildete sich inzwischen ein, daß alle Gäste im Raum sie aus irgendeinem verborgenen Grund beobachteten. Saurer Weindunst und der Gestank ungewaschener, schwitzender Körper ließen seinen Kopf schwimmen, und das Stimmengewirr erschlug ihn, bis seine Augen schwammen und selbst der Klang des eigenen Flötenspiels seine Ohren schmerzen ließ. Das Donnergrollen schien aus dem Inneren seines Schädels zu kommen. Die Erschöpfung hing wie ein Bleigewicht an ihm.

Schließlich zog die Notwendigkeit, in der Morgendämmerung wieder aufstehen zu müssen, die Männer zögernd hinaus in die Dunkelheit. Ein Bauer konnte selbst bestimmen, was er wann tun mußte, aber die Kaufleute zeigten kein Mitgefühl, wenn ein von ihnen bezahlter Fahrer einen Kater hatte. Nach Mitternacht leerte sich so der Schankraum langsam, als sogar diejenigen, die oben ein Zimmer gemietet hatten, loswankten und nach ihren Betten suchten.

Gode war der letzte Gast. Als Rand gähnend nach dem Lederbehälter für die Flöte griff, stand Gode auf und legte sich seinen Umhang über den Arm. Die Kellnerinnen räumten auf und schimpften über den vielen verschütteten Wein und das zerbrochene Geschirr. Hake schloß die Vordertür mit einem großen Schlüssel ab. Gode stand einen Moment lang mit Hake in einer Ecke und sprach mit ihm. Hake rief eine der Frauen, die ihm ein Zimmer zuweisen sollte. Der Mann mit dem Samtumhang lächelte Rand und Mat verschwörerisch an, bevor er nach oben verschwand.

Hake sah Rand und Mat an. Jak und Strom standen neben ihm.

Rand hängte sich hastig den Rest seiner Sachen über die Schulter und hielt alles ungeschickt mit der Linken nach hinten zurück, so daß er sein Schwert erreichen konnte. Er griff nicht danach, aber er wollte sichergehen, daß er kampfbereit war. Er unterdrückte ein weiteres Gähnen; wie müde er wirklich war, brauchten die anderen nicht zu wissen.

Mat schulterte ungeschickt seinen Bogen und die anderen Habseligkeiten, aber er steckte die Hand unter seinen Mantel, als er sah, daß Hake und seine Schläger auf sie zukamen.

Hake trug eine Öllampe, und zu Rands Überraschung verbeugte er sich kurz und wies mit der Hand auf eine Tür an der Seite. »Eure Strohsäcke sind dort.« Nur ein leichtes Verziehen der Lippen verdarb seine schauspielerische Leistung.

Mat zeigte mit dem Kinn auf Jak und Strom. »Braucht Ihr die beiden, um uns unsere Betten zu zeigen?«

»Ich bin ein Mann von Besitz«, sagte Hake und strich sich die verschmutzte Schürze über dem Bauch glatt. »Und Männer von Besitz können nicht vorsichtig genug sein.« Ein Donnerkrachen ließ die Fenster erzittern. Er sah bedeutsam hinauf zur Decke und grinste sie dann breit an: »Wollt ihr eure Betten sehen oder nicht?«

Rand fragte sich, was geschähe, wenn sie sagten, sie wollten lieber gehen. *Wenn du wirklich mehr vom Gebrauch eines Schwertes verstündest, als das, was dir Lan an ein paar Abenden gezeigt hat …* »Nach Euch«, sagte er und bemühte sich, die Stimme hart klingen zu lassen. »Ich habe nicht gern jemanden im Rücken.«

Strom lachte durch die Nase, aber Hake nickte gelassen und wandte sich der Seitentür zu. Die beiden großen Männer stolzierten großspurig hinter ihm her. Rand holte tief Luft und blickte sehnsüchtig zur Küchentür hinüber. Wenn Hake den Hinterausgang bereits verschlossen hatte, würde Wegrennen sie nur in die Lage bringen, die er zu vermeiden hoffte. Trübselig folgte er dem Wirt.

An der Seitentür zögerte er, und Mat rempelte ihn von hinten an. Der Grund, warum Hake eine Lampe trug, war klar: Die Tür führte in einen unbeleuchteten Flur. Es war pechschwarz dort. Nur die von Hake hochgehaltene Lampe, in deren Schein sich Jak und Strom abzeichneten, gab ihm den Mut weiterzugehen. Wenn sie sich umdrehten, würde er es rechtzeitig sehen. *Und was dann?* Der Fußboden knarrte unter seinen Stiefeln.

Der Flur endete vor einer einfachen, nicht einmal gestrichenen Brettertür. Er hatte nicht sehen können, ob sich dazwischen noch andere Türen befanden. Hake und seine Schläger gingen hinein, und er folgte ihnen schnell, bevor sie Gelegenheit hatten, ihnen eine Falle zu stellen. Doch Hake hob lediglich seine Lampe und deutete damit in den Raum hinein. »Da sind wir.«

Einen alten Lagerraum hatte er ihn genannt, und so, wie er aussah, war er schon eine Weile nicht mehr benützt worden. Verwitterte Fässer und aufgebrochene Kisten bedeckten den halben Fußboden. Gleichmäßig tropfte es an mehr als einer Stelle von der Decke, und eine zerbrochene Scheibe im schmutzigen Fenster ließ den Regen herein. Auf den Regalen stand undefinierbarer Krimskrams herum. Fast alles war von einer dicken Staubschicht bedeckt. Daß tatsächlich die versprochenen Strohsäcke vorhanden waren, überraschte Rand.

Das Schwert macht ihn nervös. Er wird nichts unternehmen, bis wir tief schlafen. Rand hatte nicht die Absicht, unter Hakes Dach einzuschlafen. Sobald der Wirt draußen war, wollte er zum Fenster hinaus. »Es wird schon gehen«, sagte er. Er blickte unverwandt Hake an und wartete auf ein Signal an die beiden grinsenden Männer an der Seite des Wirts. Es kostete Rand Mühe, sich nicht ständig die Lippen zu befeuchten. »Laßt die Lampe hier.«

Hake brummte, schob die Lampe aber doch auf ein Regalbrett. Er zögerte, sah sie an, und Rand war sicher, daß er drauf und dran war, Jak und Strom das Zeichen zum Angriff zu geben. Doch dann blickte er berechnend auf Rands Schwert und wies die beiden großen Männer mit einer schnellen Kopfbewegung zur Tür. Über ihre breiten Gesichter huschte Überraschung, aber sie folgten ihm ohne einen Blick nach hinten aus dem Raum.

Rand wartete, bis das Knarren ihrer Schritte verklungen war, zählte dann bis fünfzig und streckte den Kopf aus der Tür. Die Dunkelheit im Flur wurde nur von einem rechteckigen Lichtstreifen unterbrochen, der ihm so fern wie der Mond erschien: dem Umriß der Tür zum Schankraum. Als er den Kopf wieder einzog, bewegte sich etwas Großes im Dunkel in der Nähe dieser Tür. Jak oder Strom. Einer stand Wache.

Eine kurze Untersuchung sagte ihm alles über die Tür, was er wissen mußte, allerdings nichts Gutes. Die Bretter waren stark und fest, aber es gab kein Schloß und keinen Riegel auf der Innenseite. Wenigstens öffnete sie sich in den Raum hinein.

»Ich dachte, jetzt gehen sie auf uns los«, sagte Mat. »Worauf warten sie noch?« Er hatte den Dolch herausgeholt und hielt ihn in einer Faust. Die Knöchel waren weiß vor Anstrengung. Das Licht der Lampe schimmerte auf der Klinge. Bogen und Köcher lagen vergessen am Boden.

»Daß wir einschlafen.« Rand kramte zwischen den Fässern und Kisten herum. »Hilf mir, etwas zu finden, um die Tür zu verbarrikadieren.«

»Warum? Du willst doch nicht wirklich hier schlafen, oder? Klettern wir aus dem Fenster, und dann nichts wie weg. Ich bin lieber naß als tot.«

»Einer von ihnen ist am Ende des Flurs. Wenn wir irgendein auffälliges Geräusch machen, sind sie innerhalb eines Wimpernschlags hier drinnen. Ich glaube, Hake wird eher riskieren, uns wach gegenüberzustehen, als uns laufenzulassen.«

Leise fluchend machte sich auch Mat auf die Suche, aber in dem Abfall auf dem Boden war nichts Brauchbares zu finden. Die Fässer waren leer, die Kisten zersplittert, und auch wenn sie einfach alles vor die Tür schichteten, würde das keinen daran hindern, sie zu öffnen. Dann entdeckte Rand etwas Bekanntes auf einem Regal: zwei Eisenkeile, rostig und mit Staub bedeckt. Er nahm sie grinsend herunter.

Eilig schob er sie unter die Tür, und als der nächste Donnerknall die Schenke erzittern ließ, trieb er sie schnell mit kurzen Fersentritten hinein. Der Donner verhallte, und er hielt die Luft an und lauschte. Er hörte nur das Trommeln des Regens auf dem Dach. Keine Bodenbretter, die unter rennenden Füßen quietschten.

»Das Fenster«, sagte er.

Es war, der es umgebenden Schmutzkruste nach zu schließen, seit Jahren nicht mehr geöffnet worden. Sie stemmten sich gemeinsam dagegen und drückten mit aller Kraft. Rands Knie zitterten, bevor der Rahmen endlich nachgab und bei jeder Handbreit Öffnung knirschte. Als die Öffnung groß genug war, um sich hindurchzuzwängen, duckte er sich und hielt dann inne.

»Blut und Asche!« grollte Mat. »Kein Wunder, daß Hake sich keine Gedanken machen mußte, wir könnten hier herausschlüpfen.«

Eisenstäbe in einem eisernen Rahmen glänzten naß im Licht der Lampe. Rand drückte gegen das Gitter. Es war so fest wie ein Felsblock.

»Ich habe etwas gesehen«, sagte Mat. Er kramte hastig in dem Zeug auf den Regalen herum und kam mit einem rostigen Stemmeisen zurück. Er rammte das eine Ende unter den Eisenrahmen, und Rand fuhr zusammen.

»Denk an den Lärm, Mat!«

Mat verzog das Gesicht und fluchte wieder leise, wartete aber ab. Rand legte die Hände um das Stemmeisen und versuchte, mit den Füßen in der sich ständig erweiternden Pfütze auf dem Boden einen sicheren Halt zu finden. Donner grollte und sie stemmten sich wieder gegen das Eisen. Unter dem gequälten Quietschen von Nägeln, das Rand die Haare zu Berge stehen ließ, bewegte sich der Rahmen ein wenig — einen Fingerbreit vielleicht. Also nützten sie jedes Donnergrollen, jeden Blitzschlag, und stemmten sich ein ums andere Mal gegen das Eisen. Nichts. Ein Fingerbreit. Nichts. Eine Haaresbreite. Nichts. Nichts.

Plötzlich rutschte Rand in der Nässe aus, und sie fielen zu Boden. Das Stemmeisen klapperte wie ein Gong gegen das Gitter. Er lag in einer Pfütze, hielt den Atem an und lauschte. Stille — bis auf den Regen.

Mat rieb sich die angeschlagenen Knöchel und sah ihn böse an. »Wenn es so weitergeht, kommen wir nie hier raus.« Der Eisenrahmen war kaum so weit herausgedrückt, daß man zwei Finger drunterklemmen konnte. Und selbst diese Öffnung war von Dutzenden starker Nägel versperrt.

»Wir müssen es eben weiter versuchen«, sagte Rand und stand auf. Doch als er wieder das Stemmeisen unter die Kante des Rahmens schob, quietschte die Tür, als versuche jemand, sie zu öffnen. Die Keile hielten. Er tauschte einen besorgten Blick mit Mat. Mat zog wieder den Dolch heraus. Die Tür knarrte erneut.

Rand atmete tief ein und bemühte sich, seine Stimme fest erscheinen zu lassen. »Geht weg, Hake. Wir versuchen, zu schlafen.«

»Ich fürchte, das ist eine Verwechslung.« Die Stimme

klang so aalglatt und von sich eingenommen, daß sie ihren Ursprung verriet: Howal Gode. »Meister Hake und seine ... Lakaien werden uns nicht stören. Sie schlafen fest und werden am Morgen höchstens in der Lage sein, sich darüber zu wundern, wohin Ihr verschwunden seid. Laßt mich ein, meine jungen Freunde. Wir müssen miteinander sprechen.«

»Wir haben keinen Grund, mit Euch zu sprechen«, sagte Mat. »Geht und laßt uns schlafen.«

Godes Lachen klang bösartig. »Natürlich müssen wir uns über etwas unterhalten. Das wißt Ihr so gut wie ich. Ich habe es Euren Augen abgelesen. Ich weiß, was Ihr seid, vielleicht sogar besser als Ihr selbst. Ich kann fühlen, wie es in Wellen vor Euch herfließt. Ihr gehört jetzt schon halb meinem Herrn. Hört auf wegzulaufen und findet Euch damit ab. Dann wird alles viel leichter für Euch. Wenn Euch die Weiber von Tar Valon finden, dann werdet Ihr Euch noch wünschen, Ihr könntet Euch selbst die Kehle durchschneiden, und das, bevor sie mit Euch fertig sind. Aber Ihr könnt es nicht mehr. Nur mein Herr kann Euch vor ihnen beschützen.«

Rand hatte schwer zu schlucken. »Wir haben keine Ahnung, wovon Ihr sprecht. Laßt uns in Ruhe.« Der Fußboden im Flur knarrte. Gode war nicht allein. Wie viele Männer konnte er in zwei Kutschen mitgebracht haben?

»Hört auf, Euch wie Narren zu benehmen, meine jungen Freunde! Ihr wißt es doch. Ihr wißt es ganz genau. Der Große Herr der Dunkelheit hat Euch als sein eigen gezeichnet. Es steht geschrieben, wenn er erwacht, dann werden ihn die neuen Schattenlords erwarten, um ihm zu huldigen. Ihr müßt zwei davon sein, sonst wäre ich nicht ausgesandt worden, Euch zu finden. Denkt daran: ewiges Leben und mehr Macht, als Ihr Euch erträumen könnt.« Seine Stimme klang gepreßt, als hungere er selbst nach eben dieser Macht.

Rand sah zum Fenster hinaus, als gerade ein Blitz den

Himmel zerriß, und er hätte beinahe laut gestöhnt. Der kurze Moment Helligkeit zeigte ihm, daß draußen Männer standen, die den Regen, der sie durchnäßte, einfach mißachteten und das Fenster beobachteten.

»Ich bin dieses Spiels müde«, verkündete Gode. »Ihr werdet Euch meinem Meister unterwerfen — Eurem Meister —, oder Ihr werdet unterworfen. Das wäre nicht angenehm für Euch. Der Große Herr der Dunkelheit herrscht über den Tod, und er kann Leben im Tod oder Tod im Leben gewähren, wie er es wünscht. Öffnet diese Tür. Auf die eine oder andere Weise ist Euer Wegrennen beendet! Öffnet sie, sage ich!«

Er mußte auch noch etwas anderes gesagt haben, denn plötzlich prallte ein schwerer Körper gegen die Tür. Sie bebte, und die Keile verschoben sich ein ganz klein wenig. Auf dem Holz zeigte sich eine Rostspur. Immer wieder wurde die Tür erschüttert, wenn Körper dagegenprallten. Manchmal hielten die Keile, manchmal gaben sie wieder etwas nach, und so wurde die Tür ganz allmählich, aber unaufhaltsam nach innen gedrückt.

»Ergebt Euch«, verlangte Gode vom Flur aus, »oder verbringt die Ewigkeit damit, Euch zu wünschen, Ihr hättet Euch ergeben!«

»Wenn wir keine andere Wahl haben ...« Unter Rands Blick leckte sich Mat die Lippen. Sein eigener Blick huschte umher wie der eines Dachses in der Falle. Sein Gesicht war blaß, und er atmete schwer beim Sprechen. »Wir könnten einwilligen und später zu entkommen versuchen. Blut und Asche, Rand, es gibt keinen Weg nach draußen!«

Die Worte schienen Rand wie durch eine Schicht von Watte zu erreichen, die er sich in die Ohren gestopft hatte.

Kein Weg führt nach draußen. Oben donnerte es wieder, und ein weiterer Blitz zuckte über den Himmel. *Muß einen Weg finden.* Gode rief nach ihnen, forderte, bat; die Tür rutschte wieder ein Stückchen nach innen auf. *Ein Ausweg!*

Licht erfüllte den Raum, blendete alle Sicht. Die Luft schrie auf und brannte. Rand fühlte, wie er hochgehoben und gegen die Wand geschleudert wurde. Er rutschte wie ein Häufchen Elend zu Boden. In seinen Ohren rauschte es, und jedes Haar an seinem Körper stand zu Berge. Betäubt taumelte er hoch. Seine Knie gaben nach, und er stützte sich mit einer Hand an der Wand ab. Er sah sich erstaunt um.

Die Lampe, die umgekippt am Rand eines der wenigen übriggebliebenen Regalbretter lag, brannte noch immer und erhellte den Raum ein wenig. All die Fässer und Kisten lagen, teilweise rußgeschwärzt und qualmend, irgendwo herum, wohin sie eben geschleudert worden waren. Das Fenster mit dem Gitter davor und auch der größte Teil der Wand waren verschwunden und hatten lediglich ein ausgefranstes Loch hinterlassen. Das Dach war eingesackt, und an den gesplitterten Kanten der Öffnung kämpften Rauchfäden gegen den Regen an. Die Tür hing schief in den Angeln und hatte sich so in ihrem Rahmen verkeilt. Alles erschien ihm verschwommen unwirklich. Er stellte die Lampe wieder auf. Es schien ihm das wichtigste auf der Welt, sich zu vergewissern, daß sie nicht zerbrechen konnte.

Ein Kistenstapel wölbte sich plötzlich und brach auf. Mitten drin stand Mat auf. Er wankte, blinzelte und befühlte seinen Körper, als wolle er nachprüfen, ob noch alles an seinem Platz sei. Er spähte in Richtung Rand. »Rand? Bist du das? Du lebst. Ich dachte, wir seien beide ...« Er brach ab, biß sich auf die Lippe und zitterte. Rand brauchte einen Augenblick, um zu erkennen, daß er lachte, allerdings am Rande der Hysterie.

»Was ist geschehen, Mat? Mat? Mat! Was ist geschehen?«

Mats Körper wurde von einem letzten Zittern durchgeschüttelt und dann war er ruhig. »Ein Blitz, Rand. Ich habe gerade aus dem Fenster geschaut, als er in das Gitter einschlug. Blitz. Ich kann mir nicht denken, was ...« Er brach ab, schielte zu der schief in den Angeln hängenden Tür hinüber, und seine Stimme wurde scharf. »Wo ist Gode?«

Nichts bewegte sich in dem Korridor vor der Tür. Es war weder von Gode noch seinen Begleitern ein Anzeichen zu entdecken — auch kein Laut —, obwohl sich in dieser Dunkelheit alles verbergen konnte. Rand ertappte sich dabei, daß er hoffte, sie seien tot; er hätte jedoch den Kopf nicht in den Flur hinausgesteckt, um das nachzuprüfen, und wenn man ihm dafür eine Krone geboten hätte. Auch draußen in der Nacht jenseits der ehemaligen Wand bewegte sich nichts, doch anderswo waren Menschen auf den Beinen und rannten herum. Verwirrte Schreie kamen aus dem oberen Stockwerk der Schenke, und man hörte das Getrampel rennender Füße.

»Gehen wir, solange wir noch können«, sagte Rand.

Er half schnell, ihre Besitztümer aus dem Schutt herauszusuchen, packte Mat am Arm und zog ihn teils, teils führte er ihn durch das klaffende Loch in die Nacht hinaus. Mat klammerte sich an seinen Arm und stolperte mit vorgestrecktem Kopf, um etwas sehen zu können, neben ihm her.

Als der erste Regentropfen Rands Gesicht traf, zuckte ein gespaltener Blitz über die Schenke hinweg, und er blieb verkrampft stehen. Godes Männer waren noch da. Sie lagen mit den Füßen zu der Öffnung hin am Boden. Ihre Körper wurden vom Regen überschüttet, und ihre geöffneten Augen starrten in den Himmel.

»Was ist los?« fragte Mat. »Blut und Asche! Ich kann kaum meine eigene verdammte Hand sehen!«

»Nichts«, sagte Rand. *Glück. Die im Licht wandeln ... Tatsächlich?* Zitternd führte er Mat um die Leichen herum. »Nur der Blitz.«

Es gab keine andere Beleuchtung als die Blitze, und er

stolperte in den Furchen der Straße, als sie von der Schenke wegtorkelten. Da Mat fast nur an ihm hing, führte jedes Stolpern beinahe zum Sturz, aber sie rannten eben taumelnd und schwer atmend weiter.

Einmal blickte er zurück. Einmal, bevor der Regen zu einem dichten Vorhang wurde, der den Tanzenden Fahrer vor ihm verbarg. Im Blitzschein erkannte er die Silhouette eines Mannes am Hinterausgang der Schenke, der ihnen oder dem Himmel mit der Faust drohte. Gode oder Hake — er wußte es nicht, aber einer war ihm so lieb wie der andere. Der Regen ergoß sich derart vom Himmel, daß sie wie in einer Wasserwand gefangen waren. Er eilte durch die Nacht und lauschte im Brausen des Sturms nach irgendwelchen Verfolgern.

KAPITEL 11

Die Dunkelheit wartet

Der hochrädrige Karren rumpelte unter einem bleiernen Himmel die Straße nach Caemlyn entlang. Rand erhob sich aus dem Stroh, das hintendrauf lag, und blickte über die Seitenwand. Die Bewegung fiel ihm leichter als noch eine Stunde zuvor. Seine Arme fühlten sich an, als wollten sie sich strecken, anstatt ihn hochzuziehen, und eine kleine Weile lang wollte sein Kopf die Bewegung fortsetzen und wegfliegen, aber es war trotzdem leichter. Er hängte sich mit den Armen über den niedrigen Seitenbrettern ein und beobachtete das vorbeirollende Land. Die immer noch hinter stumpf-bleiernen Wolken verborgene Sonne stand hoch am Himmel, aber der Karren rumpelte bereits in ein weiteres Dorf mit Häusern aus rotem Backstein, deren Wände von Ranken überwuchert wurden. Seit Vier Könige lagen die Ortschaften immer näher beieinander.

Einige der Menschen hier winkten Hyam Kinch zu oder riefen dem Bauern, auf dessen Karren sie lagen, etwas nach. Meister Kinch, wortkarg und mit ledernem Gesicht, rief jedesmal ein paar Worte zurück, was er eben mit dem Pfeifenstiel im Mund herausbringen konnte. Der um die Pfeife herum zugeklemmte Mund ließ die Worte fast unverständlich werden, aber sie klangen leutselig, und die Menschen waren es zufrieden. Sie kehrten zu ihrer Tätigkeit zurück, ohne den Karren eines zweiten Blickes zu würdigen. Keiner schien die beiden Passagiere des Bauern zu beachten.

Die Dorfschenke bewegte sich durch Rands Gesichtsfeld. Sie war weiß getüncht und hatte ein graues Schieferdach. Leute traten ein oder kamen heraus, nickten sich beiläufig zu oder winkten einander. Einige davon blieben stehen, um sich zu unterhalten. Sie kannten sich eben. Die meisten waren Dorfbewohner, nach ihrer Kleidung zu urteilen. Die Stiefel und Hosen und Mäntel unterschieden sich nicht sehr von dem, was er trug; allerdings liebten die Leute hier bunte Streifen sehr. Die Frauen trugen Hüte mit breiten Rändern, die ihre Gesichter verbargen, und weiße — gestreifte — Schürzen. Vielleicht waren alle Ortsansässige und Bauern aus dem Umland. *Spielt das irgendeine Rolle?*

Er ließ sich auf das Stroh zurückfallen und beobachtete, wie das Dorf zwischen seinen Füßen immer kleiner wurde. Eingezäunte Felder und beschnittene Hecken rahmten die Straße ein, und er sah kleine Bauernhäuser, aus deren roten Backsteinkaminen Rauch quoll. Die einzigen Bäume in der Nähe der Straße bildeten eine Art von Niederwald, stark ausgeforstet — man hatte wohl Brennholz geschlagen — und gartenähnlich. Aber die Äste streckten sich kahl dem Himmel entgegen, genauso kahl wie die in den wildwachsenden Wäldern im Westen.

Ein Wagenzug auf der gegenüberliegenden Seite rumpelte die Straße herunter und drängte den Karren zum Straßenrand hinüber. Meister Kinch schob seine Pfeife in den Mundwinkel und spuckte aus. Er behielt das Rad an der Außenseite im Auge, um sicher zu gehen, daß es sich nicht in der Hecke verfing, hielt aber nicht an. Sein Mund verzog sich, als er den Wagenzug der Kaufleute betrachtete.

Keiner der Fahrer, die ihre langen Peitschen in der Luft über den jeweils acht Pferden ihrer Gespanne knallen ließen, und keiner der Wachsoldaten mit ihren harten Gesichtern, die neben den Wagen einherritten, sah den Karren an. Rand beobachtete, wie sie weiterfuhren. In seiner Brust hatte sich etwas verkrampft. Seine Hand steckte unter dem Umhang und umklammerte den Griff seines Schwertes, bis der letzte Wagen vorbeigepoltert war.

Als der letzte Wagen in Richtung des Dorfes wegratterte, das sie gerade verlassen hatten, drehte sich Mat auf seinem Sitz neben dem Bauern um und lehnte sich zurück, bis er Rand in die Augen sehen konnte. Der Schal, mit dem er sich, wenn es notwendig war, gegen den Staub schützte, war tief und mehrmals gefaltet um seine Stirn gebunden. Er rutschte ihm fast in die Augen. Selbst so geschützt blinzelte er noch in das graue Tageslicht hinein. »Hast du da hinten irgendwas gesehen?« fragte er ruhig. »Was war mit dem Wagen?«

Rand schüttelte den Kopf, und Mat nickte. Er hatte ebenfalls nichts gesehen.

Meister Kinch beobachtete sie aus den Augenwinkeln, verschob dann wieder seine Pfeife im Mund und schüttelte die Zügel. Das war alles, aber es entging den beiden nicht. Das Pferd ging ein wenig schneller.

»Tun deine Augen immer noch weh?« fragte Rand.

Mat berührte den Schal an seinem Kopf. »Nein. Nicht sehr. Jedenfalls nicht, wenn ich nicht gerade in die Sonne schaue. Wie steht's mit dir? Fühlst du dich etwas besser?«

»Ein bißchen.« Er fühlte sich wirklich besser, merkte er zu seiner Überraschung. Es war ein Wunder, daß er die Folgen so schnell überwunden hatte. Mehr als nur das: Es war ein Geschenk des Lichts. *Es mußte das Licht gewesen sein. Ganz bestimmt.*

Plötzlich kam eine Gruppe von Reitern vorbei, die wie die Wagen der Kaufleute nach Westen zogen. Lange weiße Krägen hingen über ihre Kettenpanzer und Schulterplatten herab, und ihre Umhänge und Untermäntel waren rot wie die Uniformen der Torwächter in Weißbrücke, jedoch von feinerem Schnitt, und sie paßten auch besser. Der kegelförmige Helm eines jeden Mannes schimmerte wie Silber. Sie saßen hoch aufgerichtet auf ihren Pferden. Schmale rote Bänder flatterten gleich unterhalb ihrer Lanzenspitzen, und sie hielten ihre Lanzen alle im gleichen Winkel.

Einige von ihnen sahen in den Karren hinein, als sie in zwei Reihen vorbeiritten. Jedes Gesicht war in einem Käfig aus Stahlgitter eingesperrt. Rand war froh, daß sein Schwert von dem Umhang bedeckt war. Ein paar nickten Meister Kinch zu. Nicht, daß sie ihn kannten — es war eine Art neutraler Begrüßung. Meister Kinch nickte auf die gleiche Art zurück, aber obwohl sein Gesichtsausdruck sich nicht änderte, lag in seinem Nicken etwas von wohlwollender Zustimmung.

Sie ritten nur im Schrittempo, aber durch die zusätzliche Geschwindigkeit des Karrens waren sie schnell vorbei. Mit einem Teil seines Gehirns zählte Rand sie. Zehn … zwanzig … dreißig … zweiunddreißig. Er hob den Kopf und beobachtete, wie die beiden Reihen sich die Straße von Caemlyn hinunterbewegten. »Wer war das?« fragte Mat teils erstaunt, teils mißtrauisch.

»Die Garde der Königin«, sagte Meister Kinch um seinen Pfeifenstiel herum. Er behielt die Straße vor ihnen im Auge. »Kommen nicht mehr viel weiter als bis Breens Quelle, außer, man ruft sie herbei. Nicht so wie in den alten Tagen.« Er zog an seiner Pfeife und fügte dann hinzu: »Ich schätze, heutzutage gibt es Teile des Reiches, in denen man die Garde ein ganzes Jahr oder länger nicht zu sehen bekommt. Nicht wie in den alten Tagen.«

»Was machen sie?« fragte Rand.

Der Bauer blickte ihn an. »Den Frieden der Königin wahren und die Gesetze der Königin durchsetzen.« Er nickte vor sich hin, als gefalle ihm der Klang dieser Worte, und fügte hinzu: »Sie suchen nach Übeltätern und stellen sie vor Gericht. Mmmmmf!« Er ließ eine lange Rauchfahne aus dem Mund aufsteigen. »Ihr zwei müßt ja von ganz schön weit weg sein, wenn ihr nicht einmal die Garde der Königin erkennt. Wo kommt ihr denn her?«

»Von weit her«, sagte Mat im gleichen Augenblick, als Rand herausposaunte: »Von den Zwei Flüssen.« Er hätte es am liebsten zurückgenommen, kaum daß es gesagt war. Er konnte immer noch nicht klar denken. Versucht, sich zu verstecken, und gibt dann einen Namen preis, bei dem ein Blasser sofort hellhörig würde.

Meister Kinch sah Mat aus dem Augenwinkel an und paffte eine Weile schweigend seine Pfeife. »Das ist wirklich weit weg«, sagte er schließlich. »Beinahe an der Grenze des Reichs. Aber es muß schlimmer um das Reich stehen, als ich dachte, wenn es Gegenden darin gibt, deren Einwohner die Garde der Königin noch nicht einmal *erkennen.* Gar nicht wie in den alten Tagen.«

Rand fragte sich, was Meister al'Vere wohl dazu sagen würde, wenn jemand ihm gegenüber behauptete, die Zwei Flüsse gehörten zum Reich irgendeiner Königin. Der Königin von Andor wahrscheinlich. Vielleicht wußte der Bürgermeister Bescheid — er wußte eine Menge Dinge, die Rand überraschten —, und vielleicht auch andere, aber er hatte nie gehört, daß jemand das erwähnte. Die Zwei Flüsse waren die Zwei Flüsse. Jedes Dorf löste seine eigenen Probleme, und wenn etwas auftauchte, was mehr als ein Dorf betraf, dann wurde das von den Bürgermeistern und vielleicht noch den Gemeinderäten gemeinsam gelöst.

Meister Kinch zog die Zügel an, und der Karren blieb stehen. »Weiter fahre ich nicht.« Ein enger Pfad führte nach Norden. In dieser Richtung waren mehrere Bauernhäuser hinter Feldern sichtbar, die wohl gepflügt worden waren, auf denen sich aber noch keine Saat zeigte. »In zwei Tagen seid ihr in Caemlyn. Zumindest dann, wenn dein Freund wieder richtig laufen kann.«

Mat sprang herunter, hob seinen Bogen und die anderen Sachen vom Karren und half dann Rand, hinten abzusteigen. Rands Bündel lasteten schwer auf ihm, und seine Beine zitterten noch, aber er wehrte die helfende Hand seines Freundes ab und versuchte, ein paar

Schritte weit allein zu laufen. Er fühlte sich noch unsicher, doch seine Beine trugen ihn. Sie schienen sogar kräftiger zu werden, je mehr er sie benützte.

Der Bauer fuhr nicht gleich weiter. Er betrachtete sie eine Weile und zog an seiner Pfeife. »Ihr könnt euch ein oder zwei Tage bei mir ausruhen, wenn ihr wollt. Werdet in der Zeit auch nichts versäumen, schätze ich. Von welcher Krankheit du dich auch erholen mußt, junger Bursche ... na ja, die alte Frau und ich, wir hatten schon so ziemlich jede Krankheit, die du dir vorstellen kannst, und wir haben auch unsere Kinder durchgebracht. Ich denke, du bist über die ansteckende Phase hinweg.«

Mats Blick wurde mißtrauisch, und Rand ertappte sich dabei, daß er die Stirn runzelte. *Nicht jeder gehört dazu. Es kann ja wohl nicht jeder verwickelt sein.*

»Dankeschön«, sagte er, »aber ich bin schon in Ordnung. Wirklich. Wie weit ist es zum nächsten Dorf?«

»Carysfurt? Ihr könnt es zu Fuß noch vor Einbruch der Dunkelheit erreichen.« Meister Kinch nahm die Pfeife aus dem Mund und schürzte nachdenklich die Lippen, bevor er fortfuhr: »Zuerst habe ich euch für weggelaufene Lehrburschen gehalten, aber jetzt glaube ich, daß ihr vor etwas Ernsthafterem wegrennt. Ich weiß nicht, wovor. Es geht mich nichts an. Ich kann durchaus beurteilen, daß ihr keine Schattenfreunde seid und wohl kaum jemanden ausrauben oder verletzen werdet. Nicht so, wie andere, die heutzutage durchs Land ziehen. Als ich noch in eurem Alter war, bin ich auch ein oder zweimal in Schwierigkeiten gekommen. Wenn ihr einen Fleck sucht, an dem ihr ein paar Tage lang untertauchen könnt ... Mein Hof liegt fünf Meilen entfernt in dieser Richtung« — er nickte mit dem Kopf zu dem Pfad hinüber — »und da kommt niemals jemand hin. Was euch auch verfolgt, es wird euch dort wohl kaum finden.« Er räusperte sich verlegen, als schäme er sich, soviel auf einmal gesagt zu haben.

»Woher wollt ihr wissen, wie Schattenfreunde aussehen?« fragte Mat. Er schob sich rückwärts von dem Karren weg und seine Hand fuhr unter den Mantel. »Was wißt ihr von Schattenfreunden?«

Meister Kinchs Gesicht spannte sich. »Macht, was ihr wollt.« Er schnalzte mit der Zunge. Der Karren rollte den engen Pfad hinunter, und er sah sich nicht mehr um.

Mat sah Rand an, und sein finsteres Gesicht hellte sich auf. »Tut mir leid, Rand. Du brauchst einen Ort zum Ausruhen. Vielleicht, wenn wir ihm nachlaufen ...« Er zuckte die Achseln. »Ich kann einfach das Gefühl nicht loswerden, daß jeder hinter uns her ist. Licht, ich wollte, ich wüßte warum. Ich wollte, es wäre alles vorbei. Ich wollte ...« Mit gequältem Gesichtsausdruck brach er ab.

»Es gibt auch noch ein paar gute Menschen«, sagte Rand. Mat ging in Richtung des Pfades los. Er hatte die Zähne zusammengebissen, als sei es das allerletzte, was er tun wolle, aber Rand hielt ihn auf. »Wir können es uns nicht leisten, uns einfach auszuruhen, Mat. Außerdem glaube ich nicht, daß es irgendwo ein sicheres Versteck gibt.«

Mat nickte in offensichtlicher Erleichterung. Er versuchte, Rand etwas von seinen Lasten abzunehmen — die Satteltaschen und Thoms Umhang mit der darin eingewickelten Harfe —, aber Rand hielt sie fest. Seine Beine fühlten sich wirklich schon kräftiger an. *Was uns auch verfolgt?* dachte er, als sie die Straße entlanggingen. *Uns verfolgt nichts. Es wartet auf uns.*

Der Regen hatte in dieser Nacht nicht aufgehört, als sie vom Tanzenden Fahrer weggetaumelt waren, sondern war in Strömen auf sie heruntergeprasselt, fast genauso schlimm wie der Donner, der aus dem von Blitzen zerrissenen Himmel auf sie herabdröhnte. Ihre Kleider waren nach wenigen Minuten völlig durchnäßt, und nach einer Stunde glaubte Rand, auch seine Haut sei mittlerweile aufgeweicht, doch wenigstens hatten sie Vier Könige inzwischen hinter sich gelassen. Mat war fast blind in dieser Dunkelheit. Er blinzelte unter Schmerzen in das harte Licht der Blitze, in dem sich für Momente die Umrisse der Bäume deutlich abhoben. Rand führte ihn an der Hand, aber Mat tastete sich trotzdem noch mit jedem Schritt unsicher voran. Rands Stirn war von Sorgenfalten durchfurcht. Wenn Mat nicht bald wieder sehen konnte, würde sie das zum langsamen Vorwärtskriechen verdammen. So könnten sie doch nie entkommen.

Mat schien seine Gedanken zu erraten. Trotz der Kapuze an seinem Umhang klebte Mats Haar regennaß an der Stirn. »Rand«, sagte er, »du verläßt mich doch nicht, oder? Wenn ich nicht mithalten kann?« Seine Stimme bebte.

»Ich werde dich doch nicht verlassen.« Rand faßte die Hand seines Freundes fester. »Ich verlasse dich nicht, gleich was geschieht.« *Licht hilf uns!* Über ihnen krachte der Donner, und Mat stolperte. Beinahe wäre er gestürzt und hätte Rand noch mitgerissen. »Wir müssen hierbleiben, Mat. Wenn wir weitergehen, brichst du dir noch ein Bein.«

»Gode.« Ein Blitz zerriß die Dunkelheit genau über ihnen, als Mat den Namen aussprach, und der Donnerknall rammte alle anderen Geräusche in den Boden hinein. Im Licht des Blitzes konnte Rand den Namen von Mats Lippen ablesen.

»Er ist tot.« *Er muß tot sein. Licht, laß ihn tot sein.*

Er führte Mat zu einigen Büschen hinüber, die er im Licht des Blitzes gesehen hatte. Sie hatten genug Blätter, um ihnen ein wenig Schutz vor dem strömenden Regen zu gewähren. Nicht so viel wie ein guter Baum, aber er wollte nicht riskieren, erneut von einem Blitz getroffen zu werden. Beim nächsten Mal hätten sie vielleicht nicht mehr soviel Glück.

Sie kauerten sich unter dem Busch eng zusammen

und versuchten, ihre Umhänge so über die Zweige zu hängen, daß sie ein kleines Zelt bildeten. Es war viel zu spät, um auch nur daran zu denken, einen trockenen Fleck zu finden, aber es wäre schon gut, wenigstens das unaufhörliche Strömen des Regens aufzuhalten. Sie drückten sich aneinander, damit sie jedes bißchen Körperwärme, das noch in ihnen war, miteinander teilen konnten. Sie waren klatschnaß, und durch die Umhänge hindurch tropfte es weiter. So zitterten sie sich in den Schlaf.

Rand war sofort klar, daß es sich um einen Traum handelte. Er war wieder in Vier Könige, aber die Stadt war bis auf ihn ganz leer. Die Wagen waren da, aber keine Leute, keine Pferde, keine Hunde. Nichts lebte. Und doch wußte er, daß jemand auf ihn wartete.

Er schritt die zerfurchte Straße hinunter, und die Gebäude glitten verschwommen an ihm vorbei. Wenn er sich umdrehte, waren sie alle da, und zwar ganz erfaßbar, aber aus den Augenwinkeln betrachtet wurden sie undeutlich. Es war, als existiere nur das, was er sah, und auch nur, während er es sah. Er war sicher, sollte er sich ganz schnell umdrehen, dann würde er sehen ... Er wußte selbst nicht genau, was, aber schon der Gedanke daran machte ihn nervös.

Vor ihm erschien der Tanzende Fahrer. Die grellen Farben wirkten irgendwie grau und leblos. Er ging hinein. Gode saß drinnen an einem Tisch.

Er erkannte den Mann nur an seiner Kleidung, der Seide und dem dunklen Samt. Godes Haut war rot, verbrannt und aufgerissen, und sie näßte. Sein Gesicht war fast nur noch ein Schädel. Die Lippen waren geschrumpft, so daß der blanke Kiefer mit gebleckten Zähnen sichtbar wurde. Als Gode den Kopf drehte, brach etwas von seinem Haar ab und fiel, zu Ruß zerbröckelt, auf seine Schulter. Die lidlosen Augen blickten Rand an.

»Also seid Ihr doch tot«, sagte Rand. Er war selbst

davon überrascht, daß er keine Angst hatte. Vielleicht lag es daran, daß er diesmal wußte, es war ein Traum.

»Ja«, sagte Ba'alzamons Stimme, »aber er hat dich für mich aufgespürt. Dafür hat er eine Belohnung verdient, nicht wahr?«

Rand drehte sich um und entdeckte, daß er doch noch Angst empfinden konnte, obwohl er wußte, daß es ein Traum war. Ba'alzamons Kleidung hatte die Farbe getrockneten Blutes, und in seinem Gesicht stritten sich Wut und Haß und Triumph um die Vorherrschaft.

»Du siehst, Jüngling, du kannst dich nicht immer vor mir verbergen. Auf die eine oder andere Art finde ich dich. Was dich schützt, macht dich gleichzeitig auch verwundbar. Einmal versteckst du dich, und dann wieder entzündest du ein Signalfeuer. Komm zu mir, Jüngling.« Er hielt Rand die Hand hin. »Falls meine Jagdhunde dich auf die Knie zwingen müssen, gehen sie vielleicht nicht sehr sanft mit dir um. Sie sind eifersüchtig darauf, was du einst sein wirst, wenn du erst zu meinen Füßen gekniet hast. Das ist dein Schicksal. Du gehörst mir.« Godes verbrannte Zunge gab einen bösen, eifrig-lallenden Laut von sich.

Rand versuchte, seine Lippen zu befeuchten, doch ihm war der Speichel ausgegangen. »Nein«, brachte er heraus, und dann gingen ihm die Worte leichter von der Zunge. »Ich gehöre mir selbst. Nicht Euch. Niemals. Nur mir selbst. Wenn Eure Schattenfreunde mich töten, bekommt Ihr mich nie.«

Die Feuer in Ba'alzamons Augen erhitzten den Raum, bis die Luft flimmerte. »Tot oder lebendig, Jüngling, gehörst du doch mir. Das Grab ist mein. Leichter tot, aber besser lebendig. Besser für dich, Jüngling. Die Lebenden haben in den meisten Fällen mehr Macht.« Gode gab wieder einen erstickten Laut von sich. »Ja, mein guter Hund. Hier ist deine Belohnung.«

Rand sah gerade noch im rechten Moment zu Gode hinüber, um zu sehen, wie der Körper des Mannes zu

Staub zerfiel. Einen Augenblick lang zeigte sich auf dem verbrannten Gesicht ein Ausdruck erhabenen Glücks, der sich im letzten Moment in Entsetzen verwandelte, als habe er etwas völlig Unerwartetes auf sich zukommen gesehen. Godes leere Samtkleider sanken inmitten der Asche auf den Stuhl und zu Boden.

Als er sich wieder zurückwandte, war Ba'alzamons ausgestreckte Hand zur Faust geballt. »Du bist mein, Jüngling, tot oder lebendig. Das Auge der Welt wird dir niemals dienen. Ich zeichne dich als mein eigen.« Seine Faust öffnete sich, und ein Feuerball schoß daraus hervor. Er traf Rand ins Gesicht, explodierte, brannte.

Rand fuhr erwachend im Dunkel hoch. Wasser tropfte durch die Umhänge auf sein Gesicht. Seine Hand zitterte, als er seine Wangen berührte. Die Haut war überempfindlich wie bei einem Sonnenbrand.

Plötzlich wurde ihm bewußt, daß Mat sich im Schlaf herumwälzte und stöhnte. Er schüttelte ihn, und Mat erwachte wimmernd. »Meine Augen! Oh, Licht, meine Augen! Er hat mir meine Augen genommen!«

Rand drückte ihn an seine Brust, als sei er ein Kind. »Du bist in Ordnung, Mat. Es ist alles gut. Er kann uns nicht verletzen. Wir lassen das nicht zu.« Er fühlte, wie Mat zitterte und in seinen Mantel hineinschluchzte. »Er kann uns nicht verletzen«, flüsterte er und hätte es selbst gern geglaubt. *Was dich schützt, macht dich verwundbar. Ich werde langsam wirklich verrückt.*

Kurz vor der ersten Dämmerung ließ der Regen nach, und als der Morgen anbrach, verging auch das letzte Nieseln. Die Wolken blieben und drohten bis in den Vormittag hinein mit neuem Regen. Dann kam ein Wind auf, der die Wolken nach Süden verjagte, eine Sonne freilegte, die keine Wärme verbreitete, und mit Eisfingern durch ihre tropfnasse Kleidung griff. Sie hatten nicht mehr geschlafen, und nun hängten sie sich erschöpft die Umhänge um und brachen Richtung Osten auf. Rand führte Mat an der Hand. Nach einer Weile fühlte sich Mat sogar wieder gut genug, um sich darüber zu beklagen, was der Regen seiner Bogensehne angetan habe. Rand ließ ihn allerdings nicht anhalten und sie gegen eine trockene Sehne aus seiner Tasche austauschen — noch nicht.

Kurz nach Mittag erreichten sie ein anderes Dorf. Rand zitterte noch stärker beim Anblick der gemütlichen Backsteinhäuser und des Rauchs, der aus den Schornsteinen quoll, aber er machte einen Bogen um das Dorf und führte Mat durch Wälder und über Felder nach Süden. Ein einsamer Bauer, der in einem matschigen Feld mit einer Gabelhacke arbeitete, war der einzige Mensch, den er sah, und er bemühte sich, nicht von dem Mann gesehen zu werden. Geduckt schlichen sie zwischen den Bäumen hindurch. Der Bauer konzentrierte sich ganz auf seine Arbeit, aber Rand behielt ihn im Auge, bis er außer Sicht war. Falls noch welche von Godes Männern am Leben waren, würden sie vielleicht glauben, Rand und Mat hätten die Straße nach Süden von Vier Könige aus gewählt, jedenfalls wenn niemand sie in diesem Dorf gesehen hatte. Sie kehrten außer Sichtweite vom Dorf auf die Straße zurück und wanderten weiter, bis ihre Kleidung, wenn nicht gerade trokken, so doch wenigstens nur noch etwas feucht war.

Eine Stunde vor Anbruch der Abenddämmerung ließ ein Bauer sie auf seinem halbleeren Heuwagen mitfahren. Rand war von dem Wagen überrascht worden. Er war ganz in seine Sorgen um Mat versunken gewesen. Mat schützte sich mit der Hand vor der Sonne, so schwach sie diesen Nachmittag auch war, und blinzelte mit zusammengekniffenen Augen. Ständig beklagte er sich, wie hell die Sonne schiene. Als Rand das Poltern des Heuwagens hörte, war es zum Verstecken bereits zu spät. Die aufgeweichte Straße dämpfte alle Geräusche, und der Wagen mit seinem Zweiergespann befand sich nur noch etwa fünfzig Schritte hinter ihnen. Der Fahrer blickte sie bereits neugierig an.

Zu Rands Überraschung hielt er neben ihnen an und bot ihnen an, sie mitzunehmen. Rand zögerte, aber es war ja schon zu spät, um noch zu vermeiden, daß man sie sah, und falls sie nicht mitfuhren, würde das dem Mann um so mehr auffallen. Er half Mat auf den Sitz neben dem Bauern und kletterte hinten hinauf.

Alpert Mull war ein stämmiger Mann mit einem breiten Gesicht und breiten Händen, beides gealtert und von harter Arbeit und Sorgen zerfurcht. Er brauchte jemanden, mit dem er sich unterhalten konnte. Seine Kü he gaben keine Milch mehr, seine Hühner hatten das Eierlegen eingestellt, und es gab keine Weide mehr, die diesen Namen verdient hätte. Zum erstenmal seit Menschengedenken hatte er Heu kaufen müssen, und die halbe Wagenladung war alles, was ihm der ›alte Bain‹ zugestanden hatte. Er fragte sich, ob er wohl dieses Jahr überhaupt noch auf seinem eigenen Land Heu oder irgendein anderes Produkt ernten könne.

»Die Königin sollte etwas dagegen tun, das Licht erleuchte sie«, äußerte er sich, wobei er respektvoll, aber abwesend die Stirn mit dem Handgelenk berührte.

Er sah Rand und Mat kaum an, aber als er sie an dem tief durchfurchten Feldweg absetzte, der zu seinem Hof führte, zögerte er und sagte dann beinahe so, als führe er ein Selbstgespräch: »Ich weiß nicht, wovor ihr davonrennt, und ich will es auch nicht wissen. Ich habe Frau und Kinder. Versteht ihr? Meine Familie. Es ist eine schlechte Zeit, Fremden zu helfen.«

Mat versuchte, die Hand schon wieder unter seinen Mantel zu stecken, aber Rand hielt sein Handgelenk fest. Er stand auf der Straße und blickte den Mann wortlos an.

»Wenn ich ein guter Mensch wäre«, sagte Mull, »würde ich zwei Burschen, die bis auf die Haut naß sind, einen Platz zum Trocknen und Aufwärmen vor meinem Kamin anbieten. Aber die Zeiten sind schwer, und Fremde ... Versteht ihr?«

»Ihr seid ein guter Mensch. Der beste, den wir in den letzten Tagen getroffen haben.«

Der Bauer blickte überrascht und dann dankbar drein. Er nahm seine Zügel auf und lenkte sein Gespann auf den engen Feldweg. Bevor er noch die Kurve genommen hatte, führte Rand Mat bereits wieder die Straße nach Caemlyn hinunter. Der Wind wurde schärfer, als die Dämmerung niedersank. Mat begann zu nörgeln, wann sie endlich anhielten, aber Rand ging weiter und zog Mat hinter sich her. Er suchte einen besseren Unterschlupf als einen Platz unter einem Busch. Ihre Kleidung war immer noch klamm, und der Wind wurde von Minute zu Minute kälter. Er war nicht sicher, ob sie eine weitere Nacht im Freien überleben könnten. Die Nacht brach herein, ohne daß er etwas Brauchbares entdeckte. Der Wind wurde eisig. Sein Umhang flatterte. Dann erblickte er in der Dunkelheit vor ihnen Lichter. Ein Dorf.

Seine Hand glitt in eine Tasche und fühlte nach den Münzen, die sich drin befanden. Mehr als genug für eine Mahlzeit und ein Zimmer für sie beide. Ein warmes Zimmer statt der kalten Nacht. Wenn sie im Freien blieben und in ihren feuchten Kleidern dem Wind und der Kälte ausgesetzt waren, würde jemand, der sie fand, vermutlich nur auf zwei Leichen stoßen. Sie mußten eben versuchen, nicht mehr Aufmerksamkeit zu erregen, als notwendig. Kein Flötenspiel, und bei seinen Augenschmerzen konnte Mat ganz gewiß nicht jonglieren. Er nahm wieder Mats Hand in seine und ging auf die lockenden Lichter zu.

»Wann werden wir uns endlich zur Nacht niederlassen?« fragte Mat wieder. So, wie er mit vorgeschobenem Kopf voranspähte, war sich Rand nicht sicher, ob Mat ihn überhaupt sehen konnte, geschweige denn die Lichter des Dorfes.

»Wenn wir an einem warmen Ort sind«, antwortete er.

Aus den Häusern fiel heller Lichtschein auf die Dorfstraße, und die Menschen schritten durch den Ort, ohne daran zu denken, was sich draußen im Dunkel befinden mochte. Die einzige Schenke war ein mächtiges Gebäude — alles auf einer Ebene —, das den Eindruck machte, als habe man im Laufe der Jahre planlos ganze Gruppen von Räumen einfach angebaut. Die Vordertür öffnete sich, um jemanden herauszulassen, und eine Welle des Gelächters schwappte ihm nach.

Rand erstarrte draußen auf der Straße. Das betrunkene Gelächter aus dem Tanzenden Fahrer klang in seinem Kopf nach. Er beobachtete den Mann, der mit nicht mehr ganz sicheren Schritten die Straße hinunterging, atmete tief ein und stieß die Tür auf. Er achtete darauf, daß der Umhang sein Schwert verbarg. Gelächter und Lärm umgaben ihn.

Der Raum wurde durch Lampen erhellt, die von der Decke herabhingen, und vom ersten Moment an konnte er den Unterschied zu Saml Hakes Schenke sehen und fühlen. Zum einen gab es hier keine Betrunkenen. Der Raum war mit Menschen angefüllt, die wie Bauern oder Stadtbewohner aussahen. Sie waren vielleicht nicht ganz nüchtern, aber auch nicht weit davon entfernt. Das Gelächter wirkte echt, wenn auch manchmal etwas gezwungen. Diese Menschen lachten, um ihre Sorgen zu vergessen, aber ein wenig echte Heiterkeit lag auch darin. Der Schankraum selbst sah ordentlich und sauber aus, und er war warm. Am anderen Ende prasselte ein Feuer in einem großen Kamin. Das Lächeln der Kellnerinnen war genauso warm wie das Feuer, und wenn sie lachten, dann merkte Rand, daß es ungezwungen und fröhlich war.

Der Wirt war so sauber wie seine ganze Schenke. Er hatte eine leuchtendweiße Schürze umgebunden. Rand war froh, als er sah, daß er ein molliger Mann war; er bezweifelte, jemals wieder einem mageren Wirt trauen zu können. Er hieß Rulan Allwine. Das war ein gutes

Omen, dachte Rand, denn der Name klang so sehr nach Emondsfeld. Er musterte sie von oben bis unten und machte sie höflich darauf aufmerksam, daß sie im voraus zu zahlen hätten. »Ich will damit nicht sagen, daß ihr zu der zweifelhaften Sorte gehört, aber heutzutage befinden sich doch einige auf der Wanderschaft, die nicht gerade scharf darauf sind, am nächsten Morgen zu bezahlen. Es scheint, daß eine Menge junger Leute auf dem Weg nach Caemlyn sind.«

Rand nahm keinen Anstoß an seinen Worten, so feucht und abgerissen, wie sie aussahen. Als Meister Allwine den Preis nannte, riß er allerdings die Augen auf, und Mat gab einen erstickten Laut von sich. Die fetten Backen des Wirts wackelten, als er bedauernd den Kopf schüttelte, aber er schien daran gewöhnt zu sein. »Die Zeiten sind schwer«, sagte er in bedauerndem Tonfall.

»Es gibt nicht viel, und das bißchen, was man bekommen kann, kostet fünfmal soviel wie früher. Nächsten Monat wird es wieder mehr kosten, darauf könnte ich wetten.«

Rand holte sein Geld heraus und sah Mat an. Mats Mund verzog sich unwillig. »Willst du unter einem Busch schlafen?« fragte Rand. Mat seufzte und leerte zögernd seine Taschen. Als er bezahlt hatte, schnitt Rand eine Grimasse. Es war so wenig übrig, was er mit Mat teilen konnte. Aber zehn Minuten später aßen sie Eintopf an einem Tisch in einer Ecke in der Nähe des Kamins. Sie schoben das Essen mit Brotstücken auf ihre Löffel. Die Portionen waren nicht so groß, wie Rand es gern gesehen hätte, aber sie waren heiß und nahrhaft. Langsam durchdrang ihn die Wärme vom Kamin her. Er gab vor, nur Augen für seinen Teller zu haben, aber er behielt die Tür ständig ganz genau im Auge. Diejenigen, die eintraten oder hinausgingen, sahen ausnahmslos wie Bauern aus, aber das reichte nicht, um ihm alle Angst zu nehmen.

Mat aß langsam und genoß jeden Bissen, obwohl er sich über die hellen Lampen beklagte. Nach einer Weile holte er den Schal heraus, den der Bauer ihm gegeben hatte, und wickelte ihn um die Stirn. Er zog ihn so weit herunter, daß seine Augen fast verborgen waren. Das zog einige Blicke nach sich, die Rand lieber vermieden hätte. Er leerte seinen Teller hastig, forderte Mat auf, es ihm gleichzutun, und bat dann Meister Allwine, ihnen ihr Zimmer zu zeigen.

Der Wirt schien überrascht, daß sie sich so früh zurückziehen wollten, aber er sagte nichts weiter dazu. Er holte eine Kerze und führte sie durch ein Labyrinth von Korridoren zu einem kleinen Zimmer mit zwei engen Betten, ganz hinten in einer Ecke des Gasthofes. Nachdem der Wirt sich entfernt hatte, ließ Rand sein Bündel neben das Bett fallen, warf seinen Umhang über einen Stuhl und sackte, angezogen, wie er war, auf die Bettdecke. Seine Kleider waren noch feucht, und er fühlte sich nicht wohl darin, aber er wollte vorbereitet sein, falls sie fliehen mußten. Er behielt auch den Schwertgürtel an und schlief mit einer Hand am Knauf.

Am Morgen wurde er von einem krähenden Hahn aus dem Schlaf gerissen. Er lag da, beobachtete, wie die Dämmerung das Fenster erhellte, und überlegte, ob er es wagen sollte, noch ein Weilchen zu schlafen. Am Tag zu schlafen, wenn sie eigentlich unterwegs sein sollten! Er gähnte, daß seine Kiefer knackten.

»He«, rief Mat, »ich kann ja sehen!« Er setzte sich in seinem Bett auf und blickte sich blinzelnd im Zimmer um. »Jedenfalls ein wenig. Dein Gesicht ist immer noch verschwommen, aber ich kann erkennen, wer du bist. Ich wußte, es würde wieder gut werden. Heute abend sehe ich besser als du, wart's nur ab.«

Rand sprang aus dem Bett und kratzte sich, als er seinen Umhang aufhob. Seine Kleidung war ganz zerknittert, nachdem er sie am Körper hatte trocknen lassen, und alles kratzte. »Wir verschwenden Tageslicht«, sagte er. Mat stand genauso schnell auf wie er, und auch er kratzte sich.

Rand fühlte sich wohl. Sie waren eine Tagesreise weit von Vier Könige entfernt, und es hatte sich noch keiner von Godes Männern gezeigt. Ein Tag weniger nach Caemlyn, wo Moiraine auf sie warten würde. Bestimmt würde sie warten. Wenn sie nur endlich wieder bei der Aes Sedai und dem Behüter wären, dann brauchten sie sich keine Sorgen wegen der Schattenfreunde mehr zu machen. Es war eigenartig, daß er sich so darauf freute, bei einer Aes Sedai zu sein. *Licht, wenn ich Moiraine wiedersehe, werde ich sie küssen!* Er lachte über seine Idee. Er fühlte sich so gut, daß er ein paar der Münzen aus ihrem schwindenden Vorrat in ein Frühstück investieren wollte — einen großen Laib Brot und eine Kanne Milch, kalt, direkt aus dem Kühlhaus.

Sie aßen im hinteren Teil des Schankraums, als ein junger Mann eintrat. Von seinem Aussehen her wirkte er wie ein Junge aus dem Dorf. Sein Gang war federnd und ein wenig geckenhaft, und an einem Finger wirbelte er eine Stoffmütze mit einer Feder daran herum. Der einzige Mensch ansonsten im Raum war ein alter Mann, der den Boden fegte. Er blickte nicht von seinem Besen auf. Der Blick des jungen Mannes wanderte unbekümmert durch den Raum, doch als er Rand und Mat sah, fiel ihm die Mütze vom Finger. Er starrte sie eine volle Minute lang an, bevor er die Mütze vom Boden aufhob. Dann starrte er noch ein bißchen weiter und fuhr sich mit den Fingern durch das dichte, dunkle, lockige Haar. Schließlich kam er mit zögerndem Schritt herüber an ihren Tisch.

Er war älter als Rand, stand aber schüchtern da und blickte auf sie herunter. »Habt ihr was dagegen, wenn ich mich zu euch setze?« fragte er und schluckte sofort, als fürchte er, etwas Falsches gesagt zu haben.

Rand dachte, er wolle vielleicht ein Frühstück schnorren, obwohl er so aussah, als könne er sich selbst eines kaufen. Sein blaugestreiftes Hemd hatte einen bestickten Kragen, und auch der Saum seines dunkelblauen Umhangs war rundherum bestickt. Seine Lederstiefel waren nie einer Arbeit zu nahe gekommen, bei der sie hätten abgestoßen werden können, jedenfalls soweit Rand das beurteilen konnte. Er nickte in Richtung eines Stuhls.

Mat starrte den Burschen angestrengt an, als er einen Stuhl zu ihrem Tisch herüberzog. Rand wußte nicht, ob Mat ihn böse ansah oder sich nur bemühte, ihn besser zu sehen. Jedenfalls tat Mats gerunzelte Stirn ihre Wirkung.

Der junge Mann erstarrte in der Bewegung, und er setzte sich nicht hin, bevor Rand ihm nicht noch einmal zugenickt hatte. »Wie heißt du?« fragte Rand.

»Wie ich heiße? Mein Name? Äh... nennt mich Paitr.« Sein Blick huschte nervös von einem zum anderen. »Äh... ich wollte das nicht, versteht ihr? Ich muß es tun. Ich wollte nicht, aber sie haben mich gezwungen. Das müßt ihr verstehen. Ich...«

Rand wurde allmählich nervös, und Mat zischte: »Schattenfreund!«

Paitr zuckte zusammen und erhob sich beinahe von seinem Stuhl. Er blickte sich verängstigt im Raum um, als wären da fünfzig Leute, die lauschen könnten. Der Kopf des alten Mannes war noch über seinen Besen gebeugt, und seine Aufmerksamkeit galt dem Fußboden. Paitr setzte sich wieder hin und sah erst Rand, dann Mat und dann wieder Rand unsicher an. Auf seiner Oberlippe bildeten sich Schweißtröpfchen. Die Beschuldigung reichte, um jeden zum Schwitzen zu bringen, aber er wehrte sich mit keinem Wort dagegen.

Rand schüttelte bedächtig den Kopf. Nach Gode war ihm klar, daß Schattenfreunde nicht unbedingt den Drachenfang auf der Stirn trugen, aber von seiner Kleidung abgesehen hätte Paitr auch gut nach Emondsfeld gepaßt. Nichts an ihm deutete auf Mord oder Schlimmeres hin. Niemand würde ihm gesteigerte Beachtung schenken. Gode war doch immerhin … anders gewesen.

»Laß uns in Ruhe«, sagte Rand. »Und sag deinen Freunden, sie sollen uns in Ruhe lassen. Wir wollen nichts von ihnen, und sie werden nichts von uns bekommen.«

»Wenn nicht«, fügte Mat leidenschaftlich hinzu, »werde ich dich als das entlarven, was du bist. Paß auf, was deine Freunde aus dem Dorf davon halten!«

Rand hoffte, daß er das nicht ernst gemeint hatte. Das könnte sie genauso in Schwierigkeiten bringen wie Paitr.

Paitr schien die Drohung ernst zu nehmen. Sein Gesicht wurde bleich. »Ich … ich hörte, was in Vier Könige geschehen ist. Zumindest einiges darüber. Es spricht sich herum. Wir haben unsere eigenen Quellen. Aber hier will euch niemand eine Falle stellen. Ich bin allein und … und ich will nur mit euch reden.«

»Worüber?« fragte Mat zur gleichen Zeit, als Rand sagte: »Wir interessieren uns nicht dafür.« Sie sahen sich an und Mat zuckte die Achseln. »Wir sind nicht interessiert«, sagte auch er.

Rand schluckte den Rest der Milch hinunter und stopfte sich den Rest seiner Brothälfte in die Manteltasche. Da ihr Geld beinahe verbraucht war, könnte das ihre nächste Mahlzeit werden.

Wie sollten sie die Schenke verlassen? Wenn Paitr bemerkte, daß Mat fast blind war, würde er es den anderen erzählen … anderen Schattenfreunden. Einmal hatte Rand beobachtet, wie ein Wolf ein verkrüppeltes Schaf von der Herde trennte. Es waren noch andere Wölfe da, und er konnte weder die Herde verlassen, noch hatte er freies Schußfeld mit dem Bogen. Sobald das Schaf allein war und angsterfüllt blökte, während es verzweifelt auf drei Beinen einherhumpelte, wurden aus dem einen verfolgenden Wolf wie durch Zauberei zehn. Die Erinnerung daran drehte ihm den Magen herum.

Sie konnten nicht hierbleiben. Selbst wenn Paitr die Wahrheit sagte, daß er allein war: Wie lange würde das so bleiben?

»Es ist Zeit zum Aufbruch, Mat«, sagte er und hielt den Atem an. Als Mat aufstand, lenkte er Paitrs Aufmerksamkeit auf sich, beugte sich vor und sagte: »Laß uns in Ruhe, Schattenfreund. Ich sage es dir ein letztes Mal. Laß uns in Ruhe!«

Paitr schluckte und kauerte sich auf seinem Stuhl zusammen. Sein Gesicht schien völlig blutleer. Rand mußte an einen Myrddraal denken. Als er sich wieder nach Mat umsah, stand dieser bereits, und seine Hilflosigkeit war nicht zu sehen. Rand hängte sich hastig die eigenen Satteltaschen und anderen Bündel um, wobei er sich bemühte, den Umhang über das Schwert zu ziehen. Vielleicht wußte Paitr bereits davon; vielleicht hatte Gode Ba'alzamon davon erzählt, und Ba'alzamon hatte es Paitr gesagt, aber er glaubte das eigentlich nicht. Er glaubte, Paitr habe nur eine ganz blasse Ahnung davon, was in Vier Könige geschehen war. Deshalb hatte er solche Angst.

Der relativ helle Umriß der Tür half Mat, in einer geraden Linie daraufzuzugehen, wenn auch nicht schnell, so doch auch nicht langsam genug, um unnatürlich zu wirken. Rand folgte dicht hinter ihm und betete, er möge nicht stolpern. Er war dankbar dafür, daß in Mats Weg keine Hindernisse wie Tische oder Stühle standen.

Hinter ihm sprang Paitr plötzlich auf. »Wartet«, sagte er verzweifelt. »Ihr müßt warten.«

»Laß uns in Ruhe«, sagte Rand, ohne sich umzuschauen. Sie waren schon fast an der Tür, und Mat hatte noch keinen falschen Schritt getan.

»Hört doch auf mich«, sagte Paitr und legte eine Hand auf Rands Schulter, um ihn aufzuhalten.

Bilder wirbelten ihm durch den Kopf. Der Trolloc, Narg, der in seinem eigenen Haus auf ihn losging. Der drohende Myrddraal im Hirsch und Löwen in Baerlon.

Überall Halbmenschen, Blasse, die sie bis Shadar Logoth hetzten und sie in Weißbrücke einfangen wollten. Überall Schattenfreunde. Er fuhr herum und ballte eine Hand zur Faust. »Ich sagte, du sollst uns in Ruhe lassen!« Seine Faust erwischte Paitr genau auf der Nase. Der Schattenfreund fiel auf den Hosenboden, saß da und blickte zu Rand hoch. Aus seiner Nase rann Blut. »Ihr könnt nicht entkommen«, fuhr er sie wütend an. »Ganz gleich, wie stark ihr seid, der Große Herr der Dunkelheit ist stärker. Der Schatten wird euch verschlingen!«

Aus dem Inneren des Schankraums hörte man ein Keuchen und das Geklapper eines zu Boden fallenden Besenstiels. Der alte Mann mit dem Besen hatte ihre Auseinandersetzung schließlich doch gehört. Er stand da und starrte Paitr mit weit aufgerissenen Augen an. Sein runzliges Gesicht erbleichte, und sein Mund bewegte sich, doch es kam kein Laut heraus. Paitr schaute ihn einen Moment lang ebenfalls an, fluchte dann wild, sprang auf die Füße und hetzte aus der Schenke und die Straße hinunter, als seien ihm hungrige Wölfe auf den Fersen. Der alte Mann wandte seine Aufmerksamkeit Rand und Mat zu, wobei er kein bißchen weniger verängstigt wirkte.

Rand schob Mat aus der Schenke hinaus, und sie verließen das Dorf, so schnell sie nur konnten. Die ganze Zeit über lauschte Mat, ob sich Geschrei erheben werde, doch auch wenn ein Dröhnen in seinen Ohren hallte, es kam nichts.

»Blut und Asche«, grollte Mat, »sie sind immer da, immer dicht auf unseren Fersen. So entkommen wir nie.«

»Nein, sind sie nicht«, sagte Rand. »Wenn Ba'alzamon wüßte, daß wir hier waren, glaubst du, er hätte das diesem Burschen überlassen? Da wäre eher ein anderer Gode gekommen, mit zwanzig oder dreißig Schlägern. Sie jagen uns noch, doch sie werden nichts erfahren, bis Paitr es ihnen erzählt, und vielleicht ist er ja auch wirklich allein. Er muß möglicherweise den ganzen Weg nach Vier Könige zurücklaufen, denke ich mir.«

»Aber er sagte …«

»Es ist mir gleich.« Er war nicht sicher, wen Mat mit ›er‹ meinte, aber es änderte auch nichts. »Wir werden nicht stillhalten und uns von ihnen fangen lassen.«

Im Laufe des Tages wurden sie sechsmal mitgenommen, wenn auch immer nur für ein kurzes Stück. Ein Bauer erzählte ihnen, daß ein verrückter alter Mann in der Schenke von Markt Scheran erzähle, es gebe Schattenfreunde im Dorf. Der Bauer konnte sich vor Lachen kaum halten. Er wischte sich immer wieder Tränen von den Wangen. Schattenfreunde in Markt Scheran! Das war die beste Geschichte, die er gehört hatte, seit Ackley Farren sich hatte vollaufen lassen und dann die Nacht auf dem Dach der Schenke verbringen mußte.

Ein anderer Mann — er war Wagner von Beruf, und an den Seitenwänden seines Karrens hingen Werkzeuge und hinten drauf lagen zwei Wagenräder — erzählte eine ganz andere Geschichte. Zwanzig Schattenfreunde hatten sich in Markt Scheran versammelt. Die Körper der Männer hatten ganz mißgestaltet ausgesehen, und die der Frauen noch schlimmer, und sie seien alle schmutzig gewesen und in Lumpen einhergegangen. Wenn sie einen nur anschauten, wurde man schwach in den Knien und der Magen drehte sich einem um, und wenn sie lachten, hallte einem das dreckige Gegackere noch stundenlang in den Ohren nach und der Kopf schien einem zu zerspringen. Er hatte sie selbst gesehen, wenn auch nur auf einige Entfernung, weit genug, um in Sicherheit zu sein. Wenn die Königin nicht bald etwas unternehme, sollte man eben die Kinder des Lichts um Hilfe bitten. Irgend jemand müßte unbedingt etwas dagegen tun.

Sie waren erleichtert, als der Wagner sie heruntersteigen ließ.

Mit der tiefstehenden Sonne im Rücken gelangten sie

in ein kleines Dorf, das Markt Scheran sehr ähnlich sah. Die Straße nach Caemlyn teilte den Ort sauber in zwei Hälften, aber auf beiden Seiten der breiten Straße standen Reihen kleiner Backsteinhäuser mit strohgedeckten Dächern. Die Steine waren von Ranken überwuchert, doch nur wenige Blätter hingen daran. Das Dorf wies eine Schenke auf, ein kleines Gebäude, nicht größer als die Weinquellenschenke, von deren Vorderseite ein Schild herabhing, das im Wind hin- und herknarrte. Der Königin Diener.

Seltsam, nun auf einmal die Weinquellenschenke als klein zu betrachten. Rand konnte sich an Zeiten erinnern, als er geglaubt hatte, sie sei so groß, wie ein Gebäude überhaupt nur sein konnte. Jedes größere müsse bereits ein Palast sein. Aber mittlerweile hatte er ein paar Dinge gesehen, und so wurde ihm plötzlich klar, daß für ihn nichts mehr so sein würde wie früher, wenn er nach Hause käme. *Falls das jemals geschieht.*

Er zögerte, als sie vor der Schenke standen, aber selbst wenn die Preise in Der Königin Diener nicht so hoch waren wie in Markt Scheran, konnten sie sich doch keine Mahlzeit oder kein Zimmer leisten, weder beides zusammen noch eines davon.

Mat bemerkte seine Blickrichtung und klopfte sich auf die Tasche, in der er Thoms farbige Bälle aufbewahrte. »Ich kann gut genug sehen, solange ich nichts ganz Ausgefallenes versuche.« Seine Augen waren wieder besser geworden, doch er trug noch den Schal um die Stirn und hatte während des Tages immer blinzeln müssen, wenn er zum Himmel aufsah. Als Rand schwieg, fuhr Mat fort: »Es kann doch nicht in jeder Schenke bis Caemlyn Schattenfreunde geben. Außerdem will ich nicht unter einem Busch schlafen, wenn ich ein Bett haben kann.« Er machte allerdings keine Anstalten, zur Schenke zu gehen, sondern stand nur da und wartete auf Rand.

Nach einem Augenblick nickte Rand. Er war so müde

wie nie zuvor, seit er die Heimat verlassen hatte. Wenn er nur an eine Nacht im Freien dachte, schmerzten schon seine Knochen. *Das wirkt sich alles jetzt erst aus. Die ganze Rennerei, das ständige Nach-hinten-Ausschauen.* »Sie können nicht überall sein«, stimmte er zu.

Beim ersten Schritt in den Schankraum hinein fragte er sich, ob er einen Fehler begangen hatte. Es war sauber hier, aber voll. Jeder Tisch war besetzt, und einige Männer lehnten an der Wand, weil sie keinen Sitzplatz gefunden hatten. An der Art, wie sich die Kellnerinnen mit gehetztem Blick zwischen den Tischen durchzwängten — und auch der Wirt — sah man, daß die Menge größer war als gewohnt. Zu viele Leute für dieses kleine Dorf. Es war leicht, die Leute herauszupicken, die nicht von hier waren. Sie waren nicht anders als die anderen gekleidet, aber sie konzentrierten sich aufs Essen und Trinken. Die Einheimischen beobachteten dagegen vor allem die Fremden.

Die Luft war erfüllt vom Lärm unzähliger Gespräche, so daß der Wirt sie in die Küche mitnahm, nachdem Rand ihm klargemacht hatte, daß sie mit ihm sprechen mußten. Der Lärm war dort fast genauso schlimm. Der Koch und seine Helfer hantierten mit klappernden Töpfen, und alle rannten durcheinander.

Der Wirt wischte sich mit einem Taschentuch das Gesicht ab. »Ich schätze, ihr seid auf dem Weg nach Caemlyn, um genau wie jeder andere Narr in der Gegend den falschen Drachen zu sehen. Also, es schlafen immer sechs in einem Zimmer und zwei oder drei in einem Bett, und wenn euch das nicht paßt, habe ich nichts für euch.«

Rand zog seine Nummer mit einem unangenehmen Gefühl im Magen ab. Wenn so viele Menschen unterwegs waren, konnte ja jeder zweite ein Schattenfreund sein, und es gab keine Möglichkeit, sie von den anderen zu unterscheiden. Mat führte seine Jongleurkunststücke vor — er gebrauchte nur drei Bälle und war auch damit besonders vorsichtig —, und Rand holte Thoms Flöte heraus. Nach nur wenigen Noten von ›Der alte Schwarzbär‹ nickte der Wirt ungeduldig.

»Das reicht schon. Ich brauche etwas, um die Idioten von diesem Logain abzulenken. Es hat schon drei Raufereien gegeben, weil sich welche stritten, ob er nun wirklich der Drache ist oder nicht. Stellt eure Sachen in die Ecke, und ich schaffe euch drin etwas Platz, falls das irgendwo möglich ist. Die Welt ist voll von Narren, die nicht genug Hirn haben, um dort zu bleiben, wo sie sind. Deswegen gibt es einen solchen Wirbel. Leute, die nicht dort bleiben, wo sie hingehören.« Er wischte sich wieder die Stirn ab und eilte, leise vor sich hin brummend, aus der Küche.

Der Koch und seine Helfer beachteten Rand und Mat nicht. Mat rückte immer wieder an dem Schal um seine Stirn, schob ihn hoch, blinzelte ins Licht und zog ihn dann wieder runter. Rand fragte sich, ob er wirklich gut genug sehen konnte, um etwas Komplizierteres zu jonglieren als nur drei Bälle. Was ihn selbst betraf …

Das flaue Gefühl in seinem Magen wurde stärker. Er ließ sich auf einen niedrigen Hocker fallen und hielt den Kopf in beiden Händen. Die Küche erschien ihm kalt. Er zitterte. Dampf erfüllte die Luft; Herde und Öfen strahlten knackend Wärme ab. Sein Zittern wurde stärker; die Zähne klapperten. Er schlang die Arme um seinen Körper, aber es half nichts. Seine Knochen schienen einzufrieren.

Undeutlich bemerkte er, daß Mat ihn etwas fragte, seine Schulter rüttelte und daß jemand fluchte und aus dem Raum rannte. Dann war der Wirt da und an seiner Seite mit düsterer Miene der Koch, und Mat stritt sich lauthals mit beiden. Er konnte nicht verstehen, was sie sagten; die Worte verschwammen in seinen Ohren zu einem Summen, und dann konnte er überhaupt nicht mehr denken.

Plötzlich packte ihn Mat am Arm und zog ihn auf die

Beine. Alle ihre Sachen — Satteltaschen, Deckenrollen, Thoms gebündelter Umhang und die Instrumentenkästen — hingen zusammen mit seinem Bogen an Mats Schulter. Der Wirt beobachtete sie und wischte sich ängstlich übers Gesicht. Torkelnd, mehr von Mat gestützt als aus eigener Kraft, ließ sich Rand von seinem Freund zur Hintertür bugsieren.

»T-t-t-ut mmmır l-l-eid, Mmmat«, brachte er heraus. Er konnte sein Zähneklappern nicht unterdrücken. »M-m-muß der R-r-r-egen gewe-sen sssein. N-n-noch 'ne N-n-nacht drrrrau-ßen werdddden wir a-a-auch nnnoch übers-st-stehen, dddenke ich.« Der Himmel verdunkelte sich in der Dämmerung. Eine Handvoll Sterne funkelten.

»Keine Rede davon«, sagte Mat. Er bemühte sich, ermutigend zu klingen, aber Rand konnte die versteckten Sorgen durchaus heraushören. »Er hatte Angst, die anderen Leute würden herausfinden, daß ein Kranker sich in seiner Schenke aufhält. Ich sagte ihm, wenn er uns hinauswerfe, würde ich dich in den Schankraum bringen. Dann wäre die Hälfte seiner Zimmer innerhalb von zehn Minuten leer. Auch wenn er immer von Narren spricht, will er das dann doch nicht.«

»W-w-wohin gehen w-w-wir?«

»Hierher«, sagte Mat und zog mit einem lauten Knarren der Scharniere die Stalltür auf.

Innen war es dunkler als draußen, und es roch nach Heu und Getreide und Pferden und durch alles hindurch drang der Gestank von Pferdemist. Als Mat ihn auf den strohbedeckten Boden sinken ließ, kauerte er sich mit angezogenen Beinen zusammen, die Brust an den Knien und die Arme um die Beine geschlungen, und er zitterte von Kopf bis Fuß. Alle Kraft schien in dieses Zittern zu fließen. Er hörte, wie Mat stolperte und fluchte und noch mal stolperte, und dann ein metallisches Klappern. Plötzlich erglühte ein Licht. Mat hielt eine zerbeulte alte Laterne hoch.

Wenn die Schenke voll gewesen war, dann aber auch der Stall. In jeder Box stand ein Pferd. Einige davon hoben die Köpfe und blinzelten ins Licht. Mat sah überlegend die Leiter zum Heuboden an und dann Rand, der am Boden kauerte, doch dann schüttelte er den Kopf.

»Dich krieg' ich da nie hinauf«, murmelte Mat. Er hängte die Laterne an einen Nagel, kletterte die Leiter hinauf und warf einen Armvoll Heu nach dem anderen hinunter. Dann kletterte er eilig wieder runter, bereitete ein Bett am hinteren Ende des Stalles und legte Rand darauf. Mat bedeckte ihn mit beiden Umhängen, aber Rand schob sie sofort wieder von sich.

»Heiß«, stöhnte er. Es war ihm undeutlich bewußt, daß er einen Moment vorher noch gefroren hatte, aber nun fühlte er sich wie in einem Ofen. Er riß an seinem Kragen und warf den Kopf zurück. »Heiß!« Er fühlte Mats Hand auf seiner Stirn.

»Ich bin gleich zurück«, sagte Mat und verschwand.

Er wälzte sich krampfhaft auf dem Heu herum — er wußte nicht, wie lange —, bis Mat mit einem gefüllten Teller in einer Hand und einem Krug in der anderen zurückkehrte. Zwei weiße Tassen hingen an den Griffen von seinen Fingern herunter.

»Hier gibt es keine Seherin«, sagte er, als er neben Rand auf die Knie fiel. Er füllte eine der Tassen und hielt sie an Rands Mund. Rand stürzte das Wasser hinunter, als habe er tagelang nichts mehr getrunken; jedenfalls fühlte er sich so. »Sie wissen nicht einmal, was eine Seherin ist. Was sie haben, ist jemand namens Mutter Brune, aber sie steckt irgendwo und befördert ein Kind auf die Welt, und niemand weiß, wann sie zurück sein wird. Ich habe ein wenig Brot und Käse und Wurst bekommen. Der gute Meister Inlow wird uns alles geben, solange wir außer Sicht seiner Gäste bleiben. Hier, versuch mal.«

Rand drehte den Kopf von dem Essen weg. Der bloße Anblick, ja schon der Gedanke an Essen brachte ihn zum Würgen. Nach einer Minute seufzte Mat und setzte sich, um selbst zu essen. Rand hielt den Blick abgewandt und bemühte sich, nicht hinzuhören.

Der Schüttelfrost kehrte wieder und dann das Fieber, das wieder durch den Schüttelfrost ersetzt wurde, den das Fieber erneut ablöste. Mat deckte ihn zu, wenn er zitterte, und gab ihm Wasser zu trinken, wenn er über Durst klagte. Die Nacht dehnte sich, und der Stall schien sich im flackernden Laternenschein ständig zu verändern. Schatten nahmen Gestalt an und bewegten sich selbständig. Dann sah er Ba'alzamon durch den Stall schreiten. Seine Augen brannten, und an jeder Seite schritt ein Myrddraal. Ihre Gesichter waren in den Tiefen ihrer schwarzen Kapuzen verborgen.

Seine Finger griffen nach dem Schwertgriff, und er versuchte, auf die Beine zu kommen, wobei er schrie: »Mat! Mat, sie sind hier! Licht, sie sind hier!«

Mat erwachte und fuhr hoch. Er hatte mit überschlagenen Beinen an der Wand gelehnt. »Was? Schattenfreunde? Wo?«

Rand schwankte auf den Knien und zeigte verzweifelt auf etwas im Stall ... dann riß er den Mund vor Erstaunen auf. Schatten bewegten sich, und ein Pferd stampfte im Schlaf auf. Sonst nichts. Er fiel auf das Heu zurück.

»Es ist niemand da außer uns«, sagte Mat. »Hier, laß mich das nehmen.« Er griff nach Rands Schwertgürtel, aber Rand hielt den Griff krampfhaft fest.

»Nein. Nein. Ich muß es behalten. Er ist mein Vater. Verstehst du? Er ist m-mein V-vater!« Der Schüttelfrost überkam ihn wieder, aber er klammerte sich an das Schwert wie an einen Rettungsring. »M-m-mein Vater!« Mat gab den Versuch auf und zog die Umhänge wieder über ihn.

Rand hatte diese Nacht noch weitere Visionen, während Mat döste. Er war nie sicher, ob sie wirklich vorhanden waren oder nicht. Manchmal sah er Mat an, dessen Kopf auf die Brust heruntergesunken war, und fragte sich, ob er sie auch sehen würde, falls er erwachte.

Egwene trat aus den Schatten hervor, das Haar zu einem langen, dunklen Zopf gebunden wie zuvor in Emondsfeld, das Gesicht bemalt und voller Trauer. »Warum hast du uns verlassen?« fragte sie. »Wir sind tot, weil du uns verlassen hast.«

Rand schüttelte schwach den Kopf auf dem Heu. »Nein, Egwene. Ich wollte euch nicht verlassen. Bitte.«

»Wir sind alle tot«, sagte sie traurig, »und der Tod ist das Reich des Dunklen Königs. Der Dunkle König hat uns, weil du uns verlassen hast.«

»Nein. Ich hatte keine andere Wahl, Egwene. Bitte. Egwene, geh nicht! Komm zurück! Egwene!«

Doch sie wandte sich den Schatten zu und war ein Schatten.

Moiraines Ausdruck war ruhig, doch ihr Gesicht war blaß und blutleer. Ihr Umhang hätte gut als Leichentuch dienen können, und ihre Stimme klang wie eine Peitsche. »Das stimmt, Rand al'Thor. Du hast keine Wahl. Du mußt nach Tar Valon gehen, oder der Dunkle König wird dich sein eigen nennen. Die Ewigkeit, im Schatten angekettet. Nur die Aes Sedai können dich jetzt noch retten. Nur die Aes Sedai.«

Thom grinste ihn boshaft an. Die Kleidung des Gauklers hing in verkohlten Lumpen herunter, so daß er die Lichtblitze vor Augen sah, als Thom mit dem Blassen gekämpft hatte, um ihnen Gelegenheit zur Flucht zu verschaffen. Das Fleisch unter den Lumpen war geschwärzt und verbrannt. »Vertraue den Aes Sedai, Junge, und du wirst dir wünschen, tot zu sein. Denk daran, der Preis für die Hilfe der Aes Sedai ist immer geringer, als du glauben kannst, und immer größer, als du dir vorstellen kannst. Und welche Ajah werden dich zuerst finden, he? Rote? Vielleicht schwarze. Am besten, du läufst weg, Junge. Renn!«

Lans Blick war hart wie Granit, und sein Gesicht blutverschmiert. »Eigenartig, eine Klinge mit dem Reiherzeichen in den Händen eines Schafhirten zu entdecken. Bist du sie wert? Es wäre besser, du wärst ihrer würdig. Jetzt bist du allein. Nichts hinter dir, woran du dich halten kannst, und nichts vor dir. Jeder kann ein Schattenfreund sein.« Er lächelte das Lächeln eines Wolfs, und Blut strömte aus seinem Mund. »Jeder.«

Perrin kam, brachte Anschuldigungen vor, bat um Hilfe. Frau al'Vere weinte um ihre Tochter, und Bayle Domon verfluchte ihn, weil er Blasse zum Angriff auf sein Schiff verleitet hatte. Meister Fitch stand händeringend in der Asche seiner Schenke, und Min schrie in den Klauen eines Trollocs. Menschen, die er kannte, und Menschen, die er nur kurz kennengelernt hatte. Am schlimmsten war es bei Tam. Tam stand über ihm, runzelte die Stirn und schüttelte den Kopf, doch er sagte kein Wort.

»Du mußt es mir sagen«, bat Rand ihn. »Wer bin ich? Sag es mir, bitte! Wer bin ich? *Wer bin ich?*« schrie er.

»Beruhige dich, Rand!«

Einen Augenblick lang glaubte er, Tam habe geantwortet, aber dann sah er, daß Tam weg war. Mat beugte sich über ihn und hielt ihm eine Tasse Wasser an die Lippen. »Ruhe dich nur einfach aus. Du bist Rand al'Thor, ganz gewiß, und hast das häßlichste Gesicht und den größten Dickschädel von ganz Zwei Flüssen. He, du schwitzt ja! Das Fieber ist weg.«

»Rand al'Thor?« flüsterte Rand. Mat nickte, und darin lag etwas so Beruhigendes, daß Rand einschlief, ohne das Wasser auch nur zu berühren.

Es war ein von Träumen unbelästigter Schlaf — jedenfalls erinnerte er sich später an keine —, aber leicht genug, daß er immer die Augen ein wenig öffnete, wenn Mat nach ihm sah. Einmal fragte er sich, ob Mat überhaupt keinen Schlaf bekäme, aber er schlief selbst wieder ein, bevor der Gedanke weit ausgesponnen war.

Das Quietschen der Türangeln weckte ihn auf, doch er lag einen Augenblick lang nur still im Heu und wünschte sich, noch schlafen zu können. Im Schlaf könnte er seinen Körper nicht fühlen. Seine Muskeln schmerzten höllisch und verliehen ihm ungefähr die Kraft eines ausgewrungenen Lumpens. Er unternahm den schwachen Versuch, den Kopf zu heben. Es gelang ihm beim zweiten Mal.

Mat saß an seinem gewohnten Platz an die Wand gelehnt und so nah, daß er Rand mit einem Griff erreichen konnte. Sein Kinn ruhte auf der Brust, und die hob und senkte sich im sanften Rhythmus tiefen Schlafes. Der Schal war ihm über die Augen gerutscht.

Rand sah zur Tür hinüber.

Dort stand eine Frau und hielt die Tür mit einer Hand auf. Einen Moment lang erschien sie ihm nur als dunkle Gestalt in einem Kleid, die sich im schwachen Licht des frühen Morgens abhob, dann aber trat sie ein und ließ die Tür hinter sich zufallen. Er konnte sie nun im Laternenschein besser sehen. Er glaubte, sie müsse ungefähr so alt sein wie Nynaeve, aber sie war kein Dorfmädchen.

Die blaßgrüne Seide ihres Kleids schimmerte bei jeder Bewegung. Ihr Umhang glänzte sanftgrau, und ihr Haar wurde von einem feinen Spitzennetz zusammengehalten. Sie strich mit den Fingern über eine schwere goldene Halskette, während sie Mat und ihn nachdenklich anblickte.

»Mat«, sagte Rand, und dann lauter: »Mat!«

Mat schnaubte und kippte beinahe um, als er erwachte. Er rieb sich den Schlaf aus den Augen und sah die Frau an.

»Ich bin gekommen, um nach meinem Pferd zu sehen«, sagte sie und deutete unbestimmt in Richtung der Boxen. Sie wandte den Blick nicht von den beiden. »Bist du krank?«

»Er ist schon in Ordnung«, sagte Mat steif. »Er hat

sich lediglich bei diesem Regen eine Erkältung geholt, das ist alles.«

»Vielleicht sollte ich ihn mir ansehen«, sagte sie. »Ich habe einige Kenntnisse …«

Rand fragte sich, ob sie eine Aes Sedai sei. Noch mehr als ihre Kleidung zeigte ihm ihr selbstsicheres Auftreten, die Art, wie sie den Kopf hielt, als wolle sie gerade einen Befehl erteilen, daß sie nicht hierher gehörte. *Und falls sie eine Aes Sedai ist, welcher Ajah gehört sie dann an?*

»Ich fühle mich schon wieder gut«, versicherte er ihr. »Es ist wirklich nicht nötig.«

Aber sie kam durch den Stall auf sie zu, hielt den Rock hoch und setzte vorsichtig einen in einen grauen Stoffschuh gehüllten Fuß vor den anderen. Sie verzog das Gesicht, als sie das Heu sah, kniete sich neben ihn und fühlte seine Stirn.

»Kein Fieber«, sagte sie und betrachtete ihn mit gerunzelter Stirn. Sie war hübsch, mit scharfgeschnittenen Gesichtszügen, aber in ihrem Gesicht lag keine Wärme. Es wirkte auch nicht direkt kalt; lediglich schien alles Gefühl darin zu fehlen. »Aber du warst *auf jeden Fall krank*. Ja. Ja. Und du bist jetzt noch schwach wie ein neugeborenes Kätzchen. Ich glaube …« Sie griff unter ihren Umhang, und dann geschah alles so schnell, daß Rand nur einen erstickten Schrei von sich geben konnte. Ihre Hand schoß unter dem Umhang hervor. Etwas glitzerte darin, als sie über Rand hinweg auf Mat lossprang.

Mat fiel zur Seite — die Bewegungen erfolgten zu schnell, als daß Rand ihnen hätte folgen können —, und man hörte ein sattes *Tschank*, als Metall in Holz getrieben wurde. Alles geschah in einem einzigen Augenblick, und dann war es ruhig.

Mat lag halb auf dem Rücken. Eine Hand hatte ihr Handgelenk gepackt, gleich oberhalb des Dolches, den sie in die Wand gestoßen hatte, wo seine Brust gewesen war, und die andere Hand hielt die Klinge aus Shadar Logoth an ihre Kehle.

Sie bewegte nur ihre Augen und versuchte, auf den Dolch hinunterzublicken, den Mat hielt. Ihre Augen weiteten sich; sie atmete röchelnd und versuchte, sich zurückzubeugen, weg von der Waffe. Doch er hielt die Schneide weiter an ihre Haut gedrückt. Danach war sie unbeweglich wie ein Stein.

Rand befeuchtete sich die Lippen und starrte die Szene über ihm an. Auch wenn er nicht so schwach gewesen wäre, hätte er sich wohl kaum bewegen können. Dann fiel sein Blick auf den Dolch, und sein Mund trocknete aus. Das Holz um die Schneide herum schwärzte sich; dünne Rauchfäden erhoben sich von den verkohlten Stellen.

»Mat! Mat, ihr Dolch!«

Mats Blick zuckte zu dem Dolch hinüber und dann zu der Frau zurück, doch sie hatte sich nicht bewegt. Nun leckte *sie* sich nervös die Lippen. Grob zerrte Mat ihre Hand vom Dolchgriff und gab ihr einen Stoß. Sie kippte nach hinten, weg von ihnen, und fing sich gerade noch mit den Händen hinter dem Körper ab. Sie beobachtete immer noch die Klinge in seiner Hand. »Nicht bewegen«, sagte er. »Ich werde das gebrauchen, wenn Ihr euch bewegt. Glaubt mir, ich werde nicht zögern.« Sie nickte mit langsamer Bewegung. Ihr Blick blieb an Mats Dolch haften. »Paß auf sie auf, Rand.«

Rand war sich nicht sicher, was Mat von ihm erwartete, wenn sie irgend etwas versuchte — vielleicht sollte er schreien, aber ganz sicher konnte er ihr nicht hinterherlaufen, wenn sie zu fliehen versuchte —, doch sie saß da, ohne auch nur zu zucken, während Mat ihren Dolch aus der Wand zog. Der schwarze Fleck wuchs nicht weiter, aber es stieg immer noch eine dünne Rauchfahne davon auf.

Mat sah sich nach einer Stelle um, an die er den Dolch legen konnte. Dann streckte er ihn Rand hin. Er nahm ihn vorsichtig in die Hand, als sei es eine lebendige Giftschlange. Er sah ganz gewöhnlich aus, freilich verziert, mit einem Griff aus bleichem Elfenbein und einer schmalen, schimmernden Schneide, die nicht länger war als seine Handfläche. Nur ein Dolch. Aber er hatte gesehen, wozu er fähig war. Der Griff war nicht einmal warm, doch in seiner Hand brach Schweiß aus. Er hoffte, er werde ihn nicht ins Heu fallenlassen.

Die Frau rührte sich nicht. Sie lag nur da und beobachtete Mat, der sich ihr langsam zuwandte. Sie betrachtete ihn, als frage sie sich, was er wohl als nächstes tun werde. Doch Rand sah, wie Mat plötzlich die Augen zusammenkniff und sich seine Hand um den Dolchgriff krampfte. »Mat, nein!«

»Sie versuchte, mich zu töten, Rand. Sie hätte dich auch getötet. Sie ist ein Schattenfreund.« Mat spuckte das Wort richtig aus.

»Aber wir sind keine«, sagte Rand. Die Frau keuchte, als habe sie gerade erst begriffen, was Mat vorgehabt hatte. »Wir sind keine, Mat.«

Einen Moment noch stand Mat wie erstarrt da. Der Laternenschein spiegelte sich auf der Klinge in seiner Hand. Dann nickte er. »Geht dort hinüber«, sagte er zu der Frau und zeigte mit dem Dolch auf die Tür zum Sattelraum.

Sie stand langsam auf und wischte sich das Heu vom Kleid. Selbst als sie in die Richtung ging, in die Mat gedeutet hatte, bewegte sie sich, als gebe es keinen Grund zur Eile. Aber Rand bemerkte, daß sie ganz wachsam den Dolch mit dem Rubingriff in Mats Hand beobachtete. »Ihr solltet wirklich aufhören, dagegen anzukämpfen«, sagte sie. »Es wäre schließlich das Beste. Ihr werdet ja sehen.«

»Das Beste?« sagte Mat trocken und rieb sich dort über die Brust, wo ihn ihr Dolch getroffen hätte, wenn er sich nicht bewegt hätte. »Dort rüber!«

Sie zuckte lässig die Achseln, als sie gehorchte. »Ein

Fehler. Es herrschte eine beachtliche ... Verwirrung, seit das mit diesem eingebildeten Narren Gode passierte. Ganz zu schweigen von dem Idioten, wer es auch immer gewesen sein mag, der die Panik in Markt Scheran auslöste. Niemand weiß genau, was dort geschah oder wie. Das macht es für euch noch gefährlicher; ist euch das nicht klar? Ihr werdet Ehrenplätze erhalten, wenn ihr aus freien Stücken zum Großen Herrn kommt, aber solange ihr wegrennt, werdet Ihr verfolgt, und wer weiß, was dann geschehen kann?«

Rand überlief es kalt. *Meine Hunde sind eifersüchtig und werden mit euch vielleicht nicht sanft umspringen.*

»Also habt Ihr Probleme mit ein paar Bauernjungen.« Mats Lachen klang grimmig. »Vielleicht seid Ihr Schattenfreunde doch nicht so gefährlich, wie ich immer gehört habe.« Er riß die Tür zum Sattelraum auf und trat zurück.

Sie blieb kurz stehen, als sie eingetreten war, und blickte ihn über die Schulter hinweg an. Ihr Blick war eisig und die Stimme noch kälter. »Ihr werdet noch herausfinden, wie gefährlich wir sind. Wenn der Myrddraal erst hier ist ...«

Was immer sie noch zu sagen hatte, wurde abgeschnitten, als Mat die Tür zuknallte und den Riegel in seine Halterungen senkte. Als er sich umdrehte, war sein Blick besorgt. »Blasser«, sagte er mit angespannter Stimme. Er steckte den Dolch wieder unter seinen Mantel. »Und er kommt her, sagt sie. Wie steht es mit deinen Beinen?«

»Ich kann nicht tanzen«, murmelte Rand, »aber wenn du mir aufhilfst, kann ich gehen.« Er sah die Klinge in seiner Hand an und schauderte. »Blut und Asche, ich werde auch rennen.«

Mat hängte sich eilig all ihre Besitztümer über und zog Rand auf die Füße. Rands Beine gaben nach, und er mußte sich auf seinen Freund stützen, um nicht wegzusacken, doch er bemühte sich, Mat nicht aufzuhalten. Er hielt den Dolch der Frau ein Stück von sich weg. Vor der Tür draußen stand ein Eimer Wasser. Er warf den Dolch im Vorbeigehen hinein. Die Klinge traf zischend auf das Wasser; Dampf erhob sich von seiner Oberfläche. Er verzog das Gesicht und versuchte, schneller zu gehen.

Mit Anbruch des Tages hatten eine Menge Leute die Straßen betreten, auch wenn es noch so früh war. Aber sie gingen ihren eigenen Tätigkeiten nach und verschwendeten keinen Blick auf die beiden jungen Männer, die aus dem Dorf hinausgingen. Es waren ja so viele Fremde da. Trotzdem spannte Rand jeden Muskel an in dem Versuch, aufrecht zu gehen. Bei jedem Schritt fragte er sich, ob irgendwelche unter den vorbeihastenden Menschen Schattenfreunde waren. *Warten welche davon auf die Frau mit dem Dolch? Auf den Blassen?*

Eine Meile außerhalb des Dorfes war er mit der Kraft am Ende. Im einen Augenblick schleppte er sich noch schnaufend an Mats Arm voran, im nächsten lagen sie beide am Boden. Mat zog ihn hinüber an den Straßenrand.

»Wir müssen weiter«, sagte Mat. Er fuhr sich mit der Hand durchs Haar und zog dann den Schal wieder über die Augen. »Früher oder später wird jemand sie herauslassen, und dann sind sie wieder hinter uns her.«

»Ich weiß«, keuchte Rand. »Ich weiß. Hilf mir mal hoch.«

Mat zog ihn wieder hoch, doch er schwankte und wußte, daß es nicht ging. Beim ersten Schritt, den er wagte, würde er wieder stürzen.

Mat stützte ihn und wartete ungeduldig darauf, daß ein Pferdekarren, der vom Dorf her auf sie zu kam, an ihnen vorbeifuhr. Er brummte überrascht, als der Karren langsamer wurde und vor ihnen anhielt. Ein Mann mit einem Gesicht wie aus Leder blickte vom Bock auf sie herunter. »Stimmt etwas nicht mit ihm?« fragte der Mann, ohne den Pfeifenstiel aus dem Mund zu nehmen.
»Er ist nur müde«, sagte Mat.

Rand sah ein, daß diese Erklärung nicht reichen würde, nicht, wenn er sich so auf Mat stützen mußte. Er ließ Mat los und tat einen Schritt von ihm weg. Seine Beine zitterten, doch er hielt sich mit äußerster Willenskraft aufrecht. »Ich habe zwei Tage nicht geschlafen«, sagte er. »Habe etwas gegessen, von dem mir schlecht wurde. Jetzt fühle ich mich besser, aber ich habe nicht geschlafen.«

Der Mann blies eine Rauchfahne aus dem Mundwinkel. »Ihr geht nach Caemlyn, nicht wahr? In eurem Alter, schätze ich, würde ich mich auch aufmachen, um diesen falschen Drachen selbst zu sehen.«

»Ja.« Mat nickte. »Das stimmt. Wir wollen den falschen Drachen sehen.«

»Also, dann klettert mal herauf. Dein Freund kommt hinten hinein. Wenn er sich noch mal erbrechen muß, dann besser auf dem Stroh als hier oben. Heiße Hyam Kinch.«

KAPITEL 12

Das letzte Dorf

Sie erreichten Carysfurt nach Einbruch der Dunkelheit, später als Rand nach der Schilderung Meister Kinchs geglaubt hatte, als dieser sie absetzte. Er fragte sich, ob sein ganzes Zeitgefühl durcheinandergeraten sei. Es war nur drei Nächte her seit ihrer Begegnung mit Howal Gode in Vier Könige, und zwei, seit Paitr sie in Markt Scheran überrascht hatte. Nur ein einziger Tag war vergangen, seit die namenlose Schattenfreund-Frau versucht hatte, sie im Stall von Der Königin Diener zu töten, aber selbst das schien nun ein ganzes Jahr oder sogar ein ganzes Leben zurückzuliegen.

Was auch mit der Zeit los sein mochte, Carysford wirkte normal genug, jedenfalls an der Oberfläche. Saubere, mit Ranken bewachsene Backsteinhäuser und enge Gassen, außer natürlich der Straße nach Caemlyn, ruhig und nach außen hin friedlich. *Aber was verbirgt sich unter der Oberfläche?* fragte er sich. Auch Markt Scheran hatte einen friedlichen Anblick geboten und genauso das Dorf, wo die Frau ... Er hatte nie ihren Namen erfahren, und er wollte nicht einmal mehr daran denken.

Licht drang aus den Fenstern der Häuser und fiel auf fast menschenleere Straßen. Das war Rand recht. Sie schlichen sich von Ecke zu Ecke und mieden so die wenigen Leute, die unterwegs waren. Mat marschierte Schulter an Schulter mit ihm. Sie erstarrten, wenn das Knirschen von Kieselsteinen ihnen die Annäherung eines Dorfbewohners ankündigte, und duckten sich von einem Schatten in den anderen, wenn die undeutlich sichtbare Gestalt an ihnen vorbei war. Der Fluß Cary war hier kaum dreißig Schritte breit, und das schwarze Wasser floß zäh dahin. Anstatt der Furt benützte man schon lange eine Brücke. Jahrhunderte von Regen und Wind hatten die steinernen Befestigungen verwittern lassen, bis sie nun beinahe wie natürliche Felsformationen wirkten. Jahrelanges Benützen der Brücke durch Frachtwagen und Wagenzüge von Händlern hatten die dicken Holzplanken ebenfalls beansprucht. Ihre Stiefelschritte hallten auf losen Brettern so laut wie Trommelschläge wider. Als sie schon lange aus dem Dorf hinaus und in die dahinter liegende Landschaft gewandert waren, wartete Rand immer noch darauf, daß eine Stimme sie auffordere, zu sagen, wer sie waren. Oder, noch schlimmer, daß jemand sie anhielt, der *wußte*, wer sie waren.

Je weiter sie gingen, desto dichter besiedelt erschien ihnen die sie umgebende Landschaft. Sie konnten zu jeder Zeit die Lichter von Bauernhöfen erkennen. Die Straße und die dahinterliegenden Felder wurden durch Hecken und Weidezäune abgegrenzt. Es waren immer Felder, aber keine Waldstücke in der Nähe der Straße zu sehen. Es schien ihnen, als befänden sie sich ständig am Rand eines Dorfes, auch wenn sie Wegstunden weit von der nächsten Ansiedlung entfernt waren. Ordentlich und friedlich. Und es gab niemals einen Hinweis darauf, daß irgendwo Schattenfreunde oder noch schlimmeres lauern könnten.

Plötzlich setzte sich Mat mitten auf die Straße. Er hatte den Schal ganz oben auf seinen Kopf hinaufgeschoben, denn die einzige Beleuchtung jetzt kam vom Mond her. »Zwei Schritte für jede Spanne«, murmelte er. »Tausend Spannen ergeben eine Meile, vier Meilen eine Wegstunde ... Ich werde keine zehn Schritte mehr laufen, wenn sich am Ende kein Schlafplatz befindet. Etwas zu essen käme auch nicht ungelegen. Du hast nicht zufällig etwas in deinen Taschen versteckt, oder? Vielleicht einen Apfel? Ich nehme es dir nicht übel, wenn du was aufgehoben hast. Du könntest wenigstens mal nachsehen.«

Rand spähte nach beiden Seiten die Straße hinunter. Außer ihnen bewegte sich nichts in der Nacht. Er sah Mat an, der einen Stiefel ausgezogen hatte und sich den Fuß rieb. Seine Füße schmerzten ebenfalls. Ein Beben rann durch seine Beine, als wollten sie ihm mitteilen, daß er noch nicht soviel Kraft zurückgewonnen hatte, wie er glaubte.

Gerade vor ihnen erhoben sich dunkle Hügel in einem Feld. Heumieten, wohl geschrumpft wegen des Bedarfs an Winterfutter, doch immer noch Heumieten.

Er stupste Mat mit dem großen Zeh an. »Dort werden wir schlafen.«

»Wieder im Heu!« Mat seufzte, zog aber seinen Stiefel wieder an und stand auf. Der Wind frischte auf, und die Kälte der Nacht nahm zu. Sie kletterten über die glatten Querbalken des Zauns und gruben sich schnell in das Heu ein. Die Plane, die den Regen vom Heu abhielt, schützte auch gegen den Wind.

Rand drehte sich so lange in der Kuhle, die er gemacht hatte, hin und her, bis er eine bequeme Stellung erreicht hatte. Das Heu piekste ihn immer noch durch die Kleidung hindurch, aber er hatte gelernt, sich damit abzufinden. Er bemühte sich, die Heumieten zu zählen, in denen er seit Weißbrücke geschlafen hatte. Die Helden in den Geschichten mußten nie in Heumieten oder unter Hecken schlafen. Aber es fiel ihm auch nicht mehr gerade leicht, sich auch nur für kurze Zeit selbst für einen solchen Helden zu halten. Seufzend zog er seinen Kragen hoch. Er hoffte, daß so kein Heu an seinem Rükken herunterrutschen werde.

»Rand?« fragte Mat leise. »Rand, glaubst du, wir schaffen es?«

»Tar Valon? Der Weg ist noch weit, aber ...«

»Caemlyn. Glaubst du, wir schaffen es bis Caemlyn?«

Rand hob den Kopf, doch es war dunkel in ihrem

Bau. Er konnte sich nur nach Mats Stimme richten, wenn er feststellen wollte, wo sich der Freund befand. »Meister Kinch sagte, in zwei Tagen. Übermorgen oder am Tag danach kommen wir hin.«

»Falls nicht hundert Schattenfreunde an der Straße auf uns warten, oder ein Blasser, vielleicht auch zwei.« Einen Moment lang waren sie still, dann sagte Mat: »Ich glaube, wir sind als letzte übriggeblieben, Rand.« Er klang verängstigt. »Worum es auch immer gehen mag, jetzt sind nur noch wir zwei da. Nur wir.«

Rand schüttelte den Kopf. Er wußte, daß Mat dies im Dunkeln nicht sehen konnte, aber die Geste galt auch mehr ihm selbst als Mat. »Schlafe, Mat«, sagte er müde. Aber er selbst lag noch lange wach, bevor endlich der Schlaf kam. *Nur wir.*

Das Krähen eines Hahnes weckte ihn, und er krabbelte hinaus in die erste Dämmerung und wischte sich das Heu von den Kleidern. Trotz seiner Vorsicht war etwas seinen Rücken heruntergerieselt. Zwischen seinen Schulterblättern hing Heu, und es juckte gewaltig. Er zog den Mantel aus und das Hemd aus den Kniebundhosen, um heranzukommen. In dem Moment — er hatte eine Hand im Nacken, und mit der anderen kratzte er sich am Rücken — wurde er auf die Menschen aufmerksam.

Die Sonne stand noch nicht einmal richtig am Himmel, und schon wanderte ein stetiger Strom von Menschen allein oder zu zweit in Richtung Caemlyn. Einige trugen Rucksäcke oder Bündel auf dem Rücken, andere hatten nichts als einen Wanderstock oder noch nicht einmal das. Die meisten waren junge Männer, aber hier und dort befand sich auch ein Mädchen oder eine ältere Person darunter. Jeder einzelne wirkte von der Reise ermüdet und abgerissen, als habe er schon einen langen Weg hinter sich. Einige blickten immer nur auf ihre Füße hinunter, und ihre Schultern waren unter der Last der Erschöpfung eingesunken, obwohl es noch so früh war; andere schienen nach etwas in weiter Ferne vor ihnen Ausschau zu halten, in Richtung der Dämmerung.

Mat rollte aus der Heumiete heraus und kratzte sich lebhaft. Er unterbrach diese Tätigkeit nur lange genug, um den Schal um den Kopf zu wickeln. Heute morgen ließ er ihn weiter oben und schützte seine Augen nicht mehr so sehr. »Glaubst du, heute bekommen wir etwas zu essen?«

Rands Magen zeigte seine Zustimmung mit einem deutlichen Knurren. »Darüber machen wir uns Gedanken, wenn wir unterwegs sind«, sagte er. Er brachte hastig seine Kleidung in Ordnung und grub seinen Teil ihres Gepäcks aus dem Heu.

Als sie den Zaun erreichten, hatte Mat die Menschen ebenfalls bemerkt. Er zog die Stirn kraus und blieb auf dem Acker stehen, während Rand hinüberkletterte. Ein junger Mann, nicht viel älter als sie, sah sie im Vorbeilaufen an. Seine Kleidung war staubig, genau wie die Deckenrolle, die er sich auf den Rücken geschnallt hatte.

»Wohin gehst du?« rief ihm Mat zu.

»Na, nach Caemlyn natürlich, den Drachen sehen«, rief der Bursche zurück, ohne stehenzubleiben. Er zog die Augenbrauen hoch, als er die Decken und Satteltaschen sah, die an ihren Schultern hingen, und fügte hinzu: »Genau wie ihr.« Lachend ging er weiter, und seine Augen blickten bereits wieder eifrig nach vorn.

Mat stellte den Tag über dieselbe Frage einige Male, und die einzigen Leute, die nicht dieselbe Antwort gaben, waren die Bewohner der hiesigen Dörfer. Wenn die überhaupt antworteten, dann spuckten sie gewöhnlich aus und wandten sich angewidert ab. Sie wandten sich ab, beobachteten aber doch alles aufmerksam. Sie blickten alle Reisenden auf die gleiche Weise an: aus den Augenwinkeln. In ihren Gesichtern stand geschrieben, daß Fremde ja wohl alles anstellen könnten, wenn man sie nicht ständig beobachtete.

Die Menschen, die in diesem Gebiet wohnten, verhielten sich nicht nur mißtrauisch den Fremden gegenüber, sie schienen sogar in erheblichem Maße verärgert. Es waren gerade genug Menschen auf der Straße unterwegs und auch gerade richtig verteilt, um die ohnehin schon mäßige Geschwindigkeit der Bauernkarren und Wagen, die mit Sonnenaufgang erschienen, auch noch zu verringern. Keiner der Lenker war in der Stimmung, irgend jemanden mitfahren zu lassen. Wahrscheinlicher waren zornig verzogene Gesichter und dazu ein Fluch, weil man soviel Arbeitszeit vertrödeln mußte.

Die Wagen der Händler rollten mehr oder weniger unbehelligt vorbei — es wurden nur einige Fäuste geschwungen — gleich, ob sie nach Caemlyn fuhren oder von dort kamen. Als die ersten dieser Wagenzüge früh am Morgen erschienen und sich in schnellem Trab näherten — die Sonne hatte sich hinter ihnen kaum über den Horizont erhoben —, schritt Rand auf die Straße hinaus. Sie machten keine Anstalten, aus irgendeinem Grund langsamer zu fahren. Er sah, wie andere Leute sich durch einen schnellen Sprung in Sicherheit brachten. Er ging ganz außen am Straßenrand entlang, aber er ging eben weiter.

Nur eine blitzschnelle Bewegung warnte ihn, als der erste Wagen heranrumpelte. Er warf sich platt zu Boden, und die Peitsche des Wagenlenkers knallte durch die Luft, wo sich eben noch sein Kopf befunden hatte. Von dort unten, wo er lag, konnte er einen Moment lang in die Augen des Fahrers blicken, während der Wagen vorbeirollte. Harte Augen über einer angespannten Mundpartie. Es kümmerte ihn nicht, daß er ihm vielleicht eine blutende Wunde hätte zufügen können oder sogar ein Auge ausschlagen.

»Das Licht blende dich!« schrie Mat dem Wagen nach. »Das kannst ...« Ein berittener Wächter traf ihn mit dem Schaft seines Speers an der Schulter. Der Stoß schleuderte ihn auf Rand. »Aus dem Weg, du schmutziger Schattenfreund!« brüllte der Wächter, ohne deswegen langsamer zu reiten.

Danach hielten sie Abstand von den Wagen. Es gab auch wirklich genug davon. Das Rattern und Klappern von einem war kaum verklungen, da hörte man schon den nächsten herankommen. Wächter und Lenker gleichermaßen sahen auf die nach Caemlyn marschierenden Wanderer herab, als seien sie der letzte Schmutz.

Einmal verschätzte sich Rand in bezug auf die Peitsche eines Wagenlenkers. Die äußerste Spitze erwischte ihn. Er legte die Hand auf den oberflächlichen Riß über der Augenbraue und mußte ein paarmal schlucken. Beinahe hätte er sich übergeben, als ihm klar wurde, wie nahe das am Auge vorbeigegangen war. Der Fahrer grinste ihn an. Mit seiner anderen Hand hielt er Mat davon ab, einen Pfeil aufzulegen. »Gehen wir«, sagte er. Er nickte mit dem Kopf in Richtung auf die neben den Wagen herreitenden Wächter. Einige von denen lachten, andere bedachten Mats Bogen mit einem harten Blick. »Wenn wir Glück hätten, würden sie uns nur mit ihren Speeren zusammenknüppeln. Mit Glück!«

Mat knurrte mürrisch, aber er ließ es zu, daß Rand ihn die Straße hinunterzog.

Zweimal kamen Schwadronen der Garde der Königin die Straße heruntergetrabt. Die Bänder an ihren Lanzen flatterten im Wind. Einige der Bauern begrüßten sie und wollten, daß sie etwas gegen die Fremden unternähmen, und jedesmal hielten die Gardesoldaten geduldig an und hörten zu. Es war beinahe Mittag, als Rand stehenblieb, um einer solchen Unterhaltung zu lauschen.

Hinter den Gitterstäben seines Helms war der Mund des Gardehauptmanns eine schmale Linie. »Wenn einer von ihnen etwas stiehlt oder Euer Land unerlaubt betritt«, knurrte er den schlaksigen Bauern an, der mit finsterer Miene neben seinen Steigbügeln stand, »werde ich ihn vor den Magistrat schleppen. Aber sie brechen kein Gesetz der Königin, wenn sie ihre Straße betreten.«

»Aber sie sind einfach überall«, protestierte der Bauer. »Wer weiß denn, wer sie sind oder was sie sind? Dieses ganze Geschwätz von dem Drachen ...«

»Licht, Mann! Ihr habt hier nur eine Handvoll von ihnen. Caemlyn platzt derentwegen aus allen Nähten, und jeden Tag kommen mehr.« Die Miene des Hauptmanns verfinsterte sich weiter, als er Rand und Mat entdeckte, die in ihrer Nähe auf der Straße standen. Er zeigte mit einem durch Stahlstücke verstärkten Handschuh die Straße hinunter. »Geht gefälligst weiter, oder ich nehme euch fest, weil ihr den Verkehr aufhaltet.«

Seine Stimme klang ihnen gegenüber nicht grober als bei dem Bauern, aber sie gingen doch lieber weiter. Eine Weile lang folgte ihnen der Blick des Hauptmanns; Rand fühlte ihn förmlich auf seinem Rücken. Er vermutete, daß die Garde nicht mehr viel Geduld mit den Wanderern haben werde und überhaupt keine Sympathie für einen hungrigen Dieb. Er beschloß, Mat davon abzuhalten, wenn er wieder Eier stehlen wollte.

Trotzdem hatten all diese Wagen und Menschen auf der Straße auch eine gute Seite — besonders all die jungen Männer, die nach Caemlyn wanderten. Für die Schattenfreunde, die nach ihnen suchten, würden sie bestimmt die Stecknadel im Heuhaufen darstellen. Wenn der Myrdraal in der Winternacht schon nicht genau gewußt hatte, wen er eigentlich suchte, würde sein Kollege hier hoffentlich auch nicht besser abschneiden.

Sein Magen knurrte einige Male vernehmlich und erinnerte ihn daran, daß sie fast kein Geld mehr hatten, jedenfalls nicht genug für eine Mahlzeit zu den Preisen, die hier in der Nähe von Caemlyn verlangt wurden. Einmal kam ihm zu Bewußtsein, daß er eine Hand auf den Flötenbehälter gelegt hatte, aber er schob ihn entschlossen zurück auf seinen Rücken. Gode hatte von dem Flötenspiel und dem Jonglieren gewußt. Man konnte ja nicht wissen, wieviel Ba'alzamon von ihm vor Godes Ende noch erfahren hatte — falls das, was Rand beobachtet hatte, wirklich sein *Ende* gewesen war — und wieviel davon an die anderen Schattenfreunde weitergegeben worden war. Er sah bedauernd zu einem Bauernhof hinüber, an dem sie gerade vorbeikamen. Ein Mann hielt mit zwei Hunden Wache am Zaun. Die Hunde knurrten und zerrten an ihren Leinen. Der Mann erweckte den Eindruck, als wünsche er nichts sehnlicher herbei, als eine Ausrede dafür, sie loszulassen. Nicht jeder Bauernhof wurde von Hunden bewacht, aber niemand bot den Reisenden irgendwelche bezahlten Arbeiten an. Vor Sonnenuntergang durchschritten Mat und er noch zwei weitere Dörfer. Die Dorfbewohner standen in Gruppen herum, diskutierten und beobachteten den stetigen Strom von Passanten. Ihre Gesichter waren keine Spur freundlicher als die der Bauern oder der Wagenlenker oder der Gardesoldaten. All diese Fremden, die den falschen Drachen sehen wollten. Narren, die einfach nicht genug wußten, um zu bleiben, wohin sie gehörten. Vielleicht Anhänger des falschen Drachen. Vielleicht sogar Schattenfreunde. Falls es zwischen den beiden überhaupt Unterschiede gab.

Als der Abend hereinbrach, wurde der Strom im zweiten Ort langsam dünner. Die paar mit Geld verschwanden in der Schenke, obwohl es Streit darum zu geben schien, ob man sie überhaupt einlassen solle, während andere sich daran machten, nach günstigen Hecken oder Feldern zu suchen, die nicht von Hunden bewacht wurden. Als die Sonne verschwand, hatten er und Mat die Straße für sich allein. Mat begann schon davon zu sprechen, daß sie wieder eine Heumiete suchen sollten, aber Rand bestand darauf, weiterzuziehen. »Solange wir die Straße sehen können«, sagte er. »Je weiter wir noch kommen, desto größer ist unser Vorsprung.« *Falls sie dich überhaupt noch jagen. Warum sollten sie das tun, wenn sie mittlerweile darauf gewartet haben, daß du zu ihnen kommst?*

Das war schwerwiegend genug für Mat. Er sah sich

gelegentlich um und beschleunigte seine Schritte. Rand mußte sich beeilen, um mitzuhalten.

Die Nacht wurde immer dunkler, und nur ein wenig Mondlicht hellte sie etwas auf. Mats Energieausbruch verging, und seine Klagen begannen von neuem. In Rands Waden verknoteten sich die Muskeln und schmerzten. Er sagte sich, daß er an einem harten Arbeitstag mit Tam auf dem Hof mehr gelaufen sei, aber so oft er sich das auch einzureden versuchte, er konnte es nicht glauben. So knirschte er mit den Zähnen, ignorierte Muskelkater und Schmerzen und ging weiter.

Bei Mats ewigen Klagen und seiner ständigen Konzentration auf den jeweils nächsten Schritt waren sie schon beinahe im Dorf, bevor sie die Lichter bemerkten. Er blieb taumelnd stehen. Plötzlich bemerkte er das Brennen, das sich von einem Fuß das ganze Bein hinaufzog. Er glaubte, er habe am rechten Fuß eine Blase.

Als er die Lichter des Dorfes sah, sank Mat stöhnend auf die Knie. »Können wir jetzt Schluß machen?« schnaufte er. »Oder willst du eine Schenke suchen und für die Schattenfreunde ein Schild hinaushängen? Oder für einen Blassen?«

»Auf der anderen Seite des Orts«, antwortete Rand. Er betrachtete die Lichter. Aus dieser Entfernung in der Dunkelheit hätte es auch Emondsfeld sein können. *Was erwartet uns hier?* »Nur noch eine Meile, das ist alles.«

»Alles? Ich gehe keine Spanne weiter!«

Rands Beine brannten wie Feuer, doch er quälte sich einen Schritt weiter und dann noch einen. Es wurde nicht leichter, aber er machte weiter, immer einen Schritt nach dem anderen. Bevor er zehn Schritte getan hatte, hörte er, wie Mat ihm hinterherwankte, wobei er leise fluchte. Er sagte sich, es sei schon gut, daß er nicht verstehen könne, was Mat sagte. Es war spät genug, um leere Dorfstraßen anzutreffen, aber in den meisten Häusern brannte zumindest in einem Fenster ein Licht. Die Schenke in der Dorfmitte war hell beleuchtet und von einem goldenen Lichtsee umgeben, der die Dunkelheit zurückdrängte. Musik und Lachen, von dicken Wänden gedämpft, drangen aus dem Gebäude. Das Schild über der Tür knarrte im Wind. Am ihnen zugewandten Ende der Schenke standen ein Karren und ein Pferd auf der Straße nach Caemlyn. Ein Mann überprüfte gerade das Geschirr. Zwei Männer standen am hinteren Ende des Gebäudes an der Kante der beleuchteten Zone. Rand blieb im Schatten eines unbeleuchteten Hauses stehen. Er war zu müde, um sich durch die umliegenden Gassen hindurchzufinden. Es konnte nicht schaden, sich eine Minute auszuruhen. Nur eine Minute. Nur, bis die Männer weggingen. Mat sackte mit einem dankbaren Seufzer gegen die Wand und lehnte sich daran, als wolle er gleich hier einschlafen.

Etwas an den beiden Männern, die am Rand des Schattens standen, machte Rand mißtrauisch. Er wußte zunächst selbst nicht, warum, aber er stellte fest, daß es dem Mann am Karren genauso erging. Er überprüfte den Gurt, den er in der Hand hatte, bis zum Ende, rückte ein wenig an der Trense des Pferdes und ging dann ein Stück nach hinten, um wieder von vorne anzufangen. Er hielt die ganze Zeit über den Kopf gesenkt, blickte auf das, was er gerade zu tun hatte, und vermied es, die anderen Männer anzusehen. Es hätte sein können, daß er sich ihrer Gegenwart gar nicht bewußt war, obwohl sie weniger als fünfzehn Schritt von ihm entfernt standen, aber er bewegte sich so steif und drehte sich manchmal so übertrieben bei der Arbeit um, als wolle er nicht in ihre Richtung blicken. Einer der Männer am Schattenrand war nur als schwarze Gestalt sichtbar, aber der andere stand weiter im Licht und drehte Rand den Rücken zu. Auch dann war allerdings klar, daß die Unterhaltung für ihn nicht gerade einen erfreulichen Verlauf nahm. Er rang die Hände und blickte zu Boden; manchmal nickte er ruckartig bei einer Äußerung seines Gegenübers. Rand konnte nichts verstehen, aber er gewann den Eindruck, daß der Mann im Schatten die Unterhaltung fast allein bestritt. Der nervöse Mann hörte nur zu und nickte und rang ängstlich die Hände.

Schließlich wandte sich der in Dunkelheit gehüllte Mann ab, und der nervöse Bursche kam weiter ins Licht. Trotz der Kälte wischte er sich mit seiner langen Schürze über das Gesicht, als sei er in Schweiß gebadet.

Rand hatte eine Gänsehaut, als er die Gestalt beobachtete, die in die Nacht hineinging. Er wußte nicht, warum, aber seine eigene Nervosität bezog sich ganz auf diesen Mann. Die Haut im Nacken juckte, und die Haare an den Armen stellten sich auf, als erkenne er plötzlich, daß sich etwas angeschlichen habe. Er schüttelte kurz den Kopf und rieb sich kräftig die Arme. *Jetzt stelle ich mich auch schon so dumm an wie Mat.*

In diesem Augenblick glitt die Gestalt an einem erleuchteten Fenster vorbei, und Rand lief ein kalter Schauder den Rücken hinunter. Das Schild über dem Eingang der Schenke knarrte unaufhörlich im Wind, doch der dunkle Umhang blieb unbeweglich hängen.

»Blasser«, flüsterte er, und das riß Mat hoch, als habe er geschrien.

»Was ...?«

Er legte Mat die Hand auf den Mund. »Leise!« Die dunkle Gestalt verlor sich in der Nacht. *Wohin?* »Ich glaube, er ist jetzt weg. Ich hoffe es.« Er nahm die Hand wieder weg; der einzige Laut, den Mat von sich gab, war ein langes Einatmen.

Der nervöse Mann befand sich beinahe wieder am Eingang der Schenke. Er blieb stehen und glättete seine Schürze. Offensichtlich bemühte er sich, sich zusammenzureißen, bevor er hineinging.

»Seltsame Freunde habt Ihr, Raimun Holdwin«, sagte der Mann am Karren plötzlich. Es war die Stimme eines alten Mannes, aber sie klang kräftig. Der Sprecher richtete sich auf und schüttelte den Kopf. »Für einen Wirt seltsame Freunde im Dunkeln.«

Der nervöse Mann fuhr zusammen, als der andere ihn ansprach. Er blickte sich um, als habe er den Wagen und den anderen Mann vorher nicht bemerkt. Er atmete tief ein und rappelte sich auf. Dann fragte er scharf: »Und was meint Ihr damit, Almen Bunt?«

»Nur, was ich gesagt habe, Holdwin. Seltsame Freunde. Er kommt nicht aus dieser Gegend. Eine Menge fremdartiger Leute kommen seit ein paar Wochen hier durch. Eine ganze Menge sogar.«

»Ausgerechnet Ihr müßt so etwas sagen.« Holdwin warf dem Mann am Karren einen kurzen Blick zu. »Ich kenne eine Menge Leute, sogar welche aus Caemlyn. Nicht wie Ihr, der Ihr abgeschlossen und allein auf Eurem Hof da draußen lebt.« Er schwieg einen Moment und fuhr dann fort, als denke er, weitere Erklärungen seien angebracht. »Er ist aus Vier Könige. Sucht nach ein paar Dieben. Junge Männer. Sie haben ihm ein Schwert mit dem Reiherzeichen gestohlen.«

Rand stockte der Atem bei der Erwähnung von Vier Könige, und als das Schwert genannt wurde, blickte er Mat an. Sein Freund hatte sich mit dem Rücken an die Hauswand gedrückt und starrte mit so weit aufgerissenen Augen in die Dunkelheit, daß man fast nur noch das Weiße darin sah. Rand hätte am liebsten auch in die Nacht hineingestarrt — der Halbmensch konnte sich ja überall befinden —, aber sein Blick wanderte zurück zu den beiden Männern vor der Schenke.

»Ein Schwert mit Reiherzeichen!« rief Bunt. »Kein Wunder, daß er es zurückhaben will.«

Holdwin nickte. »Ja, und die beiden auch. Mein Freund ist ein reicher Mann, ein ... ein Kaufmann, und sie haben die Männer aufgehetzt, die für ihn arbeiten. Haben wilde Geschichten erzählt und alle Leute beunruhigt. Sie sind Schattenfreunde und Anhänger von Logain.«

»Schattenfreunde *und gleichzeitig* Anhänger des falschen Drachen? Und erzählen auch noch wilde Geschichten? Das ist ja eine ganze Menge für junge Leute. Sie waren doch jung, sagtet Ihr?« In Bunts Stimme klang plötzlich Ironie mit, aber der Wirt schien das nicht zu bemerken.

»Ja. Noch keine Zwanzig. Es gibt eine Belohnung — hundert Kronen in Gold — für die beiden.« Holdwin zögerte und fügte dann hinzu: »Die beiden können ganz schön lügen. Das Licht mag wissen, was für Bären sie einem aufbinden werden. Sie versuchen, einen gegen den anderen auszuspielen. Und sie sind auch gefährlich, obwohl sie nicht so aussehen. Bösartig. Am besten haltet Ihr Euch von ihnen fern, falls Ihr sie seht. Zwei junge Männer, einer davon trägt ein Schwert, und beide sehen sie sich ständig um. Wenn es die richtigen sind, wird mein ... mein Freund sie festnehmen, sobald man weiß, wo sie sich aufhalten.«

»Ihr hört Euch beinahe so an, als würdet Ihr sie an ihrem Aussehen erkennen.«

»Wenn ich sie sehe, erkenne ich sie auch«, sagte Holdwin selbstbewußt. »Versucht nur nicht, sie selbst zu fangen. Es muß ja niemand verletzt werden. Kommt zu mir und sagt es mir, wenn Ihr sie seht. Mein ... Freund wird sich schon mit ihnen auseinandersetzen. Hundert Kronen für die beiden, aber er will sie eben beide haben.«

»Hundert Kronen für die zwei«, sagte Bunt nachdenklich. »Und wieviel für dieses Schwert, das er so sehr begehrt?«

Plötzlich schien Holdwin zu bemerken, daß der andere ihn auf den Arm nahm. »Ich weiß nicht, warum ich Euch das alles erzähle«, fuhr er ihn an. »Ihr wollt immer noch Euren idiotischen Plan durchführen, wie ich sehe.«

»Der Plan ist keineswegs idiotisch«, erwiderte Bunt ruhig. »Es wird vielleicht keinen weiteren falschen Drachen mehr zu meinen Lebzeiten zu sehen geben —

Licht bewahre uns davor! —, und ich bin zu alt, um während der ganzen Strecke nach Caemlyn den Staub vom Wagen irgendeines Kaufmanns zu schlucken. Ich werde die Straße für mich allein haben und morgen früh strahlend in Caemlyn ankommen.«

»Für Euch?« Die Stimme des Wirts hatte einen boshaften Unterton. »Ihr könnt nicht wissen, was sich da draußen in der Nacht alles herumtreibt, Almen Bunt. Ganz allein auf der Straße und das im Dunkeln. Selbst wenn Euch einer schreien hört, wird niemand seine Tür aufschließen, um Euch zu helfen. Heutzutage nicht, Bunt. Nicht einmal Euer nächster Nachbar.«

Nichts davon schien den alten Bauern irgendwie zu beeindrucken; er antwortete genauso ruhig wie zuvor. »Wenn die Garde der Königin die Straße so nahe bei Caemlyn nicht bewachen kann, dann ist auch niemand von uns im eigenen Bett sicher. Wenn Ihr mich fragt, dann wäre eine Maßnahme der Garde, um die Sicherheit der Straße zu gewährleisten, Euren Freund in Ketten zu legen. In der Dunkelheit herumschleichen aus Angst, daß ihn irgend jemand sieht! Ihr könnt mir nicht weismachen, daß er nur Gutes im Schilde führt.«

»Angst!« rief Holdwin. »Ihr alter Narr, wenn Ihr wüßtet ...« Er klappte unvermittelt den Mund zu und schüttelte sich. »Ich weiß nicht, warum ich meine Zeit mit Euch verschwende. Fahrt endlich los! Hört auf, den Eingang meiner Schenke zu versperren.« Er knallte die Tür der Schenke hinter sich zu.

Bunt fluchte leise, ergriff die Kante seines Sitzes auf dem Karren und stellte einen Fuß auf die überstehende Achse.

Rand zögerte nur einen Augenblick lang. Mat packte ihn am Arm, als er hingehen wollte. »Bist du verrückt, Rand? Er wird uns ganz sicher erkennen!«

»Möchtest du lieber hierbleiben? Wo sich ein Blasser herumtreibt? Wie weit, glaubst du, werden wir zu Fuß kommen, bevor er uns findet?« Er bemühte sich, nicht daran zu denken, wie weit sie kommen würden, wenn sie in einem Karren mitfuhren. Er schüttelte Mats Hand ab und ging die Straße hinauf. Er hielt sorgfältig seinen Umhang mit der Hand geschlossen, damit das Schwert verborgen blieb; der Wind und die Kälte lieferten ihm eine gute Ausrede für diese Geste.

»Ich konnte nicht vermeiden zu hören, daß Ihr nach Caemlyn fahrt«, sagte er. Bunt fuhr zusammen und riß einen Bauernspieß vom Karren. Auf seinem ledrigen Gesicht waren unzählige Runzeln zu sehen, und die Hälfte seiner Zähne fehlte, doch er hielt den Stock fest in den Händen. Nach einer Weile stützte er ein Ende des Stocks auf den Boden und lehnte sich darauf. »Also seid ihr zwei nach Caemlyn unterwegs. Um den Drachen zu sehen, eh?«

Rand hatte nicht gemerkt, daß Mat ihm gefolgt war. Mat hielt sich allerdings im Hintergrund außerhalb des Lichtscheins und beobachtete die Schenke und auch den alten Bauern mit genau demselben Mißtrauen wie die Nacht. »Den falschen Drachen«, sagte Rand betont.

Bunt nickte. »Natürlich. Natürlich.« Er warf einen Seitenblick auf die Schenke und schob dann mit einem Mal den Stock wieder zurück unter den Sitz. »Also, wenn ihr mitfahren wollt, dann steigt ein. Ich habe schon zuviel Zeit verschwendet.« Er kletterte bereits auf den Sitz.

Rand zog sich über die Rückwand, als der Bauer auch schon die Zügel schnalzen ließ. Mat rannte hinterher, um den Karren noch einzuholen. Rand packte ihn bei den Armen und zog ihn hinein.

Das Dorf verschwand schnell in der Nacht hinter ihnen, da Bunt sehr flott fuhr. Rand streckte sich auf den blanken Bodenbrettern rücklings aus und kämpfte gegen das einschläfernde Rattern der Räder. Mat unterdrückte sein Gähnen mit einer Faust vor dem Mund und sah sich vorsichtig um. Die Dunkelheit lastete schwer auf den Feldern und Bauernhöfen, nur von den Lichtern einzelner Häuser unterbrochen. Die Lichter erschienen ihnen fern; sie kämpften vergebens gegen die Nacht an. Eine Eule schrie klagend auf, und der Wind heulte wie eine verlorene Seele im Schatten.

Er könnte irgendwo dort draußen lauern, dachte Rand.

Auch Bunt schien zu spüren, wie bedrückend diese Nacht war, denn plötzlich begann er zu sprechen. »Seid ihr zwei jemals in Caemlyn gewesen?« Er lachte ein wenig. »Ich schätze nicht. Na ja, wartet mal, bis ihr es zu sehen bekommt. Die tollste Stadt der Welt. O ja, ich habe von Illian und Ebou Dar und Tear und anderen gehört — es gibt immer Narren, die glauben, etwas sei größer und besser, nur weil es hinter dem Horizont liegt —, aber für mein Geld ist Caemlyn das absolut Größte. Könnte nicht großartiger sein. Nein, bestimmt nicht. Außer, wenn Königin Morgase, das Licht leuchte ihr, vielleicht diese Hexe aus Tar Valon endlich loswürde.«

Rand lag mit dem Kopf auf der Deckenrolle und die wiederum auf dem Bündel von Thoms Umhang, und er beobachtete, wie die Nacht vorbeidriftete. Er ließ die Worte des Bauern an sich vorüberziehen. Eine menschliche Stimme hielt die Dunkelheit zurück und dämpfte den klagenden Laut des Winds. Er drehte sich um und blickte den dunklen Umriß von Bunts Rücken an. »Ihr meint, es sei eine Aes Sedai dort?«

»Was denn sonst? Sitzt dort im Palast wie eine Spinne. Ich bin ein treuer Anhänger der Königin — keiner wird das Gegenteil behaupten —, aber das ist einfach falsch. Ich gehöre nicht zu denjenigen, die sagen, Elaidas Einfluß auf die Königin sei zu stark. Ich nicht. Und was die Narren betrifft, die behaupten, Elaida sei in Wirklichkeit die Königin, nur eben nicht dem Namen nach ...« Er spuckte in die Nacht hinein. »Das halte ich von ihnen. Morgase ist keine Marionette, die am Faden irgendeiner Hexe aus Tar Valon tanzt.«

Noch eine Aes Sedai. Falls ... wenn Moiraine nach Caemlyn kam, würde sie möglicherweise zu ihrer Aes-

Sedai-Schwester gehen. Falls es aber zum Schlimmsten käme, könnte ihnen diese Elaida vielleicht helfen, nach Tar Valon zu kommen. Er sah Mat an, und Mat — als habe er den Gedanken laut ausgesprochen — schüttelte den Kopf. Er konnte Mats Gesicht nicht erkennen, aber er wußte, daß es abweisend aussah.

Bunt redete weiter. Er ließ die Zügel klatschen, wenn sein Pferd langsamer ging, aber ansonsten ruhten seine Hände auf den Knien. »Ich bin ein treuer Anhänger der Königin, wie ich schon sagte, aber manchmal sagen selbst Narren etwas Wahres. Auch ein blindes Huhn findet mal ein Korn. Es muß sich einiges ändern. Dieses Wetter — die Saat geht nicht auf, Kühe geben keine Milch mehr, Kälber und Lämmer werden tot geboren oder mit zwei Köpfen. Die blutigen Raben warten nicht einmal mehr ab, daß etwas stirbt. Die Menschen haben Angst. Sie suchen nach einem Schuldigen. Der Drachenzahn taucht auf den Türen von einigen Leuten auf. Dinge kriechen durch die Nacht. Scheunen brennen ab. Kerle wie dieser Freund von Holdwin jagen den Leuten Angst ein. Die Königin muß etwas unternehmen, bevor es zu spät ist. Das seht ihr doch auch so, oder?«

Rand gab einen nichtssagenden Laut von sich. Es klang, als hätten sie noch mehr Glück gehabt, als er schon glaubte, nachdem er diesen alten Mann und seinen Karren gefunden hatte. Wenn sie auf das Tageslicht gewartet hätten, wären sie vielleicht nicht weiter als bis zum letzten Dorf gekommen. Dinge, die durch die Nacht kriechen. Er richtete sich auf und blickte über die Seitenwand des Karrens hinweg in die Nacht hinein. In der Schwärze schienen sich Schatten und Umrisse zu winden. Er ließ sich zurückfallen, bevor ihn seine Einbildung davon überzeugen konnte, da draußen sei etwas.

Bunt sah das als Zustimmung an. »Richtig. Ich bin ein treuer Anhänger der Königin, und ich stelle mich gegen jeden, der versucht, ihr Schaden zuzufügen, aber recht habe ich trotzdem. Nehmt nur zum Beispiel die Lady Elayne und den Lord Gawyn. Da könnte sich etwas ändern, was niemandem schadet, aber vielleicht etwas Gutes bewirkt. Sicher, ich weiß, daß wir es in Andor immer so gehalten haben. Man schickt die Tochter-Erbin nach Tar Valon, um bei den Aes Sedai zu lernen, und den ältesten Sohn schickt man mit zu den Behütern. Ich glaube auch an Traditionen, ganz bestimmt, aber ihr seht ja, wohin uns das letztes Mal geführt hat. Luc ist in der Fäule gestorben, noch bevor er zum Ersten Prinz des Schwertes gesalbt werden konnte, und Tigraine verschwand — weggelaufen oder tot —, als es Zeit für sie wurde, den Thron zu übernehmen. Das steckt uns immer noch in den Knochen.

Es gibt welche, die behaupten, sie sei noch am Leben, wißt ihr, und daß Morgase gar nicht die rechtmäßige Königin sei. Verdammte Narren. Ich denke noch daran, was damals geschah. Ich erinnere mich, als sei es erst gestern gewesen. Keine Tochter-Erbin zur Hand, um den Thron zu besteigen, als die alte Königin starb, und jedes Haus in Andor intrigierte und kämpfte um die Nachfolge. Und dann Taringail Damodred. Man konnte kaum glauben, daß er seine Frau verloren hatte, so scharf war er darauf herauszufinden, welches Haus gewinnen würde, damit er wieder heiraten und doch noch Prinzgemahl werden konnte. Na ja, er hat es geschafft, aber warum Morgase ausgerechnet ihn ... ach, kein Mann kann eine Frau verstehen, und eine Königin ist gleich in doppelter Hinsicht eine Frau, mit einem Mann und mit dem Land verheiratet. Er hat jedenfalls bekommen, was er wollte, wenn auch nicht so, wie er es wollte. Bezog Cairhien in seine Intrigen mit ein, bevor er es geschafft hatte, und ihr wißt, was daraus geworden ist. Der Baum wurde gefällt, und über die Drachenmauer kamen Aiel mit schwarzem Schleier. Na ja, er ließ sich wenigstens auf ehrliche Weise umbringen, nachdem er Elayne und Gawyn zeugte, also hat alles mal ein Ende.

Aber warum sollte man sie nach Tar Valon schicken? Es wird Zeit, daß die Menschen nicht mehr den Thron von Andor und die Aes Sedai in einem Atemzug nennen. Wenn sie schon irgendwo anders hin müssen, um zu lernen, was nötig ist, nun, dann hat Illian doch genauso gute Bibliotheken wie Tar Valon, und dort bringen sie Lady Elayne genauso viel über das Regieren und Intrigieren bei, wie es die Hexen könnten. Keiner versteht mehr vom Intrigieren als die Illianer. Und wenn die Garde Lord Gawyn nicht genug über die Kriegführung beibringen kann, tja, dann gibt es ja in Illian auch Soldaten. Und, was das betrifft, in Schienar und Tear auch. Ich bin ein treuer Anhänger der Königin, aber ich sage, hört auf, mit Tar Valon zu verkehren. Dreitausend Jahre sind genug. Zu lang. Königin Morgase kann uns ohne Hilfe des Weißen Turms führen und die Dinge in Ordnung bringen. Ich sage euch, das ist eine Frau! Bei ihr ist jeder Mann stolz darauf, vor ihr niederzuknien und ihren Segen zu erhalten. Ha, einmal ...«

Rand kämpfte gegen den Schlaf an, nach dem sein Körper verlangte, aber das rhythmische Knarren und Schwanken des Karrens schläferte ihn ein. So schlummerte er mit dem Klang von Bunts Stimme im Ohr. Er träumte von Tam. Zuerst saßen sie an dem großen Eichentisch im Haus und tranken Tee, während Tam ihm von Prinzgemahlen und Tochter-Erbinnen und der Drachenmauer und Aielmännern mit schwarzem Schleier erzählte. Das Schwert mit dem Reiherzeichen lag zwischen ihnen auf dem Tisch, aber sie blickten es beide nicht an. Plötzlich war er im Westwald und zog die provisorische Bahre durch die mondhelle Nacht. Als er sich umblickte, saß Thom mit überschlagenen Beinen auf der Bahre und nicht sein Vater, und er jonglierte im Mondschein.

»Die Königin ist mit dem Land verheiratet«, sagte Thom, während Bälle in leuchtenden Farben im Kreis herum tanzten, »aber der Drache ... der Drache ist eins mit dem Land, und das Land ist eins mit dem Drachen.«

Rand sah weiter hinten einen Blassen kommen. Sein schwarzer Umhang hing unbeweglich im Wind herunter, und das Pferd schob sich lautlos wie ein Geist zwischen den Bäumen hindurch. Zwei abgeschlagene Köpfe hingen am Sattelhorn des Myrddraal. Blut rann aus ihnen und lief in dunklen Strömen an der kohlrabenschwarzen Schulter des Reittieres herab. Es waren Lan und Moiraine, die Gesichter zu schmerzverzogenen Grimassen verzerrt. Der Blasse zog beim Reiten eine Handvoll Leinen hinter sich her. Jede Leine war an den gebundenen Händen eines derer befestigt, die hinter den lautlosen Hufen mit verzweifelten Gesichtern herrannten: Mat und Perrin. Und Egwene.

»Nicht sie!« schrie Rand. »Das Licht verbrenne Euch, aber ich bin es, nach dem Ihr sucht, und nicht sie!«

Der Halbmensch gestikulierte, und Flammen verschlangen Egwene. Ihr Fleisch wurde zu Asche geröstet, die Knochen zerbröckelten rußgeschwärzt.

»Der Drache ist eins mit dem Land«, sagte Thom, der immer noch ungerührt jonglierte, »und das Land ist eins mit dem Drachen.«

Rand schrie ... und öffnete die Augen.

Der Karren rumpelte die Straße nach Caemlyn entlang, angefüllt mit der Nacht und der Süße lange verschwundenen Heus und schwachem Pferdegeruch. Auf seiner Brust saß eine Gestalt, die schwärzer als die Nacht war, und Augen, schwärzer als der Tod, blickten in seine.

»Du gehörst mir«, sagte der Rabe, und der scharfe Schnabel hackte in sein Auge. Er schrie, als ihm das Auge aus dem Kopf gerissen wurde.

Mit einem Schrei aus tiefster Kehle fuhr er hoch und schlug beide Hände vors Gesicht. Der Karren wurde vom Licht des frühen Morgens übergossen. Betäubt sah er seine Hände an. Kein Blut. Kein Schmerz. Der Rest des Traums verflog bereits, doch das … Vorsichtig berührte er sein Gesicht und schauderte.

»Wenigstens …« Mat gähnte mit knackendem Kiefer. »Wenigstens hast du ein bißchen geschlafen.« In seinen verquollenen Augen konnte Rand wenig Sympathie entdecken. Er hatte sich unter seinen Umhang gekuschelt und die Deckenrolle zusammengelegt unter den Kopf geschoben. »Er hat die ganze verdammte Nacht lang geredet.«

»Warst du den ganzen Weg lang wach?« fragte Bunt vom Fahrersitz aus. »Bin erschrocken, als du so geschrien hast. Na ja, wir sind da.« Er schwang eine Hand in einer umfassenden Geste. »Caemlyn, die großartigste Stadt der Welt.«

KAPITEL 13

Caemlyn

Rand wand sich hoch und kniete hinter dem Fahrersitz. Er konnte sich nicht helfen: Er lachte vor Erleichterung. »Wir haben es geschafft, Mat! Ich habe dir doch gesagt, wir ...«

Die Worte erstarben ihm im Mund, als sein Blick auf Caemlyn fiel. Nach Baerlon und noch mehr nach den Ruinen von Shadar Logoth hatte er zu wissen geglaubt, wie eine große Stadt aussah, aber das ... das war mehr, als er sich je vorgestellt hatte.

Außerhalb der großen Mauer ballten sich die Gebäude, als habe man jede Stadt, durch die sie gekommen waren, aufgesammelt und hier nebeneinander aufgestellt und sie dazu noch eng zusammengedrückt. Die oberen Stockwerke von Schenken ragten über den Ziegeldächern von Wohnhäusern auf, und alle wurden eingezwängt von niedrigen, breiten, fensterlosen Lagerhäusern. Rote Backsteine und grauer Schiefer und weiße Gipswände, alles bunt durcheinander, und das zog sich hin, soweit das Auge sehen konnte. Baerlon hätte darin verschwinden können, ohne überhaupt bemerkt zu werden, und es hätte Weißbrücke wohl zwanzigmal schlucken können und keine Schluckbeschwerden bekommen.

Und dann die Mauer selbst. Blaßgrauer Stein, mit Silber und Weiß durchsetzt, fünfzig Fuß hoch und ganz senkrecht, erstreckte sich in einem großen Kreisbogen nach Norden und Süden. Er fragte sich, wie lang diese Mauer wohl sei. In geringen Abständen erhoben sich Türme darüber. Sie waren rund und ragten weit über die Höhe der Mauer selbst hinaus. Auf jedem flatterten rotweiße Banner im Wind. Innerhalb der Mauer konnte man ebenfalls Türme aufragen sehen, schmale Türme, die noch höher waren als die auf der Mauer. Kuppeln schimmerten weiß und golden im Sonnenschein. Tausend Geschichten hatten in seiner Vorstellung Städte entstehen lassen, die großen Städte der Könige und Königinnen, der Throne und Mächte und Legenden, und Caemlyn paßte zu diesen tief in seinem Geist verankerten Bildern wie Wasser in einen Krug.

Der Karren rumpelte die breite Straße zur Stadt entlang. Dort erwartete sie ein großes, von Türmen eingerahmtes Tor. Der Wagenzug eines Kaufmanns rollte gerade aus diesem Tor heraus. Er kam aus einem gemauerten Torbogen, der auch einem Riesen oder vielleicht sogar zehn Riesen nebeneinander Platz geboten hätte. Auf beiden Seiten der Straße erstreckten sich offene Märkte. Dachplatten glänzten rot und purpurn, und zwischen den Häusern standen Marktbuden und Gehege für die feilgebotenen Tiere. Kälber muhten schüchtern, Rinder brüllten, Gänse kreischten, Hühner gackerten, Ziegen meckerten, Schafe blökten, und die Menschen feilschten in voller Lautstärke. Durch Lärmwände eingeengt, fuhren sie zum Stadttor von Caemlyn. »Was habe ich euch gesagt?« Bunt mußte beinahe schreien, damit sie ihn überhaupt verstehen konnten. »Die großartigste Stadt der Welt. Von Ogiern erbaut, wißt ihr? Zumindest die Innenstadt und der Palast. So alt ist Caemlyn schon, jawohl. Caemlyn, wo die gute Königin Morgase, das Licht leuchte ihr, die Gesetze erläßt und den Frieden in Andor erhält. Die tollste Stadt der Erde.«

Rand war bereit, ihm zuzustimmen. Sein Mund stand offen, und er wollte die Hände auf die Ohren legen, um den Lärm zu dämpfen. Es liefen so viele Leute auf der Straße herum, wie man in Emondsfeld zur Zeit des Bel Tine auf dem Grün sehen konnte. Er erinnerte sich daran, wie er gedacht hatte, in Baerlon hielten sich unglaublich viele Menschen auf, und bei dem Gedanken mußte er beinahe lachen. Er sah Mat an und grinste. Mat hatte die Hände tatsächlich auf den Ohren und die Schultern so weit hochgezogen, als wolle er die auch noch über die Ohren stülpen.

»Wie können wir uns dort verstecken?« wollte er überlaut wissen, als er bemerkte, daß Rand ihn ansah. »Woher wissen wir, wem wir unter so vielen trauen können? So verdammt viele! Licht, was für ein Lärm!«

Rand sah Bunt an, bevor er antwortete. Der Bauer war ganz in den Anblick der Stadt versunken, und bei dem Lärm hatte er Mats Worte vielleicht gar nicht gehört. Trotzdem brachte Rand seinen Mund ganz nah an Mats Ohr. »Wie können sie uns unter so vielen Menschen finden? Merkst du nichts, du wollköpfiger Idiot? Wir sind in Sicherheit, falls du jemals lernst, deinen vorlauten Mund zu halten!« Er wies mit der Hand auf alles — die Märkte, die Stadtmauer vor ihnen. »Sieh dir das an, Mat. Hier kann alles passieren. Alles! Vielleicht warten sogar Moiraine und Egwene und die anderen dort auf uns.«

»Falls sie noch leben. Wenn du mich fragst, dann sind sie genauso tot wie der Gaukler.«

Das Grinsen verschwand von Rands Gesicht, und er wandte sich dem immer näher kommenden Tor zu. Alles konnte in einer Stadt wie Caemlyn geschehen. Er klammerte sich stur an diesen Gedanken.

Das Pferd konnte nicht schneller traben, so sehr auch Bunt die Zügel auf seinen Hals klatschen ließ. Je näher sie dem Tor kamen, desto dichter wurde die Menschenmenge. Schulter an Schulter schoben sie sich dahin, drängten sich an die Karren und Wagen, die hineinfahren wollten. Rand war froh, als er bemerkte, daß recht viele davon staubbedeckte junge Männer zu Fuß waren, die kaum Gepäck dabei hatten. Wie alt sie auch immer sein mochten, so sahen doch viele in der Menge, die sich auf das Tor zuschob, nach einer anstrengenden Reise aus. Die Karren waren klapprig, die Pferde müde, die Kleider zerknittert von vielen Nächten im Freien, die Schritte schleppend und die Augen matt. Doch ob erschöpft oder nicht, aller Blicke waren auf das Tor gerichtet, als könnten sie drinnen alle Erschöpfung abstreifen.

Ein halbes Dutzend Gardesoldaten standen am Tor. Ihre sauberen rotweißen Waffenröcke und der polierte Glanz ihrer Brustpanzer bildeten einen scharfen Kontrast zur Kleidung der meisten Leute, die unter dem Steinbogen durchströmten. Steif aufgerichtet, die Köpfe stolz erhoben, so betrachteten sie die Ankömmlinge mit verächtlichem Mißtrauen. Es war klar, daß sie am liebsten die meisten dieser Menschen abgewiesen hätten. Aber abgesehen davon, daß sie dem stadtauswärts fließenden Verkehr eine Fahrbahn freihielten und mit denen schimpften, die zu sehr drängelten, behinderten sie niemanden.

»Haltet eure Plätze ein. Nicht drängen. Nicht drängen, Licht noch mal! Es ist genug Platz da für alle, das Licht helfe uns! Haltet eure Plätze ein.«

Bunts Karren rollte mit der langsamen Flut der Menge nach Caemlyn hinein.

Die Stadt erhob sich auf niedrigen Hügeln und stieg stufenartig zur Mitte hin an. Dieses Stadtzentrum wurde von einer weiteren Mauer umschlossen, die blendend weiß leuchtete und sich über die Hügel zog. Innerhalb dieser Mauer befanden sich sogar noch mehr Türme und Kuppeln; weiß und golden und purpurn. Von ihrer erhöhten Position auf den Hügeln aus blickten sie auf den Rest von Caemlyn herab. Rand nahm an, das sei die Innenstadt, von der Bunt gesprochen hatte.

Die Straße nach Caemlyn änderte ihren Charakter, sobald sie innerhalb der Stadt verlief. Sie wurde zu einer breiten Prachtstraße, die in der Mitte durch einen mit Gras und Bäumen bepflanzten Grünstreifen unterbrochen war. Das Gras war braun und die Bäume kahl, aber die Menschen hasteten vorbei, als sähen sie nichts

Ungewöhnliches. Sie lachten, unterhielten sich, stritten sich, verhielten sich also ganz normal. Gerade so, als hätten sie keine Ahnung, daß es dieses Jahr keinen Frühling gegeben hatte und vielleicht auch keiner mehr käme. Sie erkannten das nicht, das wurde Rand schnell klar. Sie konnten oder wollten es nicht erkennen. Ihre Blicke wandten sich ab von den kahlen Ästen, und sie gingen über das abgestorbene und absterbende Gras hinweg, ohne auch nur einmal hinabzublicken. Was sie nicht sahen, das konnten sie ignorieren; was sie nicht sahen, gab es eben in Wirklichkeit nicht.

Da er die Stadt und ihre Menschen so bestaunte, wurde Rand völlig davon überrascht, daß der Karren in eine Seitenstraße abbog, die wohl schmaler war als die Prachtstraße dort draußen, aber immer noch doppelt so breit wie jede Straße in Emondsfeld. Bunt ließ das Pferd anhalten und drehte sich um. Er sah die beiden Jungen zögernd an. Der Verkehr war hier weniger dicht, und die Menge teilte sich und umging den Karren, ohne abzureißen.

»Was verbirgst du unter deinem Umhang? Ist es wirklich das, was Holdwin behauptet hat?«

Rand war gerade dabei, sich die Satteltaschen auf die Schulter zu laden. »Was meint Ihr damit?« Auch seine Stimme klang fest. Sein Magen verknotete sich, und er stieß sauer auf, doch die Stimme klang fest und sicher.

Mat unterdrückte mit einer Hand ein Gähnen, doch die andere schob er unter seinen Mantel — Rand wußte, daß er den Dolch aus Shadar Logoth ergriff , und in seinen Augen unter dem um den Kopf gebundenen Schal stand ein harter, gehetzter Blick. Bunt vermied es, Mat anzusehen, als wisse er, daß sich in der verborgenen Hand eine Waffe befinde. »Ach, nichts, schätze ich. Aber seht mal, wenn ihr gehört habt, daß ich nach Caemlyn fahre, dann wart ihr lang genug da, um auch den Rest zu hören. Wenn ich hinter einer Belohnung hergewesen wäre, hätte ich irgendeine Ausrede gebraucht, um in die Gans und Krone zu gehen und mit Holdwin zu sprechen. Aber ich kann eben Holdwin nicht sehr gut leiden und schon gar nicht seinen Freund, überhaupt nicht. Es scheint, ihr seid ihm wichtiger als ... irgendwas anderes.«

»Ich weiß nicht, was er will«, sagte Rand. »Wir haben ihn noch nie zuvor gesehen.« Das konnte sogar der Wahrheit entsprechen; er konnte einen Blassen nicht vom anderen unterscheiden.

»Na ja. Also, wie ich sagte, ich weiß von nichts, und ich denke, ich will auch gar nichts wissen. Es gibt schon genug Schwierigkeiten für uns alle, ohne daß ich noch nach weiteren suche.«

Mat suchte seine Sachen langsam zusammen, und Rand war schon unten auf der Straße, bevor er herunterkletterte. Rand wartete ungeduldig. Mat wandte sich steif vom Karren ab, preßte sich Bogen und Köcher und die Deckenrolle an die Brust und führte leise Selbstgespräche. Unter seinen Augen lagen tiefe Schatten.

Rands Magen knurrte, und er verzog das Gesicht. Hunger und dazu ein saurer Geschmack vom Magen her ließen ihn fürchten, daß er sich übergeben müsse. Mat sah ihn nun erwartungsvoll an. *Wohin nun? Was tun?*

Bunt beugte sich herunter und winkte ihn näher zu sich. Er ging hin, auf nähere Auskünfte über Caemlyn hoffend.

»Ich würde es verstecken ...« Der alte Bauer unterbrach sich und sah sich mißtrauisch um. Menschen schoben sich zu beiden Seiten des Karrens vorbei, aber abgesehen von ein paar Flüchen im Vorübergehen, weil sie den Weg blockierten, achtete niemand auf sie. »Trag das nicht mehr«, sagte er, »verstecke es oder verkaufe es. Gib's weg. Das rate ich dir. Sachen wie das ziehen die Aufmerksamkeit auf sich, und ich glaube, gerade das willst du vermeiden.«

Plötzlich richtete er sich auf, schnalzte seinem Pferd

mit der Zunge zu und fuhr langsam die belebte Straße hinunter, ohne noch ein Wort zu sagen oder sich umzublicken. Ein mit Fässern beladener Wagen rumpelte auf sie zu. Rand sprang aus dem Weg, kam ins Stolpern, und als er sich wieder umsah, waren Bunt und sein Karren außer Sicht.

»Was machen wir nun?« wollte Mat wissen. Er leckte sich über die Lippen und betrachtete mit weit aufgerissenen Augen all die Menschen, die sich vorbeidrängten, und die Gebäude, die bis zu sechs Stockwerken hoch über der Straße aufragten. »Wir sind in Caemlyn, aber was machen wir nun?« Er hatte die Hände von den Ohren genommen, aber sie zuckten, als wolle er sie gleich wieder darüberlegen. Ein Summen lag über der Stadt, das tiefe, gleichmäßige Dröhnen von Hunderten von Läden, in denen Menschen arbeiteten, und von vielen Tausenden von Gesprächen. Für Rands Ohren klang es, als befänden sie sich in einem riesigen Bienenstock, in dem es andauernd summte. »Selbst wenn sie hier sind, Rand, wie können wir sie dann in diesem Durcheinander finden?«

»Moiraine wird uns finden«, sagte Rand bedächtig. Das Ausmaß der Stadt lastete schwer auf seinen Schultern. Er wollte am liebsten fliehen, sich vor all diesen Menschen und dem Lärm verstecken. Trotz Tams Lehre konnte er das Nichts nicht heraufbeschwören; seine Augen saugten die Stadt immer wieder in die Vorstellung hinein. So konzentrierte er sich statt dessen auf seine nähere Umgebung und ignorierte alles Ferne. Wenn man nur eine einzige Straße betrachtete, schien es ihm beinahe wie Baerlon. Baerlon, der letzte Ort, an dem sie sich noch alle in Sicherheit glaubten. *Niemand ist mehr in Sicherheit. Vielleicht sind sie alle tot. Was dann?*

»Sie sind am Leben! Egwene lebt!« sagte er nachdrücklich. Mehrere Passanten blickten ihn mit gerunzelter Stirn an. »Vielleicht«, sagte Mat. »Vielleicht. Was wird, wenn Moiraine uns nicht findet? Wenn uns niemand findet, außer den ... den ...« Er schauderte und war nicht in der Lage, das Wort auszusprechen. »Darüber denken wir nach, wenn es soweit ist«, sagte Mat mit fester Stimme. »Falls es dazu kommt.« Im schlimmsten Fall würden sie Elaida aufsuchen müssen, die Aes Sedai im Palast. Aber eher würde er nach Tar Valon gehen. Er wußte nicht, ob sich Mat noch an das erinnerte, was Thom von den Roten Ajah erzählt hatte — und von den Schwarzen — aber *er* erinnerte sich ganz gewiß. Sein Magen hob sich dabei. »Thom sagte, wir sollten eine Schenke finden, die *Der Königin Segen* heißt. Dahin gehen wir zuerst.«

»Wie denn? Wir können uns mit dem, was wir haben, nicht einmal gemeinsam ein Essen bestellen.«

»Wenigstens können wir dort mit der Suche anfangen. Thom glaubte, wir könnten dort Hilfe finden.«

»Ich kann nicht ... Rand, sie sind überall.« Mat senkte den Blick auf die Pflastersteine und schien zu schrumpfen, als versuche er, sich vor den Leuten zurückzuziehen, die sie umgaben. »Wo immer wir auch hingehen, sie sind dicht hinter uns oder warten schon auf uns. Sie werden auch in *Der Königin Segen* sein. Ich kann nicht ... Ich ... Nichts kann einen Blassen aufhalten.«

Rand packte Mat mit einer Faust beim Kragen. Er bemühte sich sehr, ihn nicht spüren zu lassen, daß die Faust zitterte. Er brauchte Mat. Vielleicht lebten die anderen noch — *Licht, bitte!* — aber jetzt gerade gab es nur Mat und ihn. Der Gedanke daran, allein weiterzumachen ... Er schluckte schwer, und sein Speichel schmeckte sauer.

Er sah sich hastig um. Niemand schien Mats Bemerkung über den Blassen gehört zu haben. Die Menge drückte sich, in eigene Sorgen versunken, an ihnen vorbei. Er näherte sein Gesicht dem Mats. »Wir haben es soweit geschafft, klar?« fragte er in einem heiseren Flüsterton. »Sie haben uns noch nicht gefangen. Wir können auch den ganzen Weg schaffen, wenn wir nicht einfach aufgeben. Ich werde jedenfalls nicht aufgeben und wie ein Schaf auf der Schlachtbank warten. Ich nicht! Also? Bleiben wir hier stehen, bis wir verhungert sind? Oder bis sie kommen und deine Reste in einen Sack stecken?«

Er wandte sich von Mat ab. Die Fingernägel hatte er in die Handflächen geschlagen, doch seine Hände zitterten immer noch. Plötzlich war Mat an seiner Seite. Er ging mit gesenktem Blick nebenher, und Rand atmete langgezogen aus.

»Tut mir leid, Rand«, murmelte Mat.

»Vergiß es«, sagte Rand.

Mat blickte gerade oft genug auf, um zu vermeiden, Leute anzurempeln. Dabei sprudelte er mit lebloser Stimme heraus: »Ich kann nicht aufhören, mir vorzustellen, daß ich die Heimat niemals wiedersehen werde. Ich will nach Hause. Lach mich aus, wenn du willst; das macht mir nichts. Was würde ich nicht dafür hergeben, wenn mich jetzt meine Mutter irgendeines Streiches wegen ausschimpfen würde. Das drückt die ganze Zeit schwer auf meinen Geist — wie ein heißes Gewicht. Von lauter Fremden umgeben, nicht zu wissen, wem man trauen kann, wenn überhaupt jemandem ... Licht, Zwei Flüsse ist so weit weg, daß es genausogut auf der anderen Seite der Welt liegen könnte. Wir sind allein und wir kommen niemals mehr heim. Wir werden sterben, Rand.«

»Nein, werden wir noch nicht«, schoß Rand zurück. »Jeder muß mal sterben. Das Rad dreht sich. Aber ich werde mich nicht hinlegen und darauf warten.«

»Du hörst dich an wie Meister al'Vere«, brummte Mat, doch in seine Stimme kehrte ein klein wenig Kampfgeist zurück. »Gut«, sagte Rand. »Gut.« *Licht, wenn es nur den anderen gut geht. Laß uns nicht ganz allein sein.*

Er fragte mehrere Passanten nach dem Weg zu *Der Königin Segen.* Die Reaktionen waren äußerst unterschiedlich. Am häufigsten fluchte man über Leute, die nicht blieben, wohin sie gehörten, oder man zuckte die Achseln und hatte keine Ahnung. Einige stolzierten auch einfach vorbei, ohne sie eines Blickes zu würdigen. Ein Mann mit breitem Gesicht, beinahe so groß wie Perrin, neigte den Kopf zur Seite und sagte: »*Der Königin Segen,* eh? Ihr Bauernburschen seid also Männer der Königin?« Er trug eine weiße Kokarde am breitrandigen Hut und ein weißes Armband um den Ärmel seines langen Mantels. »Also, da kommt ihr zu spät.«

Er ging weiter und lachte schallend dabei. Mat und Rand sahen sich entgeistert an. Rand zuckte die Achseln. In Caemlyn trieben sich die seltsamsten Typen herum, Leute, wie er sie nie zuvor erlebt hatte.

Einige hoben sich von der Menge ab. Ihre Hautfarbe war zu dunkel oder zu blaß, die Mäntel ungewohnt geschnitten oder in leuchtenden Farben gehalten, die Hüte liefen oben spitz zu oder waren mit langen Federn geschmückt. Es gab Frauen, die einen Schleier vor dem Gesicht trugen, Frauen in aufgebauscht steifen Kleidern, die ebenso breit waren, wie die Trägerin groß, und Frauen in Kleidern, die mehr von ihrem Körper enthüllten, als er je zuvor selbst bei freizügigen Kellnerinnen gesehen hatte. Gelegentlich zwängte sich eine in lebhaften Farben bemalte und mit Goldrändern verzierte Kutsche durch die belebten Straßen, gezogen von einem Gespann mit vier oder sechs Pferden, deren Geschirr mit Zierfedern geschmückt war. Überall waren Sänften zu sehen. Ihre Träger schoben sich einfach durch die Menge, ohne Rücksicht auf die zu nehmen, die sie beiseite drückten.

Rand beobachtete, wie aus diesem Grund eine Schlägerei begann. Ein Haufen wüst schreiender Männer schwang die Fäuste, während ein blaßhäutiger Mann im rotgestreiften Mantel aus der Sänfte kletterte, die am Straßenrand umgekippt auf der Seite lag. Zwei Männer in grober Kleidung, die scheinbar nur zufällig vorbeigekommen waren, stürzten sich auf ihn, bevor er ganz ausgestiegen war. Die Stimmung unter den vielen Zuschauern wurde langsam giftig. Die Leute schrien erregt und schwangen drohend die Fäuste. Rand zog Mat am Ärmel weiter, und sie hasteten davon. Mat benötigte keine zweite Aufforderung. Der Lärm eines kleineren Aufruhrs folgte ihnen die Straße hinunter.

Mehrmals wurden die beiden von anderen Männern angesprochen, anstatt umgekehrt. Ihre verstaubte Kleidung zeigte, daß sie Neuankömmlinge waren, und sie schienen wie Magnete auf manche Typen zu wirken. Heimlichtuerische Kerle boten Andenken an Logain zum Kauf an. Ihre Blicke huschten unruhig hin und her, und ihre Füße schienen allzeit zum Rennen bereit. Rand schätzte, daß man ihm genug Fetzen vom Umhang des falschen Drachen und Bruchstücke seines Schwertes anbot, um daraus zwei Schwerter und ein halbes Dutzend Umhänge zu machen. Mats Gesicht hellte sich voller Interesse auf, jedenfalls beim ersten Mal, aber Rand beschied alle nur mit einem kurz angebundenen Nein, und sie nahmen es mit einem Kopfnicken und einem schnellen ›Das Licht leuchte der Königin, guter Herr‹ hin und verschwanden. In den meisten Geschäften lagen Teller und Pokale aus, die mit phantasievollen Bildern geschmückt waren, auf denen man sah, wie der falsche Drache in Ketten der Königin vorgeführt wurde. Und man sah Weißmäntel auf der Straße. Jeder von ihnen schritt innerhalb eines Freiraums einher, wie es schon in Baerlon der Fall gewesen war.

Rand dachte viel darüber nach, wie sie wohl unbemerkt bleiben konnten. Er behielt den Umhang über dem Schwert, aber das würde nicht mehr lange ausreichen. Früher oder später würde sich jemand fragen, was er da verbarg. Er würde aber Bunts Ratschlag nicht befolgen — konnte ihn nicht befolgen —, das Schwert nicht mehr zu tragen. Sein Bindeglied zu Tam. Zu seinem Vater.

Viele andere in der Menge trugen Schwerter, aber keines mit einem aufsehenerregenden Reiherzeichen. Alle Männer aus Caemlyn aber und auch einige der Fremden hatten ihre Schwerter, Scheide wie Griff, mit Stoffstreifen umwickelt, mit roter und weißer Schnur umwunden oder in Weiß und Rot eingebunden. Unter diesen Umhüllungen konnte man hundert Reiherzeichen verbergen, und niemand würde sie bemerken. Außerdem wäre es günstig, einer solchen örtlichen Sitte zu folgen, um besser angepaßt zu erscheinen.

Vor einer ganzen Reihe der Läden standen Tische mit solchen Stoffbahnen und Schnüren, und Rand blieb bei einem stehen. Der rote Stoff war billiger als der weiße, obwohl er außer der Farbe keinen Unterschied entdekken konnte, also kaufte er diesen und die dazugehörige weiße Schnur. Mat beklagte sich, wie wenig Geld sie noch übrig hätten. Der Ladeninhaber blickte sie mit zusammengepreßten Lippen von oben bis unten an und verzog dann den Mund doch etwas, als er Rands Kupfermünzen annahm. Er fluchte, als ihn Rand auch noch darum bat, sein Schwert im Inneren des Ladens umwikkeln zu dürfen. »Wir sind nicht gekommen, um Logain zu sehen«, sagte Rand geduldig. »Wir sind nur gekommen, um uns Caemlyn anzusehen.« Er dachte an Bunt und fügte hinzu: »Die großartigste Stadt der Welt.« Die Grimasse des Ladeninhabers veränderte sich nicht. »Das Licht leuchte der guten Königin Morgase«, sagte Rand hoffnungsvoll.

»Wenn ihr mir irgendwelche Schwierigkeiten macht«, sagte der Mann mürrisch, »dann wird meine Stimme hundert Männer herbeirufen, die euch fertigmachen, wenn es die Garde nicht schon tut.« Er unterbrach sich, um auszuspucken, und verfehlte ganz knapp Rands Fuß. »Kümmert euch um eure schmutzigen Geschäfte, und haut ab.«

Rand nickte, als habe der Mann ihnen freundlich Lebewohl gesagt, und zog Mat weg. Mat schaute sich noch weiter zum Laden hin um und grollte in sich hinein, bis ihn Rand in eine leere Einfahrt schleifte. Mit dem Rükken zur Straße, so daß kein Passant sehen konnte, was sie machten, nahm Rand den Schwertgürtel ab und machte sich daran, Scheide und Griff zu umwickeln.

»Ich wette, er hat dir den doppelten Preis für diesen dummen Stoff abverlangt«, sagte Mat. »Oder den dreifachen.«

Es war nicht so leicht, wie es ausgesehen hatte, die Stoffstreifen und die Schnur so zu befestigen, daß das Ganze nicht wieder herunterfiel.

»Sie werden alle versuchen, uns übers Ohr zu hauen, Rand. Sie glauben, wir seien wie alle anderen gekommen, um den falschen Drachen zu sehen. Wir haben Glück, wenn uns nicht irgendeiner über den Kopf haut, während wir schlafen. Das ist kein Ort für uns. Es sind zu viele Leute hier. Machen wir uns doch gleich jetzt auf den Weg nach Tar Valon. Oder nach Süden, nach Illian. Ich hätte nichts dagegen, zuzusehen, wie sie sich versammeln, um auf die Jagd nach dem Horn zu gehen. Wenn wir schon nicht heim können, dann laß uns jetzt gehen.«

»Ich bleibe«, sagte Rand. »Wenn sie nicht schon hier sind, dann kommen sie früher oder später und suchen uns.«

Er war nicht sicher, daß er das Schwert so umwickelt hatte wie die anderen, aber die Reiher auf der Scheide und dem Knauf waren verborgen, und er hielt es so für sicher genug. Als er zur Straße zurückging, hatte er keinen Zweifel daran, daß er sich um ein Problem weniger Gedanken machen mußte. Mat ging an seiner Seite so zögernd einher, als ziehe er ihn an einer Hundeleine voran.

Stück für Stück erlangte Rand die Auskünfte, die er brauchte. Zuerst waren die Angaben nur sehr vage, etwa ›ungefähr in dieser Richtung‹ und ›dort drüben irgendwo‹. Je näher sie jedoch kamen, desto eindeutiger wurden die Richtungsangaben, bis sie schließlich vor einem breiten Steingebäude standen, über dessen Eingang ein Schild im Wind knarrte. Ein Mann war darauf zu sehen, der vor einer Frau mit rotgoldenem Haar und einer Krone kniete. Eine ihrer Hände ruhte auf seinem gebeugten Haupt. *Der Königin Segen.*

»Bist du dir auch sicher?« fragte Mat.

»Natürlich«, sagte Rand. Er holte tief Luft und stieß die Tür auf. Der Schankraum war groß und mit dunklem Holz getäfelt. Feuer in zwei Kaminen erwärmte ihn. Eine Bedienung fegte den Boden, obwohl er sauber war, und eine andere polierte in der Ecke Kerzenhalter. Beide lächelten die zwei Neuankömmlinge an, bevor sie sich wieder ihrer Arbeit zuwandten.

Nur an wenigen Tischen saßen Gäste, aber so früh am Tag war ein halbes Dutzend Männer schon eine ganze Menge, und wenn auch niemand besonders glücklich über Mats und sein Eintreten zu sein schien, so wirkten sie doch sauber und nüchtern. Der Geruch nach Rinderbraten und frisch gebackenem Brot trieb aus der Küche herein, und Rand lief das Wasser im Mund zusammen.

Der Wirt war fett, wie er mit Freude feststellte; ein Mann mit rosafarbenem Gesicht und einer gestärkten weißen Schürze. Das ergraute Haar war zurückgekämmt, um einen kahlen Fleck zu verbergen, der jedoch nicht ganz bedeckt war. Seine scharfen Augen betrachteten sie von Kopf bis Fuß, die staubigen Kleider und die Bündel und die abgetragenen Stiefel, aber er lächelte sofort und auf sehr nette Art und Weise. Er hieß Basel Gill.

»Meister Gill«, sagte Rand, »ein Freund von uns riet uns, hierher zu kommen. Thom Merrilin. Er ...« Das Lächeln des Wirts verflog. Rand sah Mat an, doch der war zu sehr damit beschäftigt, die Düfte aus der Küche in sich einzusaugen, als daß er etwas anderes bemerkt hätte. »Stimmt etwas nicht? Ihr kennt ihn doch?«

»Ich kenne ihn«, sagte Gill kurz angebunden. Er

schien im Moment mehr an dem Flötenbehälter an Rands Seite interessiert als an sonst etwas. »Kommt mit!« Er deutete mit einer Kopfbewegung nach hinten. Rand rüttelte Mat kurz, um ihn aus seinem Schmachten zu reißen, und folgte dem Wirt. Er fragte sich, was da los sei.

In der Küche blieb Meister Gill stehen und sprach mit der Köchin, einer rundlichen Frau, die das Haar zu einem Knoten am Hinterkopf zusammengebunden hatte und beinahe Pfund für Pfund ein Gegenstück zum Wirt darstellte. Sie rührte weiter in ihren Kochtöpfen herum, während der Wirt redete. Die Düfte waren so köstlich — zwei Tage Hunger lieferten eine gute Sauce für beinahe alles Eßbare, aber hier roch es ebenso gut wie in der Küche von Frau al'Vere —, daß Rands Magen vernehmlich knurrte. Mat beugte sich, Nase voraus, über die Töpfe. Rand stieß ihn an; Mat wischte sich schnell über das Kinn. Ihm war wirklich das Wasser aus dem Mund gelaufen.

Dann führte sie der Wirt hastig aus dem Hinterausgang. Im Stallhof blickte er sich um, ob auch wirklich niemand in der Nähe war, und dann wandte er sich Rand zu. »Was ist in dem Behälter, Junge?«

»Thoms Flöte«, sagte Rand bedächtig. Er öffnete den Kasten, als werde es helfen, die mit Gold und Silber verzierte Flöte vorzuzeigen. Mats Hand kroch unter seinen Mantel.

Meister Gill sah Rand unverwandt an. »Ja, ich erkenne sie. Ich habe ihn oft genug damit spielen sehen, und es gibt wohl kaum eine zweite von der Art außerhalb eines Königshofes.« Das freundliche Lächeln war wie weggeblasen, und sein Blick war mit einem Mal messerscharf. »Wie bist du dazu gekommen? Thom würde eher seinen Arm hergeben als diese Flöte.«

»Er hat sie mir gegeben.« Rand nahm Thoms gebündelten Umhang vom Rücken und legte ihn am Boden ab. Er entfaltete das Bündel gerade soweit, um die farbigen Flicken und das Ende des Harfenbehälters zu zeigen. »Thom ist tot, Meister Gill. Wenn er ein Freund von Euch war, dann tut es mir leid. Er war auch meiner.«

»Tot, sagst du? Wie ist das geschehen?«

»Ein ... ein Mann versuchte, uns zu töten. Thom gab mir das in die Hand und befahl uns wegzurennen.« Die Flicken flatterten wie Schmetterlinge im Wind. Rands Kehle war wie zugeschnürt. Er faltete sorgfältig den Umhang zusammen. »Wir wären tot, wenn er nicht gewesen wäre. Wir wollten zusammen nach Caemlyn. Er sagte uns, wir sollten hierher, zu Eurer Schenke, kommen.«

»Ich glaube erst, daß er tot ist«, sagte der Wirt bedächtig, »wenn ich seinen Leichnam sehe.« Er stieß mit dem großen Zeh gegen das Bündel und räusperte sich laut. »Nee, nee, ich glaube schon, daß ihr beobachtet habt, was immer es zu sehen gab, aber ich glaube einfach nicht, daß er tot ist. Er ist schwerer zu töten, als ihr glaubt, der alte Thom Merrilin.«

Rand legte eine Hand auf Mats Schulter. »Es ist schon gut, Mat. Er ist ein Freund.«

Meister Gill sah Mat an und seufzte. »Ich denke, das bin ich.«

Mat richtete sich langsam auf und verschränkte die Arme vor der Brust. Er beobachtete den Wirt immer noch mißtrauisch, und in seiner Wange zuckte ein Muskel.

»Er wollte nach Caemlyn, sagt ihr?« Der Wirt schüttelte den Kopf. »Das ist der letzte Ort auf der Welt, von dem ich annahm, daß Thom ihn besuchen werde, außer vielleicht noch Tar Valon.« Er wartete, bis ein Stallbursche vorbeigegangen war, und senkte auch dann noch die Stimme. »Ich nehme an, ihr habt Probleme mit den Aes Sedai.«

»Ja«, antwortete Mat zur gleichen Zeit, als Rand sagte: »Wie kommt Ihr darauf?«

Meister Gill lachte trocken auf. »Ich kenne den Mann doch. Er wird sich in diese Art von Schwierigkeiten geradezu hineinstürzen, besonders um ein paar Jungen in eurem Alter zu helfen ...« Der Glanz der Erinnerungen verschwand aus seinen Augen, und sein Blick wurde zurückhaltender. »Nun, äh ... ich will ja keine Anschuldigungen vorbringen, wirklich, aber ... äh ... ich nehme an, keiner von euch kann ... äh ... also, was ich sagen will, ist ... äh ... welche Probleme habt ihr nun eigentlich mit Tar Valon, falls ihr mir die Frage verzeiht?«

Rands Haut prickelte, als ihm klar wurde, was der Mann da annahm. Die Eine Macht. »Nein, nein, nichts dergleichen! Das schwöre ich. Uns hat sogar eine Aes Sedai geholfen. Moiraine war ...« Er biß sich auf die Zunge, aber der Gesichtsausdruck des Wirts änderte sich nicht.

»Ich bin froh, das zu hören. Nicht, daß ich für die Aes Sedai sehr viel übrig hätte, aber lieber sie, als ... die andere Seite.« Er schüttelte bedächtig den Kopf. »Man spricht zuviel von solchen Dingen, seit Logain hierhergebracht wurde. Ich wollte euch nicht kränken, das versteht ihr doch sicher, aber ... na ja, ich mußte doch sichergehen, nicht wahr?«

»Wir nehmen Euch das nicht übel«, sagte Rand. Mats Gemurmel konnte alles bedeuten, aber der Wirt nahm es als Zustimmung zu dem, was Rand gesagt hatte.

»Ihr zwei seht schon so aus, als wärt ihr in Ordnung, und ich glaube, daß ihr Freunde von Thom wart — seid —, aber die Zeiten sind schlecht, und die Tage mühsam. Ich schätze, ihr könnt nicht zahlen? Nein, ich habe es auch nicht erwartet. Es gibt von nichts genug, und was es gibt, ist unwahrscheinlich teuer. Also gebe ich euch Betten — nicht die besten, doch warm und trocken — und etwas zu essen, aber mehr kann ich nicht versprechen, so leid mir das tut.«

»Ich danke Euch«, sagte Rand mit einem fragenden Blick zu Mat hinüber. »Das ist mehr, als ich erwartet habe.« Wen betrachtete er als ›in Ordnung‹, und warum *sollte* er eigentlich mehr versprechen?

»Na ja, Thom ist ein guter Freund. Ein alter Freund. Ein Hitzkopf, der manchmal die schlimmsten Sachen ausgerechnet der Person an den Kopf wirft, bei der er das nicht tun sollte, aber trotzdem ein guter Freund. Wenn er nicht kommt ... also, dann werden wir uns schon was überlegen. Am besten, ihr erwähnt nichts mehr davon, daß euch eine Aes Sedai hilft. Ich bin ein treuer Anhänger der Königin, aber es gibt gerade jetzt in Caemlyn viele, die sowas in die falsche Kehle bekommen könnten, und damit meine ich nicht nur die Weißmäntel.«

Mat schnaubte. »Wenn's nach mir ginge, dann könnten die Raben jede Aes Sedai direkt nach Shayol Ghul befördern!«

»Hüte deine Zunge!« fauchte Meister Gill. »Ich sagte, ich liebe sie nicht gerade, aber ich habe nicht gesagt, daß ich ein Narr bin und glaube, sie steckten hinter allem Schlechten. Die Königin unterstützt Elaida, und die Garde steht zur Königin. Das Licht helfe uns, damit sich das nicht ändert. Jedenfalls sind in letzter Zeit einige Gardesoldaten so weit gegangen, daß sie Leute, von denen sie hörten, wie sie etwas gegen die Aes Sedai sagten, ziemlich rauh behandelt haben. Nicht im Dienst, dem Licht sei Dank, aber es ist trotzdem geschehen. Ich kann keine Gardesoldaten außer Dienst gebrauchen, die meinen Schankraum auseinandernehmen, weil sie euch eine Lektion erteilen wollen, und ich kann keine Weißmäntel gebrauchen, die jemanden dazu anstiften, einen Drachenfang an meine Tür zu malen. Wenn ihr also wollt, daß ich euch helfe, dann behaltet eure Gefühle für die Aes Sedai für euch, ob sie nun gut oder schlecht sind.« Er schwieg nachdenklich und fügte dann hinzu: »Vielleicht ist es am besten, wenn ihr auch Thoms Namen nicht erwähnt, wo ihn irgend jemand anders außer mir hören kann. Einige Gardesoldaten haben ein gutes

Gedächtnis, und die Königin ebenfalls. Man muß ja kein Risiko eingehen.«

»Hatte Thom Schwierigkeiten mit der Königin?« fragte Rand ungläubig, und der Wirt lachte.

»Also hat er euch doch nicht alles erzählt. Warum hätte er das auch tun sollen? Andererseits weiß ich auch nicht, warum ihr das wissen müßt. Es ist nicht gerade ein Geheimnis. Glaubt ihr, daß jeder Gaukler so selbstbewußt ist wie Thom? Na ja, vielleicht schon, aber ich habe mir immer gedacht, daß Thom noch eine Extraportion Selbstbewußtsein abbekommen hat. Er war nicht immer Gaukler, müßt ihr wissen; es war nicht immer so, daß er von Dorf zu Dorf zog und die Hälfte der Zeit unter Hecken schlief. Es gab eine Zeit, da war Thom Merrilin der Hofbarde hier in Caemlyn und bekannt an jedem Königshof von Tear bis Maradon.«

»Thom?« fragte Mat.

Rand nickte bedächtig. Er konnte sich Thom am Hof der Königin vorstellen — mit seinem höfischen Benehmen und seinen großartigen Gesten.

»Das war er«, sagte Meister Gill. »Es war nicht lange nach dem Tod von Taringail Damodred, da ... tauchten die Sorgen über seinen Neffen auf. Es gab Leute, die behaupteten, Thom stünde der Königin näher, als die guten Sitten gestatteten. Aber Morgase war eine junge Witwe, und Thom in seinen besten Jahren, und ich sehe es so, daß die Königin tun kann, was sie will. Aber sie ist ganz schön launisch, unsere gute Morgase, und er ging, ohne ihr etwas zu sagen, als er erfuhr, in welchen Schwierigkeiten sich sein Neffe befand. Das gefiel der Königin überhaupt nicht. Es gefiel ihr auch nicht, daß er sich in Angelegenheiten der Aes Sedai einmischte. Ich kann auch nicht behaupten, daß ich es richtig fand, Neffe hin oder her. Als er jedenfalls zurückkehrte, sagte er ihr einige unfeine Dinge ins Gesicht. Sachen, die man einer Königin nicht sagt. Sachen, die man keiner Frau mit Morgases Temperament sagt. Elaida hatte etwas gegen ihn, weil er versuchte, sich in die Angelegenheit mit seinem Neffen einzumischen, und in der Klemme zwischen der Laune der Königin und der Feindseligkeit Elaidas verließ Thom Caemlyn einen halben Schritt vor einer Reise ins Gefängnis oder sogar vor der Axt des Henkers. Soweit ich weiß, besteht das Urteil immer noch.«

»Wenn das vor so langer Zeit war«, sagte Rand, »erinnert sich vielleicht niemand mehr daran.«

Meister Gill schüttelte den Kopf. »Gareth Bryne ist Generalhauptmann der Garde der Königin. Er kommandierte persönlich die Gardesoldaten, die auf Befehl Morgases Thom in Ketten zurückbringen sollten, und ich zweifle daran, daß er jemals vergessen wird, wie er mit leeren Händen zurückkehrte und herausfand, daß Thom bereits wieder im Palast gewesen und schon wieder weg war. Und die Königin vergißt grundsätzlich überhaupt *nichts.* Habt ihr je eine Frau kennengelernt, die vergißt? Meine Güte, Morgase war vielleicht wütend! Ich schwöre euch, die ganze Stadt ging einen Monat lang auf Zehenspitzen, und alle flüsterten nur. Viele andere Gardesoldaten sind auch alt genug, um sich noch daran zu erinnern. Nein, am besten behandelt ihr Thom genauso als Geheimnis wie eure Aes Sedai. Kommt, ich hole euch etwas zu essen. Ihr seht aus, als kauten eure Mägen schon an eurem Rückgrat herum.«

KAPITEL 14

Das Muster wird gewebt

Meister Gill führte sie an einen Ecktisch im Schankraum und ließ ihnen von einer der Bedienungen Essen bringen. Rand schüttelte den Kopf, als er die Teller sah. Ein paar dünne Scheiben Rindfleisch in Fleischsauce, ein Löffel voll Gemüse mit Senfsauce und auf jedem noch zwei Kartoffeln. Sein Kopfschütteln war enttäuscht und schicksalsergeben, aber nicht ärgerlich. Nicht genug von allem, hatte der Wirt gesagt. Er nahm Messer und Gabel zur Hand und fragte sich, was wohl geschähe, wenn nichts mehr übrig wäre. So gesehen wirkte sein halbvoller Teller wie ein Festmahl. Der Gedanke ließ ihn schaudern.

Meister Gill hatte einen Tisch gewählt, der sich ein gutes Stück von allen anderen Gästen entfernt befand, und er setzte sich mit dem Rücken zur Ecke, von wo aus er den ganzen Raum beobachten konnte. Niemand konnte ihnen nahe genug kommen, um zu hören, was sie sagten, ohne daß er es gesehen hätte. Als die Bedienung fortging, sagte er leise: »Also, warum erzählt ihr mir jetzt nicht von euren Schwierigkeiten? Wenn ich helfen soll, dann muß ich auch wissen, was da auf mich zukommt.«

Rand sah Mat an, aber der betrachtete ärgerlich seinen Teller, als sei er wütend auf die Kartoffel, die er gerade schnitt. Rand holte tief Luft. »Ich verstehe es eigentlich selbst nicht«, begann er.

Er hielt die Geschichte bewußt einfach und ließ die Trollocs und die Blassen aus. Wenn ihm jemand Hilfe anbot, konnte er ihm schlecht erzählen, daß es eigentlich um Legenden ging. Aber er hielt es auch nicht für fair, die Gefahr zu untertreiben und jemanden hineinzuziehen, wenn sie selbst keine Ahnung hatten, auf was sie sich da einließen. Einige Männer waren hinter ihm und Mat her und auch hinter ein paar ihrer Freunde. Diese Männer erschienen, wenn man sie am wenigsten erwartete, und sie waren von tödlicher Gefährlichkeit und wollten ihn und seine Freunde töten oder noch Schlimmeres ... Moiraine behauptete, einige von ihnen seien Schattenfreunde. Thom traute Moiraine nicht ganz, blieb aber bei ihnen, wie er sagte, wegen seines Neffen. Sie waren während eines Angriffs getrennt worden, als sie versucht hatten, Weißbrücke zu erreichen, und dann, in Weißbrücke, starb Thom und rettete sie dabei vor einem weiteren Angriff. Und es hatte noch mehr Versuche gegeben. Er wußte, daß seine Erzählung Lücken hatte, aber er tat sein Bestes, nicht mehr zu sagen, als ungefährlich war.

»Wir sind einfach weitergegangen, bis wir Caemlyn erreichten«, erklärte er. »Das hatten wir ursprünglich so geplant. Caemlyn und dann Tar Valon.« Er rutschte unruhig auf der Stuhlkante hin und her. Nachdem sie das alles so lange geheimgehalten hatten, war es schon eigenartig, jemandem auch nur soviel zu erzählen. »Wenn wir auf diesem Kurs bleiben, werden uns die anderen früher oder später auch finden können.«

»Falls sie noch leben«, murmelte Mat in seinen Teller hinein.

Rand sah Mat nicht einmal an. Irgend etwas brachte ihn dazu hinzuzufügen: »Es könnte Euch in Schwierigkeiten bringen, wenn Ihr uns helft.«

Meister Gill winkte mit einer fetten Hand ab. »Ich kann nicht behaupten, daß ich mich nach Schwierigkeiten sehne, aber es wären auch nicht gerade die ersten. Kein verdammter Schattenfreund wird es fertigbringen, daß ich Thoms Freunden den Rücken zukehre. Eure Freundin aus dem Norden — nun, wenn sie nach

Caemlyn kommt, werde ich das erfahren. Es gibt Leute hier, die genau beobachten, wer kommt oder geht, und das spricht sich dann herum.«

Rand zögerte und fragte dann: »Was ist mit Elaida?«

Auch der Wirt zögerte und schüttelte schließlich den Kopf. »Ich glaube nicht. Vielleicht, wenn es zwischen euch und Thom keinen Zusammenhang gäbe. Sie bekäme es heraus, und was geschähe dann mit euch? Kann man nicht sagen. Vielleicht würdet ihr euch in einer Zelle wiederfinden, vielleicht in einer noch schlimmeren Lage. Man sagt, sie könne Dinge fühlen, die geschehen sind, die noch geschehen werden. Man sagt, sie könne erkennen, was ein Mann zu verbergen versucht. Ich weiß es nicht, aber ich würde es nicht riskieren. Wenn Thom nicht wäre, könntet ihr euch an die Garde wenden. Sie würden schnell genug mit Schattenfreunden fertigwerden. Aber selbst wenn ihr das mit Thom den Gardesoldaten verschweigen könntet, würde Elaida davon erfahren, sobald ihr nur Schattenfreunde erwähnt, na ja, und dann seid ihr wieder am gleichen Punkt angelangt.«

»Nicht die Garde«, stimmte ihm Rand zu. Mat nickte lebhaft, während er eine volle Gabel in den Mund steckte und ihm die Sauce das Kinn hinunterlief.

»Das Problem ist nun mal, daß ihr euch im Netz der Politik verfangen habt, und Politik ist wie ein nebliger Sumpf voll Schlangen.«

»Wie ist es mit …«, begann Rand, aber der Wirt verzog plötzlich das Gesicht. Sein Stuhl knarrte unter seinem Gewicht, als er sich aufrichtete.

Die Köchin stand in der Küchentür und wischte sich die Hände an der Schürze ab. Als sie sah, daß der Wirt aufmerksam geworden war, winkte sie ihn zu sich und verschwand dann wieder in der Küche.

»Ich könnte genausogut mit ihr verheiratet sein«, seufzte Meister Gill. »Sie findet Sachen zum Reparieren, bevor ich überhaupt weiß, daß etwas kaputt ist. Wenn nicht gerade der Abfluß verstopft ist oder der Wasserhahn tropft, dann sind es die Ratten. Ich halte meine Schenke sauber, müßt ihr wissen, aber da sich so viele Leute in der Stadt aufhalten, sind auch die Ratten überall. Bringt viele Menschen auf engem Raum zusammen, und ihr bekommt auch Ratten, und in Caemlyn sind sie plötzlich zu einer Landplage geworden. Ihr werdet kaum glauben, wieviel eine gute Katze, eine Spitzenjägerin, heutzutage kostet. Euer Zimmer ist oben im Speicher. Ich werde den Mädchen sagen, welches es ist. Jede von ihnen kann es euch zeigen. Und macht euch keine Sorgen wegen der Schattenfreunde. Ich kann nicht viel Gutes über die Weißmäntel sagen, aber sie und dazu die Garde sorgen dafür, daß diese Art von schmutzigen Gestalten sich hier in Caemlyn nicht zeigen wird.« Sein Stuhl knarrte wieder, als er ihn zurückschob und aufstand. »Ich hoffe nur, es ist nicht schon wieder der Abfluß.«

Rand wandte sich wieder seinem Teller zu, aber er sah, daß Mat aufgehört hatte zu essen. »Ich dachte, du hättest Hunger«, sagte er. Mat starrte weiter seinen Teller an und schob ein Stück Kartoffel mit der Gabel im Kreis herum. »Du mußt essen, Mat. Wir brauchen unsere Kraft, wenn wir Tar Valon erreichen wollen.«

Mat stieß ein leises, bitteres Lachen aus. »Tar Valon! Die ganze Zeit war es Caemlyn. Moiraine wird in Caemlyn auf uns warten. Wir werden Perrin und Egwene in Caemlyn finden. Alles wird gut, wenn wir nur Caemlyn erreichen. Also, hier wären wir, und nichts ist in Ordnung. Keine Moiraine, kein Perrin, niemand. Jetzt heißt es, alles wird gut, wenn wir nur Tar Valon erreichen.«

»Wir sind am Leben«, sagte Rand in schärferem Ton, als er beabsichtigt hatte. Er atmete tief durch und bemühte sich, seinen Ton zu mäßigen. »Wir sind am Leben. Soweit ist alles in Ordnung. Und ich gedenke, am

Leben zu bleiben. Ich will herausfinden, warum wir so wichtig sind. Ich gebe nicht auf.«

»All diese Menschen, und jeder davon könnte ein Schattenfreund sein. Meister Gill versprach, uns ganz schnell zu helfen. Welche Art von Mann hat für Aes Sedai und Schattenfreunde nur ein Achselzucken übrig? Das ist nicht natürlich. Jeder normale Mensch würde uns sagen, wir sollten abhauen, oder ... oder ... oder irgendwas.«

»Iß!« sagte Rand sanft und beobachtete Mat, bis dieser begann, auf einem Stück Rindfleisch herumzukauen.

Er ließ die Hände neben dem Teller auf dem Tisch ruhen. Er drückte sie auf die Tischplatte, um sie am Zittern zu hindern. Er hatte Angst. Nicht wegen Meister Gill natürlich, aber es gab auch ohne ihn schon genug Gründe. Diese hohe Stadtmauer würde einen Blassen nicht aufhalten. Vielleicht sollte er dem Wirt doch davon berichten. Aber selbst wenn Gill es ihnen glaubte, würde er immer noch bereit sein, ihnen zu helfen, wenn er dachte, ein Blasser könne sich in *Der Königin Segen* zeigen? Und die Ratten. Vielleicht fühlten sich Ratten dort besonders wohl, wo es viele Menschen gab, aber er erinnerte sich an den Traum, der keiner war, damals in Baerlon, und an das Brechen eines kleinen Rückgrats. *Manchmal benützt der Dunkle König Aasfresser als Augen,* hatte Lan gesagt. *Raben, Krähen, Ratten ...*

Er aß, doch als er fertig war, konnte er sich nicht an den Geschmack auch nur eines Bissens erinnern.

Eine Serviererin — es war diejenige, die bei ihrem Eintreten die Leuchter poliert hatte — führte sie zu dem Zimmer am Dachboden hinauf. In der schrägen Außenwand befand sich ein vorgezogenes Mansardenfenster. Auf jeder Seite des Fensters stand ein Bett, und neben der Tür waren Haken zum Aufhängen von Kleidung angebracht. Das Serviermädchen mit den dunklen Augen zupfte ständig an ihrem Rock herum und kicherte jedesmal, wenn sie Rand ansah. Sie war hübsch, doch er wußte, wenn er irgend etwas in dieser Richtung zu ihr sagte, würde er sich nur zum Narren machen. Er wünschte, so wie Perrin mit Mädchen umgehen zu können und er war froh, als sie hinausging.

Er erwartete einen Kommentar von Mat, aber sobald sie draußen war, warf sich Mat auf eines der Betten, immer noch in den Stiefeln und mit Umhang, und wandte sein Gesicht der Wand zu. Rand hängte seine Sachen auf und beobachtete Mats Rücken. Er glaubte zu sehen, daß Mat die Hand unter dem Mantel hatte und wieder den Griff des Dolches umklammerte.

»Wirst du nur hier herumliegen und dich verstekken?« fragte er schließlich.

»Ich bin müde«, brummelte Mat.

»Wir müssen Meister Gill noch einiges fragen. Vielleicht kann er uns sogar sagen, wie wir Egwene und Perrin finden. Sie könnten bereits in Caemlyn sein, falls sie ihre Pferde nicht verloren haben.«

»Sie sind tot«, sagte Mat zu der Wand.

Rand zögerte und gab es dann auf. Er schloß leise die Tür hinter sich und hoffte, daß Mat auch wirklich schlafen würde.

Unten konnte er allerdings Meister Gill nirgendwo finden. Der Blick aus den Augen der Köchin sagte ihm, daß auch sie nach ihm suchte. Eine Weile lang setzte sich Rand in den Schankraum, aber er ertappte sich dabei, daß er jeden eintretenden Gast, jeden Fremden — der ja alles sein konnte — mißtrauisch anstarrte, besonders in dem Moment, da er ihn nur als in einen Umhang gehüllten, schwarzen Umriß im Lichtviereck der Tür erkennen konnte. Ein Blasser im Schankraum wäre wie ein Fuchs im Hühnerstall.

Ein Gardesoldat kam von der Straße aus herein. Der Mann in der roten Uniform blieb gleich an der Tür stehen und musterte kühl diejenigen im Raum, die offensichtlich von außerhalb kamen. Rand sah auf den Tisch hinunter, als der Blick des Gardesoldaten auf ihn fiel. Als er wieder aufblickte, war der Mann weg.

Das Stubenmädchen mit den dunklen Augen kam mit einem Arm voll Handtüchern an ihm vorbei. »Das machen sie gelegentlich«, sagte sie mit verschwörerischem Unterton im Vorübergehen. »Nur um aufzupassen, daß es keine Schlägereien und so gibt. Sie behüten die guten Untertanen der Königin, wirklich. Ihr müßt Euch keinerlei Sorgen machen.« Sie kicherte.

Rand schüttelte den Kopf. Nicht, weswegen er sich hätte Sorgen machen müssen. Na ja, der Gardesoldat war ja wenigstens nicht herübergekommen, um ihn zu fragen, ob er Thom Merrilin kenne. Ach, er war schon genauso schlimm wie Mat. Er schob seinen Stuhl zurück.

Ein anderes Stubenmädchen kümmerte sich um die Öllampen an der Wand.

»Gibt es einen anderen Raum, in den ich mich setzen kann?« fragte er sie. Er wollte nicht wieder hinaufgehen und mit Mat in seiner mürrischen Zurückgezogenheit allein sein. »Vielleicht ein privates Speisezimmer, das nicht benutzt wird?«

»Dort ist die Bibliothek.« Sie deutete auf eine Tür. »Dort hinaus und am Ende des Flurs nach rechts. Um diese Zeit dürfte sie leer sein.«

»Dankeschön. Wenn Ihr Meister Gill seht, würdet Ihr ihm dann bitte sagen, daß Rand al'Thor mit ihm sprechen muß, wenn er eine Minute Zeit haben sollte?«

»Ich richte es ihm aus«, sagte sie, und dann grinste sie. »Die Köchin will auch mit ihm reden.«

Der Wirt versteckte sich möglicherweise, dachte er, als er sich abwandte.

Als er in den Raum trat, zu dem sie ihn gewiesen hatte, blieb er zunächst stehen und blickte sich stumm um. Auf den Regalen mußten bestimmt drei- oder vierhundert Bücher stehen, mehr, als er je zuvor an einem Ort gesehen hatte. In Leinen oder in Leder gebunden und mit vergoldeten Buchrücken. Nur ein paar waren in Sperrholz gebunden. Seine Augen verschlangen die Titel. Er suchte nach seinen alten Lieblingsbüchern. *Die Reisen des Jain Fernstreicher. Die Essays von William von Maneche.* Sein Atem stockte, als er eine in Leder gebundene Ausgabe der *Reisen zum Meervolk* erblickte. Tam hatte das immer schon lesen wollen.

Er stellte sich Tam vor, wie er lächelnd das Buch in den Händen hielt und es umdrehte. Er wollte es fühlen, bevor er sich mit seiner Pfeife vor dem Kamin niederließ, um zu lesen. Seine Hand verkrampfte sich um den Schwertgriff, als er den Verlust und die innere Leere empfand, die seine Freude an all den Büchern dämpfte.

Hinter ihm räusperte sich jemand, und er bemerkte plötzlich, daß er nicht allein war. Er wollte sich für seine Unhöflichkeit entschuldigen und drehte sich um. Er war daran gewöhnt, größer zu sein als beinahe jeder, den er traf, aber diesmal mußte er den Blick heben und heben und heben, und der Mund blieb ihm offen stehen. Dann sah er den Kopf, der beinahe die zehn Fuß hohe Decke erreichte. Die Nase war so breit wie das ganze Gesicht. Bei der Breite konnte man sie schon eher als Rüssel bezeichnen denn als Nase. Die Augenbrauen hingen wie Schwänze herunter und rahmten blasse Augen von Teetassengröße ein. Die Ohren schoben sich mit ihren behaarten Spitzen durch eine zerzauste schwarze Mähne. *Trolloc!* Er stieß einen Schrei aus, versuchte zurückzutreten und gleichzeitig sein Schwert zu ziehen. Doch er blieb mit den Füßen hängen und setzte sich unversehens auf den Hosenboden.

»Ich wünschte, ihr Menschen würdet sowas nicht machen«, grollte eine Stimme, so tief wie eine Baßtrommel. Die Ohren mit den Haarbüscheln an den Spitzen zuckten heftig, und die Stimme wurde traurig. »So wenige von euch erinnern sich an uns. Ich schätze, es liegt wohl an uns. Nicht viele von uns sind in die Welt der Menschen hinausgegangen, seit der Schatten auf die

Wege fiel. Das ist nun … oh, sechs Generationen her. Gleich nach den Trolloc-Kriegen geschah es.« Der zerzauste Kopf wurde geschüttelt, und dann erklang ein Seufzen, das auch einem ausgewachsenen Bullen Ehre eingelegt hätte. »Zu lang her, zu lang, und nur so wenige reisen umher und sehen — es könnten genausogut gar keine sein.«

Rand saß eine volle Minute mit offenem Mund da und starrte hinauf zu der Gestalt in breiten, kniehohen Stiefeln und dunkelblauem Mantel, der vom Hals bis zur Taille zugeknöpft war und sich dann bis zu den Stiefelschäften weit ausbreitete wie ein Kilt über Pumphosen. In einer Hand hielt sie ein Buch, das im Vergleich winzig wirkte, da schon einer dieser Finger so breit war wie drei normale.

»Ich dachte, du bist …«, begann er und fing sich dann rechtzeitig. »Wer bist …?« Das klang auch nicht besser. Er stand auf und bot ihm vorsichtig die Hand. »Ich heiße Rand al'Thor.«

Eine Hand — groß wie ein mächtiger Schinken — umschloß die seine, begleitet von einer höflichen Verbeugung. »Loial, Sohn des Arent, Sohn des Halan. Dein Name singt in meinen Ohren, Rand al'Thor.«

Das klang für Rand nach einer rituellen Begrüßungsformel. Er erwiderte die Verbeugung. »Euer Name singt in meinen Ohren, Loial, Sohn des Arent … äh … Sohn des Halan.«

Alles klang ein wenig unwirklich. Er wußte immer noch nicht, *was* Loial eigentlich war. Der Griff der riesigen Hand Loials war überraschend sanft, aber er war trotzdem erleichtert, seine Hand unversehrt zurückzubekommen.

»Ihr Menschen regt euch immer so schnell auf«, sagte Loial in seinem Baßgrollen. »Ich hatte wohl all die Geschichten gehört und natürlich die entsprechenden Bücher gelesen, aber das war mir einfach nicht bewußt. An meinem ersten Tag in Caemlyn konnte ich all den Aufruhr kaum glauben. Kinder weinten, und Frauen kreischten, und ein Mob jagte mich quer durch die ganze Stadt. Die schwenkten doch tatsächlich Knüppel und Messer und Fackeln und schrien: ›Trolloc!‹ Ich fürchte, ich regte mich wirklich ein wenig auf. Ich weiß nicht, was geschehen wäre, wenn nicht eine Einheit der Königlichen Garde mitgekommen wäre.«

»Ein Glücksfall«, sagte Rand mit schwacher Stimme.

»Ja, schon, aber selbst die Gardesoldaten schienen sich vor mir genauso zu fürchten wie die anderen. Vier Tage lang bin ich nun in Caemlyn, und ich habe meine Nase nicht aus dieser Schenke hinausstrecken können. Der gute Meister Gill hat mich sogar gebeten, nicht in den Schankraum zu gehen.« Seine Ohren zuckten. »Nicht, daß er nicht gastfreundlich gewesen sei — versteht mich da nicht falsch. Aber am ersten Abend gab es nun mal ein paar Probleme. Alle Menschen schienen zur gleichen Zeit die Schenke verlassen zu wollen. Ein solches Gekreische und Schreien, und alle versuchten, sich gleichzeitig durch die Tür zu zwängen. Ein paar hätten sich verletzen können!«

Rand blickte fasziniert diese zuckenden Ohren an.

»Ich kann dir sagen, daß ich mein *Stedding* nicht gerade zu diesem Zweck verlassen habe.«

»Du bist ein Ogier!« rief Rand. »Warte. Sechs Generationen? Du sprachst von den Trolloc-Kriegen! Wie alt bist du?« Er wußte, sobald er das ausgesprochen hatte, daß es unhöflich war, aber anstatt beleidigt zu sein, ging Loial in Verteidigungsstellung.

»Neunzig Jahre«, sagte der Ogier förmlich. »In nur zehn weiteren Jahren werde ich in der Lage sein, den Stumpf direkt anzusprechen. Ich glaube, die Ältesten hätten mich anhören sollen, da sie ja entschieden, ob ich abreisen durfte oder nicht. Aber letzten Endes machen sie sich ja über jeden Sorgen, der nach draußen geht, gleich, welchen Alters er ist. Ihr Menschen seid so hektisch, so sprunghaft.« Er blinzelte und verbeugte sich dann kurz. »Bitte vergib mir. Ich hätte das nicht sagen sollen. Aber ihr streitet euch eben die ganze Zeit, selbst wenn es keinen Grund dafür gibt.«

»Das ist schon in Ordnung«, sagte Rand. Er bemühte sich immer noch, Loials Alter zu begreifen. Älter als der alte Cenn Buie, und doch nicht alt genug, um ... Er setzte sich auf einen der Stühle mit hoher Lehne. Loia nahm einen weiteren ein — groß genug für zwei, doch er füllte ihn. Im Sitzen war er so groß wie die meisten Männer im Stehen. »Zumindest ließen sie euch gehen.«

Loial blickte zu Boden, rümpfte die Nase und rieb sie mit einem dicken Finger. »Na ja, was das betrifft, also ... Siehst du, der Stumpf hatte sich nicht lange zuvor erst getroffen, es lag nicht einmal ein Jahr zurück, aber ich wußte vom Hörensagen, daß ich alt genug sein würde, um auch ohne ihre Erlaubnis zu gehen, wenn ich auf ihre Entscheidung wartete. Ich fürchte, sie werden sagen, ich steckte meine Axt auf einen langen Schaft, aber ich ... ging einfach. Die Ältesten haben schon immer behauptet, ich sei zu hitzköpfig, und ich fürchte, ich habe bewiesen, daß sie recht hatten. Ich frage mich nur, ob sie schon begriffen haben, daß ich weg bin? Aber ich mußte einfach gehen.«

Rand biß sich auf die Lippe, um nicht loszulachen. Wenn Loial schon ein hitzköpfiger Ogier war, dann konnte er sich vorstellen, wie sich die meisten Ogier verhielten. Hatten sich erst vor kurzem getroffen, noch nicht einmal vor einem Jahr? Meister al'Vere hätte wohl staunend den Kopf geschüttelt. Wenn eine Sitzung des Gemeinderats einen halben Tag lang dauerte, dann würde jeder schon nervös hin und her rutschen, selbst Haral Luhhan. Eine Welle von Heimweh überkam ihn. Der Gedanke an Tam, an Egwene und die Weinquellenschenke und an Bel Tine in glücklicheren Zeiten raubte ihm den Atem. Er verdrängte die Gedanken aus seinem Kopf.

»Wenn du nichts dagegen hast, daß ich frage«, sagte er und räusperte sich dabei, »warum willst du denn ... äh, so sehr nach draußen gehen? Ich selbst wünschte, ich hätte nie meine Heimat verlassen.«

»Natürlich, um alles zu sehen«, sagte Loial, als sei es das Selbstverständlichste auf der Welt. »Ich las die Bücher, all die Berichte der Reisenden, und in mir begann es zu brennen. Ich mußte das alles selbst sehen und nicht nur davon lesen.« Seine blassen Augen leuchteten auf, und die Ohren stellten sich auf. »Ich habe jeden Fetzen über das Reisen studiert, den ich finden konnte — über die Kurzen Wege und die Gebräuche in den Ländern der Menschen und über die Städte, die wir nach der Zerstörung der Welt für euch Menschen bauten. Und je mehr ich las, desto sicherer wußte ich, daß ich nach draußen mußte, an die Orte, wo wir einst gewesen waren, und ich mußte die Haine einmal selbst sehen.«

Rand blinzelte. »Die Haine?«

»Ja, die Haine. Die Bäume. Nur einige der Großen Bäume, die in den Himmel ragen, um die Erinnerungen des *Stedding* frisch zu halten.« Sein Stuhl ächzte, als er nach vorn rutschte und mit den Händen gestikulierte. In einer hielt er noch immer das Buch. Seine Augen leuchteten noch mehr als zuvor, und die Ohren zitterten beinahe. »Meist benutzten sie die Bäume, die in dem jeweiligen Land und an dem Ort wuchsen. Man kann das Land nicht gegen sich selbst zwingen. Nicht lange jedenfalls, und das Land wird sich dagegen auflehnen. Man muß die Vision dem Land anpassen, nicht das Land der Vision. In jedem Hain wurden alle Arten von Bäumen gepflanzt, die an jenem Ort wuchsen und gediehen, alles sorgfältig abgewogen und jeder von ihnen so gepflanzt, daß er die anderen ergänzte, um auf diese Art das beste Wachstum zu erreichen, aber auch, damit die Ausgewogenheit in Auge und Herz singt. Ah, das Buch erzählte von Hainen, die unsere Ältesten gleichzeitig zum Lachen und Weinen brachten, Haine, die in der Erinnerung auf ewig grünen werden.«

»Was war mit den Städten?« fragte Rand. Loial warf ihm einen fragenden Blick zu. »Die Städte. Die von den Ogiern gebaut wurden. Hier, zum Beispiel. Caemlyn. Ogier haben doch Caemlyn gebaut, nicht wahr? Die Geschichten behaupten es.«

»Den Stein bearbeiten ...« Seine Schultern hoben sich in einem massiven Achselzucken. »Das war nur etwas, das wir in den Jahren nach der Zerstörung lernten, im Exil, als wir immer noch versuchten, das *Stedding* wiederzufinden. Es ist eine schöne Sache, glaube ich, aber trotzdem nicht das Wahre. Man kann versuchen, was man will — und ich habe gehört, daß die Ogier, die diese Städte bauten, sich wirklich alle erdenkliche Mühe gaben —, aber man kann Stein nicht zum Leben erwekken. Ein paar arbeiten immer noch mit Stein, aber nur, weil ihr Menschen die Gebäude so oft in euren Kriegen beschädigt. Es gab eine Handvoll Ogier in ... äh ... Cairhien wird es jetzt genannt ..., als ich durchkam. Glücklicherweise kamen sie von einem anderen *Stedding*, also wußten sie nichts von mir, aber sie mißtrauten mir trotzdem, weil ich noch so jung und doch schon allein draußen war. Ich denke, es war gut, daß ich keinen Grund hatte, mich dort weiter aufzuhalten. Siehst du: Auf jeden Fall war das Bearbeiten von Stein etwas, daß uns von Gewebe des Großen Musters aufgezwungen wurde, während die Haine uns aus den Herzen erwuchsen.«

Rand schüttelte den Kopf. Die Hälfte der Geschichten, mit denen er aufgewachsen war, waren soeben auf den Kopf gestellt worden. »Ich wußte nicht, Loial, daß Ogier an das Muster glauben.«

»Natürlich glauben wir daran. Das Rad der Zeit webt das Muster der Zeitalter, und Leben sind die Fäden, aus denen es gewoben wird. Niemand kann sagen, wie der Faden des eigenen Lebens ins Muster hineingewoben wird oder wie der Faden eines Volkes verwoben wird. So erlebten wir die Zerstörung der Welt und das Exil und den Stein und die Sehnsucht, und schließlich gab es uns das *Stedding* zurück, bevor wir alle starben. Manchmal glaube ich, ihr Menschen seid so, weil eure Fäden so kurz sind. Sie müssen ja beim Weben richtig herumhüpfen. O nein, jetzt habe ich wieder etwas angerichtet. Die Ältesten sagten, ihr Menschen mögt es nicht, wenn man euch daran erinnert, welch kurze Zeit ihr lebt. Ich hoffe, ich habe deine Gefühle nicht verletzt.«

Rand lachte und schüttelte den Kopf. »Überhaupt nicht. Ich glaube, es würde Spaß machen, so lange wie du zu leben, aber ich habe noch nie wirklich darüber nachgedacht. Ich schätze, wenn ich so lange lebe wie der alte Cenn Buie, dann ist das genug für jedermann.«

»Ist er ein sehr alter Mann?«

Rand nickte nur. Er war nicht bereit, zu erklären, daß Cenn Buie nicht ganz so alt war wie Loial.

»Also«, sagte Loial, »vielleicht habt ihr Menschen ein so kurzes Leben, aber ihr fangt so viel damit an! Immer hüpft ihr herum und seid so umtriebig. Und ihr habt die ganze Welt dafür zur Verfügung. Wir Ogier sind an unser *Stedding* gebunden.«

»Du bist nun aber draußen.«

»Für eine Weile, Rand. Aber schließlich muß ich zurückkehren. Die Welt gehört euch, euch und eurer Art. Das *Stedding* gehört mir. Draußen geht es zu sehr drunter und drüber. Und so viel ist anders als das, wovon ich gelesen habe.«

»Na ja, die Dinge ändern sich mit den Jahren. Jedenfalls einige.«

»Einige? Die Hälfte der Städte, von denen ich gelesen habe, existiert nicht einmal mehr, und der größte Teil der übrigen trägt einen anderen Namen. Nehmt zum Beispiel Cairhien. Der richtige Name der Stadt lautet Al'cair'rahienallen, Hügel des Goldenen Sonnenaufgangs. Man erinnert sich dort nicht einmal mehr daran, trotz des Sonnenaufgangs auf ihrem Banner. Und der dortige Hain! Ich bezweifle, daß man sich seit den Trolloc-Kriegen überhaupt darum gekümmert hat. Jetzt stellt er nur irgendeinen weiteren Wald dar, in dem man Brennholz hackt. Die Großen Bäume sind alle weg, und niemand erinnert sich an sie. Und hier? Caemlyn ist immer noch Caemlyn, aber sie ließen die Stadt direkt über den Hain hinwegwachsen. Hier, wo wir sitzen, befinden wir uns nicht einmal eine Viertelmeile von seinem Mittelpunkt entfernt, oder von der Stelle, wo sich der Mittelpunkt befinden sollte. Kein einziger Baum ist übriggeblieben. Und ich war weder in Tear noch in Illian. Veränderte Namen und keine Erinnerungen. In Tear findet man nur eine Weide für die Pferde, wo sich der Hain einst befand, und in Illian ist der Hain nun ein Park des Königs, wo er seine Hirsche jagt, und keiner darf ihn ohne seine Erlaubnis betreten. Es hat sich alles geändert, Rand. Ich fürchte sehr, daß es überall das gleiche sein wird, wohin ich auch gehe. Alle Haine verschwunden, alle Erinnerungen vergangen, alle Träume gestorben.«

»Du darfst nicht aufgeben, Loial! Ihr könnt niemals aufgeben! Wenn ihr aufgebt, seid ihr schon so gut wie tot.« Rand sank auf seinen Stuhl zurück und schob sich ganz nach hinten, soweit er nur konnte, und sein Gesicht lief rot an. Er erwartete, daß ihn der Ogier auslachen würde, aber statt dessen nickte Loial ernst.

»Ja, so ist eure Rasse eingestellt, nicht wahr?« Die Stimme des Ogiers veränderte sich, als zitiere er etwas. »Bis der Schatten vergangen, bis das Wasser dahin, in den Schatten hinein mit gefletschten Zähnen, mit dem letzten Atemzug noch den Trotz hinausschreiend, am letzten Tag noch dem Sichtblender ins Angesicht spukkend.« Loial neigte erwartungsvoll den zerzausten Kopf, aber Rand hatte keine Ahnung, was er von ihm erwartete.

Eine Minute verging, während Loial wartete, dann eine weitere, und die langen Augenbrauen senkten sich verwundert. Aber er wartete weiter, und die Stille wurde Rand zur Qual.

»Die Großen Bäume«, sagte Rand schließlich, um das Schweigen endlich zu brechen. »Sind sie so wie *Avendesora?*«

Loial richtete sich ruckartig auf. Sein Stuhl quietschte und knackte so laut, daß Rand glaubte, er werde auseinanderbrechen. »Das weißt du doch wohl besser. Ausgerechnet du.«

»Ich? Wieso sollte ich etwas wissen?«

»Scherzt du mit mir? Manchmal haltet ihr Aielmänner die seltsamsten Sachen für lustig.«

»Was? Ich bin kein Aielmann! Ich komme von den Zwei Flüssen. Ich habe noch nicht einmal je einen Aielmann gesehen!«

Loial schüttelte den Kopf, und die Haarbüschel an seinen Ohren standen nach außen ab. »Siehst du? Alles ist verändert, und die Hälfte dessen, was ich weiß, ist nutzlos. Ich hoffe, ich habe dich nicht beleidigt. Ich bin sicher, deine Zwei Flüsse sind ein schöner Ort, gleich, wo er liegt.«

»Jemand hat mir gesagt«, antwortete Rand, »daß er einst Manetheren genannt wurde. Ich hatte noch nie davon gehört, aber vielleicht kennst du ...«

Die Ohren des Ogier stellten sich fröhlich auf. »Ach ja, Manetheren.« Die Haarbüschel senkten sich wieder. »Dort gab es einen schönen Hain. Dein Schmerz singt in meinem Herzen, Rand al'Thor. Wir konnten nicht rechtzeitig hingelangen.«

Loial verbeugte sich im Sitzen, und Rand verbeugte sich ebenfalls. Er vermutete, Loial sei beleidigt, wenn er das nicht täte, und würde ihn zumindest für unhöflich halten. Er fragte sich, ob Loial glaube, er erinnere sich an die gleichen Dinge wie der Ogier. Die Mundwinkel und die Augen Loials zeigten gewiß nach unten, als teile er Rands Kummer über seinen Verlust, als habe die Zerstörung von Manetheren nicht vor zweitausend Jahren stattgefunden. Rand wußte ja auch nur durch Moiraines Erzählung davon.

Nach einer Weile seufzte Loial. »Das Rad dreht sich«, sagte er, »und niemand weiß, wohin. Aber du bist beinahe genausoweit von zu Hause entfernt wie ich. Eine gehörige Entfernung, wie die Dinge liegen. Als die Kurzen Wege noch für alle offenstanden — aber das ist lange her. Sag mir, was bringt dich von so weit her? Willst auch du etwas Bestimmtes sehen?«

Rand öffnete den Mund, um zu erzählen, daß sie gekommen waren, den falschen Drachen zu sehen — aber er brachte es nicht heraus. Vielleicht lag es daran, daß Loial ihn so behandelte, als sei er überhaupt nicht älter als Rand, neunzig Jahre alt oder nicht. Vielleicht waren neunzig Jahre für einen Ogier wirklich das gleiche Alter wie bei ihm. Es war schon lange her, daß es ihm möglich gewesen war, sich mit jemandem wirklich frei darüber zu unterhalten, was geschah. Immer mußte er fürchten, seine Gesprächspartner seien Schattenfreunde oder dächten dasselbe von ihm. Mat war so in sich selbst zurückgezogen und nährte seine Angst durch die eigenen Befürchtungen, daß man mit ihm praktisch nicht reden konnte. Rand wurde bewußt, daß er Loial von der Winternacht erzählte. Keine verschwommene Geschichte über Schattenfreunde, nein, die Wahrheit, wie die Trollocs die Tür niedergebrochen hatten und auf der Haldenstraße ein Blasser aufgetaucht war.

Ein Teil seiner selbst war entsetzt über das, was er da tat, aber er fühlte sich wie in zwei Persönlichkeiten gespalten. Die eine versuchte, den Mund zu halten, während die andere erleichtert darüber war, endlich alles erzählen zu können. Das Ergebnis führte dazu, daß er herumstotterte und in der Geschichte von einem Ende zum anderen übersprang. Shadar Logoth und wie sie in der Nacht ihre Freunde verloren hatten und nicht wußten, ob sie am Leben waren oder nicht. Der Blasse in Weißbrücke und Thoms Tod, damit sie entkommen konnten. Der Blasse in Baerlon. Später die Schattenfreunde und Howal Gode und der Junge, der sich vor ihnen fürchtete, und die Frau, die versucht hatte, Mat zu töten. Der Halbmensch vor der Gans und Krone.

Als er begann, über Träume zu plaudern, fühlte sogar der Teil in seinem Inneren, der sprechen wollte, wie sich ihm die Haare sträubten. Er klappte den Mund zu und biß sich auf die Zunge. Er atmete schwerfällig durch die Nase und beobachtete mißtrauisch den Ogier, wobei er hoffte, dieser werde glauben, er habe Alpträume gemeint. Das Licht wußte, daß es sich ja alles tatsächlich wie ein Alptraum anhörte oder daß es jedenfalls genügte, um einem Alpträume zu verschaffen. Vielleicht dachte Loial auch, er sei einfach dabei überzuschnappen. Vielleicht ...

»*Ta'veren*«, sagte Loial.

Rand blinzelte. »Was?«

»*Ta'veren.*« Loial rieb sich mit einem dicken Finger einen Fleck hinter einem spitzen Ohr und zuckte die Achseln. »Der Älteste Haman behauptete immer, ich höre niemals zu, aber manchmal habe ich doch zugehört. Manchmal schon. Du weißt natürlich, wie das Muster gewoben wird?«

»Ich habe noch nie wirklich darüber nachgedacht«, sagte er bedächtig. »Es ist eben so.«

»Ah, ja, na gut. Nicht genau. Siehst du, das Rad der Zeit webt das Muster der Zeitalter und benutzt als Fäden unsere Leben. Das Muster ist nicht festgelegt, jedenfalls nicht immer. Wenn ein Mann versucht, sein Leben zu ändern, und es ist Platz genug im Muster dafür vorhanden, dann webt das Rad einfach weiter und schließt die Veränderung ein. Es gibt immer Raum für kleine Veränderungen, aber manchmal nimmt das Muster eine größere Veränderung einfach nicht an, ganz gleich, wie sehr man sich auch bemüht. Verstehst du?«

Rand nickte. »Ich könnte auf dem Hof oder auch in Emondsfeld wohnen, und das wäre eine kleine Veränderung. Aber falls ich König sein wollte ...« Er lachte, und Loial grinste, daß sein Gesicht ganz breit wurde. Seine Zähne waren weiß und so breit wie Meißel.

»Ja, genau. Aber manchmal ergreift einen die Veränderung oder das Rad wählt sie für einen aus. Und manchmal krümmt das Rad einen Lebensfaden oder mehrere davon so, daß alle umgebenden Fäden sich danach richten müssen, und diese zwingen wieder andere Fäden in das neue Muster, und diese wiederum andere und immer weiter. Diese erste Krümmung, um das Muster zu bestimmen, das nennt man *ta'veren*, und man kann nichts dagegen tun, ohne das gesamte Muster selbst zu verändern. Das Weben — *ta'maral'ailen* genannt — kann wochenlang dauern oder jahrelang. Es kann eine ganze Stadt mit einschließen oder sogar das gesamte Muster. Artur Falkenflügel war *ta'veren*, genauso wie Lews Therin Brudermörder auch, denke ich.« Er gab ein dröhnendes Lachen von sich. »Der Älteste Haman wäre stolz auf mich. Er redete immer weiter, und die Bücher über Reisen waren viel interessanter, aber manchmal habe ich doch zugehört.«

»Das ist alles gut und schön«, sagte Rand, »aber ich weiß nicht, was das mit mir zu tun hat. Ich bin Schäfer und kein neuer Artur Falkenflügel. Und Mat und Perrin sind das auch nicht. Es ist einfach ... lächerlich.«

»Das habe ich auch nicht behauptet, aber als ich dir zuhörte, konnte ich schon beinahe das Muster um dich herumwirbeln fühlen, und ich habe an sich kein Talent für so etwas. Du bist schon wirklich *ta'veren*. Du, und deine Freunde vielleicht auch.« Der Ogier unterbrach sich und rieb sich gedankenverloren über den Nasenrücken. Schließlich nickte er, als sei er zu einem Entschluß gekommen. »Ich möchte mit dir kommen, Rand.«

Rand blickte ihn eine Weile entgeistert an und fragte

sich, ob er richtig gehört habe. »Mit mir?« rief er, als er seiner Stimme wieder mächtig war. »Hast du nicht gehört, was ich über ...?« Er betrachtete plötzlich die Tür. Sie war fest geschlossen und so dick, daß jeder, der dort draußen das Ohr gegen die Holztäfelung gepreßt hatte, nur ein Murmeln gehört hätte. Trotzdem fuhr er mit gesenkter Stimme fort. »Darüber, was mich verfolgt? Außerdem dachte ich, du wolltest deine Bäume sehen.«

»Es gibt einen sehr schönen Hain in Tar Valon, und ich habe gehört, daß er von den Aes Sedai sorgfältig gepflegt wird. Außerdem will ich nicht nur die Haine sehen. Vielleicht bist du kein neuer Artur Falkenfügel, aber zumindest eine Zeitlang wird sich ein Teil der Welt um dich herum formen. Vielleicht tut sie das jetzt bereits. Selbst der Älteste Haman würde das sehen wollen.«

Rand zögerte. Es wäre schon gut, noch jemanden dabeizuhaben. So, wie Mat sich verhielt, könnte er genausogut allein sein. Die Gegenwart des Ogiers beruhigte ihn. Vielleicht war er nach der Zeitrechnung der Ogier jung, aber er schien so standhaft wie ein Fels zu sein, genauso wie Tam. Und Loial war an all diesen Orten bereits gewesen und wußte über weitere Bescheid. Er sah den Ogier an, wie er dasaß mit seinem breiten Gesicht, das beinahe wie ein Sinnbild der Geduld wirkte. Er saß da und war größer als die meisten Männer im Stehen. *Wie kann man jemanden verbergen, der fast zehn Fuß groß ist?* Er seufzte und schüttelte den Kopf.

»Ich halte das nicht für eine gute Idee, Loial. Selbst wenn uns Moiraine hier findet, werden wir uns den ganzen Weg nach Tar Valon über in Gefahr befinden. Wenn sie uns nicht findet ...« *Wenn nicht, dann ist sie tot, und die anderen auch. O Egwene.* Er schüttelte das Gefühl ab. Egwene war nicht tot, und Moiraine würde sie finden.

Loial blickte ihn mitfühlend an und berührte seine Schulter. »Ich bin sicher, deinen Freunden geht es gut, Rand.«

Rand nickte zum Dank. Seine Kehle hatte sich zusammengezogen, und er konnte nicht sprechen.

»Wirst du wenigstens manchmal mit mir sprechen?« seufzte Loial in einem tiefen Baßton. »Und vielleicht auch mit mir ein Spielchen wagen? Ich habe seit Tagen niemanden zum Unterhalten gehabt außer dem guten Meister Gill, und er ist die meiste Zeit über beschäftigt. Die Köchin scheint ihn gnadenlos anzutreiben. Vielleicht gehört ihr in Wirklichkeit die Schenke?«

»Klar werde ich das.« Seine Stimme klang heiser. Er räusperte sich und versuchte zu grinsen. Und falls wir uns in Tar Valon treffen, kannst du mir den Hain dort zeigen.« *Es muß ihnen gut gehen. Das Licht helfe uns, daß es ihnen gut geht.*

KAPITEL 15

Die lange Hatz

Nynaeve packte die Zügel der drei Pferde fester und spähte in die Nacht hinein, als könne sie irgendwie die Dunkelheit durchdringen und die Aes Sedai und den Behüter aufspüren. Skelettartige Bäume umgaben sie, vom trüben Mondlicht klar umrissen und schwarz. Die Bäume und die Nacht bildeten einen wirkungsvollen Schutz für alles, was immer Moiraine und Lan auch vorhatten. Nicht, daß einer von beiden sich die Zeit genommen hätte, sie darüber aufzuklären. Ein leises ›Sorgt dafür, daß sich die Pferde ruhig verhalten‹ von Lan, und sie waren weg und ließen sie wie einen Stallburschen stehen. Sie blickte die Pferde an und seufzte betrübt.

Mandarb verschwand gegen den Hintergrund der Nacht beinahe im gleichen Maße wie der Umhang seines Herren. Der einzige Grund, warum der kampferfahrene Hengst sie so nahe herankommen ließ, war, daß Lan selbst ihr die Zügel gereicht hatte. Er schien im Moment ruhig genug, aber sie erinnerte sich nur zu gut daran, wie er ihr lautlos die Zähne gezeigt hatte, als sie, ohne auf Lans Zustimmung zu warten, nach seinen Zügeln gegriffen hatte. Die Lautlosigkeit der Geste ließ die gefletschten Zähne um so bedrohlicher erscheinen. Nach einem letzten mißtrauischen Blick zu dem Hengst hin wandte sie sich um und spähte in die Richtung, in der sich die anderen beiden entfernt hatten. Dabei streichelte sie gedankenverloren ihr eigenes Pferd. Sie fuhr überrascht zusammen, als ihr Aldieb die blasse Schnauze in die Hand schob, aber nach einer Weile streichelte sie auch die weiße Stute.

»Nicht nötig, es an dir auszulassen, schätze ich«, flüsterte sie, »bloß, weil deine Herrin eine kaltschnäuzige ...« Sie versuchte wieder, die Dunkelheit zu durchdringen. *Was machten sie da eigentlich?*

Nachdem sie Weißbrücke verlassen hatten, waren sie durch Dörfer geritten, die in ihrer Normalität schon unwirklich erschienen — ganz gewöhnliche Marktflecken, die nach Nynaeve Ansicht keine Beziehung zu einer Welt aufwiesen, in der es Blasse und Trollocs und Aes Sedai gab. Sie waren der Straße nach Caemlyn gefolgt, bis sich Moiraine schließlich in Aldiebs Sattel vorgebeugt und nach Osten ausgeschaut hatte, als könne sie die ganze Länge der großen Straße — all die vielen Meilen bis Caemlyn — auf einmal sehen sowie auch das, was dort auf sie wartete.

Schließlich atmete die Aes Sedai langgezogen aus und richtete sich wieder auf. »Das Rad webt, wie das Rad es will«, murmelte sie, »aber ich kann nicht glauben, daß es ein Ende der Hoffnung webt. Ich muß mich zuerst um das kümmern, dessen ich sicher bin. Es wird geschehen, wie das Rad webt.« Und sie richtete ihre Stute nach Norden, von der Straße weg in den Wald hinein. Einer der Jungen befand sich in jener Richtung, und zwar mit der Münze, die Moiraine ihm gegeben hatte. Lan folgte ihr.

Nynaeve warf einen langen letzten Blick auf die Straße nach Caemlyn. Nur wenige Menschen teilten die Straße mit ihnen — ein paar hochrädrige Karren und in der Entfernung ein leerer Wagen, dazu eine Handvoll Leute zu Fuß, die ihre Besitztümer auf den Rücken geschnallt oder in Handwagen gepackt hatten. Einige davon waren bereit zuzugeben, daß sie sich auf dem Weg nach Caemlyn befanden, um den falschen Drachen zu sehen, aber die meisten stritten das ganz entschieden ab, besonders diejenigen, die von Weißbrücke gekommen waren. In Weißbrücke hatte sie begonnen, Moiraine wirklich Glauben zu schenken. Ein wenig. Jedenfalls mehr als vorher. Und darin lag gar nichts Beruhigendes.

Der Behüter und die Aes Sedai waren zwischen den Bäumen beinahe schon außer Sicht, als sie ihnen endlich nachritt. Sie beeilte sich aufzuholen. Lan sah sich gelegentlich nach ihr um und winkte ihr zu, aber er hielt sich an Moiraines Seite, und die Aes Sedai hatte den Blick nach vorn gerichtet.

Eines Abends, nachdem sie die Straße verlassen hatten, verschwand die unsichtbare Spur, der sie gefolgt waren. Moiraine, die sonst nichts umwerfen konnte, erhob sich plötzlich neben dem kleinen Feuer mit dem kochenden Teewasser, die Augen weit aufgerissen. »Es ist weg«, flüsterte sie in die Nacht hinein.

»Ist er …?« Nynaeve konnte ihre Frage nicht aussprechen. *Licht, und ich weiß nicht einmal, welcher von ihnen es ist!*

»Er ist nicht gestorben«, sagte die Aes Sedai langsam, »aber er hat die Münze nicht mehr.« Sie setzte sich. Ihre Stimme klang beherrscht, und ihre Hände zitterten nicht, als sie den Kessel von den Flammen hob und eine Handvoll Tee hineinwarf. »Am Morgen reiten wir in dieselbe Richtung weiter, so wie bisher. Wenn ich nahe genug herankomme, finde ich ihn auch ohne die Münze.«

Als das Feuer bis auf verkohlte Reste heruntergebrannt war, rollte sich Lan in seinen Umhang und schlief ein. Nynaeve konnte nicht schlafen. Sie beobachtete die Aes Sedai. Moiraine hatte die Augen geschlossen, saß aber aufgerichtet da, und Nynaeve wußte, daß sie wach war.

Lange nachdem die letzte Glut von der Holzkohle verschwunden war, öffnete Moiraine die Augen und blickte sie an. Sie konnte das Lächeln der Aes Sedai sogar im Dunkeln fühlen. »Er hat die Münze wieder, Seherin. Alles wird gut.« Sie legte sich mit einem Seufzer auf ihre Decken und schlief fast augenblicklich tief atmend ein.

Es fiel Nynaeve schwer, es ihr gleichzutun, obwohl sie so müde war. Ihr Verstand beschwor immer wieder die schlimmsten Visionen herauf, ganz gleich, wie sehr sie sich bemühte, abzuschalten. *Alles wird gut.* Nach dem, was in Weißbrücke geschehen war, konnte sie daran nicht mehr so leicht glauben.

Plötzlich wurde Nynaeve aus ihren Erinnerungen gerissen und in die Nacht zurückgeholt: Auf ihrem Arm lag nun wirklich eine Hand. Sie unterdrückte den Aufschrei, der ihre Kehle weitete, und griff ungeschickt nach dem Messer an ihrem Gürtel. Ihre Hand schloß sich um dessen Griff, bevor sie noch erkannte, daß die Hand zu Lan gehörte.

Die Kapuze des Behüters hing auf seinem Rücken, aber der Chamäleon-Umhang paßte sich der Nacht so perfekt an, daß der trübhelle Fleck seines Gesichtes in der Dunkelheit zu schweben schien. Die Hand auf ihrem Arm schien direkt aus der Luft zu kommen.

Sie holte bebend Luft. Sie erwartete von ihm einen Kommentar darüber, wie leicht er sie hatte überraschen können, aber statt dessen drehte er sich um und kramte in seiner Satteltasche. »Ihr werdet gebraucht«, sagte er und kniete nieder, um den Pferden Fußfesseln anzulegen.

Sobald die Pferde festgemacht waren, richtete er sich auf, ergriff ihre Hand und zog sie mit sich wieder in die Nacht hinein. Sein dunkles Haar verschwand in der Nacht beinahe genauso wie sein Umhang, und er machte sogar noch weniger Geräusche als sie. Zähneknirschend mußte sie vor sich selbst zugeben, daß sie ihm ohne seine führende Hand niemals durch die Dunkelheit folgen gekonnt hätte. Sie war sich nicht sicher, ob sie sich hätte losreißen können, solange er sie nicht loslassen wollte; seine Hände waren sehr kräftig.

Als sie auf eine kleine Erhebung kamen, kaum hoch genug, um die Bezeichnung Hügel zu verdienen, sank er auf ein Knie und zog sie mit herunter. Sie brauchte einen Augenblick, bis sie bemerkte, daß auch Moiraine hier war. Sie bewegte sich nicht, und so hätte man die Aes Sedai in ihrem dunklen Umhang auch für einen Schatten halten können. Lan deutete den Abhang hinunter auf eine große Lichtung im Wald.

Nynaeve blickte angestrengt durch den trüben Mondschein und lächelte dann plötzlich, als sie verstand. Jene blassen Flecken waren Zelte in regelmäßigen Reihen: ein verdunkeltes Lager.

»Weißmäntel«, flüsterte Lan, »zweihundert, vielleicht mehr. Es gibt gutes Wasser dort unten. Und den Burschen, den wir suchen.«

»In dem Lager dort?« Sie fühlte Lans Nicken eher, als daß sie es sah.

»Mitten drin. Moiraine kann genau auf ihn zeigen. Ich bin nahe genug herangeschlichen, um zu sehen, daß er bewacht wird.«

»Als Gefangener?« fragte Nynaeve. »Warum?«

»Ich weiß es nicht. Die Kinder sollten sich normalerweise nicht für einen Dorfjungen interessieren, es sei denn, irgend etwas hat sie mißtrauisch gemacht. Das Licht weiß, wie wenig dazu notwendig ist, das Mißtrauen der Weißmäntel zu erwecken, aber es macht mir schon Sorgen.«

»Wie werdet Ihr ihn befreien?« Erst als sie seinen Blick bemerkte, wurde ihr klar, wie sicher sie angenommen hatte, daß er mitten unter zweihundert Männern marschieren und mit den Jungen zurückkommen könne. *Na ja, er ist schließlich Behüter. Ein paar der Geschichten müssen ja wohl wahr sein.*

Sie fragte sich, ob er sie nun wohl auslachen werde, aber seine Stimme klang ausdruckslos und geschäftsmäßig. »Ich kann sie herausholen, aber sie werden kaum in der Lage sein, daß ich das heimlich bewerkstelligen kann. Wenn wir bemerkt werden, haben wir zweihundert Weißmäntel auf den Fersen, und wir reiten zu zweit auf unseren Pferden. Es sei denn, sie sind zu beschäftigt, um uns zu jagen. Würdet Ihr ein Risiko eingehen?«

»Um jemandem aus Emondsfeld zu helfen? Natürlich! Was für ein Risiko?«

Er deutete wieder in die Dunkelheit hinter den Zelten. Diesmal konnte sie nur Schatten erkennen. »Ihre Pferde. Wenn die Halteseile angeschnitten sind — nicht ganz durch, aber genug, um sie reißen zu lassen, wenn Moiraine etwas zur Ablenkung anstellt — dann werden die Weißmäntel zu sehr damit beschäftigt sein, ihre eigenen Pferde einzufangen, als uns zu verfolgen. Auf dieser Seite ihres Lagers befinden sich zwei Wachtposten jenseits der eigentlichen Postenkette, aber wenn Ihr auch nur halb so gut seid wie ich glaube, dann werden sie Euch niemals bemerken.«

Sie schluckte schwer daran. Kaninchen auflauern war eine Sache für sich, aber Wachtposten mit Speeren und Schwertern ... *Also hält er mich für gut, ja?* »Ich versuche es.«

Lan nickte wieder, als habe er nichts anderes erwartet. »Noch etwas. Heute abend sind auch Wölfe in der Gegend gewesen. Ich habe zwei gesehen, und wenn ich so viele bemerkte, sind es wahrscheinlich noch mehr.« Er schwieg einen Moment lang, und obwohl sich der Klang seiner Stimme nicht änderte, hatte sie das Gefühl, er sei verblüfft. »Es sah beinahe so aus, als wollten sie von mir gesehen werden. Jedenfalls sollten sie Euch nicht weiter belästigen. Wölfe meiden normalerweise die Menschen.«

»Das habe ich gar nicht gewußt«, bemerkte sie mit süßlicher Stimme. »Ich bin ja nur bei Schäfern aufgewachsen.« Er knurrte, und sie lächelte in die Dunkelheit hinein.

»Also fangen wir an«, sagte er.

Das Lächeln verging ihr, als sie hinunter in das Lager voll bewaffneter Männer blickte. Zweihundert Männer mit Speeren und Schwertern und ... Bevor sie es sich anders überlegen konnte, lockerte sie ihr Messer in der Scheide und wollte losschleichen. Moiraine packte sie am Arm. Ihr Griff schien fast genauso kräftig wie der Lans.

»Paßt gut auf«, sagte die Aes Sedai leise. »Sobald Ihr die Seile durchschnitten habt, kommt so schnell wie möglich zurück. Auch Ihr seid ein Teil des Musters, und ich möchte — genau wie bei den anderen — Euer Leben nicht aufs Spiel setzen. Nur, daß heutzutage eben die ganze Welt auf dem Spiel steht.«

Verstohlen rieb sich Nynaeve den Arm, als Moiraine sie losließ. Sie wollte sich vor der Aes Sedai nicht anmerken lassen, daß ihr Griff schmerzte. Aber Moiraine wandte sich wieder der Beobachtung des Lagers zu, sobald sie losgelassen hatte. Und aufschreckend bemerkte Nynaeve, daß der Behüter weg war. Sie hatte nicht gehört, wie er weggeschlichen war. *Licht noch mal — so ein verdammter Kerl!* Schnell band sie sich die Röcke hoch, um die Beine besser bewegen zu können, und hastete in die Nacht hinein.

Nach der ersten Eile ging sie jedoch langsamer, da unter ihren Füßen ständig abgebrochene Ästchen knackten. Sie war froh, daß niemand da war, der ihr Erröten hätte bemerken können. Letzten Endes sollte sie sich ja leise bewegen, und sie befand sich auch nicht in einem Wettkampf mit dem Behüter. *Tatsächlich?*

Sie schüttelte solche Gedanken ab und konzentrierte sich darauf, ihren Weg durch den dunklen Wald zu suchen. Es war an sich nicht so schwer; das schwache Licht des abnehmenden Mondes reichte jedem, den ihr Vater unterrichtet hatte, und der Boden hob und senkte sich in sanften Wellen. Aber die sich kahl und scharf umrissen vom Nachthimmel abhebenden Bäume erinnerten sie ständig daran, daß es sich hier nicht um ein kindliches Spiel handelte, und der heulende Wind klang viel zu sehr nach den Hörnern von Trollocs. Jetzt — allein in der Dunkelheit — mußte sie auch daran denken, daß sich diesen Winter die Wölfe in den Zwei Flüssen anders verhalten hatten als sonst und nicht mehr vor Menschen davongelaufen waren.

Eine warme Welle der Erleichterung überlief sie, als ihr endlich der Geruch nach Pferden in die Nase stieg. Sie hielt beinahe den Atem an und kroch auf dem Bauch gegen den Wind dem Geruch entgegen.

Sie stolperte beinahe über die Wachen, bevor sie sie bemerkte. Sie marschierten aus der Nacht heraus geradewegs auf sie zu. Die weißen Umhänge flatterten im Wind und leuchteten beinahe im Mondlicht. Sie hätten genausogut Fackeln tragen können — Fackelschein hätte sie auch nicht sichtbarer werden lassen. Sie erstarrte und bemühte sich, wie ein Stück Boden auszusehen. Fast schon direkt vor ihr, kaum zehn Schritte entfernt, kamen sie mit aufstampfenden Füßen zum Stehen, wandten sich mit geschulterten Speeren einander zu. Gleich hinter ihnen konnte sie Schatten ausmachen. Das mußten die Pferde sein. Der Stallgeruch nach Pferden und Mist war stark.

»Alles ist gut in der Nacht«, verkündete eine weißumhüllte Gestalt. »Das Licht leuchte uns und behüte uns vor dem Schatten.«

»Alles ist gut in der Nacht«, antwortete der andere. »Das Licht leuchte uns und behüte uns vor dem Schatten.«

Damit drehten sie sich um und marschierten wieder fort in die Dunkelheit.

Nynaeve wartete und zählte mit, während sie zweimal ihre Runde drehten. Jedesmal dauerte es genau gleich lang, und jedesmal wiederholten sie steif den gleichen Wortlaut — kein Wort mehr oder weniger. Keiner warf auch nur einen Blick zur Seite; sie starrten nach vorn, während sie heranmarschierten, und dann marschierten sie wieder weg. Sie fragte sich, ob sie überhaupt — selbst im Stehen — bemerkt worden wäre.

Bevor die Nacht das blasse Flattern ihrer Umhänge ein drittes Mal verschluckt hatte, war sie auch schon auf den Beinen und rannte gebückt zu den Pferden hin. Beim Näherkommen verlangsamte sie ihren Schritt, um die Tiere nicht aufzuscheuchen. Die Weißmantel-Wachen sahen vielleicht nichts, was sich nicht gerade vor ihrer Nase befand, aber sie würden sicherlich nachsehen, wenn die Pferde plötzlich zu wiehern begannen.

Die Pferde an den Halteseilen — es gab mehr als nur eine Reihe davon — waren kaum erkennbare Umrisse, die mit gesenkten Köpfen in der Dunkelheit standen. Gelegentlich schnaubte eines oder stampfte im Schlaf mit einem Huf auf. Im trüben Mondschein befand sie sich beinahe am Befestigungspfahl des Halteseils, bevor sie ihn sah. Sie faßte nach dem Seil und erstarrte, als das am nächsten stehende Pferd den Kopf hob und sie ansah. Sein Zügel war in einer großen Schlaufe um das daumenstarke Seil gebunden, das am Pfahl endete. *Ein Wiehern nur.* Ihr Herz versuchte, sich pochend aus dem Brustkorb zu befreien. Es klang laut genug, um die Wachen zu alarmieren. Sie wandte den Blick nicht von dem Pferd und schnitt unterdessen in das Halteseil. Sie testete vor ihrer Klinge her, um festzustellen, wie weit sie geschnitten hatte. Das Pferd warf den Kopf hoch, und ihr stockte der Atem. *Nur ein Wiehern!*

Nur ein dunner Hanfstrang blieb unzertrennt unter ihren tastenden Fingern. Langsam ging sie zum nächsten Seil hinüber und beobachtete dabei das Pferd, bis sie nicht mehr erkennen konnte, ob es sie immer noch anblickte oder nicht. Dann atmete sie zitternd ein. Wenn sie sich alle so verhielten, würde sie wohl kaum durchhalten.

Am nächsten Halteseil jedoch und dann am übernächsten und am darauffolgenden schliefen die Pferde weiter, selbst als sie sich in den Daumen schnitt und gerade noch einen Aufschrei unterdrücken konnte. Sie saugte an der Wunde und sah vorsichtig zurück, woher sie gekommen war. Da sie sich gegen den Wind bewegt hatte, konnte sie nicht mehr hören, wie die Wachen sich begrüßten, aber am richtigen Fleck konnten diese sehr wohl *sie hören.* Falls sie herkamen und nachschauten, was das für ein Geräusch gewesen war, würde der Wind verhindern, daß sie die beiden bemerkte, bis sie direkt vor ihr standen. *Höchste Zeit zu gehen. Wenn vier von fünf Pferden wegrennen, werden sie niemand anderes verfolgen.*

Aber sie rührte sich nicht. Sie konnte sich Lans Augen vorstellen, wenn sie ihm erzählte, was sie getan hatte. Es läge keine Anschuldigung in diesem Blick, da ihre Gründe ausreichten und er auch nichts anderes von ihr erwartete. Sie war eine Seherin und kein verdammter großer, unbesiegbarer Behüter, der sich beinahe unsichtbar machen konnte. Ihr Kinn schob sich vor, und sie ging zum letzten Halteseil. Das erste Pferd daran war Bela.

Diese geduckte, zottelige Gestalt konnte man nicht verwechseln, und daß hier und jetzt ein anderes Pferd dieser Art stand, das wäre doch ein zu großer Zufall gewesen. Plötzlich war sie so froh, dieses letzte Seil doch nicht ausgelassen zu haben, daß sie zitterte. Ihre Arme und Beine bebten — sie fürchtete sich davor, das Halteseil zu berühren, doch ihr Verstand war so klar wie der Weinquellenbach. Welcher von den Jungen sich auch hier im Lager befinden mochte, Egwene war jedenfalls auch hier. Und wenn sie jeweils zu zweit auf einem Pferd wegritten, würden einige der Kinder sie erreichen und fangen, gleich wieweit die Pferde verstreut waren, und ein paar von ihnen würden sterben. Sie war so sicher, als lausche sie dem Wind. Das stieß ihr einen Stachel der Angst in den Bauch; Angst deswegen, weil sie sich fragte, *wieso* sie so sicher war. Das hatte nichts mit dem Wetter oder der Ernte zu tun oder mit Krankheiten.

Warum hat mir Moiraine gesagt, daß ich die Macht einsetzen kann? Warum konnte sie mich nicht in Ruhe lassen?

Seltsamerweise ließ die Angst ihr Zittern verschwinden. Mit Händen, so sicher wie beim Zerstoßen von Kräutern bei sich zu Hause, zerschnitt sie das Halteseil wie die anderen zuvor. Sie steckte den Dolch in die Scheide zurück und band Belas Zügel los. Die zottelige Stute erwachte erschrocken und warf den Kopf hoch, doch Nynaeve streichelte über die Nase und flüsterte ihr beruhigende Worte ins Ohr. Bela schnaubte leise und schien zufrieden.

Andere Pferde am gleichen Seil waren ebenfalls erwacht und sahen sie an. Sie dachte an Mandarb und griff nur zögernd nach dem nächsten Zügel, aber dieses Pferd wehrte sich nicht gegen die fremde Hand. Es schien sogar nach dem gleichen Streicheln zu verlangen, das sie Bela gegönnt hatte. Sie ergriff Belas Zügel ganz fest und wickelte den des anderen Pferdes um ihr Handgelenk, während sie nervös das Lager beobachtete. Die blassen Zelte befanden sich nur dreißig Schritte entfernt, und sie konnte sehen, daß sich zwischen den Zelten Männer bewegten. Falls sie bemerkten, daß sich die Pferde rührten, und nachschauten, warum ...

Verzweifelt wünschte sie sich, daß Moiraine nicht auf ihre Rückkehr warten würde. Was auch immer die Aes Sedai vorhatte, sollte sie jetzt tun. *Licht, laß es sie jetzt tun, bevor ...*

Plötzlich zerriß ein Blitz die Nacht über ihr und verdrängte einen Augenblick lang die Dunkelheit. Donner betäubte ihr Gehör so sehr, daß sie glaubte, ihre Knie müßten nachgeben, und ein Stück hinter den Pferden krachte ein zerrissener Dreizack in die Erde. Erdbrocken und Steine flogen wie aus einem Springbrunnen geschleudert herum. Das Bersten der zerfetzten Erde kämpfte gegen den Donnerhall an. Die Pferde drehten durch, wieherten wild und bäumten sich auf. Die Halteseile zerrissen wie dünne Fäden an den Schnittstellen.

Ein weiterer Blitz zuckte herunter, bevor noch das Licht des ersten verblaßt war.

Nynaeve hatte alle Hände voll zu tun und keine Zeit, sich zu freuen. Beim ersten Donnerschlag zog Bela in die eine Richtung und das andere Pferd in die entgegengesetzte. Sie glaubte, ihre Arme würden aus den Schultern gerissen. Eine endlose Minute lang hing sie zwischen den Pferden, die Füße über dem Boden. Ihr Schrei wurde von dem zweiten Donnerschlag übertönt. Wieder schlug ein Blitz zu und dann wieder und wieder — ein andauernder Aufschrei der Wut aus dem Himmel. Der Weg, den die Pferde nehmen wollten, war blockiert, und sie gingen rückwärts und ließen sie fallen. Sie hätte sich gern am Boden zusammengekauert und die schmerzenden Schultern gerieben, aber dazu war keine Zeit. Bela und das andere Pferd kämpften gegen sie an. Sie rollten wild mit den Augen, bis nur noch das Weiße zu sehen war. Beinahe hätten sie sie zu Boden gestoßen und niedergetrampelt. Irgendwie hob sie die Arme, packte mit den Händen Belas Mähne und zog sich auf den Rücken der sich aufbäumenden Stute. Der andere Zügel war immer noch um ihr Handgelenk gewickelt. Er schnitt ihr tief ins Fleisch.

Ihr Mund klappte auf, als ein grauer Schatten vorbeifauchte, anscheinend sie und ihre beiden Pferde ignorierte, aber nach den durchdrehenden Tieren schnappte, die jetzt in alle Richtungen davongaloppierten. Ein zweiter tödlicher Schatten folgte gleich dahinter. Nynaeve wollte wieder schreien, brachte aber keinen Ton heraus. *Wölfe! Das Licht helfe uns! Was macht Moiraine denn?*

Es wäre gar nicht nötig gewesen, Bela die Fersen zu geben. Die Stute rannte, und das andere Pferd war mehr als froh darüber, folgen zu können. Gleich wohin, Hauptsache rennen, Hauptsache, sie konnten dem Feuer aus dem Himmel entkommen, das die Nacht tötete.

KAPITEL 16

Rettung

Perrin wälzte sich herum, so gut es eben mit hinter dem Rücken gefesselten Armen ging, aber schließlich gab er es seufzend auf. Jeder Stein, den er auf diese Art mied, brachte ihm zwei neue ein. Ungeschickt bemühte er sich, seinen Umhang wieder über sich zu ziehen. Die Nacht war kalt, und der Boden schien alle Wärme aus seinem Körper zu saugen, so wie jede Nacht, seit die Weißmäntel sie gefangen hatten. Die Kinder hielten nichts davon, daß Gefangene Decken oder einen warmen Unterschlupf benötigten. Besonders keine gefährlichen Schattenfreunde.

Egwene hatte sich der Wärme wegen an seinen Rükken gekuschelt und schlief den tiefen Schlaf der Erschöpfung. Sie murmelte noch nicht einmal etwas, als er sich umdrehte. Die Sonne war schon vor vielen Stunden untergegangen, und sein ganzer Körper schmerzte — von Kopf bis Fuß —, nachdem er den Tag über mit einem Ring um den Hals hinter einem Pferd hermarschiert war. Doch nun konnte er nicht schlafen.

Die Kolonne bewegte sich nicht so schnell. Da sie die meisten Reservepferde an die Wölfe im *Stedding* verloren hatten, konnten die Weißmäntel nicht so schnell nach Süden reiten, wie sie vorgehabt hatten. Auch diese Verzögerung lasteten sie den Emondsfeldern an. Die doppelte Schlangenlinie bewegte sich gleichmäßig vorwärts — Lord Bornhald wollte Caemlyn aus irgendeinem Grund rechtzeitig erreichen —, und Perrin saß immer die Angst im Nacken, daß der Weißmantel, der seine Leine hielt, nicht anhalten werde, falls er stürzte, obwohl Lordhauptmann Bornhalds Befehl gelautet hatte, ihr Leben für die Folterknechte in Amador zu bewahren. Er wußte, daß er sich in diesem Fall nicht selbst retten konnte. Seine Hände wurden nur befreit, wenn man ihm zu essen gab oder wenn er die Latrinengrube besuchen durfte. Der Halsring machte ihm jeden Schritt zur Qual. Jeder lose Stein unter seinen Füßen konnte zur Todesfalle werden. Er marschierte mit angespannten Muskeln und beobachtete mit ängstlichen Blicken den Boden. Immer wenn er sich nach Egwene umsah, tat sie dasselbe. Wenn sich ihre Blicke trafen, wirkte ihr Gesicht angespannt und verängstigt. Keiner von ihnen wagte es, mehr als einen kurzen Moment lang den Blick vom Boden zu heben.

Meist fiel er total ausgelaugt in sich zusammen, sobald ihn die Weißmäntel anhalten ließen, aber heute abend drehte sein Verstand durch. Seine Haut kribbelte vor einer Angst, die sich über Tage hinweg gesteigert hatte. Wenn er die Augen schloß, sah er nur die Dinge vor sich, die Byar ihnen angedroht hatte, sobald sie Amador erreichten.

Er war sicher, daß Egwene immer noch nicht glauben konnte, was ihnen Byar in seiner ausdruckslosen Stimme gesagt hatte. Wenn sie es glauben würde, könnte sie keinen Schlaf mehr finden, wie müde sie auch sein mochte. Anfangs hatte auch er Byar nicht geglaubt. Er wollte eigentlich immer noch nicht daran glauben — Menschen taten so etwas anderen Menschen einfach nicht an! Aber Byar drohte eigentlich gar nicht; er sprach über glühende Brandeisen und Zangen, über Messer, die Haut abschälten, und peinigende Nadeln so, als ob er nur erwähne, er wolle sich ein Glas Wasser holen. Er schien sie nicht erschrecken zu wollen. In seinen Augen lag nie eine Spur von Häme. Es interessierte ihn gar nicht, ob sie Angst hatten oder nicht, ob sie gefoltert würden oder nicht, ob sie lebten oder nicht. Das war es, was Perrin den kalten Schweiß auf die Stirn trieb, sobald er es begriffen hatte. Das hatte ihn schließlich davon überzeugt, daß Byar die Wahrheit sagte.

Die Umhänge der beiden Wachsoldaten schimmerten grau im schwachen Mondschein. Er konnte ihre Gesichter nicht erkennen, doch er wußte, daß sie alles beobachteten. Als ob sie irgend etwas anstellen könnten, an Händen und Füßen gefesselt, wie sie waren. Er erinnerte sich an die Verachtung in ihren Augen und ihren verkniffenen Gesichtsausdruck, als das Licht noch hell genug gewesen war, um das zu erkennen. Es war, als habe man sie als Wächter zu schmutzbedeckten, stinkenden und abstoßenden Ungeheuern abkommandiert. Alle Weißmäntel sahen sie so an. Das änderte sich nicht. *Licht, wie kann ich sie davon überzeugen, daß wir keine Schattenfreunde sind, wenn sie sich dessen doch bereits sicher sind?* Sein Magen drehte sich bei dem Gedanken um. Am Ende würde er möglicherweise alles gestehen, damit die Folterknechte von ihrem Tun abließen.

Jemand kam näher — ein Weißmantel, der eine Laterne trug. Der Mann blieb stehen und sprach mit den Wächtern, die voller Respekt antworteten. Perrin konnte nicht hören, was sie sagten, aber er erkannte die hochgewachsene, hagere Gestalt.

Er blinzelte, als ihm die Laterne direkt vors Gesicht gehalten wurde. Byar trug Perrins Axt in der freien Hand; er hatte die Waffe für sich selbst beansprucht. Jedenfalls sah ihn Perrin niemals ohne sie.

»Wach auf«, sagte Byar kalt, als glaube er, Perrin habe mit erhobenem Kopf geschlafen. Er begleitete die Worte mit einem heftigen Tritt in die Rippen.

Perrin stöhnte durch zusammengebissene Zähne. Sein Oberkörper wies eine Menge blauer Flecken von Byars Stiefeln auf.

»Ich sagte, wach auf!« Der Fuß hob sich noch einmal, und Perrin sagte schnell: »Ich bin wach.« Man mußte Byars Worte bestätigen, oder er fand andere Wege, um die Aufmerksamkeit zu gewinnen.

Byar stellte die Laterne auf den Boden und bückte sich, um die Fesseln zu überprüfen. Der Mann riß roh an seinen Handgelenken und verdrehte ihm die Arme in den Schultern. Nachdem er die Knoten noch genauso fest vorfand, wie er sie zurückgelassen hatte, zog Byar an seinem Halteseil, das an einem Fuß festgemacht war, und zerrte ihn über den steinigen Untergrund. Der Mann sah zu sehr wie ein Skelett aus, um Kraft zu haben, doch Perrin hätte genausogut ein Kind sein können. Es war jede Nacht das gleiche.

Als Byar sich aufrichtete sah Perrin, daß Egwene noch schlief. »Wach auf!« rief er. »Egwene! Wach auf!«

»Wa ...? Was?« Egwenes Stimme klang verängstigt und schlaftrunken. Sie hob den Kopf und blinzelte in den Laternenschein. Byar zeigte keine Enttäuschung darüber, daß er sie nicht wachtreten konnte — das tat er nie. Er riß nur an ihren Fesseln wie vorher an denen Perrins und ignorierte ihr Ächzen. Schmerzen zu verursachen war eine weitere Sache, die ihn in keiner Weise zu beeindrucken schien. Nur Perrin quälte er offensichtlich mit Absicht. Obwohl Perrin sich nicht daran erinnern konnte, vergaß Byar nicht, daß er zwei der Kinder getötet hatte.

»Warum sollten Schattenfreunde denn schlafen?« fragte Byar leidenschaftslos, »wenn anständige Männer aufbleiben müssen, um sie zu bewachen?«

»Zum hundertsten Mal«, sagte Egwene müde, »wir sind keine Schattenfreunde.«

Perrin verkrampfte sich. Manchmal brachte eine solche Erwiderung eine beinahe monoton heruntergerasselte Predigt ein — über Geständnisse und Reue —, die mit einer Beschreibung dessen endete, mit welchen Methoden die Folterknechte dies erreichten. Manchmal wurde die Predigt von einem Tritt unterstützt. Zu seiner Überraschung ging Byar diesmal nicht auf die Bemerkung ein.

Statt dessen kauerte sich der Mann vor sie hin —

überall kantig und eingefallen —, und legte die Axt auf seine Knie. Die goldene Sonne auf der linken Brustseite seines Umhangs und die beiden goldenen Sterne darunter glitzerten im Laternenschein. Er nahm den Helm ab und legte ihn neben die Laterne. Zur Abwechslung stand etwas anderes in seinem Gesicht geschrieben außer Verachtung und Haß: etwas Eindringliches und nicht klar Erkennbares. Er stützte die Arme auf den Schaft der Axt und betrachtete Perrin schweigend. Perrin bemühte sich, unter diesem hohläugigen Blick nicht hin und her zu rutschen.

»Ihr haltet uns auf, Schattenfreund, du und deine Wölfe. Der Rat der Gesalbten hat Berichte über solche Dinge vorliegen, und sie wollen mehr darüber wissen, also müßt ihr nach Amador gebracht und den Folterknechten übergeben werden, aber ihr haltet uns auf. Ich hatte gehofft, wir könnten auch ohne die Reservepferde schnell genug vorwärtskommen, aber ich habe mich geirrt.« Er schwieg und blickte sie finster an. Perrin wartete. Byar würde weitersprechen, wenn er soweit war.

»Der Lordhauptmann steckt in einer Zwickmühle«, sagte Byar schließlich. »Der Wölfe wegen müssen wir euch zum Rat bringen, doch er muß auch nach Caemlyn. Wir haben keine Pferde für euch zur Verfügung, aber wenn wir euch weiterhin laufen lassen, werden wir Caemlyn nicht zum ausgemachten Zeitpunkt erreichen. Der Lordhauptmann sieht seine Pflicht sehr klar, und er beabsichtigt, euch vor den Rat zu bringen.«

Egwene gab einen Laut von sich. Byar sah Perrin unverwandt an, und er erwiderte den Blick. Er wagte dabei kaum zu zwinkern. »Ich verstehe nicht«, sagte er bedächtig.

»Es gibt nichts zu verstehen«, antwortete Byar. »Nichts als Gedankenspiele. Würdet ihr entkommen, dann hätten wir keine Zeit, euch zu suchen. Wir können keine einzige Stunde verschwenden, wenn wir Caemlyn rechtzeitig erreichen wollen. Wenn ihr, sagen wir, eure

Fesseln an einem scharfkantigen Stein aufscheuern und in der Nacht verschwinden würdet, wären die Probleme des Lordhauptmanns gelöst.« Er wandte den Blick nicht von Perrin, griff unter seinen Umhang und warf etwas auf den Boden.

Automatisch sah Perrin hin. Als er erkannte, was es war, keuchte er. Ein Stein. Ein gespaltener Stein mit einer scharfen Kante.

»Einfach nur Gedankenspiele«, sagte Byar. »Eure Wachen heute nacht spekulieren auch.«

Perrins Mund war plötzlich ganz trocken. *Denk darüber nach! Licht, hilf mir, aber denk genau darüber nach, und mache keine Fehler!*

Konnte es wahr sein? Konnte die Notwendigkeit, schnell nach Caemlyn zu kommen, für die Weißmäntel so wichtig sein, daß sie als Schattenfreunde Verdächtigte laufen ließen? Es hatte keine Zweck, darüber zu spekulieren — er wußte zu wenig. Byar war der einzige Weißmantel, der mit ihnen sprach, außer natürlich Lordhauptmann Bornhald, und keiner von beiden war geneigt, sie großzügig zu informieren. Also andersherum. Wenn Byar wollte, daß sie entkamen, warum zerschnitt er nicht einfach ihre Fesseln? Falls Byar wirklich wollte, daß sie entkamen. Byar, der bis aufs Mark überzeugt war, daß sie Schattenfreunde seien? Byar, der Schattenfreunde mehr haßte als den Dunklen König selbst? Byar, der jeden Grund suchte, um ihm Schmerzen zuzufügen, weil er zwei Weißmäntel getötet hatte? *Byar* wollte sie entkommen lassen?

Wenn er vorher geglaubt hatte, sein Verstand arbeite schnell, dann wurde das Tempo seiner Gedanken nun halsbrecherisch. Trotz der Kälte rann ihm der Schweiß in Rinnsalen übers Gesicht. Er sah zu den Wachen hinüber. Sie waren nur blaßgraue Schatten, aber es schien ihm, als warteten sie gespannt. Wenn Egwene und er bei einem Fluchtversuch getötet würden, nachdem sie ihre Fesseln an einem Stein aufgeschnitten hätten, der zufällig dort lag ... Das Problem des Lordhauptmanns wäre dann allerdings gelöst. Und Byar hätte sie getötet, was er ja sowieso wollte.

Der hagere Mann hob seinen Helm vom Boden neben der Laterne auf und war im Begriff, sich zu erheben.

»Wartet«, sagte Perrin heiser. Seine Gedanken überstürzten sich, als er vergeblich nach einem Ausweg suchte. »Wartet, ich will mit Euch sprechen. Ich ...«

Es kommt Hilfe!

Der Gedanke blühte in seinem Verstand auf, ein Lichtausbruch mitten im Chaos, so überraschend, daß er einen Augenblick lang alles vergaß, sogar wo er sich befand. *Scheckie lebte! Elyas,* sprach er den Wolf in seinen Gedanken an, und ohne Worte wollte er wissen, ob der Mann ebenfalls noch lebte. Ein Bild formte sich als Antwort. Elyas, der neben einem kleinen Feuer auf einem Bett aus den Ästen von Nadelbäumen lag — in einer Höhle — und eine Wunde an seiner Seite verband. Es dauerte nur einen Augenblick lang. Er gaffte Byar an, und sein Gesicht verzog sich zu einem närrischen Grinsen. Elyas lebte. Scheckie lebte. Hilfe nahte.

Byar unterbrach seine Bewegung halb aufgerichtet und sah ihn an. »Dir ist ein Gedanke gekommen, Perrin von den Zwei Flüssen, und ich möchte wissen, was er bedeutet.«

Einen Moment lang glaubte Perrin, er meine den Gedanken, den ihm Scheckie gesandt hatte. Panik überzog sein Gesicht, von Erleichterung gefolgt. Byar konnte das auf keinen Fall wissen.

Byar beobachtete die Veränderungen seines Gesichtsausdrucks, und zum ersten Mal wanderte der Blick des Weißmantels zu dem Stein hin, den er auf den Boden geworfen hatte.

Er überlegte es sich doch noch einmal, erkannte Perrin. Wenn er seine Meinung in bezug auf den Stein änderte, würde er dann riskieren, sie am Leben zu lassen, da sie ihn ja verraten konnten? Fesseln konnte man auch durchwetzen, wenn die Menschen, die sie trugen, tot waren, selbst wenn man damit die Entdeckung riskierte. Er blickte Byar in die Augen — durch die dunklen Ringe und die tief eingefallenen Augenhöhlen des Mannes wirkte es, als starre er ihn aus tiefen Höhlen heraus an —, und er sah, daß sein Tod beschlossen war.

Byar öffnete den Mund, und während Perrin darauf wartete, daß er sein Todesurteil aussprach, begannen gedankenschnell viele Dinge auf einmal zu geschehen.

Plötzlich verschwand eine der Wachen. Im ersten Moment gab es noch zwei undeutliche Gestalten dort, im nächsten verschluckte die Nacht eine davon. Der zweite Wachsoldat drehte sich um, seine Lippen formten einen Schrei, doch bevor noch die erste Silbe seiner Kehle entwich, hörte man ein hartes *Tschank*, und er fiel wie ein gefällter Baum. Byar fuhr schnell wie eine Viper herum. Die Axt wirbelte so schnell in seinen Händen, daß sie summte. Perrin machte große Augen, als die Nacht in den Laternenschein hineinzufließen schien. Sein Mund öffnete sich zu einem Schrei, aber seine Kehle war vor Angst zugeschnürt. Einen Moment lang vergaß er sogar, daß Byar sie töten wollte. Der Weißmantel war ein menschliches Geschöpf, und die Nacht war zum Leben erwacht, um sie alle zu verschlingen.

Dann entstand aus der Dunkelheit, die in das Licht eindrang, Lan, dessen Umhang bei seiner Bewegung verschiedene Grauschattierungen annahm. Die Axt in Byars Hand fuhr wie ein Blitz auf ihn zu ... und Lan beugte sich nur ganz locker zur Seite. Die Schneide zischte so knapp an ihm vorbei, daß er den Luftzug gespürt haben mußte. Byars Augen weiteten sich, als ihn die Wucht des Schlags aus dem Gleichgewicht brachte, als der Behüter in schneller Folge mit Händen und Füßen zuschlug, so schnell, daß Perrin nicht sicher war, was er eigentlich gerade gesehen hatte. Er war sich allerdings sicher, daß Byar wie ein Mehlsack zusammenbrach. Bevor noch der stürzende Weißmantel richtig am Boden lag, befand sich der Behüter bereits auf den Knien und löschte die Laterne. In der plötzlich wieder eingebrochenen Dunkelheit konnte Perrin nichts erkennen. Lan war wieder verschwunden.

»Seid Ihr wirklich ...?« Egwene schluchzte unterdrückt. »Wir dachten, Ihr seid tot. Wir glaubten, Ihr seid alle tot.«

»Noch nicht.« Das tiefe Flüstern des Behüters klang amüsiert.

Hände berührten Perrin, fanden seine Fesseln. Ein Messer zerschnitt die Seile; ein leichtes Ziehen, und er war frei. Seine schmerzenden Muskeln protestierten, als er sich aufsetzte. Er rieb sich die Handgelenke und spähte zu dem grauen Bündel hinüber, das Byar war. »Habt Ihr ...? Ist er ...?«

»Nein«, antwortete Lans Stimme ruhig aus der Finsternis. »Ich töte nicht, wenn ich es nicht will. Aber er wird eine Weile lang niemanden mehr belästigen. Hört auf, Fragen zu stellen, und besorgt euch Umhänge von denen. Wir haben nicht viel Zeit.«

Perrin kroch hinüber, wo Byar lag. Er hatte Hemmungen, den Mann zu berühren, und als er das Heben und Senken der Brust des Weißmantels spürte, zuckte seine Hand beinahe wieder zurück. Seine Haut prickelte, als er sich zwang, den weißen Umhang zu lösen und wegzuziehen. Trotz der Worte Lans stellte er sich vor, der Mann mit dem Totenschädelgesicht werde sich plötzlich aufrichten. Hastig tastete er herum, bis er seine Axt fand, und kroch dann zu einem anderen Wächter. Zuerst kam es ihm seltsam vor, daß er nicht zögerte, den bewußtlosen Mann zu berühren, aber der Grund wurde ihm schnell klar. Alle Weißmäntel haßten ihn, aber das war ein menschliches Gefühl. Byar fühlte nichts, er wollte nur seinen Tod; es lag kein Haß darin — überhaupt kein Gefühl.

Er legte sich die beiden Umhänge über den Arm und

drehte sich um. Panik überkam ihn. In der Dunkelheit hatte er plötzlich die Orientierung verloren und wußte nicht, in welcher Richtung er Lan und Egwene suchen sollte. Seine Füße schienen Wurzeln zu schlagen. Er wagte nicht, sich zu rühren. Sogar Byar war ohne seinen weißen Umhang in der Nacht verborgen. Es gab nichts, woran er sich hätte halten können. Jeder Weg, den er wählte, konnte ihn hinaus ins Lager führen.

»Hier.«

Er stolperte auf Lans Flüstern zu, bis Hände ihn aufhielten. Egwene war ein undeutlicher Schatten und Lans Gesicht verschwommen — der Rest des Behüters schien überhaupt nicht vorhanden zu sein. Er konnte fühlen, wie ihre Blicke auf ihm ruhten, und er fragte sich, ob er ihnen eine Erklärung schuldig sei.

»Legt die Umhänge über«, sagte Lan leise. »Schnell. Rollt eure eigenen zusammen. Und macht keinen Laut. Ihr seid noch nicht in Sicherheit.«

Hastig reichte Perrin Egwene einen der Umhänge. Er war erleichtert darüber, daß er nicht von seinen Ängsten hatte erzählen müssen. Er rollte seinen eigenen Umhang zu einem Bündel zusammen, das er leicht tragen konnte, und schwang den weißen Umhang statt dessen um seine Schultern. Seine Haut prickelte, als er sich auf seine Schultern legte. Es gab ihm einen Stich zwischen die Schulterblätter. War es Byars Umhang, den er erwischt hatte? Er bildete sich fast ein, den hageren Mann daran riechen zu können.

Lan bedeutete ihnen, sich an den Händen zu halten, und so packte Perrin seine Axt mit einer Hand und nahm Egwenes in die andere. Er wünschte, der Behüter werde schnell mit ihnen fliehen, damit seine Phantasie nicht inzwischen mit ihm durchginge. Aber sie standen nur so herum, von den Zelten der Kinder umgeben — zwei Gestalten in weißen Umhängen und eine, die man fühlen, aber nicht sehen konnte.

»Bald«, flüsterte Lan. »Sehr bald.«

Ein Blitz zerriß die Nacht über dem Lager, so nah, daß Perrin fühlte, wie sich ihm die Haare an den Armen und auf dem Kopf sträubten, als der Blitzschlag die Luft auflud. Genau jenseits der Zelte explodierte der Boden unter dem Einschlag. Die Explosion am Boden verschmolz mit der am Himmel. Bevor das Licht verblaßte, führte Lan sie auch schon los.

Beim ersten Schritt zerschnitt ein weiterer Blitz die Schwärze. Nun hagelte es Blitze, so daß die Nacht flakkerte, als käme die Dunkelheit nur in sekundenschnellen Intervallen. Donner rollte wild. Ein Grollen ging in das nächste über — ein fortwährendes, wellenschlagendes Läuten. Verängstigte Pferde wieherten. Ihr Wiehern ging im Donner unter, bis auf die Momente, wenn der Donner verhallte. Männer taumelten aus ihren Zelten, einige in ihren weißen Umhängen, andere nur halb bekleidet. Einige rannten in Panik hin und her, andere standen wie betäubt da.

Lan zerrte sie im Laufschritt mitten durch das Durcheinander. Perrin bildete den Abschluß. Weißmäntel sahen sie mit wild-aufgerissenen Augen an, als sie vorbeikamen. Ein paar schrien ihnen etwas zu, doch die Schreie verloren sich im Trommelschlag des Himmels. Sie hatten ihre weißen Umhänge eng um sich gewickelt, und so versuchte niemand, sie aufzuhalten. Sie hasteten zwischen den Zelten hindurch, aus dem Lager hinaus und in die Nacht hinein, und keiner erhob seine Hand gegen sie.

Der Boden unter Perrins Füßen wurde uneben, und Unterholz peitschte ihn, als er sich weiterziehen ließ. Der letzte Blitz zuckte krampfhaft und war verblaßt. Echos des Donners rollten über den Himmel und verklangen ebenfalls. Perrin sah nach hinten. Zwischen den Zelten brannten eine Handvoll Feuer. Einige der Blitze mußten dort eingeschlagen haben, oder vielleicht hatten Männer in ihrer Panik Lampen umgestoßen. Immer noch schrien Männer mit dünnen Stimmen durch die Nacht, bemühten sich, die Ordnung wiederherzustellen und herauszufinden, was geschehen war. Der Boden stieg an, und Zelte und Feuer und Schreie lagen bald hinter ihnen.

Plötzlich trat er beinahe Egwene in die Fersen, als Lan stehenblieb. Vor ihnen im Mondschein standen drei Pferde. Ein Schatten bewegte sich, und Moiraines Stimme erklang, angespannt und ärgerlich. »Nynaeve ist nicht zurückgekommen. Ich fürchte, diese junge Frau hat eine Dummheit begangen.« Lan fuhr auf der Stelle herum, als wolle er zurück, woher sie gekommen waren, aber ein Ruf Moiraines, der wie ein Peitschenknall klang, hielt ihn zurück. »Nein!« Er stand da und sah sie von der Seite her an. Nur sein Gesicht und seine Hände waren wirklich sichtbar, doch selbst sie nur als undeutliche und schattenhafte Flecke. Sie fuhr in sanfterem Tonfall fort; sanfter, aber nicht weniger fest. »Manche Dinge sind wichtiger als andere. Das weißt du.« Der Behüter rührte sich nicht, und ihre Stimme wurde wieder härter. »Denk an deine Eide, al'Lan Mandragoran, Herr der Sieben Türme! Wie steht es mit dem Eid eines mit dem Diadem ausgezeichneten Feldherrn der Malkieri?«

Perrin blinzelte. Das alles war Lan? Egwene murmelte etwas, aber er konnte den Blick nicht von der Szene vor ihm wenden. Lan stand da wie ein Wolf aus Schekkies Rudel, ein Wolf, der von der kleinen Aes Sedai in die Enge getrieben worden war und der vergeblich versuchte, dem Untergang zu entrinnen.

Die erstarrte Szene wurde durch das Krachen brechender Äste im Wald unterbrochen. Mit zwei langen Schritten befand sich Lan zwischen Moiraine und dem Geräusch. Der blasse Mondschein spielte über sein Schwert. Unter dem Krachen und Knacken des Unterholzes brachen zwei Pferde aus dem Wald hervor; eines mit einem Reiter darauf.

»Bela!« rief Egwene zur selben Zeit, als Nynaeve vom Rücken der zotteligen Stute her sagte: »Ich hätte euch beinahe nicht mehr gefunden. Egwene! Dem Licht sei Dank, daß du lebst!«

Sie glitt von Bela herunter, aber als sie auf die Emondsfelder zuging, packte Lan sie am Arm, und sie blieb abrupt stehen und sah zu ihm hoch.

»Wir müssen gehen, Lan«, sagte Moiraine, die nun wieder ruhiger klang, und der Behüter ließ Nynaeves Arm los.

Nynaeve rieb sich den Arm, während sie zu Egwene eilte und sie umarmte, aber Perrin glaubte, ein leises Lachen von ihr gehört zu haben. Das verblüffte ihn, denn er konnte sich nicht denken, daß es etwas mit ihrer Wiedersehensfreude zu tun gehabt hatte.

»Wo sind Rand und Mat?« fragte er.

»Woanders«, antwortete Moiraine, und Nynaeve äußerte etwas in so scharfem Tonfall, daß Egwene vor Überraschung nach Luft schnappte. Perrin blinzelte. Er hatte einen Teil verstanden — einen Wagenlenkerfluch, und einen deftigen noch dazu. »Das Licht behüte sie«, fuhr die Aes Sedai fort, als habe sie nichts bemerkt.

»Keinem von uns wird es gutgehen«, sagte Lan, »wenn uns die Weißmäntel finden. Wechselt eure Umhänge und steigt auf die Pferde.«

Perrin kletterte auf das Pferd, das Nynaeve hinter Bela hergeführt hatte. Es störte ihn nicht, daß kein Sattel vorhanden war; zu Hause war er nicht oft geritten, aber wenn, dann meistens ohne Sattel. Er trug immer noch den weißen Umhang, jetzt aber zusammengerollt und an seinen Gürtel gehängt. Der Behüter hatte gesagt, sie sollten so wenig Spuren wie möglich für die Weißmäntel hinterlassen. Er glaubte immer noch, Byars Geruch daran zu spüren.

Als sie losritten, Lan auf seinem hohen schwarzen Hengst voraus, fühlte Perrin noch einmal Scheckies gedankliche Berührung. *Noch ein Tag.* Mehr ein Gefühl als Worte, so hauchte es das Versprechen eines vorbestimmten Zusammentreffens, Vorfreude auf das Kommende, Enttäuschung über das, was kommen würde, alles in sich überlagernden Schichten. Er versuchte, zu fragen, wann und warum, und stammelte vor Eile und plötzlich aufkommender Angst. Die Spur der Wölfe wurde schwächer und verflog. Seine angsterfüllten Fragen brachten nur die gleiche schwerfällige Antwort: *Noch ein Tag*. Sie verfolgte ihn noch, lange nachdem das Bewußtsein der Nähe der Wölfe aus seinem Verstand verschwunden war.

Lan führte sie langsam, aber gleichmäßig, nach Süden. Die in tiefe Nacht gehüllte Wildnis — welliger Boden mit verborgenem Unterholz, das man erst zu spüren bekam, wenn man darüber stolperte, dazu schattenhafte Bäume, die sich in dichten Gruppen vom Nachthimmel abhoben — ließ sowieso keine schnellere Gangart zu. Zweimal verließ der Behüter sie und ritt zurück in Richtung auf die Mondsichel. Er und Mandarb verschmolzen mit der Nacht hinter ihnen. Beide Male kehrte er zurück und hatte nichts von einer Verfolgung bemerkt.

Egwene hielt sich nahe bei Nynaeve. Leise Bruchstücke einer erregten Unterhaltung drangen an Perrins Ohren. Die beiden waren so froh, als hätten sie die Heimat schon wieder erreicht. Er hielt sich am Ende der kleinen Kolonne. Manchmal drehte sich die Seherin im Sattel um und sah ihn an, und jedesmal winkte er ihr zu, als wolle er sagen, er sei schon in Ordnung, aber er blieb, wo er war. Er mußte über eine Menge nachdenken, auch wenn in seinem Kopf noch immer ein großes Durcheinander herrschte. *Was würde kommen? Was würde kommen?*

Perrin glaubte, es könne nicht mehr lange bis zur Morgendämmerung sein, als Moiraine sie endlich anhalten ließ. Lan fand ein ausgetrocknetes Bachbett, wo er in einer Aushöhlung in einer der Uferböschungen ein Feuer entzündete.

Schließlich konnten sie ihre weißen Umhänge loswerden. Sie vergruben sie in einem Loch nahe dem Feuer.

Als er gerade dabei war, den Umhang, den er benutzt hatte, hineinzuwerfen, fiel ihm die auf die Brust aufgestickte goldene Sonne auf und die beiden goldenen Sterne darunter. Er ließ den Umhang fallen, als sei er brennend heiß, und ging zur Seite, wobei er sich die Hände an seinem Mantel abwischte. Er setzte sich abseits von den anderen hin.

»Aber jetzt«, sagte Egwene, während Lan Erde in das Loch schaufelte, »könnte mir doch jemand sagen, wo Rand und Mat sind!«

»Ich glaube, sie sind in Caemlyn«, sagte Moiraine vorsichtig, »oder auf dem Weg dorthin.« Nynaeve schnaubte laut und vernehmlich, aber die Aes Sedai fuhr fort, als habe es keine Unterbrechung gegeben: »Wenn nicht, werde ich sie trotzdem finden. Das verspreche ich.«

Sie aßen schweigend Brot und Käse und tranken heißen Tee. Selbst Egwenes Begeisterung unterlag nun langsam der Erschöpfung. Die Seherin holte eine Tinktur aus ihrer Tasche, die sie auf die Spuren der Fesseln an Egwenes Handgelenken auftrug, und eine andere für die übrigen Abschürfungen. Als sie dorthin kam, wo Perrin am Rande des Feuerscheins saß, blickte er nicht auf.

Sie stand eine Weile schweigend da und blickte auf ihn hinunter. Dann kauerte sie sich nieder — ihre Tasche neben sich — und sagte knapp: »Zieh deinen Mantel und dein Hemd aus, Perrin. Ich habe gehört, daß einer der Weißmäntel dich offensichtlich nicht leiden konnte.«

Er zog sich langsam aus, immer noch in Gedanken an Scheckie und ihre Botschaft versunken, bis Nynaeve erschreckt nach Luft schnappte. Überrascht sah er erst sie an und dann seinen nackten Oberkörper. Er wirkte wie eine verfärbte Masse. Die neueren blauen Flecken überlagerten ältere, die schon zu Braun- und Gelbschattierungen verblaßt waren. Nur dicke Muskelpakete, die er sich in den Stunden in Meister Luhhans Schmiede erworben hatte, hatten ihn vor Rippenbrüchen bewahrt. Da er sich innerlich mit den Wölfen beschäftigt hatte, hatte er den Schmerz vergessen können, doch jetzt wurde er daran erinnert, und der Schmerz kehrte froh zurück. Unwillkürlich holte er tief Luft und biß die Zähne zusammen, um nicht zu stöhnen.

»Wieso haßte er dich denn so sehr?« fragte Nynaeve erstaunt.

Ich habe *zwei Menschen* getötet. Laut sagte er: »Ich weiß nicht.«

Sie kramte in ihrer Tasche herum, und er zuckte zusammen, als sie ihm eine schmierige Paste auf die Schwellungen auftrug. »Jungfernrebe, roter Fingerhut und Rosettenwurzel«, zählte sie auf.

Es war gleichzeitig heiß und kalt und ließ ihn erschauern, während ihm gleichzeitig der Schweiß ausbrach, aber er protestierte nicht. Er hatte mit Nynaeves Tinkturen und Packungen schon früher Erfahrungen gesammelt. Während ihre Finger die Mixtur sanft einmassierte, verschwanden Hitze und Kälte und nahmen den Schmerz mit. Die blauen Flecken verblaßten zu braunen, die braunen und gelben verschwanden zum Teil ganz. Zur Probe holte er ganz tief Luft. Er verspürte kaum noch ein Zwicken.

»Du wirkst überrascht«, sagte Nynaeve. Auch sie selbst sah ein wenig überrascht drein, und seltsamerweise schien sie sich zu fürchten. »Das nächste Mal gehst du eben zu *ihr.*«

»Nicht überrascht«, sagte er beruhigend. »Nur froh.« Manchmal wirkten Nynaeves Tinkturen schnell und manchmal langsam, aber sie wirkten immer. »Was ... was ist mit Rand und Mat passiert?«

Nynaeve räumte ihre Fläschchen und Tiegel zurück in die Tasche. Sie stieß sie förmlich hinein, als müsse sie damit eine Sperre durchbrechen. »*Sie* sagt, daß es ihnen gutgeht. *Sie* sagt, wir würden sie finden. In Caemlyn, sagt *sie*. *Sie* sagt, es sei wichtig für uns, keine Zeit zu verlieren, was das nun auch wieder heißen mag. *Sie* sagt viel, wenn der Tag lang ist.«

Perrin mußte nun doch grinsen. Was sich auch immer geändert haben mochte, die Seherin war immer noch derselbe Mensch geblieben, und sie und die Aes Sedai waren nach wie vor alles andere als Freundinnen.

Mit einem Mal erstarrte Nynaeve und sah entgeistert sein Gesicht an. Sie ließ ihre Tasche fallen und preßte die Handrücken auf seine Wangen und seine Stirn. Er versuchte, zurückzuweichen, doch sie nahm seinen Kopf in beide Hände und zog mit den Daumen seine Augenlider hoch. Sie sah sich seine Augen ganz genau an und murmelte etwas vor sich hin. Trotz ihrer geringen Größe konnte sie sein Gesicht leicht festhalten; es war niemals leicht, Nynaeve zu entkommen, wenn sie einen nicht loslassen wollte.

»Ich verstehe das nicht«, sagte sie schließlich, ließ ihn los und hockte sich zurück auf die Fersen. »Hättest du Gelbaugenfieber, dann wärst du nicht in der Lage, auch nur aufzustehen. Aber du hast überhaupt kein Fieber, und das Weiße in deinen Augen ist auch nicht gelb geworden — nur die Pupillen!«

»Gelb?« fragte Moiraine, und Perrin wie auch Nynaeve fuhren auf ihren Plätzen zusammen. Die Aes Sedai hatte sich völlig lautlos genähert. Egwene lag schlafend am Feuer, in ihren Umhang gehüllt, wie Perrin sah. Seine eigenen bleischweren Lider wollten sich ebenfalls schließen.

»Es ist nichts«, sagte er, doch Moiraine hielt sein Kinn mit der Hand hoch und drehte sein Gesicht herum, so daß sie wie zuvor Nynaeve in seine Augen blicken konnte. Er zuckte mit prickelnder Haut zurück. Die beiden Frauen behandelten ihn wie ein Kind. »Ich sagte, es ist nichts.«

»Das war nicht vorauszusehen.« Moiraine sprach mehr zu sich selbst. Ihr Blick ging durch ihn hindurch in die Ferne. »Etwas, das im Gewebe vorgesehen war, oder eine Änderung im Muster? Wenn es eine Änderung ist, wer hat sie dann verursacht? Das Rad webt, wie das Rad es will. Das muß es sein.«

»Wißt Ihr, was es bedeutet?« fragte Nynaeve widerwillig. Sie zögerte. »Könnt Ihr etwas für ihn tun? Eure Heilkunst?« Die Bitte um Hilfe, das Zugeständnis, daß sie nichts tun konnte, entrangen sich ihr nur schwerfällig.

Perrin funkelte die beiden Frauen an. »Wenn Ihr über mich sprechen wollt, dann sprecht gefälligst mit mir. Ich sitze hier vor Euch!« Keine sah ihn an.

»Heilkunst?« Moiraine lächelte. »Daran ist nichts, was man heilen könnte. Es ist keine Krankheit, und es wird nicht ...« Sie zögerte kurz. Dann blickte sie zu Perrin hinüber; ein kurzer Blick, der vieles zu bedauern schien. Der Blick schloß ihn aber nicht mit ein, und er knurrte beleidigt vor sich hin, während sie sich wieder Nynaeve zuwandte. »Ich wollte sagen, es wird ihm nicht schaden, aber wer weiß schon, was am Ende dabei herauskommt? Zumindest kann ich behaupten, daß es ihm nicht direkt schaden wird.«

Nynaeve stand auf, klopfte sich den Staub von den Knien, stellte sich vor die Aes Sedai und sah ihr in die Augen. »Das reicht mir nicht. Wenn etwas mit ihm nicht ...«

»Was geschehen ist, ist geschehen. Was bereits gewebt wurde, kann man nicht mehr ändern.« Moiraine wandte sich unvermittelt ab. »Wir müssen schlafen, solange wir können, und beim ersten Tageslicht aufbrechen. Wenn die Hand des Dunklen Königs zu stark wird ... Wir müssen Caemlyn schnell erreichen.«

Ärgerlich schnappte Nynaeve ihre Tasche und stolzierte weg, bevor Perrin den Mund aufbrachte. Er wollte grollend fluchen, doch dann traf ihn ein Gedanke wie ein Blitzschlag, und er saß mit offenem Mund da. Moiraine wußte Bescheid. Die Aes Sedai wußte von den

Wölfen. Und sie glaubte, es könne das Werk des Dunklen Königs sein. Ein Schaudern durchlief ihn. Hastig schlüpfte er wieder in sein Hemd, stopfte es ungeschickt in die Hose und zog Mantel und Umhang wieder an. Die Kleidung half nicht viel; er fühlte sich eiskalt bis auf die Knochen. Sein Mark war wie zu Eis erstarrt.

Lan ließ sich mit überkreuzten Beinen am Boden nieder und warf seinen Umhang zurück. Perrin war froh darüber. Es war unangenehm, wenn man den Behüter anschaute und der Blick dabei immer abglitt. Einen Augenblick lang sahen sie sich einfach nur an. Die kantigen Flächen des Gesichts des Behüters ließen keinen Rückschluß auf seine Gedanken zu, aber Perrin glaubte, in seinen Augen etwas zu entdecken ... irgend etwas. Sympathie? Neugier? Beides?

»Ihr wißt Bescheid?« fragte er, und Lan nickte.

»Ich weiß einiges, nicht alles. Kam es einfach über dich, oder hast du einen Mittler getroffen, einen Führer?«

»Da war ein Mann«, sagte Perrin bedächtig. *Er weiß Bescheid, aber glaubt er dasselbe wie Moiraine?* »Er sagte, sein Name sei Elyas. Elyas Machera.« Lan atmete tief durch, und Perrin warf ihm einen scharfen Blick zu. »Ihr kennt ihn?«

»Ich kannte ihn. Er hat mich viel gelehrt, über die Fäule und über all dies.« Lan berührte seinen Schwertknauf. »Er war ein Behüter, bevor ... bevor das geschah. Die Roten Ajah ...« Er blickte hinüber zu Moiraine, die vor dem Feuer lag.

Es war das erste Mal, daß Perrin an dem Behüter eine Unsicherheit entdeckte. In Shadar Logoth war Lan sicher und stark gewesen und auch dann, als er Blassen und Trollocs gegenüberstand. Er hatte auch jetzt keine Angst — davon war Perrin überzeugt —, aber er war sehr vorsichtig, als könne er zuviel sagen. Als könne das, was er sagte, gefährlich sein.

»Ich hab von den Roten Ajah gehört«, sagte er zu Lan.

»Und zweifellos stimmt das meiste von dem nicht, was du gehört hast. Du mußt verstehen, daß es ... in Tar Valon verschiedene Parteien gibt. Einige wollen den Dunklen König auf eine Art bekämpfen, andere wieder auf eine andere Art. Das Ziel ist das gleiche, aber die Unterschiede ... die unterschiedlichen Auffassungen bedeuten, daß Leben sich ändern oder beendet werden können. Die Leben vieler Männer oder Nationen. Geht es Elyas gut?«

»Ich denke schon. Die Weißmäntel behaupteten, sie hätten ihn getötet, aber Scheckie ...« Perrin sah den Behüter unsicher an. »Ich weiß nicht.« Lan schien das zögernd zu akzeptieren, und das wiederum ermutigte ihn fortzufahren. »Diese Verständigung mit den Wölfen. Moiraine scheint zu glauben, es habe etwas ... etwas mit dem Dunklen König zu tun. Aber das stimmt doch nicht, oder?« Er wollte nicht glauben, daß Elyas ein Schattenfreund sei.

Doch Lan zögerte, und Schweiß trat Perrin auf die Stirn, kühle Tropfen, die von der Nachtkälte noch kühler wurden. Als der Behüter endlich wieder sprach, rannen sie ihm bereits die Wangen hinunter.

»An sich nicht, nein. Einige glauben das, aber sie irren sich; es war schon uralt, bevor der Dunkle König gefunden wurde. Aber wie steht es mit der Wahrscheinlichkeit, Schmied? Manchmal scheint das Muster auf Zufällen zu beruhen — zumindest soweit wir das sehen können —, aber wie hoch ist die Wahrscheinlichkeit, daß man einen Mann trifft, der einen in diese Sache einführen kann, und daß man seiner Führung auch folgt? Das Muster formt sich zu einem Großen Gewebe, das von einigen Zeitgewebe genannt wird, und ihr Burschen spielt dabei eine zentrale Rolle. Ich glaube nicht, daß in deinem Leben der Zufall noch eine große Rolle spielen wird. Bist du also auserwählt worden? Und wenn, vom Licht oder vom Schatten?«

»Der Dunkle König kann uns nicht berühren, solange

wir ihn nicht beim Namen nennen.« Sofort mußte Perrin an die Träume von Ba'alzamon denken, die Träume, die mehr als nur Träume darstellten. Er wischte sich den Schweiß vom Gesicht. »Er kann es nicht.«

»Stur bis zum letzten«, meinte der Behüter. »Vielleicht stur genug, um dich am Ende zu retten. Bedenke die Zeiten, in denen wir leben, Schmied. Denke daran, was Euch Moiraine Sedai gesagt hat. In diesen Zeiten lösen sich viele Dinge auf, zerbrechen. Alte Grenzen wanken, alte Mauern zerbröckeln. Die Grenzen zwischen dem, was ist, und dem, was war, zwischen dem, was ist, und dem, was sein wird.« Seine Stimme wurde noch ernster. »Die Mauern um das Gefängnis des Dunklen Königs. Dies könnte sehr wohl das Ende eines Zeitalters sein. Vielleicht erleben wir ein neues Zeitalter, bevor wir sterben. Oder vielleicht ist es auch das Ende aller Zeitalter, das Ende der Zeit selbst. Das Ende der Welt.« Plötzlich grinste er, aber sein Grinsen war düster wie ein grimmiger Blick; seine Augen funkelten fröhlich, lachten den Fuß eines Galgens an. »Aber es sind nicht wir, die sich darüber Gedanken machen müssen, wie, Schmied? Wir werden gegen die Schatten kämpfen, solange wir atmen, und wenn sie uns überrennen, dann gehen wir beißend und kratzend unter. Ihr Leute von den Zwei Flüssen seid zu stur, um euch zu ergeben. Mach dir keine Gedanken darüber, ob sich der Dunkle König in dein Leben eingemischt hat. Du bist jetzt wieder unter Freunden. Denke daran, das Rad webt, wie das Rad will, und das kann nicht einmal der Dunkle König ändern, solange Moiraine dich beschützt. Doch wir sollten eure Freunde möglichst schnell finden.«

»Was meint Ihr damit?«

»Sie haben keine Aes Sedai zum Schutz bei sich, die sich der Wahren Quelle bedienen kann. Schmied, vielleicht sind die Mauern nun schwach genug, so daß der Dunkle König selbst die Dinge beeinflussen kann. Er hat noch keine völlige Freiheit, sonst lebten wir nicht mehr, aber er sorgt vielleicht für viele winzige Veränderungen in den Webfäden. Ein zufälliges Abbiegen an einer Ecke, statt an der anderen, ein zufälliges Zusammentreffen, ein zufälliges Wort oder etwas, das eben wie Zufall wirkt, und sie könnten so weit unter dem Einfluß des Schattens stehen, daß nicht einmal Moiraine sie zurückbringen könnte.«

»Wir müssen sie finden«, sagte Perrin, und der Behüter lachte knurrig dazu.

»Was habe ich denn gesagt? Schlaf ein wenig, Schmied.« Lans Umhang schlang sich wieder um ihn, als er aufstand. Im schwachen Lichtschein des Feuers und des Mondes erschien er fast wie ein Teil der Schatten im Hintergrund. »Wir haben ein paar schwere Tage bis Caemlyn vor uns. Bete nur darum, daß wir sie dort finden.«

»Aber Moiraine ... sie kann sie doch überall aufspüren, nicht wahr? Sie behauptet, daß sie das kann.«

»Aber kann sie sie auch noch rechtzeitig finden? Falls der Dunkle König stark genug ist, um selbst einzugreifen, wird die Zeit knapp. Bete darum, daß wir sie in Caemlyn finden, Schmied, oder wir sind vielleicht alle verloren.«

KAPITEL 17

Das Gewebe formt sich

Rand blickte vom hochgelegenen Fenster seines Zimmers in *Der Königin Segen* auf die Menschenmenge hinab. Sie rannten schreiend die Straße hinunter — alle in der gleichen Richtung —, schwenkten Wimpel und Flaggen, und so stand der weiße Löwe auf tausend roten Feldern gleichzeitig Wache. Einwohner von Caemlyn und Fremde rannten nebeneinander her, und zur Abwechslung einmal schien keiner dem anderen den Schädel einschlagen zu wollen. Heute gab es vielleicht einmal nur eine einzige Partei.

Er wandte sich grinsend vom Fenster ab. Abgesehen von dem Tag, an dem Egwene und Perrin lebendig und lachend ob des Gesehenen hereinspazieren würden, war dies der Tag, auf den er vor allem gewartet hatte. »Kommst du mit?« fragte er noch einmal.

Mat sah ihn finster an. Er lag zusammengerollt auf seinem Bett. »Nimm doch den Trolloc mit, den du so gut leiden kannst.«

»Blut und Asche, Mat, er ist kein Trolloc! Du stellst dich einfach dumm und stur an. Wie oft sollen wir uns noch deswegen streiten? Licht, du hast doch schließlich früher schon von Ogiern gehört!«

»Ich habe nicht gehört, daß sie wie Trollocs aussehen.« Mat steckte das Gesicht ins Kopfkissen und rollte sich noch enger zusammen.

»Sturer Dummkopf«, murmelte Rand. »Wie lange willst du dich hier noch verstecken? Ich werde dir nicht die ganze Zeit über dein Essen all diese Treppen hochschleppen. Du könntest auch einmal baden.« Mat zappelte auf dem Bett herum, als wolle er sich noch tiefer eingraben. Rand seufzte und ging zur Tür. »Die letzte Chance, gemeinsam zu gehen, Mat. Ich breche jetzt auf.« Er schloß die Tür langsam und hoffte immer noch, daß Mat seinen Entschluß ändere, doch sein Freund rührte sich nicht. Die Tür fiel ins Schloß.

Im Flur lehnte er sich gegen den Türrahmen. Meister Gill hatte gesagt, zwei Straßen weiter wohne eine alte Frau, Mutter Grubb, die Kräuter und Tinkturen verkaufte, Kinder zur Welt brachte, Kranke pflegte und die Zukunft voraussagte. Das klang ein wenig nach einer Seherin. Mat brauchte Nynaeve oder vielleicht Moiraine, aber er hatte eben nur Mutter Grubb. Wenn er sie in *Der Königin Segen* brachte, würde das vielleicht die falsche Art von Aufmerksamkeit erregen, falls sie überhaupt käme. Das könnte für sie genau wie für ihn und Mat unangenehme Folgen haben.

Kräuterweiblein und Quacksalber hielten sich zur Zeit in Caemlyn sehr zurück. Jede Art von Heilkunst oder Weissagung war gerade verrufen. Jede Nacht wurde großzügig der Drachenzahn auf Türen gekritzelt, manchmal sogar im hellen Tageslicht, und die Leute vergaßen schnell, wer sie vom Fieber geheilt oder ihre Zahnschmerzen beseitigt hatte, wenn der Ruf ›Schattenfreund‹ ertönte. So war die Stimmung in der Stadt.

Es war ja nicht so, daß Mat wirklich krank war. Er aß alles, was ihm Rand aus der Küche heraufbrachte — allerdings nahm er nichts von anderen an —, und er klagte auch nie über Schmerzen oder Fieber. Er weigerte sich einfach, das Zimmer zu verlassen. Aber Rand war sich so sicher gewesen, daß er an diesem Tag herauskommen würde.

Er legte seinen Umhang über die Schultern und schob den Schwertgürtel so herum, daß sein Schwert mit dem herumgewickelten roten Tuch besser verborgen war.

Am Fuß der Treppe traf er auf Meister Gill, der gerade hinaufgehen wollte. »Jemand hat euch in der Stadt gesucht«, sagte der Wirt. Er behielt dabei den Pfeifenstiel im Mund. Rand fühlte Hoffnung in sich aufkeimen. »Hat nach euch und euren Freunden gefragt und sogar die Namen genannt. Von euch Jünglingen jedenfalls. Er scheint vor allem euch drei Jungen zu suchen.«

Angst verdrängte die Hoffnung. »Wer?« fragte Rand. Er konnte nicht umhin, den Flur nach beiden Seiten hin zu beobachten. Außer ihnen beiden befand sich niemand darinnen. Er war leer — vom Hinterausgang bis zur Tür in den Schankraum.

»Ich kenne seinen Namen nicht. Habe nur von ihm gehört. Ich weiß meist schnell alles, was in Caemlyn herumgeht. Bettler.« Der Wirt knurrte. »Halb verrückt, wie man mir gesagt hat. Aber trotzdem könnte er Der Königin Spende im Palast in Empfang nehmen, selbst in so schweren Zeiten. An Feiertagen spendet die Königin mit eigener Hand den Armen, und keiner wird mit leeren Händen weggeschickt. In Caemlyn muß niemand betteln. Selbst ein Mann, der von der Garde gesucht wird, könnte nicht festgenommen werden, während er Der Königin Spende entgegennimmt.«

»Ein Schattenfreund?« fragte Rand zögernd. *Falls die Schattenfreunde unsere Namen kennen …*

»Ihr habt Flausen im Hirn mit Euren Schattenfreunden, mein Junge. Natürlich sind sie da, aber bloß, weil die Weißmäntel alles aufhetzen, braucht ihr nicht zu glauben, daß die Stadt voll davon ist. Weißt du, welches Gerücht diese Idioten als neuestes in die Welt gesetzt haben? ›Fremdartige Gestalten.‹ Kannst du so was begreifen? Fremdartige Gestalten, die sich in der Nacht außerhalb der Stadt herumtreiben.« Der Wirt lachte, bis sein Bauch wackelte.

Rand war nicht nach Lachen zumute. Hyam Kinch hatte von solch eigenartigen Gestalten erzählt, und es war ja dann auch ein Blasser dort gewesen. »Was für Gestalten?«

»Welche Art? Ich weiß es nicht. Fremdartige Figuren.

Möglicherweise Trollocs. Der Schattenmann. Lews Therin Brudermörder selbst, aber diesmal fünfzig Fuß groß. Was glaubst du denn, was sich die Leute alles vorstellen, wenn sie nun einmal solche Flausen im Kopf haben? Das sollte dich nicht kümmern.« Meister Gill musterte ihn einen Moment lang. »Du willst ausgehen, nicht wahr? Na ja, ich kann nicht behaupten, daß ich mich darum reiße — selbst heute nicht —, aber es ist außer mir kaum noch jemand da. Dein Freund kommt nicht mit?«

»Mat fühlt sich nicht wohl. Vielleicht kommt er später nach.«

»Na ja, wie auch immer. Paß aber gut auf dich auf. Selbst heute werden die guten Anhänger der Königin dort draußen in der Minderheit sein. Das Licht versenge den Tag, an dem dieser Zustand begann. Am besten verläßt du das Haus durch die Gasse. Zwei von diesen verfluchten Verrätern sitzen auf der anderen Straßenseite und beobachten meinen Vordereingang. Sie wissen genau, wo ich stehe, beim Licht!«

Rand steckte den Kopf hinaus und sah sich nach beiden Seiten um, bevor er in die Gasse hinausschlüpfte. Ein grobschlächtiger Mann, den Meister Gill dafür bezahlte, stand am Ende der Gasse, stützte sich auf einen Speer und beobachtete gelangweilt die vorbeihastenden Leute. Das war aber nur der Schein, wie Rand wußte. Der Bursche — er hieß Lambgwin — sah alles mit diesen von schweren Lidern halbbedeckten Augen, und trotz seiner unförmigen Gestalt bewegte er sich wie eine Katze. Er glaubte ebenfalls, Königin Morgase sei das fleischgewordene Licht, oder jedenfalls so ähnlich. Es gab etwa ein Dutzend solcher Männer, die sich um *Der Königin Segen* herum verteilten.

Lambgwins Ohr zuckte, als Rand den Ausgang der Gasse erreichte, aber er wandte seine Aufmerksamkeit nicht von der Straße ab. Rand wußte, daß ihn der Mann hatte kommen hören.

»Haltet Euch heute den Rücken frei, Mann.« Lambgwins Stimme klang wie Kieselsteine in einer Pfanne. »Wenn die Ausschreitungen beginnen, seid Ihr der richtige Mann, um hier zu helfen, aber nicht, wenn Ihr irgendwo ein Messer in den Rücken bekommt.«

Rand sah den bulligen Mann an, doch seine Überraschung war gedämpft. Er bemühte sich immer, das Schwert nicht sichtbar zu tragen, aber dies war nicht das erste Mal, daß einer von Meister Gills Männern angenommen hatte, er könne damit in einem Kampf umgehen. Lambgwin sah ihn nicht mehr an. Der Mann sollte die Schenke bewachen, und das tat er auch.

Rand schob sein Schwert noch ein bißchen weiter unter seinen Umhang und schloß sich der strömenden Menge an. Er sah die beiden Männer, die der Wirt erwähnt hatte. Sie standen auf umgedrehten Fässern auf der Straßenseite gegenüber der Schenke, so daß sie über die Köpfe der Menge hinwegsehen konnten. Er glaubte nicht, daß sie ihn bemerkten, als er aus der Gasse heraustrat. Sie machten kein Hehl aus ihrer politischen Bindung. Nicht nur, daß ihre Schwerter in Weiß gehüllt und mit roter Kordel gebunden waren, sie trugen auch weiße Armbinden und weiße Abzeichen an den Hüten.

Er hatte sich noch nicht lange in Caemlyn aufgehalten, da wurde ihm klar, daß ein rot umhülltes Schwert, eine rote Armbinde oder ein rotes Abzeichen bedeutete, daß man Königin Morgase unterstützte. Weiß zeigte, daß die Königin und ihre Verbindung mit den Aes Sedai und Tar Valon schuld an allem waren, was unglücklich verlaufen war: am Wetter, an der Mißernte ... vielleicht sogar an dem falschen Drachen.

Er wollte sich nicht in die politischen Probleme Caemlyns verwickeln lassen. Aber nun war es zu spät. Nicht nur, daß er bereits die Seite gewählt hatte — wohl mehr durch Zufall, aber immerhin. Die Lage in der Stadt ließ es kaum noch zu, daß man neutral blieb. Selbst Ausländer trugen Abzeichen und Armbinden oder verhüllten ihre Schwerter, und die Mehrheit von ihnen trug Weiß, nicht Rot. Vielleicht glaubten einige davon überhaupt nicht daran, aber sie waren weit von zu Hause entfernt, und so hatte sich eben die politische Meinung in Caemlyn entwickelt. Männer, die die Königin unterstützten, liefen zum eigenen Schutz in Gruppen umher, wenn sie überhaupt ausgingen.

Heute war es allerdings anders. Zumindest an der Oberfläche. Heute feierte Caemlyn den Sieg des Lichts über den Schatten. Heute brachte man den falschen Drachen in die Stadt, um ihn der Königin vorzuführen, bevor man ihn nach Tar Valon im Norden brachte.

Über diesen Teil der Ereignisse sprach niemand. Natürlich konnten nur die Aes Sedai einen Mann beherrschen, der tatsächlich die Eine Macht anwenden konnte, doch darüber wollte niemand sprechen. Das Licht hatte den Schatten besiegt, und Soldaten aus Andor waren in der vordersten Kampflinie dieser Schlacht dabeigewesen. Heute zählte nur das. Heute vergaß man alles andere.

Oder vielleicht doch nicht? fragte sich Rand. Die Menge rannte singend und lachend und mit geschwenkten Fahnen durch die Straßen, aber Männer, die sich in Rot zeigten, hielten sich in Gruppen von zehn oder zwanzig zusammen, und sie hatten keine Frauen und Kinder dabei. Seiner Schätzung nach kamen auf jeden Anhänger der Königin mindestens zehn Männer, die Weiß trugen. Nicht zum ersten Mal wünschte er sich, daß der weiße Stoff damals der billigere gewesen sei. *Aber hätte Meister Gill geholfen, wenn ich mich in Weiß gezeigt hätte?*

Die Menge war so dicht, daß es unvermeidlich war, sich gegenseitig anzurempeln. Selbst um die Weißmäntel herum gab es diesmal keinen freien Raum inmitten der Menschenansammlung. Als Rand sich von der Menge in die Innenstadt mittreiben ließ, erkannte er, daß keineswegs alle Feindseligkeiten unter Kontrolle waren.

Er sah, wie eines der Kinder des Lichts, einer von dreien, so hart angerempelt wurde, daß er beinahe stürzte. Der Weißmantel fing sich gerade noch und wollte soeben den Mann, der ihn angerempelt hatte, wütend anschreien, als ein anderer Mann ihn absichtlich mit einem gezielten Schulterstoß ins Wanken brachte. Bevor die Situation eskalierte, zogen die Gefährten des Weißmantels ihn auf die Seite der Straße hinüber, wo sie sich unter einem Torbogen in Sicherheit brachten. Die drei schienen hin- und hergerissen zwischen ihrem üblichen finsteren Gesichtsausdruck und ungläubigem Staunen. Die Menge strömte vorbei, als habe niemand etwas bemerkt, und vielleicht hatte das ja wirklich niemand.

Keiner hätte noch vor zwei Tagen so etwas gewagt. Nicht genug, so erkannte Rand, denn die Männer, die den Weißmantel angerempelt hatten, trugen weiße Abzeichen an den Hüten. Die Meinung war weit verbreitet, daß die Weißmäntel jene unterstützten, die sich gegen die Königin und ihre Aes-Sedai-Ratgeberin stellten, aber das machte wohl keinen Unterschied. Männer stellten Dinge an, an die sie zuvor noch nie auch nur gedacht hatten. Heute — einen Weißmantel anrempeln. Morgen — vielleicht eine Königin stürzen? Plötzlich wünschte er, es wären noch ein paar andere Männer in Rot in der Nähe. Von weißen Abzeichen und Armbinden gestoßen, fühlte er sich plötzlich sehr einsam.

Die Weißmäntel bemerkten, daß er sie ansah, und sie blickten herausfordernd zurück. Er ließ sich von einer singenden Gruppe in der Menge aus ihrer Sicht schwemmen und sang bei ihnen mit:

»Vor mit dem Löwen,
vor mit dem Löwen,
der Weiße Löwe zieht in den Kampf.
Fordere den Schatten heraus!
Vor mit dem Löwen,
vorwärts, und Andor siegt.«

Die Strecke, auf der man den falschen Drachen nach Caemlyn hereinbringen würde, war wohl bekannt. Diese Straßen selbst hielt man durch dichte Reihen von Gardesoldaten der Königin und in Rot gehüllte Lanzenträger frei, aber hinter ihnen an den Straßenrändern drängten sich die Leute Schulter an Schulter, selbst in den Fenstern und auf den Dächern. Rand arbeitete sich in die Innenstadt vor. Er versuchte, näher an den Palast heranzukommen. Er dachte entfernt daran, wirklich zuzuschauen, wie Logain der Königin vorgezeigt würde. Beide — den falschen Drachen und eine echte Königin — auf einmal zu sehen ... das hätte er sich zu Hause nie erträumt.

Die Innenstadt war auf Hügeln erbaut, und vieles von dem, was die Ogier gemacht hatten, war noch immer erhalten. Wo in der Neustadt die Straßen meistens wirr durcheinander und in alle möglichen Richtungen verliefen, folgten sie hier den Neigungen der Abhänge, als seien sie ein natürlicher Teil der Erde. Weitschweifende Anstiege und Senkungen präsentierten dem Auge nach jeder Kurve neue und überraschende Anblicke. Man konnte Parks von verschiedenen Blickwinkeln aus sehen, selbst von oben herab, wo ihre Wege und Denkmäler dem Auge wohltuende Muster ergaben. Allerdings war kaum irgendwo Grün zu sehen. Plötzlich enthüllten sich dem Blick Türme. Ihre Kachelwände glitzerten in zahlreichen sich ständig verändernden Farben im Sonnenschein. Unvermittelt stieg die Straße an, und die ganze Stadt bis zu den hügeligen Ebenen und Wäldern dahinter bot sich dem Blick dar. Alles in allem wäre das schon eine ganz besondere Sache gewesen, hätte ihn nicht die Menschenmenge immer weiter gedrängt, bevor er den Anblick wirklich in sich aufnehmen konnte. Und all jene verschlungenen Straßen machten es schwer, sehr weit vorauszublicken.

Die Menge trug ihn mit sich um eine Straßenbiegung herum, und plötzlich stand er vor dem Palast. Die Straßen waren so angelegt worden, daß sie spiralförmig auf den Palast zuliefen, obwohl sie ja den natürlichen Formen der Landschaft folgten. Der Palast selbst schien der Erzählung eines Gauklers zu entspringen: blasse Türmchen und goldene Kuppeln und kompliziert in sich verschlungener und durchbrochener Steinzierat, und von jedem Vorsprung flatterte die Flagge von Andor — der Mittelpunkt all jener Schaustücke der Baukunst und ihr Höhepunkt. Er schien eher von einem Künstler als Skulptur entworfen, als nur einfach gebaut.

Ein Blick reichte, um ihm zu zeigen, daß er nicht näher herankommen würde. Niemand wurde in die Nähe des Palastes durchgelassen. Gardesoldaten der Königin standen — zehn scharlachrote Reihen stark — zu beiden Seiten der Palasttore. Oben auf den weißen Mauern, auf hohen Balkonen und Türmen, standen weitere Gardesoldaten in Habachtstellung, die Bogen in vorgeschriebenem Winkel vor die gepanzerte Brust gehalten. Auch sie sahen aus, als entsprängen sie der Erzählung eines Gauklers; eine Ehrengarde, doch Rand glaubte nicht, daß sie sich aus diesem Grunde dort befanden. Die lärmende Menge an den Straßenrändern trug fast nur in Weiß gehüllte Schwerter, weiße Armbinden und weiße Abzeichen. Nur hier und da wurde diese weiße Mauer durch ein Bündel Rot unterbrochen. Die rotuniformierten Wachen schienen all diesem Weiß gegenüber nur wie eine sehr dünne Sperre.

Er gab den Versuch auf, näher an den Palast heranzukommen, und suchte sich einen Platz, an dem er seine Größe besser ausnützen konnte. Er mußte nicht in der ersten Reihe stehen, um alles sehen zu können. Die Menge war ständig in Bewegung. Die einen schoben sich weiter nach vorn, andere wieder eilten weg zu einem, wie sie glaubten, besseren Standpunkt. Nach einer solchen Unterströmung befand er sich plötzlich nur drei Reihen von der offenen Straße entfernt, und beinahe alle, die vor ihm standen, waren kleiner als er, sogar die

Lanzenträger. Menschen drängten sich, schwitzend vom Druck so vieler Körper, von beiden Seiten her gegen ihn. Die hinter ihm beschwerten sich, weil sie nichts sehen konnten, und versuchten, sich an ihm vorbeizuschieben. Er wich nicht, und zusammen mit denen an seiner Seite stellte er eine undurchdringliche Menschenmauer dar. Er war es zufrieden. Wenn der falsche Drache vorbeikam, würde er sich nahe genug am Geschehen befinden, um das Gesicht des Mannes klar erkennen zu können.

Auf der anderen Straßenseite und unten beim Tor zur Neustadt schien eine Welle die dichte Menge zu durchlaufen. Vor der Kurve wichen die Leute gruppenweise zurück, um etwas vorbeizulassen. Das war nicht wie der Freiraum, der wohl nicht heute, aber sonst immer um die Weißmäntel herum verblieb. Diese Leute fuhren mit Überraschung im Blick zurück, und dann verzogen sich ihre Gesichter und zeigten Abscheu. Sie drückten sich nach hinten und wandten die Gesichter von — was immer es auch war — ab. Doch aus den Augenwinkeln beobachteten sie weiter, bis es vorbei war.

Auch andere Augen in seiner Nähe bemerkten die Störung. Man war wohl ganz auf das Kommen des Drachens eingestimmt, aber da die Menge nun nichts anderes tun konnte als warten, wurde über jede Kleinigkeit geschwatzt. Er hörte, wie die Vermutungen von einer Aes Sedai bis zu Logain selbst gingen, und außerdem noch ein paar anzügliche Bemerkungen, die bei den Männern rohes Gelächter auslösten, während die Frauen verachtungsvoll schnaubten. Die Welle pflanzte sich in Schlangenlinien durch die Menge fort und kam dabei dem Straßenrand immer näher. Niemand schien zu zögern, sie durchzulassen, wie sie wollte, selbst wenn das bedeutete, daß man einen guten Aussichtspunkt aufgeben mußte, wenn die Menge dahinter in sich selbst zurückflutete. Schließlich wölbte sich direkt Rand gegenüber die Menge in die Straße hinein, schob rotgekleidete

Lanzenträger zur Seite, die sich bemühten, die Menschen zurückzudrängen, und öffnete sich. Die gebückte Gestalt, die zögernd ins Freie schlurfte, wirkte mehr wie ein Haufen dreckiger Lumpen denn wie ein Mann. Rand hörte angeekelte Kommentare um sich herum.

Der zerlumpte Mann blieb am entfernten Straßenrand stehen. Seine Kapuze, zerrissen und steif vom Schmutz, schwang hierhin und dorthin, als suche er etwas oder lausche. Plötzlich schrie er wortlos auf, hob die schmutzige Klaue, die eine Hand darstellte, und deutete genau auf Rand. Sofort krabbelte er wie ein Käfer über die Straße.

Der Bettler. Welcher schlimme Zufall den Mann auch dazu gebracht hatte, ihn so zu finden: Rand war sicher, daß er ihm — Schattenfreund oder nicht — keinesfalls von Angesicht zu Angesicht gegenüberstehen wollte. Er konnte den Blick des Bettlers spüren. Er wirkte wie schmutziges Wasser auf seiner Haut. Und vor allem wollte er den Mann nicht gerade hier an sich herankommen lassen, wo sie von Menschen umgeben waren, die sich sowieso am Rand gewalttätiger Ausschreitungen befanden. Dieselben Stimmen, die vorher gelacht hatten, verwünschten ihn nun, als er sich seinen Weg nach hinten bahnte, weg von der Straße.

Er beeilte sich, denn er wußte, daß die dichte Menschenmasse, durch die er sich schieben und winden mußte, den schmutzigen Mann durchlassen würde. Er erkämpfte sich seinen Weg durch die Menge und taumelte — fast wäre er gestürzt —, als er plötzlich abseits dastand. Er ruderte mit den Armen, um das Gleichgewicht zu halten, und aus dem Taumeln wurde Rennen. Menschen deuteten auf ihn; er war der einzige, der nicht in die entgegengesetzte Richtung drängte, und dazu rannte er auch noch. Rufe folgten ihm. Sein Umhang flatterte hinter ihm her und gab den Blick auf sein rotumhülltes Schwert frei. Als ihm das klar wurde, rannte er noch schneller. Ein einzelner Anhänger der Königin, der auch noch wegrannte, konnte durchaus eine Menge mit weißen Abzeichen in einen aufgebrachten Mob verwandeln, der ihn verfolgte, und das sogar heute. Er rannte, so schnell ihn seine langen Beine trugen, durch die gepflasterten Straßen. Erst als er die Schreie weit hinter sich gelassen hatte, erlaubte er sich, schwer atmend gegen eine Mauer zu sacken.

Er wußte nicht, wo er sich befand, außer daß er immer noch in der Innenstadt war. Er konnte sich nicht erinnern, wie viele Biegungen und Abzweigungen er in diesen kurvenreichen Straßen genommen hatte. Bevor er weiterrannte, blickte er dorthin zurück, woher er gekommen war. Nur ein Mensch bewegte sich auf der Straße: eine Frau, die gelassen mit einem Einkaufskorb einherschritt. Fast jeder in der Stadt war versammelt, um einen Blick auf den falschen Drachen zu erhaschen. *Er kann mir nicht gefolgt sein. Ich muß ihn abgehängt haben.*

Der Bettler würde nicht aufgeben, dessen war er sich sicher, obwohl er nicht wußte, warum. Die zerlumpte Gestalt schob sich in dieser Minute weiter durch die Menge und suchte, und falls Rand zurückkehrte, um Logain zu sehen, riskierte er ein Zusammentreffen. Einen Augenblick lang überlegte er sich, ob er zu *Der Königin Segen* zurückgehen sollte, aber er war sicher, nie mehr eine Möglichkeit zu haben, eine Königin aus der Nähe zu sehen, und er hoffte, er werde nie mehr eine haben, einen falschen Drachen zu sehen. Es schien ihm irgendwie feige, sich von einem geduckten Bettler, selbst wenn es ein Schattenfreund war, in sein Versteck zurückjagen zu lassen.

Er sah sich überlegend um. So, wie die Innenstadt geplant war, hatte man die Gebäude niedrig gehalten, falls überhaupt welche dort standen, so daß jemand, der sich an einem bestimmten Punkt befand, wie vorgesehen einen freien Überblick hatte. Es mußte Punkte geben, von denen aus er die Prozession mit dem falschen Drachen vorbeikommen sehen konnte. Wenn er schon die Königin nicht sehen konnte, dann doch Logain. Schnell entschlossen machte er sich auf den Weg.

Während der nächsten Stunde fand er mehrere solcher Punkte, doch jeder bereits vollgepackt mit Menschen, die der Drängelei an der Prozessionsstrecke entgehen wollten. Sie bildeten eine einheitliche Linie weißer Abzeichen und Armbinden. Überhaupt kein Rot. Er dachte daran, was der Anblick seines Schwertes in einer solchen Menge auslösen konnte, und verdrückte sich schnell und vorsichtig.

Rufe drangen aus der Neustadt empor, Rufe und das Schmettern von Trompeten und martialischer Trommelwirbel. Logain und seine Eskorte befanden sich bereits in Caemlyn und waren auf dem Weg zum Palast.

Enttäuscht wanderte er durch die beinahe menschenleeren Straßen. Er hoffte immer noch ein wenig darauf, einen Weg zu finden, um Logain zu sehen. Sein Blick fiel auf einen unbebauten Abhang, der sich über der Straße erhob, durch die er gerade schritt. In einem normalen Frühling wäre dieser Abhang ein bunter Teppich von Gras und Blumen gewesen, aber jetzt war er braun bis hinauf zu der hohen Mauer ganz oben, einer Mauer, über die Baumwipfel hinwegragten.

Dieser Teil der Straße führte nicht zu irgendwelchen großartigen Aussichtspunkten, aber geradeaus konnte er über den Dächern einige Türmchen des Palastes sehen, auf denen Fahnen mit dem Weißen Löwen im Wind flatterten. Er war nicht sicher, in welche genaue Richtung die Straße nach der nächsten Kurve führen würde, wo sie den Hügel umrundete und aus seiner Sicht verschwand, aber ihm kam plötzlich eine Idee, als er die Mauer oben auf dem Hügel sah.

Die Trommeln und Trompeten näherten sich; die Rufe wurden lauter. Erregt stieg er den Abhang hinauf. Er war nicht zum Begehen geeignet, doch er drückte seine Stiefel in die abgestorbene Grasnarbe und zog sich hoch, wobei er kahle Sträucher zum Festhalten benützte. Er schnaufte schwer vor Aufregung und Anstrengung, als er die letzten Schritte zur Mauer zurücklegte. Sie ragte über ihm auf, gut doppelt so hoch wie er groß war, vielleicht auch mehr. Die Luft erzitterte unter dem Trommelschlag und dem Schmettern der Trompeten.

Man hatte die Steine der Mauer nur sehr wenig behauen. Die mächtigen Blöcke paßten so gut aufeinander, daß die Fugen fast unsichtbar waren. So rauh wie sie waren, schienen sie wie eine natürliche Klippe. Rand grinste. Die Klippen gleich hinter den Sandhügeln waren höher, und trotzdem hatte sogar Perrin sie bestiegen. Seine Hände suchten nach Auswüchsen im Gestein, seine stiefelbewehrten Füße fanden Vorsprünge. Die Trommeln spornten ihn beim Klettern an. Er wollte sie nicht gewinnen lassen. Er würde die Krone erreichen, bevor sie im Palast waren. In seiner Hast riß er sich die Hände am Stein auf und schürfte sich die Knie durch die Hosen hindurch auf, doch dann warf er die Arme über die Mauerkrone und zog sich mit dem Gefühl hoch, gewonnen zu haben.

Schnell wand er sich herum, um sich auf die ebene, enge Mauerkrone zu setzen. Die mit unzähligen Blättern geschmückten Äste eines mächtigen Baums ragten über seinen Kopf hinweg, aber er achtete nicht darauf. Er blickte über ziegelgedeckte Dächer hinweg, aber hier von der Mauer aus hatte er freie Sicht. Er beugte sich nur ein klein wenig vor und konnte die Palasttore sehen sowie die Gardesoldaten der Königin, die dort aufgestellt waren, und die erwartungsvolle Menge. Erwartungsvoll. Ihre Rufe gingen im Donnergrollen der Trommeln und Trompeten unter, aber sie warteten immer noch. Er grinste. *Ich habe gewonnen.*

Im gleichen Moment, als er sich hinsetzte, umrundete der erste Teil der Prozession die letzte Kurve vor dem Palast. Zwanzig Reihen von Trompetern kamen zuerst und zerschnitten die Luft mit einem triumphierenden

Schmettern, einer Siegesfanfare nach der anderen. Hinter ihnen donnerten genauso viele Trommler. Dann kamen die Banner von Caemlyn, weiße Löwen auf rotem Grund, von Berittenen getragen, gefolgt von den Soldaten Caemlyns, unzähligen Reihen von Reitern in glänzender Rüstung mit stolz erhobenen Lanzen, an denen hellrote Wimpel flatterten. Lanzenträger und Bogenschützen, jeweils drei Reihen tief, flankierten die Reiter, und mehr und mehr von ihnen folgten, nachdem die Reiter bereits zwischen den wartenden Gardesoldaten durch die Palasttore ritten.

Die letzten Fußsoldaten kamen um die Kurve, und hinter ihnen befand sich ein massiver Wagen. Sechzehn Pferde in Viererreihen zogen ihn. In der Mitte der Ladefläche stand ein großer Käfig mit Eisenstangen, und in jeder Ecke der Ladefläche saßen zwei Frauen, die den Käfig so konzentriert beobachteten, als existiere die Menge gar nicht. Aes Sedai, da war er sicher. Zwischen dem Wagen und den Fußsoldaten ritten auf beiden Seiten jeweils ein Dutzend Behüter. Ihre Umhänge flatterten und verwirrten das Auge. Wenn auch die Aes Sedai die Menge ignorierten, so beobachteten die Behüter das Volk, als gebe es außer ihnen keine Wächter mehr.

Trotz alledem war es der Mann im Käfig, der Rands Blicke fesselte. Er war nicht nahe genug, um Logains Gesicht sehen zu können, wie er eigentlich beabsichtigt hatte, aber mit einemmal wußte er, daß er gar nicht näher herankommen wollte. Der falsche Drache war ein hochgewachsener Mann mit langem, dunklem Haar, das in Locken auf seine breiten Schultern fiel. Er hielt sich trotz des schwankenden Wagens aufrecht, indem er sich mit einer Hand an den Gitterstäben über seinem Kopf festhielt. Seine Kleidung schien ganz gewöhnlich: Umhang und Mantel und Kniebundhosen, die auf keinem Bauerndorf Aufsehen erregt hätten. Aber wie er sie trug! Seine ganze Haltung! Logain war jeder Zoll ein König. Der Käfig hätte genausogut überhaupt nicht vorhanden sein können. Er hielt sich aufrecht, mit hocherhobenem Kopf, und blickte über die Menge hinweg, als sei sie gekommen, ihm zu huldigen. Und wo auch immer sein Blick hinfiel, schwiegen die Menschen und sahen ihn ehrfurchtsvoll an. Wenn Logains Blick weiterwanderte, schrien sie doppelt so laut, als wollten sie ihr Schweigen vergessen machen, aber für den Mann spielte es keine Rolle, wie er so dastand, im Lärm oder in der ihn begleitenden Stille. Als der Wagen durch die Palasttore rollte, blickte er zurück auf die versammelte Volksmenge. Sie heulten ihm zu, fanden keine Worte mehr, eine Welle rein tierischen Hasses und Furcht überschlug sich, und Logain warf den Kopf zurück und lachte, während ihn der Palast verschluckte.

Andere Truppenteile folgten hinter dem Wagen und zeigten die Banner weiterer, die gegen den falschen Drachen gekämpft und ihn besiegt hatten. Die Goldenen Bienen von Illian, die drei Weißen Mondsicheln von Tear, die Aufgehende Sonne von Cairhien, andere, viele andere, Nationen und Städte und die Banner großer Männer mit ihren eigenen Trompetern, ihren eigenen Trommlern, die zu ihrem Ruhm den Takt schlugen. Nach Logain war alles nicht mehr so wichtig.

Rand beugte sich noch ein Stückchen weiter vor, um einen letzten Blick auf den Mann im Käfig erhaschen zu können. *Er wurde besiegt, oder? Licht, er befände sich wohl kaum in so einem blutigen Käfig, wäre er nicht besiegt worden.*

Er verlor das Gleichgewicht, rutschte weg, griff nach der Mauerkrone und zog sich zu einer etwas sichereren Stellung hinauf. Nun, da Logain weg war, bemerkte er das Brennen seiner Hände, wo der Stein seine Handflächen und Finger aufgeschürft hatte. Aber er konnte sich noch nicht von dem Anblick befreien. Der Käfig und die Aes Sedai! Logain, unbesiegt! Trotz des Käfigs war das kein geschlagener Mann gewesen. Er schauderte und rieb sich die brennenden Hände an den Hüften.

»Warum haben ihn die Aes Sedai bewacht?« fragte er sich laut.

»Sie halten ihn davon ab, die Wahre Quelle zu berühren, Dummkopf.«

Er fuhr hoch auf die Stelle zu, von der die Stimme des Mädchens erklungen war, und plötzlich konnte er sich in seiner unsicheren Stellung nicht mehr halten. Er hatte gerade noch Zeit, zu erkennen, daß er nach hinten stürzte; er fiel, und dann traf etwas seinen Kopf, und ein lachender Logain jagte ihn in die sich wild drehende Dunkelheit.

KAPITEL 18

Das Gewebe festigt sich

Es schien Rand, als sitze er an einem Tisch mit Logain und Moiraine. Die Aes Sedai und der falsche Drache saßen schweigend da und beobachteten ihn so, als wisse keiner von beiden, daß der andere anwesend war. Plötzlich bemerkte er, daß die Wände des Raumes kaum noch erkennbar waren und zu Grau verblaßten. Erregung stieg in ihm auf. Alles war am Verschwinden, am Verblassen. Als er zum Tisch zurücksah, waren Moiraine und Logain verschwunden, und statt dessen saß Ba'alzamon dort. Rands gesamter Körper zitterte vor Erregung; sie summte in seinem Kopf, lauter und immer lauter. Das Summen wandelte sich zum Klopfen des Blutes in seinen Ohren.

Mit einem Ruck setzte er sich auf und stöhnte sofort und hielt sich schwankend den Kopf. Sein gesamter Schädel schmerzte; seine linke Hand fand klebrige Feuchtigkeit in seinem Haar. Er saß auf dem Boden auf grünem Gras. Das bereitete ihm irgendwie Kopfzerbrechen, aber in seinem Schädel drehte sich noch alles, und alles, was er ansah, schwankte, und alles, woran er denken konnte, war, daß er sich hinlegen mußte, bis es aufhörte.

Die Mauer! Die Stimme des Mädchens!

Er stützte sich mit einer Hand auf dem Gras auf und blickte sich langsam um. Es mußte langsam geschehen: Als er versuchte, den Kopf schneller zu drehen, verschwamm wieder alles vor seinen Augen. Er befand sich in einem Garten oder Park. Keine sechs Fuß von ihm entfernt zog sich ein geplättelter Weg kreuz und quer zwischen blühenden Büschen hindurch. Daneben stand eine weiße Steinbank mit einer efeuüberwachsenen Laube, die Schatten spendete. Er *war* von der Mauer aus nach innen gefallen. *Und das Mädchen?*

Er fand den Baum gleich hinter seinem Rücken und auch das Mädchen — sie kletterte gerade daraus hervor. Sie erreichte den Boden und drehte sich zu ihm um, und dann blinzelte und stöhnte er erneut. Auf ihren Schultern ruhte ein dunkelblauer Samtumhang, mit blassem Pelz besetzt. Die Kapuze hing ihr bis zur Taille herunter und hatte an der Spitze ein Bündel Silberglöckchen. Sie bimmelten, wenn sie sich bewegte. Ein silberner, durchbrochener Reif hielt ihre rotgoldenen Locken zusammen, und an ihren Ohren hingen feine Silberringe. Um ihren Hals lag eine schwere Silberkette mit eingearbeiteten dunkelgrünen Steinen, die er für Smaragde hielt. Ihr hellblaues Kleid hatte bei ihrer Kletterpartie in dem Baum Flecken abbekommen, aber es war in jedem Fall aus Seide und mit unendlich fein gearbeiteten Mustern bestickt. In den Rock waren Streifen von der Farbe reinster Sahne eingenäht. Um ihre Taille lag ein breiter Gürtel aus Silberfäden, und unter dem Saum ihres Kleides lugten Samtschuhe hervor.

Er hatte in seinem Leben nur zwei Frauen gesehen, die so angezogen gewesen waren: Moiraine und die Schattenfreund-Frau, die versucht hatte, Mat und ihn zu töten. Er konnte sich beim besten Willen nicht vorstellen, wer in solcher Kleidung auf Bäume klettern würde, aber er war sicher, sie müsse jemand Bedeutendes sein.

Die Art, wie sie ihn ansah, verstärkte diesen Eindruck noch. Sie schien sich nicht das geringste Kopfzerbrechen darüber zu machen, daß ein Fremder in ihren Garten gefallen war. Sie zeigte eine Art von Selbstsicherheit, bei der er unwillkürlich an Nynaeve oder Moiraine denken mußte.

Er war so damit beschäftigt, darüber nachzugrübeln,

ob er sich nun in Schwierigkeiten gebracht hatte oder nicht, ob sie jemand war, der die Garde der Königin selbst an einem solchen Tag herbeirufen konnte und wollte, obwohl sie ja mit ganz anderen Dingen beschäftigt war, daß er ein paar Augenblicke benötigte, um die kostbare Kleidung und adlige Haltung zu vergessen und das Mädchen selbst anzuschauen. Sie war vielleicht zwei oder drei Jahre jünger als er, groß für ein Mädchen und schön. Ihr Gesicht war ein perfektes Oval, von einer Masse sonnenstrahlenfarbiger Locken umrahmt, die Lippen voll und rot, die Augen blauer, als er glauben konnte.

Sie unterschied sich vollkommen in Größe und Gesicht und Figur von Egwene, war aber genauso schön. Er hatte ein etwas schlechtes Gewissen dabei, sagte sich dann aber, daß es Egwene auch nicht sicherer oder schneller nach Caemlyn bringen würde, wenn er leugnete, was seine Augen sahen.

Ein schabender Laut erklang aus dem Blätterwerk des Baumes heraus, und einige Stückchen Rinde fielen herunter, von einem Jungen gefolgt, der hinter ihr behende am Boden landete. Er war einen Kopf größer als sie und ein bißchen älter, aber an seinem Gesicht und Haar konnte man die nahe Verwandtschaft ablesen. Sein Umhang und Mantel waren rot und weiß und golden, bestickt und mit Brokat besetzt und — erstaunlich bei einem jungen Mann — noch mehr verziert als ihre. Das steigerte Rands Nervosität. Irgendein gewöhnlicher Mann kleidete sich höchstens an einem hohen Festtag auf diese Art, aber doch wohl nicht so prachtvoll. Dies war außerdem kein öffentlicher Park. Vielleicht war die Garde zu sehr beschäftigt, um sich mit solchen Eindringlingen zu befassen?

Der Junge betrachtete Rand über die Schulter des Mädchens hinweg und fühlte nach dem Dolch an seiner Hüfte. Es schien allerdings mehr Nervosität zu sein, als daß er ihn wirklich gebrauchen wollte. Aber vielleicht doch nicht so ganz. Der Junge wirkte genauso selbstsicher wie das Mädchen, und sie sahen ihn beide an, als sei er ein Rätsel, das gelöst werden müsse.

Er hatte das komische Gefühl, daß zumindest das Mädchen ihn regelrecht abschätzte — vom Zustand seiner Stiefel bis zur Qualität seines Umhangs.

»Wir werden niemals hören, was aus alledem geworden ist, Elayne, falls Mutter das herausfindet«, sagte der Junge plötzlich. »Sie hat uns befohlen, in unseren Zimmern zu bleiben, aber du mußtest ja unbedingt einen Blick auf Logain erhaschen, ja? Und jetzt schau, in welche Lage uns das gebracht hat.«

»Sei ruhig, Gawyn.« Sie war deutlich die jüngere der beiden, aber sie benahm sich, als sei es selbstverständlich, daß er gehorchen mußte. Im Gesicht des Jungen arbeitete es, als wolle er mehr sagen, aber zu Rands Überraschung hielt er den Mund. »Ist dir nichts passiert?« fragte sie plötzlich.

Rand brauchte eine Weile, um zu begreifen, daß sie mit ihm sprach. Als es ihm klar war, versuchte er, auf die Beine zu kommen. »Mir geht's gut. Ich werde einfach ...« Er taumelte, und seine Beine gaben nach. Er plumpste schwer zum Boden zurück. Sein Kopf schwamm. »Ich werde einfach über die Mauer zurückklettern«, murmelte er. Er versuchte erneut aufzustehen, aber sie legte ihm eine Hand auf die Schulter und drückte ihn zurück. Ihm war so schwindlig, daß der leichte Druck ausreichte, um ihn am Boden festzuhalten.

»Du *bist* verletzt.« Anmutig kniete sie neben ihm nieder. Ihre Finger strichen sanft das blutverklebte Haar an seiner linken Kopfhälfte zur Seite. »Du mußt beim Fallen auf einen Ast aufgeschlagen sein. Du hast Glück, wenn du dir nicht mehr getan hast, als die Kopfhaut aufzureißen. Ich glaube nicht, daß ich jemals jemanden gesehen habe, der so geschickt im Klettern war wie du, aber im Fallen bist du nicht ganz so gut.«

»Du wirst dir die Hände mit Blut beschmutzen«, sagte er und wich mit dem Kopf zurück.

Energisch zog sie seinen Kopf wieder vor, damit sie ihn erreichen konnte.»Halt still!« Sie sprach nicht in scharfem Ton, aber es lag etwas in ihrer Stimme, als sei sie gewohnt, daß man ihr gehorchte. »Es sieht nicht *zu* schlimm aus, dem Licht sei Dank.« Aus Taschen an der Innenseite ihres Umhangs nahm sie eine Anzahl winziger Fläschchen und zerdrückter Papierbeutel heraus, gefolgt schließlich von einem aufgewickelten Verband.

Er sah die Sammlung erstaunt an. Das waren Sachen, die er bei einer Seherin erwartet hätte und nicht bei einer Person, die so angezogen war wie sie. Sie hatte Blut an die Finger bekommen, wie er bemerkte, aber das schien sie nicht zu stören.

»Gib mir deine Wasserflasche, Gawyn«, sagte sie. »Ich muß das auswaschen.«

Der Junge, den sie Gawyn nannte, schnallte eine Lederflasche von seinem Gürtel ab und gab sie ihr. Dann kauerte er sich ganz entspannt zu Rands Füßen nieder und schlang die Arme um die Knie. Elayne tat, was getan werden mußte, auf sehr professionelle Art und Weise. Er zuckte nicht zusammen, obwohl das kalte Wasser ein wenig biß, als sie den Schnitt in seiner Kopfhaut auswusch, aber sie hielt seinen Kopf mit einer Hand fest, als erwarte sie, daß er wieder zurückweichen werde, und das wollte sie verhindern. Die Tinktur, die sie anschließend in die Wunde einmassierte — aus einem der kleinen Fläschchen — linderte beinahe genauso gut die Schmerzen, wie es eine von Nynaeves Salben fertiggebracht hätte.

Gawyn lächelte, während sie arbeitete — ein beruhigendes Lächeln, so, als ob auch er erwarte, daß Rand auswich oder gar wegrannte. »Sie findet ständig verlorene Katzen und Vögel mit gebrochenen Flügeln. Du bist der erste Mensch, den sie bearbeiten kann.« Er zögerte und fügte dann hinzu: »Nimm mir das bitte nicht übel. Ich will dich nicht als Streuner bezeichnen.« Es war keine Entschuldigung, sondern einfach eine Feststellung.

»Ist schon in Ordnung«, sagte Rand förmlich. Aber die beiden benahmen sich, als sei er ein übernervöses Rennpferd. »Sie weiß schon, was sie tut«, sagte Gawyn. »Sie hatte die besten Lehrer. Also hab keine Angst, du bist in guten Händen.«

Elayne preßte ein Stück Verband an seine Schläfe und zog einen Seidenschal hinter ihrem Gürtel hervor. Er war blau und beige und goldfarben. Für jedes Mädchen in Emondsfeld wäre das ein Teil der schönsten Festtagskleidung gewesen. Elayne wickelte ihn geschickt um seinen Kopf und hielt damit die Bandage fest.

»Das ist doch zu schade dafür«, protestierte er. Sie wickelte weiter. »Ich habe dir gesagt, du solltest stillhalten«, bemerkte sie gelassen.

Rand sah Gawyn an. »Erwartet sie immer von jedem, daß er tut, was sie will?«

Auf dem Gesicht des jungen Mannes zeigte sich einen Moment lang Überraschung, und sein Mund verzog sich amüsiert. »Die meiste Zeit über schon. Und meistens gehorchen ihr auch alle.«

»Halt das mal«, sagte Elayne. »Drücke mit der Hand hier drauf, während ich es zubinde ...« Sie stockte, als sie seine Hände sah, und rief: »Das ist aber nicht beim Fallen passiert. Eher durch Klettern, wo du nicht hättest herumklettern dürfen.« Sie verknotete den Schal schnell, drehte seine Hände so, daß die Handflächen nach oben zeigten, und brummte in sich hinein, wie wenig Wasser nur noch da sei. Das Auswaschen bewirkte, daß seine Abschürfungen brannten, aber ihre Berührung war überraschend sanft. »Halt diesmal wirklich still.«

Wieder holte sie das Fläschchen mit der Tinktur hervor. Sie verteilte sie dünn über die Schürfwunden und konzentrierte sich dabei ganz darauf, sie eindringen zu lassen, ohne ihm dabei wehzutun. Kühle verbreitete sich in seinen Handflächen, als reibe sie die aufgerissenen Stellen einfach weg.

»Meistens machen alle genau das, was sie will«, fuhr Gawyn mit einem wohlwollenden Grinsen in Richtung ihres Kopfes fort. »Die meisten Leute jedenfalls. Natürlich Mutter nicht. Oder Elaida. Und auch Lini nicht. Lini war ihr Kindermädchen. Man kann niemandem Befehle geben, der einen als kleines Kind übers Knie gelegt hat, weil man Feigen klaute. Und selbst, als sie nicht mehr so klein war ...« Elayne hob den Kopf lang genug, um ihn böse anzufunkeln. Er räusperte sich und bemühte sich um einen ganz neutralen Gesichtsausdruck, während er weitersprach: »Und natürlich Gareth. Niemand kommandiert Gareth herum.«

»Nicht mal Mutter«, sagte Elayne und beugte sich wieder über Rands Hände. »Sie macht Vorschläge, und er macht immer, was sie vorschlägt, aber ich habe noch nie gehört, daß sie ihn herumkommandiert.« Sie schüttelte den Kopf.

»Ich weiß nicht, warum dich das immer noch überrascht«, antwortete Gawyn. »Selbst du versuchst nicht, Gareth zu sagen, was er zu tun hat. Er hat unter drei Königinnen gedient, und bei zweien war er Generalhauptmann und Erster Prinzregent. Ich möchte behaupten, daß einige Leute glauben, er sei eher ein Symbol für den Thron Andors als die Königin selbst.«

»Mutter sollte sich einen Stoß geben und ihn heiraten«, sagte sie abwesend. Ihre Aufmerksamkeit galt Rands Händen. »Sie möchte doch — das kann sie vor mir nicht verbergen. Und es würde so viele Probleme lösen.«

Gawyn schüttelte den Kopf. »Einer von ihnen muß zuerst nachgeben. Mutter kann nicht, und Gareth will nicht.«

»Wenn sie es ihm befähle ...«

»Er würde gehorchen, glaube ich. Aber das macht sie nicht. Du weißt, daß sie das nicht macht.«

Plötzlich wandten sich beide Rand zu und sahen ihn an. Er hatte das Gefühl, sie hätten vergessen, daß er da war. »Wer …?« Er mußte sich unterbrechen und seine Lippen befeuchten. »Wer ist eure Mutter?«

Elayne machte vor Überraschung große Augen, aber Gawyn sprach in ganz selbstverständlichem Ton, was seine Worte für Rand noch aufrüttelnder klingen ließ. »Morgase, durch die Gnade des Lichts Königin von Andor, Beschützerin des Reiches, Verteidiger des Volkes, Hochsitz des Hauses Trakand.«

»Die Königin«, brachte Rand heraus, und der Schreck durchfuhr ihn und betäubte ihn. Beinahe glaubte er, in seinem Kopf werde sich wieder alles drehen. *»Errege keine Aufmerksamkeit. Falle nur einfach in den Garten der Königin und laß deine Wunden von der Tochter-Erbin behandeln wie von einem Kräuterweiblein.«* Er wollte lachen, wußte aber, daß er sich am Rand der Panik befand.

Er holte tief Luft und rappelte sich hoch. Er beherrschte sich sehr, um nicht einfach fortzurennen, war aber vom Bewußtsein der Notwendigkeit erfüllt, zu entkommen, bevor ihn irgend jemand anders hier entdeckte.

Elayne und Gawyn beobachteten ihn ruhig, und als er aufsprang, erhoben sie sich anmutig und nicht im geringsten in Eile. Er hob die Hand, um den Schal von seinem Kopf zu nehmen, aber Elayne packte ihn am Ellenbogen. »Laß das! Du wirst sonst wieder bluten.« Ihre Stimme klang immer noch ruhig, immer noch überzeugt davon, er werde tun, was sie ihm gesagt hatte.

»Ich muß gehen«, sagte Rand. »Ich klettere einfach über die Mauer zurück und …«

»Du hast es wirklich nicht gewußt.« Zum ersten Mal schien sie genauso überrascht wie er. »Willst du sagen, du bist auf diese Mauer geklettert, um Logain zu sehen, ohne zu wissen, wo du warst? Du hättest drunten auf der Straße viel besser sehen können.«

»Ich … ich mag keine Menschenansammlungen«,

murmelte er. Er verbeugte sich ein wenig vor beiden. »Wenn Ihr mich entschuldigt, äh … Lady.« In den Geschichten waren die Königshöfe immer voll von Leuten, die sich gegenseitig mit Lord und Lady und Königliche Hoheit und Majestät anredeten, aber falls er jemals die korrekte Form der Anrede für die Tochter-Erbin gehört hatte, konnte er nicht klar genug denken, um sich daran zu erinnern. Er konnte überhaupt kaum einen klaren Gedanken fassen, außer an die Notwendigkeit, ganz weit weg zu sein. »Wenn Ihr mich entschuldigt, dann werde ich jetzt gehen. Äh … dankeschön für die …« Er berührte den Schal um seinen Kopf. »Dankeschön.«

»Ohne uns wenigstens deinen Namen zu nennen?« sagte Gawyn. »Eine dürftige Bezahlung für Elaynes Pflege. Ich habe mich schon gewundert. Du hörst dich zwar an wie ein Andorianer, aber keiner aus Caemlyn, ganz klar, doch du weichst aus … Also, du kennst unsere Namen. Die Höflichkeit verlangt, daß du uns deinen nennst.«

Rand schaute sehnsüchtig zu der Mauer hinauf und sagte dann seinen richtigen Namen, bevor ihm klar wurde, was er da tat, und dann fügte er sogar noch hinzu: »Aus Emondsfeld in den Zwei Flüssen.«

»Aus dem Westen«, murmelte Gawyn. »Sehr weit im Westen.«

Rand blickte sich unvermittelt um. Im Tonfall des jungen Mannes hatte Überraschung gelegen, und Rand bemerkte einen Moment lang auch seinen erstaunten Gesichtsausdruck, als er sich zu ihm umdrehte. Allerdings lächelte Gawyn schnell so gewinnend, daß er beinahe an seiner Wahrnehmung zweifelte.

»Tabak und Wolle«, sagte Gawyn. »Ich muß die wichtigsten Produkte aller Teile des Reiches kennen. Und auch überhaupt aller Länder. Das ist Teil meiner Ausbildung. Hauptprodukte und Dienstleistungen sowie die letzten Charaktereigenschaften der Leute. Ihre Sitten, ihre Stärken und Schwächen. Man sagt, die Menschen von den Zwei Flüssen seien stur. Man kann sie führen, wenn sie glauben, daß man das Gehorchen wert ist, aber je härter man sie anpackt, desto widerspenstiger werden sie. Elayne sollte sich einen Mann von dort zum Heiraten aussuchen. Ihr Mann muß schon einen eisernen Willen haben, um bei ihr nicht total unter die Räder zu kommen.«

Rand starrte ihn an. Elayne ebenfalls. Gawyn schien kein unvernünftiger Mensch zu sein, doch er plapperte dummes Zeug daher. *Warum?*

»Was ist denn hier los?«

Alle drei fuhren zusammen, als plötzlich diese Stimme erklang, und sie wandten sich ihr schnell zu.

Der junge Mann, der dort stand, war der bestaussehende Mann, den Rand je gesehen hatte, beinahe zu schön, um noch männlich zu wirken. Er war groß und schlank, aber seine Bewegungen verrieten Schnelligkeit, Kraft und Selbstvertrauen. Augen und Haare waren dunkel. Er trug seine Kleidung — rot und weiß und kaum weniger auffällig als die Gawyns —, als sei sie völlig unwichtig. Eine Hand ruhte auf dem Griff seines Schwertes, und er blickte Rand unverwandt an.

»Geh ein Stück von ihm weg, Elayne«, sagte der Mann. »Du auch, Gawyn.«

Elayne stellte sich vor Rand, zwischen ihn und den Neuankömmling, den Kopf hoch erhoben und so selbstbewußt wie immer. »Er ist ein treuer Untertan unserer Mutter — ein guter Anhänger der Königin. Und er steht unter meinem Schutz, Galad.«

Rand bemühte sich, sich daran zu erinnern, was er von Meister Kinch gehört hatte und danach noch von Meister Gill. Galadedrid Damodred war Elaynes Halbbruder, das heißt natürlich Elaynes und Gawyns, wenn ihn sein Gedächtnis nicht trog. Die drei hatten den gleichen Vater. Meister Kinch hatte vielleicht Taringail Damodred nicht sehr gut leiden können — genau wie jeder andere, soweit er gehört hatte —, aber der Sohn stand sowohl bei den Roten als auch bei den Weißen in gutem Ruf, falls man nach dem Klatsch in der Stadt gehen konnte.

»Mir ist klar, wie sehr dir Streuner am Herzen liegen, Elayne«, sagte der schlanke Mann in vernünftigem Ton, »aber der Bursche ist bewaffnet und sieht außerdem kaum vertrauenswürdig aus. Heutzutage können wir nicht vorsichtig genug sein. Wenn er ein treuer Anhänger der Königin ist, was tut er dann hier, wo er gewiß nicht hingehört? Es ist leicht genug, ein Schwert mit anderer Farbe einzuhüllen, Elayne.«

»Er befindet sich hier als mein Gast, Galad, und ich bürge für ihn. Oder hast du dich selbst zu meinem Kindermädchen ernannt, damit du entscheiden kannst, wann und mit wem ich spreche?«

Ihre Stimme klang äußerst erzürnt, doch Galad schien unbewegt. »Du weißt, daß ich dich nicht bevormunden will, Elayne, aber dieser ... dein Gast gehört nicht hierher, und das weißt du so gut wie ich. Gawyn, hilf mir, sie zu überzeugen. Unsere Mutter würde ...«

»Genug!« fauchte Elayne. »Du hast recht, wenn du sagst, daß du mich nicht zu bevormunden hast, und es steht dir auch nicht zu, über meine Handlungsweise zu richten. Du darfst gehen. Sofort!«

Galad warf Gawyn einen wehmütigen Blick zu. Er schien gleichzeitig um Hilfe zu bitten und zu sagen, daß Elayne zu starrköpfig sei, als daß man ihr helfen könnte. Elaynes Gesicht lief dunkel an, aber als sie gerade ansetzte, den Mund wieder zu öffnen, verbeugte er sich förmlich und geschmeidig wie eine Katze, trat einen Schritt zurück, drehte sich um und schritt den gepflasterten Weg hinunter. Seine langen Beine brachten ihn schnell außer Sicht der in der Laube Verbliebenen.

»Ich hasse ihn«, hauchte Elayne. »Er ist bösartig und voll von Neid.«

»Da gehst du zu weit, Elayne«, sagte Gawyn. »Galad weiß überhaupt nicht, was Neid ist. Zweimal hat er mir das Leben gerettet, und niemand hätte etwas davon erfahren, wenn er das nicht getan hätte. Falls nicht, dann wäre er an meiner Stelle dein Erster Prinz des Schwertes.«

»Niemals, Gawyn. Ich würde jeden anderen erwählen, aber nicht Galad. Jeden anderen. Auch den letzten Stallburschen.« Plötzlich lächelte sie und warf ihrem Bruder einen gespielt ernsten Blick zu. »Du behauptest, ich gäbe gern Befehle. Also, dann befehle ich dir, auf dich aufzupassen, damit dir nichts zustößt. Ich befehle dir, mein Erster Prinz des Schwertes zu sein, wenn ich den Thron besteige — dem Licht sei Dank, wenn das noch lange dauert —, und das Heer Andors mit einer Ehrenhaftigkeit zu führen, von der Galad nur träumen kann.«

»Wir Ihr befehlt, Lady.« Gawyn lachte und parodierte Galads Verbeugung.

Elayne runzelte gedankenschwer die Stirn, als sie Rand anblickte. »Jetzt müssen wir dich schnell hier hinausschaffen.«

»Galad tut immer das Richtige«, erklärte Gawyn, »selbst wenn er das gar nicht soll. In diesem Fall, da ein Fremder im Garten aufgetaucht ist, wäre das Richtige, die Palastwache zu informieren. Und ich schätze, er befindet sich in dieser Minute auf dem Weg dorthin.«

»Dann wird es Zeit, daß ich über die Mauer zurückkomme«, sagte Rand. *Ein wundervoller Tag, um unbemerkt zu bleiben. Ich könnte genausogut ein Schild um den Hals tragen!* Er wandte sich der Mauer zu, aber Elayne ergriff seinen Arm.

»Nicht nach all der Mühe, die ich mir mit deinen Händen gemacht habe. Du wirst sie dir nur wieder aufs neue aufschürfen und dann irgend eine alte Hinterhofhexe irgendwas draufschmieren lassen. Es gibt eine kleine Tür auf der anderen Seite des Gartens. Sie ist überwachsen, und außer mir erinnert sich niemand daran.«

Plötzlich hörte Rand schnelle Stiefeltritte auf den Pflastersteinen des Gartenwegs, die auf sie zukamen. »Zu spät«, murmelte Gawyn. »Er muß losgerannt sein, kaum daß er außer Sichtweite war.«

Elayne stieß grollend einen Fluch aus, und Rands Augenbrauen hoben sich. Er hatte den gleichen Fluch von dem Stallburschen in Der Königin Segen gehört und war da schon schockiert gewesen. Im nächsten Moment war sie wieder kühl und beherrscht.

Gawyn und Elayne schienen es zufrieden, dort zu bleiben, wo sie waren, aber er konnte nicht einfach mit solcher Gelassenheit auf die Königliche Garde warten. Er ging wieder in Richtung Mauer los, wußte aber, daß er kaum bis zur halben Höhe hinaufkäme, bevor die Soldaten ihn erreichten. Still dastehen konnte er aber auch nicht.

Bevor er drei Schritte getan hatte, kamen die rotuniformierten Männer in Sicht. Auf ihren Brustpanzern glänzte die Sonne, als sie den Gartenweg heraufeilten. Andere fluteten wie sich brechende Wellen von Scharlachrot und glänzendem Stahl heran. Sie kamen offensichtlich aus allen Richtungen. Einige hatten die Schwerter gezogen, andere warteten nur, bis sie einen sicheren Stand hatten, und hoben dann ihre Bögen mit bereits aufgelegten gefiederten Pfeilen. Hinter den heruntergeklappten Visieren blickten grimmige Augen hervor, und jeder Breitkopfpfeil war mit sicherer Hand auf ihn gerichtet.

Elayne und Gawyn sprangen sofort zwischen ihn und die Pfeile und breiteten die Arme aus, um ihn zu dekken. Er stand ganz still und ließ die Hände sichtbar und weit weg von seinem Schwert.

Während noch das Trommeln der Stiefel und das Quietschen der Bogensehnen in der Luft hing, schrie einer der Soldaten — er trug den goldenen Knoten eines Offiziersabzeichens auf der Schulter: »Lady, Lord, herunter, schnell!«

Trotz ihrer ausgestreckten Arme richtete sich Elayne majestätisch auf: »Du wagst es, in meiner Gegenwart blank zu ziehen, Tallanvor? Gareth Bryne wird dafür sorgen, daß du mit dem niedrigsten Soldaten zusammen die Ställe ausmistest, wenn du Glück hast!«

Die Soldaten sahen sich verblüfft an, und einige der Bogenschützen ließen ihre Bögen halb sinken. Erst dann nahm Elayne die Arme herunter, als habe sie sie nur hochgehalten, weil sie das eben so wünschte. Gawyn zögerte und folgte dann ihrem Beispiel. Rand konnte die Bogen zählen, die nicht gesenkt worden waren. Seine Bauchmuskeln spannten sich, als könnten sie einen Breitkopfpfeil aus zwanzig Schritt Entfernung aufhalten.

Der Mann mit dem Offiziersknoten schien am meisten überrascht von allen. »Lady, vergebt mir, aber Lord Galadedrid berichtete, daß ein schmutziger Bauer sich bewaffnet in den Gärten herumtriebe und Lady Elayne und Lord Gawyn gefährdete.« Sein Blick ging zu Rand hinüber, und seine Stimme wurde entschlossener. »Wenn die Lady und der Lord bitte zur Seite treten würden, kann ich den Übeltäter in Gewahrsam nehmen. Es treibt sich heutzutage in der Stadt zuviel Pack herum.«

»Ich bezweifle sehr, daß Galad etwas in der Art berichtet hat«, sagte Elayne. »Galad lügt nicht.«

»Manchmal wünsche ich mir, er würde gelegentlich lügen«, sagte Gawyn leise, nur für Rands Ohren bestimmt. »Wenigstens einmal. Das könnte es erleichtern, mit ihm zusammenzuleben.«

»Dieser Mann ist mein Gast«, fuhr Elayne fort, »und steht unter meinem Schutz. Du kannst dich zurückziehen, Tallanvor.«

»Ich bedaure, aber das ist nicht möglich, Lady. Wie die Lady weiß, hat die Königin, Eure Mutter, Anweisungen gegeben in bezug auf jeden, der sich ohne die Erlaubnis Ihrer Majestät im Gelände des Palastes aufhält, und die Nachricht von diesem Eindringling wurde bereits an Ihre Majestät weitergegeben.« Es lag eine gehörige Portion Befriedigung in Tallanvors Worten. Rand vermutete, daß der Offizier schon andere Befehle von Elayne erhalten hatte, die er für unangebracht hielt. Diesmal würde der Mann nicht gehorchen, wenn er schon eine perfekte Ausrede hatte.

Elayne sah Tallanvor an, und diesmal schien sie ratlos.

Rand sah Gawyn fragend an, und Gawyn verstand, was er wissen wollte. »Gefängnis«, murmelte er. Rands Gesicht wurde blaß, und der junge Mann fügte schnell hinzu: »Nur für ein paar Tage, und es wird dir nichts geschehen. Du wirst von Gareth Bryne, dem Generalhauptmann persönlich, vernommen, aber man läßt dich wieder laufen, sobald ihnen klar ist, daß du nichts Böses im Schilde führst.« Er unterbrach sich. In seinen Augen standen verborgene Zweifel. »Ich hoffe, du hast die Wahrheit gesagt, Rand al'Thor von den Zwei Flüssen.«

»Du wirst uns alle drei zu meiner Mutter begleiten«, verkündete Elayne plötzlich. Auf Gawyns Gesicht erblühte ein breites Grinsen.

Hinter den Stahlstäben seines Visiers erschien das Gesicht Tallanvors verblüfft. »Lady, ich ...«

»Oder bringe uns alle drei in eine Zelle«, sagte Elayne. »Wir bleiben zusammen. Oder wirst du Befehle erteilen, daß man Hand an meine Person legen solle?« Ihr Lächeln war siegesgewiß, und so, wie Tallanvor sich umblickte, als erwarte er Hilfe aus den Bäumen, schien es, als glaube auch er, daß sie gewonnen habe.

Was gewonnen? Wie?

»Mutter ist dabei, Logain unter die Lupe zu nehmen«, sagte Gawyn leise, als habe er Rands Gedanken erraten, »und selbst wenn sie nicht beschäftigt wäre, würde Tallanvor es nicht wagen, Elayne und mich zu ihr zu bringen, als stünden wir unter Bewachung. Mutter kann manchmal ein bißchen zornig werden.«

Rand dachte daran, was Meister Gill über Königin Morgase erzählt hatte. Ein bißchen zornig?

Ein weiterer rot uniformierter Soldat kam den Weg heruntergerannt und schlitterte, mit einem Arm salutierend über die Brust gelegt, zum Halt. Er sprach leise mit Tallanvor, und seine Worte ließen dessen Gesicht wieder zufrieden dreinblicken.

»Die Königin, Eure Mutter«, verkündete Tallanvor, »befiehlt mir, den Eindringling unverzüglich zu ihr zu bringen. Es ist auch der Befehl der Königin, daß Lady Elayne und Lord Gawyn anwesend sein sollen. Unverzüglich!«

Gawyn verzog das Gesicht, und Elayne schluckte schwer. Ihr Gesicht war beherrscht, aber nun begann sie geschäftig, über die Flecken auf ihrem Kleid zu reiben. Abgesehen davon, daß sie ein paar Brocken Rinde wegwischte, erreichte sie nicht viel damit.

»Wenn die Lady bitte kommen würde?« sagte Tallanvor selbstzufrieden. »Lord?«

Die Soldaten formierten sich schachtelförmig um sie herum und gingen mit Tallanvor an der Spitze den Gartenweg hinunter. Gawyn und Elayne schritten jeder an einer Seite Rands einher. Beide schienen in trübe Gedanken versunken. Die Soldaten hatten ihre Schwerter wieder in die Scheiden gesteckt und die Pfeile in den Köchern verstaut, doch sie waren nicht weniger wachsam als vorher, als sie die Waffen einsatzbereit in der Hand gehalten hatten. Sie beobachteten Rand, als erwarteten sie jeden Moment, daß er sein Schwert ziehen und versuchen werde, sich den Weg in die Freiheit zu erkämpfen.

Irgendwas versuchen? Ich werde gewiß nicht irgend etwas *versuchen! Unbemerkt! Ha!*

Als er so die Soldaten beobachtete, wie sie seinerseits ihn beobachteten, wurde ihm plötzlich der Garten bewußt. Er hatte seit dem Sturz sein Gleichgewichtsgefühl wieder erlangt. Eins nach dem anderen war geschehen, jeder neue Schreck war gekommen, bevor der letzte noch vergangen war, und seine Umgebung hatte er nur verschwommen wahrgenommen — außer natürlich der Mauer und seinem inbrünstigen Wunsch, sich wieder auf deren anderer Seite zu befinden. Jetzt *sah* er das grüne Gras, das ihm vorher nur ganz vage bewußt geworden war. *Grün!* Hundert verschiedene Grüntöne. Bäume und Büsche waren grün und üppig, trugen Blätter und Früchte. Saftige Ranken deckten die Laubengänge über dem Weg. Überall Blumen. So viele Blumen — der Garten war von Farbtupfern übersät. Einige der Blumen kannte er: hellgoldene Rosettenblüten und winzige rosa Kerzenspitzen, blutrote Sternenscheinchen und purpurne Emondspracht, dazu Rosen in allen Farben, vom reinsten Weiß bis zu dunkelstem Rot — aber andere waren ihm neu, so zauberhaft in Form und Farbe, daß er sich fragte, ob sie wohl echt seien.

»Es ist grün«, flüsterte er. »Grün.« Die Soldaten gaben leise Kommentare ab, bis Tallanvor sie scharf über die Schulter anblickte und sie wieder schwiegen.

»Elaidas Verdienst«, sagte Gawyn abwesend.

»Es ist nicht richtig«, sagte Elayne. »Sie fragte mich, ob *ich* irgendeinen Bauernhof aussuchen wolle, für den sie das gleiche tun könne, während außen herum die Saat immer noch nicht aufgeht, aber es ist trotzdem immer noch nicht richtig, daß wir Blumen haben, und andere Menschen haben nicht einmal genug zu essen.« Sie holte tief Luft und fand ihre Selbstbeherrschung wieder. »Halte dich aufrecht«, raunte sie Rand zu. »Sprich klar, wenn du angeredet wirst, und ansonsten halte den Mund. Und folge mir. Alles wird dann gut.«

Rand wünschte, er könne ihre Zuversicht teilen. Es hätte geholfen, wenn Gawyn ebenso zuversichtlich gewirkt hätte.

Als Tallanvor sie in den Palast führte, blickte er zum Garten zurück, zu all den blütenübersäten Grüntönen, die von der Hand einer Aes Sedai der Königin beschert wurden. Er schwamm in tiefem Wasser, und es war kein Ufer in Sicht.

Palastdiener hasteten in roten Livreen mit weißen Krägen und Manschetten, den Weißen Löwen auf der linken Brust des Wamses, geschäftig durch die Säle und gingen ihren nicht gleich ersichtlichen Aufgaben nach. Als die Soldaten mit Elayne, Gawyn und Rand in der Mitte vorbeimarschierten, blieben sie unvermittelt stehen und starrten sie mit offenem Mund an.

Mitten durch all die Verwirrung tapste ein graugestreifter Kater unbeeindruckt den Flur hinunter und wand sich zwischen den neugierigen Dienern hindurch. Plötzlich kam der Kater Rand komisch vor. Er war lang genug in Baerlon gewesen, um zu wissen, daß selbst im miesesten Laden in jeder Ecke Katzen gewesen waren. Seit sie den Palast betreten hatten, war dieser Kater die einzige Katze, die er erspäht hatte.

»Habt Ihr keine Ratten?« fragte er ungläubig. An *jedem* Ort gab es Ratten. »Elaida mag keine Ratten«, murmelte Gawyn vor sich hin. Er blickte besorgt den Flur hinunter. Offensichtlich hatte er schon das bevorstehende Zusammentreffen mit der Königin vor Augen. »Wir haben niemals Ratten.«

»Seid beide ruhig.« Elaynes Stimme klang scharf, aber genauso abwesend wie die ihres Bruders. »Ich versuche nachzudenken.«

Rand beobachtete den Kater noch über seine Schulter hinweg, bis die Soldaten ihn um eine Ecke herumführten, so daß er ihn nicht mehr sehen konnte. Eine Menge Katzen, und er hätte sich besser gefühlt — es wäre nett, wenn an dem Palast irgend etwas normal gewesen wäre. Da hätte er selbst Ratten in Kauf genommen.

Der Weg, den Tallanvor gewählt hatte, machte so viele Kurven, daß Rand jegliche Orientierung verlor. Endlich blieb der junge Offizier vor einer großen Doppeltür aus dunklem, sanft schimmerndem Holz stehen. Sie war nicht so prächtig wie ein paar andere, an denen sie vorbeigekommen waren, aber immer noch auf der ganzen Fläche mit Reihen von fein und detailliert geschnitzten Löwen geschmückt. An jeder Seite stand ein Diener in Livree.

»Wenigstens nicht im großen Saal.« Gawyn lachte unsicher. »Ich habe noch nie gehört, daß Mutter von hier aus befahl, jemandem den Kopf abzuschlagen.« Er klang, als rechne er damit, daß sie das zum ersten Mal tun könne.

Tallanvor griff nach Rands Schwert, aber Elayne trat dazwischen. »Er ist mein Gast, und Sitte und Gesetz erlauben es, daß Gäste der königlichen Familie sogar in Mutters Gegenwart bewaffnet sein dürfen. Oder willst du meinem Wort widersprechen, daß er mein Gast ist?«

Tallanvor zögerte, sah ihr in die Augen und nickte dann. »Sehr wohl, Lady Elayne.« Sie lächelte Rand an, als Tallanvor zurücktrat, aber das dauerte nur einen Moment. »Der erste Zug wird mich begleiten«, kommandierte Tallanvor. »Meldet Ihrer Majestät Lady Elayne und Lord Gawyn«, sagte er zu den Türstehern. »Dazu Gardeleutnant Tallanvor, unter Befehl Ihrer Majestät, mit dem Eindringling, der unter Bewachung steht.«

Elayne funkelte Tallanvor an, doch die Torflügel schwangen bereits auf. Eine volltönende Stimme erklang und meldete, wer angekommen war. Elayne schritt voller Würde hindurch und verdarb ihr königliches Auftreten nur ein wenig, als sie Rand bedeutete, nah hinter ihr zu bleiben. Gawyn straffte die Schultern und schritt an ihrer Seite hinein, genau um einen Schritt hinter ihr versetzt. Rand folgte auf ihrer anderen Seite und glich seinen Schritt etwas unsicher dem Gawyns an. Tallanvor blieb in Rands Nähe, und zehn Soldaten betraten mit ihm den Saal. Die Torflügel schlossen sich lautlos hinter ihnen.

Plötzlich beugte Elayne die Knie zu einem tiefen Knicks, wobei sie auch den Oberkörper vorbeugte und ihren Rock mit den Händen ausbreitete. So verharrte sie. Rand erschrak und imitierte dann schnell Gawyn und die anderen Männer. Er stellte sich ungeschickt an, brachte es aber dann doch einigermaßen richtig hin. Runter auf das rechte Knie, den Kopf neigen, vorbeugen und die Knöchel der rechten Hand auf die Marmorplatten des Bodens pressen, die linke Hand am Griff des Schwertes. Gawyn, der kein Schwert trug, legte statt dessen die Hand genauso auf den Griff seines Dolches.

Rand gratulierte sich schon selbst, daß ihm alles so gut gelang, da bemerkte er, daß Tallanvor — immer noch mit gesenktem Kopf — ihn unter seinem Visier hindurch von der Seite her wütend anblitzte. *Hätte ich etwas anders machen sollen?* Er ärgerte sich, daß Tallanvor von ihm erwartete, er wisse, wie er sich verhalten solle, obwohl niemand es ihm gesagt hatte. Und er ärgerte sich, daß er Angst vor den Gardesoldaten hatte. Er hatte nichts getan, vor dessen Folgen er sich fürchten mußte. Er wußte, daß Tallanvor nicht an seiner Angst schuld war, aber trotzdem war er wütend auf ihn.

Alle blieben wie zu Eisklötzen erstarrt in Position, als warteten sie auf das Tauwetter. Er wußte nicht, worauf sie warteten, aber er benützte die Gelegenheit, den Saal zu betrachten, in den man ihn gebracht hatte. Er behielt den Kopf unten und drehte sich nur genug, um alles sehen zu können. Tallanvors Gesicht wurde noch wütender, doch das ignorierte er.

Der quadratische Raum war etwa so groß wie der Schankraum in Der Königin Segen. Die Wände waren mit Reliefs auf Stein vom reinsten Weiß geschmückt, die Jagdszenen darstellten. Die Wandbehänge dazwischen wirkten mit ihren Bildern leuchtender Blumen und Kolibris mit glänzenden Federn sehr sanft, mit zwei Ausnahmen am hinteren Ende des Raums, auf denen der Weiße Löwe von Andor einen Mann auf scharlachrotem Feld überragte. Diese beiden rahmten ein Podest ein, und auf diesem Podest stand ein geschnitzter und vergoldeter Thron. Darauf saß die Königin. Ein derber, stämmiger Mann ohne Kopfbedeckung stand zur rechten Seite der Königin. Er trug das Rot der königlichen Garde und vier goldene Knoten auf der Schulter seines Umhangs. Das Weiß seiner Manschetten wurde von breiten Goldstreifen unterbrochen. Seine Schläfen zeigten viel Grau, doch er wirkte so stark und standhaft wie ein Fels. Das mußte Generalhauptmann Gareth Bryne sein. Auf der anderen Seite saß hinter dem Thron auf einem niedrigen Hocker eine Frau in tiefgrüner Seide und strickte etwas aus dunkler, fast schwarzer Wolle. Zuerst dachte Rand — des Strickens wegen — sie sei alt, aber auf den zweiten Blick hin konnte er sie überhaupt keiner Altersstufe mehr zuordnen. Jung, alt, er wußte es nicht. Ihre Aufmerksamkeit schien ausschließlich ihren Stricknadeln und dem Garn zu gelten, gerade so, als ob sich in Armlänge vor ihr gar keine Königin befände. Sie war eine gutaussehende Frau, nach außen ruhig, doch in ihrer Konzentration lag etwas Unheimliches. Man hörte keinen Laut im Raum außer dem Klicken ihrer Nadeln.

Er bemühte sich, alles zu sehen, aber sein Blick kehrte immer wieder zu der Frau zurück, die einen schimmernden Kranz fein-gewirkter Rosen auf der Stirn trug — die Rosenkrone von Andor. Eine lange rote Schärpe, über deren ganze Länge der Löwe von Andor marschierte, war um ihr Seidenkleid mit den roten und weißen Falten geschlungen, und als sie mit der linken Hand den Arm des Generalhauptmannes berührte, glitzerte daran ein Ring in Form der Großen Schlange, die ihren eigenen Schwanz verschlang. Aber es war nicht die Pracht ihrer Kleidung, die Rands Blicke wieder und wieder anzog: es war die Frau, die sie trug.

In Morgase zeigte sich die Schönheit ihrer Tochter, nur gereift und erwachsen. Ihr Gesicht, ihre Figur, ihre Gegenwart, beherrschten den Raum wie ein Licht, das die anderen neben ihr überstrahlte. Wäre sie eine Witwe in Emondsfeld gewesen, hätten die Freier bei ihr bis vor

die Tür Schlange gestanden, selbst wenn sie die schlechteste Köchin und die schlampigste Hausfrau der ganzen Zwei Flüsse gewesen wäre. Er sah, daß sie ihn betrachtete, und duckte sich. Er fürchtete, sie könne seine Gedanken von seinem Gesicht ablesen. *Licht, ich denke an die Königin, als sei sie eine Frau aus dem Dorf! Narr!*

»Ihr mögt Euch erheben«, sagte Morgase mit voller, warmer Stimme, in der die Sicherheit des Gehorsams noch hundertmal stärker als bei Elayne mitschwang. Rand stand mit den anderen auf.

»Mutter...«, begann Elayne, doch Morgase unterbrach sie.

»Es scheint, du bist auf Bäume geklettert, Tochter.« Elayne strich ein einzelnes Rindenstückchen von ihrem Kleid und, da sie keinen Platz fand, wo sie es hinstecken konnte, hielt sie es in der geschlossenen Faust. »Es scheint tatsächlich«, fuhr Morgase ruhig fort, »als hättest du es im Widerspruch zu meinem Befehl fertiggebracht, doch einen Blick auf diesen Logain zu werfen. Gawyn, von dir hätte ich Besseres erwartet. Du mußt nicht nur lernen, deiner Schwester zu gehorchen, sondern sie auch vor sich selbst zu beschützen.« Der Blick der Königin wanderte kurz zu dem stämmigen Mann neben ihr, aber sie schaute schnell wieder weg. Bryne blieb unberührt, als habe er es nicht bemerkt, doch Rand glaubte, diesen Augen entgehe nichts. »Auch das, Gawyn, ist die Aufgabe des Ersten Prinzen, und nicht nur die Führung des Heeres von Andor. Wenn deine Ausbildung vielleicht etwas intensiviert würde, fändest du weniger Zeit dafür, dich von deiner Schwester in Schwierigkeiten bringen zu lassen. Ich werde den Generalhauptmann darum bitten, daß es dir nicht an Dingen ermangele, die du zu tun hast, wenn ihr nach Norden reist.«

Gawyn trat von einem Fuß auf den anderen, als wolle er protestieren, neigte dann aber doch lieber den Kopf. »Wie Ihr befehlt, Mutter.«

Elayne verzog das Gesicht: »Mutter, Gawyn kann mich nicht vor Schwierigkeiten bewahren, wenn er nicht bei mir ist. Nur deshalb hat er seine Gemächer verlassen. Mutter, es kann doch sicher nicht schaden, einen Blick auf Logain zu werfen. Beinahe jeder in der Stadt war ihm näher als wir.«

»Jeder in der Stadt ist nicht dasselbe wie die Tochter-Erbin.« Die Stimme der Königin klang scharf. »Ich habe diesen Burschen Logain aus der Nähe gesehen, und er ist gefährlich, Kind. Im Käfig eingesperrt und jede Minute von Aes Sedai bewacht, ist er immer noch so gefährlich wie ein Wolf. Ich wünschte, er wäre niemals auch nur in die Nähe von Caemlyn gebracht worden.«

»Man wird sich in Tar Valon um ihn kümmern.« Die Frau auf dem Hocker hob die Augen beim Sprechen nicht von ihrem Strickzeug. »Wichtig ist nur, daß die Leute sehen: Das Licht hat wieder einmal die Dunkelheit besiegt. Und sie sehen, daß Ihr ein Teil dieses Sieges seid, Morgase.«

Morgase winkte ab. »Trotzdem wäre es mir lieber, er wäre nie in die Nähe Caemlyns gekommen. Elayne, ich weiß, was du im Schilde führst.«

»Mutter«, protestierte Elayne, »ich will dir wirklich gehorchen. Ganz bestimmt!«

»Tatsächlich?« fragte Morgase in gespielter Überraschung, und dann lachte sie leise. »Ja, du bemühst dich, eine folgsame Tochter zu sein. Aber du probierst ständig, wie weit du gehen kannst. Na ja, ich habe das gleiche bei meiner Mutter gemacht. Dieser Ehrgeiz wird dir helfen, wenn du den Thron besteigst, aber noch bist du nicht Königin, Kind. Du hast mir nicht gehorcht und statt dessen deinen Blick auf Logain geworfen. Gib dich zufrieden damit. Auf der Reise nach Norden wird man dich nicht einmal auf hundert Schritt Entfernung an ihn heranlassen, weder dich noch Gawyn. Wenn ich nicht wüßte, wie schwer das ist, was an Unterricht in Tar Valon auf dich wartet, dann würde ich ja Lini mitschicken, damit sie aufpaßt, daß du gehorchst. Zumindest sie scheint in der Lage, dich dazu zu bringen, daß du tust, was du tun sollst.«

Elayne neigte schmollend den Kopf. Die Frau hinter dem Thron schien damit beschäftigt, ihre Maschen zu zählen. »Nach einer Woche«, sagte sie plötzlich, »wirst du wieder nach Hause zu deiner Mutter wollen. Nach einem Monat willst du dann mit dem Fahrenden Volk weglaufen. Aber meine Schwestern werden dich von dem Ungläubigen fernhalten. So etwas ist noch nichts für dich, noch nicht.« Plötzlich drehte sie sich auf ihrem Hocker um und sah Elayne eindringlich an. All ihre Gelassenheit war gewichen, als habe es sie nie gegeben. »Du hast die Fähigkeit, die größte Königin zu werden, die Andor je gesehen hat, die es in den letzten mehr als tausend Jahren in irgendeinem Land gegeben hat. Darauf bereiten wir dich vor, falls du stark genug dafür bist.«

Rand starrte sie an. Das mußte Elaida sein, die Aes Sedai. Plötzlich war er froh, daß er sich nicht um Hilfe an sie gewandt hatte, ganz gleich, welcher Ajah sie angehörte. Sie strahlte eine Strenge weit jenseits der Morgases aus. Er hatte sich manchmal Moiraine als Stahl vorgestellt, der mit Samt überzogen war; bei Elaida war der Samt nur eine Illusion.

»Genug, Elaida«, sagte Morgase und runzelte zweifelnd die Stirn. »Das hat sie mehr als einmal zu hören bekommen. Das Rad webt, wie das Rad will.« Einen Augenblick lang schwieg sie und sah ihre Tochter an. »Kommen wir zu dem Fall dieses jungen Mannes« — sie deutete auf Rand, ohne ihren Blick von Elaynes Gesicht zu wenden — »wie und warum er hierherkam und warum du ihm deinem Bruder gegenüber Gastrecht gewährt hast.«

»Darf ich sprechen, Mutter?« Als Morgase zustimmend nickte, erzählte Elayne in einfachen Worten, was vorgefallen war, und zwar von dem Moment an, als sie

Rand zuerst dabei beobachtete, wie er den Abhang zur Mauer hinaufgeklettert war. Er erwartete, daß sie damit enden würde, die Unschuld seiner Handlungen zu beteuern, doch statt dessen sagte sie: »Mutter, du sagst mir oft, daß ich unser Volk kennenlernen muß, die einfachen Menschen wie die hochgestellten, aber wann immer ich welche von ihnen treffe, stehen ein Dutzend Bedienstete daneben. Wie kann ich unter solchen Umständen erfahren, was wahr und wirklich ist? Im Gespräch mit diesem jungen Mann habe ich bereits mehr über die Menschen der Zwei Flüsse erfahren, welcher Menschenschlag sie sind, als ich jemals aus Büchern lernen könnte. Es sagt doch einiges aus, daß er von so weit herkommt und Rot trägt, wo so viele andere Neuankömmlinge aus Angst Weiß tragen. Mutter, ich bitte dich, einen treuen Untertanen nicht zu mißbrauchen, der mich viel über die Menschen gelehrt hat, die du regierst.«

»Ein treuer Untertan von den Zwei Flüssen«, seufzte Morgase. »Mein Kind, du solltest mehr auf diese Bücher geben. In den Zwei Flüssen war seit sechs Generationen kein Steuereintreiber mehr und die königliche Garde hat die Gegend seit sieben Generationen nicht mehr besucht. Ich wage zu behaupten, daß sie sich nicht einmal mehr daran erinnern, ein Teil des Reiches zu sein.« Rand zuckte unangenehm berührt die Achseln, als er sich an seine Überraschung erinnerte, nachdem man ihm erzählt hatte, die Zwei Flüsse seien ein Teil des Reiches von Andor. Die Königin bemerkte seine Geste und lächelte ihre Tochter bedauernd an: »Siehst du, Kind?«

Elaida hatte ihr Strickzeug weggelegt und musterte ihn, wie Rand jetzt bemerkte. Sie erhob sich von ihrem Hocker und trat langsam vom Podest herunter auf ihn zu. »Von den Zwei Flüssen?« fragte sie. Sie streckte eine Hand nach seinem Kopf aus. Er zuckte vor ihrer Berührung zurück, und sie ließ die Hand fallen. »Bei dem Rot seiner Haare und den grauen Augen? Die Menschen von den Zwei Flüssen haben dunkle Haare und Augen und sie werden selten so groß.« Ihre Hand schoß heraus und schob den Ärmel seines Mantels hoch. Seine Haut war hell und zeigte, daß sie nicht oft der Sonne ausgesetzt gewesen war. »Noch haben sie eine solche Hautfarbe.«

Es kostete ihn Mühe, nicht die Fäuste zu ballen. »Ich bin in Emondsfeld geboren«, sagte er steif. »Meine Mutter war Ausländerin, daher habe ich diese Augen. Mein Vater ist Tam al'Thor, ein Schäfer und Bauer, genau wie ich es bin.«

Elaida nickte bedächtig, sah ihm aber weiterhin ins Gesicht. Er begegnete ihrem Blick mit einer Ruhe, die das saure Gefühl in seinem Magen Lügen strafte. Er sah, daß sie seinen festen Blick wohl bemerkte. Sie sah ihm immer noch in die Augen und streckte langsam wieder die Hand nach ihm aus. Er beschloß, diesmal nicht zurückzuweichen.

Es war sein Schwert, das sie berührte, und nicht er. Ihre Hand umschloß den Knauf ganz oben am Ende. Ihre Finger verkrampften sich, und sie machte vor Überraschung große Augen. »Ein Schäfer von den Zwei Flüssen«, sagte sie leise in einem Flüsterton, den trotzdem alle verstehen sollten, »mit einem Schwert, das ein Reiherzeichen trägt.«

Diese wenigen letzten Worte hinterließen im Raum eine Wirkung, als habe sie das Kommen des Dunklen Königs gemeldet. Hinter Rand knarrten Leder und Metall, und Stiefel schoben sich über Marmorplatten. Aus dem Augenwinkel konnte er erkennen, wie sich Tallanvor und ein anderer Gardesoldat ein Stück von ihm entfernten, um Raum zu gewinnen, die Hände an den Schwertern, bereit, zu ziehen und, nach ihren Gesichtern zu schließen, zu sterben. Mit zwei schnellen Schritten stand Gareth Bryne vor dem Podest — zwischen Rand und der Königin. Selbst Gawyn schob sich mit einem besorgten Blick und einer Hand am Dolch vor Elayne. Elayne selbst blickte ihn an, als sehe sie ihn zum ersten Mal. Morgases Gesichtsausdruck änderte sich nicht, aber ihre Hände strafften sich um die vergoldeten Armlehnen ihres Throns.

Nur Elaida zeigte eine noch geringere Reaktion als die Königin. Die Aes Sedai tat so, als habe sie nichts Außergewöhnliches gesagt. Sie nahm ihre Hand vom Schwert, was die Soldaten offensichtlich in noch größere Spannung versetzte. Ihre Augen blickten ihn unverwandt an, unbeeindruckt und berechnend.

»Sicher«, sagte Morgase mit gleichmäßig ruhiger Stimme, »ist er zu jung, um sich eine Klinge mit Reiherzeichen verdient zu haben. Er kann nicht älter als Gawyn sein.«

»Es gehört zu ihm«, sagte Gareth Bryne.

Die Königin blickte ihn überrascht an. »Wie kann das sein?«

»Ich weiß nicht, Morgase«, sagte Bryne bedächtig. »Er *ist* zu jung, aber trotzdem gehört es zu ihm und er zu dem Schwert. Seht seine Augen an. Seht, wie er dasteht, wie das Schwert ihn ergänzt und er das Schwert. Er ist zu jung, aber das Schwert ist sein.«

Als der Generalhauptmann wieder schwieg, fragte Elaida: »Wie bist du an diese Klinge gekommen, Rand al'Thor von den Zwei Flüssen?« Sie brachte es so heraus, als zweifle sie sowohl an seinem Namen als auch an dem Ort seiner Herkunft.

»Mein Vater hat es mir gegeben«, sagte Rand. »Es war seines. Er dachte, draußen in der Welt benötigte ich ein Schwert.«

»Also *noch* ein Schäfer von den Zwei Flüssen mit einem Reiherschwert.« Elaidas Lächeln ließ seinen Mund austrocknen. »Wann bist du in Caemlyn angekommen?«

Er hatte es satt, dieser Frau die Wahrheit zu sagen. Er hatte vor ihr genausoviel Angst wie vor einem Schattenfreund. Es war Zeit, die Wahrheit wieder zu verbergen. »Heute«, sagte er. »Heute morgen.«

»Gerade rechtzeitig«, murmelte sie. »Wo wohnst du? Behaupte nicht, du hättest nicht irgendwo ein Zimmer gefunden. Du siehst ein wenig angegriffen aus, aber du hattest Gelegenheit, dich zu waschen. Wo?«

»Im Gasthaus Krone und Löwe.« Er erinnerte sich daran, an einer Schenke dieses Namens vorbeigekommen zu sein, als er *Der Königin Segen* suchte. Sie lag in der Neustadt auf der entgegengesetzten Seite von Meister Gills Schenke. »Dort habe ich ein Bett oben unter dem Dach.« Er hatte das Gefühl, sie wisse, daß er log, aber sie nickte nur.

»Ist das nun ein Zufall?« sagte sie. »Heute bringt man den Ungläubigen nach Caemlyn. In zwei Tagen wird man ihn nach Norden, nach Tar Valon, führen, und die Tochter-Erbin reist mit, um dort ausgebildet zu werden. Und gerade an diesem Wendepunkt taucht ein junger Mann im Palastgarten auf und behauptet, ein treuer Untertan von den Zwei Flüssen zu sein ...«

»Ich *komme* von den Zwei Flüssen!« Sie sahen ihn alle an, und doch beachteten sie ihn nicht. Alle außer Tallanvor und seinen Soldaten; deren Augen waren starr auf ihn gerichtet. »... und erzählt eine Geschichte, um Elayne zu umgarnen. Außerdem trägt er ein Schwert mit dem Reiherzeichen. Er besitzt weder Armbinde noch Abzeichen, um seine politische Bindung zu zeigen, dafür aber wickelt er das Schwert rot ein und verbirgt sorgfältig den Reiher vor neugierigen Blicken. Ist das ein Zufall, Morgase?«

Die Königin bedeutete dem Generalhauptmann, zur Seite zu gehen, und dann musterte sie Rand mit besorgtem Blick. Sie sprach dann allerdings Elaida an: »Als was willst du ihn bezeichnen? Schattenfreund? Einer von Logains Anhängern?«

»Der Dunkle König rührt sich in Shayol Ghul«, erwiderte die Aes Sedai. »Der Schatten liegt über dem Muster, und die Zukunft balanciert auf einer Nadelspitze. Der hier ist gefährlich.«

Plötzlich rührte sich Elayne. Sie warf sich vor dem Thron auf die Knie. »Mutter, ich bitte dich, ihm nichts zu tun. Er wäre sofort wieder gegangen, hätte ich ihn nicht aufgehalten. Er wollte gehen. Ich habe ihn zum Bleiben überredet. Ich kann nicht glauben, daß er ein Schattenfreund ist.«

Morgase machte eine beruhigende Bewegung zu ihrer Tochter hin, doch ihr Blick ruhte weiter auf Rand. »Ist das eine Voraussage, Elaida? Hast du das Muster studiert? Du sagst, es käme über dich, wenn du es am wenigsten erwartest, und es vergeht so plötzlich, wie es kommt. Falls das eine Weissagung ist, Elaida, dann befehle ich dir, klar und deutlich die Wahrheit zu sagen, ohne deine sonstige Angewohnheit, es so durch Geheimnistuerei zu verschleiern, daß hinterher niemand mehr weiß, ob du ja oder nein gesagt hast. Sprich! Was siehst du?«

»Dies weissage ich«, antwortete Elaida, »und ich schwöre beim Licht, daß ich nichts Eindeutigeres sagen kann. Vom heutigen Tage an bewegt sich Andor auf eine Zeit des Schmerzes und der Spaltung zu. Der Schatten wird sich erst zu Schwarz vertiefen, doch ich kann nicht sagen, ob ihm dann das Licht nachfolgt. Wo die Welt eine Träne geweint hat, wird sie künftig tausende weinen. Dies weissage ich.«

Eine Mauer des Schweigens hing über dem Raum und wurde erst durch Morgase gebrochen, die so laut ausatmete, als sei es ihr letzter Atemzug gewesen.

Elaida sah weiterhin Rand in die Augen. Sie sprach wieder. Dabei bewegte sie die Lippen kaum und sprach so leise, daß er sie — kaum eine Armlänge von ihr entfernt — fast nicht verstehen konnte. »Auch das weissage ich: Schmerz und Spaltung kommen über die ganze Welt, und dieser Mann steht dabei im Mittelpunkt. Ich gehorche der Königin«, flüsterte sie, »und spreche es klar und deutlich aus.«

Rand fühlte sich, als habe er im Marmorboden Wurzeln geschlagen. Die Kälte und Härte des Bodens kroch ihm in die Beine und ließ ihn bis oben hin schaudern. Niemand sonst konnte das gehört haben. Aber sie sah ihn immer noch an, und er hatte es gehört.

»Ich bin Schäfer«, sagte er zu allen im Raum. »Von den Zwei Flüssen. Nur ein Schäfer.«

»Das Rad webt, wie das Rad es will«, sagte Elaida laut, und er war nicht sicher, ob ein spöttischer Unterton darin lag oder nicht.

»Lord Gareth«, sagte Morgase, »ich brauche den Rat meines Generalhauptmanns.«

Der stämmige Mann schüttelte den Kopf. »Elaida Sedai sagt, der Junge sei gefährlich, meine Königin, und wenn sie mehr dazu sagen könnte, würde ich den Henker bestellen. Aber alles, was sie sagt, ist nur das, was jeder von uns auch mit eigenen Augen sehen kann. Es gibt wohl keinen Bauern im Reich, der nicht vorhersagt, daß alles immer noch schlimmer werden wird, und dazu braucht er keine Weissagung. Ich persönlich glaube, der Junge ist nur durch puren Zufall hierhergekommen, auch wenn es für ihn ein unglücklicher Zufall war. Um sicherzugehen, meine Königin, würde ich sagen: Werft ihn in eine Zelle, bis Lady Elayne und Lord Gawyn eine Weile unterwegs sind, und dann laßt ihn laufen. Oder, Aes Sedai, habt Ihr noch mehr auf Lager, was Ihr über ihn weissagen könntet?«

»Ich habe alles gesagt, was ich im Muster über ihn gelesen habe, Generalhauptmann«, sagte Elaida. Sie lächelte Rand bitter an, ein Lächeln, das kaum ihre Lippen verzog, und spottete seiner Unfähigkeit zu behaupten, sie sage nicht die Wahrheit. »Ein paar Wochen im Gefängnis werden ihm nicht schaden, und sie könnten mir Gelegenheit geben, mehr herauszubekommen.« Gier stand in ihren Augen und ließ ihn noch mehr schaudern. »Vielleicht ergibt sich eine weitere Weissagung.«

Morgase überlegte eine Weile lang, das Kinn auf die

Faust gestützt und den Ellenbogen auf der Armlehne ihres Thrones. Rand hätte sich unter ihrem Blick am liebsten hin und her bewegt, wenn er sich nur überhaupt hätte rühren können. Doch Elaidas Blick ließ ihn wie erstarrt dastehen. Schließlich sprach die Königin.

»Das Mißtrauen erstickt Caemlyn und vielleicht ganz Andor. Angst und blankes Mißtrauen. Frauen denunzieren ihre Nachbarn als Schattenfreunde. Männer kritzeln den Drachenzahn auf die Türen von Menschen, die sie schon jahrelang kennen. Ich werde das nicht mitmachen.«

»Morgase ...«, begann Elaida, aber die Königin unterbrach sie.

»Ich werde das nicht mitmachen. Als ich den Thron bestieg, schwor ich, Gerechtigkeit an hochgestellten wie niedrigen Leuten zu üben, und daran werde ich mich halten, und wenn ich der letzte Mensch in Andor sein sollte, der noch Gerechtigkeit übt. Rand al'Thor, schwörst du beim Licht, daß dein Vater, ein Schäfer im Gebiet der Zwei Flüsse, dir dieses Reiherschwert gegeben hat?«

Rand bewegte die Zunge, um seinen Mund zu befeuchten, damit er sprechen konnte. »Das schwöre ich.« Da er sich plötzlich daran erinnerte, mit wem er da sprach, fügte er hastig: »Meine Königin« hinzu. Lord Gareth hob eine schwere Augenbraue, aber Morgase schien es nicht zu stören.

»Und daß du die Gartenmauer nur deshalb erklommen hast, weil du den falschen Drachen sehen wolltest?«

»Ja, meine Königin.«

»Willst du dem Thron von Andor oder meiner Tochter oder meinem Sohne Schaden zufügen?« Ihr Tonfall sagte ihm, daß im zweiten Fall mit ihm noch kürzerer Prozeß gemacht werde als im ersten.

»Ich will überhaupt niemandem schaden, meine Königin. Euch und den Euren noch weniger als allen anderen.«

»Dann will ich dir gerecht werden, Rand al'Thor«, sagte sie. »Zuerst einmal habe ich Elaida und Gareth eines voraus, denn ich habe in meiner Jugend den Dialekt der Zwei Flüsse gehört. Du siehst zwar nicht so aus, aber falls mich meine trübe Erinnerung daran nicht täuscht, trägst du die Zwei Flüsse auf der Zunge. Zum zweiten würde niemand mit deinem Haar und deinen Augen behaupten, er sei ein Schäfer von den Zwei Flüssen, wenn es nicht wahr wäre. Und daß dir dein Vater ein Reiherschwert gab, ist zu unwahrscheinlich, um eine Lüge zu sein. Und zum dritten: Die Stimme, die mir zuflüstert, daß die beste Lüge oft gerade das ist, was zu lächerlich erscheint, um erlogen zu sein ... diese Stimme stellt keinen Beweis dar. Ich werde mich an die Gesetze halten, die ich selbst schuf. Ich schenke dir deine Freiheit, Rand al'Thor, aber ich rate dir, gründlich zu überlegen, bevor du in Zukunft fremden Boden betrittst. Wenn man dich noch einmal auf dem Grund und Boden des Palastes erwischt, wirst du nicht so leicht davonkommen.«

»Ich danke Euch, meine Königin«, sagte er heiser. Er konnte Elaidas Unzufriedenheit wie Hitze auf seinem Gesicht spüren. »Tallanvor«, sagte Morgase, »eskortiert diesen ... den Gast meiner Tochter aus dem Palast und erweist ihm jede Höflichkeit. Ihr anderen, geht jetzt auch. Nein, Elaida, du bleibst! Und wenn Ihr bitte auch bleiben würdet, Lord Gareth. Ich muß entscheiden, was mit diesen Weißmänteln in der Stadt zu geschehen hat.«

Tallanvor und die Gardesoldaten steckten ihre Schwerter zögernd zurück in die Scheiden, schienen aber jeden Moment bereit, sie augenblicklich zu ziehen. Trotzdem war Rand froh, als sie sich um ihn herum formierten und Tallanvor folgten. Elaida hörte der Königin nur so halb zu; er konnte ihren Blick auf seinem Rücken fühlen. *Was wäre geschehen, wenn Morgase keine Aes Sedai am Hofe gehabt hätte?* Bei dem Gedanken wünschte er, die Soldaten würden schneller marschieren.

Zu seiner Überraschung wechselten Elayne und Gawyn vor der Tür einige Worte und schlossen sich ihm dann an. Auch Tallanvor war überrascht. Der junge Offizier blickte von ihnen zurück zur Tür, doch die schloß sich jetzt.

»Meine Mutter«, sagte Elayne, »befahl, ihn aus dem Palast zu eskortieren, Tallanvor. In aller Höflichkeit. Worauf wartest du?«

Tallanvor blickte finster die Tür an, hinter der die Königin nun mit ihren Ratgebern beriet. »Auf nichts, Lady Elayne«, sagte er säuerlich und befahl unnötigerweise der Eskorte weiterzugehen.

Die Wunder des Palastes schwammen ungesehen an Rand vorbei. Er war wie betäubt. Gedankenfetzen flogen viel zu schnell durch seinen Kopf, um sie zu fassen. *Du siehst nicht so aus. Dieser Mann steht im Mittelpunkt.*

Die Eskorte blieb stehen. Er blinzelte und war überrascht, daß er sich im großen Vorhof des Palastes befand und vor dem hohen, vergoldeten Tor stand, das in der Sonne glänzte. Dieses Tor würde man nicht für einen einzelnen Mann öffnen, ganz bestimmt nicht für einen Eindringling, selbst wenn ihm die Tochter-Erbin Gastrecht gewährte.

Wortlos öffnete Tallanvor den Riegel eines Ausfalltores, einer kleinen Tür, die sich innerhalb eines großen Torflügels befand.

»Es ist Sitte«, sagte Elayne, »einen Gast bis zum Tor zu geleiten, aber ihm nicht nachzublicken. Es ist die Freude an der Gesellschaft eines Gastes, an die man sich erinnern sollte, und nicht der traurige Abschied.«

»Ich danke Euch, Lady Elayne«, sagte Rand. Er berührte den Schal, der immer noch als Bandage um seinen Kopf gewickelt war. »Für alles. Es ist in den Zwei Flüssen Sitte, daß ein Gast ein kleines Geschenk mitbringt. Ich fürchte, ich habe nichts. Obwohl ich«, fügte er trocken hinzu, »Euch offensichtlich etwas über die Menschen der Zwei Flüsse gelehrt habe.«

»Wenn ich Mutter gesagt hätte, daß ich dich für gut aussehend halte, dann hätte sie dich ganz sicher in eine Zelle sperren lassen.« Elayne warf ihm ein betörendes Lächeln zu. »Leb wohl, Rand al'Thor.«

Mit offenem Mund sah er ihr nach, einer jüngeren Verkörperung von Morgases Schönheit und Würde.

»Versuche nicht, dich mit Worten an Elayne zu messen.« Gawyn lachte. »Da gewinnt sie immer.«

Rand nickte abwesend. *Gutaussehend? Licht, und das von der Tochter-Erbin des Thrones von Andor!* Er schüttelte sich, um den Kopf wieder frei zu bekommen.

Gawyn schien auf etwas zu warten. Rand sah ihn einen Augenblick lang an.

»Lord Gawyn, als ich Euch sagte, ich käme von den Zwei Flüssen, da wart Ihr überrascht. Und auch alle anderen — Eure Mutter, Lord Gareth, Elaida Sedai« — ein Schauer rann ihm den Rücken hinunter — »keiner von ihnen ...« Er konnte den Satz nicht beenden; er war sich noch nicht einmal sicher, warum er ihn begonnen hatte. *Ich bin der Sohn Tam al'Thors, auch wenn ich nicht in den Zwei Flüssen geboren wurde.*

Gawyn nickte, als habe er genau darauf gewartet. Doch er zögerte noch. Rand öffnete den Mund, um die unausgesprochene Frage zurückzunehmen, da sagte Gawyn: »Wickle eine *Schufa* um deinen Kopf, Rand, und du siehst aus wie ein Aielmann. Das ist seltsam, da Mutter zu glauben scheint, daß du zumindest wie ein Mann von den Zwei Flüssen *klingst*. Ich wünschte, wir hätten uns besser kennenlernen können, Rand al'Thor. Leb wohl.«

Ein Aielmann!

Rand stand da und beobachtete, wie Gawyn zurückging, bis ein ungeduldiges Hüsteln Tallanvors ihn wieder daran erinnerte, wo er sich befand. Er duckte sich und durchschritt das Ausfalltor. Tallanvor schlug es ihm beinahe auf die Fersen beim Schließen. Der Riegel wurde drinnen laut und vernehmlich vorgeschoben.

Der ovale Platz vor dem Palast war nun leer. Alle Soldaten waren weg, die ganze Menschenmenge, Trompeten und Trommeln waren lautlos verschwunden. Nichts war übrig, bis auf verstreute Abfälle, die der Wind über das Pflaster fegte, und ein paar Leute, die nun, da die Aufregung vorüber war, wieder ihrem Geschäft nachgingen. Er konnte nicht erkennen, ob sie Rot oder Weiß trugen.

Aielmann.

Erschreckt wurde ihm klar, daß er immer noch direkt vor dem Palasttor stand, wo Elaida ihn am leichtesten finden konnte, wenn sie ihr Gespräch mit der Königin beendet hatte. Er zog seinen Umhang enger um sich herum und trabte los — über den Platz und in die Straßen der Innenstadt hinein. Er sah sich gelegentlich um, weil er sehen wollte, ob ihm jemand folgte, doch durch die weitgeschwungenen Kurven konnte er nicht sehr weit zurückblicken. Aber er erinnerte sich nur zu gut an Elaidas Augen und stellte sich vor, daß sie ihn beobachteten. Als er schließlich die Tore zur Neustadt erreichte, rannte er.

KAPITEL 19

Alte Freunde und neue Bedrohungen

Zu *Der Königin Segen* zurückgekehrt, ließ sich Rand an den Türrahmen fallen und atmete tief durch. Er war den ganzen Weg gerannt, hatte nicht darauf geachtet, ob jemand sah, daß er Rot trug, und nicht einmal geschaut, ob jemand in seinem Rennen einen Grund sah, ihn zu verfolgen. Er glaubte nicht, daß selbst ein Blasser ihn eingeholt hätte.

Lambgwin saß auf einer Bank neben der Tür und trug eine gestreifte Katze auf den Armen, als er herangerannt kam. Der Mann stand auf und sah in die Richtung, aus der Rand gekommen war, um zu erkennen, ob es Schwierigkeiten geben würde. Dabei kraulte er die Katze ganz gelassen hinter den Ohren. Da er nichts sah, setzte er sich wieder, wobei er sorgfältig darauf achtete, das Tier nicht zu stören. »Idioten versuchten vor einer Weile, einige der Katzen zu stehlen«, sagte er. Er betrachtete seine Handgelenke, bevor er sich wieder dem Kraulen widmete. »Katzen sind heutzutage eine Menge Geld wert.«

Die beiden Weiß tragenden Männer standen immer noch auf der anderen Straßenseite, wie Rand sah, doch einer hatte ein blaues Auge, und sein Unterkiefer war geschwollen. Er trug einen finsteren Gesichtsausdruck zur Schau und streichelte in mürrischem Eifer über seinen Schwertgriff, wenn er zur Schenke herübersah.

»Wo ist Meister Gill?« fragte Rand.

»In der Bibliothek«, antwortete Lambgwin. Die Katze begann zu schnurren, und er grinste. »Eine Katze läßt sich von nichts lange beeindrucken, nicht einmal, wenn jemand versucht hat, sie in einen Sack zu stecken.«

Rand eilte hinein und durchquerte den Schankraum, der nun wie gewöhnlich von Männern besetzt war, die Rot trugen und sich über ihren Bierkrügen unterhielten — über den falschen Drachen und ob die Weißmäntel Schwierigkeiten machen würden, wenn man ihn nach Norden brachte. Es interessierte keinen, was mit Logain geschah, aber sie wußten alle, daß die Tochter-Erbin und Lord Gawyn mitreisen würden, und niemand wollte, daß die beiden irgendein Risiko eingingen.

Er fand Meister Gill in der Bibliothek, wo er mit Loial ein Brettspiel spielte. Auf dem Tisch lag eine mollige Katze und beobachtete ihre Hände, wie sie sich über das gemusterte Spielbrett bewegten. Der Ogier rückte wieder einen Stein mit einer Bewegung vor, die eigenartig feinfühlig für seine dicken Finger wirkte. Meister Gill schüttelte den Kopf und benutzte Rands Erscheinen als Ausrede, um sich vom Tisch abzuwenden. Loial gewann fast immer bei diesem Spiel. »Ich habe mir schon Sorgen gemacht, wo du steckst, mein Junge. Ich dachte, du könntest Schwierigkeiten mit einigen von diesen Verrätern in Weiß bekommen haben oder diesem Bettler begegnet sein oder sowas.«

Rand stand eine Weile mit offenem Mund da. Er hatte dieses Lumpenbündel von einem Mann total vergessen. »Ich habe ihn gesehen«, sagte er schließlich, »aber das ist noch gar nichts. Ich habe auch die Königin gesehen und Elaida; da lag das Problem.«

Meister Gill lachte schnaubend. »Die Königin, eh? Was du nicht sagst. Bei uns war vor einer Stunde oder so Gareth Bryne im Schankraum und hat mit dem Lord-Hauptmann, der die Kinder befehligt, Armdrücken gespielt. Aber natürlich die Königin ... das ist schon was.«

»Blut und Asche«, grollte Rand, »jeder denkt heute, daß ich lüge.« Er warf seinen Umhang über eine Stuhllehne und ließ sich auf einen anderen Stuhl fallen. Er war zu aufgedreht, um sich zurückzulehnen. Er rutschte auf der Stuhlkante herum und wischte sich das Gesicht mit einem Taschentuch ab. »Ich sah den Bettler, und er sah mich und ich glaubte ... Das ist nicht wichtig. Ich bin auf eine Mauer um einen Garten herum geklettert, wo ich den Vorplatz des Palastes überblicken konnte, als sie Logain hereinbrachten. Und ich bin runtergefallen, und zwar nach innen.«

»Ich glaube beinahe, du willst dich über uns lustig machen«, sagte der Wirt bedächtig. »*Ta'veren*«, murmelte Loial.

»Oh, es ist so geschehen«, sagte Rand. »Licht, hilf mir, es ist wahr.«

Meister Gills Zweifel schmolzen langsam dahin, als er fortfuhr, und wandelten sich zu leichter Unruhe. Der Wirt beugte sich immer weiter vor, bis er genau wie Rand nur noch auf der Kante seines Stuhls saß. Loial hörte gleichmütig zu, nur manchmal rieb er sich die breite Nase, und die Haarbüschel auf seinen Ohren zuckten ein wenig.

Rand erzählte alles, was geschehen war — alles, außer dem, was Elaida ihm zugeflüstert hatte. Und was Gawyn am Palasttor gesagt hatte. An das eine wollte er selbst nicht erinnert werden, das andere stand in keinem Zusammenhang mit den übrigen Geschehnissen. *Ich bin der Sohn Tam al'Thors, auch wenn ich nicht in den Zwei Flüssen geboren wurde. Ich bin es! In mir ist das Blut der Zwei Flüsse, und Tam ist mein Vater.*

Plötzlich wurde ihm klar, daß er verstummt war — ganz in Gedanken versunken —, und sie blickten ihn beide an. Einen beklemmenden Augenblick lang fragte er sich, ob er *zu*viel gesagt hatte.

»Also«, sagte Meister Gill, »jetzt kannst du nicht mehr auf deine Freunde warten. Du wirst die Stadt verlassen müssen, und zwar schnell. Spätestens in zwei Tagen. Kannst du in dieser Frist Mat wieder auf die Beine bringen, oder sollte ich Mutter Grubb bestellen?«

Rand sah ihn verblüfft an. »In zwei Tagen?«

»Elaida ist Königin Morgases Ratgeberin und kommt gleich nach Generalhauptmann Gareth Bryne selbst. Vielleicht sogar vor ihm. Wenn sie die Garde der Königin aussendet, um nach dir zu suchen — Lord Gareth wird sie nicht aufhalten, solange sie sie nicht in der Ausübung ihrer anderen Pflichten behindert — na ja, die Garde kann alle Schenken in Caemlyn in ungefähr zwei Tagen absuchen. Und ich rechne einmal ein, daß kein unglücklicher Zufall sie bereits am ersten Tag oder in der ersten Stunde hierher führt. Vielleicht dauert es ein wenig länger, wenn sie mit dem Gasthaus Krone und Löwe beginnen, aber es ist keine Zeit zum Herumtrödeln.«

Rand nickte bedächtig. »Wenn ich Mat nicht aus dem Bett herausbringe, schickt Ihr nach Mutter Grubb. Ich habe noch ein wenig Geld übrig. Vielleicht reicht es.«

»Ich kümmere mich um Mutter Grubb«, sagte der Wirt barsch. »Und ich denke, ich kann euch ein paar Pferde ausleihen. Wenn ihr versucht, nach Tar Valon zu laufen, dann werdet ihr schon nach der Hälfte des Weges das, was von euren Stiefeln noch übrig ist, durchgelaufen haben.«

»Ihr seid ein guter Freund«, sagte Rand. »Es scheint, wir bringen Euch nur in Schwierigkeiten, und trotzdem seid Ihr bereit zu helfen. Ein guter Freund.«

Meister Gill schien verlegen. Er zuckte die Achseln, räusperte sich und blickte zu Boden. Das führte seinen Blick zurück zum Spielbrett, doch er riß sich gleich wieder davon los. Loial war tatsächlich im Begriff zu gewinnen. »Also gut, Thom ist ja auch immer ein guter Freund für mich gewesen. Wenn er gewillt ist, euch so zu helfen, dann kann ich auch ein wenig dazu beitragen.«

»Ich würde gern mit dir kommen, wenn du abreist, Rand«, sagte Loial plötzlich.

»Ich dachte, das sei entschieden, Loial.« Er zögerte —

Meister Gill kannte die ganze Gefahr immer noch nicht — und fügte dann hinzu: »Du weißt, was auf Mat und mich wartet, was uns verfolgt.«

»Schattenfreunde«, antwortete der Ogier in seinem gelassenen Grollton, »und Aes Sedai und das Licht weiß was noch. Oder der Dunkle König. Du gehst nach Tar Valon, und dort befindet sich ein sehr schöner Hain, von dem ich gehört habe, daß ihn die Aes Sedai gut pflegen. Außerdem gibt es noch mehr in der Welt zu sehen als nur die Haine. Du bist wahrhaftig *ta'veren,* Rand. Das Muster formt sich um dich herum, und du stehst in der Mitte.«

Dieser Mann steht in der Mitte. Rand schauderte. »Ich stehe in überhaupt keiner Mitte«, widersprach er grob.

Meister Gill blinzelte, und sogar Loial schien vor seinem Ärger zu erschrecken. Der Wirt und der Ogier sahen einander an und blickten dann zu Boden. Rand zwang sich, das Gesicht zu entspannen, und atmete ein paarmal tief ein. Zu seinem Erstaunen konnte er das Nichts heraufbeschwören, was er zuletzt meist nicht fertiggebracht hatte, und gewann wieder an Ruhe. Sie hatten seinen Ärger nicht verdient.

»Du kannst mitkommen, Loial«, sagte er. »Ich weiß zwar nicht, warum du das willst, aber ich bin dankbar für deine Gesellschaft. Du ... du weißt, in welchem Zustand Mat ist.«

»Ich weiß«, sagte Loial. »Ich kann mich immer noch nicht auf die Straße wagen, ohne daß der Mob mir ›Trolloc‹ nachschreit. Aber Mat gebraucht wenigstens nur Worte. Er hat nicht versucht, mich umzubringen.«

»Natürlich nicht«, sagte Rand. »Doch nicht Mat.« *So weit würde er nicht gehen. Mat nicht.*

Es klopfte an der Tür, und eine der Bedienungen, Gilda, steckte den Kopf ins Zimmer. Ihre Mundpartie war angespannt, und ihre Augen blickten besorgt. »Meister Gill, kommt bitte schnell. Es sind Weißmäntel im Schankraum.«

Meister Gill sprang mit einem Fluch auf. Die Katze sprang erschrocken vom Tisch und stolzierte mit steif erhobenem Schwanz beleidigt aus dem Raum. »Ich komme schon. Renn und sag ihnen, daß ich komme, und dann halte dich von ihnen fern. Hörst du, Mädchen? Halt dich von ihnen fern.« Gilda nickte und verschwand. »Ihr solltet am besten hierbleiben«, sagte er zu Loial.

Der Ogier schnaubte, ein Laut, als zerrissen Leintücher. »Ich lege keinen Wert auf weitere Zusammentreffen mit den Kindern des Lichts.«

Meister Gills Blick fiel auf das Spielbrett, und seine Stimmung schien sich zu bessern. »Sieht so aus, als müßten wir später noch einmal zu spielen beginnen.«

»Nicht nötig.« Loial streckte einen Arm nach dem Bücherregal aus und nahm sich ein Buch herunter. Seine Hände waren viel größer als der in Leinen gebundene Band. »Wir können so weitermachen, wie die Steine liegen. Ihr seid dran.«

Meister Gill verzog sein Gesicht. »Wenn nicht das eine schiefgeht, dann das andere«, schimpfte er leise, als er aus dem Raum eilte.

Rand folgte ihm, jedoch langsam. Er hatte nicht mehr Lust als Loial, mit den Kindern zusammenzutreffen. *Dieser Mann steht in der Mitte.* Er blieb an der Tür zum Schankraum stehen, wo er sehen konnte, was drinnen vor sich ging, aber weit genug hinten, daß er hoffen konnte, nicht bemerkt zu werden. Totenstille herrschte in dem großen Raum. Fünf Weißmäntel standen mitten drin und wurden von den Leuten an den anderen Tischen betont mißachtet. Einer von ihnen trug den silbernen Blitz eines Unteroffiziers unter dem Sonnensymbol an seinem Umhang. Lambgwin lehnte an der Wand neben der Eingangstür und reinigte ganz konzentriert seine Fingernägel mit einem Holzsplitter. Vier weitere der von Meister Gill angeheuerten Wächter hatten sich mit ihm an der Wand entlang verteilt. Alle gaben sich größte Mühe, den Weißmänteln keinerlei Aufmerksamkeit zu schenken. Falls die Kinder des Lichts etwas bemerkt hatten, ließen sie es sich nicht anmerken. Nur der Unteroffizier zeigte überhaupt eine Regung, denn er klatschte sich seine mit Stahl verstärkten Stulpenhandschuhe ständig ungeduldig in die Handfläche, während er auf den Wirt wartete.

Meister Gill durchquerte schnell den Raum zu ihm herüber. Er blickte vorsichtig neutral drein. »Das Licht erleuchte Euch«, sagte er und verbeugte sich höflich, doch nicht zu tief, aber auch nicht zu nachlässig, um bereits als Beleidigung zu wirken, »und unsere gute Königin Morgase. Wie kann ich Euch helfen ...«

»Ich habe keine Zeit für Euer Geschwätz, Wirt«, fauchte der Unteroffizier. »Ich war heute schon in zwanzig Schenken, und eine ist ein größerer Saustall als die letzte. Bevor die Sonne untergeht, werde ich noch zwanzig mehr sehen. Ich suche nach Schattenfreunden — einem Jungen von den Zwei Flüssen ...«

Meister Gills Gesicht färbte sich bei jedem Wort dunkler. Er blies sich auf, als wolle er explodieren, und das tat er schließlich auch, als er den Weißmantel nun seinerseits unterbrach: »In meinem Haus gibt es keine Schattenfreunde! Jeder hier ist ein guter Untertan der Königin!«

»Ja, und wir wissen ja alle, wo Morgase steht« — die Stimme des Unteroffiziers triefte vor Hohn, als er ihren Namen nannte — »sie und ihre Hexe aus Tar Valon, oder?«

Das Schaben der Stuhlbeine über den Boden war laut. Plötzlich war jeder Mann im Raum auf den Beinen. Sie standen still wie Statuen, aber jeder starrte die Weißmäntel grimmig an. Der Unteroffizier schien es nicht zu bemerken, aber die vier hinter ihm blickten sich unsicher um.

»Es wird Euch vieles erleichtern, Wirt«, sagte der Unteroffizier, »wenn Ihr mithelft. Die Zeit verfährt unbarmherzig mit jenen, die Schattenfreunde beherbergen. Ich glaube kaum, daß eine Schenke mit dem Drachenzahn auf der Tür noch viele Gäste bekäme. Könntet ein wenig Probleme mit Bränden bekommen, wenn Ihr das auf der Tür habt.«

»Ihr verlaßt jetzt das Haus«, sagte Meister Gill ruhig, »oder ich lasse die königliche Garde holen, damit sie das, was von Euch noch übrig ist, auf den Abfall karren.«

Lambgwins Schwert wurde mit einem schabenden Geräusch aus der Scheide gezogen, und dieses Schaben von Stahl auf Leder wiederholte sich im ganzen Raum. Alle Hände hielten Schwerter und Dolche. Die Kellnerinnen huschten zu den Türen.

Der Unteroffizier sah sich in verächtlicher Ungläubigkeit um. »Der Drachenzahn ...«

»Hilft Euch fünfen nicht«, beendete Meister Gill seinen angefangenen Satz. Er hielt eine Faust hoch und streckte den Zeigefinger aus. »Eins.«

»Ihr müßt wahnsinnig sein, Wirt, wenn Ihr die Kinder des Lichts bedroht!«

»Weißmäntel haben in Caemlyn nichts zu sagen. Zwei.«

»Glaubt Ihr wirklich, damit wäre alles für Euch ausgestanden?«

»Drei.«

»Wir kommen zurück«, brauste der Unteroffizier nochmals auf, und dann ließ er seine Männer schleunigst kehrtmachen, wobei er sich bemühte, alles nach einem geordneten Rückzug aussehen zu lassen, dessen Tempo er allein bestimmte. Allerdings wurde er durch den Eifer seiner eigenen Leute Lügen gestraft, die wohl nicht gerade rannten, aber kein Hehl daraus machten, daß sie raus wollten.

Lambgwin stand vor der Tür mit seinem Schwert in der Hand und ließ sie erst durch, nachdem Meister Gill ihm erregt zugewunken hatte. Als die Weißmäntel draußen waren, ließ sich der Wirt schwerfällig auf einen Stuhl fallen. Er rieb sich mit einer Hand die Stirn und sah die Hand dann an, als sei er überrascht, daß sie nicht schweißbedeckt war. Im ganzen Raum setzten sich die Männer wieder und lachten darüber, was sie getan hatten. Einige kamen herüber und klopften Meister Gill auf die Schulter.

Als er Rand sah, wankte der Wirt vom Stuhl weg zu ihm hin. »Wer hätte gedacht, daß ich das Zeug zum Helden habe?« sagte er staunend. »Das Licht erleuchte mich.« Plötzlich schüttelte er sich, und seine Stimme klang beinahe wieder normal. »Ihr werdet euch verbergen müssen, bis ich euch aus der Stadt herausbringen kann.« Nach einem scharfen Blick zurück in den Schankraum schob er Rand weiter in den Flur hinein. »Diese Kerle werden zurückkommen, oder sie schicken ein paar Spione herum, die für einen Tag Rot tragen. Nach dem Schauspiel, das ich ihnen geliefert habe, wird es ihnen vermutlich gleich sein, ob ihr hier seid oder nicht — sie werden sich einfach so verhalten, als wärt ihr hier.«

»Das ist doch verrückt!« protestierte Rand. Als der Wirt die Hand warnend erhob, senkte er die Stimme. »Die Weißmäntel haben doch gar keinen Grund, hinter mir her zu sein.«

»Ich weiß nichts über ihre Gründe, Junge, aber sie sind ganz todsicher hinter dir und Mat her. Was *habt* ihr denn nur angestellt? Elaida *und* die Weißmäntel!«

Rand erhob protestierend die Hände, ließ sie aber wieder fallen. Es ergab keinen Sinn, aber er hatte den Weißmantel ja gehört. »Was wird mit Euch? Die Weißmäntel werden Euch Schwierigkeiten bereiten, auch wenn sie uns nicht finden.«

»Mach dir deshalb kein Kopfzerbrechen, Junge! Die königliche Garde sorgt immer noch dafür, daß die Gesetze eingehalten werden, selbst wenn sie Verräter in Weiß herumstolzieren lassen. Und was die Nacht betrifft ... na ja, Lambgwin und seine Freunde bekommen vielleicht nicht viel Schlaf, aber ich habe beinahe Mitleid mit jedem, der versucht, ein Zeichen auf meine Tür zu kritzeln.«

Gilda erschien neben ihnen und knickste vor Meister Gill. »Meister, da ist ... da ist eine Dame. In der Küche!« Sie hörte sich ob dieser Tatsache schockiert an. »Sie fragt nach Meister Rand und Meister Mat — sie hat ihre Namen genannt.«

Rand und der Wirt blickten sich fragend an.

»Junge«, sagte Meister Gill, »wenn du es tatsächlich fertiggebracht hast, Lady Elayne aus dem Palast in meine Schenke zu locken, dann enden wir alle beim Henker.« Gilda quietschte auf, als er die Tochter-Erbin erwähnte, und starrte Rand mit großen Augen an. »Raus mit dir, Mädchen«, sagte der Wirt in scharfem Ton. »Und halt den Mund über das, was du gehört hast. Es geht niemanden was an.« Gilda nickte wieder und huschte durch den Flur, wobei sie sich nach hinten zu Rand umblickte. »In fünf Minuten« — Meister Gill seufzte — »wird sie den anderen Frauen erzählen, du seist ein Prinz in Verkleidung. Bei Einbruch der Nacht weiß es die ganze Neustadt.«

»Meister Gill«, sagte Rand, »ich habe Elayne gegenüber Mat nicht erwähnt. Es kann nicht sein ...« Plötzlich wurde sein Gesicht von einem breiten Lächeln erhellt, und er rannte zur Küche.

»Warte!« rief ihm der Wirt nach. »Warte, bis du Bescheid weißt. Warte doch, du Narr!«

Rand riß die Tür auf, und da waren sie. Moiraine blickte ihn überlegen und ruhig an, ohne Überraschung zu zeigen. Nynaeve und Egwene rannten lachend zu ihm hin und umarmten ihn. Perrin drängte noch hinterher, und alle drei klopften ihm auf die Schultern, als wollten sie sich davon überzeugen, daß er wirklich da war. An der Tür zum Stallhof lehnte Lan, hatte einen Stiefel gegen den Türrahmen gestützt und teilte seine

Aufmerksamkeit zwischen der Küche und dem Hof draußen.

Rand versuchte gleichzeitig, die beiden Frauen zu umarmen und Perrin die Hand zu schütteln, und das Ergebnis war ein Durcheinander von Armen und Gelächter, das dadurch noch verwirrender wurde, weil Nynaeve versuchte, seine Stirn zu fühlen, ob er Fieber habe. Sie sahen alle ein wenig schlechter und angestrengter aus als üblich — auf Perrins Gesicht waren Schrammen zu sehen, und er schlug die Augen auf eine Art nieder, die er nie zuvor an ihm bemerkt hatte —, aber sie lebten und waren wieder beisammen. Seine Kehle war wie zugeschnürt, und er konnte kaum sprechen. »Ich hatte gefürchtet, ich würde euch niemals wiedersehen«, brachte er schließlich heraus. »Ich hatte Angst, ihr wärt alle ...«

»Ich wußte, daß du lebst«, sagte Egwene, die den Kopf an seine Brust gelegt hatte. »Ich habe es immer gewußt. Immer.«

»Ich nicht«, sagte Nynaeve. Ihre Stimme klang in diesem Augenblick scharf, doch im nächsten schon wieder besänftigt, und sie lächelte zu ihm hoch. »Du siehst gut aus, Rand. Nicht gerade gut genährt, aber doch gut, dem Licht sei Dank.«

»Na«, sagte Meister Gill hinter ihm, »es scheint, daß du diese Leute doch kennst. Sind es die Freunde, nach denen du suchtest?«

Rand nickte. »Ja, meine Freunde.« Er stellte alle einander vor. Es war immer noch ein eigenartiges Gefühl, Lan und Moiraine beim richtigen Namen zu nennen. Beide blickten ihn scharf an, als sie es hörten.

Der Wirt begrüßte alle mit einem offenen Lächeln, aber er war auch entsprechend beeindruckt, einen Behüter kennenzulernen, und dann auch noch Moiraine. Sie starrte er mit offenem Mund an — es war *eine* Sache, zu wissen, daß eine Aes Sedai den Jungen geholfen hatte, aber eine ganz andere, sie plötzlich in der Küche zu haben —, und dann verbeugte er sich tief. »Seid willkommen in *Der Königin Segen,* Aes Sedai. Seid mein Gast. Obwohl, ich glaube, Ihr werdet eher mit Elaida und den anderen Aes Sedai, die den falschen Drachen gebracht haben, im Palast wohnen wollen.« Er verbeugte sich wieder und warf Rand einen schnellen und besorgten Blick zu. Es war ja schön und gut, zu sagen, daß man nichts gegen die Aes Sedai habe, aber das hieß natürlich nicht, daß man gleich eine unter seinem Dach schlafen lassen wollte.

Rand nickte ermutigend und versuchte, ihm auf diese Weise unhörbar mitzuteilen, daß alles in Ordnung sei. Moiraine war nicht wie Elaida, bei der jeder Blick eine verborgene Drohung enthielt, genau wie jedes Wort. *Bist du sicher? Bist du selbst jetzt wirklich sicher?*

»Ich glaube, ich werde hier bleiben«, sagte Moiraine. »Jedenfalls die kurze Zeit über, die ich mich in Caemlan aufhalte. Und Ihr müßt mir erlauben zu bezahlen.«

Eine gescheckte Katze tapste vom Flur aus herein und rieb sich schnurrend an den Beinen des Wirts. Kaum hatte sie damit begonnen, sprang eine zerzauste graue Katze unter dem Tisch hervor, machte einen Buckel und fauchte. Die gescheckte duckte sich und knurrte drohend, worauf die graue an Lan vorbei auf den Hof flüchtete.

Meister Gill entschuldigte sich wegen der Katzen, und gleichzeitig protestierte er und sagte, daß Moiraine ihn ehren würde, wenn sie sein Gast wäre, und ob sie sicher sei, daß sie nicht doch den Palast vorziehe, was er durchaus verstünde, aber er hoffe, sie werde sein bestes Zimmer als Geschenk annehmen. Alles geriet derart durcheinander, daß Moiraine gar nicht richtig darauf achtete. Statt dessen bückte sie sich und kraulte die weiß- und orangefarbene Katze. Die verließ prompt Meister Gills Beine und wandte sich ihren zu.

»Ich habe hier schon vier andere Katzen gesehen«, sagte sie. »Habt Ihr eine Mäuseplage? Oder Ratten?«

»Ratten, Moiraine Sedai.« Der Wirt seufzte. »Ein schreckliches Problem. Wißt Ihr, nicht, daß mein Haus nicht sauber wäre. Es sind die vielen Leute. Die ganze Stadt ist voll von Menschen und Ratten. Aber meine Katzen erledigen das. Ihr werdet nicht belästigt, das verspreche ich.«

Rand und Perrin sahen sich kurz an, aber Perrin schlug sofort die Augen nieder. Es war etwas Seltsames an Perrins Augen. Und er war so schweigsam. Perrin brauchte schon immer lange, bis er etwas sagte, aber jetzt sagte er überhaupt nichts mehr. »Es könnte an den vielen Leuten liegen«, sagte Rand.

»Wenn Ihr erlaubt, Meister Gill«, sagte Moiraine ganz selbstverständlich, »es ist eine ganz einfache Sache, die Ratten von dieser Straße fernzuhalten. Wenn Ihr Glück habt, werden die Ratten überhaupt nicht bemerken, daß sie ferngehalten werden.«

Meister Gill runzelte die Stirn, als er das letztere vernahm, doch dann verbeugte er sich und nahm ihr Angebot an. »Wenn Ihr sicher seid, daß Ihr nicht im Palast wohnen wollt, Aes Sedai?«

»Wo ist Mat?« fragte Nynaeve plötzlich. »*Sie* sagte, er sei auch hier.«

»Oben«, sagte Rand. »Er … fühlt sich nicht wohl.«

Nynaeve hob den Kopf. »Er ist krank? Ich werde *ihr* die Ratten überlassen und mich um ihn kümmern. Bring mich jetzt zu ihm, Rand.«

»Ihr geht alle nach oben«, sagte Moiraine. »Ich komme in ein paar Minuten nach. Wir stehen alle in Meister Gills Küche herum, dabei wäre es das beste, wir würden uns eine Weile lang an einem ruhigen Ort aufhalten.« Es lag ein Unterton in ihrer Stimme. *Bleibt versteckt. Das Versteckspiel ist noch nicht vorüber.*

»Kommt«, sagte Rand. »Wir gehen die Hintertreppe rauf.«

Die Emondsfelder drängten sich hinter ihm auf die Hintertreppe und ließen die Aes Sedai und den Behüter mit Meister Gill in der Küche zurück. Rand kam nicht darüber hinweg, daß sie wieder vereint waren. Es war beinahe, als seien sie wieder zu Hause. Er konnte nicht aufhören zu grinsen.

Die gleiche beinahe freudige Erleichterung schien auch die anderen gepackt zu haben. Sie lachten in sich hinein und ergriffen immer wieder seinen Arm. Perrins Stimme schien gedrückt, und er hielt den Kopf noch immer gesenkt, aber beim Hinaufgehen fing er an zu sprechen. »Moiraine behauptete, sie könne dich und Mat aufspüren, und das gelang ihr auch. Als wir in die Stadt hineinritten, konnten wir anderen uns nicht sattsehen — na ja, außer Lan natürlich — all die vielen Leute, die Gebäude und einfach alles.« Seine dichten Locken schwangen herum, als er ungläubig den Kopf schüttelte. »Es ist alles so groß. Und so viele, viele Menschen. Einige starrten uns die ganze Zeit an und schrien ›rot oder weiß?‹, als ob das irgendeinen Sinn ergäbe.«

Egwene berührte Rands Schwert und fuhr mit dem Finger über die rote Umhüllung. »Was bedeutet das?«

»Nichts«, sagte er. »Nichts Wichtiges. Wir müssen nach Tar Valon, denk bitte daran.«

Egwene sah ihn an, doch dann nahm sie ihre Hand vom Schwert und fuhr fort, wo Perrin aufgehört hatte: »Moiraine hat sich genausowenig umgesehen wie Lan. Sie führte uns derart im Zickzack durch diese Straßen — wie ein Hund, der eine Witterung sucht —, daß ich schon dachte, ihr könntet nicht hier sein. Dann, ganz plötzlich, ging es eine Straße geradewegs hinunter, und das nächste, was ich wußte, war, daß wir die Pferde Stallburschen übergaben und in die Küche marschierten. Sie fragte nicht einmal, ob ihr hier seid. Sagte einfach zu einer Frau, die gerade Eierkuchenteig rührte, sie solle Rand al'Thor und Mat Cauthon sagen, daß sie jemand sehen wollte. Und dann warst du da« — sie grinste — »tauchtest auf, wie ein Ball aus dem Nichts in der Hand eines Gauklers auftaucht.«

»Wo ist der Gaukler?« fragte Perrin. »Ist er bei euch?«

Rand spürte einen Kloß im Magen, und das schöne Gefühl, seine Freunde um sich zu haben, schwächte sich etwas ab. »Thom ist tot. Ich glaube jedenfalls, daß er tot ist. Da war ein Blasser ...« Er konnte nicht weitersprechen. Nynaeve schüttelte den Kopf und murmelte etwas in sich hinein.

Die Stille um sie herum verdichtete sich, unterdrückte das Schmunzeln, minderte die Freude, bis sie den obersten Treppenabsatz erreichten.

»Mat ist an sich nicht direkt krank«, sagte er dann. »Er ist ... ihr werdet ja sehen.« Er schwang die Tür zu dem Raum auf, den er mit Mat teilte. »Schau mal, wer hier ist, Mat!«

Mat lag immer noch zur Kugel zusammengerollt auf dem Bett, wie ihn Rand verlassen hatte. Er hob den Kopf und sah sie an. »Woher weißt du, daß sie wirklich diejenigen sind, nach denen sie aussehen?« fragte er heiser. Sein Gesicht war gerötet, die Haut spannte sich über die Knochen und war schweißnaß. »Woher weißt du, daß du der bist, nach dem du aussiehst?«

»Nicht krank?« Nynaeve warf Rand einen vernichtenden Blick zu, als sie sich an ihm vorbeischob. Sie nahm bereits ihre Tasche von der Schulter.

»Jeder wandelt sich«, schnarrte Mats Stimme. »Wie kann ich sicher sein? Perrin? Bist du das? Du hast dich verändert, nicht wahr?« Sein Lachen klang mehr nach Husten. »O ja, du hast dich verändert.«

Zu Rands Überraschung ließ sich Perrin auf die Kante des anderen Betts fallen, bedeckte das Gesicht mit beiden Händen und blickte zu Boden. Mats beißendes Lachen ging ihm durch und durch.

Nynaeve kniete sich an Mats Bett und legte eine Hand auf sein Gesicht. Sie schob sein Kopftuch hoch. Er zuckte mit einem verächtlichen Blick vor ihr zurück. Seine Augen glänzten glasig. »Du glühst ja«, sagte sie, »aber bei einem solchen Fieber solltest du nicht so schwitzen.« Sie konnte die Sorge in ihrer Stimme nicht verbergen. »Rand, du und Perrin, besorgt mir schnell ein paar saubere Tücher und so viel kühles Wasser, wie ihr tragen könnt. Ich werde zuerst deine Temperatur senken, Mat, und ...«

»Hübsche Nynaeve«, fauchte Mat. »Eine Seherin sollte sich doch nicht als Frau betrachten, oder? Nicht als hübsche Frau. Aber das tust du doch, nicht wahr? Jetzt. Du kannst nicht vergessen, daß du eine hübsche Frau bist, gerade jetzt, und das jagt dir Angst ein. Jeder verändert sich.« Nynaeve erblaßte, als er sprach — ob aus Zorn oder einem anderen Grund, konnte Rand nicht sagen. Mat stieß ein hinterhältiges Lachen aus, und sein fiebernder Blick wanderte zu Egwene. »Hübsche Egwene«, krächzte er. »So hübsch wie Nynaeve. Und ihr habt noch mehr gemeinsam, ja? Andere Träume. Wovon träumst du jetzt?« Egwene trat einen Schritt von dem Bett zurück.

»Wir sind für eine Weile vor den Augen des Dunklen Königs sicher«, verkündete Moiraine, als sie mit Lan auf den Fersen ins Zimmer trat. Ihr Blick fiel auf Mat, gleich als sie durch die Tür kam, und sie zischte, als habe sie einen heißen Ofen berührt. »Weg von ihm!«

Nynaeve rührte sich nicht, drehte sich lediglich um und sah die Aes Sedai überrascht an. Mit zwei schnellen Schritten war Moiraine bei der Seherin, packte sie bei den Schultern und schleifte sie wie einen Sack Getreide über den Fußboden. Nynaeve wehrte sich und protestierte, aber Moiraine ließ sie nicht los, bevor sie nicht ein ganzes Stück vom Bett entfernt war. Die Seherin protestierte immer noch, als sie wieder auf den Beinen stand. Sie brachte verärgert ihre Kleidung wieder in Ordnung. Doch Moiraine beachtete sie gar nicht. Die Aes Sedai beobachtete ausschließlich Mat und sah ihn an, als betrachte sie eine Viper.

»Bleibt alle von ihm weg«, sagte sie. »Und seid ruhig.«

Mat sah sie genauso eindringlich an wie sie ihn. Er bleckte die Zähne in einem lautlosen, starren Grollen, rollte sich womöglich noch enger zusammen, doch er ließ dabei die Augen nicht von ihren. Mit einer langsamen Bewegung legte sie eine Hand ganz leicht auf ein bis zu seiner Brust hochgezogenes Knie. Bei ihrer Berührung wurde er von einem Krampf geschüttelt. Ein Schauder des Ekels erfaßte seinen ganzen Körper, und schlagartig zog er eine Hand hervor und hieb mit dem rubinverzierten Dolch nach ihrem Gesicht.

Im ersten Moment befand sich Lan an der Tür, im nächsten stand er schon neben dem Bett, als gehe ihn der Abstand dazwischen gar nichts an. Seine Hand fing Mats Arm am Handgelenk ab und hielt den Streich so plötzlich auf, als sei er auf Stein getroffen. Und immer noch blieb Mat zu einer Kugel zusammengerollt. Nur die Hand mit dem Dolch versuchte er zu bewegen. Er kämpfte gegen den eisernen Griff des Behüters an. Mat blickte unverwandt nur Moiraine an. Sein Blick glühte vor Haß.

Moiraine bewegte sich ebenfalls nicht. Sie zuckte nicht vor der Klinge zurück, die sich nur wenige Handbreit vor ihrem Gesicht befand, genausowenig, wie sie bei seinem Streich zurückgezuckt war. »Wie ist er daran gekommen?« fragte sie mit einer Stimme, die nach Stahl klang. »Ich hatte gefragt, ob euch Mordeth irgend etwas gegeben hat. Ich habe gefragt und euch gewarnt, und du sagtest, er hätte nichts bekommen.«

»Hat er auch nicht«, sagte Rand. »Er … Mat nahm ihn aus der Schatzkammer mit.« Moiraine blickte ihn an. Ihre Augen schienen genau wie die Mats zu glühen. Er wäre beinahe rückwärts gestolpert, doch dann wandte sie sich wieder dem Bett zu. »Ich wußte es nicht, bis wir voneinander getrennt wurden. Ich habe es nicht gewußt.«

»Du wußtest es nicht.« Moiraine betrachtete Mat. Er lag da mit an die Brust angezogenen Knien, knurrte sie immer noch lautlos an, und seine Hand drückte immer noch gegen die Lans, um sie mit dem Dolch zu erreichen. »Es ist ein Wunder, daß ihr soweit gekommen seid, obwohl er dies hier trug. Ich habe das Böse daran sofort gefühlt, als ich ihn sah. Es ist die Berührung Mashadars — ein Blasser könnte sie meilenweit entfernt noch spüren. Auch wenn er nicht genau wüßte, wo es ist, so wüßte er doch, es ist in der Nähe, und Mashadar würde seinen Geist anlocken, während er noch das Gefühl in den Knochen haben müßte, daß dieselbe böse Kraft eine Armee verschluckt hat — Schattenlords, Blasse, Trollocs — alles. Auch einige Schattenfreunde könnten es vermutlich spüren. Diejenigen, die wirklich und endgültig ihre Seele verkauft haben. Ohne es verhindern zu können, würden einige ein Gefühl empfinden, als jucke die sie umgebende Luft. Sie wären gezwungen, es zu suchen. Es sollte sie anziehen wie ein Magnet Eisenspäne.«

»Es kamen auch Schattenfreunde«, sagte Rand, »mehr als einmal, aber wir entkamen ihnen. Und da war ein Blasser, in der Nacht, bevor wir Caemlyn erreichten, aber der sah uns nicht.« Er räusperte sich. »Es gibt Gerüchte über fremdartige — Dinge — in der Nacht, außerhalb der Stadt. Es könnten Trollocs sein.«

»O ja, es sind Trollocs, Schafhirte«, sagte Lan trocken, »und wo Trollocs sind, gibt es auch Blasse.« Die Sehnen zeichneten sich deutlich auf seinem Handrücken ab, da er sich anstrengen mußte, Mats Handgelenk festzuhalten, aber seine Stimme klang nicht angestrengt. »Sie haben sich bemüht, ihr Kommen und Gehen zu verbergen, aber ich habe zwei Tage lang schon die Anzeichen bemerkt. Und ich habe gehört, wie die Bauern und Dorfbewohner sich über Dinge in der Nacht geäußert haben. Der Myrddraal hat es irgendwie fertiggebracht, ungesehen in den Zwei Flüssen zuzuschlagen, aber nun nähern sie sich immer mehr denjenigen, die Soldaten aussenden können, um sie zu jagen. Trotzdem lassen sie sich jetzt nicht aufhalten, Schafhirte.«

»Aber wir sind doch in Caemlyn«, sagte Egwene. »Sie können uns nicht erreichen, solange ...«

»Tatsächlich?« fiel ihr der Behüter ins Wort. »Die Blassen ziehen draußen auf dem Land immer mehr von ihnen nach. Das geht ganz klar aus den Anzeichen hervor, falls du weißt, wonach du suchen mußt. Es sind bereits mehr Trollocs da, als sie brauchen, um gleichzeitig alle Wege aus der Stadt hinaus zu beobachten — mindestens ein Dutzend Fäuste. Das kann nur einen Grund haben: Wenn genug Blasse da sind, kommen sie in die Stadt, um euch zu holen. Die Folge könnte wohl sein, daß die Hälfte aller Armeen aus dem Süden in die Grenzlande geschickt wird, aber die Anzeichen sind vorhanden, daß sie bereit sind, das zu riskieren. Ihr drei seid ihnen schon zu lange entwischt. Es sieht so aus, als hättet ihr einen neuen Trolloc-Krieg nach Caemlyn gebracht, Schafhirte.«

Egwene schluchzte und schnappte gleichzeitig nach Luft, und Perrin schüttelte den Kopf, als wolle er es einfach nicht wahrhaben. Rand hatte ein flaues Gefühl im Magen, als er sich Trollocs in den Straßen Caemlyns vorstellte.

Alle diese Menschen, die sich gegenseitig an den Kragen wollten und dabei die wirkliche Bedrohung nicht erkannten, die nur darauf wartete, über die Mauern zu klettern. Was würden sie tun, wenn plötzlich Trollocs und Blasse mitten unter ihnen waren und sie töteten? Er konnte sich die brennenden Türme vorstellen, wie die Flammen durch die Kuppeln brachen, wie Trollocs durch die gewundenen Straßen und Plätze der Innenstadt wüteten. Selbst der Palast in Flammen. Elayne und Gawyn und Morgase ... tot.

»Es ist noch nicht soweit«, sagte Moiraine abwesend. Sie konzentrierte sich immer noch auf Mat. »Wenn wir einen Weg aus Caemlyn hinaus finden, haben die Halbmenschen kein Interesse mehr an der Stadt. Falls. Es gibt so viele Unsicherheitsfaktoren.«

»Es wäre besser, wenn wir alle tot wären«, sagte Perrin plötzlich, und Rand fuhr zusammen, da er seine eigenen Gedanken ausgesprochen hatte. Perrin saß immer noch da und blickte zu Boden — ein böser Blick war es nun —, und seine Stimme klang bitter. »Wo immer wir hinkommen, verbreiten wir Schmerz und Leiden. Es wäre besser für alle, wären wir tot.«

Nynaeve wollte mit einem Gesichtsausdruck, aus dem zur Hälfte Zorn und zur Hälfte Besorgnis ersichtlich war, auf ihn losgehen, aber Moiraine kam ihr zuvor. »Was glaubst du denn, wäre gewonnen — sowohl für dich als auch für alle anderen — wenn ihr sterbt?« fragte die Aes Sedai. Ihre Stimme klang ruhig, war aber nicht ohne Schärfe. »Wenn der Herr der Gräber mittlerweile soviel Freiheit erlangt hat, um das Muster zu beeinflussen, wie ich fürchte, dann kann er euch jetzt im Tod noch leichter erreichen als im Leben. Tot könnt ihr niemandem mehr helfen, auch nicht den Menschen, die euch geholfen haben, auch nicht euren Freunden und Familien zu Hause in den Zwei Flüssen. Der Schatten fällt über die Welt, und keiner von euch kann ihn aufhalten, wenn er tot ist.«

Perrin hob den Kopf, um sie anzusehen, und Rand fuhr zusammen. Die Pupillen seines Freundes waren eher gelb als braun. Bei seinem zerzausten Haar und der Eindringlichkeit seines Blicks war etwas an ihm ... Rand war nicht in der Lage, genau festzustellen, was es war.

Perrin sprach in einer sanften Tonlosigkeit, die seinen Worten mehr Gewicht verlieh, als er mit Schreien erreicht hätte. »Lebend können wir es auch nicht mehr aufhalten, oder?«

»Ich werde mir später die Zeit nehmen, mit euch darüber zu diskutieren«, sagte Moiraine, »aber jetzt braucht euer Freund mich.« Sie trat zur Seite, so daß sie alle Mat gut beobachten konnten. Sein wuterfüllter Blick lastete immer noch auf ihr; er hatte sich nicht gerührt und seine Position auf dem Bett nicht verändert. Schweiß lief ihm übers Gesicht, und die Lippen, immer noch zu einem erstarrten Knurren verzogen, waren blutleer. All seine Kraft schien in dem Versuch aufzugehen, Moiraine mit dem Dolch zu erreichen, den Lan festhielt. »Oder hattet ihr ihn vergessen?«

Perrin zuckte beschämt die Achseln und zeigte wortlos die geöffneten Hände.

»Was stimmt nicht mit ihm?« fragte Egwene, und Nynaeve fügte hinzu: »Ist es ansteckend? Ich kann ihn immer noch behandeln. Ich stecke mich nie an, gleich, was es ist.«

»O ja, es ist ansteckend«, sagte Moiraine, »und dein … Schutz würde dich nicht retten.« Sie deutete auf den Dolch mit dem Rubingriff, hütete sich aber, ihn mit dem Finger zu berühren. Die Klinge zitterte, als Mat sie mit aller Kraft zu erreichen versuchte. »Das stammt aus Shadar Logoth. Kein noch so kleines Steinchen in jener Stadt, das nicht verdorben und gefährlich wäre, wenn man es nach draußen bringt, und das hier ist viel mehr als nur ein Steinchen. Das Böse, das Shadar Logoth abtötete, ist darin enthalten und nun auch in Mat. So starkes Mißtrauen, so starker Haß, daß selbst die am nächsten Stehenden als Feinde betrachtet werden, und das sitzt ihm so tief in den Knochen, daß am Ende der einzige übriggebliebene Gedanke sein wird, zu töten. Dadurch, daß er den Dolch aus Shadar Logoth herausbrachte, befreite er diesen Samen des Bösen, und nun ist es nicht mehr an diesen Ort gebunden. Es wird in ihm einmal stärker und einmal schwächer durchgekommen sein. Sein ganzes Wesen, sein Inneres, kämpft gegen das an, was Mashadars Gift aus ihm machen will, aber jetzt ist die Schlacht in seinem Inneren beinahe beendet und seine Niederlage besiegelt. Bald schon, falls es ihn nicht zuvor umbringt, wird er dieses Böse überall um sich verbreiten, wo er nur hingeht. So wie ein Kratzer von dieser Klinge genügt, zu infizieren und zu zerstören, so werden bald ein paar Minuten in Mats Gegenwart tödlich wirken.«

Nynaeves Gesicht war totenblaß. »Kannst du etwas dagegen tun?« flüsterte sie.

»Ich hoffe.« Moiraine seufzte. »Um der ganzen Welt willen hoffe ich, daß es nicht zu spät ist.« Ihre Hand kramte in ihrer Gürteltasche und kam mit dem in Seide gehüllten *Angreal* wieder heraus. »Laßt mich allein. Bleibt zusammen und findet einen Raum, in dem man euch nicht beobachten kann, aber laßt mich allein. Ich werde für ihn tun, was ich kann.«

KAPITEL 20

Erinnerungen an Träume

Es war eine niedergeschlagene Gruppe, die Rand wieder die Treppe hinunterführte. Jetzt wollte keiner mehr mit ihm oder einem der anderen reden. Auch er hatte keine große Lust, sich zu unterhalten.

Die Sonne stand nun so tief am Himmel, daß es düster auf der Hintertreppe war, aber man hatte die Lampen noch nicht entzündet. Streifen von Sonnenschein und Schatten lagen über den Stufen. Perrins Gesicht war genauso verschlossen wie die der anderen, aber wo die anderen Sorgenfalten auf der Stirn trugen, war Perrins Stirn glatt. Rand glaubte, Perrins Gesichtsausdruck zeige Resignation. Er fragte sich, warum, und er wollte ihn danach fragen, doch wann immer Perrin durch ein Stück tieferen Schattens kam, schien sich alles Licht in seinen Augen zu sammeln, und sie glühten sanft wie polierter Bernstein. Rand schauderte und versuchte, sich auf seine Umgebung zu konzentrieren, auf die mit Walnußholz getäfelten Wände und das Treppengeländer aus Eichenholz, auf die handfesten Dinge des Alltags. Er wischte sich mehrmals die Hände an seinem Mantel ab, aber jedesmal schwitzten seine Handflächen gleich wieder. *Jetzt wird schon alles gut werden. Wir sind wieder beisammen und … Licht, Mat!*

Er brachte sie hinten an der Küche vorbei zur Bibliothek. Den Schankraum mied er. Nicht viele Reisende benutzten die Bibliothek — die meisten derer, die lesen konnten, wohnten in eleganteren Schenken in der Innenstadt. Meister Gill behielt sie eher zum eigenen Vergnügen als für die Handvoll von Gästen, die von Zeit zu

Zeit ein Buch wollten. Rand wollte nicht darüber nachdenken, warum Moiraine wünschte, daß sie sich verbargen, aber er mußte immer wieder daran denken, daß der Weißmantel-Unteroffizier gesagt hatte, er werde wiederkommen, und er erinnerte sich an Elaidas Blick, als sie fragte, wo er wohne. Das war schon Grund genug, gleich, was Moiraine wollte.

Er machte fünf Schritte in die Bibliothek hinein, bevor ihm auffiel, daß alle anderen stehengeblieben waren, sich in der Tür zusammendrängten, die Münder offen, und mit großen Augen starrten. Im Kamin prasselte ein helles Feuer, und Loial lag lesend auf der Couch. Eine kleine schwarze Katze mit weißen Füßen lag zusammengerollt und halb schlafend auf seinem Bauch. Als sie eintraten, schloß er das Buch, wobei er einen riesigen Finger als Buchzeichen drinnenließ, und setzte die Katze sanft am Boden ab. Dann stand er auf und verbeugte sich höflich.

Rand war so an den Ogier gewöhnt, daß er eine Weile brauchte, um zu begreifen, daß er das Ziel der Blicke der anderen war. »Das sind die Freunde, auf die ich gewartet habe, Loial«, sagte er. »Das hier ist Nynaeve, die Seherin meines Dorfes. Und Perrin. Und hier ist Egwene.«

»Ah, ja«, dröhnte Loials Stimme. »Egwene. Rand hat eine Menge von dir erzählt. Ja. Ich bin Loial.«

»Er ist ein Ogier«, erklärte Rand und beobachtete, wie sich der Ausdruck des Erstaunens auf ihren Gesichtern änderte. Auch nachdem sie Trollocs und Blasse höchstpersönlich kennengelernt hatten, erstaunte es sie immer noch, eine lebende Legende anzutreffen. Er erinnerte sich an seine erste Reaktion auf den Anblick Loials und grinste verlegen. Sie hielten sich besser als er.

Loial ging über ihr neugieriges Starren ohne weiteres hinweg. Rand glaubte, daß er es kaum bemerkte, verglichen mit einem Mob, der ›Trolloc‹ schrie. »Und die Aes Sedai, Rand?« fragte Loial.

»Ist oben bei Mat.«

Der Ogier hob gedankenschwer eine buschige Augenbraue. »Dann ist er wirklich krank. Ich würde vorschlagen, daß wir uns alle setzen. Wird sie auch noch herkommen? Ja. Dann bleibt nichts anderes übrig, als zu warten.«

Das Hinsetzen schien in den Emondsfeldern eine Sperre zu lösen, als fühlten sie sich wie zu Hause, nun, da sie auf gut gepolsterten Stühlen saßen, da im Kamin ein Feuer brannte und eine Katze sich auf dem Sims zusammengerollt hatte. Sobald sie sich niedergelassen hatten, begannen alle, aufgeregt dem Ogier Fragen zu stellen. Zu Rands Überraschung war Perrin der erste, der sprach.

»Die *Steddings*, Loial. Sind sie wirklich solche Zufluchtsstätten, wie es in den Geschichten heißt?« Seine Stimme klang eindringlich, als habe er einen besonderen Grund zu fragen.

Loial freute sich, daß er von den *Steddings* erzählen konnte und wie er in *Der Königin Segen* aufgetaucht war und was er auf seinen Reisen alles gesehen hatte. Rand lehnte sich bald zurück und hörte nur noch teilweise zu. Er hatte das alles bereits ausführlich gehört. Loial erzählte gern und lang, wenn er nur die geringste Möglichkeit dazu sah, und außerdem schien er zu glauben, daß eine Geschichte wenigstens zwei- oder dreihundert Jahre der Vorgeschichte benötigte, damit man sie auch verstand. Sein Zeitverständnis war ganz eigenartig; für ihn waren dreihundert Jahre eine ganz normale Zeitspanne für den Verlauf einer Geschichte oder eine Erklärung. Er erzählte immer davon, wie er sein *Stedding* verlassen hatte, als sei das nur ein paar Monate zuvor gewesen, aber es war ihm schließlich entschlüpft, daß er schon mehr als drei Jahre von zu Hause fort war.

Rands Gedanken waren bei Mat. *Ein Dolch. Ein verdammtes Messer, das ihn vielleicht umbringt, nur, weil er es trägt. Licht, ich habe genug von allen Abenteuern. Falls sie ihn heilen kann, sollten wir alle ... nicht heimgehen, aber ...*

wir können nicht heim ... irgendwohin. Wir gehen alle irgendwohin, wo man niemals etwas von Aes Sedai oder dem Dunklen König gehört hat. Irgendwo.

Die Tür ging auf, und einen Augenblick lang glaubte Rand, der Anblick sei noch seinen Gedanken entsprungen. Da stand *Mat,* blinzelte unter dem um seine Stirn gewickelten Schal ins Licht und trug seinen Mantel bis oben hin zugeknöpft. Dann erblickte Rand Moiraine, die ihre Hand auf Mats Schulter gelegt hatte, und Lan kam hinter ihnen her. Die Aes Sedai beobachtete Mat genau, wie man jemanden beobachtet, der sich gerade von seinem Krankenbett erhoben hat. Wie immer beobachtete Lan alles, gab sich aber den Anschein, als gehe ihn das alles nichts an.

Mat sah aus, als sei er noch nicht einmal einen Tag lang krank gewesen. Sein erstes zögerndes Lächeln beim Eintreten umfaßte alle. Allerdings blieb ihm dann vor Überraschung der Mund beim Anblick Loials offen stehen, als sehe er den Ogier zum ersten Mal. Er schüttelte sich, zuckte die Achseln und wandte seine Aufmerksamkeit wieder seinen Freunden zu. »Ich ... äh ... das heißt ...« Er holte tief Luft. »Es ... äh ... es scheint, als habe ich mich ... äh ... ein bißchen eigenartig benommen. Ich kann mich aber wirklich kaum an etwas erinnern.« Er sah Moiraine unsicher an. Sie lächelte ihm Mut zu, und er fuhr fort: »Alles nach Weißbrücke ist verschwommen. Thom und der ...« Er schauderte und sprach hastig weiter: »Je weiter weg von Weißbrücke, desto verschwommener wird es. Ich erinnere mich überhaupt nicht mehr daran, in Caemlyn angekommen zu sein.« Er beäugte Loial mißtrauisch. »Wirklich nicht. Moiraine Sedai sagt, daß ich oben ... daß ich ... äh ...« Er grinste, und plötzlich war er wirklich wieder ganz der alte Mat. »Man kann doch einen Menschen nicht für das verantwortlich machen, was er tut, wenn er verrückt ist, oder?«

»Du warst doch schon immer verrückt«, sagte Perrin,

und in diesem Moment klang auch er wieder ganz wie früher.

»Nein«, sagte Nynaeve. Tränen ließen ihre Augen glänzen, aber sie lächelte. »Keiner von uns macht dich verantwortlich.«

Rand und Egwene begannen dann gleichzeitig zu sprechen und sagten Mat, wie glücklich sie seien, daß er sich so erholt habe und wie gut er aussehe, und sie streuten lachend ein paar Kommentare ein, wie: Sie hofften, daß er jetzt keine Streiche mehr spielen werde, nachdem ihm ein so häßlicher gespielt worden war. Mat blieb ihnen nichts schuldig, nachdem er sich einen Stuhl gesucht und sich mit seiner alten Großspurigkeit draufgesetzt hatte. Doch beim Hinsetzen, wobei er immer noch grinste, berührte er unbewußt seinen Mantel, als wolle er sichergehen, daß etwas immer noch am richtigen Fleck war, wo er es in seinen Gürtel gesteckt hatte. Rand stockte der Atem.

»Ja«, sagte Moiraine leise, »er hat den Dolch immer noch.« Das Gelächter und Geschwätz der anderen Emondsfelder ging weiter, doch sie hatte sein plötzliches hastiges Einatmen bemerkt und auch den Grund dafür. Sie trat näher an seinen Stuhl heran, damit sie nicht lauter sprechen mußte und er sie doch deutlich verstand. »Ich kann ihn ihm nicht wegnehmen, ohne ihn zu töten. Die Verbindung besteht schon zu lange und ist zu stark geworden. Das muß in Tar Valon getrennt werden; ich kann es nicht und auch keine andere einzelne Aes Sedai, selbst mit Hilfe eines *Angreals.*«

»Aber er sieht gar nicht mehr krank aus.« Er mußte an etwas denken und sah zu ihr auf. »Solange er den Dolch hat, wissen die Blassen, wo wir sind. Auch ein paar der Schattenfreunde. Das hast du selbst gesagt.«

»Ich habe das auf gewisse Art abgeblockt. Wenn sie jetzt nahe genug kommen, um ihn zu spüren, dann stehen sie praktisch schon vor uns. Ich habe ihn von der Befleckung gereinigt, Rand, und alles getan, was in meiner Macht steht, daß sie so langsam wie möglich zurückkehrt, aber mit der Zeit wird es wieder so wie zuvor, es sei denn, ihm wird in Tar Valon geholfen.«

»Gut, daß wir gerade dorthin ziehen, nicht wahr?« Er glaubte, es sei vielleicht der resignierende Tonfall seiner Stimme und die Hoffnung auf eine andere Lösung, daß sie ihm einen so scharfen Blick zuwarf, bevor sie sich abwandte.

Loial stand vor ihr und verbeugte sich. »Ich heiße Loial, Sohn des Arent, Sohn des Halan, Aes Sedai. Das *Stedding* bietet den Dienerinnen des Lichts seinen Schutz.«

»Ich danke dir, Loial, Sohn des Arent«, antwortete Moiraine trocken, »doch ich wäre mit diesem Gruß nicht so freigiebig, falls ich an deiner Stelle wäre. In diesem Augenblick befinden sich vielleicht zwanzig Aes Sedai in Caemlyn, und jede außer mir gehört zu den Roten Ajah.« Loial nickte weise, als verstehe er. Rand konnte nur verwirrt den Kopf schütteln. Er wäre vom Licht geblendet, wenn *er* verstünde, was sie meinte. »Es ist seltsam, dich hier anzutreffen«, fuhr die Aes Sedai fort. »Nur wenige Ogier haben in den letzten Jahren die *Steddings* verlassen.«

»Die alten Geschichten haben mich gepackt, Aes Sedai. Die alten Bücher füllten meinen unwürdigen Kopf mit Bildern. Ich will die Haine sehen. Und auch die Städte, die wir bauten. Es scheinen von beiden nicht mehr viele zu existieren, aber auch wenn Gebäude ein schlechter Ersatz für Bäume sind, so sind sie doch wert, gesehen zu werden. Die Ältesten glauben, ich sei wunderlich, da ich reisen will. Ich wollte das immer schon, und sie glaubten das immer schon. Keiner von ihnen glaubt, daß es außerhalb des *Stedding* etwas Sehenswertes gibt. Vielleicht werden sie ihre Meinung ändern, wenn ich zurückkomme und ihnen erzähle, was ich gesehen habe. Ich hoffe. Mit der Zeit.«

»Vielleicht sehen sie es ein«, sagte Moiraine verbindlich. »Nun, Loial, du mußt mir vergeben, daß ich so kurz angebunden bin. Es ist ein typischer Fehler der Menschen, das weiß ich. Meine Begleiter und ich müssen unbedingt und schnell unsere Weiterreise planen. Wenn du uns entschuldigen würdest?«

Nun war es an Loial, verwirrt dreinzublicken. Rand rettete ihn. »Er kommt mit uns. Ich habe es ihm versprochen.«

Moiraine stand da und sah den Ogier an, als habe sie nicht richtig verstanden, doch schließlich nickte sie. »Das Rad webt, wie das Rad will«, murmelte sie. »Lan, paß auf, daß wir nicht überrascht werden.« Der Behüter verschwand lautlos, bis auf das Klicken der sich schließenden Tür, aus dem Raum.

Lans Verschwinden wirkte wie ein Signal: Alle Gespräche erstarben. Moiraine ging zum Kamin, und als sie sich wieder dem Raum zuwandte, ruhten alle Blicke auf ihr. Obwohl sie so zierlich war, beherrschte sie den Raum. »Wir können nicht lang in Caemlyn bleiben und sind selbst hier in *Der Königin Segen* nicht sicher. Die Augen des Dunklen Königs sind bereits in der Stadt. Sie haben bisher nicht gefunden, wonach sie suchen, sonst würden sie nicht mehr weitersuchen. Das ist unser Vorteil. Ich habe Amulette ausgelegt, um sie fernzuhalten, und wenn der Dunkle König schließlich bemerkt, daß es einen Teil der Stadt gibt, den die Ratten nicht mehr betreten, sind wir schon weg. Stärkere Amulette jedoch, die auch einen Menschen abschrecken könnten, würden sich einem Myrddrall wie ein Leuchtfeuer zeigen, und dann sind ja auch noch Kinder des Lichts in Caemlyn, die nach Perrin und Egwene suchen.« Rand stieß einen Laut aus, und Moiraine hob eine Augenbraue in seiner Richtung.

»Ich glaubte, sie suchen nach Mat und mir«, sagte er.

Diese Erklärung ließ die Aes Sedai nun beide Augenbrauen heben. »Wie kommst du auf die Idee, daß die Weißmäntel nach euch suchen?«

»Ich hörte, wie einer sagte, sie suchten nach jemandem von den Zwei Flüssen. Schattenfreunde, sagte er. Was konnte ich denn sonst glauben? Bei all dem, was geschehen ist, bin ich froh, überhaupt denken zu können.«

»Es war sehr verwirrend, das weiß ich, Rand«, warf Loial ein, »aber du kannst schon klarer denken, als du jetzt tust. Die Kinder hassen die Aes Sedai. Elaida würde nicht ...«

»Elaida?« mischte sich Moiraine mit harter Stimme ein. »Was hat Elaida Sedai mit alledem zu tun?«

Sie blickte Rand so scharf an, daß er sich beinahe zurückgelehnt hätte. »Sie wollte mich ins Gefängnis werfen«, sagte er bedächtig. »Alles, was ich wollte, war lediglich, einen Blick auf Logain zu werfen, aber sie wollte nicht glauben, daß ich nur durch einen Zufall in den Palastgarten zu Elayne und Gawyn geraten war.« Alle starrten ihn an, als sei ihm plötzlich ein drittes Auge gewachsen — alle außer Loial. »Königin Morgase hat mich laufen lassen. Sie sagte, es gäbe keinen Beweis dafür, daß ich Böses im Schild führe, und daß sie sich an das Gesetz halten wolle, gleich, was Elaida vermuten mochte.« Er schüttelte den Kopf. Die Erinnerung an Morgase in all ihrer Pracht ließ ihn für kurze Zeit vergessen, daß ihn alle ansahen. »Könnt ihr euch vorstellen, daß ich die Königin kennengelernt habe? Sie ist so schön wie die Königinnen in Märchen. Und genauso Elayne. Und Gawyn ... dir würde Gawyn gefallen, Perrin. Perrin? Mat?« Sie stierten ihn immer noch an. »Blut und Asche, ich bin doch nur auf die Mauer geklettert, um den falschen Drachen zu sehen. Ich habe nichts Böses getan.«

»Das sage ich auch immer«, meinte Mat nüchtern, obwohl er plötzlich breit grinste, und Egwene fragte in betont neutralem Tonfall: »Wer ist Elayne?«

Moiraine fluchte leise vor sich hin. »Eine Königin«, sagte Perrin kopfschüttelnd. »Du hast ja wirklich Abenteuer erlebt. Alles, was wir trafen, waren Kesselflicker und ein paar Weißmäntel.« Er vermied es so offensichtlich, Moiraine anzusehen, daß Rand es ganz deutlich bemerkte. Perrin berührte die Blutergüsse auf seinem Gesicht. »Insgesamt betrachtet hat es mehr Spaß gemacht, mit den Kesselflickern zu singen als mit den Weißmänteln.«

»Das Fahrende Volk lebt für seine Lieder«, sagte Loial. »Für alle Lieder, muß man sagen. Zumindest für die Suche nach ihnen. Ich traf vor einigen Jahren einige Tuatha'an, und sie wollten die Lieder erlernen, die wir den Bäumen singen. Tatsächlich hören die Bäume nicht mehr auf sehr viele von ihnen, und nicht viele Ogier lernen die Lieder. Ich habe ein wenig dieses Talents, und so bestand der Älteste Arent darauf, daß ich sie lerne. Ich brachte den Tuatha'an bei, was sie erfassen konnten, aber die Bäume hören niemals auf Menschen. Für das Fahrende Volk waren es eben nur Lieder, und sie kamen als solche auch gut bei ihnen an, doch keines war das Lied, nach dem sie suchen. So nennen sie auch den Anführer jedes Stammes: den Sucher. Manchmal besuchen sie das *Stedding* Schangtai. Sehr wenige Menschen kommen dorthin.«

»Darf ich dich unterbrechen, Loial«, sagte Moiraine, aber er räusperte sich und fuhr in einem so schnellen Grollton fort, als fürchte er, sie werde ihn zum Schweigen bringen.

»Mir ist gerade etwas eingefallen, Aes Sedai, etwas, das ich immer schon eine Aes Sedai fragen wollte, falls ich eine treffe, da ihr so viele Dinge kennt und in Tar Valon große Bibliotheken habt, und nun habe ich halt dich getroffen, und ... Darf ich?«

»Wenn du dich kurz faßt«, bemerkte sie knapp.

»Kurz«, sagte er, als frage er sich, was dieses Wort bedeute. »Ja. Nun gut. Kurz. Vor kurzer Zeit kam ein Mann ins *Stedding* Schangtai. Das war zu der Zeit an sich nichts Außergewöhnliches, da eine große Zahl von Flüchtlingen zum Rückgrat der Welt gekommen war. Sie flohen vor dem, was ihr Menschen den Aiel-Krieg nennt.« Rand grinste. Vor kurzer Zeit — das war etwa zwanzig Jahre her. »Er war dem Tod nah, obwohl keine Wunde, kein äußeres Zeichen an ihm zu entdecken war. Die Ältesten glaubten, es könne von Aes Sedai getan worden sein« — Loial warf Moiraine einen entschuldigenden Blick zu —, »da er sich sofort erholte, nachdem er das *Stedding* betreten hatte. Nur ein paar Monate. Eines Nachts schlich er sich einfach davon, ohne ein Wort zu sagen, als der Mond gesunken war.« Er sah Moiraine ins Gesicht und räusperte sich wieder. »Ja. Kurz. Bevor er ging, erzählte er eine seltsame Geschichte. Er sagte, diese Nachricht wolle er nach Tar Valon bringen. Er sagte, der Dunkle König habe vor, das Auge der Welt zu blenden und die Große Schlange zu töten, also die Zeit selbst. Die Ältesten meinten, er sei geistig genauso gesund wie körperlich, aber er behauptete solche Dinge. Die Zeit selbst töten? Und das Auge der Welt? Kann er das Auge der Großen Schlange blenden? Was bedeutet das?«

Rand erwartete jede mögliche Reaktion von Moiraine, aber nicht das, was er sah. Anstatt Loial zu antworten oder ihm zu sagen, daß sie im Moment dafür keine Zeit habe, stand sie einfach da, blickte durch den Ogier hindurch und runzelte gedankenverloren die Stirn.

»Das haben uns die Kesselflicker auch erzählt«, sagte Perrin.

»Ja«, sagte Egwene. »Die Aiel-Geschichte.«

Moiraine drehte langsam den Kopf. Kein anderer Körperteil bewegte sich. »Welche Geschichte?«

Ihr Blick war ausdruckslos, aber er brachte Perrin dazu, tief einzuatmen. Als er dann sprach, klang er so bedächtig wie immer. »Einige Kesselflicker, die die Wüste durchquerten — sie sagten, das könnten sie tun, ohne etwas befürchten zu müssen — fanden Aiel, die nach einem Kampf mit Trollocs im Sterben lagen. Bevor die letzte Aiel starb — es waren offensichtlich alles Frauen

— erzählte sie den Kesselflickern genau dasselbe wie Loial gerade eben. Der Dunkle König — sie nannten ihn Sichtblender — habe vor, das Auge der Welt zu blenden. Und das war vor nur drei Jahren und nicht vor zwanzig. Bedeutet es etwas?«

»Vielleicht alles«, sagte Moiraine. Ihr Gesicht verriet nichts, doch Rand hatte das Gefühl, daß der Verstand hinter diesen dunklen Augen rasend arbeitete. »Ba'alzamon«, sagte Perrin plötzlich. Der Name brachte jeden Laut im Zimmer zum Ersterben. Keiner schien auch nur zu atmen. Perrin sah Rand an und dann Mat. Seine Augen blickten eigenartig ruhig drein und waren gelber als je zuvor. »Zu der Zeit fragte ich mich, wo ich den Namen schon einmal gehört hatte … das Auge der Welt. Jetzt erinnere ich mich. Ihr auch?«

»Ich will mich an gar nichts erinnern«, sagte Mat angespannt. »Wir müssen es ihr erzählen«, fuhr Perrin fort. »Jetzt ist es wichtig. Wir können es nicht länger geheimhalten. Das siehst du doch ein, nicht wahr, Rand?«

»Was müßt ihr mir erzählen?« Moiraines Stimme klang rauh, und sie schien sich auf einen Schlag gefaßt zu machen. Ihr Blick ruhte auf Rand. Er wollte nicht antworten. Genau wie Mat wollte er sich an nichts erinnern, aber er erinnerte sich halt doch — und er wußte, daß Perrin recht hatte. »Ich habe …« Er sah seine Freunde an. Mat nickte zögernd, Perrin entschlossen, doch zumindest hatten beide zugestimmt. Er mußte ihr nicht allein gegenüberstehen. »Wir haben … Träume gehabt.« Er rieb sich den Fleck an seinem Finger, wo ihn der Dorn einst gestochen hatte, und dachte an das Blut beim Aufwachen. Mit flauem Gefühl im Magen dachte er an jenes andere Mal und das Gefühl, sein Gesicht sei von der Glut aus Ba'alzamons Augen verbrannt worden. »Allerdings waren es vielleicht doch nicht nur Träume. Ba'alzamon kam darin vor.« Er wußte, warum Perrin diesen Namen benutzt hatte: Es fiel leichter als zu sagen, der Dunkle König sei in deinen Träumen gewesen, im Inneren deines Kopfes. »Er sagte ... er sagte eine ganze Menge, aber einmal sagte er eben, das Auge der Welt werde mir nie dienen.« Eine Minute lang war sein Mund staubtrocken.

»Er sagte mir dasselbe«, stellte Perrin fest, und Mat seufzte erst schwer und nickte dann. Rand merkte, daß er wieder Speichel im Mund hatte. »Du bist uns nicht böse?« fragte Perrin, und es klang überrascht. Rand sah, daß Moiraine wirklich nicht böse zu sein schien. Sie betrachtete sie, und ihre Augen blickten klar und ruhig, wenn auch eindringlich, drein.

»Mehr auf mich selbst als auf euch. Aber ich habe euch doch gefragt, ob ihr eigenartige Träume hattet. Gleich zu Beginn habe ich euch danach gefragt.« Obwohl ihre Stimme gleichmäßig blieb, zeigten ihre Augen einen Moment lang Zorn, der aber gleich wieder verschwand. »Hätte ich es gleich nach dem ersten gewußt, wäre ich vielleicht in der Lage gewesen ... Es hat seit beinahe tausend Jahren in Tar Valon keine Traumwandlerin mehr gegeben, aber ich hätte es wenigstens versuchen können. Jetzt ist es zu spät. Jedesmal, wenn euch der Dunkle König berührt, macht es ihm die nächste Berührung leichter. Vielleicht kann euch meine Gegenwart immer noch ein wenig schützen, aber selbst dann ... Erinnert ihr euch an die Geschichten über die Verlorenen, die Menschen an sich binden? Auch starke Männer, Männer, die von Beginn an gegen den Dunklen König gekämpft hatten. Diese Geschichten sind wahr, und dabei hatte keiner der Verlorenen die Kraft seines Herrn, weder Aginor noch Lanfear, weder Balthamel noch Demandred und noch nicht einmal Ishmael, der Verräter aller Hoffnung selbst.«

Nynaeve und Egwene sahen ihn an, ihn und Mat und Perrin, wie Rand jetzt bemerkte. Die Gesichter der Frauen waren ein blutleeres Gemisch aus Angst und Entsetzen. *Haben sie Angst um uns oder vor uns?*

»Was können wir tun?«, fragte er. »Es muß doch etwas geben.«

»Ganz nahe bei mir blieben«, antwortete Moiraine, »das wird helfen. Jedenfalls ein bißchen. Der Schutz durch die Berührung der Wahren Quelle umgibt mich ein Stück weit — denkt daran. Aber ihr könnt nicht immer nah bei mir bleiben. Ihr könnt euch selbst verteidigen, falls ihr stark genug seid, aber diese Kraft und diesen Willen müßt ihr in euch selbst finden. Ich kann sie euch nicht geben.«

»Ich glaube, ich habe meinen eigenen Schutz bereits gefunden«, sagte Perrin, und es klang eher resignierend als froh.

»Ja«, sagte Moiraine, »das hast du wohl.« Sie sah ihn an, und er senkte den Blick, und selbst dann noch stand sie nachdenklich da. Schließlich wandte sie sich den anderen zu. »Die Macht des Dunklen Königs in euch hat ihre Grenzen. Gebt nur einen Augenblick nach, und er hat schon euer Herz an einem Faden, einem Band, das ihr vielleicht nie wieder zertrennen könnt. Gebt nach, und ihr gehört ihm. Widersteht ihm, und seine Macht versagt. Es ist nicht leicht, wenn er in eure Träume eindringt, aber es ist zu schaffen. Er kann immer noch Halbmenschen gegen euch aussenden und Trollocs und Draghkar und andere, aber ihr gehört ihm nicht, solange ihr nicht nachgebt.«

»Blasse sind schlimm genug«, sagte Perrin.

»Ich will ihn nicht mehr in meinem Kopf spüren«, grollte Mat. »Gibt es keinen Weg, um ihn auszusperren?«

Moiraine schüttelte den Kopf. »Loial hat nichts zu befürchten, und auch Egwene und Nynaeve nicht. In der Masse der Menschheit kann der Dunkle König ein Individuum nur durch Zufall finden, es sei denn, diese Person sucht ihn. Aber zumindest für eine gewisse Zeit seid ihr drei ein Herzstück des Musters. Ein Schicksalsgewebe entsteht, und jeder Faden führt geradewegs zu euch. Was hat der Dunkle König noch zu euch gesagt?«

»Ich kann mich nicht so gut daran erinnern«, sagte Perrin. »Da war etwas, daß einer von uns auserwählt sei oder so ähnlich. Ich erinnere mich, daß er darüber lachte«, endete er düster, »durch wen wir ausgewählt würden. Er sagte, ich — wir könnten ihm entweder dienen oder sterben. Und dann würden wir ihm immer noch dienen.«

»Er behauptete, der Amyrlin-Sitz werde versuchen, uns zu benützen«, fügte Mat hinzu, und seine Stimme versagte, als ihm klar wurde, wem er das sagte. Er schluckte und fuhr fort: »Er sagte, genau wie Tar Valon andere benützte — er nannte ein paar Namen. Davian, glaube ich. Ich kann mich auch daran nicht gut erinnern.«

»Raolin Dunkelbann«, sagte Perrin.

»Ja«, sagte Rand mit gerunzelter Stirn. Er hatte sich bemüht, diese Träume zu vergessen. Es war unangenehm, sie zurückzuholen. »Yurian Steinbogen war ein anderer und ebenso Guaire Amalasan.« Er hielt plötzlich inne, hoffte aber, Moiraine werde nicht bemerken, wie plötzlich. »Ich erkenne keinen davon.«

Aber er hatte einen erkannt, jetzt, da er sie aus den Tiefen seiner Erinnerungen hervorzerrte. Er hatte sich gerade noch bremsen können, um den Namen nicht auszusprechen: Logain. Der falsche Drache. *Licht! Thom sagte, das seien gefährliche Namen. Ist es das, was Ba'alzamon meinte? Daß Moiraine einen von uns als falschen Drachen benützen will? Aes Sedai* jagen *falsche Drachen und benützen sie nicht. Oder doch? Licht, hilf mir, benützen sie die falschen Drachen?*

Moiraine sah ihn an, aber aus ihrem Gesicht konnte er nichts ablesen. »Kennst du sie?« fragte er. »Bedeuten sie etwas?«

»Vater der Lügen ist ein guter Name für den Dunklen König«, antwortete Moiraine. »Er bemüht sich immer, den Wurm des Zweifels zu pflanzen, wo er nur kann. Das nagt am Verstand eines Menschen wie ein Krebsgeschwür. Wenn du dem Vater der Lügen glaubst, ist das der erste Schritt zur Kapitulation. Denkt daran, wenn ihr euch dem Dunklen König ergebt, gehört ihr ihm.«

Eine Aes Sedai lügt nie, aber die Wahrheit, die sie ausspricht, ist vielleicht nicht die Wahrheit, die du zu hören glaubst! Das hatte Tam gesagt, und sie hatte seine Frage nicht richtig beantwortet. Er behielt seine ausdruckslose Miene bei und ließ die Hände ruhig auf den Knien liegen, ohne den Schweiß an seiner Hose abzuwischen.

Egwene weinte leise. Nynaeve hatte die Arme um sie gelegt, aber auch sie sah so aus, als wolle sie weinen. Rand wünschte beinahe, er könne das auch.

»Sie sind alle *ta'veren*«, sagte Loial plötzlich. Die Aussicht schien ihn froh zu stimmen. Er freute sich wohl darauf, aus der Nähe zusehen zu können, wie das Muster um sie herum gewebt wurde. Rand sah ihn entgeistert an, und der Ogier zuckte beschämt die Achseln. Es reichte jedenfalls, um seinen Eifer zu dämpfen.

»Das sind sie«, sagte Moiraine. »Gleich *drei*, wo ich einen erwartete. Eine große Zahl von Dingen hat sich ereignet, mit denen ich nicht rechnete. Diese Nachricht in bezug auf das Auge der Welt ändert viel.« Sie schwieg einen Moment lang und runzelte die Stirn. »Eine Weile lang scheint sich das Muster um euch drei herum zu formen, so wie Loial sagt, und der Wirbel wird noch stärker werden, bevor er sich beruhigt. Manchmal bedeutet *ta'veren* sein, daß das Muster gezwungen ist, sich euch zu beugen, und manchmal zwingt euch das Muster auf den notwendigen Weg. Das Gewebe kann immer noch auf vielerlei Art gewebt werden, und einige dieser Muster könnten katastrophale Auswirkungen haben — für euch und für die Welt.

Wir können nicht in Caemlyn bleiben, aber welche Straße wir auch benützen: Die Myrddraal und die Trollocs werden uns erreichen, bevor wir auch nur zehn

Meilen weg sind. Und gerade zu diesem Zeitpunkt erfahren wir von einer Bedrohung des Auges der Welt, und nicht nur aus einer Quelle, sondern aus dreien, und jede anscheinend unabhängig von den anderen. Das Muster zwingt uns auf einen Weg. Das Muster bildet sich immer noch weiter um euch herum, doch welche Hand schert nun die Kette an, und welche Hand führt das Schiffchen? Sind die Gefängnismauern um den Dunklen König so brüchig geworden, daß er eine solche Kontrolle ausüben kann?«

»Es ist nicht nötig, so etwas auszusprechen!« sagte Nynaeve in scharfem Ton. »Du jagst ihnen damit nur Angst ein.«

»Dir nicht?« fragte Moiraine. »Ich habe Angst. Na ja, vielleicht hast du recht. Wir dürfen unseren Weg nicht durch Angst beeinflussen lassen. Ob dies nun eine Falle ist oder eine rechtzeitige Warnung, wir müssen tun, was notwendig ist, und das bedeutet: Wir müssen das Auge der Welt schnell erreichen. Der Grüne Mann muß von dieser Bedrohung erfahren.«

Rand fuhr hoch. *Der Grüne Mann?* Die anderen sahen sie ebenfalls überrascht an, nur Loial nicht, dessen breites Gesicht sorgenvoll dreinblickte.

»Ich kann noch nicht einmal riskieren, nach Tar Valon zu kommen, um Hilfe zu holen«, fuhr Moiraine fort. »Die Zeit ist zu knapp. Selbst wenn wir ungehindert aus der Stadt reiten könnten, würden wir viele Wochen brauchen, um die Fäule zu erreichen, und ich fürchte, wir haben nicht mehr wochenlang Zeit.«

»Die Fäule!« Rand hörte, wie die anderen im Chor zu seinem Echo wurden, aber Moiraine beachtete sie nicht.

»Das Muster wirft uns in eine Krise und zeigt uns gleichzeitig einen Weg, sie zu überwinden. Wenn ich nicht wüßte, daß es unmöglich ist, würde ich beinahe glauben, der Schöpfer selbst habe eingegriffen. Es gibt einen Weg.« Sie lächelte, als habe sie einen ihr ganz eigenen Scherz gemacht, und wandte sich Loial zu. »Es gab einen Ogier-Hain hier in Caemlyn und auch ein Wegetor. Heute breitet sich die Neustadt dort aus, wo einst der Hain wuchs, also muß sich das Wegetor innerhalb der Mauern befinden. Ich weiß, daß heutzutage nicht mehr viele Ogier lernen, wie man die Kurzen Wege benützt, aber einer, der ein Talent besitzt und die alten Wachstumslieder lernt, muß sich doch von solchem Wissen angezogen fühlen, selbst wenn er glaubt, sie würden nie mehr benützt. Kennst du die Kurzen Wege, Loial?«

Der Ogier trat unsicher von einem Fuß auf den anderen. »Ja, ich kenne sie, Aes Sedai, aber ...«

»Kannst du dich mit Hilfe der Kurzen Wege nach Fal Dara durchfinden?«

»Ich habe noch nie von Fal Dara gehört«, sagte Loial, und es klang erleichtert.

»In den Tagen der Trolloc-Kriege war es auch als Mafal Dadaranell bekannt. Kennst du *diesen* Namen?«

»Den kenne ich«, sagte Loial zögernd. »Aber ...«

»Dann kannst du unseren Weg auch finden«, sagte Moiraine. »Das ist schon wirklich eine seltsame Wendung des Schicksals. Wenn wir weder bleiben noch uns auf irgendeinem normalen Weg fortstehlen können, höre ich von einer Bedrohung des Auges, und es befindet sich auch noch jemand bei uns, der uns in wenigen Tagen dorthin bringen kann. Ob es nun der Schöpfer selbst ist oder nur das Schicksal oder selbst der Dunkle König: Das Muster hat unseren Weg bestimmt.«

»Nein!« sagte Loial. Es klang wie ein aus dem tiefsten Inneren stammendes Donnergrollen. Jeder wandte sich ihm zu, und er blinzelte unter all der Aufmerksamkeit, doch in seinen Worten lag kein Zögern. »Wenn wir die Kurzen Wege betreten, werden wir alle sterben — oder vom Schatten verschlungen.«

KAPITEL 21

Entscheidungen und Erscheinungen

Die Aes Sedai schien zu wissen, was Loial meinte, aber sie sagte nichts dazu. Loial sah zu Boden und rieb sich mit einem dicken Finger unter der Nase, als sei er von seinem eigenen Ausbruch peinlich berührt. Niemand wollte etwas sagen.

»Warum?« fragte Rand schließlich. »Warum würden wir sterben? Was *sind* die Kurzen Wege?«

Loial sah Moiraine an. Sie wandte sich ab und stellte einen Stuhl vor den Kamin. Die kleine Katze streckte sich — die Krallen kratzten über den Stein des Kaminunterbaus —, und dann tapste sie gelangweilt herüber, um ihren Kopf an ihren Beinen zu reiben. Moiraine kraulte sie mit einem Finger hinter dem Ohr. Das Schnurren der Katze bildete einen seltsamen Gegensatz zu der gleichmäßigen Stimme der Aes Sedai. »Es ist dein Wissen, Loial. Die Kurzen Wege stellen für uns den einzigen Weg in die Sicherheit dar, den einzigen Weg, um dem Dunklen König zuvorzukommen, wenn auch nur für kurze Zeit, doch es ist an dir, dies zu erklären.«

Den Ogier schien das, was sie sagte, nicht gerade zu beruhigen. Er rutschte ungeschickt auf seinem Stuhl hin und her, bevor er begann. »Während der Zeit des Wahns, als die Welt noch immer zerstört wurde und die Erde sich aufbäumte, wurde die Menschheit wie Staubkörner im Wind verstreut. Auch wir Ogier wurden verstreut, aus den *Steddings* vertrieben, hinein ins Exil und die Lange Wanderung, als das Sehnen sich in unsere Herzen grub.« Er blickte wieder Moiraine von der Seite her an. Seine langen Augenbrauen zogen sich zu zwei Punkten zusammen. »Ich werde versuchen, mich kurz zu fassen, aber das ist keine Sache, die man so kurz erzählen kann. Ich muß nun von den anderen erzählen, den wenigen Ogiern, die in ihren *Steddings* blieben, obwohl um sie herum die Welt zerrissen wurde. Und von den Aes Sedai« — diesmal vermied er es, Moiraine anzusehen — »den männlichen Aes Sedai, die starben, während sie in ihrem Wahn die Welt zerstörten. Diesen Aes Sedai — denen, die bis dahin dem Wahn entgangen waren — machten die *Steddings* das Angebot, in ihnen Zuflucht zu suchen. Viele nahmen dieses Angebot an, denn in den *Steddings* waren sie vor dem Fluch des Dunklen Königs, der ihre Art ausrottete, geschützt. Aber sie waren auch von der Wahren Quelle abgeschnitten. Es war nicht nur, daß sie die Eine Macht nicht mehr benützen oder die Quelle berühren konnten, nein, sie konnten noch nicht einmal mehr fühlen, daß die Quelle überhaupt existierte. Am Ende konnte keiner diese Isolation ertragen, und einer nach dem anderen verließen sie die *Steddings*. Sie hofften, daß der Fluch mittlerweile verflogen sei. Das war eine Täuschung.«

»Einige in Tar Valon«, sagte Moiraine ruhig, »behaupten, daß die Hilfe der Ogier die Zerstörung verlängerte und noch schlimmer machte. Andere sagen, wenn man all diesen Männern gestattet hätte, auf einmal dem Wahn zu verfallen, wäre von der Welt nichts übriggeblieben. Ich gehöre zu den Blauen Ajah, Loial. Im Gegensatz zu den Roten Ajah teilen wir die zweite dieser Meinungen. Die Zuflucht half, alles zu retten, was gerettet werden konnte. Fahr bitte fort.«

Loial nickte dankbar. Er war erleichtert, erkannte Rand.

»Wie ich schon sagte«, fuhr der Ogier fort, »verließen uns die Aes Sedai — die männlichen Sedai — wieder.

Aber bevor sie gingen, gaben sie den Ogiern zum Dank für die gebotene Zuflucht ein Geschenk. Die Kurzen Wege. Betrete ein Wegetor, laufe einen Tag lang weiter, und du kannst den Weg wieder durch ein anderes Wegetor verlassen, das hundert Meilen von dem entfernt ist, durch das du kamst. Oder fünfhundert. Zeit und Entfernung verhalten sich bei den Kurzen Wegen anders. Verschiedene Wege, verschiedene Brücken, führen zu unterschiedlichen Orten, und wie lange man braucht, um dorthin zu gelangen, hängt vom gewählten Weg ab. Es war ein wundervolles Geschenk, das mit der Zeit immer wertvoller wurde, denn die Kurzen Wege sind kein Teil der Welt, die wir sehen, und vielleicht auch kein Teil irgendeiner anderen Welt außer der eigenen. Nicht nur, daß die Ogier, die dieses Talent besaßen, künftig nicht mehr durch die Welt draußen reisen mußten — wo die Menschen sogar nach der Zerstörung noch wie die Tiere um ihr Leben kämpften —, um ein anderes *Stedding* zu erreichen, nein, innerhalb der Wege gab es keine Zerstörung. Das Gebiet zwischen zwei *Steddings* konnte sich zu tiefen Schluchten aufspalten oder zu neuen Bergen türmen, aber im Kurzen Weg zwischen ihnen änderte sich nichts.

Als die letzten Aes Sedai ein *Stedding* verließen, gaben sie den Ältesten einen Schlüssel, einen Talisman, der benützt werden konnte, weitere Wege wachsen zu lassen. In gewisser Weise sind es lebende Geschöpfe: die Kurzen Wege und die Wegetore. Ich verstehe es nicht, und kein Ogier hat das je verstanden. Man hat mir gesagt, selbst die Aes Sedai hätten es vergessen. Mit den Jahren endete für uns die Zeit des Exils. Wenn die Ogier, die von den Aes Sedai so beschenkt worden waren, ein *Stedding* fanden, zu dem Ogier nach der Langen Wanderung zurückgekehrt waren, dann ließen sie einen Kurzen Weg dorthin wachsen. Mit Hilfe der Kunst der Steinbearbeitung, die wir im Exil erlernt hatten, bauten wir Städte für die Menschen und pflanzten die

Haine an, damit die beim Bau beschäftigten Ogier sich wohlfühlten und die Sehnsucht sie nicht überkam. Zu diesen Hainen ließ man Kurze Wege wachsen. Es gab einen Hain und ein Wegetor in Mafal Dadaranell, aber diese Stadt wurde während der Trolloc-Kriege geschleift. Kein Stein blieb auf dem anderen, und der Hain wurde gefällt und in Trollocfeuern verheizt.« Er ließ keinen Zweifel daran, welches das größere Verbrechen gewesen war.

»Wegetore sind fast unzerstörbar«, sagte Moiraine, »und die Menschheit nicht viel weniger. Es leben immer noch Menschen in Fal Dara, wenn auch nicht in der großen, von Ogiern erbauten Stadt, und auch das Wegetor steht noch.«

»Wie haben sie die denn gemacht?« fragte Egwene. Ihr verblüffter Blick erfaßte gleichzeitig Moiraine und Loial. »Die Aes Sedai, die Männer. Wenn sie in einem *Stedding* die Eine Macht nicht benützen konnten, wie konnten sie dann die Kurzen Wege machen? Oder haben sie die Macht vielleicht überhaupt nicht benützt? Ihr Teil der Wahren Quelle war befleckt. Ist immer noch befleckt. Ich weiß noch nicht soviel darüber, was Aes Sedai leisten können. Vielleicht ist es eine dumme Frage.«

Loial erklärte: »Jedes *Stedding* hat an der Grenze ein Wegetor, aber außerhalb! Deine Frage ist keineswegs dumm. Du hast den wunden Punkt getroffen, warum wir es nicht wagen, die Kurzen Wege zu benützen. Kein Ogier hat während meines Lebens und auch schon vorher die Wege benützt. Es war ein Beschluß der Ältesten, aller Ältesten aller *Steddings,* daß es keinem gestattet wird, weder Ogier noch Mensch.

Die Kurzen Wege wurden von Männern geschaffen, die eine vom Dunklen König befleckte Macht benützten. Vor ungefähr tausend Jahren, während einer Zeit, die ihr Menschen den Hundertjährigen Krieg nennt, begannen sich die Wege zu verändern. Zu Anfang geschah das so langsam, daß es niemand richtig bemerkte. Sie wurden feucht und trüb. Dann kam Dunkelheit über die Brücken. Einige, die hineingingen, wurden nie wieder gesehen. Reisende erzählten davon, daß sie aus dem Dunkel heraus beobachtet wurden. Die Anzahl der Verschwundenen wuchs, und einige, die herauskamen, waren dem Wahnsinn verfallen. Sie phantasierten etwas von *Machin Shin*, dem Schwarzen Wind. Aes-Sedai-Heiler konnten einigen von ihnen helfen, aber trotz der Hilfe durch die Aes Sedai wurden sie nie wieder ganz hergestellt. Und sie erinnerten sich nicht mehr an das, was vorgefallen war. Und doch war es, als sei die Dunkelheit in ihre Knochen eingesickert. Sie lachten nie wieder und fürchteten das Heulen des Windes.«

Einen Augenblick lang herrschte Stille, nur vom Schnurren der Katze neben Moiraines Stuhl unterbrochen und natürlich dem Prasseln und Knacken des Feuers, wenn die Funken stoben. Dann brach es zornig aus Nynaeve heraus: »Und du erwartest, daß wir dir dorthinein folgen? Du mußt wahnsinnig sein!«

»Was würdest du statt dessen vorschlagen?« fragte Moiraine ruhig. »Die Weißmäntel in Caemlyn oder die Trollocs draußen? Denke daran, daß allein meine Gegenwart schon einen gewissen Schutz gegen die Untaten des Dunklen Königs darstellt.«

Nynaeve lehnte sich mit einem ergebenen Seufzer zurück. »Du hast mir immer noch nicht erklärt«, sagte Loial, »warum ich die Regel der Ältesten brechen soll. Und ich verspüre auch keinerlei Wunsch, die Wege zu betreten. Auch wenn sie oft schlammig sind, so haben mir doch die von Menschen gemachten Straßen bisher gut genug gedient, seit ich das *Stedding* Schangtai verließ.«

»Ob Menschheit oder Ogier, alles was lebt befindet sich im Krieg mit dem Dunklen König«, sagte Moiraine. »Der größere Teil der Welt weiß das noch nicht einmal, und die meisten jener, die es wissen, kämpfen in bloßen

Geplänkeln und glauben, es seien Schlachten. Solange die Welt sich weigert, an diesen Krieg zu glauben, befindet sich der Dunkle König am Rande des Sieges. Das Auge der Welt enthält genug Macht, um sein Gefängnis zu öffnen. Falls der Dunkle König irgendeinen Weg gefunden hat, um das Auge der Welt seinem Willen zu unterwerfen ...«

Rand wünschte, die Lampen im Raum wären entzündet worden. Der Abend kroch über Caemlyn dahin, und das Feuer im Kamin gab nicht genug Licht. Er wollte keine Schatten im Raum.

»Was können wir tun?« platzte Mat heraus. »Warum sind wir so wichtig? Warum müssen wir in die Fäule gehen? Die Fäule!«

Moiraine erhob die Stimme keineswegs, doch sie füllte den Raum und appellierte an sie. Ihr Stuhl beim Feuer erschien ihnen plötzlich wie ein Thron. In diesem Moment wäre sogar Morgases Pracht in ihrer Gegenwart verblaßt. »Eines können wir tun: Wir können es versuchen. Was wie Zufall aussieht, ist oft einfach das Muster. Drei Schicksalsfäden haben sich hier getroffen, und jeder enthielt eine Warnung: das Auge. Das kann kein Zufall sein, das ist ein Muster! Ihr drei habt nicht gewählt; ihr wurdet vom Muster erwählt. Und ihr befindet euch hier, wo die Gefahr bekannt ist. Ihr könnt euch drücken und vielleicht die Welt dem Untergang preisgeben. Wegrennen und Verstecken wird euch nicht vor dem Weben des Musters bewahren. Oder eben, ihr versucht es. Ihr könnt zum Auge der Welt gehen, drei *ta'veren,* drei Herzstücke des Musters, um dort zu sein, wo die Gefahr liegt. Laßt das Muster sich dort um euch herum formen, und ihr könnt möglicherweise die Welt vor dem Schatten bewahren. Es liegt bei euch. Ich kann euch nicht zum Gehen zwingen.«

»Ich gehe«, sagte Rand und bemühte sich dabei, entschlossen zu klingen. So sehr er auch versuchte, das Nichts heraufzubeschwören — immer huschten störende Bilder durch seinen Kopf. Tam und der Hof und die Herde auf der Weide. Es war ein gutes Leben gewesen; er hatte niemals wirklich höher hinaus gewollt. Es half ein wenig — sehr wenig —, daß Perrin und Mat dem zustimmten. Sie klangen, als seien ihre Münder genauso ausgetrocknet wie seiner.

»Ich schätze, Egwene und ich haben auch keine andere Wahl«, sagte Nynaeve.

Moiraine nickte. »Auch ihr seid ein Teil des Musters, ihr beide, auf gewisse Weise jedenfalls. Vielleicht nicht *ta'veren* — vielleicht —, aber auf jeden Fall sehr stark. Das weiß ich seit Baerlon. Und zweifellos wissen das mittlerweile auch die Blassen. Und Ba'alzamon. Und doch steht ihr zumindest vor der gleichen Wahl wie die jungen Männer: Ihr könntet hier bleiben und nach Tar Valon weiterziehen, sobald wir anderen weg sind.«

»Zurückbleiben!« rief Egwene. »Euch alle in die Gefahr hineinrennen lassen, während wir uns hier unter der Bettdecke verstecken? Nein danke!« Der Blick der Aes Sedai traf sie, und sie schreckte ein wenig zurück, aber ihr Widerstandsgeist verflog nicht. »Das werde ich nicht«, murmelte sie stur.

»Ich schätze, das bedeutet, wir beide werden euch begleiten.« Nynaeves Stimme klang nach Resignation, aber ihre Augen blitzten, als sie hinzufügte: »Ihr braucht noch immer meine Kräuter, Aes Sedai, außer ihr habt plötzlich noch eine Fertigkeit entwickelt, die ich nicht kenne.« In ihrer Stimme schwang eine Herausforderung mit, die Rand nicht verstand, aber Moiraine nickte bloß und wandte sich dem Ogier zu.

»Also, Loial, Sohn des Arent, Sohn des Halan?«

Loial öffnete zweimal den Mund, und seine behaarten Ohren zuckten, bis er endlich antwortete: »Ja, nun gut. Der Grüne Mann. Das Auge der Welt. Sie werden natürlich in den Büchern erwähnt, aber ich glaube nicht, daß irgendein Ogier sie seit, oh, eben seit sehr langer Zeit gesehen hat. Ich denke ... Aber müssen es wirklich die Kurzen Wege sein?« Moiraine nickte, und seine langen Augenbrauen sackten herunter, bis ihre Enden seine Wangen berührten. »Also gut dann. Ich glaube, dann muß ich euch führen. Der Älteste Haman würde sagen, ich hätte auch nichts anderes verdient, wenn ich schon immer so vorschnell bin.«

»Dann haben wir uns also entschieden«, sagte Moiraine. »Und nun, da das abgeklärt ist, müssen wir uns entscheiden, was zu tun ist und wie wir es anpakken.«

Sie planten bis lange in die Nacht hinein. Moiraine arbeitete am härtesten. Loial beriet sie, was die Wege anbetraf, aber sie hörte auch die Fragen und Vorschläge aller. Sobald die Dunkelheit anbrach, kam auch Lan dazu und fügte seine Kommentare in seinem typischen stahlgefärbten Tonfall hinzu. Nynaeve machte eine Liste, welche Vorräte sie brauchten. Sie stippte mit ruhiger Hand ihre Feder in das Tintenfaß, wobei sie immer wieder vor sich hinmurmelte.

Rand wünschte, er könne alles so selbstverständlich nehmen wie die Seherin. Er konnte nicht aufhören, hin und her zu gehen, als habe er zuviel Energie, die aus ihm herauswollte. Er wußte, daß sein Entschluß feststand, wußte, daß ihm bei seinem Wissensstand nichts anderes übrigblieb, aber deshalb gefiel es ihm noch lange nicht. Die Fäule. Shayol Ghul befand sich irgendwo in der Fäule, jenseits der Versengten Länder.

Er konnte die gleichen Sorgen an Mats Augen ablesen, die gleiche Angst, von der er wußte, daß sie sich auch in seinen Augen zeigte. Mat saß mit gefalteten Händen da. Die Knöchel waren weiß vor Anstrengung. Wenn er losließe, dachte sich Rand, dann würde er wieder den Dolch aus Shadar Logoth ergreifen.

Auf Perrins Gesicht zeigte sich dagegen überhaupt kein Unbehagen, doch dafür etwas Schlimmeres: Es war eine Maske erschöpfter Resignation. Perrin wirkte, als habe er gegen etwas gekämpft, bis er nicht mehr konnte und nur noch darauf wartete, daß es mit ihm Schluß mache. Und doch, manchmal ...

»Wir tun, was sein muß, Rand«, sagte er. »Die Fäule ...« Einen Moment lang blitzte in diesen gelben Augen Eifer auf. Sie durchbrachen die starre Erschöpfung seines Gesichts, als führten sie ein Eigenleben — getrennt von dem des großen Schmiedlehrlings. »Die Jagd am Rand der Fäule entlang ist gut«, flüsterte er. Dann schauderte er, als habe er gerade erst bemerkt, was er da sagte, und wieder wirkte sein Gesicht resigniert.

Und Egwene. An einem Punkt zog Rand sie zur Seite, hinüber zum Kamin, wo die anderen, die am Tisch saßen und planten, sie nicht hören konnten. »Egwene, ich ...« Ihre Augen, die ihn wie zwei große, dunkle Seen in sich aufnahmen, ließen ihn innehalten und schlukken.

»Ich bin es, hinter dem der Dunkle König her ist, Egwene. Mat und Perrin und ich. Es ist mir gleich, was Moiraine Sedai sagt. Morgen früh können Nynaeve und du die Heimreise antreten oder nach Tar Valon ziehen oder wo auch immer ihr hinwollt, und niemand wird versuchen, euch davon abzuhalten. Keine Trollocs, keine Blassen, niemand. Solange ihr nicht bei uns seid. Geh heim, Egwene. Oder geh nach Tar Valon. Aber vor allem — geh!«

Er wartete darauf, daß sie ihm entgegenhielt, sie habe das gleiche Recht wie er, hinzugehen, wo sie wolle, und daß er kein Recht habe, ihr zu sagen, was sie zu tun habe. Zu seiner Überraschung lächelte sie und berührte seine Wange.

»Danke, Rand«, sagte sie sanft. Er blinzelte und schloß den Mund, als sie weitersprach: »Aber du weißt, daß ich nicht kann. Moiraine Sedau erzählte uns, was Min damals in Baerlon sah. Du hättest mir sagen sollen, wer Min ist. Ich dachte ... Na ja, Min behauptet, auch ich sei ein Teil dieses Ganzen. Und Nynaeve. Vielleicht bin ich nicht *ta'veren*«, sie stolperte über dieses Wort,

»aber das Muster schickt auch mich zum Auge der Welt, wie es scheint. Was immer dich betrifft, betrifft auch mich.«

»Aber, Egwene ...«

»Wer ist Elayne?«

Eine Minute lang blickte er sie einfach nur an, und dann sagte er schlicht die Wahrheit: »Sie ist die Tochter-Erbin des Thrones von Andor.«

Ihre Augen schienen Feuer zu fangen. »Wenn du nicht einmal eine Minute lang ernst bleiben kannst, Rand al'Thor, dann will ich nicht mit dir sprechen.«

Ungläubig sah er zu, wie sie mit steifem Kreuz zum Tisch zurückkehrte und sich neben Moiraine auf ihre Ellenbogen stützte, um zu hören, was der Behüter sagte. *Ich muß mit Perrin sprechen,* dachte er. *Er weiß, wie man mit Frauen umgeht.*

Meister Gill kam mehrmals herein — zuerst, um die Lampen zu entzünden, dann, um selbst das Essen hereinzutragen, und später, um zu berichten, was draußen vorging. Weißmäntel hielten die Schenke in beiden Richtungen die Straße hinunter unter Beobachtung. Am Tor zur Innenstadt hatte es Ausschreitungen gegeben, und die königliche Garde hatte sowohl weiße als auch rote Abzeichenträger festgenommen. Irgend jemand hatte versucht, den Drachenzahn auf die Eingangstür zu kritzeln, und war dafür von Lambgwins Stiefel wegbefördert worden. Falls der Wirt es eigenartig fand, daß Loial bei ihnen war, dann ließ er sich das nicht anmerken. Er beantwortete die wenigen Fragen, die ihm Moiraine stellte, ohne zu versuchen herauszufinden, was sie planten, und jedesmal, wenn er kám, klopfte er an die Tür und wartete, bis Lan sie ihm öffnete, gerade so, als seien das nicht seine Schenke und seine Bibliothek. Bei seinem letzten Erscheinen gab ihm Moiraine das Blatt Pergament, das mit Nynaeves sauberer Schrift bedeckt war.

»Das wird um diese Zeit in der Nacht nicht leicht

werden«, sagte er und schüttelte den Kopf, während er die Liste überflog, »aber ich werde mich um alles kümmern.«

Moiraine fügte einen kleinen Beutel aus Waschleder hinzu, in dem es klimperte, als sie ihn an den Schnüren hielt und ihn ihm reichte. »Gut. Und sorgt bitte dafür, daß wir vor Tagesanbruch geweckt werden. Dann werden die Beobachter am wenigsten wachsam sein.«

»Wir werden sie eine leere Schachtel bewachen lassen, Aes Sedai.« Meister Gill grinste.

Rand gähnte, als er schließlich zusammen mit den anderen aus dem Raum schlurfte und nach Bad und Bett suchte.

Als er sich mit einem rauhen Lumpen in der einen und einem großen Brocken gelber Seife in der anderen Hand abschrubbte, wanderte sein Blick hinüber zu dem Hocker neben Mats Badewanne. Das Ende des in eine goldene Scheide gesteckten Dolches aus Shadar Logoth lugte unter dem Zipfel von Mats sauber zusammengefaltetem Mantel hervor. Auch Lan blickte von Zeit zu Zeit dorthin. Rand fragte sich, ob er wirklich nun so unschädlich sei, wie Moiraine behauptete.

»Denkst du, daß mein Pa mir das jemals glauben wird?« Mat lachte und schrubbte sich den Rücken mit einer langstieligen Bürste. »Ich und die Welt retten? Meine Schwestern werden sich nicht entscheiden können, ob sie lachen oder weinen sollen.«

Es klang nach dem alten Mat. Rand wünschte, er könne den Dolch vergessen.

Es war pechschwarze Nacht, als er und Mat endlich ihr Zimmer unter den Dachbalken betraten. Die Sterne wurden von Wolken verdeckt. Zum ersten Mal nach langer Zeit zog sich Mat aus, bevor er ins Bett ging. Aber er steckte auch ganz selbstverständlich den Dolch unter sein Kopfkissen. Rand pustete die Kerze aus und kroch in sein Bett. Er konnte spüren, daß sich im anderen Bett etwas Böses verbarg — nicht Mat jedoch; es kam durch sein Kopfkissen. Er machte sich immer noch Sorgen deswegen, als ihn der Schlaf überfiel.

Gleich von Beginn an wußte er, daß es ein Traum war, einer von der Sorte, die nicht nur Träume waren. Er stand da und sah die Holztür an, deren Oberfläche dunkel und rissig und von Splittern bedeckt wirkte. Die Luft war kalt und feucht, und der Geruch nach Fäulnis durchzog sie. In einiger Entfernung tropfte Wasser. Das Klatschen der Tropfen warf ein hohles Echo in den Steingängen.

Widerstehe. Widerstehe ihm, und seine Macht versagt.

Er schloß die Augen und konzentrierte sich auf Der Königin Segen, auf sein Bett und auf sich selbst, wie er schlafend im Bett lag. Wenn er die Augen öffnete, war die Tür immer noch da. Das hallende Klatschen der Tropfen kam im Rhythmus seines Herzschlags, als ob sein Puls die Sekunden für sie zähle. Er suchte Flamme und Nichts, wie Tam es ihm beigebracht hatte, und fand innere Ruhe, doch außerhalb seines Geistes änderte sich nichts. Langsam öffnete er die Tür und ging hinein.

Alles war gleich geblieben in dem Raum, der aus dem Fels selbst herausgebrannt schien. Hohe Bogenfenster führten auf einen Balkon ohne Geländer, und dahinter strömten die Schichtwolken wie ein Fluß bei Hochwasser. Die Lampen aus schwarzem Metall schimmerten schwarz, und doch silbrig hell. Ihre Flammen leuchteten zu hell, als daß er sie direkt hätte anblicken können. Das Feuer in dem furchterregenden Kamin prasselte, gab aber keine Wärme ab. Jeder Stein des Kamins erinnerte schwach an ein vor Qual verzerrtes Gesicht.

Alles war gleich, bis auf eine Sache. Auf der glänzenden Tischoberfläche standen drei kleine Statuen — die rohen, unbehauenen Gestalten menschenähnlich, als sei der Bildhauer zu schnell mit seinem Ton umgegangen. Neben der einen stand ein Wolf. Die gut erkennbaren Einzelheiten betonten noch die Grobheit der menschlichen Formen. Eine andere hielt einen winzigen Dolch, auf dessen Griff ein roter Punkt leuchtete. Die letzte hielt ein Schwert. Seine Nackenhaare sträubten sich. Er näherte sich der Figur, bis er das in allen Einzelheiten sichtbare Reiherzeichen auf der winzigen Klinge sehen konnte.

Sein Kopf fuhr in plötzlicher Panik hoch, und er blickte direkt in den einzigen Spiegel des Raumes. Immer noch war sein Spiegelbild verschwommen zu sehen, aber nicht so sehr wie zuvor. Beinahe konnte er seine Gesichtszüge erkennen. Wenn er sich vorstellte, daß er die Augen zusammengekniffen hatte, konnte er fast erkennen, wer es war.

»Du hast dich zu lange vor mir verborgen.«

Er wirbelte vor dem Tisch herum. Der Atem rasselte in seiner Kehle. Einen Moment zuvor war er noch allein im Raum gewesen, aber nun stand Ba'alzamon vor den Fenstern. Wenn er sprach, dann ersetzten Flammenhöhlen seine Augen und seinen Mund.

»Zu lang, aber nicht mehr lange.«

»Ich widerstehe dir«, sagte Rand heiser. »Ich bestreite, daß du Macht über mich besitzt. Ich bestreite, daß du existierst.«

Ba'alzamon lachte. Es war ein volles Lachen, das ihn vom Feuer her überrollte. »Glaubst du, es sei so leicht? Aber das hast du ja immer geglaubt. Jedesmal, wenn wir uns so gegenüberstanden, hast du geglaubt, du könntest mir widerstehen.«

»Was meinst du damit — jedesmal? Ich widerstehe dir!«

»Das tust du immer, jedenfalls zu Beginn. Diese Auseinandersetzung zwischen uns hat sich schon unzählige Male abgespielt. Jedesmal trägst du ein anderes Gesicht und einen anderen Namen, aber du bist doch immer derselbe.«

»Ich verweigere mich dir.« Es war ein verzweifeltes Flüstern.

»Jedesmal setzt du deine Zwergenkräfte gegen mich ein, und jedesmal weißt du zum Schluß, wer von uns der Meister ist. Zeitalter auf Zeitalter kniest du schließlich vor mir, oder du stirbst und wünschst dir dabei, du hättest noch die Kraft, niederzuknien. Armer Narr, du kannst mich niemals besiegen.«

»Lügner!« schrie er. »Vater der Lügen! Vater der Narren, wenn du nichts Besseres vorbringst als das! Die Menschen fanden dich im letzten Zeitalter, im Zeitalter der Legenden, und banden dich dort, wo du hingehörst.«

Ba'alzamon lachte wieder und immer wieder höhnisch, bis Rand sich die Ohren bedecken wollte, um es nicht mehr hören zu müssen. Er drückte sich gewaltsam die Hände an die Seiten. Ob er das Nichts heraufbeschwor oder nicht: Seine Hände zitterten, als das Gelächter endlich aufhörte.

»Du Wurm, du weißt überhaupt nichts. So unwissend wie ein Käfer unter einem Stein und genauso leicht zu zerdrücken. Dieser Kampf hat seit dem Augenblick der Schöpfung stattgefunden. Immer glauben die Menschen, es sei ein neuer Krieg, aber es ist nur derselbe wie vorher, den sie wiederentdeckt haben. Nur jetzt ergreift eine Veränderung die Winde der Zeit. Veränderung.

Diesmal wird es kein Zurück mehr geben. Diese stolzen Aes Sedai, die glauben, sie könnten dich gegen mich stellen. Ich werde sie in Ketten kleiden und nackt herumrennen lassen, um meine Forderungen zu erfüllen, oder ich werde ihre Seelen in die Hölle schicken, wo sie in Ewigkeit schreien werden. Alle außer denen, die mir bereits dienen. Sie werden nur eine Stufe unter mir stehen. Du kannst dich entscheiden, neben ihnen zu stehen und die Welt zu deinen Füßen kriechen zu sehen. Ich biete es dir noch einmal an, ein letztes Mal. Du kannst über ihnen stehen, über jeder Macht und jeder Herrschaft außer meiner. Es hat Zeiten gegeben, da du dich so entschieden hast und wo du lange genug lebtest, um deine Macht zu erkennen.«

Widerstehe ihm! Rand griff nach allem, dem er widersprechen konnte. »Dir dienen keine Aes Sedai. Wieder eine Lüge!«

»Haben sie dir das erzählt? Vor zweitausend Jahren führte ich meine Trollocs über die Welt, und selbst unter den Aes Sedai fand ich jene, deren Verzweiflung groß genug war, die wußten, daß die Welt Shai'tan nicht widerstehen kann. Zweitausend Jahre lang haben die Mitglieder der Schwarzen Ajah unentdeckt in den Schatten unter den anderen gelebt. Vielleicht sogar diejenigen, die behaupten, dir zu helfen.«

Rand schüttelte den Kopf und bemühte sich, damit auch die in ihm aufsteigenden Zweifel abzuschütteln, all die Zweifel in bezug auf Moiraine, was die Aes Sedai mit ihm anstellen wollten und was sie für ihn plante. »Was willst du von mir?« rief er. *Widersteh ihm! Licht, hilf mir, ihm zu widerstehen!*

»Knie nieder!« Ba'alzamon deutete auf den Boden vor seinen Füßen. »Knie nieder, und erkenne mich als deinen Herrn an. Schließlich wirst du es doch tun. Du wirst zu meiner Kreatur, oder du stirbst.«

Das letzte Wort hallte durch den Raum, kehrte als Echo zurück, wieder und wieder, bis Rand die Arme hochriß, als wolle er seinen Kopf gegen einen Schlag schützen. Er taumelte zurück, bis er gegen den Tisch prallte, und schrie, um den Klang in seinen Ohren zu übertönen: »Neeeeeiiiiin!«

Bei diesem Aufschrei fuhr er herum und fegte die Figuren zu Boden. Etwas stach in seine Hand, doch er beachtete es nicht und stampfte den Ton zu formlosen Klumpen zusammen. Aber als sein Schrei verflog, war das Echo immer noch da und wurde stärker:

stirb-stirb-stirb-stirb-stirb-Stirb-Stirb-Stirb-Stirb-Stirb-STIRB-STIRB-STIRB-STIRB-STIRB

Der Klang zog ihn an wie ein Wasserwirbel, zog ihn

in sich hinein und zerfetzte das Nichts in seinen Gedanken. Das Licht verdüsterte sich, und er blickte wie in einen dunklen Tunnel, an dessen Ende Ba'alzamon im letzten Fleckchen Lichtschein stand. Der Tunnel schrumpfte zur Größe seiner Hand zusammen, zur Größe eines Fingernagels, verschwand. Das Echo riß ihn in einem Strudel hinunter in Schwärze und Tod.

Sein dumpfer Aufschlag am Boden weckte ihn auf. Er kämpfte immer noch darum, aus dieser Dunkelheit auftauchen zu können. Das Zimmer war dunkel, aber nicht so dunkel wie diese andere Dunkelheit in ihm. Verzweifelt bemühte er sich, die Flamme heraufzubeschwören, die Angst hineinzuleeren, doch das Nichts zerrann. Ein Beben durchlief seine Arme und Beine, aber er konzentrierte sich so lange auf das Bild der einzelnen Flamme, bis das Blut nicht mehr in seinen Ohren pochte.

Mat warf sich auf seinem Bett hin und her und stöhnte im Schlaf. »... widerstehe dir, gib mich nicht hin, widerstehe ...« Es verschwamm zu undeutlichem Stöhnen.

Rand faßte hinüber, um ihn wachzurütteln. Bei der ersten Berührung fuhr Mat mit einem würgenden Röcheln hoch. Eine Minute lang blickte er wild um sich, dann atmete er lang und zittrig ein und senkte den Kopf in seine Hände. Plötzlich drehte er sich um, steckte die Hand unter sein Kopfkissen und sank dann zurück. Er hielt den Dolch mit dem Rubingriff in beiden Händen vor seiner Brust. Er drehte den Kopf, um Rand anzublikken. Sein Gesicht war durch Schatten verborgen. »Er ist wieder da, Rand.«

»Ich weiß.«

Mat nickte. »Da waren diese drei Figuren ...«

»Ich habe sie auch gesehen.«

»Er weiß, wer ich bin, Rand. Ich nahm die eine mit dem Dolch in die Hand, und er sagte: ›Also, das bist du.‹ Und als ich wieder hinschaute, hatte die Figur mein Gesicht. Mein Gesicht, Rand! Es wirkte wie Fleisch und

Blut. Es fühlte sich wie Fleisch an. Licht, hilf mir, ich konnte fühlen, wie meine eigene Hand mich ergriff, als sei ich die Statue.«

Rand schwieg einen Moment lang. »Du mußt ihn weiterhin verleugnen, Mat.«

»Das tat ich, und er lachte. Er erzählte ständig von einem ewigen Krieg und behauptete, wir hätten uns so schon tausendmal gegenübergestanden und ... Licht, Rand, der Dunkle König kennt mich.«

»Er hat mir das gleiche erzählt. Ich glaube nicht, daß er uns kennt«, fügte er bedächtig hinzu. »Ich glaube nicht, daß er weiß, welcher von uns ...« *Welcher von uns was ist?*

Als er sich aufrichtete, stach ein scharfer Schmerz durch seine Hand. Er ging zum Tisch, brachte es beim dritten Versuch fertig, die Kerze zu entzünden, und öffnete seine Hand in ihrem Licht. In seiner Handfläche steckte ein dicker Splitter aus dunklem Holz, auf einer Seite glatt und glänzend. Er starrte ihn an, und der Atem stockte ihm. Dann schnaufte er laut und zupfte ungeschickt und hastig an dem Splitter. »Was ist los?« fragte Mat.

»Nichts.«

Schließlich bekam er ihn zu fassen und riß ihn mit einem Ruck heraus. Mit einem angeekelten Knurren ließ er ihn fallen, doch das Knurren erstarb ihm in der Kehle. Sobald der Splitter aus seinem Finger heraus war, verschwand er. Allerdings hatte er immer noch die Wunde in seiner Hand, und sie blutete. In einem irdenen Krug befand sich Wasser. Er füllte damit die Waschschüssel. Seine Hände zitterten so stark, daß er Wasser auf dem Tisch verschüttete. Eilig wusch er sich die Hände. Er knetete seine Handfläche durch, bis unter seinem Daumen noch mehr Blut emporquoll, und dann wusch er sie nochmals. Der Gedanke daran, daß auch nur ein kleiner Splitter in seinem Fleisch zurückgeblieben sein könnte, ängstigte ihn. »Licht«, sagte Mat, »ich fühlte mich auch so schmutzig bei ihm.« Aber er lag noch immer wie vorher dort und umklammerte den Dolch mit beiden Händen.

»Ja«, sagte Rand. »Schmutzig.« Er kramte in dem Stapel neben der Waschschüssel nach einem Handtuch. Es klopfte an die Tür, und er erschrak. Es klopfte nochmals. »Ja?« sagte er.

Moiraine steckte den Kopf ins Zimmer. »Ihr seid schon wach? Gut. Zieht euch schnell an und kommt runter. Wir müssen vor Anbruch der Morgendämmerung weg sein.«

»Jetzt schon?« stöhnte Mat. »Wir haben kaum eine Stunde lang geschlafen.«

»Eine Stunde?« sagte sie. »Es waren vier Stunden. Jetzt beeilt euch; wir haben nicht viel Zeit.«

Rand wechselte einen verwirrten Blick mit Mat. Er konnte sich ganz deutlich an jede Sekunde des Traumes erinnern. Er hatte begonnen, sobald er die Augen geschlossen hatte, und er hatte nur Minuten lang gedauert.

Etwas an ihren Blicken mußte sich auch Moiraine mitgeteilt haben. Sie blickte sie durchdringend an und kam nun ganz herein. »Was ist geschehen? Die Träume?«

»Er weiß, wer ich bin«, sagte Mat. »Der Dunkle König kennt mein Gesicht.«

Rand hob wortlos die Hand, so daß sie die Handfläche sehen konnte. Selbst in dem düsteren Licht der einen Kerze war das Blut klar zu erkennen.

Die Aes Sedai trat vor und ergriff seine hochgehaltene Hand. Ihr Daumen bedeckte die Wunde. Kälte schnitt ihm bis in die Knochen. Es war so kalt, daß sich seine Finger verkrampften und er sich anstrengen mußte, um die Hand offen zu lassen. Als sie ihre Finger wegnahm, verschwand auch die Kälte.

Dann drehte er wie betäubt die Hand um und rubbelte den dünnen Blutschmierer weg. Die Wunde war verschwunden. Langsam hob er den Blick und sah der Aes Sedai in die Augen. »Beeilt euch«, sagte sie leise. »Es bleibt nicht viel Zeit.«

Er wußte, sie sprach nicht mehr von der Zeit für ihre Abreise.

KAPITEL 22

Dunkelheit über den kurzen Wegen

In der Dunkelheit kurz vor Beginn der Dämmerung folgte Rand Moiraine hinunter zum rückwärtigen Flur, wo Meister Gill und die anderen bereits warteten. Nynaeve und Egwene wirkten genauso ängstlich wie Loial, während Perrin ebenso ruhig erschien wie der Behüter. Mat blieb Rand auf den Fersen, als habe er Angst davor, auch nur ein wenig allein zu sein, auch nur wenige Schritte entfernt zurückgelassen zu werden. Die Köchin und ihre Helferinnen richteten sich auf und sahen neugierig zu, wie die Gesellschaft leise in die Küche ging, die bereits hell erleuchtet war und wo die Frühstücksvorbereitungen auf vollen Touren liefen. Es war nichts Ungewöhnliches, daß zu dieser Stunde bereits Gäste auf den Beinen und unterwegs waren. Meister Gill sagte etwas Beruhigendes, und die Köchin schniefte vernehmlich und klatschte ihren Teig kraftvoll auf den Tisch. Sie waren alle bereits wieder damit beschäftigt, Backbleche einzufetten und Teig zu kneten, als Rand die Tür zum Stallhof erreichte.

Draußen herrschte immer noch pechschwarze Nacht. Rand nahm die anderen höchstens als noch dunklere Schatten wahr. Er folgte blind dem Wirt und Lan und hoffte, Meister Gills Kenntnis seines eigenen Stallhofs und Lans Instinkt würden sie hinüberbringen, ohne daß sich irgend jemand ein Bein brach. Loial stolperte mehr als einmal.

»Ich sehe nicht ein, warum wir nicht wenigstens ein kleines Licht mitführen sollten«, murrte der Ogier. »Im

Stedding rennen wir auch nicht einfach in der Dunkelheit herum. Ich bin ein Ogier und keine Katze.« Rand stellte sich vor, wie Loials behaarte Ohren dabei nervös zuckten.

Plötzlich ragte der Stall in der Nacht vor ihnen auf — eine bedrohlich-dunkle Masse, bis die Stalltür sich knarrend öffnete und sich ein schmaler Lichtstreifen in den Hof ergoß. Der Wirt öffnete sie nur gerade so weit, daß sie sich einzeln hindurchschieben konnten, und schloß sie hastig wieder hinter Perrin, dem er beinahe noch die Fersen eingequetscht hätte. Rand blinzelte in das unvermittelt helle Licht im Inneren.

Die Stallburschen waren bei ihrem Erscheinen nicht so überrascht wie die Köchin. Ihre Pferde waren bereits gesattelt und warteten. Mandarb stand arrogant da und beachtete niemanden außer Lan, aber Aldieb streckte die Nase in Moiraines Hand. Da standen noch ein Packpferd, das mit seinen auf beiden Seiten herunterhängenden Transportkörben unförmig wirkte, und ein riesiges Tier mit langem, zotteligem Haar selbst an den Fesseln — größer noch als der Hengst des Behüters —, das für Loial bestimmt war. Es sah groß genug aus, um ganz allein einen vollbeladenen Heuwagen zu ziehen, doch verglichen mit dem Ogier war es ein Pony.

Loial beäugte das große Pferd und murmelte zweifelnd: »Meine eigenen Füße sind bisher immer gut genug gewesen.«

Meister Gill winkte Rand heran. Der Wirt lieh ihm einen Braunen, der beinahe dieselbe Haarfarbe aufwies wie Rand selbst, mit großem, kräftigem Körperbau, jedoch — Rand war froh, das zu sehen — ohne das Feuer im Gang wie bei Wolke. Meister Gill sagte, er hieße Roter. Egwene ging geradewegs zu Bela hinüber und Nynaeve zu ihrer hochbeinigen Stute. Mat führte seinen Grauen zu Rand herüber. »Perrin macht mich nervös«, meinte er leise. Rand sah ihn durchdringend an. »Na ja, er benimmt sich so komisch. Merkst du das nicht auch?

Ich schwöre dir, daß es keine Einbildung ist, oder ... oder ...«

Rand nickte. *Dem Licht sei Dank, daß es nicht schon wieder der Dolch ist, der von ihm Besitz ergreift.* »Das stimmt, Mat, aber nimm es nicht so schwer. Moiraine weiß Bescheid über ... was es auch ist. Perrin geht es gut.« Er wünschte, er könne das glauben, aber Mat schien sich damit zufriedenzugeben, fürs erste jedenfalls.

»Natürlich«, beteuerte Mat schnell, während er Perrin aus den Augenwinkeln beobachtete. »Ich habe ja auch nie behauptet, er fühle sich nicht wohl.«

Meister Gill beriet sich mit dem Stallmeister. Der Mann mit der gegerbten Haut, dessen Gesicht auch an ein Pferd erinnerte, hob das Handgelenk an die Stirn und eilte zur Rückseite des Stalles. Der Wirt wandte sich mit einem zufriedenen Lächeln auf dem runden Gesicht an Moiraine. »Ramey sagt, daß der Weg frei ist, Aes Sedai.«

Die Rückwand des Stalles schien solide und stark gebaut. Schwere Gestelle zum Aufhängen von Geräten standen vor ihr. Ramey und ein weiterer Stallbursche räumten die Rechen, Harken und Schaufeln zur Seite und faßten dann hinter die Gestelle, um verborgene Riegel wegzuschieben. Plötzlich schwang ein ganzer Teil der Wand an so gut verborgenen Angeln nach innen, daß Rand noch nicht einmal sicher war, er könne sie auch jetzt, bei geöffneter Geheimtür, finden. Der Lichtschein aus dem Stall beleuchtete eine Ziegelsteinwand nur ein paar Schritte vor ihnen.

»Es ist nur ein schmaler Durchgang zwischen den Gebäuden«, sagte der Wirt, »aber außerhalb dieses Stalles kann niemand sehen, daß es von hier aus einen Weg da hinein gibt. Weißmäntel oder weiße Abzeichen — es wird keine Beobachter geben, die sehen, wo Ihr herauskommt.«

Die Aes Sedai nickte. »Denkt daran, guter Wirt, falls Ihr befürchtet, deswegen in Schwierigkeiten zu kommen, dann schreibt an Sheriam Sedai von der Blauen Ajah in Tar Valon, und sie wird Euch helfen. Ich fürchte, meine Schwestern und ich haben bereits eine Menge gutzumachen an denjenigen, die mir geholfen haben.«

Meister Gill lachte. Es war nicht das Lachen eines besorgten Mannes. »Aber, Aes Sedai, Ihr habt mir doch schon die einzige Schenke in Caemlyn verschafft, in der es keine Ratten gibt. Was kann ich mir sonst noch wünschen? Damit allein kann ich die Zahl meiner Gäste verdoppeln.« Sein Grinsen verflog, und er wurde ernst. »Was immer Ihr auch vorhabt: Die Königin hält zu Tar Valon, und ich halte zur Königin, und so wünsche ich Euch Glück. Das Licht leuchte Euch, Aes Sedai. Das Licht leuchte Euch allen.«

»Das Licht leuchte auch Euch, Meister Gill«, antwortete Moiraine, und sie nickte ihm zu. »Aber wenn das Licht auf uns scheinen soll, dann müssen wir uns nun beeilen.« Sie wandte sich kurz und bündig an Loial. »Bist du bereit?«

Nach einem mißtrauischen Blick auf das Gebiß des Pferdes nahm der Ogier die Zügel des großen Tieres in die Hand. Er bemühte sich, das Pferdegebiß auf Zügellänge von seiner Hand entfernt zu halten. So führte er das Tier zu der Öffnung in der Stallrückwand. Ramey hüpfte vor Ungeduld von einem Fuß auf den anderen. Er wollte die Tür wieder schließen. Einen Moment lang hielt Loial mit schräggehaltenem Kopf inne, als spüre er einen Lufthauch auf seiner Wange. »Hier entlang«, sagte er und bog in den schmalen Durchgang ein.

Moiraine folgte gleich hinter Loial. Danach kam Rand, dann Mat. Rand war als erster dran, das Packpferd zu führen. Nynaeve und Egwene bildeten den Mittelteil der Gruppe, Perrin kam dahinter, und am Ende ritt Lan. Die verborgene Tür schloß sich hastig, sobald Mandarb in den Schmutz der Gasse geschritten war. Das *Klick-Klack* der vorgeschobenen Riegel, das sie von der Schenke abschnitt, klang für Rand unnatürlich laut.

Der Durchgang, wie ihn Meister Gill genannt hatte, war tatsächlich sehr eng und noch dunkler als der Stallhof, falls das überhaupt möglich war. Auf beiden Seiten befanden sich hohe Ziegelsteinmauern oder Holzwände, und über ihnen war nur ein schmaler Streifen Himmel zu erkennen. Die großen, grobgeflochtenen Körbe, die man dem Packpferd umgeschnallt hatte, schabten zu beiden Seiten an den Gebäuden entlang. Die Körbe waren voll von Vorräten für ihre Reise. Vor allem Tonkrüge mit Öl befanden sich darinnen. Ein Bündel Stangen war der Länge nach auf den Rücken des Pferdes geschnallt, und an jedem Ende baumelte eine Laterne. In den Kurzen Wegen, so hatte Loial gesagt, sei es dunkler als in der dunkelsten Nacht.

In den zum Teil gefüllten Laternen schwappte das Öl bei jeder Bewegung des Pferdes, und sie schlugen mit einem blechernen Geräusch gegeneinander. Es war kein sehr lautes Geräusch, doch in der Stunde vor Beginn der Dämmerung herrschte in Caemlyn Stille. Die gedämpften, metallischen Geräusche klangen, als könne man sie eine Meile weit hören.

Als der Durchgang sie schließlich auf eine Straße hinausführte, wählte Loial ohne Zögern eine Richtung. Er schien nun genau zu wissen, wohin er sich wenden mußte, als werde ihm die Strecke, der er folgen mußte, immer klarer. Rand verstand nicht, wie der Ogier das Wegetor finden konnte, und Loial hatte es auch nicht richtig erklären können. Er wußte es einfach, sagte er; er könne es fühlen. Loial behauptete, es sei genauso schwer wie zu erklären, auf welche Weise er atme.

Als sie die Straße schnell hinaufritten, blickte Rand zurück in die Richtung, wo *Der Königin Segen* lag. Wie Lamgwin behauptet hatte, befanden sich immer noch ein halbes Dutzend Weißmäntel nicht weit von der nächsten Ecke entfernt. Sie konzentrierten sich ganz auf die Schenke, doch ein lautes Geräusch würde sie schnell aufmerksam machen. Zu dieser Stunde befand sich niemand draußen, jedenfalls nicht aus einem anständigen Anlaß. Die Hufeisen klangen wie Glocken auf dem Pflaster. Die Laternen klapperten, als schüttle sie das Packpferd mit Absicht. Er hörte erst auf sich umzusehen, als sie eine weitere Ecke hinter sich hatten. In dem Moment hörte er auch die erleichterten Seufzer der anderen Emondsfelder.

Loial schien den direktesten Weg zum Wegetor zu wählen, wo auch immer er sie hinführte. Manchmal ritten sie breite Straßen entlang, die bis auf einen gelegentlichen Hund, der sich im Dunklen herumtrieb, leer waren. Manchmal trabten sie durch enge Gassen, die genauso schmal waren wie der Durchgang hinter dem Stall, wo Dinge unter den unbedachten Tritten der Pferde zermatscht wurden. Nynaeve beklagte sich leise über die davon herrührenden Gerüche, aber keiner ritt deswegen langsamer.

Die Dunkelheit wich allmählich und wandelte sich zu einem dunklen Grau. Über den Dächern im Osten war der Himmel gesprenkelt von dem ersten schwachen Lichtschimmer der Dämmerung. Ein paar Leute erschienen auf den Straßen, der Morgenkälte wegen vermummt, die Köpfe gesenkt und mit den Gedanken noch im Bett. Die meisten achteten nicht auf andere. Nur eine Handvoll warf einen Blick auf die von Loial angeführte Reihe der Menschen und Pferde, und nur einer davon nahm sie wirklich wahr.

Dieser eine Mann blickte sie wie die anderen uninteressiert an und wollte schon wieder in seine eigenen Gedanken versinken, doch dann stolperte er plötzlich und wäre beinahe gestürzt, als er herumfuhr und sie noch einmal anblickte. Das Licht reichte gerade aus, um die Umrisse zu erkennen, aber selbst das war schon zuviel. Wenn man ihn einzeln auf eine gewisse Entfernung gesehen hätte, hätte man ihn für einen großen Mann mit einem normalen Pferd halten können oder für einen normalgroßen Mann mit einem etwas kleingeratenen Pferd. Doch sie alle bewegten sich in einer Linie hintereinander, und aus dieser Perspektive sah Loial so groß aus, wie er tatsächlich war, nämlich um die Hälfte größer, als ein Mann sein durfte. Dieser Mann also sah sie an und rannte mit einem erstickten Schrei und flatterndem Umhang weg.

Bald würden sich mehr Menschen auf den Straßen befinden — zu bald. Rand beobachtete eine Frau, die auf der anderen Straßenseite vorbeihastete und nichts als das Pflaster vor ihren Füßen sah. Bald würden weitere Leute sie bemerken. Der Himmel im Osten wurde heller.

»Dort«, verkündete Loial schließlich. »Es ist da drunter.« Er zeigte auf einen Laden, der immer noch von der Nacht her geschlossen hatte. Die Tische vor der Tür waren leer, die Markise darüber war fest zusammengerollt und die Tür verrammelt. Die Fenster oben, wo der Ladeninhaber wohnte, waren noch dunkel.

»Drunter?« fragte Mat ungläubig. »Wie beim Licht können wir ...?«

Moiraine hob eine Hand und schnitt ihm das Wort ab. Dann bedeutete sie ihnen, ihr in die Gasse neben dem Laden zu folgen. Die Pferde und sie zusammen füllten die Gasse zwischen den beiden Gebäuden. Im Schatten der Hauswände war es dunkler als auf der Straße, beinahe wieder wie in der Nacht.

»Es muß doch eine Kellertür geben«, murmelte Moiraine. »Ah, ja.«

Plötzlich glühte ein Licht auf. Ein kühl glimmender Ball von der Größe einer Männerfaust schwebte über der Handfläche der Aes Sedai und bewegte sich, wenn sich ihre Hand bewegte. Rand dachte bei sich, daß es schon deutlich zeigte, was sie durchgemacht hatten, wenn jeder das als ganz selbstverständlich hinnahm. Sie hielt es nahe an die Tür, die sie entdeckt hatte. Die befand sich als Falltür beinahe waagrecht angebracht im Boden und wurde durch ein Schließband mit dicken Bolzen und einem Eisenschloß gesichert, das größer als Rands Hand war und von altem Rost verkrustet. Loial zog an dem Schloß. »Ich kann es wegreißen, mitsamt dem Verschluß und allem, aber das wird so viel Lärm machen, daß die ganze Nachbarschaft aufwacht.«

»Wir sollten das Eigentum dieses Bürgers nicht beschädigen, wenn wir es vermeiden können.« Moiraine betrachtete eine Weile lang das Schloß ganz intensiv. Plötzlich berührte sie das rostige Eisen leicht mit ihrem Stab, und das Schloß öffnete sich problemlos. Schnell nahm Loial das Schloß ab, schwenkte die Türflügel auf und lehnte sie nach hinten, wo sie von den Scharnieren festgehalten wurden. Moiraine ging die so enthüllte Rampe hinunter und leuchtete mit dem glühenden Ball voraus. Aldieb schritt vorsichtig hinter ihr her. »Zündet die Laternen an, und kommt herunter«, rief sie leise. »Es ist genug Platz. Bald wird es draußen hell.«

Rand band hastig die Laternen an den Stangen vom Packpferd los, aber schon bevor die erste entzündet war, wurde ihm bewußt, daß er Mats Gesichtszüge erkennen konnte. In wenigen Minuten würden die Straßen mit Menschen angefüllt sein, und der Ladeneigentümer würde herunterkommen, um sein Geschäft zu öffnen. Alle würden sich fragen, wieso die Gasse mit Pferden verstopft sei. Mat murmelte nervös irgend etwas darüber, Pferde ins Haus mitzunehmen, aber Rand war froh, als er seines die Rampe hinunterführte. Mat folgte, zwar brummelnd, aber nicht weniger schnell.

Rands Laterne baumelte an der Stange hin und her, und wenn er unvorsichtig war, schlug sie gegen die Decke. Weder Roter noch das Packpferd fanden sich so leicht mit der Rampe ab. Aber dann war er unten und wich Mat aus. Moiraine ließ ihr schwebendes Licht ersterben, aber als die anderen sich zu ihnen gesellten, erleuchteten die Laternen den sie umgebenden Raum.

Der Keller war genauso lang und breit wie das Haus darüber. Eine Menge Raum wurde von gemauerten Säulen eingenommen, die sich von einem schmalen Sockel nach oben hin erweiterten, bis sie unter der Dekke fünfmal so dick waren. Der Raum schien aus einer ganzen Reihe von Gewölbebögen zu bestehen. Es gab eine Menge Platz, und doch fühlte sich Rand eingeengt. Loials Kopf berührte die Decke. Wie sie schon an dem verrosteten Schloß gesehen hatten, war der Keller lange Zeit über nicht benützt worden. Der Boden war leer, abgesehen von ein paar kaputten Fässern, die mit allem möglichen Kram gefüllt waren, und einer dicken Staubschicht. Staubkörner, von so vielen Füßen aufgewirbelt, tanzten im Laternenschein.

Lan war der letzte, der eintrat, und sobald er Mandarb die Rampe hinuntergeführt hatte, stieg er zurück und zog die Türflügel zu.

»Blut und Asche«, grollte Mat. »Wieso haben sie eines dieser Wegetore an einem Ort wie diesem erbaut?«

»Er war nicht immer so wie jetzt«, sagte Loial. Seine polternde Stimme hallte in dem höhlenähnlichen Raum wider. »Nicht immer. Nein!« Der Ogier war zornig, erkannte Rand völlig überrascht. »Einst haben hier Bäume gestanden. Alle Arten von Bäumen, die an diesem Ort gedeihen konnten; jede Art von Baum, den die Ogier hier zum Wachsen bringen konnten. Die Großen Bäume, hundert Spannen hoch! Schatten unter den Zweigen und eine kühle Brise, die den Duft von Blatt und Blüte auffing und das Angedenken an den Frieden im *Stedding* bewahrte. All das hat man dafür gemordet!« Seine Faust krachte gegen eine Säule.

Die Säule schien unter dem Schlag zu erzittern. Rand war sicher, daß er das Brechen von Ziegelsteinen gehört hatte. Eine Sturzflut trockenen Zements staubten die Säule herunter.

»Was bereits gewebt ist, kann nicht mehr ungewebt werden«, sagte Moiraine sanft. »Es wird die Bäume nicht wieder wachsen lassen, wenn du das Gebäude über uns zum Einstürzen bringst.« Loials herunterhängende Augenbrauen ließen ihn zerknirschter aussehen, als es ein menschliches Gesicht jemals fertiggebracht hätte. »Mit deiner Hilfe, Loial, können wir vielleicht die Haine, die immer noch stehen, davor bewahren, unter den Schatten zu fallen. Du hast uns dorthin gebracht, wohin wir wollten.«

Als sie sich auf eine der Wände zubewegte, erkannte Rand, daß diese Wand sich von den anderen unterschied. Sie bestanden aus gewöhnlichem Ziegelstein, diese jedoch aus fein behauenem Stein, mit verspielt verschlungenen Reben und Blättern verziert, die selbst unter dieser Staubschicht blaß hervorschimmerten. Ziegelstein und Zement waren alt, doch etwas an diesem Stein sagte aus, daß er lange dort gestanden hatte, lange, bevor der Ziegelstein gebrannt wurde. Spätere Baumeister, die auch schon vor Jahrhunderten dahingegangen waren, hatten das, was bereits bestand, in etwas Neues eingebaut, und wiederum später hatten Menschen es zum Teil eines Kellers gemacht.

Ein Teil der reliefgeschmückten Wand, genau im Zentrum, war noch üppiger geschmückt als der Rest. So gut ausgearbeitet der Rest auch war, im Vergleich hierzu erschien er wie eine rohe Kopie. Obwohl sie aus dem harten Gestein herausgearbeitet waren, erschienen diese Blätter weich, in einem Augenblick eingefangen, als sie gerade von einer sanften Sommerbrise bewegt wurden. Trotzdem fühlte man das Alter an ihnen — so viel älter als der Rest des Steins, wie dieser älter als die Ziegelsteine war. So alt und noch älter. Loial sah sie an, als befände er sich lieber irgendwo anders, selbst draußen auf der Straße, wieder mal mit einem Mob auf den Fersen.

»*Avendesora*«, murmelte Moiraine, und ihre Hand ruhte dabei auf einem in Stein gehauenen dreiteiligen Blatt. Rand suchte die verzierten Teile ab: Es war das einzige Blatt dieser Art, das er finden konnte. »Das Blatt vom Baum des Lebens ist der Schlüssel«, sagte die Aes Sedai, und das Blatt löste sich und fiel in ihre Hand. Rand blinzelte, und von hinten her hörte er überraschtes Nach-Luft-Schnappen. Das Blatt schien genauso wie alle anderen ein Teil der Wand gewesen zu sein. Ganz selbstverständlich fügte die Aes Sedai es nun eine Handspanne tiefer in das Muster ein. Das Blatt mit seinen drei Spitzen paßte hinein, als sei dieser Platz dafür vorgesehen gewesen, und so war es nun wieder Teil eines Ganzen. Sobald es sich dort befand, änderte sich die gesamte Natur der zentralen Steinplatte.

Er war jetzt sicher, daß er sah, wie die Blätter von einer nicht fühlbaren Brise bewegt wurden. Er bildete sich beinahe ein, sie grünten unter dem Staub — ein Gewebe kräftigen Frühlingsgrüns hier in dem von Laternen erleuchteten Keller. Zuerst fast unmerklich öffnete sich ein Spalt in der Mitte des uralten Frieses. Er weitete sich, als die beiden Hälften langsam herausklappten, bis sie in rechtem Winkel abstanden. Die Rückseiten des Tores waren genauso geschmückt wie die Vorderseiten; das gleiche üppige Gewirr von Ranken und Blättern, die beinahe zu leben schienen. Dahinter, wo sich Erdboden oder der Keller des nächsten Gebäudes befinden sollte, spiegelten sich ihre Gestalten schwach in einem matten, reflektierenden Glimmen. »Ich habe gehört«, sagte Loial halb trauernd und hab ängstlich, »daß die Wegetore einst wie Spiegel glänzten. Einst ging der, der die Wege benützte, durch die Sonne und den Himmel. Einst.«

»Wir haben keine Zeit zu warten«, sagte Moiraine.

Lan ging an ihr vorbei. Er führte Mandarb und hatte die an der Stange befestigte Laterne in der Hand. Sein schattenhaftes Spiegelbild kam auf ihn zu und führte ein Schattenpferd. Mensch und Spiegelbild schienen an der schimmernden Oberfläche ineinander zu fließen, und dann waren beide verschwunden. Einen Augenblick lang scheute der schwarze Hengst, als ihn ein scheinbar ununterbrochener Zügel mit dem trüben Umriß seines eigenen Spiegelbilds verband. Der Zügel straffte sich, und auch das Streitroß verschwand.

Eine Weile lang standen alle da und starrten das Wegetor an. »Beeilt Euch«, trieb Moiraine sie an. »Ich muß als letzter durch. Wir können das nicht offen stehen lassen und riskieren, daß es jemand durch Zufall findet. Schnell!«

Mit einem schweren Seufzer schritt Loial in das Schimmern hinein. Das große Pferd warf den Kopf auf und versuchte, sich von der Oberfläche fernzuhalten, aber es wurde einfach hindurchgezogen. Sie waren genauso vollständig verschwunden wie der Behüter und Mandarb. Zögernd streckte Rand seine Laterne in Richtung auf das Tor aus. Die Laterne sank in ihr Spiegelbild ein. Die beiden verschmolzen, bis sie verschwunden waren. Er zwang sich weiterzugehen, beobachtete, wie die Stange Stück um Stück verschwand, und dann schritt er auf sich selbst zu und betrat das Tor. Er öffnete überrascht den Mund. Etwas Eisiges glitt an seiner Haut entlang, als schreite er durch einen Vorhang aus kaltem Wasser. Die Zeit dehnte sich; die Kälte umschloß ein Haar nach dem anderen und zitterte sich Faden um Faden durch seine Kleidung.

Mit einem Schlag zerplatzte die Kälte wie eine Blase, und er blieb stehen, um Luft zu schöpfen. Er befand sich innerhalb der Kurzen Wege. Ein Stück vor ihm warteten Lan und Loial geduldig neben ihren Pferden. Um sie herum war eine Schwärze, die sich in die Unendlichkeit zu erstrecken schien. Ihre Laternen warfen kleine Lichtkreise um sie, zu klein; als drücke jemand das Licht weg oder verzehre es.

Plötzlich ängstigte er sich und riß an dem Zügel. Roter und das Packpferd sprangen durch und überrannten ihn beinahe. Er stolperte, fing sich und eilte zu dem Behüter und dem Ogier hinüber. Die scheuenden Pferde zog er hinter sich her. Die Tiere wieherten leise. Selbst

Mandarb schien die Gegenwart der anderen Pferde gutzutun.

»Geh ganz entspannt hinein, wenn du durch ein Wegetor willst, Rand«, ermutigte ihn Loial. »Es ist drinnen in den Wegen ... anders als draußen. Schau!«

Er blickte nach hinten, wohin der Ogier deutete. Er glaubte, er werde von hier aus das gleiche matte Schimmern sehen. Statt dessen jedoch blickte er in den Keller wie durch eine große, geschwärzte Glasscherbe. Es beunruhigte ihn, daß der ebenfalls schwarze Rahmen um dieses Fenster in den Keller hinein einen Eindruck von Tiefe erweckte, als stünde die Öffnung im leeren Raum — nichts daneben oder dahinter als die Dunkelheit. Er sprach das mit unsicherem Lachen aus, doch Loial nahm es durchaus ernst.

»Du könntest ganz außen herumgehen und würdest von der anderen Seite her absolut nichts sehen. Ich würde dir das aber nicht raten. Die Bücher drücken sich nicht gerade klar darüber aus, was sich hinter den Wegetoren befindet. Ich glaube, dort könntest du dich verirren und nie wieder den Weg zurück finden.«

Rand schüttelte den Kopf und bemühte sich, sich auf das Wegetor selbst zu konzentrieren und nicht auf das, was dahinter lag. Aber auf gewisse Weise wirkte auch das ziemlich beunruhigend. Wenn es in der Dunkelheit neben dem Wegetor etwas zum Ansehen gegeben hätte, hätte er dorthin geblickt. Der Blick durch die rauchige Düsternis in den Keller hinein zeigte ihm wohl Moiraine und die anderen ganz deutlich, doch sie bewegten sich wie in einem Traum. Jedes Augenzwinkern erschien wie eine bewußte, übertriebene Geste. Mat ging zum Wegetor, als schreite er durch einen See aus durchsichtiger Gelatine. Seine Beine bewegten sich wie schwimmend vorwärts.

»In den Kurzen Wegen dreht sich das Rad schneller«, erklärte Loial. Er sah in die sie umgebende Dunkelheit hinein, und sein Kopf sank tiefer zwischen seine Schultern. »Kein Lebender kennt mehr als nur Bruchstücke davon. Ich habe Angst vor dem, was ich über die Kurzen Wege nicht weiß, Rand.«

»Man kann den Dunklen König nicht besiegen«, sagte Lan, »wenn man kein Risiko eingeht. Aber jetzt sind wir am Leben, und wir können darauf hoffen, am Leben zu bleiben. Gib nicht auf, bevor du nicht geschlagen bist, Ogier.«

»Du würdet nicht so selbstsicher darüber sprechen, wenn du schon jemals die Kurzen Wege betreten hättest.« Loials normalerweise nach fernem Donner klingende Stimme klang nun gedämpft. Er blickte in die Dunkelheit hinein, als sehe er dort etwas. »Ich bin auch noch nie drinnen gewesen, aber ich habe Ogier gesehen, die durch ein Wegetor gegangen und wieder herausgekommen waren. Du würdest nicht so sprechen, hättest du dasselbe hinter dir.«

Mat schritt durch das Tor und gewann an Geschwindigkeit. Einen Augenblick lang sah er in die scheinbar endlose Dunkelheit hinein, und dann rannte er hinüber zu den anderen. Seine Laterne hüpfte an ihrer Stange, und sein hinter ihm hergaloppierendes Pferd hätte ihn beinahe zu Fall gebracht. Einer nach dem anderen kam nun durch: Perrin und Egwene und Nynaeve. Jeder hielt in erschreckter Lautlosigkeit inne und beeilte sich dann, sich zu den anderen zu gesellen. Jede Laterne verstärkte den Lichtschein, doch nicht in dem Maße, wie es hätte sein sollen. Es schien, als verdichte sich die Dunkelheit, je mehr Licht in sie fiel, als kämpfe sie gegen jede Verminderung an.

Diesen Gedankengang wollte Rand nicht weiter verfolgen. Es war schon schlimm genug, überhaupt hier zu sein. Da mußte man nicht auch noch der Dunkelheit einen Eigenwillen zuschreiben. Alle schienen aber diese erdrückende Stimmung zu fühlen. Hier kamen keine trockenen Kommentare von Mat, und Egwene sah aus, als wünschte sie, sie könne ihre Entscheidung mitzukommen noch einmal überdenken. Sie beobachteten alle schweigend das Wegetor, dieses letzte Fenster in die Welt, die sie kannten.

Schließlich befand sich nur noch Moiraine im Keller, der von ihrer mitgebrachten Laterne schwach beleuchtet wurde. Die Bewegungen der Aes Sedai wirkten traumähnlich. Ihre Hand kroch mühsam vorwärts, als sie das *Avendesora*-Blatt gefunden hatte. Auf dieser Seite befand es sich niedriger im Steinfries, bemerkte Rand. Es war genau dort, wo sie es auf der anderen Seite angedrückt hatte. Sie pflückte es und brachte es in die ursprüngliche Position zurück. Er fragte sich, ob sich das Blatt auf der anderen Seite gleich mit zurückbewegt habe.

Die Aes Sedai kam mit Aldieb im Schlepptau hindurch, und dann begannen sich die Torflügel hinter ihr langsam, ganz langsam zu schließen. Sie kam zu ihnen herüber. Der Lichtschein ihrer Laterne auf dem Tor verschwand, bevor es sich ganz geschlossen hatte. Der immer kleiner werdende Anblick des Kellers wurde schließlich von der Schwärze verschlungen. Der eingeschränkte Lichtkreis ihrer Laternen war völlig von Schwärze umgeben.

Plötzlich schien es ihnen, als seien die Laternen das einzige Licht, das in der Welt noch vorhanden war. Rand fiel erst jetzt auf, daß er Schulter an Schulter zwischen Perrin und Egwene eingequetscht war. Egwene sah ihn mit weit aufgerissenen Augen an und drückte sich noch mehr an ihn, während Perrin sich nicht bewegte, ihm aber auch nicht Platz machte. Es lag etwas Beruhigendes darin, einen anderen Menschen zu berühren, wenn die ganze Welt gerade von der Dunkelheit verschluckt worden war. Selbst die Pferde schienen zu fühlen, daß sie von den Kurzen Wegen immer enger aneinander gedrängt wurden. Nach außen hin unbeeindruckt, schwangen sich Moiraine und Lan in die Sättel, und die Aes Sedai beugte sich nach vorn, den Arm auf ihren geschnitzten Stab gestützt, der quer über dem hohen Sattelhorn lag. »Wir müssen uns auf den Weg machen, Loial.«

Loial fuhr hoch und nickte lebhaft. »Ja. Ja, Aes Sedai, du hast recht. Wir sollten keine Minute länger als notwendig verharren.« Er deutete auf einen breiten, weißen Streifen unter ihren Füßen, und Rand trat hastig von ihm herunter. Alle von den Zwei Flüssen sprangen ab. Rand glaubte, der Boden sei einst ganz glatt gewesen, aber die Glätte war jetzt durchbrochen, als habe der Stein die Pocken. Die weiße Linie war an mehreren Punkten unterbrochen. »Dies führt uns vom Wegetor zum ersten Wegweiser. Von hier …« Loial sah sich ängstlich um. Dann kletterte er ohne die zuvor an den Tag gelegte Zurückhaltung auf sein Pferd. Das Pferd trug den größten Sattel, den der Stallmeister hatte finden können, aber Loial füllte ihn von einem Ende zum anderen aus. Seine Beine hingen auf beiden Seiten beinahe bis zu den Fesseln des Tieres herunter. »Keine Minute länger als notwendig«, murmelte er. Zögernd saßen die anderen auf.

Moiraine und Lan flankierten den Ogier, als dieser der weißen Linie durch die Dunkelheit folgte. Alle anderen drückten sich dahinter so nahe heran wie möglich. Die Laternen hüpften über ihren Köpfen auf und ab. Die Laternen hätten an sich genug Licht abgeben müssen, um ein ganzes Haus zu beleuchten, aber der Lichtschein reichte nur zehn Fuß weit. Die Schwärze hielt ihn so unvermittelt zurück, als sei er auf eine Wand getroffen. Das Knarren der Sättel und das Klappern der Hufeisen schien mit dem Ende des Lichtscheins ebenfalls zu enden.

Rands Hand kehrte immer wieder zu seinem Schwert zurück. Es war nicht so, daß er glaubte, hier gebe es irgend etwas, wogegen er sein Schwert hätte gebrauchen können, um sich zu verteidigen. Es schien vielmehr, daß es überhaupt nichts gab, wo dieses Etwas hätte sein können. Die Lichtblase um sie herum hätte auch eine von Stein umhüllte Höhle sein können, aus der heraus es keinen Weg gab. Die Pferde hätten sich genauso um eine Tretmühle herum bewegen können, so wenig abwechslungsreich war ihre Umgebung. Er umklammerte den Knauf, als könne der Druck seiner Hand den Stein wegdrücken, dessen Last er auf sich ruhen fühlte. Wenn er das Schwert berührte, konnte er sich an die Lehren Tams erinnern. Eine Zeitlang fand er die Ruhe im Nichts. Aber die Last kehrte immer wieder zurück und zerdrückte das Nichts zu einer bloßen Höhle in seinem Geist, und dann mußte er wieder von vorn beginnen und Tams Schwert berühren, um sich erneut darauf konzentrieren zu können.

Es war eine echte Erleichterung, als sich schließlich doch etwas änderte, auch wenn es nur eine hohe Felsplatte war, die hochkant vor ihnen aus der Dunkelheit auftauchte. Die breite weiße Linie hörte an ihrem unteren Ende auf. Die breite Oberfläche wurde von eingelegten, elegant gekrümmten Metallfäden durchzogen, die Rand in ihrer Anmut an Ranken und Blätter erinnerten. Verfärbte Pockennarben verunzierten sowohl Stein als auch Metall.

»Der Wegweiser«, sagte Loial, und er beugte sich aus dem Sattel, um finster auf die geschwungene Metalleinlage zu starren.

»Ogierschrift«, sagte Moiraine, »aber so weit zerstört, daß ich kaum lesen kann, was da steht.«

»Mir fällt es auch schwer«, sagte Loial, »aber ich kann genug erkennen, um zu wissen, daß wir dort hinüber müssen.« Er drehte sein Pferd von dem Wegweiser weg.

Am Rand des Lichtscheins waren andere Steingegenstände zu sehen. Es schien sich um Brücken mit Steingeländern zu handeln, die in die Dunkelheit hineinführten, und manchmal auch um sanft geneigte Rampen ohne irgendein Geländer, die hinauf oder hinab führten. Zwischen den Brücken und den Rampen zog sich eine brusthohe Balustrade entlang, als sei die Gefahr des Fallens dort in jedem Fall gegeben. Die Balustrade bestand aus einfachem weißen Stein, dessen sanfte Kurven und Rundungen zu komplizierten Mustern zusammengefügt waren. Etwas daran kam Rand irgendwie bekannt vor, aber er wußte, daß seine Einbildung nach allem griff, was in dieser fremdartigen Umgebung nach Bekanntem aussehen mochte.

Am Fuß einer der Brücken hielt Loial sein Pferd an und las die einzige Zeile auf der engen Steinsäule am Aufgang. Er nickte und ritt auf die Brücke hinaus. »Das ist die erste Brücke auf unserem Weg«, sagte er nach hinten zu.

Rand fragte sich, was die Brücke überhaupt vor dem Einsturz bewahrte. Die Pferdehufe knirschten derart, als blätterte bei jedem Tritt Stein ab. Alles, was er sah, war mit flachen Aushöhlungen bedeckt, manche nur wie winzige Nadelstiche, während andere unregelmäßig geformten, flachen, einen vollen Schritt breiten Kratern glichen. Hatte es hier Säure geregnet, oder verfaulte der Stein? Auch das Geländer wies Risse und Löcher auf. An manchen Stellen war es bis zu einer Spanne weit ganz verschwunden. Die Brücke mochte ja aus festem Stein bestehen, der bis hinunter zum Mittelpunkt der Erde reichte, aber das, was er sah, ließ ihn hoffen, daß sie wenigstens noch lange genug stehen würde, damit sie das andere Ende noch erreichten. *Wo auch immer das sein mag.*

Die Brücke war dann schließlich zu Ende, und es sah dort nicht anders aus als an ihrem Anfang. Alles, was Rand sehen konnte, war das, was von ihrem kleinen Lichtkreis berührt wurde, aber er gewann den Eindruck, daß sie sich auf einer großen Fläche befanden, wie ein abgeflachter Hügel, von dem nach allen Seiten Brücken und Rampen wegführten. Loial nannte das eine Insel. Ein weiterer von Schriftzeichen bedeckter Wegweiser war auch vorhanden. Rand nahm an, daß er in der Mitte der Insel stand, hatte aber keine Möglichkeit, die Richtigkeit seiner Annahme zu überprüfen. Loial las und führte sie dann eine der Rampen hinauf, die sich immer weiter nach oben wand.

Nach einer endlosen, ständig gewundenen Klettertour führte sie die Rampe auf eine weitere Insel, die genauso aussah wie die am Anfang ihres Weges. Rand versuchte, sich die Lage der Rampe vorzustellen und die Windungen nachzuvollziehen, doch gab er es bald auf. *Diese Insel kann sich doch nicht direkt auf der anderen befinden. Das* kann nicht *sein.*

Loial studierte eine weitere mit Ogierschrift bedeckte Felsplatte, fand wieder eine Wegweisersäule und führte sie auf die nächste Brücke. Rand hatte keine Ahnung mehr, in welche Richtung sie sich eigentlich bewegten.

In ihrem heimeligen kleinen Lichtkreis inmitten des Dunkels sah eine Brücke genauso aus wie die andere, mit dem Unterschied, daß bei einigen das Geländer Lücken aufwies und bei anderen nicht. Nur der Grad der Beschädigung der Wegweiser ließ die Inseln unterschiedlich aussehen. Rand verlor jegliches Zeitgefühl. Er war sich nicht einmal mehr sicher, wie viele Brücken sie überquert und wie viele Rampen sie erklommen hatten. Doch der Behüter mußte wohl eine Uhr im Kopf haben. Gerade als Rand den ersten Hunger verspürte, verkündete Lan ruhig, daß es Mittag sei. Er stieg ab und verteilte Brot und Käse und Trockenfleisch von den Vorräten auf dem Packpferd. Perrin war gerade mit dem Führen des Tieres an der Reihe. Sie befanden sich auf einer Insel, und Loial war damit beschäftigt, die Inschrift auf dem Wegweiser zu entziffern.

Mat wollte schon aus dem Sattel steigen, doch Moiraine sagte: »Die Zeit in den Kurzen Wegen ist zu kostbar, als daß wir sie verschwenden könnten. Viel zu kostbar für uns. Wir werden anhalten, wenn es an der Zeit ist zu schlafen.« Lan saß bereits wieder auf Mandarb.

Rand verging der Appetit, als er sich vorstellte, in den

Kurzen Wegen zu schlafen. Hier herrschte wohl immer Nacht, aber es war keine Nacht zum Schlafen. Aber er aß, wie auch die anderen, beim Reiten. Es war eine ziemlich schwierige Angelegenheit zu versuchen, das Essen, die Laternenstange und die Zügel gleichzeitig zu halten, aber trotz seiner eingebildeten Appetitlosigkeit leckte er sich die letzten Brot- und Käsekrümel von den Händen, als er fertig war. Er stellte sich mit Vergnügen vor, mehr davon zu essen. Er neigte sogar allmählich zu der Ansicht, daß die Kurzen Wege doch nicht so schlimm seien, jedenfalls lange nicht so schlimm, wie Loial behauptete. Sie lösten ja vielleicht das schwere Gefühl der Stunde vor einem Sturm aus, aber es änderte sich nichts. Nichts geschah. Die Kurzen Wege waren schon beinahe langweilig.

Dann wurde die Stille von einem überraschten Laut Loials gebrochen. Rand stand in seinen Steigbügeln auf, um an dem Ogier vorbeischauen zu können, und er schluckte schwer bei dem Anblick. Sie befanden sich in der Mitte einer Brücke, und ein paar Fuß weit vor Loial brach die Brücke mit einem Mal an einer zerfetzt erscheinenden Kante ab.

KAPITEL 23

Was im Schatten folgt

Der Lichtschein ihrer Laternen reichte gerade bis auf die andere Seite der Lücke, wo das gegenüberliegende Ende wie der abgebrochene Zahn eines Riesen aus der Dunkelheit ragte. Loials Pferd stampfte nervös mit einem Huf auf, und ein loser Stein fiel in die bodenlose Schwärze hinunter. Falls es einen Laut gab, als der Stein auf festen Boden krachte, hörte ihn Rand nicht.

Er ließ den Braunen ein wenig näher an die Lücke herantänzeln. Soweit er seine Laterne an ihrer Stange hinunterschieben konnte, gab es nichts zu sehen. Schwärze unten und Schwärze oben, die das Licht abschnitt. Falls es einen Grund gab, konnte der tausend Fuß tiefer liegen. Oder auch nirgendwo. Andererseits konnte er wenigstens sehen, was unter der Brücke war und sie stützte: Nichts. Weniger als eine Spanne dick war sie, und es gab absolut nichts darunter.

Plötzlich erschien ihm der Steinbogen unter seinen Füßen dünn wie Papier, und der endlose Fall von der Kante zog ihn an. Laterne und Stange zusammen schienen mit einemmal schwer genug, um ihn aus dem Sattel zu ziehen. Mit schwimmendem Kopf ließ er den Braunen genauso vorsichtig rückwärts gehen, wie er sich vorher nach vorn geschoben hatte.

»Wohin hast du uns geführt, Aes Sedai?« fragte Nynaeve. »Alles nur, damit wir herausfinden, daß wir schließlich doch nach Caemlyn zurückkehren müssen?«

»Wir müssen nicht zurückkehren«, sagte Moiraine. »Jedenfalls nicht bis Caemlyn. In den Kurzen Wegen gibt es viele Pfade zu allen Zielen hin. Wir müssen lediglich weit genug zurück, daß Loial einen anderen Weg findet, der uns nach Fal Dara führt. Loial? Loial!«

Der Ogier riß sich mit sichtlicher Anstrengung vom Anblick der Tiefe los. »Was? Oh! Ja, Aes Sedai. Ich kann einen anderen Weg finden. Ich hatte ...«

Sein Blick wanderte zurück zu dem Abgrund, und seine Ohren zuckten. »Ich hatte mir nicht träumen lassen, daß der Verfall schon so weit geht. Wenn die Brükken selbst einstürzen, kann ich vielleicht den Weg, den wir suchen, nicht mehr finden. Möglicherweise kann ich dann noch nicht einmal einen Weg zurück finden. Die Brücken könnten ja in diesem Moment hinter uns einstürzen.«

»Es muß einen Weg geben«, sagte Perrin mit tonloser Stimme. In seinen Augen fing sich das Licht, und sie glühten golden. *Ein in die Enge getriebener Wolf,* dachte Rand überrascht. *Genauso sieht er aus.*

»Es wird, wie das Rad es webt«, sagte Moiraine, »aber ich glaube nicht, daß der Verfall so schnell vonstatten geht, wie du fürchtest. Sieh den Stein doch an, Loial. Selbst ich kann erkennen, daß es sich um einen alten Bruch handelt.«

»Ja«, sagte Loial schwerfällig. »Ja, Aes Sedai. Ich kann es erkennen. Hier gibt es weder Regen noch Wind, aber dieser Stein an der Abbruchkante war zumindest zehn Jahre lang der Luft ausgesetzt.« Er nickte mit erleichtertem Grinsen. Er war so glücklich über diese Erkenntnis, daß er einen Augenblick lang seine Angst zu vergessen schien. Dann sah er sich um und zuckte unsicher die Achseln. »Ich könnte viel leichter andere Wege finden als ausgerechnet den nach Mafal Dadaranell. Nach Tar Valon zum Beispiel? Oder zum *Stedding* Schangtai? Von der letzten Insel aus sind es nur drei Brücken nach Schangtai. Ich denke, mittlerweile möchten die Ältesten gern mit mir reden.«

»Nach Fal Dara, Loial«, sagte Moiraine bestimmt.

»Das Auge der Welt liegt jenseits von Fal Dara, und das Auge ist unser Ziel.«

»Also Fal Dara«, stimmte der Ogier zögernd zu.

Auf die Insel zurückgekehrt, studierte Loial die mit Schriftzeichen bedeckte Platte sehr eingehend. Die Augenbrauen hingen weit herunter, und er murmelte ständig vor sich hin. Bald führte er dann ausgiebige Selbstgespräche in der Ogier-Sprache. Diese musikalische Sprache klang, als ob Vögel mit tiefer Stimme sängen. Es erschien Rand eigenartig, daß so grobschlächtige Leute eine so musikalische Sprache hatten. Schließlich nickte der Ogier. Als er sie zu der auserwählten Brücke führte, drehte er sich noch einmal um und blickte sehnsüchtig hinüber zu einer anderen Wegweisersäule, die neben der befolgten stand. »Drei Brücken bis zum *Stedding* Schangtai.« Er seufzte. Aber dann führte er sie ohne anzuhalten daran vorbei und bog auf die dritte Brükke danach ein. Als sie losgingen, warf er einen bedauernden Blick zurück, obwohl die Brücke in seine Heimat im Dunkeln verborgen lag.

Rand ließ den Braunen neben dem Ogier hertraben. »Wenn dies alles vorbei ist, Loial, dann zeigst du mir dein *Stedding,* und ich zeige dir Emondsfeld. Allerdings werden wir dazu die Kurzen Wege nicht benützen. Wir laufen oder reiten, auch wenn wir den ganzen Sommer dazu brauchen.«

»Glaubst du, daß es jemals vorbei sein wird, Rand?«

Er sah den Ogier mit gerunzelter Stirn an. »Du hast gesagt, wir brauchen zwei Tage nach Fal Dara.«

»Nicht das mit den Kurzen Wegen, Rand — alles andere meine ich.« Loial blickte nach hinten zurück zu der Aes Sedai, die sich leise mit Lan unterhielt, der Seite an Seite mit ihr ritt. »Wieso glaubst du, daß es jemals vorbei sein wird?«

Die Brücken und Rampen führten sie hinauf und hinunter und kreuz und quer. Manchmal zog sich von einem Wegweiser eine weiße Linie in die Dunkelheit hinein, so wie die, der sie vom Wegetor in Caemlyn aus gefolgt waren. Rand bemerkte, daß er nicht der einzige war, der diese Linien neugierig und auch ein wenig wehmütig betrachtete. Nynaeve, Perrin, Mat und sogar Egwene verließen nur zögernd diese Linien. Am Ende von jeder befand sich ein Wegetor, ein Tor zurück in die Welt, wo es einen Himmel und Sonne und Wind gab. Selbst der Wind wäre ihnen willkommen gewesen. Aber sie ritten unter dem scharfen Blick der Aes Sedai weiter. Doch Rand war nicht der einzige, der zurückblickte, sogar dann noch, nachdem die Dunkelheit sowohl Insel als auch Wegweiser und Linie verschluckt hatte.

Als Moiraine schließlich verkündete, daß sie die Nacht auf einer der Inseln verbringen würden, gähnte Rand längst. Mat sah sich in der sie umgebenden Schwärze um, lachte höhnisch und schnaubte laut durch die Nase, doch er stieg genauso schnell wie die anderen vom Pferd. Lan und die Jungen sattelten die Pferde ab und legten ihnen Fußfesseln an, während Nynaeve und Egwene einen kleinen Ölofen aufstellten, um Tee zu bereiten. Der Ofen sah wie das Unterteil einer Laterne aus. Lan sagte, die Behüter benützten so etwas in der Fäule, wo es gefährlich sein konnte, das dort gewachsene Holz zu verbrennen. Der Behüter holte dreibeinige Stative aus einem der Körbe, die sie dem Packpferd umgeschnallt hatten, und so konnten sie ihre Laternenstangen im Kreis um ihren Lagerplatz herum aufstellen. Loial betrachtete kurze Zeit lang den Wegweiser, setzte sich dann aber mit übergeschlagenen Beinen hin und strich mit einer Hand über den staubigen, pokkennarbigen Stein. »Einst wuchsen auf den Inseln Pflanzen«, sagte er traurig. »All die Bücher erzählen davon. Es gab grünes Gras, um darauf zu schlafen, weich wie ein Federbett. Obstbäume wuchsen hier, die einem das mitgebrachte Essen durch einen Apfel oder eine Birne oder eine Quitte ergänzten — süß und knusprig und saftig, ganz gleich, welche Jahreszeit draußen herrschte.«

»Nichts, was man jagen könnte«, murrte Perrin, und dann sah er überrascht drein, weil er das ausgesprochen hatte.

Egwene gab Loial eine Tasse Tee. Er hielt sie in der Hand, ohne zu trinken. Er starrte darauf, als könne er in ihren Tiefen die Obstbäume finden. »Wirst du keine Amulette um uns herum aufstellen?« fragte Nynaeve Moiraine. »Sicher gibt es hier drinnen Schlimmeres als Ratten. Auch wenn ich nichts gesehen habe, kann ich es immer noch fühlen.«

Die Aes Sedai rubbelte angeekelt mit den Fingerspitzen in ihren Handflächen. »Man kann die Verderbnis fühlen, die furchtbare Verwandlung der Macht, die die Wege geschaffen hat. Ich werde in den Wegen die Eine Macht nicht benützen, wenn ich nicht muß. Das Verderben ergreift alles derart, daß auch alles, was ich versuchen könnte, ganz sicher mit hineingezogen würde.«

Das ließ alle so wie Loial verstummen. Lan machte sich methodisch über sein Mahl her, als lege er die Scheite für ein Feuer nach. Das Essen an sich war weniger wichtig — der Körper brauchte eben Nahrung. Auch Moiraine aß kräftig und auf so vornehm gesittete Art und Weise, als säßen sie nicht mitten im Nichts auf einer blanken Steinplatte. Rand stocherte nur in seinem Essen herum. Die winzige Flamme des Ölofens gab gerade genug Hitze ab, um Wasser zum Kochen zu bringen, aber er drückte sich ganz nahe heran, als könne er die Wärme in sich aufsaugen. Er saß Schulter an Schulter mit Mat und Perrin. Sie saßen in einem engen Kreis um den Ofen herum. Mat hielt Brot und Fleisch und Käse gedankenverloren in den Händen, und Perrin stellte seinen Blechnapf nach nur wenigen Bissen weg. Die Stimmung wurde immer gedrückter, und jeder sah zu Boden und mied den Blick in die sie umgebende Dunkelheit.

Moiraine betrachtete sie beim Essen. Schließlich stellte sie ihren Teller weg und tupfte sich mit einer Serviette die Lippen. »Ich kann euch eine erfreuliche Sache mitteilen. Ich glaube gar nicht, daß Thom Merrilin tot ist.«

Rand blickte sie scharf an. »Aber ... der Blasse ...«

»Mat erzählte mir, was in Weißbrücke vorgefallen ist«, sagte die Aes Sedai. »Die Leute dort erwähnten einen Gaukler, aber sie sagten nichts davon, daß er gestorben sei. Ich glaube, wenn ein Gaukler getötet worden wäre, dann hätten sie es gesagt. Weißbrücke ist nicht so groß, daß ein Gaukler keine wichtige Figur wäre. Und Thom ist ein Teil des Musters, das sich um euch drei herum bildet. Ein zu wichtiger Teil, wie ich glaube, um so schnell abgeschnitten zu werden.«

Zu wichtig? dachte Rand. *Wie kann Moiraine wissen ...?* »Min? Hat sie etwas in bezug auf Thom gesehen?«

»Sie hat eine Menge gesehen«, sagte Moiraine trokken. »Von euch allen. Ich wünschte, ich verstünde nur die Hälfte von dem, was sie sah, aber selbst sie versteht es nicht. Die alten Beschränkungen sind gefallen. Aber gleich, ob das, was Min macht, alt oder neu ist — sie sieht die Wahrheit. Eure Schicksale sind miteinander verknüpft. Auch Thom Merrilins.«

Nynaeve schniefte unbeeindruckt und goß sich noch eine Tasse Tee ein. »Ich kann nicht verstehen, wieso sie etwas über uns sehen konnte«, sagte Mat grinsend. »Wie ich mich erinnere, hat sie die meiste Zeit über Rand angehimmelt.«

Egwene zog die Augenbrauen hoch. »Oh? Das hast du mir gar nicht erzählt, Moiraine Sedai.«

Rand blickte sie an. Sie sah ihn wohl nicht an, aber ihr Tonfall hatte etwas übertrieben unbeteiligt geklungen. »Ich habe einmal mit ihr gesprochen«, sagte er. »Sie zieht sich wie ein Junge an, und ihr Haar ist so kurz wie meines.«

»Du hast mit ihr gesprochen. Einmal.« Egwene nickte

langsam. Sie sah ihn immer noch nicht an und hob die Tasse an die Lippen.

»Min war eben nur jemand, der in der Schenke in Baerlon arbeitete«, sagte Perrin. »Nicht so wie Aram.«

Egwene verschluckte sich an ihrem Tee. »Zu heiß«, murmelte sie.

»Wer ist Aram?« fragte Rand. Perrin lächelte. Es sah sehr nach Mats altem Lächeln aus, wenn er früher etwas ausgeheckt hatte. Er versteckte es hinter seiner Tasse.

»Einer vom Fahrenden Volk«, sagte Egwene leichthin, aber auf ihren Wangen waren rote Flecke zu sehen.

»Einer vom Fahrenden Volk«, sagte Perrin verbindlich. »Er tanzt. Wie ein Vogel. Hast du das nicht gesagt, Egwene? Es war, als ob man mit einem Vogel flöge?«

Egwene stellte ihre Tasse energisch hin. »Ich weiß nicht, ob sonst noch jemand müde ist, aber ich gehe jetzt schlafen.«

Als sie sich in ihre Decken rollte, streckte Perrin die Hand aus und stupfte Rand in die Rippen. Dabei blinzelte er ihm zu. Rand stellte fest, daß er zurückgrinste. *Verseng mich, aber diesmal hab ich das bessere Ende für mich gehabt. Ich wünschte, ich verstünde soviel von Frauen wie Perrin.*

»Rand«, sagte Mat trocken, »vielleicht solltest du Egwene von Bauer Grinwells Tochter Else erzählen.« Egwene hob den Kopf und sah erst Mat und dann ihn an.

Er stand schleunigst auf und holte seine Decken. »Ich würde jetzt auch gern schlafen.«

Alle Emondsfelder suchten sich nun ihre Decken zusammen. Loial schloß sich ihnen an. Moiraine blieb sitzen und schlürfte ihren Tee. Lan auch. Der Behüter wirkte nicht, als habe er jemals vor schlafenzugehen oder als brauche er überhaupt Schlaf.

Selbst zum Schlafen zusammengerollt, wollte keiner sich weit von den anderen entfernen. Sie bildeten einen engen Kreis deckenumhüllter Erhebungen um den Ofen herum. Beinahe berührten sie sich gegenseitig.

»Rand«, flüsterte Mat, »*war* irgend etwas zwischen dir und Min? Ich habe sie kaum einmal richtig gesehen. Sie *war* hübsch, aber sie muß fast so alt wie Nynaeve sein.«

»Wie steht es mit dieser Else?« fügte Perrin von der anderen Seite her hinzu. »'ne Hübsche?«

»Blut und Asche«, nuschelte er. »Kann ich noch nicht einmal mit einem Mädchen sprechen? Ihr zwei seid genauso schlimm wie Egwene.«

»Wie die Seherin bemerken würde«, schimpfte Mat scherzend, »hüte deine Zunge! Also, wenn du nicht erzählen willst, dann schlafe ich jetzt ein wenig.«

»Gut«, brummte Rand. »Das ist das erste vernünftige Wort, das du herausgebracht hast.«

Aber das Einschlafen fiel ihm nicht leicht. Der Stein war hart, gleich auf welche Seite sich Rand legte, und er konnte die Löcher durch seine Decke hindurch fühlen. Es gab keine Möglichkeit sich vorzustellen, daß man sich anderswo als in den Kurzen Wegen befand, die von den Männern gebaut worden waren, die vom Dunklen König gezeichnet waren und die Welt zerstört hatten. Er stellte sich immer wieder die zerstörte Brücke vor und das Nichts darunter.

Wenn er sich nach der einen Seite drehte, dann sah er, wie Mat ihn anblickte, oder besser, wie er durch ihn hindurchblickte. Aller Spott war vergessen, wenn man sich an die Dunkelheit um sie herum erinnerte. Also rollte er sich zur anderen Seite herum, und da hatte Perrin die Augen ebenfalls offen. Perrins Gesicht wirkte nicht so ängstlich wie das Mats, aber er hatte die Hände vor der Brust und klopfte ständig besorgt mit den Daumen gegeneinander.

Moiraine machte eine Runde, kniete sich neben jedem Kopf nieder und sprach leise auf die betreffende Person ein. Rand konnte nicht hören, was sie zu Perrin sagte, aber die Bewegung seiner Daumen hörte auf. Als sie sich über Rand beugte und ihr Gesicht seines beinahe berührte, sagte sie mit leiser, beruhigender Stimme: »Selbst hier beschützt dich dein Schicksal. Nicht einmal der Dunkle König kann das Muster völlig verändern. So lange ich dir nahe bin, bist du vor ihm sicher. Deine Träume sind sicher. Eine Weile lang sind sie das noch.«

Als sie zu Mat weiterging, fragte er sich, ob sie sich das wirklich so leicht vorstellte, daß sie ihm sagen konnte, er sei sicher, und er würde das glauben. Aber irgendwie fühlte er sich sicher — sicherer zumindest. Bei dem Gedanken schlief er ein, und er träumte nichts.

Lan weckte sie. Rand fragte sich, ob der Behüter geschlafen hatte. Er wirkte nicht müde, nicht einmal so müde wie diejenigen, die ein paar Stunden auf dem harten Stein gelegen hatten. Moiraine gestattete ihnen genug Zeit, um Tee zu bereiten, aber nur eine Tasse für jeden. Sie frühstückten im Sattel. Loial und der Behüter führten sie an. Es war das gleiche Essen wie sonst — Brot und Fleisch und Käse. Rand dachte sich, wie leicht es doch sei, dessen überdrüssig zu werden.

Nicht lang, nachdem der letzte Krümel vom Finger abgeleckt war, sagte Lan ruhig: »Jemand folgt uns. Oder etwas.« Sie befanden sich in der Mitte einer Brücke. Die beiden Enden waren verborgen.

Mat riß einen Pfeil aus seinem Köcher und, bevor ihn jemand aufhalten konnte, schoß er ihn in die Dunkelheit hinter ihnen.

»Ich wußte, daß ich das nie hätte tun sollen«, murmelte Loial. »Gib dich nie mit einer Aes Sedai ab, außer in einem *Stedding*.«

Lan drückte den Bogen herunter, bevor Mat einen weiteren Pfeil auflegen konnte. »Hör damit auf, du Idiot! Man kann doch nie wissen, wer das ist.«

Der Ogier setzte hinzu: »Das ist der einzige Ort, an dem sie harmlos sind.«

»Was sonst kann es an einem solchen Ort geben, als etwas Böses?« wollte Mat wissen.

»Das behaupten auch die Ältesten, und ich hätte auf sie hören sollen.«

»Zum Beispiel gibt es uns hier«, sagte der Behüter trocken.

»Vielleicht ist es ein anderer Reisender«, sagte Egwene voller Hoffnung. »Vielleicht ein Ogier?«

»Ogier sind zu vernünftig, um die Kurzen Wege zu benützen«, grollte Loial. »Alle außer Loial, der überhaupt nicht vernünftig ist. Das hat der Älteste Haman immer gesagt, und er hatte recht.«

»Was hast du für ein Gefühl, Lan?« fragte Moiraine. »Ist es etwas, das dem Dunklen König dient?«

Der Behüter schüttelte bedächtig den Kopf. »Ich weiß es nicht«, sagte er, als überrasche ihn diese Tatsache. »Ich kann es nicht sagen. Vielleicht liegt es an den Wegen und an dem verderblichen Einfluß. Alles ist irgendwie falsch. Aber wer es auch sein mag oder was — es versucht nicht, uns einzuholen. Beinahe hätte er uns an der letzten Brücke eingeholt, und dann ist er über die Brücke zurückgehetzt, um das zu vermeiden. Allerdings könnte ich ihn vielleicht überraschen, wenn ich zurückbliebe, und sehen, wer oder was er ist.«

»Wenn du zurückbleibst, Behüter«, sagte Loial mit fester Stimme, »dann wirst du den Rest deines Lebens in den Kurzen Wegen verbringen. Selbst wenn du die Ogierschrift lesen kannst, habe ich doch noch nie von einem Menschen gehört oder gelesen, der sich auch nur von der ersten Insel aus ohne einen Ogierführer zurechtgefunden hätte. *Kannst* du die Ogierschrift lesen?«

Lan schüttelte erneut den Kopf, und Moiraine sagte: »Solange er uns nicht belästigt, solange tun wir ihm auch nichts. Wir haben keine Zeit. Keine Zeit.«

Als sie von der Brücke auf die nächste Insel ritten, sagte Loial: »Wenn ich mich richtig an den letzten Wegweiser erinnere, gibt es von hier aus einen direkten Weg nach Tar Valon. Höchstens einen Halbtagesritt weit. Nicht so lang, wie wir nach Mafal Dadaranell brauchen werden. Ich bin sicher, daß ...«

Er brach ab, als der Schein ihrer Laternen den Wegweiser erreichte. Nahe der Spitze der Platte schnitten tief eingemeißelte Linien scharfe und eckige Wunden in den Stein. Plötzlich trat Lans Wachsamkeit klar zutage. Er hielt sich entspannt aufgerichtet im Sattel, aber Rand hatte plötzlich den Eindruck, daß der Behüter alles um sie herum fühlen könne, ja, sogar fühlte, wie sie atmeten. Lan lenkte seinen Hengst um den Wegweiser herum und ritt dann in Spirallinien weiter nach draußen. Er ritt, als sei er auf einen Angriff vorbereitet oder darauf, selbst angreifen zu müssen.

»Das erklärt viel«, sagte Moiraine leise, »und es ängstigt mich. So viel! Ich hätte es wissen müssen. Die Verderbnis, der Verfall. Ich hätte es wissen müssen.«

»Was wissen?« fragte Nynaeve im gleichen Moment, als Loial fragte: »Was denn? Wer hat das gemacht? Ich habe niemals etwas Ähnliches gesehen oder davon gehört.«

Die Aes Sedai blickte sie ruhig an. »Trollocs.« Sie mißachtete ihr ängstliches Nach-Luft-Schnappen. »Oder Blasse. Das hier sind Trolloc-Runen. Die Trollocs haben herausgefunden, wie man die Kurzen Wege betritt. So müssen sie unentdeckt auch die Zwei Flüsse erreicht haben; durch das Wegetor in Manetheren. Es gibt in der Fäule auch zumindest ein Wegetor.« Sie blickte zu Lan hinüber, bevor sie fortfuhr. Der Behüter war weit genug entfernt, daß man nur noch den schwachen Schein seiner Laterne sehen konnte. »Manetheren wurde zerstört, aber es gibt fast nichts, was ein Wegetor zerstören könnte. Auf diese Weise konnten die Blassen eine kleine Armee in die Umgebung von Caemlyn bringen, ohne in jeder Nation zwischen der Fäule und Andor einen Alarm auszulösen.« Sie schwieg und berührte in Gedanken ihre Lippen. »Aber sie kennen bestimmt noch nicht alle Wege, sonst wären sie durch das gleiche Tor nach Caemlyn hineingestürmt, das wir benützten. Ja.«

Rand schauderte. Durch ein Wegetor gehen, und dann warteten Trollocs in der Dunkelheit — Hunderte davon, vielleicht Tausende, hybride Giganten mit halb tierischen Fratzen, die sie anfauchten, wenn sie aus der Schwärze sprangen, um zu töten. Oder noch Schlimmeres taten.

»Es fällt ihnen nicht leicht, die Kurzen Wege zu benützen«, rief Lan ihnen zu. Seine Laterne befand sich nicht mehr als zwanzig Spannen weit entfernt, aber ihr Lichtschein war nur wie ein verfilzter, trüber Ball, der jenen am Wegweiser sehr weit entfernt schien. Moiraine führte sie zu ihm hin. Rand wünschte, sein Magen sei leer, als er sah, was der Behüter gefunden hatte.

Am Fuß einer der Brücken erhoben sich die erstarrten Körper von Trollocs, die in dem Moment eingefangen waren, als sie mit Hakenäxten und Sichelschwertern um sich schlugen. Grau und rissig wie der Stein selbst, waren die riesigen Körper halb in die geschwollene, blasendurchsetzte Oberfläche eingesunken. Einige der Blasen waren geplatzt, und darin sah man weitere Gesichter mit Tierschnauzen, die in ewiger Furcht fauchten. Rand hörte, wie jemand hinter ihm würgte, und er mußte ganz schön schlucken, um es demjenigen nicht gleichzutun. Selbst für Trollocs war das ein fürchterlicher Tod gewesen.

Wenige Fuß hinter den Trollocs war die Brücke zu Ende. Die Wegweisersäule war in tausend Scherben zerschlagen.

Loial stieg übervorsichtig vom Pferd und beäugte die Trollocs, als glaube er, daß sie wieder zum Leben erwachen könnten. Er untersuchte eilig die Überreste der Säule, wobei er versuchte, die in den Stein eingelassene Metallschrift zu entziffern. Dann kletterte er in den Sattel zurück. »Das war die erste Brücke des Wegs von hier nach Tar Valon«, sagte er.

Mat rieb sich mit dem Handrücken den Mund, von den Trollocs abgewandt. Egwene verbarg ihr Gesicht in den Händen. Rand ließ sein Pferd näher an Bela herantreten und berührte ihre Schulter. Sie wand sich herum und klammerte sich schaudernd an ihn. Er hätte auch am liebsten gezittert, aber ihre Umklammerung bewahrte ihn davor.

»Dann ist es ja gut, daß wir noch nicht nach Tar Valon gehen«, sagte Moiraine.

Nynaeve fuhr die Aes Sedai an: »Wie kannst du das so gelassen hinnehmen? Uns könnte dasselbe passieren!«

»Vielleicht«, sagte Moiraine ernst, und Nynaeve knirschte so laut mit den Zähnen, daß Rand es noch hören konnte. »Es ist allerdings wahrscheinlicher«, fuhr Moiraine unbeeindruckt fort, »daß die Männer, die Aes Sedai, die die Wege gemacht haben, sie auch schützten und für die Kreaturen des Dunklen Königs Fallen einbauten. Sie müssen das doch damals schon befürchtet haben, bevor die Halbmenschen und Trollocs in die Fäule getrieben wurden. Auf jeden Fall können wir hier nicht verweilen, und jeder Weg, den wir auch wählen, vorwärts oder rückwärts, könnte uns in eine Falle führen. Loial, weißt du, welche Brücke wir als nächste nehmen müssen?«

»Ja. Ja, den entsprechenden Teil des Wegweisers haben sie, dem Licht sei Dank, nicht zerstört.« Zum ersten Mal schien Loial genauso darauf bedacht, schnell weiterzureiten, wie Moiraine. Sein großes Pferd war schon in Bewegung, als er noch nicht einmal ausgeredet hatte.

Egwene hing noch zwei Brücken lang an Rands Arm. Er fand es schade, als sie ihn schließlich mit einer leisen Entschuldigung und einem verlegenen Lachen wieder losließ, und das nicht nur, weil es ein schönes Gefühl gewesen war, daß sie sich so an ihm festgehalten hatte.

Es war leichter, tapfer zu sein, das war ihm klar geworden, wenn jemand seinen Schutz benötigte.

Moiraine glaubte vielleicht nicht, daß sie in eine Falle liefen, aber trotz aller Hast ließ sie die Gruppe langsamer vorrücken als bisher und wartete, bevor sie jemand auf eine Brücke oder von einer Brücke auf eine Insel ließ. Sie ließ Aldieb jedesmal vortreten und prüfte die Luft vor sich mit einer ausgestreckten Hand. Nicht einmal Loial oder Lan erlaubte sie vorwärtszureiten, bevor sie den Weg freigegeben hatte.

Rand mußte sich in bezug auf Fallen auf ihr Urteilsvermögen verlassen, doch er spähte angestrengt in die Dunkelheit hinein, als könne er weiter als nur zehn Fuß blicken, und er lauschte genauso angespannt. Wenn die Trollocs die Kurzen Wege benutzen konnten, dann war ihr Verfolger möglicherweise eine weitere Kreatur des Dunklen Königs. Oder mehr als eine. Lan hatte gesagt, in den Wegen könne er das einfach nicht feststellen. Aber als sie eine Brücke nach der anderen überquerten, ihr Mittagessen im Sattel verzehrten und dann weitere Brücken hinter sich ließen, war alles, was er hören konnte, das Knarren ihrer eigenen Sättel, das Klappern der Pferdehufe und manchmal das Husten eines der anderen. Gelegentlich führte der eine oder andere auch Selbstgespräche. Später hörte er auch den fernen Wind irgendwo in der Schwärze draußen. Er wußte nicht, aus welcher Richtung das Geräusch kam. Zuerst dachte er, er bilde sich das nur ein, doch mit der Zeit war er sicher.

Es wäre gut, wieder Wind zu spüren, selbst wenn er kalt ist.

Plötzlich riß er die Augen auf. »Loial, hast du nicht gesagt, in den Wegen gebe es keinen Wind?«

Loial brachte sein Pferd kurz vor der nächsten Insel zum Stehen und neigte den Kopf, um zu lauschen. Langsam wich die Farbe aus seinem Gesicht, und er leckte sich die Lippen. »*Machin Shin*«, flüsterte er heiser. »Der Schwarze Wind. Das Licht leuchte und beschütze uns. Es ist der Schwarze Wind.«

»Wie viele Brücken noch?« fragte Moiraine in scharfem Ton. »Loial, wie viele Brücken sind es noch?«

»Zwei. Ich glaube, zwei.«

»Also, dann schnell«, sagte sie und ließ Aldieb auf die Insel traben. »Findet schnell den Weg!«

Loial führte ein Selbstgespräch, oder er redete mit dem, der eben gerade zuhörte, während er die Schrift auf dem Wegweiser las. »Sie kamen wahnsinnig heraus und schrien etwas von *Machin Shin.* Licht, hilf uns! Selbst die von den Aes Sedai geheilten ...« Hastig überflog er die Schrift im Stein und galoppierte los, auf die erwählte Brücke zu, wobei er rief:

»Hier entlang!«

Diesmal wartete Moiraine nicht, um sich erst zu orientieren. Sie ließ sie hinterhergaloppieren. Die Brükke erzitterte unter den Hufen ihrer Pferde, und die Laternen schwankten wild an ihren Stangen. Loial überflog gehetzt die Schrift an der nächsten Säule und riß wie ein Rennreiter sein großes Reittier herum, bevor es überhaupt noch richtig zum Stehen gekommen war. Das Geräusch des Windes hinter ihnen wurde lauter. Rand konnte es über den Lärm der Hufschläge auf dem Steinboden hinweg hören. Und die Windstöße kamen näher.

Sie kümmerten sich nicht um den letzten Wegweiser. Sobald im Laternenschein die davon ausgehende weiße Linie sichtbar wurde, bogen sie im Galopp in diese Richtung ein. Die Insel verschwand hinter ihnen, und es gab nur noch den zerklüfteten, grauen Steinboden unter ihren Füßen sowie die weiße Linie. Rand atmete so schwer, daß er sich nicht mehr sicher war, ob er den Wind noch hörte.

In der Dunkelheit vor ihnen tauchte das Tor auf; mit Ranken verziert stand es einsam in der Schwärze wie ein winziges Stück Mauer in der Nacht. Moiraine beugte sich aus dem Sattel und streckte die Hand nach den Verzierungen aus. Plötzlich fuhr sie zurück. »Das *Aven-*

desora-Blatt ist nicht da!« sagte sie. »Der Schlüssel ist weg!«

»Licht!« schrie Mat. »Verdammtes Licht!« Loial warf den Kopf in den Nacken und stieß einen traurigen Laut aus, ähnlich einem Todesschrei.

Egwene berührte Rand am Arm. Ihre Lippen zitterten, aber sie sah ihn nur an. Er legte seine Hand auf die ihre und hoffte, daß er nicht noch ängstlicher dreinblickte als sie. Er fühlte es. Hinter dem Wegweiser heulte der Wind. Er bildete sich fast ein, er könne darin Stimmen unterscheiden, Stimmen, die unsagbar Furchtbares riefen, das ihm — wenn er es auch nur halb verstand — Magenkrämpfe bereitete.

Moiraine hob ihren Stab, und von seinem Ende stach eine Flamme hervor. Es war nicht die reine, weiße Flamme, an die sich Rand von Emondsfeld und von dem Kampf vor Shadar Logoth her erinnerte. Das Feuer war von krankhaftem Gelb und langsam hindurchtreibenden schwarzen Flecken durchsetzt, die wie Rußflocken wirkten. Dünner, säuerlich riechender Rauch erhob sich von der Flamme, ließ Loial husten und die Pferde nervös tänzeln, aber Moiraine richtete die Flamme auf das Tor. Der Rauch biß in Rands Kehle und brannte in ihm in der Nase.

Stein schmolz wie Butter. Blatt und Ranke verschmorten in der Flamme und verschwanden. Die Aes Sedai führte die Flamme, so schnell sie nur konnte, aber eine Öffnung hineinzuschneiden, die groß genug war, daß alle hindurchkommen konnten, war keine schnell zu lösende Aufgabe. Rand schien es, als kröche die Schnittlinie geschmolzenen Steins im Schneckentempo vorwärts. Sein Umhang flatterte, als sei er von einer leichten Brise erfaßt worden, und sein Herz erstarrte.

»Ich kann ihn fühlen«, sagte Mat mit bebender Stimme. »Licht, ich kann ihn verdammt noch mal fühlen!«

Die Flamme erlosch, und Moiraine senkte ihren Stab. »Geschafft«, sagte sie. »Zur Hälfte jedenfalls.«

Eine dünne Schnittlinie zog sich über die verzierte Steinplatte. Rand bildete sich ein, er könne Licht — düster, aber doch eben Licht — durch den Spalt sehen. Aber trotz des Schnittes standen die beiden großen, geschwungenen Steinbögen immer noch fest da. Die Öffnung würde groß genug sein, daß jeder durchreiten konnte — nur Loial mußte sich wohl platt auf sein Pferd legen. Wenn die beiden Steinpfeiler weg waren, würde es passen. Er fragte sich, wieviel sie wohl wiegen mochten. Tausend Pfund? *Vielleicht müssen wir uns alle bücken und schieben. Vielleicht können wir einen der beiden wegbekommen, bevor der Wind da ist.* Ein Windstoß zerrte an seinem Umhang. Er bemühte sich, nicht zuzuhören, was die Stimmen schrien.

Als Moiraine zurücktrat, sprang Mandarb nach vorn, geradewegs auf das Tor zu. Lan duckte sich im Sattel. Im letzten Moment drehte sich das Streitroß zur Seite und prallte mit der Schulter gegen den Stein, so wie es gelernt hatte, im Kampf andere Pferde zu rammen. Mit einem Krachen kippte der Stein nach außen, und der Behüter und sein Pferd wurden von ihrem Schwung durch das rauchige Schimmern eines Wegetores getragen. Das Licht, das von außen hereinfiel, war der blasse, dünne Lichtschein eines trüben Vormittags, aber Rand schien es, als brenne ihm die Mittagssommersonne ins Gesicht.

Auf der anderen Seite des Tors verlangsamten sich die Bewegungen von Lan und Mandarb. Sie kamen ins Wanken, als der Behüter sein Pferd in Richtung auf das Tor herumriß. Rand wartete nicht. Er schob Belas Kopf in Richtung auf die Öffnung und klatschte der ewig zerzausten Stute auffordernd auf die Kruppe. Egwene hatte gerade noch genug Zeit, um sich überrascht nach ihm umzuschauen, dann trug Bela sie aus den Kurzen Wegen heraus.

»Ihr alle — raus!« befahl Moiraine. »Schnell! Reitet!«

Beim Sprechen erhob die Aes Sedai ihren Stab und hielt ihn mit ausgestrecktem Arm von sich. Sie zeigte damit zurück zu dem Wegweiser. Etwas fuhr aus dem Ende des Stabs — wie flüssiges Licht, zu zähflüssigem Feuer verwandelt —, ein leuchtender, weißer, roter und gelber Speer, der in die Schwärze hineinzuckte, explodierte, wie zerschmetterte Diamanten in tausend Kristallen funkelte. Der Wind kreischte in Todesangst und schrie vor Wut. Die tausend verschiedenen Stimmen, die sich im Wind verbargen, brüllten donnernd auf. Es war das Brüllen Wahnsinniger. Halb hörbare Stimmen lachten gackernd und heulten Versprechen, bei denen Rand schwindelte, sowohl der Freude wegen, die darin lag, als auch der Dinge wegen, die er beinahe verstand.

Er ließ den Braunen die Stiefel spüren und drängte sich hinter den anderen in die Öffnung. Alle zwängten sich gleichzeitig durch das rauchige Schimmern. Wieder durchlief ihn der eisige Schauer, das eigenartige Gefühl, langsam mit dem Gesicht nach unten in einen winterlich-kalten Teich gelegt zu werden. Das kalte Wasser kroch Stückchen für Stückchen an seiner Haut hoch. Wie zuvor schien es ewig so weiterzugehen, während sein Verstand raste. Er fragte sich, ob der Wind sie wohl einholen könne, während sie so festgehalten wurden.

So plötzlich wie eine Blase platzte, verschwand die Kälte, und er war draußen. Sein Pferd bewegte sich einen Moment lang zweimal so schnell wie vorher, stolperte, und er flog beinahe über seinen Kopf nach vorn weg. Er warf dem Braunen beide Arme um den Hals und klammerte sich verzweifelt an ihn. Während er sich dann wieder richtig in den Sattel zog, schüttelte der Braune sich und trabte so gelassen, als sei gar nichts Besonderes geschehen, zu den anderen hinüber. Es war kalt — nicht die beißende Kälte des Wegetores, sondern eine willkommene, natürliche Winterkälte, die ihnen langsam, aber stetig in die Knochen zog.

Er zog seinen Umhang enger um sich. Sein Blick ruhte auf dem matten Glänzen des Wegetores. Neben ihm beugte sich Lan im Sattel vor, eine Hand am Schwert. Mann und Pferd waren angespannt, als rechneten sie damit, zurückreiten zu müssen, falls Moiraine nicht auftauchte.

Das Wegetor stand in einer Geröllhalde am Fuß eines Hügels, von Büschen verdeckt, außer an den Stellen, wo die fallenden Steinbrocken die kahlen, braunen Äste abgebrochen hatten. Neben den Verzierungen auf den Überresten des Tores wirkte das Unterholz lebloser als der Stein.

Langsam beulte sich die rauchige Oberfläche aus, als steige eine eigenartige, lange Blase in einem Teich hoch. Moiraines Rücken brach durch die Blase. Zeitlupenhaft traten die Aes Sedai und ihr Spiegelbild getrennt hervor. Sie hielt immer noch ihren Stab vor sich gestreckt und ließ ihn auch dort, als sie Aldieb hinter sich aus dem Wegetor zog. Die weiße Stute tänzelte mit angstvoll verdrehten Augen. Moiraine zog sich zurück, beobachtete aber immer weiter das Tor.

Das Wegetor verdunkelte sich. Das verschwommene Schimmern wurde trüber, wandelte sich von Grau zu Anthrazit und dann zu einem so tiefen Schwarz wie im Herzen der Wege. Wie aus großer Entfernung heulte der Wind zu ihnen herüber, versteckte Stimmen, von einer unstillbaren Gier nach lebendigen Dingen erfüllt, einer Gier nach Schmerz, doch voller Enttäuschung.

Die Stimmen schienen Rand direkt in die Ohren zu flüstern, am Rande der Verständlichkeit und sogar innerhalb des Verständlichen. *So feines Fleisch, so fein zu zerfetzen, die Haut zu schlitzen; Haut zum Abziehen, zum Flechten, so schön, die Streifen zu flechten, so schön, so rot sind die fallenden Tropfen; so rot das Blut, so rot, so süß; süße Schreie, singende Schreie, schrei dein Lied, sing deine Schreie ...*

Das Flüstern verflog, die Schwärze lichtete sich, verblaßte, und das Wegetor war wieder ein verschwommenes Schimmern, das man durch einen verzierten Steinbogen hindurch sah.

Rand atmete lang und bebend aus. Er war nicht der einzige, der so aufatmete — er hörte das auch von anderen. Egwene hatte Bela neben Nynaeves Pferd treten lassen, und die beiden Frauen hatten sich in die Arme genommen und jeweils den Kopf an die Schulter der anderen gelehnt. Selbst Lan wirkte erleichtert, obwohl sein kantiges Gesicht nichts aussagte. Es lag mehr an der Art, wie er auf Mandarb saß; seine Schulterpartie wirkte entspannter, als er Moiraine ansah, der Kopf war etwas geneigt.

»Er konnte nicht durchkommen«, sagte Moiraine. »Ich dachte es mir und hoffte darauf. Pffffff!« Sie warf ihren Stab zu Boden und wischte sich die Hände an ihrem Umhang ab. Mehr als die Hälfte der Länge des Stabes war von dickem, schwarzem Ruß bedeckt. »Das Mal des Dunklen Königs verdirbt alles an jenem Ort.«

»Was war das?« wollte Nynaeve wissen.

Loial schien verwirrt. »Na, *Machin Shin* natürlich. Der Schwarze Wind, der die Seelen stiehlt.«

»Aber *was* ist das?« bohrte Nynaeve weiter. »Selbst bei einem Trolloc ist es doch so, daß man ihn anschauen kann und sogar berühren, wenn man keinen schwachen Magen hat. Aber das ...« Sie zitterte krampfartig.

»Vielleicht etwas, das aus der Zeit des Wahns übriggeblieben ist«, antwortete Moiraine. »Oder sogar vom Schattenkrieg her, dem Krieg um die Macht. Etwas, das sich schon so lange in den Kurzen Wegen versteckt gehalten hat, daß es nicht mehr herauskann. Niemand, nicht einmal unter den Ogiern, weiß, wie weit oder wie tief die Wege wirklich führen. Es könnte sogar ein Teil der Wege selbst sein. Wie Loial schon sagte, sind die Wege lebendige Wesen, und alles, was lebt, hat auch Parasiten. Vielleicht sogar eine Kreatur der Verderbnis, etwas, das aus dem Verfall geboren wurde. Etwas, das Leben und Licht haßt.«

»Halt!« rief Egwene. »Ich will nichts mehr hören! Ich konnte hören, wie *es* sagte ...« Sie brach zitternd ab.

»Es gibt noch Schlimmeres, dem wir die Stirn bieten müssen«, sagte Moiraine sanft. Rand glaubte nicht, daß diese Bemerkung für ihre Ohren bestimmt gewesen war.

Die Aes Sedai kletterte erschöpft in ihren Sattel zurück und setzte sich mit einem dankbaren Seufzer zurecht. »Das ist gefährlich«, sagte sie und blickte zu dem zerschmetterten Tor hinüber. Ihrem verkohlten Stab widmete sie nur einen kurzen Blick. »Das Wesen kann nicht hinaus, aber irgend jemand könnte hineingeraten. Agelmar muß Männer ausschicken, die es einmauern, sobald wir Fal Dara erreichen.« Sie deutete nach Norden, wo sich in dunstverhüllter Entfernung über den kahlen Baumwipfeln Türme erhoben.

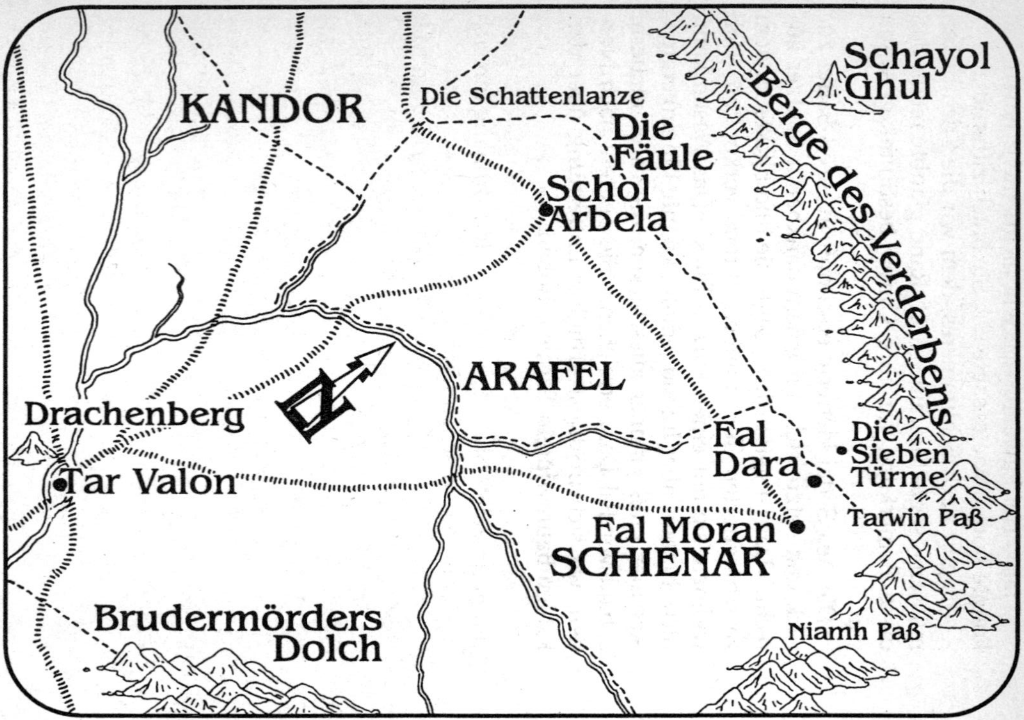
Schayol Ghul
Berge des Verderbens
Die Schattenlanze
KANDOR
Die Fäule
Schòl Arbela
ARAFEL
N
Drachenberg
Tar Valon
Fal Dara
Die Sieben Türme
Tarwin Paß
Fal Moran
SCHIENAR
Niamh Paß
Brudermörders Dolch

KAPITEL 24

Fal Dara

Das Umland des Wegetores bestand aus bewaldeten Hügeln, aber von dem Tor selbst abgesehen gab es kein Anzeichen für einen Ogier-Hain. Die meisten Bäume wirkten wie graue Skelette, die in den Himmel griffen. Es waren weniger Nadelbäume zu sehen, als Rand das gewohnt war, und auch sie wiesen zum Teil nur tote, braune Nadeln auf. Loial sagte nichts dazu. Er schüttelte lediglich traurig den Kopf.

»Ebenso tot wie das Versengte Land«, sagte Nynaeve mit gerunzelter Stirn. Egwene zog den Umhang um sich zusammen und schauderte.

»Zumindest sind wir draußen«, sagte Perrin, und Mat fügte hinzu: »Aber wo draußen?«

»In Schienar«, sagte Lan. »Wir sind in den Grenzlanden.« In seiner harten Stimme schwang etwas mit, das ihnen sagte: beinahe zu Hause.

Rand raffte seinen Umhang um seine Schultern, weil es so kalt war. Die Grenzlande. Dann war auch die Fäule nah. Die Große Fäule. Das Auge der Welt. Und das, was sie dort tun mußten.

»Wir sind in der Nähe von Fal Dara«, sagte Moiraine. »Es ist nur ein paar Meilen entfernt.« Über den Baumwipfeln im Norden und im Osten erhoben sich Türme. Sie hoben sich dunkel vom Vormittagshimmel ab. Als sie über die Hügel und durch die Wälder ritten, verschwanden die Türme oftmals aus ihrer Sicht, tauchten aber wieder auf, wenn sie eine besonders hohe Erhebung überschritten.

Rand bemerkte Bäume, die wie vom Blitz gespalten

schienen. »Es ist die Kälte«, antwortete Lan, als er ihn danach fragte. »Manchmal ist der Winter hier so kalt, daß der Saft der Bäume gefriert und die Baumstämme bersten. Es gibt Nächte, da kannst du sie wie Feuerwerk krachen hören, und die Luft ist dann so beißend, daß du glaubst, sie könne ebenfalls zerspringen. Im vergangenen Winter war das noch häufiger als sonst der Fall.«

Rand schüttelte den Kopf. *Berstende* Bäume? Und das in einem normalen Winter! Wie mußte es dann erst in diesem Winter ausgesehen haben? Für ihn unvorstellbar.

»Wer behauptet, daß der Winter vorbei sei?« fragte Mat mit klappernden Zähnen.

»Aber das hier ist doch ein schöner Frühling, Schafhirte«, sagte Lan. »Ein schöner Frühling, in dem man sich so richtig lebendig fühlt. Aber wenn dir Wärme lieber ist, na ja, in der Fäule ist es schon warm.«

Leise murmelte Mat: »Blut und Asche. Blut und blutige Asche!« Rand konnte ihn kaum verstehen, aber es klang, als komme es von Herzen.

Ihr Weg führte sie an Bauernhöfen vorbei, aber obwohl es Mittagessenszeit war, stieg kein Rauch aus den hohen gemauerten Schornsteinen. Auf den Feldern sah man weder Mensch noch Tier — nur manchmal stand ein verlassener Pflug oder Karren da, als könne der Eigentümer jede Minute zurückkommen.

Auf einem nahegelegenen Hof scharrte eine einsame Henne nach Futter. Ein Türflügel der Scheune wurde vom Wind hin und her gezerrt, der andere war am unteren Scharnier abgebrochen und hing schief. Das hohe Haus, das den Zwei-Flüsse-Augen Rands mit seinem spitzgiebligen, mit großen Holzschindeln gedeckten und beinahe bis zum Boden reichenden Dach eigenartig vorkam, lag still da. Kein Hund kam heraus, um sie anzukläffen. Mitten im Hühnerhof lag eine Sense. Neben dem Brunnen lagen umgeworfene Eimer.

Moiraine blickte im Vorbeireiten das Bauernhaus finster an. Sie hob Aldiebs Zügel, und die weiße Stute beschleunigte ihren Schritt.

Die Emondsfelder und Loial ritten in einer dichten Gruppe gleich hinter der Aes Sedai und dem Behüter.

Rand schüttelte den Kopf. Er konnte sich nicht vorstellen, daß hier überhaupt jemals etwas wuchs. Aber andererseits konnte er sich die Kurzen Wege ja auch nicht vorstellen. Selbst jetzt nicht, da er sie hinter sich hatte.

»Ich glaube nicht, daß sie dies erwartet hat«, sagte Nynaeve ruhig, und ihre Geste umfaßte alle die leeren Bauernhöfe, die sie gesehen hatten. »Wohin sind sie alle gegangen?« fragte Egwene. »Und warum? Sie können noch nicht lange weg sein.« »Warum sagst du das?« fragte Mat. »Nach dem Aussehen dieses Scheunentors zu schließen, könnten sie schon den ganzen Winter weg sein.« Nynaeve und Egwene sahen ihn mitleidig an, als sei er geistig zurückgeblieben. »Die Vorhänge an den Fenstern«, sagte Egwene geduldig. »Sie sehen zu leicht aus für den Winter, selbst hier. So kalt, wie es hier ist, hätte keine Frau sie vor mehr als ein oder zwei Wochen aufgehängt — eher weniger.« Die Seherin nickte.

»Vorhänge.« Perrin lachte leise. Doch das Lächeln verschwand sofort aus seinem Gesicht, als ihn die beiden Frauen stirnrunzelnd anblickten. »Oh, ich bin der gleichen Meinung wie ihr. Auf dieser Sense befand sich nicht genug Rost, als daß sie mehr als eine Woche im Freien gelegen haben kann. Das hättest du bemerken müssen, Mat. Selbst wenn dir die Vorhänge nicht aufgefallen sind.«

Rand sah Perrin von der Seite her an. Er bemühte sich, nicht aufdringlich dreinzuschauen. Seine Augen waren schärfer als die Perrins — oder waren es gewesen, als sie noch zusammen Kaninchen jagten —, aber er hatte die Schneide der Sense nicht gut genug erkennen können, um Rost zu bemerken.

»Es ist mir wirklich gleich, wohin sie gegangen sind«, beklagte sich Mat. »Ich will nur irgendeinen Ort finden, an dem es ein Feuer gibt. Bald.«

»Aber warum sind sie weg?« fragte Rand mehr sich selbst. Die Große Fäule lag nicht weit weg von hier. Die Fäule, wo sich alle Blassen und Trollocs aufhielten, die nicht in Andor waren, um sie zu jagen. Die Fäule, und dorthin mußten sie.

Er erhob die Stimme, damit ihn die in seiner unmittelbaren Nähe Reitenden verstehen konnten. »Nynaeve, vielleicht solltest du und auch Egwene nicht unbedingt mit uns zum Auge weiterziehen.« Die beiden Frauen sahen ihn an, als fasele er Unsinn, aber da die Fäule nun schon so nahe war, mußte er doch einen letzten Versuch unternehmen. »Vielleicht reicht es, wenn ihr schon so nahe seid. Moiraine hat nicht gesagt, daß ihr dorthin gehen müßt. Oder auch du, Loial. Du könntest in Fal Dara bleiben, bis wir zurück sind. Oder dich auf den Weg nach Tar Valon machen. Möglicherweise findest du den Wagenzug eines Kaufmanns, oder Moiraine könnte für dich eine Kutsche mieten. Dann treffen wir uns in Tar Valon, wenn alles vorbei ist.«

»Ta'veren.« Loials Seufzer klang nach fernem Donnergrollen. »Du beeinflußt die Menschenleben in deiner Umgebung, Rand al'Thor — du und deine Freunde. Euer Schicksal bestimmt unseres.« Der Ogier zuckte die Achseln, und plötzlich überzog ein breites Grinsen sein Gesicht. »Außerdem ist es schon eine tolle Sache, wenn man den Grünen Mann treffen kann. Der Älteste Haman spricht immer davon, wie er den Grünen Mann einst getroffen hat, und mein Vater auch, wie die meisten unserer Ältesten.«

»So viele?« sagte Perrin. »In den Sagen heißt es, der Grüne Mann sei schwer zu finden, und niemand könne ihn ein zweites Mal aufspüren.«

»Kein zweites Mal, das ist richtig«, stimmte Loial zu. »Aber schließlich habe ich ihn noch nie getroffen und ihr auch nicht. Und er meidet die Ogier auch nicht in dem Maße wie euch Menschen. Er weiß soviel über Bäume. Er kennt sogar die Baumlieder.«

Rand sagte: »Was ich eigentlich sagen wollte, ist ...«

Die Seherin unterbrach ihn. »*Sie* behauptet, Egwene und ich seien auch ein Teil des Musters. Alles sei mit euch dreien verwoben. Falls man ihr glauben kann, dann könnte vielleicht etwas dran sein, daß die Webart dieses Stücks Muster den Dunklen König aufhalten kann. Und ich fürchte, ich glaube ihr tatsächlich — zuviel ist schon eingetroffen, um ihr nicht zu glauben. Aber wenn Egwene und ich gehen, was können wir dann im Muster noch bewirken?«

»Ich wollte doch nur ...«

Wieder unterbrach ihn Nynaeve in scharfem Ton: »Ich weiß, was du versuchen wolltest.« Sie sah ihn so lange an, bis er unruhig im Sattel umherzurutschen begann. Dann besänftigten sich ihre Züge. »Ich weiß, was du versuchen wolltest, Rand. Ich habe wenig für die Aes Sedai übrig und für diese hier am wenigsten, denke ich. Noch weniger habe ich dafür übrig, in die Große Fäule zu gehen, aber am wenigsten überhaupt kann ich den Vater der Lügen leiden. Wenn ihr Jungen ... ihr Männer, das vollbringen könnt, was getan werden muß, obwohl euch alles andere lieber wäre, na, glaubt ihr, daß ich dann weniger tun werde? Oder Egwene?« Sie schien keine Antwort zu erwarten. Sie raffte die Zügel und runzelte die Stirn, als sie nach vorn zu der Aes Sedai hinblickte. »Ich frage mich, ob wir diesen Ort — Fal Dara — bald erreichen werden. Oder will sie uns die Nacht hier draußen verbringen lassen?«

Als sie zu Moiraine hin trabte, sagte Mat: »Sie hat uns Männer genannt. Es scheint erst gestern gewesen zu sein, daß sie behauptet hat, wir sollten noch an Mamas Schürzenzipfel hängen, und nun nennt sie uns Männer.«

»Du solltest immer noch an Mamas Schürzenzipfel

hängen«, sagte Egwene, aber Rand glaubte nicht, daß sie es wirklich so meinte. Sie brachte Bela ganz nahe an seinen Braunen heran und senkte die Stimme, damit sie keiner der anderen verstehen konnte, obwohl sich zumindest Mat bemühte. »Ich habe nur mit Aram getanzt, Rand«, sagte sie leise, wobei sie ihn nicht ansah. »Das nimmst du mir doch nicht übel, wenn ich mit jemandem tanze, den ich nie wiedersehen werde, oder?«

»Nein«, sagte er. *Wie kommt sie jetzt gerade darauf?* »Natürlich nicht.« Doch plötzlich erinnerte er sich an etwas, das Min in Baerlon gesagt hatte. Es schien schon hundert Jahre her zu sein. *Sie ist nicht für dich bestimmt, und du nicht für sie; jedenfalls nicht so, wie ihr es beide wünscht.*

Die Stadt Fal Dara war auf Hügeln erbaut, die sich über das umliegende Land erhoben. Sie war auch nicht annähernd so groß wie Caemlyn, aber die Stadtmauer war genauso hoch wie die dortigen. Ringsum vor der Mauer befand sich ein Streifen — eine ganze Meile breit —, auf dem nichts Höheres wuchs als Gras, und selbst das war kurzgeschnitten. Nichts konnte sich nähern, ohne von einem der vielen hohen Türme mit ihren hölzernen Wehrbauten an der Spitze gesehen zu werden. Wo die Mauer von Caemlyn eine gewisse Schönheit aufgewiesen hatte, da schienen die Erbauer von Fal Dara keinen Wert darauf gelegt zu haben, ob irgend jemand ihre Mauer schön fand. Der graue Naturstein wirkte wuchtig und unverrückbar und sagte durch seinen Anblick allen Betrachtern, daß er nur zu einem Zweck existierte: zu halten, zu widerstehen. Auf den Turmspitzen flatterten Flaggen im Wind, so daß der geduckte Schwarze Falke von Schienar die ganze Mauer entlangzufliegen schien.

Lan streifte die Kapuze an seinem Umhang nach hinten und bedeutete den anderen, es ihm trotz der Kälte gleichzutun. Moiraine hatte ihre bereits entfernt. »Das ist in Schienar Gesetz«, sagte der Behüter. »In allen

Grenzlanden. Keiner darf innerhalb der Stadtmauern sein Gesicht verbergen.«

»Sehen sie alle derart gut aus?« lachte Mat.

»Ein Halbmensch kann sich nicht verbergen, wenn man sein Gesicht sehen kann«, sagte der Behüter mit teilnahmsloser Stimme.

Rand verging das Grinsen. Mat schob hastig seine Kapuze zurück.

Das Tor stand offen. Es war hoch und mit dunklem Eisen beschlagen. Ein Dutzend bewaffneter Männer stand Wache. Sie trugen gelbe Wappenröcke mit dem Schwarzen Falken darauf. Die Griffe von Langschwertern, die sie auf dem Rücken trugen, ragten über ihren Schultern hervor, und an jeder Hüfte hing ein Breitschwert oder ein Streitkolben oder eine Axt. Ihre Pferde hatten sie gleich in der Nähe angebunden. Sie wirkten grotesk mit ihren von Roßpanzern bedeckten Köpfen und Hälsen, den Kampfdecken, Lanzen in Halterungen neben den Steigbügeln ... alles bereit, um sofort loszureiten. Die Wachen machten keine Anstalten, Lan, Moiraine und die anderen aufzuhalten. Im Gegenteil: Sie winkten und jubelten ihnen zu.

»Dai Shan!« rief einer und schüttelte seine in stahlbewehrten Handschuhen steckenden Fäuste über seinem Kopf, als sie vorüberritten. »Dai Shan!«

Einige unter den anderen schrien: »Ehre den Erbauern!« und *»Kiserai ti Wansho!«* Loial blickte überrascht drein, und dann grinste er über das ganze Gesicht und winkte den Wächtern zu.

Ein Mann rannte ein kurzes Stück neben Lans Pferd einher, als hindere ihn die Rüstung dabei überhaupt nicht. »Wird der Goldene Kranich wieder fliegen, Dai Shan?«

»Friede, Ragan«, war alles, was der Behüter darauf sagte, und der Mann blieb zurück. Er erwiderte das Winken der Wächter, doch sein Gesicht wirkte noch ernster als vorher.

Als sie durch gepflasterte Straßen ritten, die mit Menschen und Wagen angefüllt waren, blickte Rand sorgenvoll drein. Fal Dara platzte aus allen Nähten, doch diese Menschen glichen weder den neugierigen Menschenmassen von Caemlyn, die in der Drängelei noch die Pracht der Stadt bewundern konnten, noch den wimmelnden Menschenmengen Baerlons. Dicht gedrängt beobachteten diese Leute ihre vorbeireitende Gruppe mit bleischweren Blicken und ausdruckslosen Mienen. Karren und Wagen verstopften jede Gasse und die Hälfte der Straßen. Auf sie hatte man Möbel und andere Haushaltsutensilien und beschnitzte Truhen so hoch aufgestapelt, daß die Kleidung herausquoll. Obendrauf saßen die Kinder. Die Erwachsenen sorgten dafür, daß die Kleinen oben blieben, wo man sie sehen konnte, und sie ließen sie nicht einmal zum Spielen runter. Die Kinder waren noch stiller als die Erwachsenen, ihre Augen größer. Der Ausdruck ihrer Augen verfolgte Rand. Die Lücken und Durchgänge zwischen den Wagen waren mit zotteligen Rindern und schwarzgefleckten Schweinen in provisorischen Gehegen angefüllt. Käfige mit Hühnern und Enten und Gänsen sorgten in unregelmäßigen Abständen dafür, daß trotz des Schweigens der Menschen Lärm herrschte. Jetzt wußte er, wohin all die Bauern gegangen waren.

Lan führte sie zu der Festung in der Mitte der Stadt, einem wuchtigen Steinklotz auf dem höchsten Hügel. Ein trockener, tiefer und breiter Burggraben zog sich um die Festungsmauer mit ihren vielen Türmen. Im Boden des Burggrabens steckte ein mannshoher Wald von scharfen Stahldornen mit Spitzen wie Rasiermesser. Ein letzter Zufluchtsort, wenn der Rest der Stadt gefallen war. Von einem der Tortürme rief ein Mann in Rüstung herunter: »Willkommen, Dai Shan!« Ein anderer rief ins Innere der Festung hinein: »Der Goldene Kranich! Der Goldene Kranich!«

Die Hufe polterten auf den schweren Holzbohlen der

heruntergelassenen Zugbrücke, als sie den Graben überquerten und unter den scharfen Spitzen der mächtigen Fallgitter hindurchritten. Als sie aus dem Torbau herauskamen, schwang sich Lan aus dem Sattel und führte Mandarb weiter. Er gab den anderen ein Zeichen, ebenfalls abzusteigen.

Der erste Innenhof war ein riesiger quadratischer Platz, mit großen Steinplatten gepflastert und von so wehrhaften Türmen und Zinnen umrahmt, daß sie denen draußen nicht nachstanden. So groß diese Fläche war, so erschien der Innenhof doch genauso überfüllt wie die Straßen der Stadt, und es herrschte die gleiche Betriebsamkeit. Doch hier war eine gewisse Ordnung spürbar. Überall sah man gerüstete Männer und Pferde in Kampfausrüstung. In einem halben Dutzend Schmieden rund um den Innenhof dröhnten die Hämmer, und große, jeweils von zwei Männern in Lederschürzen bediente Blasebälge ließen die Schmiedefeuer aufprasseln. Ein stetiger Strom von Jungen rannte dazwischen herum und brachte den Hufschmieden neue Hufeisen. Pfeilmacher waren fleißig am Werk, und jedesmal, wenn ein Korb voll war, wurde er sofort weggerissen und ein leerer hingestellt.

Uniformierte Lakaien in Schwarz und Gold erschienen, eifrig und lächelnd. Rand band schnell seine Besitztümer hinter dem Sattel los und übergab den Braunen einem der Lakaien. In dem Moment verbeugte sich ein ledergekleideter Mann mit einem Schuppenpanzer höflich vor ihnen. Über seiner Rüstung trug er einen hellgelben Umhang mit rotem Besatz. Auf der Brust prangten der Schwarze Falke und ein abgebildeter gelber Wappenrock mit einer grauen Eule darauf. Er trug keinen Helm, und sein Kopf war wahrhaftig kahl, denn er hatte sich die Haare abgeschoren bis auf einen Knoten obenauf, der mit einer Lederschnur zusammengebunden war. »Es ist lange her, Moiraine Aes Sedai. Es ist gut, Euch zu sehen, Dai Shan. Sehr gut.« Er verbeugte sich erneut, diesmal vor Loial, und murmelte: »Ehre den Erbauern. *Kiserai ti Wansho.*«

»Ich bin unwürdig«, erwiderte Loial dem Protokoll entsprechend, »und die Arbeit gering. *Tsingu ma choba.*«

»Ihr ehrt uns, Erbauer«, sagte der Mann. »*Kiserai ti Wansho.*« Er wandte sich wieder Lan zu. »Lord Agelmar wurde von Eurem Kommen benachrichtigt, Dai Shan, sobald man Euch sah. Er erwartet Euch. Hier entlang, bitte.«

Während sie ihm in die Festung hinein folgten und durch zugige Korridore mit bunten Wandbehängen und langen Seidenvorhängen gingen, die Jagd- und Schlachtenszenen zeigten, fuhr er fort: »Ich bin froh, daß Euch unsere Botschaft erreichte, Dai Shan. Werdet Ihr das Banner des Goldenen Kranichs noch einmal enthüllen?« Die Säle waren bis auf die Wandbehänge leer, und selbst auf diesen hatte man nur so wenige Figuren und so wenige Linien wie möglich verwendet, um die Bedeutung gerade noch klar werden zu lassen — aber alles in bunten Farben.

»Steht es wirklich so schlecht, wie es aussieht, Ingtar?« fragte Lan ruhig. Rand fragte sich, ob seine Ohren auch so zuckten wie die Loials.

Der Haarknoten des Mannes schwankte, als er den Kopf schüttelte, aber er zögerte, bevor er schließlich doch grinste. »Die Lage ist niemals so schlimm, wie es aussieht, Dai Shan. In diesem Jahr stehen die Dinge ein wenig schlimmer als gewöhnlich, das ist alles. Die Überfälle setzten sich den ganzen Winter hindurch fort, selbst in den kältesten Perioden. Aber sie waren nicht schlimmer als sonst irgendwo an den Grenzen. Sie kommen immer noch in den Nächten, aber was könnte man auch sonst im Frühling erwarten, falls man das Frühling nennen kann? Kundschafter kehren aus der Fäule zurück — diejenigen, die es zurück schaffen — und bringen Berichte über Trolloc-Lager mit. Immer neue Berichte über immer neue Lager. Aber wir werden am Tarwin-Paß auf sie warten, Dai Shan, und sie zurückschlagen, wie wir das immer getan haben.«

»Natürlich«, sagte Lan, aber es klang nicht überzeugend.

Ingtars Grinsen versagte, er riß sich aber gleich wieder zusammen. Schweigend führte er sie in Lord Agelmars Arbeitszimmer, und dann erklärte er, ihn riefen dringende Pfichten, und er entfernte sich.

Der Raum war genauso zweckmäßig angelegt wie der ganze Rest der Festung: Schießscharten in der Außenwand und ein schwerer Riegel für die dicke Tür, die ihre eigenen Schießscharten aufwies und mit Eisenbändern verstärkt war. Hier gab es nur einen einzigen Wandbehang. Er bedeckte eine ganze Wand und zeigte Männer, im Zeichenstil gerüstet wie die von Fal Dara, die auf einer Paßhöhe gegen Myrddraal und Trollocs kämpften.

Ein Tisch, eine Truhe und ein paar Stühle waren die einzigen Möbelstücke, abgesehen von zwei Halterungen an der Wand, und die zogen Rands Blicke genauso stark an wie der Wandbehang. An der einen hingen ein Zweihandschwert, größer als ein Mann, ein normaleres Breitschwert und darunter ein Morgenstern und ein langer, drachenförmiger Schild, auf dem drei Füchse abgebildet waren. An der anderen hing eine vollständige Rüstung ganz so, wie man sie sonst trug. Ein Helm mit Helmbusch und heruntergeklapptem Visier über einem mit zwei Schichten von Metallschuppen versehenen Halsschutz. Ein Kettenhemd mit Schlitzen zum Reiten und ein ledernes Wams, das vom vielen Tragen abgewetzt glänzte. Brustpanzer, Handschuhe mit aufgenähten Stahlstücken, Knie- und Ellenbogenkappen und offene Panzerplatten für Schultern, Arme und Beine. Selbst hier im Herzen der Festung schienen Waffen und Rüstungen bereitzustehen, um jeden Moment angelegt werden zu können. Wie die Möbel waren auch sie schlicht und würdig mit Gold verziert.

Agelmar selbst erhob sich bei ihrem Eintreten und

kam um den Tisch herum zu ihnen herüber. Auf dem Tisch lagen Landkarten und Papiere und Federn in Tintenfässern durcheinander. Auf den ersten Blick erschien Agemar für diesen Raum als zu friedlich — in seinem blauen Samtmantel mit dem hohen, weiten Kragen und den weichen Lederstiefeln —, aber ein zweiter Blick überzeugte Rand vom Gegenteil. Wie bei allen Kriegern, die Rand hier gesehen hatte, war auch Agelmars Kopf bis auf den Haarknoten kahlgeschoren, und sein Haar war von reinstem Weiß. Sein Gesicht wirkte ebenso hart wie das Lans. Die einzigen Falten befanden sich an den Augenwinkeln, und diese Augen blickten drein, als bestünden sie aus braunem Stein, obwohl jetzt ein Lächeln in ihnen lag.

»Friede! Es ist wirklich gut, Euch zu sehen, Dai Shan«, sagte der Herr von Fal Dara. »Und Euch, Moiraine Aes Sedai, vielleicht noch mehr! Eure Gegenwart erwärmt mich, Aes Sedai.«

»Nintc calichniyc no domashita, Agelmar Dai Shan«, erwiderte Moiraine förmlich, aber ein Unterton in ihrer Stimme verriet, daß sie alte Freunde waren. »Euer Willkommen erwärmt mich, Lord Agelmar.«

»*Kodome calichniye ga ni Aes Sedai hei.* Eine Aes Sedai ist hier immer willkommen.« Er wandte sich Loial zu. »Ihr seid fern von Eurem *Stedding*, Ogier, aber Ihr ehrt Fal Dara mit Eurer Anwesenheit. Ewige Ehre den Erbauern. *Kiserai ti Wansho hei.*«

»Ich bin unwürdig«, sagte Loial mit einer Verbeugung. »Ihr seid es, der mir Ehre erweist.« Er blickte die kahlen Steinwände an und schien mit sich selbst zu kämpfen. Rand war froh, daß der Ogier es fertigbrachte, sich weitere Kommentare zu verkneifen.

Diener in Schwarz und Gold erschienen auf leisen Sohlen. Einige brachten heiße, feuchte, zusammengefaltete Tücher auf Silbertabletts, mit denen sie sich den Staub von Gesichtern und Händen wischen konnten. Andere trugen Glühwein und Silberschalen mit getrockneten Pflaumen und Aprikosen. Lord Agelmar beauftragte sie, Zimmer vorzubereiten und ihnen Bäder zu richten.

»Eine lange Reise von Tar Valon hierher«, sagte er. »Ihr müßt müde sein.«

»Der Weg, den wir nahmen, war nur kurz«, sagte Lan zu ihm, »doch anstrengender als die lange Reise.«

Agelmar blickte überrascht drein, als Lan nichts hinzufügte, sagte aber lediglich: »Ein paar Tage Ruhe werden Euch alle wieder in einen guten Zustand versetzen.«

»Ich bitte nur um Unterkunft für eine Nacht, Lord Agelmar«, sagte Moiraine, »für uns und unsere Pferde. Und frische Vorräte am Morgen, wenn Ihr sie entbehren könnt. Ich fürchte, wir müssen Euch frühzeitig verlassen.«

Agelmar runzelte die Stirn. »Aber ich dachte ... Moiraine Sedai, ich habe kein Recht, das von Euch zu verlangen, aber am Tarwin-Paß wärt Ihr soviel wert wie tausend Krieger. Und Ihr, Dai Shan. Und tausend Männer *werden* kommen, wenn sie hören, daß der Goldene Kranich wieder fliegt.«

»Die Sieben Türme sind zerstört«, sagte Lan grob, »und Malkier ist tot. Die wenigen Menschen, die noch am Leben sind, sind über die ganze Erde verstreut. Ich bin Behüter, Agelmar, und habe auf die Flamme von Tar Valon geschworen, und ich bin auf dem Weg in die Fäule.«

»Natürlich, Dai — Lan. Natürlich. Aber sicher machen doch ein paar Tage oder höchstens ein paar Wochen Verzögerung nicht viel aus. Ihr werdet gebraucht. Ihr und Moiraine Sedai.«

Moiraine nahm von einem der Diener einen silbernen Pokal entgegen. »Ingtar scheint der Meinung zu sein, daß Ihr diese Bedrohung beseitigen werdet, wie Ihr im Laufe der Jahre schon viele beseitigt habt.«

»Aes Sedai«, meinte Agelmar trocken, »wenn Ingtar allein zum Tarwin-Paß reiten müßte, würde er den ganzen Weg über verkünden, daß die Trollocs erneut zurückgeschlagen würden. Er ist beinahe stolz genug, um zu glauben, daß er es allein schaffen *könnte.*«

»Diesmal ist er sich nicht so sicher, wie Ihr glaubt, Agelmar.« Der Behüter hielt einen Pokal in der Hand, trank aber nicht. »Wie schlimm sieht es aus?«

Agelmar zögerte und zog eine Landkarte aus dem Durcheinander auf dem Tisch. Einen Moment lang sah er sie an, ohne wirklich zu sehen, was da gezeichnet war, und dann warf er sie zurück. »Wenn wir zum Paß reiten«, sagte er ruhig, »dann werden die Menschen in den Süden nach Fal Moran geschickt. Vielleicht können wir die Hauptstadt halten. Friede, sie muß einfach. Etwas muß gehalten werden.«

»So schlimm?« fragte Lan, und Agelmar nickte müde.

Rand tauschte besorgte Blicke mit Mat und Perrin. Es war nicht schwer, sich einzureden, daß die Trollocs in der Fäule hinter ihm her waren — hinter ihnen. Agelmar fuhr ernst fort: »Kandor, Arafel, Saldaea — die Trollocs haben sie alle den ganzen Winter hindurch ständig überfallen. So etwas ist seit den Trolloc-Kriegen nicht mehr vorgekommen; die Überfälle wurden noch nie so brutal, mit so vielen Kriegern und derart hartnäkkig durchgeführt. Jeder König und jede Ratsversammlung ist überzeugt, daß ein großer Angriff aus der Fäule heraus kommen wird, und jedes der Grenzlande glaubt, er werde ihm gelten. Keiner ihrer Kundschafter und keiner der Behüter berichtet über solche Massierungen von Trollocs wie hier, aber sie glauben es eben, und jeder hat zuviel Angst, um Kämpfer irgendwo anders hin zu entsenden. Die Leute flüstern sich zu, daß das Ende der Welt nahe und der Dunkle König wieder frei sei. Schienar reitet allein zum Tarwin-Paß, und sie werden uns zahlenmäßig mindestens zehn zu eins überlegen sein. Mindestens. Es könnte die letzte Musterung der Lanzenträger werden.

Lan — nein! — Dai Shan, denn was immer Ihr auch

sagt, Ihr *seid* ein mit dem Diadem gekrönter Kriegsherr von Malkier. Dai Shan, das Banner des Goldenen Kranichs in der Vorhut würde die Männer ermutigen, die wissen, daß sie nach Norden reiten, um zu sterben. Die Nachricht wird sich wie ein Lauffeuer ausbreiten, und obwohl ihre Könige ihnen befohlen haben, zu bleiben, wo sie sind, werden aus Arafel und Kandor und sogar aus Saldaea Soldaten kommen. Auch wenn sie zu spät kämen, um uns auf dem Paß zu helfen, könnten sie doch Schienar retten.«

Lan starrte in seinen Wein. Sein Gesichtsausdruck änderte sich nicht, aber Wein lief ihm über die Hand; der silberne Pokal wurde von seinem Griff zerdrückt. Ein Diener nahm ihm das zerstörte Gefäß ab und wischte die Hand des Behüters mit einem Tuch ab; ein zweiter drückte ihm einen neuen Pokal in die Hand, während der andere weggeschafft wurde. Lan schien es nicht zu bemerken. »Ich kann nicht!« flüsterte er heiser. Als er den Kopf hob, brannte eine wilde Flamme in seinen blauen Augen, doch seine Stimme klang wieder ruhig und teilnahmslos. »Ich bin Behüter, Agelmar.« Sein scharfer Blick strich über Rand und Mat und Perrin hinüber zu Moiraine. »Beim ersten Tageslicht reite ich zur Großen Fäule.«

Agelmar seufzte tief. »Moiraine Sedai, wollt Ihr nicht wenigstens kommen? Eine Aes Sedai könnte den Kampf entscheiden.«

»Ich kann nicht, Lord Agelmar.« Moiraine wirkte verstört. »Es muß wirklich eine Schlacht geschlagen werden, und es ist kein Zufall, daß sich die Trollocs in der Nähe von Schienar sammeln, doch unsere Schlacht, die wirkliche Schlacht mit dem Dunklen König, wird in der Fäule stattfinden, am Auge der Welt. Ihr müßt Eure Schlacht bestehen, und wir die unsere.«

»Ihr wollt doch nicht sagen, daß er frei ist!« Der felsengleiche Agelmar schien erschüttert, und Moiraine schüttelte schnell den Kopf.

»Noch nicht. Falls wir am Auge der Welt gewinnen, vielleicht nie mehr.«

»Könnt Ihr denn das Auge überhaupt finden, Aes Sedai? Falls es davon abhängt, ob der Dunkle König aufgehalten werden kann, könnten wir genausogut tot sein. Viele haben es versucht und sind gescheitert.«

»Ich kann es finden, Lord Agelmar. Noch ist die Hoffnung nicht verloren.«

Agelmar betrachtete erst sie und dann die anderen. Er schien mit der Anwesenheit von Nynaeve und Egwene nichts anfangen zu können; ihre Bauernkleidung bildete einen scharfen Kontrast zu Moiraines Seidenkleid, auch wenn alle von der Reise mitgenommen aussahen. »Sind sie auch Aes Sedai?« fragte er zweifelnd. Als Moiraine den Kopf schüttelte, schien er noch verwirrter. Sein Blick überflog die jungen Männer aus Emondsfeld und blieb bei Rand hängen, wobei er kurz das in Rot gehüllte Schwert an seiner Hüfte streifte. »Ihr führt eine eigenartige Leibwache mit Euch, Aes Sedai. Nur ein einziger Kämpfer.« Er musterte Perrin und die Axt, die an seinem Gürtel hing. »Vielleicht zwei. Aber beides kaum mehr als junge Burschen. Laßt mich Euch Männer mitgeben. Hundert Lanzen mehr oder weniger werden am Paß keinen Unterschied machen, aber Ihr werdet mehr als einen Behüter und drei Jungen brauchen. Und zwei Frauen werden keine Hilfe darstellen, außer es wären verkleidete Aiel. Die Fäule ist dieses Jahr noch schlimmer als gewöhnlich. Sie — rührt sich.«

»Hundert Lanzen wären zuviel«, sagte Lan, »und tausend wären nicht genug. Je größer die Gruppe, mit der wir in die Fäule hineinreiten, desto größer wäre die Wahrscheinlichkeit, daß wir Aufmerksamkeit erregen. Wir müssen das Auge möglichst ohne Kampf erreichen. Ihr wißt, daß das Ergebnis schon vorher feststeht, wenn uns Trollocs in der Fäule den Kampf aufzwingen.«

Agelmar nickte grimmig, aber er weigerte sich, so

schnell aufzugeben. »Also, dann eben weniger. Selbst zehn gute Männer würden Eure Aussichten verbessern, Moiraine Sedai und die anderen beiden Frauen zum Grünen Mann zu bringen — bessere Aussichten als nur mit diesen jungen Burschen.«

Rand wurde plötzlich klar, daß der Herr von Fal Dara annahm, es seien die beiden Frauen, die mit Moiraine zusammen gegen den Dunklen König kämpfen würden. Das war ein ganz natürlicher Irrtum. Diese Art von Kampf bedeutete, die Eine Macht einsetzen zu müssen, und das war Frauensache. *Diese Art von Kampf bedeutet, daß man die Macht einsetzen muß.* Er hakte seine Daumen hinter dem Schwertgürtel ein und packte die Schnalle ganz fest, damit seine Hände nicht zitterten.

»Keine Männer«, sagte Moiraine. Agelmar öffnete den Mund wieder, und sie fuhr fort, bevor er etwas sagen konnte. »Es ist die Natur des Auges und die Natur des Grünen Mannes. Wie viele aus Fal Dara haben den Grünen Mann und das Auge jemals gefunden?«

»Jemals?« Agelmar zuckte die Achseln. »Seit dem Hundertjährigen Krieg könntet Ihr sie an den Fingern einer Hand abzählen. Nicht mehr als einer in fünf Jahren, und das aus allen Grenzlanden zusammengenommen.«

»Keiner findet das Auge der Welt«, sagte Moiraine, »wenn nicht der Grüne Mann will, daß er es findet. Not — das ist der Schlüssel, und natürlich die damit verbundene Absicht. Ich weiß, wohin wir gehen müssen — ich war bereits zuvor dort.« Rands Kopf fuhr überrascht herum, und er war nicht der einzige Emondsfelder, der so reagierte. Doch die Aes Sedai schien es nicht zu bemerken. »Aber wenn nur einer von uns nach Ruhm strebt und seinen Namen diesen vieren hinzufügen will, werden wir es niemals finden, auch wenn ich uns genau zu dem Punkt führe, an den ich mich erinnere.«

»Ihr habt den Grünen Mann gesehen, Moiraine Sedai?« Der Herr von Fal Dara klang beeindruckt, aber im nächsten Augenblick runzelte er die Stirn. »Doch wenn Ihr ihn bereits einmal getroffen habt ...«

»Die Not ist der Schlüssel«, sagte Moiraine leise, »und es kann keine größere Not geben als meine. Als unsere. Und ich habe etwas, das diese anderen Suchenden nicht haben.«

Sie wandte den Blick kaum von Agelmars Gesicht ab, und doch war Rand sicher, daß sie ganz kurz Loial angeblickt hatte — nur einen Augenblick lang. Rand sah dem Ogier in die Augen, und Loial zuckte die Achseln.

»*Ta'veren*«, sagte der Ogier leise.

Agelmar hob enttäuscht die Hände. »Wie Ihr wollt, Aes Sedai. Friede! Aber wenn die wirkliche Schlacht am Auge der Welt geschlagen wird, bin ich in Versuchung, das Banner des Schwarzen Falken dorthin zu bringen und nicht zum Paß. Ich könnte Euch den Weg freikämpfen ...«

»Das würde zu einer Katastrophe führen, Lord Agelmar. Sowohl am Tarwin-Paß als auch am Auge. Ihr habt Eure Schlacht, und wir haben unsere zu schlagen.«

»Friede! Wie Ihr wollt, Aes Sedai.«

Nachdem er sich zu diesem Entschluß durchgerungen hatte, auch wenn es ihm schwergefallen war, schien der kahlgeschorene Herr von Fal Dara das Ganze zu vergessen. Er lud sie ein, mit ihm zu speisen, und machte die ganze Zeit über höfliche Konversation über Falken und Pferde und Hunde, erwähnte aber keine Trollocs, keinen Tarwin-Paß und kein Auge der Welt.

Das Zimmer, in dem sie aßen, war genauso kahl und einfach eingerichtet wie Lord Agelmars Arbeitszimmer. Es gab kaum mehr Möbel als den Tisch und die Stühle. Auch sie waren in strenger Form gehalten. Schön, aber streng. Ein großer Kamin erwärmte den Raum, aber doch nicht so sehr, daß ein plötzlich nach draußen gerufener Mann von der dortigen Kälte betäubt worden wäre. Diener in Livree brachten Suppe und Brot und Käse, und man sprach über Bücher und Musik, bis es Lord

Agelmar auffiel, daß die Emondsfelder so schweigsam waren. Wie ein guter Gastgeber fragte er sie ein wenig aus, um sie aus der Reserve zu locken.

Rand wetteiferte bald mit den anderen, von Emondsfeld und den Zwei Flüssen zu erzählen. Es kostete Mühe, nicht zuviel zu sagen. Er hoffte, die anderen würden ebenfalls ihre Zungen hüten, besonders Mat. Nur Nynaeve blieb zurückhaltend und aß und trank schweigend.

»Es gibt ein Lied in den Zwei Flüssen«, sagte Mat, »das heißt ›Rückkehr vom Tarwin-Paß‹.« Er endete zögernd, als werde ihm plötzlich klar, daß er von dem sprach, was sie alle gemieden hatten, doch Agelmar ging elegant darüber hinweg: »Kein Wunder. Nur wenige Länder haben keine Männer ausgesandt, um in all diesen Jahren die Fäule immer wieder zurückzudrängen.«

Rand sah Mat und Perrin an. Mat formte mit den Lippen lautlos das Wort Manetheren.

Agelmar flüsterte mit einem der Diener, und während andere den Tisch abdeckten, verschwand dieser Mann und tauchte bald darauf mit einem Behälter und Tonpfeifen für Lan, Loial und Lord Agelmar auf. »Tabak von den Zwei Flüssen«, sagte der Herr von Fal Dara, als sie ihre Pfeifen stopften. »Hier ist er schwer zu bekommen, aber er ist den Preis wert.«

Als Loial und die beiden älteren Männer zufrieden pafften, sah Agelmar den Ogier an. »Ihr wirkt besorgt, Erbauer. Doch nicht vom Heimweh gepackt, hoffe ich? Wie lange seid Ihr schon von Eurem *Stedding* weg?«

»Es ist nicht das Heimweh — so lange bin ich noch nicht weg.« Loial zuckte die Achseln, und bei dieser Geste drehte sich eine blaugraue Rauchwolke aus seiner Pfeife spiralförmig über dem Tisch. »Ich erwartete — hoffte —, der Hain hier würde noch stehen. Wenigstens ein Überbleibsel von Mafal Dadaranell.«

»Kiserai ti Wansho«, murmelte Agelmar. »Die Trolloc-

Kriege hinterließen nichts als Erinnerungen, Loial, Sohn des Arent, und Menschen, die darauf aufbauten. Sie konnten die Werke der Erbauer nicht nachmachen, genausowenig wie ich das könnte. Diese ausgefeilten Krümmungen und Muster, die Euer Volk erschuf, können von menschlichen Augen und menschlichen Händen nicht nachgeahmt werden. Vielleicht wollten wir es auch vermeiden, daß uns eine schlechte Imitation immer daran erinnern würde, was wir verloren hatten. Es liegt eine andere Art von Schönheit in der Schlichtheit, in einer einzelnen Linie, die gerade so verläuft, in einer einzelnen Blume zwischen den Felsen. Die Härte des Steins läßt die Blume noch wertvoller erscheinen. Wir versuchen, nicht zu sehr dem Vergangenen nachzutrauern. Unter dieser Belastung würde das stärkste Herz brechen.«

»Das Rosenblatt treibt auf dem Wasser«, zitierte Lan leise. »Der Eisvogel glitzert über dem Teich. Leben und Schönheit bewegen sich inmitten des Todes.«

»Ja«, sagte Agelmar. »Ja. Diese Zeilen haben auch für mich immer das Ganze symbolisiert.« Die beiden Männer nickten sich zu.

Poesie, und das von Lan? Der Mann war wie eine Zwiebel: Jedesmal, wenn Rand glaubte, etwas über den Behüter erfahren zu haben, entdeckte er darunter eine neue Schicht.

Loial nickte bedächtig. »Vielleicht hänge ich auch zu sehr am Vergangenen. Und doch, die Haine waren schön.« Doch er sah den kahlen Raum an, als sehe er ihn erst jetzt und als finde er ihn jetzt sehenswert.

Ingtar erschien und verbeugte sich vor Lord Agelmar. »Entschuldigt, Herr, aber Ihr wolltet informiert werden, wenn irgend etwas Ungewöhnliches geschieht, so unwichtig es auch sein mag.«

»Ja, was ist geschehen?«

»Eine Kleinigkeit, Herr. Ein Fremder versuchte, in die Stadt zu gelangen. Keiner aus Schienar. Nach seinem

Akzent zu schließen, kommt er aus Lugard. Manchmal jedenfalls scheint er so zu sprechen. Als die Wächter am Südtor versuchten, ihn zu befragen, lief er weg. Er wurde gesehen, als er in den Wald lief, doch nur kurze Zeit später fand man ihn an der Mauer, als er gerade hochklettern wollte.«

»Eine Kleinigkeit!« Agelmars Stuhl schabte über den Boden, als er aufstand. »Friede! Die Turmwache vernachlässigt derart ihre Pflichten, daß ein Mann ungesehen die Mauer erreichen kann, und das nennt Ihr eine Kleinigkeit?«

»Es ist ein Verrückter, Herr.« In Ingtars Stimme klang Scheu mit. »Das Licht behütet Wahnsinnige. Vielleicht hat das Licht die Augen der Turmwache geblendet und ihm gestattet, die Mauer zu erreichen. Sicherlich kann ein armer Verrückter keinen Schaden anrichten.«

»Ist er schon zur Festung gebracht worden? Gut. Bringt ihn her zu mir. Jetzt gleich.« Ingtar verbeugte sich und ging. Agelmar wandte sich Moiraine zu. »Verzeiht mir, Aes Sedai, aber ich muß mich darum kümmern. Vielleicht ist es nur eine arme Kreatur, deren Verstand vom Licht geblendet wurde, aber ... Vor zwei Tagen erst fand man fünf unserer eigenen Leute, wie sie die Scharniere eines der Reitertore ansägten. Nur ein wenig, aber genug, um Trollocs hereinzulassen.« Er verzog das Gesicht. »Schattenfreunde, denke ich, obwohl ich es hasse, das von Leuten aus Schienar anzunehmen. Sie wurden von der Menge in Stücke gerissen, bevor die Wachen sie gefangennehmen konnten, deshalb werde ich die Wahrheit nie erfahren. Wenn schon Schienarer Schattenfreunde sein können, muß ich mich gegen Ausländer heutzutage besonders vorsehen. Falls Ihr Euch zurückziehen möchtet, werde ich Euch zu Euren Räumen bringen lassen.«

»Schattenfreunde kennen weder Grenzen noch Abstammung«, sagte Moiraine. »Man kann sie in jedem Land finden, und doch gehören sie *zu* niemandem. Ich bin auch daran interessiert, diesen Mann zu sehen. Das Muster formt sich zu einem Gewebe, Lord Agelmar, doch die endgültige Form des Gewebes ist noch nicht festgelegt. Es könnte vielleicht die ganze Welt umfassen oder sich wieder auflösen und das Rad dazu zwingen, aufs neue zu weben. An diesem Punkt können selbst Kleinigkeiten die Form des Gewebes verändern. In dieser Zeit bin ich außergewöhnlichen Kleinigkeiten gegenüber sehr mißtrauisch.«

Agelmar sah Nynaeve und Egwene an. »Wie Ihr wünscht, Aes Sedai.«

Igntar kehrte mit zwei Wachen zurück, die lange Hellebarden trugen und einen Mann begleiteten, der aussah wie ein Haufen schmutziger Lumpen. Sein Gesicht war dreckverkrustet, und Schmutz verklebte sein zotteliges Haar und den Bart. Er schlich geduckt in den Raum. Der Blick aus den eingesunkenen Augen huschte hierhin und dorthin. Ein ranziger Geruch wehte ihm voran.

Rand beugte sich aufmerksam vor und versuchte, durch all den Dreck hindurchzublicken. »Ihr habt keinen Grund, mich so festzusetzen«, jammerte der schmutzige Mann. »Ich bin nur ein armer Bettler, vom Licht verlassen, der wie jeder andere einen Ort sucht, an dem er vor dem Schatten sicher ist.«

»Die Grenzlande sind ein komischer Ort, wenn man Sicherheit …«, begann Agelmar, als Mat ihn unterbrach.

»Der Händler!«

»Padan Fain«, stimmte Perrin zu und nickte.

»Der Bettler«, sagte Rand mit plötzlich heiserer Stimme. Er fiel unter dem plötzlich in Fains Augen aufblitzenden Haß auf seinen Stuhl zurück. »Das ist der Mann, der in Caemlyn nach uns gefragt hat. Das muß er sein.«

»Also hat diese Sache doch etwas mit Euch zu tun, Moiraine Sedai«, sagte Agelmar bedächtig.

Moiraine nickte. »Ich fürchte, ja.«

»Ich wollte es nicht.« Fain begann zu weinen. Dicke Tränen hinterließen ihre Spuren im Schmutz auf seinen Wangen, aber sie konnten die unterste Dreckschicht nicht erreichen. »Er hat mich dazu gezwungen! Er und seine brennenden Augen!« Rand zuckte zusammen. Mat hatte die Hand unter seinem Mantel, wo er zweifellos wieder den Dolch aus Shadar Logoth hielt. »Er hat mich zu seinem Spürhund gemacht! Sein Spürhund, der jagt und verfolgt, ohne einen Moment Ruhe. Nur sein Spürhund, selbst nachdem er mich weggeworfen hatte.«

»Es betrifft uns alle«, sagte Moiraine ernst. »Gibt es einen Ort, wo ich mit ihm allein sprechen kann, Lord Agelmar?« Ihr Mund verzog sich angewidert. »Und laßt ihn zuerst waschen. Ich muß ihn vielleicht berühren.« Agelmar nickte und sprach leise mit Ingtar, der sich verbeugte und durch die Tür verschwand.

»Ich lasse mich nicht zwingen!« Die Stimme war die Fains, aber er weinte nicht mehr, und das Jammern war von einem arroganten Tonfall abgelöst worden. Er stand aufrecht da und nicht mehr gebückt wie vorher. Er warf den Kopf in den Nacken und schrie die Decke an: »Niemals mehr! Ich — lasse — mich — nicht — zwingen!« Er stand Agelmar gegenüber, als seien die Männer an dessen Seite seine eigenen Leibwächter und der Herr von Fal Dara ihm gleichgestellt und nicht der, der ihn gefangengenommen hatte. Sein Tonfall wurde verbindlich und schleimig. »Hier liegt ein Mißverständnis vor, großer Herr. Ich werde manchmal von Anfällen überrascht, doch das vergeht bald. Ja, bald wird es vorüber sein.« Verächtlich schnippte er mit den Fingern nach den Lumpen, die er trug. »Laßt Euch von denen nicht täuschen, großer Herr. Ich mußte mich verkleiden, weil es die gab, die mich aufhalten wollten, und meine Reise war lang und beschwerlich. Aber endlich habe ich Länder erreicht, wo die Menschen immer noch die von Ba'alzamon ausgehende Gefahr einschätzen können und wo die Menschen immer noch gegen den Dunklen König kämpfen.«

Rand starrte ihn mit offenem Mund an. Es *war* Fains Stimme, aber seine Worte klangen überhaupt nicht nach dem Händler. »Also seid Ihr hierhergekommen, weil wir gegen Trollocs kämpfen«, sagte Agelmar. »Und Ihr seid so wichtig, daß Euch jemand aufhalten will. Diese Leute hier behaupten, daß Ihr ein Händler namens Padan Fain seid und daß Ihr ihnen folgt.«

Fain zögerte. Er blickte Moiraine an und riß den Blick dann sofort wieder von der Aes Sedai los. Er sah die Emondsfelder an und dann zurück zu Agelmar. Rand fühlte den Haß in diesem Blick und auch die Angst. Als Fain weitersprach, klang seine Stimme jedoch unbeeindruckt. »Padan Fain ist lediglich eine der vielen Verkleidungen, die zu tragen ich während der letzten Jahre gezwungen war. Freunde des Schattens verfolgen mich, denn ich habe erfahren, wie man den Schatten besiegt. Ich kann Euch zeigen, wie man ihn besiegt, großer Herr.«

»Wir tun, was wir können«, sagte Agelmar trocken. »Das Rad webt, wie es das Rad wünscht, aber wir haben beinahe seit der Zerstörung der Welt gegen den Dunklen König gekämpft, ohne daß uns Händler zeigen mußten, wie man das macht.«

»Großer Herr, Eure Macht ist unumstritten, doch kann sie auf ewig dem Dunklen König standhalten? Findet Ihr Euch nicht oft mit dem Rücken zur Wand? Vergebt mir meine Kühnheit, großer Herr, doch am Ende wird er Euch zerschmettern, wie Ihr dasteht. Ich weiß es; glaubt mir, ich weiß es. Doch ich kann Euch zeigen, wie Ihr den Schatten aus dem Land treibt, großer Herr.« Sein Tonfall wurde noch öliger, auch wenn die Stimme hochnäsig klang. »Wenn Ihr nur ausprobiert, was ich Euch rate, werdet Ihr es erleben, großer Herr. Ihr werdet das Land säubern. Ihr, großer Herr, könnt es schaffen, wenn Ihr Eure Macht in die richtige Richtung leitet. Vermeidet es, Euch von Tar Valon einwickeln zu lassen und Ihr könnt die Welt retten. Großer Herr, Ihr werdet der Mann sein, den die Geschichte feiert, weil er dem Licht den endgültigen Sieg gebracht hat.« Die Wachen standen unbeweglich da, aber ihre Hände glitten an den langen Schäften der Hellebarden entlang, als wollten sie sie gleich benutzen.

»Er hält große Stücke auf sich, jedenfalls für einen Händler«, sagte Agelmar nach hinten zu Lan gewandt. »Ich glaube, Ingtar hat recht. Er ist verrückt.«

Fains Augen zogen sich zornig zusammen, aber seine Stimme blieb weiterhin ölig. »Großer Herr, ich weiß, daß meine Worte Euch großspurig vorkommen mögen, doch falls Ihr nur ...« Er brach mit einemmal ab und trat zurück, als Moiraine sich erhob und langsam um den Tisch herumkam. Nur die gesenkten Hellebarden der Wachen hielten Fain davon ab, sich nach hinten aus dem Raum zu schleichen.

Moiraine blieb hinter Mats Stuhl stehen, legte ihm eine Hand auf die Schulter und flüsterte ihm etwas ins Ohr. Was sie auch gesagt haben mochte, jedenfalls wich die Anspannung aus seinem Gesicht, und er nahm die Hand unter seinem Mantel hervor. Die Aes Sedai ging weiter, bis sie neben Agelmar und genau Fain gegenüber stand. Als sie stehenblieb, sank der Händler wieder zu seiner gebückten Haltung in sich zusammen.

»Ich hasse ihn«, wimmerte er. »Ich will frei von ihm sein. Ich will wieder im Licht wandeln.« Seine Schultern bebten, und Tränen strömten ihm noch stärker als zuvor übers Gesicht. »Er hat mich dazu gebracht.«

»Ich fürchte, er ist mehr als nur ein Händler, Lord Agelmar«, sagte Moiraine. »Weniger als ein Mensch, schlimmer als das Böse, gefährlicher, als Ihr Euch ausmalen könnt. Er kann gebadet werden, nachdem ich mit ihm gesprochen habe. Ich wage es nicht, auch nur eine Minute zu verschwenden. Komm, Lan!«

KAPITEL 25

Noch mehr darüber, was das Rad schon webte

Die Ruhelosigkeit trieb Rand dazu, neben dem Eßtisch auf und ab zu gehen. Zwölf Schritte. Der Tisch war genau zwölf Schritte lang, ganz gleich, wie oft er die Länge abschritt. Gereizt zwang er sich dazu, mit dem Zählen aufzuhören. *Dummes Zeug, sowas zu tun. Es ist mir gleich, wie lang der blutige Tisch sein mag.* Ein paar Minuten später ertappte er sich dabei, wie er die Anzahl seiner Tischrunden zählte. *Was erzählt er denn nun Moiraine und Lan? Weiß er, warum der Dunkle König hinter uns her ist? Weiß er,* welchen *von uns der Dunkle König haben will?*

Er sah seine Freunde an. Perrin hatte ein Stück Brot zerkrümelt und schob abwesend mit einem Finger die Krümel auf der Tischfläche herum. Seine gelben Augen blickten ohne zu blinzeln auf die Krümel, doch sie schienen etwas Fernes wahrzunehmen. Mat hing mit halb geschlossenen Augen und einem nicht ganz vollendeten Grinsen auf dem Gesicht auf seinem Stuhl. Es war ein nervöses Grinsen, das nicht von Vergnügen zeugte. Nach außen hin wirkte er wie der alte Mat, doch von Zeit zu Zeit berührte er unbewußt durch seinen Mantelstoff hindurch den Dolch aus Shadar Logoth. *Was sagt ihr Fain? Was* weiß *er?*

Wenigstens wirkte Loial nicht besorgt. Der Ogier betrachtete die Wände. Zuerst hatte er sich in die Mitte des Raums gestellt und sich langsam beim Betrachten im Kreis herum gedreht. Jetzt drückte er beinahe seine breite Nase am Stein platt, und dabei fuhr er sanft mit

Fingern, die dicker waren als die Daumen der meisten Menschen, eine bestimmte Linie nach. Manchmal schloß er die Augen, als sei das Gefühl dabei wichtiger als der Anblick. Seine Ohren zuckten gelegentlich, und er führte Selbstgespräche in der Ogiersprache. Er schien vergessen zu haben, daß sich noch andere mit ihm im Raum befanden.

Lord Agelmar stand mit Nynaeve und Egwene vor dem langen Kamin am Ende des Raumes und unterhielt sich leise mit ihnen. Er war ein guter Gastgeber, geschult darin, die anderen ihre Sorgen vergessen zu machen. Einige seiner Geschichten brachten Egwene zum Kichern. Einmal lachte sogar Nynaeve schallend los. Rand fuhr bei dem unerwarteten Geräusch hoch und dann noch mal, als Mats Stuhl krachend zu Boden fiel.

»Blut und Asche!« grollte Mat und ignorierte die Art, wie Nynaeve ob seiner Ausdrucksweise den Mund verzog. »Warum braucht sie so lang?« Er richtete seinen Stuhl wieder auf und setzte sich hin, ohne irgend jemanden anzuschauen. Seine Hand verirrte sich zu seinem Mantel.

Der Herr von Fal Dara blickte Mat mißbilligend an — sein Blick schloß auch Rand und Perrin ein, ohne freundlicher zu werden —, und dann wandte er sich wieder den Frauen zu. Rands nervöses Hin- und Hergehen hatte ihn in deren Nähe gebracht.

»Lord Agelmar«, sagte Egwene gewandt, als habe sie ihr ganzes Leben lang schon solche Titel benützt, »ich dachte, er sei einfach Behüter, aber Ihr nennt ihn Dai Shan und sprecht vom Banner des Goldenen Kranichs, genau wie die anderen Männer. Manchmal sprecht Ihr von ihm, als sei er ein König. Ich erinnere mich, daß Moiraine ihn einmal den letzten Herrn der Sieben Türme nannte. Wer ist er eigentlich?«

Nynaeve betrachtete plötzlich eingehend ihren Pokal, aber für Rand war es ganz offensichtlich, daß sie noch genauer hinhörte als Egwene. Rand blieb stehen und bemühte sich zuzuhören, ohne den Eindruck zu erwekken, daß er sie belausche.

»Herr der Sieben Türme«, sagte Agelmar mit gerunzelter Stirn. »Ein uralter Titel, Lady Egwene. Nicht einmal die Hochlords von Tear führen einen älteren, obwohl die Königin von Andor dem nahekommt.« Er seufzte auf und schüttelte den Kopf. »Er spricht nicht darüber, aber man kennt die Geschichte hier an der Grenze recht gut. Er ist König, oder hätte es sein sollen, al'Lan Mandragoran, Herr der Sieben Türme, Herr der Seen, ungekrönter König von Malkier.« Sein geschorener Kopf war hoch erhoben, und in seinen Augen glänzte etwas wie der Stolz eines Vaters. Seine Stimme wurde kräftiger, erfüllt von der Macht seiner Gefühle. Der ganze Raum konnte mithören, ohne daß sich jemand anstrengen mußte. »Wir aus Schienar nennen uns Grenzleute, aber vor weniger als fünfzig Jahren gehörte Schienar noch nicht zu den Grenzlanden. Nördlich von uns und Arafel lag Malkier. Die Lanzen von Schienar ritten nordwärts, doch es war Malkier, das die Fäule zurückhielt. Malkier, Friede seinem Angedenken und das Licht erleuchte seinen Namen!«

»Lan kommt aus Malkier«, sagte die Seherin sanft und blickte auf. Sie schien beunruhigt.

Es war keine Frage gewesen, aber Agelmar nickte. »Ja, Lady Nynaeve, er ist der Sohn von al'Akir Mandragoran, dem letzten gekrönten König von Malkier. Wie das aus ihm wurde, was er jetzt ist? Am Anfang stand wohl Lain. In einem kühnen Angriff führte Lain Mandragoran, der Bruder des Königs, seine Lanzen durch die Fäule in das Versengte Land, vielleicht sogar bis Shayol Ghul selbst. Lains Frau, Breyan, hatte ihn dazu getrieben, denn in ihrem Herzen brannte der Neid, da al'Akir statt Lain auf den Thron erhoben worden war. Der König und Lain hatten sich so nahegestanden, wie Brüder nur können, nah wie Zwillinge; sogar noch, nachdem Akirs Name das königliche al' dazuerhalten hatte, aber Breyan wurde von Eifersucht geplagt. Lain war ob seiner kühnen Taten ein gefeierter Held, und das zu Recht, aber selbst er konnte den Ruhm al'Akirs nicht übertreffen. Er war, als Mann wie als König, ein Mensch, wie man ihn, wenn überhaupt, nur alle hundert Jahre einmal antrifft. Friede seinem Namen und dem el'Leannas!

Lain starb im Versengten Land, zusammen mit den meisten jener, die ihm gefolgt waren. Das waren Männer, deren Verlust Malkier kaum verkraften konnte, und Breyan machte den König dafür verantwortlich und behauptete, Shayol Ghul selbst wäre gefallen, wenn al'Akir den Rest der Malkieri zusammen mit ihrem Mann nach Norden geführt hätte. Als Rache verschwor sie sich mit Cowin Gemallan, den man Cowin Edelherz nannte, um den Thron für ihren Sohn Isam zu erwerben. Nun war Edelherz ein Held, fast so beliebt wie al'Akir selbst, und einer der Großherren, aber als die Großherren den König erwählt hatten, hatten ihn zwei Stimmen von Akir getrennt, und er vergaß nie, daß es genügt hätte, wenn nur zwei Männer eine andere Farbe auf den Krönungsstein gelegt hätten, damit er statt dessen auf dem Thron gesessen hätte. Miteinander zogen Cowin und Breyan Soldaten aus der Fäule ab, um die Sieben Türme im Handstreich zu nehmen. Dabei aber entblößten sie die Grenzfestungen und machten sie zu bloßen Garnisonen.

Doch Cowins Eifersucht brannte noch schlimmer.« Verachtung färbte Agelmars Stimme. »Edelherz, der Held, von dessen Vorstößen in die Fäule man in allen Grenzlanden sang, war ein Schattenfreund. Als die Grenzfestungen geschwächt waren, strömten Trollocs wie eine Flut nach Malkier hinein. König al'Akir und Lain zusammen hätten vielleicht das Land zum Widerstand führen können — das hatten sie schon zuvor fertiggebracht. Aber Lains Untergang im Versengten Land hatte die Menschen erschüttert, und die Invasion der

Trollocs brach ihren Willen und Widerstandsgeist. Zu viele Männer. Die überwältigende Anzahl trieb die Malkieri zurück ins Kernland.

Breyan floh mit ihrem kleinen Sohn Isam und wurde auf dem Ritt nach Süden von den Trollocs überrannt. Niemand kennt ihr Schicksal genau, doch es läßt sich leicht erraten. Ich kann nur für den Jungen Bedauern empfinden. Als der Verrat Cowin Edelherzens aufgedeckt wurde und der junge Jain Charin — den man bereits Jain Fernstreicher nannte — ihn gefangennahm, brachte man Edelherz in Ketten zu den Sieben Türmen, und die Großherren wollten seinen Kopf auf einer Pike stecken sehen. Da er aber in den Herzen der Menschen gleich nach al'Akir und Lain gekommen war, stellte sich ihm der König zum Zweikampf und tötete ihn. Al'Akir weinte, als er Cowin tötete. Einige meinen, er habe eines Freundes wegen geweint, der sich dem Schatten verschrieb, und andere behaupten, er habe Malkiers wegen geweint.« Der Herr von Fal Dara schüttelte traurig den Kopf.

»Der erste Schlag zum Untergang der Sieben Türme war geführt worden. Es war keine Zeit geblieben, Hilfe aus Schienar oder Arafel herbeizuholen, und es gab keine Hoffnung, daß Malkier allein widerstehen konnte. Fünftausend seiner Lanzenträger lagen tot im Versengten Land, und die Grenzfestungen waren überrannt.

Al'Akir und seine Königin, el'Leanna, ließen Lan in seiner Wiege zu sich bringen. In seine Kinderhände legten sie das Schwert der Könige von Malkier, das Schwert, das er heute trägt. Eine Waffe, die während des Kriegs um die Macht, des Schattenkriegs, der das Zeitalter der Legenden beendete, von Aes Sedai hergestellt worden war. Sie salbten sein Haupt mit Öl und ernannten ihn zum Dai Shan, einen mit dem Diadem gekrönten Kriegsherrn, sie weihten ihn zum nächsten König von Malkier, und in seinem Namen schworen sie den uralten Eid der Könige und Königinnen von Malkier.« Agelmars Gesichtsausdruck verhärtete sich, und er sprach diese Worte, als habe auch er diesen Eid oder einen sehr ähnlichen geleistet. »So lang gegen den Schatten anzukämpfen, wie Eisen hart bleibt und Stein widersteht. Die Malkieri zu verteidigen, solange auch nur ein Tropfen Bluts verbleibt. Zu rächen, was nicht gehalten werden kann.« Die Wort hallten im Raum wider.

»El'Leanna hängte ein Medaillon um den Hals ihres Sohnes, um ihn immer daran zu erinnern, und das Kind wurde von der Königin selbst in Windeln gewickelt und zwanzig ausgewählten Männern aus der königlichen Leibgarde übergeben, den besten Schwertkämpfern, den tödlichsten Kriegern. Ihr Befehl: das Kind nach Fal Moran zu bringen.

Dann führten al'Akir und el'Leanna die Malkieri hinaus, um ein letztes Mal dem Schatten gegenüberzutreten. Dort starben sie, bei Herots Kreuzweg, die Malkieri starben mit ihnen, und die Sieben Türme wurden geschleift. Schienar und Arafel und Kandor trafen an der Treppe des Jehaan auf die Halbmenschen und Trollocs und warfen sie zurück, doch nicht so weit, wie es vorher der Fall gewesen war. Der größte Teil von Malkier verblieb in den Händen der Trollocs, und Jahr um Jahr, Meile um Meile, wurde es von der Fäule verschlungen.« Agelmar atmete schwer und lang ein. Als er fortfuhr, lag ein trauriger Stolz in seinem Blick und seiner Stimme.

»Nur fünf der Leibwachen erreichten Fal Moran lebendig, jeder Mann verwundet, aber sie hatten das unbeschadete Kind dabei. Von der Wiege an brachten sie ihm alles bei, was sie wußten. Er lernte, mit Waffen umzugehen, wie andere Kinder mit Spielzeugen, und die Fäule lernte er kennen, wie andere Kinder den Garten ihrer Mutter. Der Eid, der über seiner Wiege geschworen wurde, ist in seinem Verstand eingebrannt. Es gibt nichts mehr zu verteidigen, wohl aber zu rächen. Er führt seine Titel nicht, aber in den Grenzlanden nennt man ihn den Ungekrönten, und falls er je den Goldenen Kranich von Malkier hissen sollte, würde eine Armee kommen, um ihm zu folgen. Doch er wird keine Männer in den Tod führen. In der Fäule flirtet er mit dem Tod wie ein Freier mit einem Mädchen, doch andere führt er nicht hinein.

Wenn Ihr die Fäule betreten müßt und das mit nur wenigen Begleitern, dann gibt es keinen besseren Mann, Euch sicher dorthin und wieder zurück zu bringen. Er ist der Beste unter den Behütern, und das bedeutet: der Beste der Besten. Ihr könntet genausogut diese Jungen hierlassen, um ein wenig Erfahrung zu sammeln, und Euch nur noch auf Lan verlassen. Die Fäule ist kein Ort für unerfahrene Jungen.«

Mat öffnete den Mund und schloß ihn nach einem Blick Rands wieder. *Ich wünschte, er würde lernen, ihn nicht mehr aufzumachen.*

Nynaeve hatte mit genauso großen Augen gelauscht wie Egwene, doch nun starrte sie wieder mit blassem Gesicht in ihren Pokal. Egwene legte ihr eine Hand auf den Arm und sah sie mitfühlend an.

Moiraine erschien in der Tür, gefolgt von Lan. Nynaeve wandte ihnen den Rücken zu. »Was hat er gesagt?« wollte Rand wissen. Mat und Perrin erhoben sich.

»Dorftrottel«, murmelte Agelmar, und dann hob er die Stimme zu seiner normalen Lautstärke. »Habt Ihr irgend etwas erfahren, Aes Sedai, oder ist er einfach ein Verrückter?«

»Er ist verrückt«, sagte Moiraine, »oder zumindest beinahe verrückt, aber es ist nichts Einfaches an Padan Fain.« Einer der Diener in schwarz-goldener Livree verbeugte sich vor Agelmar. Er trug eine blaue Waschschüssel und einen Krug, ein Stück gelbe Seife und ein kleines Handtuch auf einem Silbertablett. Er sah Agelmar unsicher an. Moiraine bedeutete ihm, alles auf den Tisch zu stellen. »Verzeiht mir, daß ich Eurem Diener diesen Auftrag erteilte, Lord Agelmar«, sagte sie. »Ich nahm mir die Freiheit, um dies zu bitten.«

Agelmar nickte dem Diener zu, der das Tablett auf den Tisch stellte und schnell wegging. »Meine Diener stehen Euch zur Verfügung, Aes Sedai.«

Das Wasser, das Moiraine in die Schüssel goß, dampfte, als habe es gerade noch gekocht. Sie schob ihre Ärmel hoch und wusch sich energisch die Hände, ohne Rücksicht auf die Wassertemperatur. »Ich sagte, er sei schlimmer als schlimm, doch das kam der Wahrheit nicht nahe genug. Ich glaube nicht, daß ich jemals jemanden kennengelernt habe, der so jämmerlich und verdorben und gleichzeitig so gemein war. Ich fühle mich beschmutzt, da ich ihn berührt habe, und ich meine damit nicht den Dreck auf seiner Haut. Innerlich beschmutzt.« Sie berührte ihre Brust. »Der Verfall seiner Seele läßt mich beinahe daran zweifeln, daß er jemals eine hatte. An ihm ist etwas Schlimmeres als an jedem Schattenfreund.«

»Er sah so erbarmungswürdig aus«, sagte Egwene leise. »Ich erinnere mich daran, wie er jeden Frühling in Emondsfeld ankam, immer lachte und Neuigkeiten von außen mitbrachte. Es gibt doch sicherlich noch Hoffnung für ihn? ›Kein Mensch kann so lange im Schatten stehen, daß er nicht zum Licht zurückfinden könnte‹«, zitierte sie.

Die Aes Sedai trocknete sich mit schnellen Bewegungen die Hände ab. »Das habe ich auch immer geglaubt«, sagte sie. »Vielleicht ist Padan Fain noch zu retten. Aber er gehört schon mehr als vierzig Jahre zu den Schattenfreunden, und was er in dieser Zeit für sie getan hat, in Blut und Schmerz und Tod gemessen, würde Euch das Herz erfrieren lassen, wenn Ihr es hörtet. Zu seinen unwesentlichsten Taten — wenn auch nicht für Euch, denke ich — gehört, daß er die Trollocs nach Emondsfeld geführt hat.«

»Ja«, sagte Rand leise. Er hörte Egwene nach Luft

schnappen. *Ich hätte es wissen müssen. Verseng mich, aber das hätte ich gleich wissen müssen, als ich ihn wiedererkannte.*

»Hat er auch hierher welche mitgebracht?« fragte Mat. Er blickte die Steinmauern um sie herum an und schauderte. Rand glaubte, daß er noch mehr an die Myrddraal als an die Trollocs dachte, denn in Baerlon oder Weißbrücke hatten Mauern die Blassen nicht aufhalten können.

»Falls er das getan hat«, lachte Agelmar, »werden sie sich die Zähne an den Mauern von Fal Dara ausbeißen. Das ist auch schon anderen so gegangen.« Er sprach alle an, aber seinen Blicken nach zu schließen, galten seine Worte vor allem Egwene und Nynaeve. »Und macht Euch auch keine Gedanken über die Halbmenschen.« Mat errötete. »Jede Straße und Gasse in Fal Dara wird bei Nacht erleuchtet. Und kein Mensch darf innerhalb der Mauern sein Gesicht verhüllen.«

»Warum sollte Meister Fain das tun?« fragte Egwene.

»Vor drei Jahren ...« Mit einem tiefen Seufzer setzte sich Moiraine hin und zwar derart erschöpft, als habe das, was sie mit Fain getan hatte, ihr alle Energie geraubt. »Diesen Sommer sind es drei Jahre. So lange ist das schon her. Das Licht bevorzugt uns ganz eindeutig, denn sonst hätte der Herr der Lügen schon triumphiert, während ich noch in Tar Valon saß und Pläne schmiedete. Drei Jahre lang hat Fain Euch für den Dunklen König gesucht.«

»Das ist doch verrückt!« sagte Rand. »Er ist regelmäßig wie ein Uhrwerk jeden Frühling zu den Zwei Flüssen gekommen. Drei Jahre? Wir waren die ganze Zeit direkt vor seiner Nase, und er hat keinen von uns eines zweiten Blickes gewürdigt — bis zum letzten Jahr.« Die Aes Sedai deutete mit einem Finger auf ihn.

»Fain hat mir alles erzählt, Rand. Oder beinahe alles. Ich glaube, er hat es fertiggebracht, etwas zurückzuhalten, etwas Wichtiges, trotz all meiner Bemühungen, aber er hat genug gesagt. Vor drei Jahren kam ein Halbmensch zu ihm. Das war in einer Stadt in Lugard. Fain hatte natürlich schreckliche Angst, aber unter Schattenfreunden gilt es als sehr große Ehre, wenn man so berufen wird. Fain glaubte, er sei zu großen Taten erwählt worden, und das stimmte auch, wenn auch nicht so, wie er sich das dachte. Man brachte ihn nach Norden in die Fäule und ins Versengte Land. Nach Shayol Ghul. Dort traf er einen Mann mit Augen aus Feuer, der sich Ba'alzamon nannte.«

Mat rutschte nervös auf seinem Stuhl herum, und Rand mußte schwer schlucken. Es mußte natürlich so gewesen sein, aber das machte es auch nicht leichter, sich damit abzufinden. Nur Perrin blickte die Aes Sedai an, als könne ihn nichts mehr überraschen.

»Das Licht schütze uns!« sagte Agelmar inbrünstig.

»Es gefiel Fain nicht, was man in Shayol Ghul mit ihm anstellte«, fuhr Moiraine ruhig fort. »Während wir miteinander sprachen, schrie er oft etwas von Feuer und Brennen. Es hätte ihn fast umgebracht, als ich es aus ihm herausholte, wo er es so lange verborgen hatte. Trotz meiner Heilkunst ist er eine gebrochene Ruine von Mensch. Es wird lange dauern, um ihn wiederherzustellen. Ich werde mich aber darum bemühen, und sei es nur, um zu erfahren, was er noch vor mir verbirgt. Er war erwählt worden, weil er gerade dort als Händler tätig war. Nein«, sagte sie schnell, als die Emondsfelder sich beunruhigt zeigten. »Nicht nur in den Zwei Flüssen. Damals noch nicht. Der Vater der Lügen wußte ungefähr, wo er das finden konnte, was er suchte, aber nicht viel genauer als wir in Tar Valon.

Fain sagte, er sei zum Spürhund des Dunklen Königs gemacht worden, und auf gewisse Weise stimmt das auch. Der Vater der Lügen sandte Fain aus, um zu jagen, doch zuerst veränderte er ihn, damit er dieser Jagd gewachsen war. Es sind die Dinge, die man mit ihm angestellt hat, um ihn so zu verändern, vor denen sich Fain so fürchtet, daß er sich nicht daran erinnern will.

Deshalb haßt er seinen Meister genauso, wie er ihn fürchtet. Also schickte man Fain los, um in allen Dörfern um Baerlon herum zu schnüffeln und zu jagen, und danach bis zu den Verschleierten Bergen und hinunter zum Taren und über ihn in die Zwei-Flüsse-Region.«

»Vor drei Frühlingen?« fragte Perrin bedächtig. »Ich erinnere mich an diesen Frühling. Fain kam später als gewöhnlich, aber das Eigenartige war, daß er länger blieb. Er blieb eine ganze Woche, ohne etwas zu tun, außer daß er zähneknirschend ein Zimmer in der Weinquellenschenke mietete. Fain hängt an seinem Geld.«

»Ich erinnere mich jetzt auch daran«, sagte Mat. »Jeder fragte sich, ob er krank sei oder sich in eine Frau aus dem Ort verliebt hatte. Nicht daß eine davon jemals einen Händler heiraten würde. Da könnte man ja genausogut einen aus dem Fahrenden Volk heiraten.« Egwene zog eine Augenbraue in seiner Richtung hoch, und er verstummte.

»Danach brachte man Fain erneut nach Shayol Ghul, und sein Verstand wurde — destilliert.« Rand drehte sich der Magen um, als er den Tonfall der Stimme der Aes Sedai hörte; das sagte mehr darüber aus, was sie meinte, als ihr ganz kurz verzogenes Gesicht. »Was er ... wahrgenommen ... hatte, wurde konzentriert und ihm wieder eingegeben. Als er im nächsten Jahr wieder das Gebiet der Zwei Flüsse betrat, war er in der Lage, seine Ziele bewußter zu wählen. Sogar noch eindeutiger, als selbst der Dunkle König erwartet hatte. Fain wußte mit Sicherheit, daß der, den er suchte, einer von dreien in Emondsfeld sein mußte.«

Perrin knurrte und Mat fluchte, sanft-monoton vor sich hin. Selbst Nynaeves tadelnder Blick hielt ihn nicht davon ab. Agelmar blickte sie neugierig an. Rand fühlte nur ein leichtes Schaudern, und das erstaunte ihn. Drei Jahre lang hatte ihn der Dunkle König gejagt ... hatte sie gejagt. Er war sicher, daß ihm eigentlich die Zähne hätten klappern sollen.

Moiraine ließ sich nicht durch Mat unterbrechen. Sie erhob die Stimme, so daß man sie trotzdem verstehen konnte. »Als Fain nach Lugard zurückkam, erschien ihm Ba'alzamon in einem Traum. Fain erniedrigte sich und vollführte Riten — Ihr würdet taub, hörtet Ihr auch nur die Hälfte davon —, die ihn noch enger an der Dunklen König banden. Was im Traum getan wird, kann noch gefährlicher sein als das, was man im wachen Zustand tut.« Rand wurde es unter ihrem scharfen, warnenden Blick unbehaglich zumute, aber sie hielt sich nicht damit auf. »Ihm wurden reiche Belohnungen versprochen. Königreiche sollte er nach Ba'alzamons Sieg beherrschen. Wenn er nach Emondsfeld zurückkehrte, sollte er die drei bezeichnen, die er aufgespürt hatte. Ein Halbmensch würde dort mit Trollocs auf ihn warten. Jetzt wissen wir, wie die Trollocs zu den Zwei Flüssen kamen. Es muß in Manetheren einen Ogierhain und ein Wegetor gegeben haben.«

»Den schönsten von allen«, sagte Loial, »außer dem in Tar Valon.« Er hatte genauso aufmerksam wie die anderen gelauscht. »Die Ogier erinnern sich gern an Manetheren.« Agelmar formte den Namen schweigend mit den Lippen, und seine Augenbrauen hoben sich staunend. Manetheren.

»Lord Agelmar«, sagte Moiraine. »Ich werde Euch sagen, wie Ihr das Wegetor von Mafal Dadaranell findet. Es muß zugemauert und eine Wache davorgestellt werden, und niemand darf sich ihm nähern. Die Halbmenschen kennen noch nicht alle Kurzen Wege, aber dieses Wegetor befindet sich südlich von Fal Dara, nur wenige Stunden davon entfernt.«

Der Herr von Fal Dara schüttelte sich, als erwache er aus einer Trance. »Südlich? Friede! Wir brauchen so was nicht, das Licht leuchte uns. Es wird getan werden.«

»Ist Fain uns durch die Kurzen Wege gefolgt?« fragte Perrin. »Es muß so sein.«

Moiraine nickte. »Fain würde Euch dreien ins Grab

folgen, weil er es tun muß. Als der Myrddraal in Emondsfeld versagte, brachte er Fain mit den Trollocs auf unsere Fährte. Der Blasse ließ Fain nicht mitreiten. Obwohl er der Meinung war, er sollte das beste Pferd der Zwei Flüsse haben und an der Spitze der Horde reiten, zwang ihn der Myrddraal, mit den Trollocs zu rennen, und die Trollocs mußten ihn tragen, wenn ihm die Beine versagten. Sie sprachen so, daß er es verstehen konnte, und stritten sich darüber, wie man ihn am besten kochen sollte, wenn er seine Schuldigkeit getan hatte. Fain behauptet, er habe sich noch vor dem Erreichen des Taren gegen den Dunklen König entschieden. Doch manchmal trieft er förmlich vor Gier nach den versprochenen Belohnungen.

Als wir über den Taren entkommen waren, brachte der Myrddraal die Trollocs zurück zum nächsten Wegetor in den Verschleierten Bergen und schickte Fain allein hinüber. Da glaubte er, er sei frei, doch bevor er Baerlon erreichte, fand ihn ein anderer Blasser, und der war nicht so freundlich. Er ließ ihn zusammengerollt in einem Trolloc-Kessel schlafen, um ihn daran zu erinnern, was ihn erwartete, sollte er versagen. Dieser Blasse benützte ihn bis Shadar Logoth. Zu der Zeit hätte Fain dem Myrddraal auch seine eigene Mutter preisgegeben, wenn er dafür freigekommen wäre, aber der Dunkle König läßt niemals freiwillig jemanden laufen, der ihm bereits gehört.

Was ich dort tat, nämlich ein Trugbild unserer Spuren und unseres Geruchs in Richtung Berge zu senden, täuschte den Myrddraal, aber nicht Fain. Die Halbmenschen glaubten ihm nicht und schleiften ihn schließlich an einer Leine hinter sich her. Erst als wir ihnen immer ein Stück voraus zu sein schienen, gleich wie schnell sie auch marschierten, begannen einige, ihm Glauben zu schenken. Das waren die vier, die nach Shadar Logoth zurückkehrten. Fain behauptet, es sei Ba'alzamon selbst gewesen, der die Myrddraal dorthin trieb.«

Agelmar schüttelte verächtlich den Kopf. »Der Dunkle König? Pah! Der Mann lügt oder spinnt. Wenn Herzensbann frei wäre, dann wären wir alle mittlerweile tot oder noch schlimmer dran.«

»Fain sagte die Wahrheit, wie er sie sah«, sagte Moiraine. »Er konnte mich nicht anlügen, auch wenn er viel verbarg. Er sagte wörtlich: ›Ba'alzamon erschien wie die flackernde Flamme einer Kerze, verschwand und erschien wieder und befand sich niemals wieder am selben Platz. Seine Augen versengten die Myrddraal, und die Feuer seines Mundes peinigten uns.‹«

»*Etwas*«, sagte Lan, »trieb vier Blasse an einen Ort, den sie fürchteten — einen Ort, den sie beinahe genauso fürchten wie den Zorn des Dunklen Königs.«

Agelmar stöhnte auf, als habe man ihm einen Tritt versetzt, und er wirkte, als sei ihm schlecht.

»Es hieß Böses gegen Böses in den Ruinen von Shadar Logoth«, fuhr Moiraine fort, »Verderbtheit kämpfte gegen Gemeinheit. Als Fain davon erzählte, klapperten seine Zähne, und er winselte richtig. Viele Trollocs wurden getötet und von Mashadar und anderen ›Dingen‹ verschlungen, darunter auch der Trolloc, der Fains Leine gehalten hatte. Er floh aus der Stadt, als sei sie der Abgrund des Verderbens in der Nähe von Shayol Ghul.

Fain glaubte, er sei endlich frei. Er hatte vor wegzurennen, bis Ba'alzamon ihn nicht mehr finden konnte, wenn nötig bis zum Ende der Welt. Stellt Euch seinen Schreck vor, als ihm klar wurde, daß der Zwang zum Jagen nicht geringer wurde. Statt dessen wurde er mit jedem Tag, der verging, stärker. Er hatte nichts zu essen — nur das, was er aufsammeln konnte, während er Euch verfolgte: Käfer und Eidechsen, die er beim Rennen aufschnappte, und halbverfaulten Abfall, den er bei Nacht aus den Müllhaufen zog — aber er konnte auch nicht aufhören, bis er vor Erschöpfung wie ein leerer Sack in sich zusammenfiel. Und sobald er wieder genug zu Kräften gekommen war, um aufzustehen, trieb es ihn weiter. Als er schließlich Caemlyn erreichte, konnte er seine Beute selbst dann noch *fühlen,* wenn sie eine Meile entfernt war. Hier, dort drunten in der Zelle, blickte er manchmal nach oben, ohne es selbst zu bemerken. Er blickte in Richtung dieses Raumes.«

Rand juckte es plötzlich zwischen den Schulterblättern. Ihm war, als könne er Fains Blick auf sich ruhen fühlen, und das durch die Steinmauern hindurch. Die Aes Sedai bemerkte sein unsicheres Achselzucken, aber sie fuhr unbeirrt fort:

»Wenn Fain schon halb verrückt war, als er Caemlyn erreichte, so sank er noch tiefer, denn er erkannte, daß sich nur zwei der Gesuchten dort befanden. Er war gezwungen, Euch *alle* zu finden, aber andererseits konnte er auch nichts anderes tun, als den beiden zu folgen, die da waren. Er erzählte davon, geschrien zu haben, als sich das Wegetor in Caemlyn öffnete. Doch die Kenntnis, wie man es öffnet, war in seinem Verstand, auch wenn er nicht weiß, woher sie kam. Seine Hände bewegten sich selbständig, und wenn er versuchte, sie still zu halten, brannten sie unter dem Feuer Ba'alzamons. Fain ermordete den Eigentümer des Ladens, als der herunterkam, um zu sehen, was diesen Lärm verursachte. Nicht weil er unbedingt mußte, nein, er war neidisch auf einen Mann, der frei und ungebunden aus dem Keller steigen konnte, während ihn seine Beine unweigerlich in die Kurzen Wege hineintrugen.«

»Dann war Fain derjenige, den du wahrgenommen hast, als er uns folgte«, sagte Egwene. Lan nickte. »Wie entkam er ... dem Schwarzen Wind?« Ihre Stimme zitterte, und sie unterbrach sich, um Speichel herunterzuschlucken. »Er war doch am Wegetor ganz nah hinter uns.«

»Er entkam — und auch wieder nicht«, sagte Moiraine. »Der Schwarze Wind fing ihn — und er behauptet, die Stimmen verstanden zu haben. Einige begrüßten ihn, da er ihnen ähnlich war, andere fürchteten sich vor ihm. Der Wind hatte Fain kaum umhüllt, da floh er schon.«

»Das Licht behüte uns!« Loials Flüstern klang, als brumme eine riesige Hummel. »Betet darum, daß es uns beschützt«, sagte Moiraine. »Es ist noch viel an Padan Fain verborgen geblieben, vieles, das ich herausfinden muß. In ihm reicht das Böse tiefer und ist stärker als in jedem Menschen, den ich bisher kennengelernt habe. Es kann sein, daß der Dunkle König bei dem, was er Fain angetan hat, etwas von sich selbst dem Mann aufgeprägt hat — vielleicht sogar unbewußt —, einen Teil seiner Absichten. Als ich das Auge der Welt erwähnte, schloß Fain den Mund ganz fest, doch hinter seinem Schweigen fühlte ich ein Wissen. Wenn ich jetzt nur genug Zeit hätte. Aber wir können nicht warten.«

»Wenn dieser Mann etwas weiß«, sagte Agelmar, »dann kann ich es aus ihm herausbekommen.« In seinem Gesicht stand kein Mitleid für Schattenfreunde geschrieben, und seine Stimme versprach auch kein Mitleid für Fain. »Wenn Ihr nur einen Teil dessen herausbekommen könnt, was in der Fäule auf Euch wartet, dann ist das einen weiteren Tag wert. Schlachten sind schon verloren gegangen, weil man nicht wußte, was der Feind vorhatte.«

Moiraine seufzte und schüttelte bedauernd den Kopf. »Lord Agelmar, wenn wir nicht eine Nacht Schlaf bräuchten, bevor wir uns in die Fäule hineinwagen, würde ich noch in dieser Stunde losreiten, obwohl das bedeuten würde, daß wir einen Trollocüberfall in der Nacht riskierten. Überdenkt einmal, was ich von Fain erfahren habe. Vor drei Jahren mußte der Dunkle König Fain nach Shayol Ghul bringen lassen, um ihn direkt zu berühren, obwohl Fain ja bis aufs Mark ein Schattenfreund war. Vor einem Jahr konnte der Dunkle König dem Schattenfreund Fain in seinen Träumen Befehle erteilen. Dieses Jahr geht Ba'alzamon durch die Träume von Menschen, die im Licht wandeln, und erscheint persönlich, wenn auch unter Schwierigkeiten, in Shadar Logoth. Natürlich nicht in seinem eigenen Körper, aber selbst ein Trugbild aus dem Geist des Dunklen Königs, sogar eines, das flackert und sich nicht hält, ist von tödlicherer Gefahr für die Welt als alle Trollochorden zusammen. Die Siegel von Shayol Ghul werden immer schwächer, Lord Agelmar. Es ist keine Zeit mehr zu verlieren.«

Agelmar nickte zustimmend, aber als er den Kopf wieder hob, lag immer noch ein widerspenstiger Zug um seinen Mund. »Aes Sedai, ich kann es hinnehmen, daß es — wenn ich die Lanzen zum Tarwin-Paß führe — nicht mehr als ein Ablenkungsmanöver sein wird oder ein Scharmützel im Randbereich der wirklichen Schlacht. Genauso wie das Muster führt auch die Pflicht Männer, wohin sie eben muß, und in keinem von beiden Fällen ist gewährleistet, daß unsere Taten von historischer Größe sein werden. Doch unser Scharmützel ist nutzlos, selbst wenn wir gewinnen, falls Ihr die Schlacht verliert. Wenn Ihr sagt, daß Eure Gruppe klein sein muß, dann sage ich: Gut und schön, doch ich bitte Euch, alles zu tun, um sicherzugehen, daß Ihr gewinnen *könnt*. Laßt diese jungen Männer hier, Aes Sedai. Ich schwöre Euch, ich kann drei erfahrene Männer finden, die keinen Gedanken an Ruhm und Ehre verschwenden, um sie zu ersetzen — gute Schwertkämpfer, die sich in der Fäule fast genauso gut zurechtfinden wie Lan. Laßt mich in dem Bewußtsein zum Paß reiten, daß ich alles getan habe, was in meiner Macht steht, um Euch zum Sieg zu verhelfen.«

»Ich muß sie und keine anderen mitnehmen, Lord Agelmar«, sagte Moiraine mit sanfter Stimme. »Sie sind es, die die Schlacht am Auge der Welt schlagen werden.«

Agelmars Kinnlade klappte herunter, und er starrte Rand und Mat und Perrin an. Plötzlich trat der Herr von Fal Dara einen Schritt zurück, und seine Hand griff unbewußt nach dem Schwert, das er innerhalb der Festung niemals trug. »Sie sind doch nicht ... Ihr seid keine Rote Ajah, Moiraine Sedai, aber sicher würdet nicht einmal Ihr ...« Schweiß glitzerte auf seinem kahlen Kopf.

»Sie sind *ta'veren*«, sagte Moiraine beruhigend. »Das Muster webt sich um sie herum. Der Dunkle König hat bereits mehr als einmal versucht, jeden der drei zu töten. Drei *ta'veren* am gleichen Ort reichen aus, um das Leben um sie herum so zu verändern, wie ein Wasserstrudel den Kurs eines Strohhalms ändert. Wenn der Ort das Auge der Welt ist, könnte das Muster vielleicht sogar den Vater der Lügen in sich einweben und ihn damit wieder zur Harmlosigkeit verdammen.«

Agelmar hörte auf, nach seinem Schwert zu tasten, sah aber immer noch Rand und die anderen zweifelnd an. »Moiraine Sedai, wenn Ihr sagt, daß nur sie die Richtigen sind, dann stimmt das, aber ich kann nichts davon erkennen. Bauernjungen. Seid Ihr sicher, Aes Sedai?«

»Das alte Blut«, sagte Moiraine, »hat sich geteilt wie ein Fluß, der in tausendmal tausend Bäche ausläuft, doch manchmal fließen die Bäche wieder ineinander und bilden wieder einen Fluß. Das alte Blut von Manetheren fließt stark und rein in fast allen diesen jungen Männern. Zweifelt Ihr an der Kraft des Bluts von Manetheren, Lord Agelmar?«

Rand sah die Aes Sedai von der Seite her an. *Fast alle.* Er riskierte einen Blick zu Nynaeve hinüber. Sie hatte sich Moiraine zugewandt, um sie zu sehen und ihr zu lauschen, vermied es aber immer noch, Lan anzublikken. Er erhaschte den Blick der Seherin. Sie schüttelte den Kopf; sie hatte der Aes Sedai nicht erzählt, daß er nicht im Gebiet der Zwei Flüsse geboren war. *Was weiß Moiraine?*

»Manetheren«, sagte Agelmar bedächtig und nickte. »Dieses Blut stelle ich nicht in Zweifel.« Dann, etwas hastiger: »Das Rad bringt uns seltsame Zeiten. Bauernjungen tragen die Ehre von Manetheren in die Fäule, und doch, wenn irgendein Blut dem Dunklen König einen schweren Schlag versetzen kann, dann ist es das Blut von Manetheren. Es wird getan, wie Ihr es wünscht, Aes Sedai.«

»Dann laßt uns jetzt in unsere Zimmer gehen«, sagte Moiraine. »Wir müssen bei Sonnenaufgang weg, denn die Zeit läuft uns davon. Die jungen Männer müssen in meiner Nähe schlafen. Die Zeit vor der Schlacht ist zu knapp, um dem Dunklen König zu gestatten, nochmals einen Schlag gegen sie zu führen. Zu knapp.«

Rand fühlte ihren Blick auf sich ruhen, wie sie ihn und seine Freunde betrachtete und ihre Stärke abschätzte, und er schauderte. Zu knapp.

KAPITEL 26

Die große Fäule

Der Wind peitschte Lans Umhang, so daß er manchmal sogar im Sonnenschein kaum zu erkennen war. Ingtar und die hundert Lanzen, die Lord Agelmar mitgeschickt hatte, um sie für den Fall eines Trolloc-Überfalls bis an die Grenze zu begleiten, sahen prachtvoll aus, wie sie in einer Doppelreihe in glänzenden Rüstungen mit roten Wimpeln und ihren stahlbewehrten Pferden einherritten, angeführt von Ingtars Banner mit der Grauen Eule. Sie sahen genauso gut aus wie hundert Reiter aus der königlichen Garde, doch Rand sah nicht sie an, sondern die Türme, die gerade vor ihnen in Sicht kamen. Er hatte schon den ganzen Vormittag Zeit gehabt, die Lanzenträger aus Schienar zu betrachten.

Jeder Turm stand hoch aufragend und massiv auf einer Hügelspitze, eine halbe Meile vom nächsten entfernt. Im Osten und im Westen erhoben sich weitere, und dahinter noch mehr. Um jeden Steinzylinder herum zog sich spiralförmig eine breite Rampe mit einer Außenmauer. Sie wand sich einmal ganz herum, bevor sie das schwere Tor auf halber Höhe unter der zinnenbewehrten Turmspitze erreichte. Ein Ausfall aus der Garnison würde durch die Mauer bis unten hin zum Boden geschützt, doch die Feinde, die versuchten, das Tor zu erreichen, müßten unter einem Hagel von Pfeilen und Steinen und heißem Öl aus den großen Kesseln, die über ihnen auf nach außen gerichteten Plattformen standen, emporklimmen. Ein großer Stahlspiegel, im Moment vorsichtigerweise von der Sonne weggerichtet, schimmerte auf jeder Turmspitze unter der auf einem

Sockel angebrachten Eisenschüssel, in der man Signalfeuer entzünden konnte, wenn die Sonne nicht schien. Das Signal würde von Turm zu Turm weitergespiegelt, weg von der Grenze und immer weiter zu den Festungen im Herzland, von wo aus die Lanzen losreiten würden, um den Überfall abzuwehren. Jedenfalls würden sie das in normalen Zeiten schaffen.

Männer beobachteten ihren Anmarsch von den beiden nächsten Turmspitzen aus. Nur ein paar Posten standen auf jeder und spähten neugierig über die Zinnen. In den besten Zeiten waren die Türme nur wenig bemannt, eben genug zur Selbstverteidigung, da man sich mehr auf die starken Mauern verließ als auf die starken Arme, doch jetzt ritt jeder Mann, den man entbehren konnte, zum Tarwin-Paß. Der Fall der Türme würde keine Rolle mehr spielen, falls die Lanzen den Paß nicht halten konnten.

Rand schauderte, als sie zwischen den Türmen hindurchritten. Es war beinahe, als sei er durch eine Wand aus kühler Luft geritten. Das hier war die Grenze. Das Land jenseits sah nicht anders aus als in Schienar, doch dort draußen, irgendwo jenseits der kahlen Bäume, lag die Fäule.

Ingtar hob eine stählerne Faust, um die Lanzen kurz vor einem einfachen Steinpfosten in Sichtweite der Türme anhalten zu lassen. Es war ein Grenzpfosten, der die Grenze zwischen Schienar und dem, was einst Malkier gewesen war, markierte. »Verzeiht, Moiraine Aes Sedai. Verzeiht, Dai Shan. Verzeiht, Erbauer. Lord Agelmar befahl mir, nicht weiter zu reiten.« Er klang, als sei er unglücklich und überhaupt vom Leben angewidert.

»Das planten wir so, Lord Agelmar und ich«, sagte Moiraine.

Ingtar brummte verdrießlich. »Verzeiht, Aes Sedai«, entschuldigte er sich, auch wenn es nicht ernsthaft klang. »Euch hierher zu begleiten bedeutet, daß wir möglicherweise den Paß nicht erreichen werden, bevor der Kampf vorüber ist. Ich habe keine Gelegenheit, mit den anderen zu kämpfen, und andererseits habe ich den Befehl, keinen Schritt weiter als bis zum Grenzpfosten zu reiten, als ob ich noch nie in der Fäule gewesen sei. Und Lord Agelmar verschweigt mir den Grund.« Hinter den Gitterstäben seines Visiers blickten seine Augen bei den letzten Worten die Aes Sedai fragend an. Er weigerte sich, Rand und die anderen anzublicken, da er erfahren hatte, daß sie Lan in die Fäule begleiten würden.

»Er kann an meiner Statt gehen«, murmelte Mat Rand zu. Lan sah sie beide scharf an. Mat schlug die Augen nieder und wurde knallrot.

»Jeder von uns hat seinen Anteil am Muster, Ingtar«, sagte Moiraine mit fester Stimme. »Von hier aus müssen wir unseren Faden allein weben.«

Ingtars Verbeugung fiel steifer aus, als es selbst die Rüstung zuließ. »Wie Ihr wünscht, Aes Sedai. Ich muß Euch nun verlassen und scharf reiten, um den Tarwin-Paß zu erreichen. Zumindest dort ist es mir ... *gestattet* ..., gegen Trollocs zu kämpfen.«

»Seid Ihr wirklich so kampfbegierig?« fragte Nynaeve. »Um gegen Trollocs zu kämpfen?«

Ingtar sah sie verblüfft an und blickte dann zu Lan hinüber, als solle der Behüter die Erklärung abgeben. »Das ist meine Aufgabe, Lady«, sagte er dann bedächtig. »Das ist Sinn und Zweck meines Daseins.« Er erhob eine Hand in ihrem schweren Kampfhandschuh grüßend in Richtung Lan. Die offene Handfläche war dem Behüter zugewandt. »*Suravye ninto manshima taishite, Dai Shan*. Der Friede begleite Euer Schwert.« Dann riß er sein Pferd herum und ritt mit seinem Bannerträger und seinen hundert Lanzen nach Osten. Sie ritten in ruhigem, gleichmäßigem Tempo, so schnell die gepanzerten Pferde konnten, wenn man die große Entfernung berücksichtigte, die sie noch zurückzulegen hatten.

»Welch eigenartiger Gruß«, meinte Egwene. »Warum sagen sie so was? Friede!«

»Wenn man etwas bisher nur im Traum erlebt hat«, sagte Lan und trieb Mandarb an, »dann bedeutet es schon etwas mehr als nur ein gutes Omen.«

Als Rand dem Behüter an dem steinernen Grenzpfosten vorbei folgte, drehte er sich im Sattel um und blickte zurück. Ingtar und seine Lanzen verschwanden hinter kahlen Bäumen, dann verschwanden der Grenzpfosten und zuletzt die Türme auf ihren Hügelspitzen, die bis dahin noch über den Baumwipfeln sichtbar gewesen waren. Nur zu bald waren sie ganz allein und ritten unter den entlaubten Wipfeln des Waldes einher. Rand gab sich einem wachsamen Schweigen hin, und endlich einmal wußte auch Mat nichts zu sagen.

An diesem Morgen hatten sich die Tore von Fal Dara mit der Morgendämmerung geöffnet. Lord Agelmar, nun wie seine Soldaten gerüstet, ritt vor den Bannern mit dem Schwarzen Falken und den Drei Füchsen aus dem Osttor auf die Sonne zu, die immer noch nur als roter Schein über den Bäumen sichtbar war. Wie eine stählerne Schlange, die sich zu den Wirbeln der an Pferde gehängten Kesselpauken wand, schob sich die vier Glieder tiefe Reihe der Soldaten aus der Stadt heraus. Agelmar, der an der Spitze ritt, war bereits im Wald verborgen, bevor noch der Schwanz der Schlange die Festung von Fal Dara verlassen hatte. Es gab keine Hurrarufe auf den Straßen, um sie zu verabschieden. Nur ihre eigenen Pauken und das Knattern der Wimpel im Wind begleiteten sie, und ihre Augen blickten ganz bewußt hin zur aufgehenden Sonne. Im Osten würden sie sich anderen stählernen Schlangen anschließen, die aus Fal Moran kamen, geführt von König Easar selbst mit seinen Söhnen an der Seite, und aus Ankor Dail, das die Östlichen Moore und das Rückgrat der Welt bewachte; aus Mos Shirare und Fal Sion und Camron Caan und all den anderen Festungen von Schienar, groß oder klein. Zu einer noch größeren Schlange vereint würden sie sich nach Norden wenden, auf den Tarwin-Paß zu.

Zur gleichen Zeit hatte ein anderer Auszug begonnen, und zwar vom Königstor aus, das auf die Straße nach Fal Moran führte. Karren und Wagen, Berittene und Fußgänger, sie trieben ihr Vieh, trugen die Kinder auf dem Rücken, und ihre Gesichter waren so lang wie die Morgenschatten. Zögern, ihre Heimat — vielleicht für immer — zu verlassen, verlangsamte ihre Schritte, doch die Angst vor dem, was kommen mochte, trieb sie an, so daß sie stoßweise vorwärtsmarschierten, einmal mit schleppenden Schritten, dann rannten sie ein Dutzend Schritte weit, nur um gleich wieder langsam durch den Staub zu schlurfen. Ein paar von ihnen blieben außerhalb der Stadt stehen und beobachteten, wie sich die gepanzerte Schlange von Soldaten in den Wald hineinwand. In einigen Augen glimmte Hoffnung auf, und es wurden Gebete gemurmelt, Gebete für die Soldaten, Gebete für das eigene Leben. Dann wandten sie sich wieder mühselig stapfend nach Süden.

Der kleinste Zug kam aus dem Malkier-Tor. Zurückgelassen wurden nur wenige, die bleiben wollten, Soldaten und vereinzelte ältere Männer, deren Frauen gestorben waren und deren erwachsene Kinder sich auf dem langsamen Weg nach Süden befanden. Eine letzte Handvoll, damit unabhängig von dem, was am Tarwin-Paß geschah, Fal Dara nicht ungeschützt in die Hände des Gegners fallen würde. Ingtars Graue Eule führte sie an, doch es war Moiraine, die sie nach Norden brachte. Der wichtigste von all diesen Zügen und zugleich der verzweifeltste.

Mindestens eine Stunde lang, nachdem sie den Grenzpfosten hinter sich gelassen hatten, blieben Landschaft und Wald unverändert. Der Behüter schlug ein scharfes Tempo an, so schnell die Pferde eben gehen konnten, aber Rand fragte sich die ganze Zeit, wann sie wohl die Fäule erreichten. Die Hügel wurden ein wenig höher, doch die Bäume und die Ranken und das Unterholz unterschieden sich in nichts von denen, die sie in

Schienar gesehen hatten. Alles war grau und fast völlig kahl. Allmählich fühlte er sich wärmer, warm genug, um seinen Umhang über das Sattelhorn zu legen.

»Das ist das beste Wetter, das wir dieses Jahr erlebt haben«, sagte Egwene und wand sich aus ihrem eigenen Umhang.

Nynaeve schüttelte den Kopf und runzelte die Stirn, als lausche sie dem Wind. »Ich fühle, daß es irgendwie schlecht ist.«

Rand nickte. Auch er konnte es fühlen, auch wenn er nicht hätte sagen können, was er eigentlich genau fühlte. Das Gefühl der Verderbtheit, das er empfand, bezog sich nicht nur auf die erste Wärme im Freien, an die er sich dieses Jahr erinnern konnte — es war auch mehr als die einfache Tatsache, daß es so weit im Norden nicht so warm sein dürfte. Es mußte die Fäule sein, aber die Landschaft war unverändert.

Die Sonne stieg höher, ein roter Ball, der trotz des wolkenlosen Himmels nicht so viel Wärme abgeben konnte. Eine kleine Weile später knöpfte er seinen Mantel auf. Schweiß lief ihm über das Gesicht.

Er war nicht der einzige. Mat zog den Mantel aus und stellte offen den Gold-und-Rubin-Dolch zur Schau. Er wischte sich mit dem Ende seines Schals über das Gesicht. Zwinkernd wickelte er sich den Schal neu als schmales Band um die Stirn. Nynaeve und Egwene fächerten sich Luft zu; sie ritten zusammengesunken, als verwelkten sie. Loial knöpfte seine Jacke mit dem hohen Stehkragen von oben bis unten auf und auch noch sein Hemd. Der Ogier hatte mitten auf der Brust einen schmalen Haarstreifen, so dicht wie Fell. Er murmelte nach allen Seiten hin Entschuldigungen.

»Ihr müßt mir vergeben. *Stedding* Schangtai liegt in den Bergen und es ist dort kühl.« Seine breiten Nasenflügel bebten und sogen Luft ein, die ständig wärmer wurde. »Ich mag diese feuchte Hitze nicht.«

Es *war* feucht, das bemerkte auch Rand jetzt. Er hatte

ein Gefühl wie im Sumpf mitten im Sommer, daheim in den Zwei Flüssen. In diesem mit großen Lachen durchsetzten Sumpf atmete man wie durch eine mit heißem Wasser durchtränkte Wolldecke. Hier gab es keinen schlammigen Boden — nur ein paar Teiche und Bäche, Rinnsale für jemanden, der an den Wasserwald gewöhnt war —, aber die Luft war genauso wie in jenem Sumpf. Nur Perrin, der seinen Mantel noch an hatte, atmete frei. Perrin und der Behüter.

Man sah nun auch einige Blätter, auch an Bäumen, die nicht das ganze Jahr über Laub trugen. Rand streckte die Hand aus, um einen Ast anzufassen, und hielt inne, kurz bevor er die Blätter berührte. Das Rot des neuen Wuchses war von krankhaftem Gelb und schwarzen Flecken durchsetzt. »Ich sagte doch, daß du nichts anfassen sollst.« Die Stimme des Behüters klang ausdruckslos. Er trug immer noch seinen farbverändernden Umhang, als könne ihn die Hitze genausowenig beeindrucken wie die Kälte. Sein kantiges Gesicht schien beinahe frei über Mandarbs Rücken zu schweben. »In der Fäule können Blumen töten und Blätter Wunden schlagen. Es gibt da ein kleines Ding, das man Stock nennt. Das verbirgt sich gern dort, wo die Blätter am dichtesten stehen, und sieht so aus, wie es heißt. Es wartet darauf, daß jemand es anfaßt. Wenn das geschieht, beißt es zu. Kein Gift. Der Saft beginnt, das Opfer des Stocks zu verdauen. Das einzige, was dich dann retten kann, ist, den gebissenen Arm oder das Bein abzuschneiden. Aber ein Stock beißt nicht, wenn er nicht berührt wird. Andere Dinge in der Fäule dagegen tun es.«

Rand riß seine Hand zurück, bevor er ein Blatt berührt hatte, und dann wischte er sie an einem Hosenbein ab.

»Dann sind wir jetzt in der Fäule?« fragte Perrin. Seltsamerweise hörte er sich nicht ängstlich an.

»Nur am Rand«, sagte Lan ernst. Sein Hengst bewegte sich weiter, und er sprach nach hinten gewandt: »Die wirkliche Fäule liegt noch vor uns. Es gibt Dinge in der Fäule, die nach dem Gehör jagen, und einige davon könnten auch so weit nach Süden gewandert sein. Manchmal überqueren sie die Berge des Verderbens. Viel schlimmer als die Stöcke. Verhaltet euch leise und bleibt auf den Pferden, wenn Ihr am Leben hängt.« Er wartete nicht auf eine Antwort, sondern ritt stramm weiter.

Mit jeder zurückgelegten Meile wurde der Verfall des Landes in der Fäule deutlicher. Die Bäume wiesen einen immer üppigeren Blattwuchs auf, doch sie waren fleckig, gelb und schwarz verunziert, und Streifen lebhaften Rotes zogen sich wie die Streifen bei einer Blutvergiftung über sie hinweg. Jedes Blatt und jede Ranke schien aufgeschwemmt, als könnten sie bei einer leichten Berührung bereits platzen. Blüten hingen in einer Parodie von Frühling von den Bäumen und Unkräutern, kränklich, blaß und fleischig, Wachsblumen, die unter Rands Augen zu verfaulen schienen. Wenn er durch die Nase einatmete, dann machte ihn der süßliche, schwere Verwesungsgeruch krank; wenn er durch den Mund atmete, würgte er beinahe. Die Luft schmeckte wie ein Mundvoll verdorbenen Fleisches. Unter den Hufen der Pferde platschte es leise, wenn überreife Früchte bei jedem Schritt zerplatzten.

Mat beugte sich aus dem Sattel und übergab sich, bis sein Magen leer war. Rand beschwor das Nichts herauf, doch Ruhe half wenig gegen die ätzende Säure, die ihm ständig die Kehle hoch kam. Leer oder nicht — Mat würgte eine Meile weiter schon wieder, doch es kam nichts mehr. Trotzdem wiederholte sich das später. Egwene machte ebenfalls den Eindruck, als wolle sie sich übergeben, so wie sie ständig schluckte, und Nynaeves Gesicht war eine bleiche Maske, doch voller Entschlossenheit. Ihr Kinn war vorgeschoben, und sie sah unverwandt Moiraines Rücken an. Die Seherin würde nie zugeben, daß ihr schlecht war, wenn die Aes Sedai es nicht auch zugab, aber Rand glaubte nicht, daß sie darauf lange warten müsse. Moiraines Augen waren zusammengekniffen und ihre Lippen blaß.

Trotz der feuchten Hitze wickelte Loial sich einen Schal um Nase und Mund. Als sein Blick den Rands traf, standen Zorn und Ekel in den Augen des Ogiers. »Ich hatte gehört ...«, begann er, die Stimme durch die Wolle gedämpft, und dann hielt er inne, um das Gesicht zu verziehen und sich dabei zu räuspern. »Pfui! Es schmeckt wie ... Pfui! Ich hatte von der Fäule gehört und gelesen, aber nichts entsprach ...« Seine Geste umfaßte irgendwie sowohl den Gestank als auch den krankhaften Pflanzenwuchs. »Daß selbst der Dunkle König Bäumen so etwas antun kann! Pfui!«

Der Behüter war natürlich von alledem nicht betroffen, jedenfalls nicht für Rand sichtbar, aber zu seiner Überraschung zeigte sich auch Perrin unbeeindruckt. Oder jedenfalls nicht so, wie die anderen alle. Der großgewachsene Jüngling blickte den Wald der Verderbnis, durch den sie ritten, so böse wie einen Feind an oder das Banner eines Feindes. Er streichelte die Axt an seinem Gürtel, als sei ihm nicht bewußt, was er da tat, und führte Selbstgespräche. Dabei knurrte er ein wenig, und zwar auf eine Art, die Rand die Nackenhaare zu Berge stehen ließ. Selbst im prallen Sonnenschein glühten seine Augen golden und wild.

Die Hitze legte sich nicht, als die blutige Sonne dem Horizont entgegenfiel. In einiger Entfernung erhoben sich im Norden Berge, höher als die Verschleierten Berge. Sie hoben sich schwarz vom Himmel ab. Manchmal fauchte eine eisige Böe von den scharfumrissenen Gipfeln bis herunter zu ihnen. Die stickige Feuchtigkeit schluckte fast alle Gebirgsfrische, doch was an Kühle spürbar war, war winterkalt, verglichen mit der Schwüle, die sie nur einen Moment lang verdrängte. Der Schweiß auf Rands Stirn fror geschwind zu Eiskörnern, und wenn der Wind erstarb, schmolz das Eis wieder und rann ihm in gezackten Linien die Wangen hinunter. Die drückende Hitze kehrte noch stärker zurück, als er sie vorher empfunden hatte. Wenn der Wind auffrischte, wurde der Gestank vertrieben, doch er hätte auf den Wind gern verzichtet. Seine Kälte war die Kühle des Grabes, und er wehte ihm den dumpfen Modergeruch einer soeben geöffneten Gruft in die Nase.

»Wir können die Berge nicht vor Einbruch der Dunkelheit erreichen«, sagte Lan, »und es ist gefährlich, bei Nacht weiterzureiten, selbst für einen Behüter allein.«

»Es gibt einen Platz, der nicht sehr weit weg ist«, sagte Moiraine. »Es wird ein gutes Omen für unsere Aufgabe, wenn wir dort unser Lager aufschlagen.«

Der Behüter warf ihr einen ausdruckslosen Blick zu und nickte zögernd. »Ja. Irgendwo müssen wir ja lagern. Es kann genausogut dort sein.«

»Das Auge der Welt lag jenseits der Paßhöhe, als ich es fand«, sagte Moiraine. »Es ist besser, die Berge des Verderbens bei hellem Tageslicht zu überqueren, am Mittag, wenn die Macht des Dunklen Königs auf dieser Welt am schwächsten ist.«

»Ihr sprecht, als sei das Auge nicht immer am selben Fleck.« Egwene hatte die Aes Sedai angesprochen, doch es war Loial, der antwortete: »Keine zwei Ogier haben es jemals an genau dem gleichen Fleck gefunden. Man kann offensichtlich den Grünen Mann dort finden, wo man ihn braucht. Aber es war immer jenseits der Paßhöhe. Die Pässe dort oben sind trügerisch und werden von Kreaturen des Dunklen Königs bevorzugt.«

»Wir müssen die Pässe erst einmal erreichen, bevor wir uns darüber Gedanken machen«, sagte Lan. »Morgen kommen wir endgültig in die Fäule hinein.«

Rand sah sich in dem sie umgebenden Wald um, wo jedes Blatt und jede Blüte krank war, wo jede Ranke verfaulte, während sie noch wuchs, und er konnte ein Schaudern nicht unterdrücken. *Wenn das noch nicht die echte Fäule ist, was dann?*

Lan ließ sie nach Westen reiten, in einem Winkel zur sinkenden Sonne. Der Behüter behielt das zuvor eingeschlagene Tempo bei, aber in der Haltung seiner Schultern lag ein Zögern.

Die Sonne war nur noch ein düsterroter Ball, der gerade die Baumwipfel berührte, als sie den Kamm eines Hügels erreichten und Lan sein Pferd anhielt. Im Westen unter ihnen lag ein Labyrinth von Seen. Das Wasser glitzerte dunkel im Schein der tiefstehenden Sonne. Es wirkte wie Perlen unterschiedlicher Größe an einer mehrfach um den Hals geschlungenen Kette. In der Entfernung lagen, von den Seen eingerahmt, Hügel mit gezackten Spitzen, die sich in den kriechenden Abendschatten zusammendrängten. Einen kurzen Moment lang erfaßten die Sonnenstrahlen die zerrissenen Spitzen, und Rand stockte der Atem. Keine Hügel. Die zerfetzten Überreste von sieben Türmen. Er war sich nicht sicher, ob einer der anderen das auch gesehen hatte; der Anblick war so schnell vorüber, wie er gekommen war. Der Behüter stieg vom Pferd. Sein Gesicht zeigte so wenig Gefühlsregung wie ein Stein.

»Könnten wir unser Lager nicht unten bei den Seen aufschlagen?« fragte Nynaeve, die ihr Gesicht mit einem Taschentuch abtupfte. »Drunten am Wasser muß es doch kühler sein.«

»Licht«, sagte Mat, »ich würde so gern meinen Kopf in einen davon stecken. Vielleicht würde ich ihn nie wieder herausnehmen.«

In diesem Moment bewegte etwas das Wasser im nächstgelegenen See. Das dunkle Wasser phosphoreszierte, als sich ein riesiger Körper unter der Oberfläche herumwälzte. Länger und immer länger zeigte sich der Koloß. Wellenringe breiteten sich aus. Immer noch wälzte er sich herum, und schließlich erhob sich ein Schwanz, der in einem Stachel wie dem einer Wespe auslief, einen Moment lang in die Dämmerung hinein. Er war mindestens fünf Spannen lang. An der ganzen

Länge des Schwanzes zeigten sich dicke Tentakel, die sich wie monströse Würmer wanden — so viele, wie ein Tausendfüßler Beine hat. Dann glitt er langsam unter die Oberfläche zurück und war verschwunden. Nur die ausrollenden Wellen zeugten davon, daß er jemals dagewesen war.

Rand klappte den Mund zu und wechselte einen Blick mit Perrin. Perrins gelbe Augen blickten genauso ungläubig drein, wie seine eigenen wirken mußten. Nichts derart Großes konnte in einem See dieser Größe leben. *Das können doch keine* Hände *gewesen sein, am Ende dieser Tentakel! Das kann nicht sein.*

»Auf den zweiten Blick«, sagte Mat schwach, »gefällt es mir hier oben doch recht gut.«

»Ich werde rund um diesen Hügel Amulette als Wächter aufstellen«, sagte Moiraine. Sie war bereits von Aldieb abgestiegen. »Eine stärkere Abwehr würde unerwünschte Aufmerksamkeit auf sich ziehen, so wie Fliegen vom Honig angezogen werden, aber auf diese Weise werde ich es wissen, falls irgendeine Schöpfung des Dunklen Königs oder etwas, das dem Schatten dient, auf eine Meile an uns herankommt.«

»Ich wäre über eine magische Sperre froh«, sagte Mat, als seine Stiefel den Boden berührten, »wenn sie nur dieses ... dieses Ding abhalten könnte.«

»Ach, sei endlich ruhig, Mat«, sagte Egwene kurz angebunden zur gleichen Zeit, als Nynaeve bemerkte: »Und dann warten sie auf uns, wenn wir am Morgen aufbrechen? Du *bist* ein Narr, Matrim Cauthon.« Mat funkelte die beiden Frauen an, während sie abstiegen, aber er hielt den Mund.

Als er Belas Zügel ergriff, grinsten sich Rand und Perrin an. Einen Augenblick lang war es fast wie zu Hause, wenn Mat zum unmöglichsten Zeitpunkt etwas sagte, das er besser nicht gesagt hätte. Dann verflog das Lächeln auf Perrins Gesicht. In der Dämmerung glühten seine Augen *wirklich*, als schiene ein gelbes Licht hinter ihnen. Auch Rands Grinsen verschwand. *Es ist doch überhaupt nicht wie zu Hause.*

Rand und Mat und Perrin halfen Lan beim Absatteln und legten den Pferden Fußfesseln an, während die anderen sich daran machten, das Lager herzurichten. Loial führte schon wieder Selbstgespräche, als er den winzigen Herd des Behüters aufstellte, aber seine dicken Hände langten kräftig zu. Egwene summte vor sich hin, während sie den Teekessel aus einem bauchigen Wasserschlauch füllte. Rand wunderte sich nicht mehr, warum der Behüter so viele volle Wasserschläuche mitgebracht hatte.

Er legte den Sattel des Braunen neben die anderen, schnallte seine Satteltaschen und die Deckenrolle von der Hinterpausche ab und hielt, von plötzlicher Angst gepackt, inne. Der Ogier und die Frauen waren verschwunden, genauso wie der Herd und all die Korbbehälter, die das Packpferd getragen hatte. Die Hügelspitze war bis auf die abendlichen Schatten leer.

Mit einer tauben Hand griff er nach seinem Schwert. Er hörte undeutlich, wie Mat fluchte. Perrin hatte die Axt gezückt, und sein zerzauster Kopf drehte sich, um die Gefahr auszumachen.

»Schafhirten«, knurrte Lan. Unbeirrt schlenderte der Behüter über den Kamm des Hügels, und beim dritten Schritt verschwand er.

Rand wechselte Blicke aus weit aufgerissenen Augen mit Mat und Perrin, und dann rannten sie plötzlich alle auf den Fleck zu, an dem der Behüter verschwunden war. Rand kam schlitternd zum Stehen, machte noch mal einen Schritt, und dann prallte Mat auf seinen Rükken. Egwene blickte auf. Sie stellte gerade den Kessel auf den winzigen Herd. Nynaeve schloß den Zylinder einer zweiten entzündeten Laterne. Sie waren allesamt anwesend. Moiraine saß mit übergeschlagenen Beinen da, Lan stützte sich auf einen Ellenbogen, und Loial nahm gerade ein Buch aus seiner Tasche.

Vorsichtig blickte sich Rand um. Der Abhang des Hügels lag so da wie vorher, genau wie die im Schatten liegenden Bäume und die Seen, die dahinter in der Dunkelheit versanken. Er fürchtete sich davor zurückzutreten, fürchtete, alle würden dann wieder verschwinden, und diesmal wäre er vielleicht nicht mehr in der Lage, sie wiederzufinden. Perrin atmete erleichtert auf und schob sich vorsichtig um Rand herum.

Moiraine bemerkte, daß sie alle drei mit offenem Mund dastanden. Perrin blickte reumütig drein und steckte die Axt zurück in die schwere Gürtelschlaufe, als glaube er, daß sie dort von niemandem bemerkt würde. Ihre Lippen verzogen sich zu einem Lächeln. »Es ist eine ganz einfache Sache«, sagte sie. »Das Licht wird gebeugt, so daß jedes Auge, das uns anschaut, statt dessen um uns herum blickt. Wir können es nicht zulassen, daß die Augen, die sich dort draußen befinden werden, heute abend unsere Lichter sehen. Doch die Fäule ist kein Ort, an dem man sich im Dunkeln aufhalten kann.«

»Moiraine Sedai meint, ich könne es schaffen.« Egwenes Augen strahlten. »Sie sagt, ich beherrsche jetzt schon genug von der Einen Macht.«

»Nicht ohne gezielte Übung, Kind«, warnte Moiraine. »Auch die einfachste Sache kann für Ungeübte gefährlich werden, wenn es um die Eine Macht geht — und auch für Menschen aus ihrer Umgebung.« Perrin schnaubte, und Egwene blickte so betrübt drein, daß Rand sich fragte, ob sie nicht vielleicht ihre Fähigkeiten bereits ausprobiert habe.

Nynaeve stellte die Laterne zu Boden. Die winzige Flamme des Herdes und dazu die beiden Laternen — das ergab doch einen relativ großen Lichtkreis. »Wenn du nach Tar Valon gehst, Egwene«, sagte sie bedächtig, »gehe ich vielleicht auch mit.« Sie warf Moiraine einen seltsam trotzigen Blick zu. »Es wird gut für sie sein, zwischen all den Fremden ein bekanntes Gesicht zu sehen. Sie wird jemanden brauchen, der ihr mal einen Rat gibt und keine Aes Sedai ist.«

»Vielleicht ist es das Beste, Seherin«, sagte Moiraine schlicht.

Egwene lachte und klatschte in die Hände. »Oh, das wäre wirklich wundervoll. Und du, Rand. Du kommst doch auch mit, oder?« Er wollte sich gerade auf der anderen Seite des Herdes ihr gegenüber niederlassen, hielt bei ihrer Frage kurz inne und setzte sich dann langsam. Er hatte ihre Augen noch nie als größer empfunden oder strahlender als jetzt. Sie waren wie Seen, in denen er sich verlieren konnte. Rote Flecken erschienen auf ihren Wangen, und sie lachte ein wenig zurückhaltender. »Perrin, Mat, ihr beide kommt auch mit, ja? Wir werden alle vereint sein.« Mat knurrte undeutlich etwas, das alles bedeuten konnte, und Perrin zuckte nur die Achseln. Sie nahm es als Zustimmung. »Siehst du, Rand? Wir werden alle zusammen sein.«

Licht, ein Mann könnte in diesen Augen mit Wonne ertrinken. Verlegen räusperte er sich. »Gibt es in Tar Valon Schafe? Ich kann doch sonst nichts und verstehe nur etwas von Schafzucht und Tabakanbau.«

»Ich denke«, sagte Moiraine, »man wird in Tar Valon etwas für dich zu tun finden. Für euch alle. Nicht gerade Schafehüten, aber doch etwas Interessantes.«

»Seht ihr?« sagte Egwene, als alle saßen. »Ich weiß schon. Wenn ich eine Aes Sedai bin, mache ich dich zu meinem Behüter. Du wärst doch gern ein Behüter, nicht wahr? Mein Behüter?« Sie klang selbstbewußt, doch er sah die Frage, die in ihren Augen stand. Sie wollte eine Antwort haben, brauchte eine Antwort.

»Ich wäre gern dein Behüter«, sagte er. *Sie ist nicht für dich bestimmt und du nicht für sie. Warum mußte Min mir das sagen?*

Die Dunkelheit senkte sich schwer über sie, und alle waren müde. Loial war der erste, der sich zur Seite rollte und einschlief, doch die anderen folgten bald seinem

Beispiel. Keiner benützte die Decken, außer als Kopfkissen. Moiraine hatte etwas in das Öl der Lampen getan, das den Gestank der Fäule auf der Spitze des Hügels zerstreute, aber nichts konnte die Hitze vertreiben. Der Mond gab einen ungleichmäßigen, wäßrigen Lichtschein ab, aber was die Kühle einer Nacht betraf, so hätte genausogut die Sonne im Zenith stehen können.

Rand fand keinen Schlaf, obwohl die Aes Sedai sich keine Spanne weit entfernt ausgestreckt hatte, um seine Träume zu beschützen. Die erdrückend schwüle Luft hielt ihn wach. Loials leichtes Schnarchen wurde zum Donnern, das Perrins Schnarchen übertönte, aber die anderen wurden trotzdem von der Erschöpfung übermannt. Der Behüter war noch wach und hatte sich unweit von ihm hingesetzt, das Schwert auf den Knien. Er blickte in die Nacht hinein. Zu Rands Überraschung hatte sich Nynaeve ihm angeschlossen.

Die Seherin betrachtete Lan schweigend eine Weile lang, dann goß sie ihm eine Tasse Tee ein und brachte sie ihm hinüber. Als er sie ihr mit einem gemurmelten Dankeschön aus der Hand nahm, wandte sie sich nicht gleich wieder ab. »Ich hätte wissen müssen, daß Ihr ein König seid«, sagte sie leise. Ihre Augen blickten dem Behüter ruhig ins Gesicht, doch ihre Stimme zitterte etwas.

Lan blickte sie genauso eingehend an. Es erschien Rand, als wiese sein Gesicht jetzt sanftere Züge auf. »Ich bin kein König, Nynaeve. Nur ein Mann. Ein Mann, der weniger sein eigen nennen kann, als selbst der erbärmlichste kleine Bauer, der wenigstens einen Hof besitzt.«

Nynaeves Stimme klang nun fester. »Manche Frauen fragen nicht nach Land oder Gold. Nur nach dem Mann.«

»Und der Mann, der von ihr verlangt, daß sie sich mit so wenig bescheidet, wäre ihrer nicht würdig. Ihr seid eine bemerkenswerte Frau, so schön wie der Sonnenaufgang, so wild wie ein Krieger. Ihr seid eine Löwin, Seherin.«

»Eine Seherin ist nur in seltenen Fällen verheiratet.« Sie schwieg einen Moment und holte tief Luft, als bereite sie sich innerlich auf etwas vor. »Doch wenn ich nach Tar Valon gehe, werde ich etwas anderes sein als eine Seherin.«

»Aes Sedai heiraten genauso selten wie Seherinnen. Kaum ein Mann kann mit einer so mächtigen Frau leben, die ihn mit ihrer Ausstrahlung derartig in den Schatten stellt, ob sie nun will oder nicht.«

»Einige Männer sind stark genug. Ich kenne einen solchen.« Falls noch irgendein Zweifel blieb, so wurde er durch ihren Blick ausgeräumt, der bewies, wen sie meinte.

»Alles, was ich habe, ist ein Schwert und ein Krieg, den ich nicht gewinnen kann, aber ich kann doch nicht aufhören, zu kämpfen.«

»Ich habe Euch gesagt, daß das für mich keine Rolle spielt. Licht, Ihr habt mich bereits mehr sagen lassen, als schicklich ist. Werdet Ihr mich so weit beschämen, daß *ich* Euch fragen muß?«

»Ich werde Euch niemals beschämen.« Der sanfte Tonfall, wie eine Liebkosung, klang für Rands Ohren ganz eigenartig, brachte aber Nynaeves Augen zum Strahlen. »Ich werde den Mann hassen, den Ihr erwählt, weil er es ist und nicht ich, und ich werde ihn lieben, wenn er Euch zum Lächeln bringt. Keine Frau verdient es, sicher sein zu können, daß sie statt des Brautschleiers einen Witwenschleier tragen wird — Ihr am wenigsten von allen.« Er stellte den unberührten Tee zu Boden und erhob sich. »Ich muß nach den Pferden sehen.«

Nynaeve kniete noch immer am gleichen Fleck, nachdem er längst weg war.

Schlaf oder nicht, jedenfalls schloß Rand die Augen. Er glaubte, die Seherin werde nicht wünschen, daß sie jemand beim Weinen beobachtete.

KAPITEL 27

Der Dunkle König rührt sich

Rand erwachte in der Morgendämmerung. Trüber Sonnenschein hatte seine Augenlider zum Prickeln gebracht, als die Sonne zögernd über die Baumwipfel der Fäule hinwegspähte. Selbst zu dieser frühen Stunde lastete die Hitze wie eine schwere Decke auf dem gepeinigten Land. Er lag auf dem Rücken, den Kopf auf der Deckenrolle, und blickte zum Himmel hinauf. Der Himmel war immer noch blau. Selbst hier schien er unberührt geblieben zu sein.

Überrascht stellte er fest, daß er tatsächlich geschlafen hatte. Eine Minute lang erschien ihm die verschwommene Erinnerung an ein belauschtes Gespräch wie der Teil eines Traumes. Dann sah er Nynaeves rotgeränderte Augen. Offensichtlich hatte sie nicht geschlafen. Lans Gesicht wirkte härter als je zuvor, als habe er sich wieder eine Maske aufgesetzt und denke nicht daran, sie je wieder abzunehmen.

Egwene ging hinüber und kauerte sich mit besorgtem Gesicht neben der Seherin nieder. Er konnte nicht verstehen, was sie sagten. Egwene sprach, und Nynaeve schüttelte den Kopf. Egwene sagte noch etwas, und Nynaeve bedeutete ihr mit einer Handbewegung, sie solle gehen. Statt dessen beugte sich Egwene noch weiter zu Nynaeves Kopf hinunter, und ein paar Minuten lang unterhielten sich die beiden Frauen ein wenig leiser als vorher. Nynaeve schüttelte wieder den Kopf. Die Seherin beendete die Unterhaltung mit einem kurzen Auflachen, umarmte Egwene und — nach ihrem Gesichtsausdruck zu schließen — beruhigte sie. Als Egwene sich dann erhob, sah sie den Behüter böse an. Lan schien es nicht zu bemerken; er blickte überhaupt nicht in Nynaeves Richtung.

Rand schüttelte den Kopf und las seine Siebensachen zusammen. Er wusch Gesicht und Hände hastig und putzte sich die Zähne mit dem wenigen Wasser, das ihnen Lan für solche Dinge zugestanden hatte. Er fragte sich, ob Frauen wohl die Gedanken der Männer erraten könnten. Der Gedanke war beunruhigend. *Alle Frauen sind Aes Sedai.* Dann sagte er sich, daß er wohl schon zu sehr unter dem Eindruck der Fäule stehe, spülte seinen Mund aus und beeilte sich, den Braunen zu satteln.

Es konnte einen erheblich durcheinanderbringen, wenn man bemerkte, daß ihr Lager verschwand, bevor er auch nur die Pferde erreicht hatte, aber als sein Sattelgurt festgezurrt war, erschien mit einem Schlag alles wieder, was sich auf der Hügelspitze befand. Jeder beeilte sich.

Die sieben Türme waren im Licht des Morgens klar zu erkennen, ferne, abgebrochene Stümpfe wie riesige, unregelmäßig geformte Hügel, die nur einen Schatten ihrer einstigen Größe darstellten. Die hundert Seen leuchteten in klarem, durch keine Welle unterbrochenen Blau. An diesem Morgen durchbrach nichts ihre Oberfläche. Wenn er die Seen und die Ruinen der Türme so betrachtete, war er fast in der Lage, die kränklichen Dinge zu ignorieren, die um den Hügel herum wuchsen. Lan schien den Anblick der Türme nicht zu meiden, genausowenig wie er den Anblick Nynaeves mied, aber irgendwie blickte er doch nie richtig hin und konzentrierte sich ganz darauf, ihren Aufbruch vorzubereiten.

Nachdem die Tragekörbe am Packpferd festgemacht waren, nachdem jeder Krümel und jeder Fleck und jede Spur beseitigt war und alle anderen auf ihren Pferden saßen, stellte sich die Aes Sedai mitten auf die Hügelspitze, schloß die Augen und schien nicht einmal mehr zu atmen. Es geschah nichts, das Rand hätte sehen können — nur Nynaeve und Egwene zitterten trotz der Hitze und rieben sich heftig die Arme, als wollten sie sich aufwärmen. Egwenes Hände erstarrten plötzlich auf ihren Unterarmen, und sie öffnete den Mund und sah die Seherin an. Bevor sie etwas sagen konnte, hörte Nynaeve ebenfalls mit dem Reiben auf und blickte sie scharf an. Die beiden Frauen sahen sich an, und dann nickte Egwene und grinste, und einen Moment später tat Nynaeve es ihr gleich, auch wenn ihr Lächeln eher halbherzig wirkte.

Rand fuhr sich mit den Fingern durchs Haar, das bereits mehr vom Schweiß durchnäßt war als von dem Wasser, das er daraufgespritzt hatte. Er war sicher, an diesem lautlosen Gedankenaustausch war etwas, das er verstehen sollte, aber die federleichte Berührung in seinem Geist verging, bevor er weiter darauf eingehen konnte.

»Worauf warten wir noch?« wollte Mat wissen. Er hatte sich den Schal wieder um die Stirn gewickelt. Sein Bogen war über das Sattelhorn gelegt, und einen Pfeil lag schußbereit auf der Sehne. Den Köcher hatte er an seinem Gürtel nach vorn gezogen, damit er ihn leichter erreichen konnte.

Moiraine öffnete die Augen und blickte den Hügel hinunter. »Damit ich die letzten Überreste dessen beseitigen konnte, was ich gestern abend hier tat. Sie wären wohl auch im Verlauf eines Tages von allein verflogen, aber ich werde jetzt kein Risiko mehr eingehen, das ich vermeiden kann. Wir sind zu nahe, und der Schatten ist hier zu stark. Lan?«

Der Behüter wartete nur lange genug, damit sie sich in Aldiebs Sattel zurechtsetzen konnte, und führte sie dann nach Norden auf die Berge des Verderbens zu, die unweit von ihnen aufragten. Selbst im Sonnenaufgang wirkten die Gipfel schwarz und leblos wie Zahnstümpfe. Sie erstreckten sich wie eine riesige Wand nach Osten und nach Westen — soweit sie sehen konnten.

»Werden wir heute noch das Auge erreichen, Moiraine Sedai?« fragte Egwene.

Die Aes Sedai sah Loial von der Seite her an. »Ich hoffe schon. Als ich es damals entdeckte, befand es sich gleich auf der anderen Seite der Berge, am Fuß der hohen Pässe.«

»Er sagt, es bewegt sich«, sagte Mat und nickte in Richtung Loial. »Was ist, wenn es sich gar nicht dort befindet, wo du glaubst?«

»Dann werden wir weitersuchen, bis wir es finden. Der Grüne Mann fühlt die Not, und es kann wohl keine größere Not geben als die unsere. Unsere Not ist die Hoffnung der Welt.«

Als die Berge näherrückten, kamen sie auch der eigentlichen Großen Fäule näher. Wo vorher die Blätter schwarz und gelb gefleckt ausgesehen hatten, da fielen sie jetzt schwer und feucht unter ihrem eigenen Gewicht faulend zu Boden. Die Bäume selbst waren gequälte, verkrüppelte Dinge mit verdrehten Ästen, die sich dem Himmel entgegenstreckten, als bäten sie eine Macht um Gnade, die sich weigerte, ihre Bitte zu erhören. Schleim rann wie Eiter aus aufgesprungener Rinde. Die Bäume zitterten von der Erschütterung durch die vorbeitrabenden Pferde, als sei an ihnen nichts wirklich Festes mehr.

»Sieht aus, als wollten sie nach uns greifen«, sagte Mat nervös. Nynaeve sah ihn aufgebracht und zornig an, worauf er heftig hinzufügte: »Na ja, sie sehen eben so aus!«

»Und einige davon wollen das tatsächlich«, sagte die Aes Sedai. Einen Augenblick lang wirkten ihre nach hinten gerichteten Augen härter als die Lans. »Aber sie wollen absolut nichts von mir, und meine Gegenwart schützt euch.«

Mat lachte unsicher, als glaube er, sie habe gescherzt.

Rand war sich da nicht so sicher. Dies *war* schließlich die Fäule. *Aber Bäume bewegen sich nicht. Warum sollte ein Baum einen Menschen ergreifen, selbst wenn er es könnte? Wir bilden uns doch so was nur ein, und sie will uns lediglich wachsam halten.*

Blitzschnell blickte er nach links hinüber, in den Wald hinein. Dieser Baum, kaum zwanzig Schritt entfernt, *hatte* gezittert, und das entsprang nicht seiner Einbildung. Er wußte nicht, welche Art von Baum das war oder gewesen war, so verdreht und gequält war seine Gestalt. Noch während er ihn betrachtete, ruckte der Baum wieder vor und zurück und neigte sich dann. Die Äste peitschten den Boden. Etwas schrie schrill und durchdringend. Der Baum richtete sich mit einem Ruck wieder auf. Seine Äste hatten sich um eine dunkle Masse geschlossen, die sich wand und fauchte und schrie.

Er schluckte heftig und bemühte sich, den Braunen wegzulenken, aber auf jeder Seite standen Bäume, und alle bebten nun. Der Braune rollte die Augen, bis man nur noch das Weiße darin sah. Rand befand sich inmitten eines wirren Knäuels von Pferden, da alle anderen dasselbe versuchten wie er. »Bewegt Euch!« befahl Lan und zog sein Schwert. Der Behüter trug nun seine stahlverstärkten Handschuhe und sein graugrünes Schuppenhemd. »Bleibt bei Moiraine Sedai!« Er riß Mandarb herum, nicht in Richtung des Baumes und seiner Beute, sondern in entgegengesetzter Richtung. Mit seinem farbverändernden Umhang wurde sein Anblick bereits von der Fäule verschlungen, bevor der schwarze Hengst außer Sicht war.

»Näher«, forderte Moiraine die anderen auf. Sie ließ ihre weiße Stute den Schritt nicht verlangsamen, bedeutete aber den anderen, sich dicht bei ihr zu halten. »Haltet euch so nahe wie möglich bei mir.«

Ein Brüllen erhob sich aus der Richtung, in die der Behüter geritten war. Es ließ Luft und Bäume erzittern,

und als es verflog, hallte ein Echo nach. Dann erklang das Brüllen wieder, erfüllt von Wut und Tod.

»Lan«, sagte Nynaeve. »Er ...«

Der schreckliche Laut schnitt ihr das Wort ab, doch es lag ein neuer Klang darin: Angst. Mit einem Schlag verstummte er.

»Lan kann auf sich selbst aufpassen«, sagte Moiraine. »Reitet, Seherin!«

Zwischen den Bäumen tauchte der Behüter wieder auf. Er hielt das Schwert am ausgestreckten Arm — weg von sich und seinem Roß. Schwarzes Blut klebte an der Klinge, und Dampf stieg davon auf. Sorgfältig wischte Lan die Klinge mit einem Tuch ab, das er einer Satteltasche entnahm. Er betrachtete den Stahl eingehend, um sicher zu sein, daß er jeden Fleck erreicht hatte. Als er das Tuch fallenließ, zerfiel es, bevor es den Boden berührte, und selbst die einzelnen Fetzen lösten sich noch auf.

Lautlos sprang ein massiger Körper zwischen den Bäumen hindurch auf sie zu. Der Behüter riß Mandarb herum, doch in dem Moment, als sich das Streitroß aufbäumte, bereit, mit stahlbewehrten Hufen loszuschlagen, zischte Mats Pfeil an ihnen vorbei und durchbohrte das einzige Auge in einem Kopf, der im wesentlichen aus Rachen und Zähnen bestand. Das Ding fiel zuckend und schreiend einen Sprung weit von ihnen entfernt zu Boden. Rand betrachtete das Ding, als sie vorbeihasteten. Es war bedeckt von einem borstigsteifen Pelz, und es besaß entschieden zu viele Beine, die in eigenartigen Winkeln aus einem Körper hervorwuchsen, der so groß war wie der eines Bären. Einige dieser Gliedmaßen zumindest — die aus seinem Rücken herausragten — waren zum Laufen nicht zu gebrauchen, aber die fingerlangen Klauen an ihren Enden wühlten die Erde im Todeskampf auf.

»Guter Schuß, Schafhirte.« Lans Augen hatten bereits vergessen, was hinter ihnen lag, und suchten den

Wald ab. Moiraine schüttelte den Kopf. »Es hätte eigentlich nicht freiwillig jemandem so nahe kommen sollen, der Kraft aus der Wahren Quelle schöpft.«

»Agelmar sagte, daß sich in der Fäule einiges rührt«, meinte Lan dazu. »Vielleicht spürt auch die Fäule, daß sich im Großen Muster ein neues Gewebe formt.«

»Beeilt euch!« Moiraine grub die Fersen in Aldiebs Flanken. »Wir müssen die oberen Pässe schnell überqueren.«

Doch noch während sie sprach, erhob sich die Fäule gegen sie. Bäume peitschten mit ihren Ästen, versuchten, sie zu erreichen, und sie kümmerten sich nicht darum, ob Moiraine die Wahre Quelle berührte oder nicht. Rand hielt sein Schwert in der Hand. Er erinnerte sich nicht daran, es gezogen zu haben. Er schlug immer wieder zu. Die Klinge mit dem Reiherzeichen durchschnitt faulende Zweige. Hungrige Äste zuckten als abgehackte, sich windende Stümpfe zurück — er glaubte beinahe, sie schreien zu hören —, aber immer neue kamen, wanden sich wie Schlangen, versuchten, sich um seine Arme, seine Taille, seinen Hals zu wickeln. Die Zähne in starrem Knurren gefletscht, suchte er das Nichts und fand es in dem steinigen, zähen Erdboden der Zwei Flüsse. »Manetheren!« Er schrie es den Bäumen zu, bis sein Hals schmerzte. Die Klinge mit dem Reiherzeichen blitzte im kraftlosen Sonnenschein. »Manetheren! Manetheren!«

Mat stand in den Steigbügeln und sandte einen Pfeil nach dem anderen in den Wald, zielte auf verformte Gestalten, die knurrten und unzählige Zähne auf den Pfeilen zerbissen, die sie töteten, schoß auf die klauenbewehrten Umrisse, die sich über die Gestürzten hinwegquälten, um die berittenen Figuren zu erreichen. Auch Mat nahm die Welt um sich herum nicht mehr richtig wahr. »*Carai an Caldazar!*« schrie er, während er die Sehne an die Wange zog und losließ. »*Carai an Ellisande! An Ellisande! Mordero daghain pas duente cuebiyar! An Ellisande!*«

Auch Perrin stand in den Steigbügeln, schweigend und ernst. Er hatte die Führung übernommen, und seine Axt hieb ihnen einen Pfad durch Holz und faulendes Fleisch, was auch immer sich vor ihnen befand. Um sich schlagende Bäume und jaulende Wesen scheuten vor dem stämmigen Axtträger zurück, sowohl vor den wilden goldenen Augen als auch vor der durch die Luft pfeifenden Axt. Er zwang sein Pferd entschlossen vorwärts, Schritt für Schritt.

Feuerbälle schossen aus Moiraines Händen hervor, und wo sie aufkamen, da wurde ein sich windender Baum zur Fackel, da schrie eine zahnbewehrte Gestalt auf und schlug mit menschlichen Händen auf sich ein, zerkratzte das eigene brennende Fleisch mit grimmen Klauen, bis es verendete.

Wieder und wieder lenkte der Behüter Mandarb zwischen die Bäume. Seine Klinge und Handschuhe trieften von blasenschlagendem, dampfendem Blut. Wenn er nun zurückkehrte, sah man häufiger Risse in seinem Schuppenpanzer und blutende Kratzer in seiner Haut, und auch sein Streitroß stolperte und blutete. Jedesmal hielt die Aes Sedai inne und legte ihre Hände auf seine Wunden, und wenn sie sie wieder wegnahm, war nur das Blut auf heiler Haut zurückgeblieben. »Ich entzünde Signalfeuer für die Halbmenschen«, sagte sie in bitterem Tonfall. »Weiter voran! Weiter voran!« Langsam, Schritt für Schritt, kamen sie vorwärts.

Wenn die Bäume nicht so blindwütig auf die gesamte Masse angreifenden Fleisches und nicht nur auf die Menschen eingeschlagen hätten, wenn die Kreaturen, von denen keine der anderen glich, nicht auch gegen die Bäume und die anderen ihrer Art gekämpft hätten, sondern ausschließlich gegen die Menschen, dann — da war Rand sicher — wären sie überwältigt worden. Er war aber keineswegs sicher, ob das nicht doch noch geschehen würde. Dann erhob sich hinter ihnen ein flötenartiger Schrei. Fern und dünn drang er durch das

Fauchen der Bewohner der Fäule um sie herum. Das Fauchen und Knurren war mit einem Schlag beendet — wie mit einem Messer abgeschnitten. Die angreifenden Gestalten erstarrten; die Bäume verharrten bewegungslos. So plötzlich, wie die Dinge mit den vielen Beinen aufgetaucht waren, verschwanden sie auch wieder in den verkrüppelten Wald hinein.

Der schrille Ton erklang erneut, wie eine gesprungene Hirtenflöte, und wurde von einem ganzen Chor der gleichen Art begrüßt. Ein halbes Dutzend, die vor sich hin sangen — weit hinter dem ersten.

»Würmer«, sagte Lan grimmig, was Loial zum Aufstöhnen brachte. »Sie haben uns eine Pause verschafft, falls wir Zeit genug haben, sie zu nutzen.« Seine Augen maßen die Entfernung zu den Bergen. »Wenige Dinge in der Fäule werden sich einem Wurm entgegenstellen, wenn es vermieden werden kann.« Er grub die Fersen in Mandarbs Flanken. »Reitet!« Die ganze Gesellschaft galoppierte hinter ihm her durch eine Fäule, die ihnen plötzlich wirklich tot erschien, außer natürlich, was das Flöten hinter ihnen betraf.

»Sie wurden von den Würmern verscheucht?« fragte Mat ungläubig. Er hüpfte im Sattel auf und ab und versuchte, sich den Bogen über den Oberkörper zu hängen.

»Ein Wurm« — die Art, wie der Behüter das aussprach, klang ganz anders als bei Mat — »kann einen Blassen töten, falls der Blasse nicht alles Glück des Dunklen Königs auf seiner Seite hat. Wir haben ein ganzes Rudel auf den Fersen. Reitet! Reitet!« Die dunklen Gipfel waren nun näher. Eine Stunde, schätzte Rand, bei dem Tempo, das der Behüter anschlug.

»Werden uns die Würmer nicht in die Berge folgen?« fragte Egwene atemlos, und Lan lachte bitter.

»Das werden sie nicht. Die Würmer haben Angst vor dem, was auf den oberen Pässen lauert.« Loial stöhnte wieder.

Rand wünschte, der Ogier würde damit aufhören. Es

war ihm durchaus klar, daß der Ogier mehr über die Fäule wußte als alle außer Lan, selbst wenn es nur aus Büchern stammte, die er in der Sicherheit des *Steddings* gelesen hatte. *Aber warum muß er mich immer daran erinnern, daß noch Schlimmeres auf uns wartet als das, was wir bereits gesehen haben?*

Die Fäule flog an ihnen vorbei. Unkraut und Gras klatschte fauligzäh unter den galoppierenden Hufen. Bäume von der Art, die sie zuvor angegriffen hatten, zuckten noch nicht einmal, selbst wenn sie direkt unter ihren verdrehten Zweigen einherritten. Die Berge des Verderbens füllten den Himmel vor ihnen, schwarz und kahl und fast schon nahe genug, um sie zu berühren, so schien es. Das Flöten klang scharf und klar, und hinter ihnen erklangen matschige Geräusche, lauter als von den Dingen, die unter den Pferdehufen zerquetscht wurden. Zu laut; als würden die halbverfaulten Bäume von riesigen Körpern zerdrückt, die über sie hinwegglitten. Zu nahe. Rand blickte nach hinten. Dort hinten bäumten sich die Baumwipfel auf und wurden wie Gras niedergedrückt. Es ging langsam aufwärts, auf die Berge zu, in einem Winkel, der ihm sagte, daß ihr Aufstieg begann.

»Wir schaffen es nicht«, verkündete Lan. Er hielt Mandarbs Galopp nicht zurück, hatte aber plötzlich wieder sein Schwert in der Hand. »Sei auf den Paßhöhen besonders vorsichtig, Moiraine, dann kommst du durch.«

»Nein, Lan!« rief Nynaeve.

»Schweig, Mädchen! Lan, selbst du kannst kein Wurmrudel aufhalten. Ich lasse das nicht zu. Ich brauche dich am Auge.«

»Pfeile«, rief Mat atemlos.

»Die Würmer würden sie nicht einmal fühlen«, schrie der Behüter. »Man muß sie in Stücke hacken. Sie fühlen nicht viel — nur Hunger. Manchmal Angst.«

Rand klammerte sich furchtsam an seinen Sattel. Er

zuckte die Achseln in dem Versuch, die Verspannung seiner Schultern zu lösen. Sein ganzer Brustkorb war im Griff einer eisernen Klammer, so daß er kaum atmen konnte, und seine Haut schmerzte unter heißen Nadelstichen. Die Fäule hatte sich zu einem niedrigen Vorgebirge gewandelt. Er konnte den Weg sehen, den sie emporklimmen mußten, sobald sie die Berge erreicht hatten; einen sich windenden Pfad und die Paßhöhe an seinem Ende. Der Paß sah aus, als habe eine Axt den schwarzen Fels gespalten. *Licht, was ist dort droben, das sogar die hinter uns das Fürchten lehren kann? Licht, hilf mir, ich habe noch nie solche Angst gehabt! Ich will nicht weiter dort hinauf. Nicht weiter!* Er suchte die Flamme und das Nichts und schimpfte dabei auf sich selbst. *Narr! Angsthase! Feiger Narr! Du kannst nicht hierbleiben, und du kannst nicht zurück. Willst du Egwene im Stich lassen, damit sie alledem allein gegenüber steht?* Das Nichts entwich ihm, formte sich, zerplatzte in tausend Lichtpunkte, formte sich erneut und zerbrach wieder. Jeder Lichtpunkt brannte sich in seine Knochen ein, bis er vor Schmerz zitterte und glaubte, er müsse zerbersten. *Licht, hilf mir, ich kann nicht weiter! Licht, hilf mir!*

Er straffte schon die Zügel des Braunen, um ihn wenden zu lassen und sich den Würmern und allem zu stellen, nur nicht dem, was vor ihm lag, als sich der Charakter der Landschaft veränderte. Zwischen einem Hügelabhang und dem nächsten, zwischen Kamm und Gipfel, war die Fäule verschwunden.

Grüne Blätter verdeckten friedlich sich ausbreitende Äste. Wildblumen bildeten einen bunten Fleckenteppich in Gras, das von einer süßduftenden Frühlingsbrise bewegt wurde. Schmetterlinge flatterten von Blüte zu Blüte, zusammen mit summenden Bienen, und Vögel zwitscherten ihre Lieder.

Mit offenem Mund galoppierte er weiter, bis ihm plötzlich zu Bewußtsein kam, daß Moiraine und Lan und Loial und die anderen angehalten hatten. Langsam brachte er den Braunen zum Stehen, das Gesicht in Erstaunen erstarrt. Egwene fielen beinahe die Augen aus dem Kopf, und Nynaeves Kinnlade hing herunter. »Wir sind in Sicherheit«, sagte Moiraine. »Das ist der Wohnort des Grünen Mannes, und das Auge der Welt befindet sich auch hier. Nichts aus der Fäule kann hier eindringen.«

»Ich dachte, es sei auf der anderen Seite der Berge«, nuschelte Rand. Er konnte die Gipfel noch sehen, die den Horizont im Norden füllten, und die Pässe dazu. »Ihr sagtet, es sei immer jenseits der Pässe.«

»Dieser Ort«, sagte eine tiefe Stimme von den Bäumen her, »ist immer, wo er ist. Alles was sich ändert, ist der Ort, an dem sich die befinden, die ihn in Not suchen.«

Eine Gestalt trat aus dem Laub hervor, menschlich geformt, doch um so vieles größer als Loial, wie dieser Rand überragte. Eine menschliche Gestalt aus verwobenen Ranken und Blättern, grün und wachsend. Sein Haar war Gras, das bis auf die Schultern herunter fiel; seine Augen waren riesige Haselnüsse; seine Fingernägel Eicheln. Sein Hemd und seine Hose bestanden aus grünen Blättern, seine Stiefel aus glatter Rinde. Schmetterlinge umflatterten ihn, setzten sich auf seine Finger, seine Schultern, sein Gesicht. Nur eine Sache verhinderte die blumige Perfektion: Ein tiefer Riß zog sich über seine Wange, durch die Schläfe und über den Kopf, und dort waren die Ranken braun und verwelkt.

»Der Grüne Mann«, flüsterte Egwene, und das zernarbte Gesicht lächelte. Einen Moment lang schien es, als sängen die Vögel lauter.

»Natürlich bin ich das. Wer sonst würde sich wohl hier befinden?« Die Haselnußaugen betrachteten Loial. »Es ist gut, dich zu sehen, kleiner Bruder. In der Vergangenheit kamen viele von euch, mich zu besuchen, doch in jüngster Zeit nur noch wenige.«

Loial kletterte von seinem großen Pferd und verbeugte sich höflich. »Du ehrst mich, Baumbruder. *Tsingu ma choshih, T'ingshen.*«

Lächelnd legte der Grüne Mann einen Arm um die Schultern des Ogiers. Neben Loial wirkte er wie ein Mann neben einem Jungen. »Es sind keine Ehrenbezeugungen nötig, kleiner Bruder. Wir werden zusammen Baumlieder singen und uns an die Großen Bäume und die *Stedding* erinnern, und wir werden uns der Sehnsucht verweigern.« Er betrachtete die anderen, die jetzt gerade von den Pferden stiegen, und sein Blick ruhte auf Perrin. »Ein Wolfsbruder! Werden die alten Zeiten wirklich wieder wahr?«

Rand starrte Perrin an. Perrin wandte sein Pferd um, so daß es sich zwischen ihm und dem Grünen Mann befand, und beugte sich nieder, um den Gurt zu überprüfen. Rand war sicher, daß er lediglich den forschenden Blick des Grünen Mannes meiden wollte. Plötzlich sprach der Grüne Mann Rand an: »Seltsame Kleider trägst du, Kind des Drachens. Hat sich das Rad schon so weit gedreht? Kehrt das Drachenvolk wieder zum Ersten Pakt zurück? Aber du trägst ein Schwert. Das gehört weder der Gegenwart noch der Vergangenheit an.«

Rand mußte erst wieder Speichel im Mund sammeln, bevor er zu sprechen in der Lage war. »Ich weiß nicht, wovon Ihr sprecht. Was meint Ihr damit?«

Der Grüne Mann berührte die braune Narbe an seinem Kopf. Einen Augenblick lang schien er verwirrt. »Ich ... kann es nicht sagen. Meine Erinnerungen sind zerrissen und oft nur flüchtig, und viel von dem, was noch übrig ist, ist wie ein Blatt, das von Raupen besucht wurde. Und doch bin ich sicher ... Nein, es ist wieder weg. Aber du bist hier willkommen. Du, Moiraine Sedai, bist mehr als eine Überraschung für mich. Als dieser Ort geschaffen wurde, wurde er so geschaffen, daß niemand ihn zweimal finden konnte. Wie bist du hierher gekommen?«

»Not«, antwortete Moiraine. »Meine Not, die Not der

Welt. Vor allem ist es die Welt, die in Not ist. Wir sind gekommen, um das Auge der Welt zu sehen.«

Der Grüne Mann seufzte. Der Wind seufzte durch dicht beblätterte Zweige. »Dann ist es wieder geschehen. Diese Erinnerung ist vollständig. Der Dunkle König rührt sich. Ich habe das befürchtet. Mit jedem Jahreswechsel versucht die Fäule energischer, hier einzudringen, und dieses Mal war der Kampf, sie fernzuhalten, härter als je zuvor seit Anbeginn. Kommt, ich werde euch hinbringen.«

KAPITEL 28

Zusammentreffen am Auge

Rand führte den Braunen am Zügel und folgte zusammen mit den anderen Emondsfeldern dem Grünen Mann. Alle blickten drein, als könnten sie sich nicht entscheiden, wen sie zuerst betrachten wollten: den Grünen Mann oder den Wald. Der Grüne Mann war natürlich eine legendäre Gestalt, über die man sich Geschichten erzählte — über ihn und den Baum des Lebens. Man erzählte sich vor jedem Kamin in den Zwei Flüssen davon, und die Geschichten waren nicht nur für Kinder bestimmt. Doch nach dem Anblick der Fäule hätten auch die Bäume und Blumen ein Wunder an Normalität dargestellt, auch wenn der Rest der Welt noch im Winter gefangen war.

Perrin hielt sich ein wenig zurück. Als Rand sich nach ihm umsah, sah der große, wollköpfige Jüngling aus, als wolle er nichts mehr von dem hören, was der Grüne Mann zu sagen hatte. Er konnte ihn verstehen. *Kind des Drachens.* Mißtrauisch betrachtete er den Grünen Mann, der mit Moiraine und Lan voranschritt. Schmetterlinge umflatterten ihn in einer Wolke aus Gelb und Rot. *Was meinte er damit? Nein. Ich will es nicht wissen.*

Trotzdem war sein Schritt beschwingter, und die Beine federten elastischer. Das Unbehagen rührte sich noch in seinen Eingeweiden und ließ seinen Magen flattern, doch die Angst hatte sich so weit aufgelöst, daß sie fast nicht mehr zu bemerken war. Er glaubte nicht, daß es noch besser werden könne — wenn die Fäule nur eine halbe Meile entfernt war —, obwohl Moiraine natürlich recht damit hatte, daß nichts aus der Fäule hier eindringen könne. Die tausend brennenden Lichtpunkte, die sich in seine Knochen gebohrt hatten, waren erloschen, und zwar in dem Moment, als sie das Reich des Grünen Mannes betreten hatten, da war er ganz sicher. *Er hat sie ausgeblasen,* dachte er — *der Grüne Mann und dieser Ort hier.*

Egwene fühlte es und Nynaeve auch, diesen beruhigenden Frieden, die Ruhe, die in der Schönheit lag. Er sah es ihnen an. Ihre Gesichter zeigten ein leichtes, heiteres Lächeln, und ihre Finger streichelten über Blumen. Sie blieben stehen, um tief atmend den Duft einzusaugen.

Als der Grüne Mann das bemerkte, sagte er: »Blüten sind zum Dekorieren da. Pflanzen oder Menschen, das ist beinahe dasselbe. Keiner hat etwas dagegen, solange man nicht zu viele nimmt.« Und er begann, von dieser oder jener Pflanze Blüten abzupflücken, aber niemals mehr als zwei von einer Pflanze. Bald trugen Nynaeve und Egwene Blütenkränze im Haar, rosa Heckenrosen und gelbe Glockenblumen und weiße Morgensternchen. Der Zopf der Seherin, der ihr bis zur Hüfte reichte, schien wie ein weiß- und rosafarbener Garten. Selbst Moiraine nahm für ihre Stirn einen Kranz von Morgensternchenblüten entgegen, der so stark in sich verwoben war, daß die Blüten immer noch zu wachsen schienen. Rand war sich nicht sicher, ob sie nicht vielleicht wirklich wuchsen. Der Grüne Mann kümmerte sich im Vorbeigehen um seinen Waldgarten und unterhielt sich dabei leise mit Moiraine. Er tat, was eben gerade getan werden mußte, ohne sich dessen wirklich bewußt zu sein. Seine Haselnußaugen erspähten an einer rankenden Heckenrose einen krummen Trieb, der von dem blütenübersäten Ast eines Apfelbaums in eine Ecke gedrückt wurde, und er blieb beim Sprechen stehen und fuhr mit der Hand den Trieb entlang. Rand war sich nicht ganz klar darüber, ob ihm seine Augen einen Streich spielten oder ob sich die Dornen tatsächlich wegdrehten, damit sie diese grünen Finger nicht verletzten. Als die hoch aufragende Gestalt des Grünen Mannes weiterging, war der Trieb kerzengerade und steckte seine roten Knospen zwischen die weißen Apfelblüten. Er beugte sich hinunter und umschloß mit seiner riesigen Hand ein winziges Samenkorn, das auf einem Häufchen Kieselsteine lag. Als er sich wieder aufrichtete, war daraus ein kleiner Trieb geworden, der eine Wurzel zwischen den Kieseln hindurch in guten Boden steckte.

»Alle Dinge müssen wachsen, wo sie hinfallen, so will es das Muster«, erklärte er nach hinten, als entschuldige er sich. »Und dort müssen sie die Drehung des Rades erwarten, doch der Schöpfer wird nichts dagegen haben, wenn ich ein klein wenig nachhelfe.«

Rand führte den Braunen um den Trieb herum und achtete darauf, daß er nicht von den Pferdehufen zerquetscht wurde. Es schien ihm nicht richtig, zu zerstören, was der Grüne Mann geschaffen hatte, nur um einen Schritt mehr zu vermeiden. Egwene lächelte ihn an — ein so vertrautes kleines Lächeln — und berührte seinen Arm.

Sie sah so hübsch aus mit ihrem offenen, blumengeschmückten Haar, daß er zurücklächelte, bis sie errötete und die Augen niederschlug. *Ich werde dich beschützen,* dachte er. *Was auch geschieht, ich werde dich doch in Sicherheit bringen. Das schwöre ich.* Der Grüne Mann führte sie ins Herz des Frühlingswaldes zu einem Torbogen am Hang eines Hügels. Es war ein einfacher Steinbogen, hoch und weiß, und auf dem Schlüsselstein sah man einen Kreis, der von einer Schlangenlinie halbiert wurde. Die eine Hälfte war glatt, die andere rauh. Das uralte Symbol der Aes Sedai. Die Öffnung selbst lag im Schatten.

Einen Augenblick betrachteten alle schweigend den Torbogen. Dann entfernte Moiraine den Blütenkranz aus ihrem Haar und hängte ihn an einen Zweig eines

Süßholzbusches neben dem Bogen. Es war, als löse diese Bewegung ihre Zungen.

»Ist es da drinnen?« fragte Nynaeve. »Weswegen wir gekommen sind?«

»Ich würde wirklich gern den Baum des Lebens sehen«, sagte Mat, der seinen Blick nicht von dem halbierten Kreis über ihnen wandte. »Solange können wir doch warten, oder?«

Der Grüne Mann sah Rand eigenartig an und schüttelte dann den Kopf. »*Avendesora* ist nicht hier. Ich habe seit zweitausend Jahren nicht mehr unter seinen rauhen Ästen geruht.«

»Der Baum des Lebens ist auch nicht der Grund unseres Kommens«, sagte Moiraine bestimmt. Sie deutete auf den Bogen: »Dort drinnen ist er.«

»Ich werde nicht mit euch hineingehen«, sagte der Grüne Mann. Die Schmetterlinge wirbelten um ihn herum, als teilten sie seine Erregung. »Es wurde mir vor langer, langer Zeit aufgetragen, es zu behüten, doch ich fühle mich nicht so wohl, wenn ich ihm zu nahe komme. Ich fühle, wie ich mich auflöse. Irgendwie hängt mein Ende damit zusammen. Ich kann mich noch daran erinnern, wie es geschaffen wurde. Ein wenig jedenfalls. Ein bißchen.« Seine Haselnußaugen blickten gedankenverloren ins Leere, und er fühlte nach seiner Narbe. »Es war in den ersten Tagen der Zerstörung der Welt. Die Freude ob des Sieges über den Dunklen König erhielt als bitteren Beigeschmack das Bewußtsein, daß immer noch alles durch die Last des Schattens zerstört werden konnte. Hundert von ihnen schufen es — Männer und Frauen gemeinsam. So wurden die größten Werke der Aes Sedai immer geschaffen, indem sie *Saidin* und *Saidar* zusammenfügten, so wie in der Wahren Quelle. Sie alle starben, damit es rein blieb, während die Welt um sie herum zerrissen wurde. Sie wußten, daß sie sterben würden, und so trugen sie mir auf, es für den Fall zu beschützen, daß es gebraucht wurde. Das war nicht das, wofür ich geschaffen worden war, aber alles zerbrach, und sie waren allein und ich war alles, was sie hatten. Es war nicht das, wofür ich geschaffen worden war, aber ich habe ihm die Treue gehalten.« Er sah Moiraine an und nickte in sich hinein. »Ich habe die Treue gehalten, bis es gebraucht wurde. Und jetzt geht diese Zeit zu Ende.«

»Ihr seid treuer gewesen als viele von uns, die Euch diese Aufgabe anvertrauten«, sagte die Aes Sedai. »Vielleicht wird alles nicht so schlimm, wie Ihr befürchtet.«

Der genarbte, blattbehangene Kopf schüttelte sich langsam. »Ich erkenne ein Ende, wenn es kommt, Aes Sedai. Ich werde einen anderen Ort finden, an dem ich Pflanzen züchten kann.« Nußbraune Augen blickten traurig in den grünen Wald hinein. »Vielleicht einen anderen Ort. Wenn ihr herauskommt, werde ich euch noch einmal begrüßen, falls noch Zeit ist.« Damit schritt er fort, Schmetterlinge im Schwarm hinter sich herziehend, und wurde in einem Maße eins mit dem Wald, wie es selbst Lans Umhang nicht vermochte.

»Was hat er gemeint?« wollte Mat wissen. »Falls noch Zeit ist?«

»Kommt«, sagte Moiraine, und sie durchschritt den Torbogen. Lan folgte ihr auf dem Fuß.

Rand war sich nicht sicher, was er eigentlich erwartete, als er ihnen folgte. Die Haare an seinen Armen zuckten unruhig, und die in seinem Nacken sträubten sich. Aber es war nur ein Korridor, dessen mattglänzende Wände oben im gleichen Bogen wie das Tor zusammentrafen und sich in sanfter Neigung nach unten zogen. Selbst Loial hatte mehr als genug Platz nach oben; sogar der Grüne Mann hätte hereingepaßt. Der ebene Fußboden sah fürs Auge glatt aus wie geölte Platten, aber irgendwie bot er den Füßen genug Halt. Auf fugenlosen weißen Wänden glitzerten unzählige Lichtpunkte in ebenso vielen Farben und gaben ein mattes, sanftes Licht ab, obwohl der sonnenbeschienene Torbogen um eine Biegung hinter ihnen herum verschwunden war. Er war sicher, daß dieses Licht nichts Natürliches war, aber er fühlte auch, daß es gutartig war. *Warum hast du dann dieses Kribbeln auf der Haut?* Weiter und weiter hinunter ging es.

»Dort«, sagte Moiraine schließlich und zeigte nach vorn. »Vor uns.«

Der Korridor weitete sich zu einer enormen Kuppelhalle. Der rauhe, lebende Fels ihrer Decke war mit Gruppen von glimmenden Kristallen übersät. Darunter nahm ein See fast die ganze Höhlenfläche ein. Am Rand entlang war lediglich ein Rundweg von vielleicht fünf Schritten Breite übriggeblieben. Der See wies den ovalen Umriß eines Auges auf, und am Rand entlang zog sich ein niedriger, flacher Saum von Kristallen, die wohl in einem matteren, aber gleichzeitig drohenderen Licht leuchteten als die an der Decke. Die Oberfläche des Sees war so glatt wie Glas und so klar wie der Weinquellenbach. Rand hatte das Gefühl, sein Blick könne ihn bis in die Unendlichkeit durchdringen, und er konnte auch keinen Grund entdecken.

»Das Auge der Welt«, sagte Moiraine leise neben ihm.

Als er sich voller Staunen umblickte, bemerkte er, daß die langen Jahre, seit es erschaffen wurde — dreitausend —, nicht spurlos an ihm vorübergegangen waren, und niemand war gekommen. Nicht alle Kristalle in der Kuppel glühten mit der gleichen Intensität. Einige glühten stärker, andere schwächer; einige flackerten, und andere waren nur noch kantige Brocken, die lediglich im Lichtschein schimmerten. Wären alle gleich hell gewesen, die Kuppel hätte so hell gestrahlt wie die Mittagssonne. Jetzt schien es nur wie das Licht am späten Nachmittag. Der Rundweg war von Staub überkrustet, auf dem kleine Steinchen und sogar einzelne Kristallsplitter lagen. Lange Jahre des Wartens, während sich das Rad drehte und mahlte. »Aber *was* ist das eigentlich?« fragte Mat unsicher. »Das sieht nicht aus wie Wasser, jedenfalls wie ich es kenne.« Er gab einem faustgroßen, dunklen Steinbrocken einen Tritt, daß er über den Rand rutschte. »Es ...«

Der Stein durchschlug die glasige Oberfläche und glitt in den See, ohne zu klatschen, ohne auch nur die kleinste Welle hervorzurufen. Beim Sinken schwoll der Stein an, wurde größer und größer und zeichnete sich deutlich ab. Schnell war er kopfgroß. Rand konnte beinahe hindurchsehen. Dann sah er nur noch einen armlangen, verschwommenen Fleck, und auch der verschwand. Er hatte noch nie eine solche Gänsehaut gehabt.

»Was ist das?« wollte er wissen. Er war überrascht von der rauhen Härte seiner eigenen Stimme.

»Man könnte es das Wesen des *Saidin* nennen.« Die Worte der Aes Sedai wurden als Echo in der Kuppel zurückgeworfen. »Die Essenz der männlichen Hälfte der Wahren Quelle, die pure Essenz der Macht, die von den Männern vor der Zeit des Wahns beherrscht worden war. Die Macht, das Siegel an dem Gefängnis des Dunklen Königs zu erneuern oder es vollständig zu brechen.«

»Das Licht leuchte und beschütze uns«, flüsterte Nynaeve. Egwene klammerte sich an sie, als wolle sie sich hinter der Seherin verstecken. Selbst Lan bewegte sich unruhig, obwohl in seinen Augen keine Überraschung stand.

Rands Schultern prallten gegen Stein, und ihm wurde bewußt, daß er bis zur Rückwand zurückgetreten war, so weit vom Auge der Welt entfernt wie möglich. Wenn er gekonnt hätte, wäre er durch die Wand hindurch entkommen. Mat ging es genauso. Er drückte sich so platt gegen die Felswand, wie es nur ging. Perrin starrte mit halb gezogener Axt in den See. Seine Augen leuchteten gelb und wild.

»Ich habe mich immer gefragt«, sagte Loial unsicher,

»als ich darüber las, da habe ich mich immer gefragt, was es eigentlich sei. Warum? Warum haben sie das geschaffen? Und wie?«

»Niemand unter den Lebenden weiß das.« Moiraine blickte nicht mehr in den See. Sie beobachtete Rand und seine beiden Freunde eingehend mit abschätzendem Blick. »Weder weiß man, wie es geschaffen wurde, noch warum, außer daß es eines Tages benötigt werden würde und daß diese Not die größte und verzweifeltste sein würde, der sich die Menschheit bis zu dieser Zeit je gegenüber gesehen hatte. Vielleicht die größte Not, die es jemals geben würde.

Viele in Tar Valon haben sich bemüht, einen Weg zu finden, diese Macht zu verwenden, aber sie ist so unerreichbar für eine Frau wie der Mond für eine Katze. Nur ein Mann könnte sie beherrschen, aber der letzte männliche Aes Sedai ist seit fast dreitausend Jahren tot. Und doch war es eine verzweifelte Notwendigkeit, die sie dazu trieb. Sie arbeiteten sich durch das Gift des Dunklen Königs hindurch, das *Saidin* verdorben hatte, um es wieder zu heilen, obwohl sie wußten, daß ein Erfolg sie alle getötet hätte. Männliche und weibliche Aes Sedai gemeinsam. Der Grüne Mann hat die Wahrheit gesagt. Die größten Wunder des Zeitalters der Legenden wurden auf diese Art geschaffen, *Saidin* und *Saidar* zusammen. Alle Frauen in Tar Valon, alle die Aes Sedai an all den Königshöfen und in allen Städten, selbst die eingerechnet, die jenseits der Wüste leben, selbst die eingerechnet, die vielleicht noch jenseits des Aryth-Meeres leben, konnten nicht einen Löffel mit der Macht anfüllen, wenn sie keine Männer zur Zusammenarbeit hatten.«

Rands Kehle brannte, als habe er geschrien. »Warum hast du uns hierher gebracht?«

»Weil Ihr *ta'veren* seid.« Aus dem Gesichtsausdruck der Aes Sedai ließ sich nichts ablesen. Ihre Augen glänzten und schienen ihn zu ihr hinzuziehen. »Weil die

Macht des Dunklen Königs hier zuschlagen wird und weil wir ihr gegenübertreten müssen und sie aufhalten, sonst wird der Schatten die Welt bedecken. Es gibt keine zwingendere Notwendigkeit als das. Gehen wir wieder hinaus ins Sonnenlicht, solange wir noch Zeit haben.« Sie wartete nicht, um zu sehen, ob sie ihr folgten, und ging mit Lan den Korridor wieder hinauf. Lans Schritt war vielleicht ein wenig schneller als sonst üblich. Egwene und Nynaeve eilten ihr hinterher.

Rand schob sich an der Wand entlang — er konnte sich nicht dazu zwingen, auch nur einen Schritt näher an das heranzutreten, was der See sein mochte — und stolperte zusammen mit Mat und Perrin auf den Korridor hinaus. Er wäre sogar gerannt, doch dann hätte er Egwene und Nynaeve, Moiraine und Lan überrannt. Sein Zittern hörte aber auch nicht auf, als er wieder draußen war.

»Mir gefällt das nicht, Moiraine«, sagte Nynaeve ärgerlich, als die Sonne wieder auf sie herunterschien. »Ich glaube schon, daß die Gefahr so groß ist, wie du behauptest, sonst wäre ich nicht hier, aber das ist ...«

»Endlich habe ich euch gefunden.«

Rand zuckte, als hätte sich ein Seil um seinen Hals zusammengezogen. Die Worte, die Stimme ... einen Augenblick lang glaubte er, es sei Ba'alzamon. Aber die beiden Männer, die zwischen den Bäumen hervortraten, die Gesichter unter Kapuzen verborgen, trugen keine Umhänge von der Farbe getrockneten Blutes. Der eine Umhang war dunkelgrau, der andere von einem beinahe genauso dunklen Grün, und sogar an der frischen Luft wirkten sie muffig. Und die Männer waren keine Blassen; die Brise bewegte ihre Umhänge.

»Wer seid Ihr?« Lans Haltung sprach von Vorsicht. Seine Hand lag auf dem Griff seines Schwertes. »Wie seid Ihr hierhergekommen? Falls Ihr den Grünen Mann sucht ...«

»Er führte uns.« Die Hand, die auf Mat deutete, war

alt und verschrumpelt und fast nicht mehr menschlich zu nennen. Ein Fingernagel fehlte, und die Knöchel standen heraus wie Knoten in einem Stück Tau. Mat trat mit weit aufgerissenen Augen einen Schritt zurück. »Ein altes Ding, ein alter Freund, ein alter Feind. Aber er ist nicht derjenige, den wir suchen«, erklärte der Mann mit dem grünen Umhang. Der andere Mann stand da, als würde er niemals sprechen.

Moiraine richtete sich zu voller Größe auf. So reichte sie wohl immer noch den Männern nur bis zu den Schultern, aber sie erschien ihnen mit einemmal so groß wie die Hügel. Ihre Stimme klang wie eine Glocke. Sie verlangte zu wissen: »Wer seid Ihr?«

Hände schoben Kapuzen zurück, und Rand fielen fast die Augen aus dem Kopf. Der alte Mann war älter als alt; neben ihm hätte Cenn Buie wie ein vor Gesundheit strotzendes Kind gewirkt. Seine Gesichtshaut sah aus wie dünnes Pergament, das man fest über den Schädel gezurrt hatte und dann noch einmal etwas fester. Vereinzelte Büschel brüchigen Haares waren über seine vernarbte Kopfhaut verteilt. Seine Ohren waren verwitterte Bruchstücke wie Fetzen uralten Leders, die Augen eingesunken. Sie spähten aus seinem Kopf hervor wie vom hinteren Ende eines Tunnels her. Und doch sah der andere noch schlimmer aus. Ein enger schwarzer Lederüberzug bedeckte Kopf und Gesicht des Mannes vollständig, aber dessen Vorderseite war in Form eines Gesichts gearbeitet. Es war das Gesicht eines jungen Mannes, das wild, ja wahnsinnig lachte — ein für immer erstarrtes Lachen. *Was verbirgt der, wenn der andere schon zeigt, was er da eben vorführt?* Dann erstarrten sogar seine Gedanken, wurden zu Staub zermalmt und weggeblasen.

»Man nennt mich Aginor«, sagte der Alte. »Und er ist Balthamel. Er spricht nicht mehr mit seiner Zunge. Das Rad mahlt extrem fein, wenn man dreitausend Jahre lang im Gefängnis steckt.« Der Blick aus seinen eingesunkenen Augen glitt zum Torbogen hinüber. Balthamel beugte sich vor, die Augen unter seiner Maske auf die weiße Steinöffnung gerichtet, als wolle er geradewegs hineingehen. »So lange unfrei«, sagte Aginor leise. »So lange.«

»Das Licht schütze ...«, begann Loial mit zitternder Stimme und brach dann schnell ab, als Aginor ihn anblickte.

»Die Verlorenen«, sagte Mat heiser, »sind in Shayol Ghul gefangen ...«

»Waren gefangen.« Aginor lächelte; seine vergilbten Zähne wirkten wie Raubtierfänge. »Einige von uns sind nicht mehr gefangen. Die Siegel werden brüchig, Aes Sedai. Wie Ishamael wandeln wir wieder unter den Lebenden, und bald kommt der Rest von uns nach. Ich war dieser Welt in meiner Gefangenschaft zu nahe, ich und Balthamel, zu nahe dem Mahlen des Rads, aber bald wird der Große Herr der Dunkelheit frei sein und uns neues Fleisch verleihen, und die Welt wird wieder unser sein. Diesmal werdet ihr keinen Lews Therin Brudermörder mehr haben. Kein Herr des Morgens wird euch retten. Wir wissen nun, wen wir suchen, und den Rest von euch brauchen wir nicht mehr.«

Lans Schwert fuhr zu schnell aus der Scheide, als daß Rand die Bewegung hätte verfolgen können. Doch noch zögerte der Behüter, und sein Blick wanderte von Moiraine zu Nynaeve. Die beiden Frauen standen ein ganzes Stück voneinander entfernt. Hätte er sich zwischen eine von ihnen und die Verlorenen gestellt, hätte er sich damit weiter von der anderen entfernt. Das Zögern dauerte nur einen Herzschlag lang, doch als sich der Behüter bewegte, hob Aginor die Hand. Die Geste wirkte verächtlich — nur ein Schnippen seiner schwieligen Finger, wie um eine Fliege zu verscheuchen. Der Behüter flog nach rückwärts durch die Luft, als habe ihn eine riesige Hand geschleudert. Mit einem dumpfen Aufschlag prallte Lan gegen den steinernen Torbogen und hing einen Augenblick lang dort, bevor er zu einem schlappen Häufchen zusammensackte. Sein Schwert lag neben seiner ausgestreckten Hand.

»NEIN!« schrie Nynaeve.

»Sei ruhig!« befahl ihr Moiraine, aber bevor sich irgend jemand bewegen konnte, hatte das Messer der Seherin ihren Gürtel verlassen, und sie rannte auf die Verlorenen zu, die kleine Klinge hoch erhoben.

»Das Licht blende Euch«, schrie sie und hieb nach Aginors Brust. Der andere der Verlorenen bewegte sich wie eine Viper. Noch während sie zuzuschlagen versuchte, schoß Balthamels in Leder gehüllte Hand heraus und ergriff ihr Kinn. Die Finger gruben sich in ihre eine Wange, während sich der Daumen in die andere bohrte. Durch den Druck preßten sie das Blut aus den Wangen und hinterließen blasse Schwielen. Ein Krampf schüttelte Nynaeve von Kopf bis Fuß, als habe man sie wie einen Kreisel gepeitscht. Ihr Messer fiel nutzlos aus kraftlosen Fingern, als Balthamel sie mit diesem Griff vom Boden hochhob, bis die Ledermaske in ihr immer noch zitterndes Gesicht starrte. Ihre Zehen zuckten einen Fuß hoch über dem Boden. Es regnete Blumen aus ihrem Haar.

»Ich hatte die fleischlichen Lüste schon beinahe vergessen.« Aginors Zunge fuhr über die geschrumpften Lippen. Es klang, als schleife Stein über rauhes Leder. »Aber Balthamel erinnert sich noch an vieles.« Das Lachen der Maske schien noch wilder zu werden, und Nynaeves klagender Aufschrei brannte in Rands Ohren wie Verzweiflung, die direkt aus ihrem lebendigen Herz gerissen wurde.

Plötzlich rührte sich auch Egwene, und Rand sah, daß sie Nynaeve zur Hilfe eilen wollte. »Egwene, nein!« schrie er, doch sie blieb nicht stehen. Seine Hand hatte sich bei Nynaeves Aufschrei zu seinem Schwert hin bewegt, aber nun gab er das auf und warf sich auf Egwene. Er prallte auf sie, bevor sie noch den dritten Schritt gemacht hatte, und beide fielen zu Boden. Egwene landete mit einem Japsen unter ihm und schlug sofort um sich.

Auch andere waren in Bewegung, wie er jetzt erkannte. Perrins Axt wirbelte in seinen Händen, und seine Augen glühten golden und wild. »Seherin!« heulte Mat, und er hielt den Dolch aus Shadar Logoth in der Faust.

»Nein!« rief Rand. »Ihr könnt nicht gegen die Verlorenen kämpfen!« Aber sie rannten an ihm vorbei, als hätten sie ihn nicht gehört. Sie hatten nur Augen für Nynaeve und die beiden Verlorenen.

Aginor sah sie unberührt an ... und lächelte.

Rand fühlte, wie sich die Luft über ihm auflud und wie die Peitsche eines Riesen knallte. Mat und Perrin, die noch nicht einmal den halben Weg zu den Verlorenen zurückgelegt hatten, blieben so unvermittelt stehen, als seien sie auf eine Wand gerannt. Dann prallten sie zurück und fielen platt zu Boden.

»Gut«, sagte Aginor. »Der passende Ort für euch. Wenn ihr lernt, euch niederzuwerfen und uns anzubeten, wie es sich gehört, dann lasse ich euch vielleicht am Leben.«

Hastig rappelte Rand sich hoch. Vielleicht konnte er die Verlorenen nicht bekämpfen — das konnte kein gewöhnlicher Mensch —, aber er würde sie nicht eine Minute lang in dem Glauben lassen, er krieche vor ihnen. Er versuchte, Egwene beim Aufstehen zu helfen, doch sie schlug seine Hände zur Seite und stand allein auf. Zornig strich sie sich das Kleid glatt. Auch Mat und Perrin hatten sich trotzig, wenn auch unsicher, aufgerichtet.

»Ihr werdet es lernen«, sagte Aginor, »wenn ihr überleben wollt. Nun, da ich gefunden habe, was ich brauche« — sein Blick wandte sich dem Torbogen zu — »nehme ich mir vielleicht die Zeit, es euch beizubringen.«

»Das wird nicht geschehen!« Der Grüne Mann schritt

aus dem Wald hervor. Seine Stimme klang, als schlage der Blitz in eine alte Eiche ein. »Ihr gehört nicht hierher!«

Aginor warf ihm einen kurzen, verächtlichen Blick zu. »Geht! Eure Zeit ist beendet. Alle von Eurer Rasse außer Euch sind längst Staub. Lebt, was Euch an Leben noch bleibt, und seid froh, daß es unter unserer Würde ist, Notiz von Euch zu nehmen.«

»Dies ist meine Heimstatt«, sagte der Grüne Mann, »und Ihr werdet hier nichts Lebendiges verletzen.«

Balthamel schleuderte Nynaeve weg wie einen alten Lumpen, und so fiel sie auch, mit leeren, offenen Augen, schlaff, als seien all ihre Knochen geschmolzen. Eine lederumhüllte Hand hob sich, und der grüne Mann brüllte auf, als sich aus den Ranken, aus denen er gewebt war, Rauch erhob. Der Wind in den Bäumen warf ein Echo seiner Schmerzen zurück.

Aginor wandte sich wieder Rand und den anderen zu, als sei er mit dem Grünen Mann fertig, doch ein langer Schritt, und kräftige, blättrige Arme schlangen sich um Balthamel, hoben ihn hoch, drückten ihn gegen eine Brust aus dicken Ranken. Die schwarze Ledermaske lachte in Haselnußaugen, die vor Zorn dunkel waren. Wie Schlangen entwanden sich Balthamels Arme dieser Umklammerung. Seine behandschuhten Hände ergriffen den Kopf den Grünen Mannes, als wollten sie ihn ausreißen. Flammen schlugen hoch, wo diese Hände des Grünen Mann berührten. Ranken verwelkten, Blätter fielen. Der Grüne Mann brüllte laut, als dichter, dunkler Rauch zwischen den Ranken seines Körpers herausquoll. Weiter und weiter brüllte er, als brülle er sich selbst aus sich heraus, zusammen mit dem Rauch, der zwischen seinen Lippen hervorquoll.

Plötzlich zuckte Balthamel im Griff des Grünen Mannes. Die Hände des Verlorenen versuchten, ihn wegzuschieben, statt ihn festzuhalten. Eine Hand flog zur Seite… und ein winziger, grüner Trieb brach durch das schwarze Leder. Ein Pilz, so wie er im tiefen Schatten des Waldes ringförmig um die Bäume wächst, umklammerte seinen Arm, wuchs aus dem Nichts zu voller Größe heran, schwoll an und bedeckte die ganze Länge des Arms. Balthamel schlug um sich, und ein Stinkkraut-Trieb riß seine Lederhülle auf. Flechten schoben ihre Wurzeln hinein und sprengten winzige Risse in das Ledergesicht. Nesseln durchbrachen die Augen der Maske; Totenkopfpilze rissen den Mund auf.

Der grüne Mann schleuderte den Verlorenen zu Boden. Balthamel wand sich und zuckte, als all diese Dinge, die an düsteren Orten wuchsen, all die Dinge mit Sporen, all die Dinge, die Feuchtigkeit liebten, anschwollen und wuchsen, Stoff und Leder und Fleisch aufrissen — war es Fleisch, was man in diesem kurzen Augenblick pflanzlichen Zorns sehen konnte? —, bis nur noch zerlumpte Fetzen übrig waren; die ihn überwucherten, bis nur noch eine Erhebung übrigblieb, die man kaum von anderen in den schattigen Tiefen des Waldes unterscheiden konnte, und diese Erhebung bewegte sich genausowenig wie die anderen. Mit einem Aufstöhnen wie dem eines Astes, der unter seinem zu hohen Gewicht abbricht, krachte der Grüne Mann zu Boden. Die Hälfte seines Kopfes war schwarz verkohlt. Rauchfinger erhoben sich noch von ihm wie graue Fühler. Verbrannte Blätter fielen von seinem Arm herunter, als er schmerzerfüllt seine geschwärzte Hand ausstreckte, um sanft eine Eichel zu umschließen.

Die Erde grollte, als zwischen seinen Fingern ein Eichenschößling emporwuchs. Der Kopf des Grünen Mannes sackte herunter, doch der Schößling streckte sich der Sonne entgegen. Wurzeln schossen heraus und festigten sich, gruben sich in den Boden, schoben sich wieder heraus und wurden immer dicker, während sie wieder einsanken. Der Stamm verbreiterte sich und streckte sich nach oben. Die Rinde wurde grau und rissig und alt. Äste breiteten sich aus und wurden schwer, armdick, mannsgroß, erhoben sich, den Himmel zu liebkosen, dicht mit grünem Laub bewachsen, voll von Eicheln. Das massive Netzwerk von Wurzeln warf die Erde auf wie ein Pflug, während es sich vergrößerte; der sowieso schon riesige Stamm zitterte, verbreiterte sich erneut zum Durchmesser eines Hauses. Stille verbreitete sich. Und eine Eiche, die auch fünfhundert Jahre alt sein konnte, bedeckte den Fleck, an dem der Grüne Mann gelegen hatte. Sie war das Zeichen für das Grab einer Legende. Nynaeve lag auf den knorrigen Wurzeln, die krumm gewachsen waren, um ihre Gestalt zu umfassen, um ein Bett für sie zu bilden, auf dem sie ruhen konnte. Der Wind seufzte durch die Zweige der Eiche; er schien ein Lebewohl zu murmeln.

Selbst Aginor schien wie betäubt. Dann hob er den Kopf, und die Höhlenaugen glühten vor Haß. »Genug! Es ist höchste Zeit, dies zu beenden!«

»Ja, Verlorener«, sagte Moiraine mit einer Stimme, die so kalt klang wie das Eis im tiefsten Winter. »Höchste Zeit!«

Die Hand der Aes Sedai hob sich, und der Boden brach unter Aginors Füßen ein. Flammen erhoben sich prasselnd aus der Kluft, wurden von dem aus allen Richtungen heranheulenden Wind aufgepeitscht, saugten einen Strudel von Blättern in sich hinein, der sich zu einem rotgeäderten, flüssigen gelben Strahl purer Hitze verfestigte. In der Mitte stand Aginor, die Füße nur von Luft gehalten. Der Verlorene sah überrascht aus, doch dann lächelte er und trat einen Schritt vor. Es war ein langsamer Schritt, als versuche das Feuer, ihn am gleichen Fleck festzuhalten, aber er tat ihn, und dann noch einen.

»Rennt!« befahl Moiraine. Ihr Gesicht war vor Anstrengung weiß. »Rennt alle weg!« Aginor schritt durch die Luft auf die Kante der Flammen zu.

Rand konnte am Rand seines Gesichtsfeldes erkennen, wie andere sich bewegten, wie Mat und Perrin weghetzten, wie Loials lange Beine ihn in den Wald hineintrugen, doch alles, was er wirklich sah, war Egwene. Sie stand starr da mit bleichem Gesicht und geschlossenen Augen. Es war nicht die Angst, die sie dort festhielt, erkannte er. Sie versuchte, ihre winzige, ungeübte Kraft in der Anwendung der Macht gegen den Verlorenen einzusetzen.

Grob packte er sie am Arm und zog sie herum, bis ihr Gesicht ihm zugewandt war. »Renn weg!« schrie er sie an. Ihre Augen öffneten sich, blickten ihn an. Zorn war darin zu sehen, weil er sich eingemischt hatte, und blinder Haß auf Aginor, aber auch Furcht vor dem Verlorenen. »Renn!« sagte er und schob sie in Richtung auf die Bäume. Er tat es so kräftig, daß sie losstolperte. Kaum daß sie sich in Bewegung gesetzt hatte, rannte sie auch schon.

Aber Aginors verwittertes Gesicht wandte sich ihm zu und auch der davonrennenden Egwene hinter ihm, während der Verlorene durch die Flammen wandelte, als ginge ihn das, was die Aes Sedai tat, überhaupt nichts an. Er blickte hinter Egwene her.

»Nicht sie!« schrie Rand. »Das Licht verbrenne Euch, aber sie bekommt Ihr nicht!« Er schnappte sich einen Felsbrocken und warf ihn. Er hoffte, damit Aginors Aufmerksamkeit zu erregen. Auf halbem Weg zum Gesicht des Verlorenen verwandelte sich der Stein in eine Handvoll Staub.

Er zögerte nur einen Augenblick lang, lang genug, um nach hinten zu blicken und zu sehen, daß Egwene zwischen den Bäumen verborgen war. Die Flammen umgaben Aginor immer noch, Fetzen seines Umhangs glimmten, aber er schlenderte einher, als habe er alle Zeit der Welt, und das Feuer war nah. Rand drehte sich um und rannte los. Hinter sich hörte er, wie Moiraine laut aufschrie.

KAPITEL 29

Gegen den Schatten

Der Weg, den Rand gewählt hatte, führte stetig aufwärts, aber die Angst verlieh seinen Beinen Kraft, und er kam mit langen Schritten schnell voran. Er bahnte sich seinen Weg durch blühende Büsche und Gestrüpp von Heckenrosen, ließ abgefallene Blütenblätter hinter sich zurück und achtete nicht darauf, ob die Dornen seine Kleider zerrissen und vielleicht sogar seine Haut ritzten. Moiraine hatte aufgehört zu schreien. Es schien, als hätten die Schreie eine Ewigkeit angedauert, jeder durchdringender als der letzte, aber er wußte, daß sie zusammen nur wenige Augenblicke gedauert hatten. Augenblicke, bevor Aginor sich an seine Fersen heftete. Er wußte, daß Aginor gerade ihm folgen würde. Er hatte die Gewißheit in den hohlen Augen des Verlorenen erblickt, in dieser letzten Sekunde, bevor die Angst seine Füße zum Rennen zwang.

Der Abhang wurde noch steiler, aber er kletterte weiter, zog sich an Kräuterbüscheln hoch; Steine und Erdboden und Blätter wurden von seinen Füßen losgetreten und rollten den Hang hinunter. Schließlich kroch er auf Händen und Knien weiter, als es zu steil wurde. Vor ihm — über ihm — wurde das Land etwas ebener. Schnaufend krabbelte er die letzten paar Spannen hoch, stand auf und blieb stehen. Er hätte am liebsten ein lautes Heulen von sich gegeben.

Zehn Schritte vor ihm brach der Hügel an einer scharfen Kante abrupt ab. Er wußte, was er sehen würde, noch bevor er die Kante erreichte, aber er machte trotzdem die notwendigen Schritte, einen schwerfälliger als den anderen, in der Hoffnung, es gebe vielleicht einen Weg, einen Ziegenpfad oder was auch immer. Oben angekommen, blickte er einen dreißig Schritte tiefen Steilhang hinab, eine Steinmauer, so glatt wie abgeschliffenes Holz.

Es muß einen Weg geben. Ich gehe zurück und suche mir einen Weg außen herum. Gehe zurück und ...

Als er sich umdrehte, war Aginor da. Er hatte gerade den Kamm des Hügels erreicht. Der Verlorene erklomm den Hügel ohne jede Schwierigkeit. Er schritt den steilen Abhang hinauf, als sei es ebener Boden. Tief eingesunkene Augen in diesem Pergamentgesicht glühten ihn an. Irgendwie schien es jetzt nicht mehr so verwittert wie vorher, ein wenig voller, als habe Aginor gut gegessen. Diese Augen waren auf ihn gerichtet, aber als Aginor sprach, war es mehr zu sich selbst.

»Ba'alzamon versprach eine Belohnung jenseits aller Träume sterblicher Menschen für den, der euch nach Shayol Ghul bringt. Aber meine Träume schweiften immer schon jenseits derer anderer Menschen, und die Sterblichkeit habe ich vor Jahrtausenden hinter mir zurückgelassen. Welchen Unterschied macht es schon, ob ihr dem Großen Herrn der Dunkelheit lebendig oder tot dient? Für die Ausbreitung des Schattens spielt das keine Rolle. Warum sollte ich meine Macht mit euch teilen? Warum sollte ich das Knie vor euch beugen? Ich, der in der Halle der Diener selbst Lews Therin Telamon gegenüberstand? Ich, der meine Macht gegen den Herrn des Morgens einsetzte und ihm Schlag für Schlag Pari bot? Ich denke, ich habe das nicht nötig.«

Rands Mund war staubtrocken. Seine Zunge fühlte sich so verschrumpelt an, wie Aginor aussah. Die Kante des Abgrunds knirschte unter seinen Absätzen. Steine fielen hinunter. Er wagte es nicht, zurückzublicken, doch er hörte, wie die Steinbrocken ein ums andere Mal von der Steilwand zurückprallten, genau wie es mit seinem Körper geschehen würde, wenn er sich auch nur ein paar Handbreit vorwärts bewegte. Er war sich vorher überhaupt nicht bewußt gewesen, daß er sich vor dem Verlorenen zurückgezogen hatte. Seine Haut prikkelte, so daß er meinte, er könne sie Blasen schlagen sehen, wenn er nur hinsah, wenn er den Blick nur von dem Verlorenen wenden könnte. *Es muß doch einen Weg geben, ihm zu entkommen. Irgendeinen Fluchtweg! Es muß einen geben! Irgendeinen Weg!*

Plötzich fühlte er etwas, sah es auch, obwohl er wußte, daß es gar nicht sichtbar vorhanden war. Ein glühendes Seil ging von Aginor aus, hinter ihm, weiß wie Sonnenschein, der durch eine hellstrahlende Wolke hindurch gesehen wird, schwerer als der Arm eines Schmieds, leichter als Luft, und verband den Verlorenen mit etwas unsagbar Fernem, etwas in Reichweite von Rands Händen. Das Seil pulsierte, und mit jedem Pulsschlag wurde Aginor stärker, sein Gesicht voller, wurde er zu einem Mann, der genauso groß und stark war wie er selbst, härter als ein Behüter, tödlicher als die Fäule. Doch neben dieser leuchtenden Nabelschnur schien der Verlorene kaum bestehen zu können. Die Schnur war alles. Sie summte. Sie sang. Sie lockte Rands Seele. Ein heller Fingerstrang trieb von ihr weg durch die Luft, berührte ihn, und er keuchte auf. Licht erfüllte ihn, und Hitze, die eigentlich hätte brennen sollen, wärmte ihn lediglich, als wolle sie die Grabeskühle aus seinen Knochen vertreiben. Der Strang verdickte sich. *Ich muß entkommen!*

»Nein!« schrie Aginor. »Ihr sollt das nicht haben! Es gehört mir!«

Rand bewegte sich nicht, genau wie der Verlorene, aber sie kämpften miteinander, als hätten sie sich im Staub gewälzt. Schweißtropfen rannen von Aginors Stirn, die nicht mehr verschrumpelt wirkte, sondern die eines starken Mannes in seinen besten Jahren war. Rand war vom Pulsschlag der Schnur erfüllt, als sei das der Herzschlag der Welt. Er erfüllte sein ganzes Wesen.

Licht durchflutete seinen Geist, bis nur noch eine Ecke für seine wahre Persönlichkeit übrigblieb. Er wickelte das Nichts um diesen Haltepunkt, barg ihn in der Leere. *Nur weg!*

»Meins!« schrie Aginor. »Es gehört mir!«

Wärme stieg in Rand auf, die Wärme der Sonne, das Strahlen der Sonne, brach auf in einer wahnsinnigen Lichtexplosion: das Licht. *Weg!*

»Meins!« Flammen schossen aus Aginors Mund, brachen wie Feuerspeere aus seinen Augen, und er schrie.

Weg!

Und Rand befand sich nicht mehr auf der Spitze des Hügels. Er bebte mit dem Licht, das ihn durchdrang. Sein Verstand arbeitete nicht richtig; Licht und Hitze blendeten ihn. Das Licht. Mitten im Nichts blendete das Licht seinen Verstand, betäubte ihn mit Ehrfurcht. Er stand auf einem breiten Bergpaß, der von zerrissenen schwarzen Gipfeln, die wie die Zähne des Dunklen Königs waren, umgeben war. Es war echt; er befand sich wirklich dort. Er fühlte die Felsen unter seinen Stiefeln und den eisigen Wind in seinem Gesicht.

Eine Schlacht umtobte ihn, oder zumindest die Nachhut einer Schlacht. Gerüstete Männer auf gepanzerten Pferden — glänzender Stahl, mittlerweile von Staub verkrustet — schlugen und stachen auf fauchende Trollocs ein, die Dornenäxte und sichelgleiche Schwerter schwangen. Einige Männer kämpften zu Fuß, da ihre Pferde ums Leben gekommen waren, aber es rannten auch reiterlose, gepanzerte Pferde zwischen den Kämpfenden hindurch. Inmitten der Schlacht ritten Blasse umher. Ihre nachtschwarzen Umhänge hingen unbeweglich herunter, so schnell auch ihre Reittiere galoppierten, und wo immer auch ihre lichtfressenden Schwerter auftrafen, da starben Männer. Lärm drang auf Rand ein, schlug auf ihn ein und prallte zurück von der Fremdartigkeit, die ihn gepackt hatte. Das Aufklingen von Stahl auf Stahl, das schwere Atmen und Grunzen von kämpfenden Männern und Trollocs, die Schreie der sterbenden Menschen und Trollocs. Über dem Lärm flatterten Banner in der stauberfüllten Luft. Der Schwarze Falke von Fal Dara, der Weiße Hirsch von Schienar, andere. Und Trolloc-Flaggen. Im engsten Umkreis konnte er den gehörnten Schädel der Dha'vol erkennen, den blutroten Dreizack der Ko'bal, die eiserne Faust der Dhai'mon.

Und doch war es wirklich die Nachhut der Schlacht, ein Atemholen, als sich Menschen und Trollocs zurückzogen, um sich neu zu formieren. Keiner schien Rand zu bemerken. Sie wechselten ein paar letzte Schläge und lösten sich vom Gegner, galoppierten oder rannten oder taumelten fort zu den Enden des Passes.

Rand blickte direkt auf die Seite des Passes, wo sich die Menschen sammelten. Wimpel flatterten unter glitzernden Lanzenspitzen. Verwundete wankten in ihren Sätteln. Reiterlose Pferde bäumten sich auf und galoppierten umher. Klar ersichtlich waren sie einem erneuten Zusammentreffen nicht gewachsen, und genauso klar war es, daß sie sich auf einen letzten Angriff vorbereiteten. Einige von ihnen sahen ihn nun. Männer standen in den Steigbügeln und deuteten auf ihn. Ihre Rufe drangen wie leises Piepsen zu ihm herauf.

Leicht taumelnd drehte er sich um. Die Truppen des Dunklen Königs füllten das andere Ende des Passes. Wie Igel bedeckten schwarze Piken und Speerspitzen die Berghänge, die durch die große Anzahl von Trollocs schwarz überzogen schienen. Ihre Armee übertraf die von Schienar bei weitem. Hunderte von Blassen ritten vor der Horde einher. Die wilden Schnauzengesichter der Trollocs wandten sich furchtsam ab, während sie vorbeiritten. Riesige Körper schoben sich nach hinten und machten ihnen Platz. Obendrüber kreisten Draghkar mit ledrigen Schwingen. Ihre Schreie forderten den Wind heraus. Jetzt sahen ihn auch einige der Halbmenschen, deuteten auf ihn, und Draghkar kippten ab und stürzten auf ihn herunter. Zwei. Drei. Sechs davon stießen mit schrillen Schreien im Sturzflug zu ihm herunter.

Er blickte sie an. Hitze erfüllte ihn, die brennende Hitze der Sonne, die er berührt hatte. Er konnte die Draghkar klar erkennen: seelenlose Augen in blassen Menschengesichtern an geflügelten Körpern, die nichts Menschliches an sich hatten. Schreckliche Hitze. Funkensprühende Hitze.

Aus dem heiteren Himmel kamen Blitze, jeder einzelne kurz und scharf umrissen, fuhren ihm sengend in die Augen. Jeder Blitz traf eine geflügelte schwarze Gestalt. Aus Jagdrufen wurden Todesschreie, und verkohlte Gestalten fielen herab und ließen den Himmel wieder sauber hinter sich zurück.

Die Hitze. Die schreckliche Hitze des Lichts.

Er fiel auf die Knie nieder. Er glaubte, seine Tränen auf den Wangen zischen zu hören. »Nein!« Er klammerte sich an Büschel zähen Grases, um nicht den Kontakt mit der Wirklichkeit zu verlieren, doch das Gras ging in Flammen auf. »Bitte, neeeeeeiin!«

Der Wind erhob sich mit seiner Stimme, heulte mit seiner Stimme, brüllte mit seiner Stimme den Paß hinunter, peitschte die Flammen zu einer Feuerwand hoch, die sich von ihm weg bewegte und auf die Trollocs zu. Sie war schneller, als ein Pferd galoppieren konnte. Das Feuer brannte sich in die Trollocs hinein, und die Berge erzitterten vor ihren Schreien, Schreie, die fast so laut waren wie der Wind und seine Stimme.

»Das muß aufhören!«

Er schlug mit der Faust auf den Boden, und die Erde klang auf wie ein Gong. Er schürfte sich die Hände auf steiniger Erde auf, und die Erde bebte. Wellen rollten durch die Erde vor ihm, stiegen immer höher, Wellen von Schmutz und Felsbrocken, die über den Trollocs und Blassen aufragten und über sie hereinbrachen und die Berge unter ihren Hufen und Füßen zerschmetterten. Eine kochende Masse von Fleisch und Schutt ergoß sich über die Trolloc-Armee. Was schließlich stehen blieb, war immer noch ein mächtiges Heer, aber nicht mehr als doppelt so groß wie das Heer der Menschen, und alle liefen in Angst und Verwirrung durcheinander.

Der Wind legte sich. Die Schreie erstarben. Die Erde bewegte sich nicht mehr. Staub und Rauch zogen sich zu einer Wolke zusammen, die den Paß heraufwirbelte und ihn umgab.

»Das Licht blende dich, Ba'alzamon! Das muß ein Ende finden!«

DAS ENDE IST NICHT HIER.

Es war nicht Rands Gedanke, der seinen Schädel vibrieren ließ.

ICH WERDE NICHT EINGREIFEN. NUR DER AUSERWÄHLTE KANN TUN, WAS GETAN WERDEN MUSS, WENN ER WILL.

»Wo?« Er wollte es nicht aussprechen, aber er konnte sich nicht davon abhalten. »Wo?«

Der ihn umgebende Dunst lichtete sich. Eine Kuppel klarer, reiner Luft formte sich, zehn Spannen hoch, von wogendem Rauch und Staub umrahmt. Stufen erhoben sich vor ihm — jede davon stand frei und ohne irgendeinen Halt — und erstreckten sich nach oben in die Trübe hinein, die die Sonne verbarg.

NICHT HIER.

Durch den Dunst kam ein Schrei wie vom fernen Ende der Erde her: »Das Licht wünscht es!« Der Boden grollte unter dem Donner von Hufen, als das Herr der Menschen zum letzten Angriff ritt.

Inmitten des Nichts verfiel sein Verstand einen Moment lang in Panik. Die angreifenden Reiter konnten ihn im Staub nicht erkennen; sie würden vielleicht über ihn hinwegtrampeln. Der größere Teil seines Ichs ignorierte den bebenden Boden als eine nichtige Sache unter seiner Würde. Stumpfer Zorn trieb seine Füße die ersten Stufen hoch. *Es muß damit Schluß gemacht werden!*

Dunkelheit umgab ihn — die absolute Dunkelheit im totalen Nichts. Die Stufen waren immer noch da, hingen in der Schwärze unter seinen Füßen und vor ihm. Als er zurückblickte, waren die hinter ihm weg, hatten sich im Nichts seiner Umgebung aufgelöst. Doch die Schnur war noch da, erstreckte sich hinter ihm. Das glühende Seil wurde in der Ferne immer dünner und verschwand schließlich. Es war nicht so dick wie zuvor, pulsierte aber immer noch, pumpte Kraft in ihn hinein, pumpte Leben, füllte ihn mit dem Licht. Er schritt weiter hinauf.

Er schien ewig weiterzuklimmen. Ewig, minutenlang. Die Zeit stand im Nichts still. Die Zeit lief schneller ab. Er kletterte weiter, und plötzlich stand ein Tor vor ihm, ein Tor mit rauher, gesplitterter und alter Oberfläche, ein Tor, an das er sich nur zu gut erinnerte. Er berührte es, und es zerbarst zu Splittern. Noch während die Teile herabfielen, schritt er hindurch. Splitter zerschmetterten Holzes fielen von seinen Schultern.

Auch der Raum entsprach seinen Erinnerungen: der wahnsinnige, streifige Himmel jenseits des Balkons, die geschmolzenen Wände, der glänzende Tisch, der furchtbare Kamin mit seinen tosenden, kalten Flammen. Einige der Gesichter, aus denen der Kamin bestand, die sich in Folter verzerrten und lautlos schrien, zupften an seinem Gedächtnis. Ihm war, als kenne er sie. Doch er hielt das Nichts um sich herum fest und trieb in sich selbst zurückgezogen in der Leere. Er war allein. Als er in den Spiegel an der Wand blickte, konnte er dort sein Gesicht so klar erkennen, als sei er es wirklich. *Es ist Ruhe im Nichts.*

»Ja«, sagte Ba'alzamon von einem Platz vor dem Kamin her, »ich dachte mir schon, daß Aginor seiner eigenen Gier zum Opfer fallen würde. Aber schlußendlich spielt das gar keine Rolle mehr. Eine lange Suche, doch jetzt ist sie zu Ende. Du bist hier, und ich kenne dich nun.«

Mitten im Licht schwebte das Nichts, und in der Mitte des Nichts schwebte Rand. Er fühlte nach der Erde seiner Heimat und erfaßte harten Fels, unnachgiebig und trocken, Stein ohne Mitleid, wo nur der Starke überleben konnte, nur derjenige, der ebenso hart war wie der Fels. »Ich bin des Rennens müde.« Er konnte selbst nicht glauben, daß seine Stimme so ruhig klang. »Ich habe es satt, daß meine Freunde bedroht werden. Ich werde nicht mehr weglaufen.« Auch Ba'alzamon hatte eine Schnur, wie er jetzt bemerkte. Eine schwarze Nabelschnur, weitaus dicker als seine, so dick, daß sie einen menschlichen Körper überragt hätte, doch statt dessen wurde sie von Ba'alzamon überragt. Jeder Pulsschlag dieser schwarzen Vene fraß Licht.

»Glaubst du, es macht einen Unterschied, ob du wegläufst oder bleibst?« Die Flammen aus Ba'alzamons Mund lachten. Die Gesichter des Kamins weinten über die Freude ihres Herrn. »Du bist oft schon vor mir geflohen, und jedesmal habe ich dich eingeholt und dich deinen eigenen Stolz fressen lassen — mit erbärmlichen Tränen als Gewürz. Viele Male hast du dich gestellt und mit mir gekämpft und bist dann besiegt vor mir gekrochen und hast um Gnade gebettelt. Du hast die Wahl, Wurm, und nur diese eine Wahl überhaupt: Knie vor mir nieder und diene mir gut, dann werde ich dir Macht verleihen, oder bleibe die närrische Marionette Tar Valons und schreie, während du zum Staub der Zeit zermalmt wirst.«

Rand trieb ein Stückchen weiter und blickte durch die Tür zurück, als suche er nach einem Fluchtweg. Sollte das doch der Dunkle König glauben! Jenseits der Tür befand sich immer noch die Schwärze des Nichts, nur von dem leuchtenden Faden aus seinem Körper unterbrochen. Und dort draußen war auch Ba'alzamons schwerere Schnur, so schwarz, daß sie sich vom Dunkel wie von Schnee abhob. Die beiden Schnüre pulsierten abwechselnd wie Adern voll Herzblut, gegeneinander gerichtet, und das Licht widerstand nur mit Mühe den Wellen von Dunkelheit.

»Es gibt noch andere Möglichkeiten«, sagte Rand. »Das Rad webt das Muster, nicht du. Ich bin aus jeder Falle entkommen, die du für mich gelegt hast. Ich bin deinen Blassen und Trollocs entkommen und deinen Schattenfreunden. Ich habe dich hierher verfolgt und auf dem Weg dein Heer zerstört. Du webst das Muster nicht.«

Ba'alzamons Augen loderten wie zwei Brennöfen. Seine Lippen bewegten sich nicht, aber Rand glaubte, einen Fluch an die Adresse Aginors zu hören. Dann erstarben die Feuer, und dieses gewöhnliche menschliche Gesicht lächelte ihn auf eine Art an, die ihn selbst durch die Wärme des Lichts hindurch erschauern ließ. »Neue Heere können zusammengezogen werden, du Narr. Heere, die du dir nicht erträumt hast, werden noch folgen. Und du hättest mich verfolgt? Du Larve unter einem Felsen — mich verfolgen? Ich fing an dem Tag an, deinen Weg zu bestimmen, als du geboren wurdest, einen Weg, der dich in dein Grab führen würde oder hierher. Aiel, denen die Flucht gestattet wurde, und einer sollte überleben, um die Worte auszusprechen, die ihr Echo durch die Jahre werfen sollten. Jain Fernstreicher, ein Held« — er zerrte den Namen höhnisch in die Länge — »den ich zum Narren machte und zu den Ogiern schickte, als er glaubte, er habe mich los. Die Schwarzen Ajah, die wie Würmer auf den Bäuchen um die Welt krochen, um dich zu finden. Ich ziehe an den Fäden und der Amyrlin-Sitz tanzt und glaubt, daß er die Ereignisse im Griff hat.«

Das Nichts erzitterte. Hastig festigte Rand es wieder. *Er weiß alles. Er könnte das getan haben. Es könnte so gewesen sein, wie er behauptet.* Das Licht erwärmte das Nichts. Zweifel erhob sich und wurde gestillt, bis nur noch ein Körnchen davon übrig war. Er kämpfte mit sich, wußte nicht, ob er das Körnchen begraben oder zum Wachsen bringen sollte. Das Nichts stand wieder fest und sicher, wenn auch kleiner als zuvor, und er trieb in einem Meer der Ruhe.

Ba'alzamon schien nichts davon zu bemerken. »Es spielt kaum eine Rolle, ob ich dich lebendig oder tot bekomme — außer natürlich für dich — und welche Macht du besitzen magst. Du wirst mir dienen, oder zumindest deine Seele wird mir dienen. Aber mir wäre es lieber, du würdest lebendig vor mir knien. Eine einzige Faust Trollocs, die ich zu deinem Dorf entsandte, obwohl ich tausend hätte schicken können. Ein Schattenfreund, der dir gegenüberstand, obwohl hundert dich im Schlaf überraschen könnten. Und du Narr erkennst sie nicht einmal alle, weder die vor dir, noch die hinter dir, noch diejenigen an deiner Seite. Du gehörst mir, hast mir schon immer gehört, ein Hund an der Leine, und ich brachte dich hierher, um vor deinem Herrn niederzuknien oder zu sterben und deine Seele niederknien zu lassen.«

»Ich widerstehe dir. Du hast keine Macht über mich, und ich werde weder lebendig noch tot vor dir knien.«

»Schau«, sagte Ba'alzamon. »Schau!« Unwillig drehte Rand den Kopf.

Da standen Egwene und Nynaeve, blaß und verängstigt, mit Blumen im Haar. Und eine andere Frau, wenig älter als die Seherin, dunkeläugig und schön, mit einem typischen Kleid von den Zwei Flüssen bekleidet, um dessen Kragen leuchtende Blüten gestickt waren. »Mutter?« hauchte er, und sie lächelte — ein Lächeln ohne Hoffnung. Das Lächeln seiner Mutter. »Nein! Meine Mutter ist tot, und die anderen beiden sind in Sicherheit, fern von hier. Ich glaube dir nicht!« Egwene und Nynaeve verschwammen, wurden zu verwehendem Dunst, lösten sich auf. Kari al'Thor stand immer noch mit ängstlich geweiteten Augen da.

»Zumindest sie«, sagte Ba'alzamon, »gehört mir, und ich kann mit ihr machen, was ich will.«

Rand schüttelte den Kopf. »Ich glaube dir nicht.« Er

mußte die Worte aus sich herauspressen. »Sie ist tot und ruht, für dich unerreichbar, im Licht.«

Die Lippen seiner Mutter bebten. Tränen rannen ihr über die Wangen; jede davon brannte in ihm wie Säure. »Der Herr des Grabes ist stärker als früher, mein Sohn«, sagte sie. »Seine Reichweite ist größer. Der Vater der Lügen spricht mit einer Stimme wie Honig zu den nichtsahnenden Seelen. Mein Sohn! Mein einziger Lieblingssohn! Ich würde es dir gern ersparen, wenn ich nur könnte, doch jetzt ist er mein Herr, und sein Wunsch ist das Gesetz meiner Existenz. Ich kann nicht anders — muß ihm gehorchen und um seine Gnade winseln. Nur du kannst mich befreien. Bitte, mein Sohn! Bitte hilf mir! Hilf mir! Hilf mir! BITTE!«

Der Schrei entriß sich ihr, während sie von Blassen mit bleichen, augenlosen, enthüllten Gesichtern flankiert wurde. Ihre Kleidung wurde von deren blutlosen Händen weggefetzt, Händen, in denen Zangen und Klammern und andere Dinge ruhten, die stachen und brannten und gegen ihre nackte Haut klatschten. Ihr Schrei wollte nicht enden.

Rands Aufschrei war ein Echo des ihrigen. Das Nichts kochte in seinem Geist. Sein Schwert war in seiner Hand. Nicht die Klinge mit dem Reiherzeichen, sondern eine aus Licht bestehende Klinge, eine Klinge des Lichts. Schon als er sie erhob, schoß ein feuriger, weißer Strahl aus ihrer Spitze, als habe die Klinge sich von selbst gestreckt. Er berührte den am nächsten stehenden Blassen, und eine blendende Lichtexplosion füllte den Raum, schien durch die Halbmenschen hindurch wie eine Kerze durch Papier, brannte durch sie hindurch und machte seine Augen blind für das, was sich abspielte.

Aus der Mitte des Leuchtens heraus hörte er ein Flüstern: »Danke, mein Sohn. Das Licht. Das gesegnete Licht.«

Der Blitz verblaßte, und er war allein mit Ba'alzamon in dem Raum. Ba'alzamons Augen brannten wie der

Abgrund des Verderbens, aber er scheute vor dem Schwert zurück, als sei es wirklich das Licht selbst. »Narr! Du wirst dich selbst zerstören! Du kannst es nicht führen, noch nicht! Nicht, bis ich es dir beigebracht habe!«

»Es ist vorbei«, sagte Rand, und er hieb mit dem Schwert nach Ba'alzamons schwarzer Schnur.

Ba'alzamon schrie, als das Schwert herunterfuhr, schrie, bis die Steinwände zitterten, und das endlose Heulen verstärkte sich noch, als die Lichtklinge seine Schnur durchschnitt. Die abgeschnittenen Enden zuckten auseinander, als hätten sie unter Spannung gestanden. Das Ende, das sich nach draußen in das Nichts erstreckte, schrumpfte im Zurückschnellen, während das andere in Ba'alzamon hineinpeitschte und ihn gegen den Kamin schleuderte. In den lautlosen Schreien der gequälten Gesichter lag stilles Lachen. Die Wände bebten und rissen auf; der Fußboden wölbte sich auf, und aus der Decke krachten Steinbrocken zu Boden.

Als alles sich um ihn herum aufzulösen begann, zeigte Rand mit seinem Schwert auf Ba'alzamons Herz: »Es ist vollbracht.«

Licht tanzte von der Klinge weg und ergoß sich als Schauer feuriger Funken wie Tropfen geschmolzenen, weißen Metalls. Heulend warf Ba'alzamon die Arme hoch in dem vergeblichen Versuch, sich zu schützen. Flammen loderten in seinen Augen, vereinten sich mit anderen Flammen, als sich der Stein entzündete, der Stein der berstenden Wände, der Stein des sich aufbäumenden Fußbodens, der von der Decke herabstürzende Stein. Rand fühlte, wie der hellstrahlende Strang, der an ihm hing, dünner wurde, bis nur noch das Glühen selbst verblieb, aber er bemühte sich noch mehr, obwohl er nicht wußte, was er tat oder wie er es fertigbrachte, nur, daß er endlich Schluß machen wollte. *Es muß einmal ein Ende sein!*

Feuer erfüllte den Raum, eine einzige kräftige Flam-

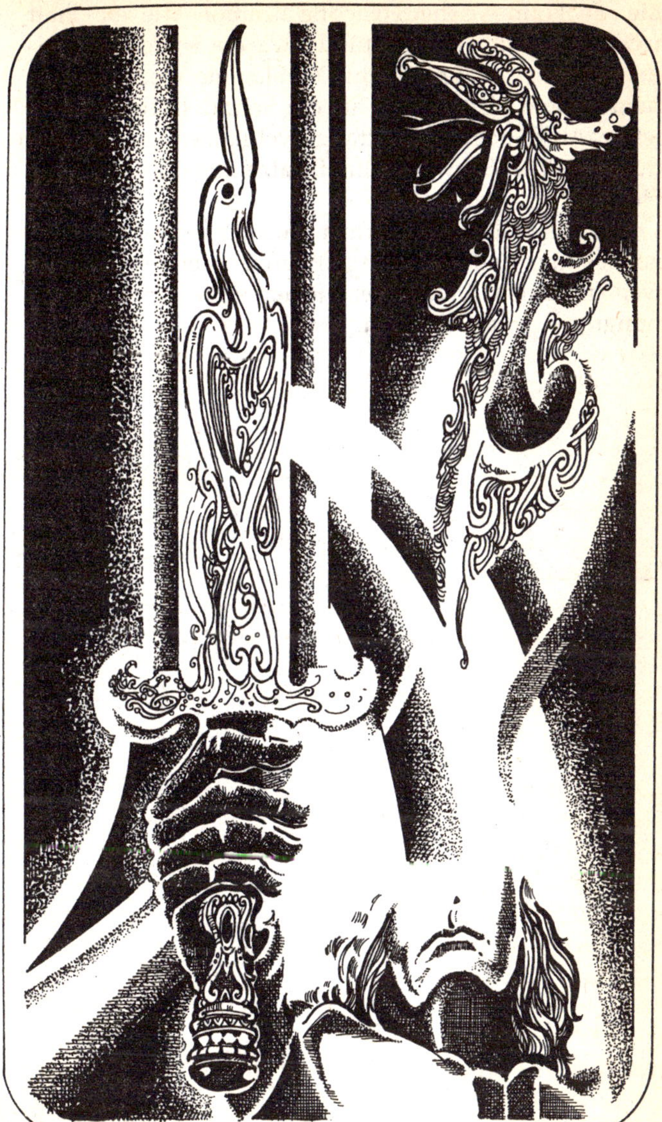

me. Er konnte sehen, wie Ba'alzamon wie ein Blatt welkte, hörte ihn heulen, fühlte, wie die Schreie von seinen Knochen widerhallten. Die Flamme wurde zu reinem weißen Licht, heller als die Sonne. Dann war das letzte Aufflackern des Strangs vergangen, und er fiel durch endlose Schwärze und Ba'alzamons verfliegendes Heulen.

Etwas traf ihn mit enormer Gewalt, verwandelte ihn zu Gelatine, und der Gelatinehaufen zitterte und schrie, weil in seinem Inneren ein Feuer tobte, ein endloses hungriges, kaltes Brennen.

KAPITEL 30

Es gibt weder Anfang noch Ende

Er wurde als erstes auf die Sonne aufmerksam, die über einen wolkenlosen Himmel zog und seine aufgerissenen Augen füllte. Sie schien sich ruckartig vorwärtszubewegen, tagelang stillzustehen, dann in einem Lichtstreifen vorzuschießen, auf den fernen Horizont zu, und den Tag mit sich zu reißen. Licht. *Das hat etwas zu bedeuten.* Der Gedanke stellte wieder etwas Neues dar. *Ich kann denken. Das Ich bezieht sich auf mich.* Als nächstes kam der Schmerz, die Erinnerung an wütendes Fieber, die Abschürfungen, wo ihn Schüttelfrost wie eine Stoffpuppe herumgerissen hatte. Und ein Gestank. Ein schmieriger Brandgeruch, der seine Nase und seinen Kopf füllte.

Mit schmerzenden Muskeln wälzte er sich herum und stützte sich auf Hände und Knie. Verständnislos starrte er die ölige Asche an, in der er gelegen hatte. Über den Fels auf der Hügelspitze war diese Asche verteilt und geschmiert. Fetzen dunkelgrünen Stoffs waren unter den Ruß gemischt, an den Kanten angesengte Fetzen, die den Flammen entgangen waren.

Aginor.

Ihm drehte es den Magen um. Er bemühte sich, schwarze Aschenschmierer von seiner Kleidung zu wischen, und er schleppte sich von den Überresten des Verlorenen weg. Seine Hände flatterten schwächlich, und er kam nicht recht voran. Er versuchte, beide Hände gleichzeitig einzusetzen, und fiel prompt vornüber. Unter seinem Gesicht brach der Hügel zu einem Abgrund ab. Die glatte Felswand drehte sich vor seinen Augen, und die Tiefe zog ihn an. Sein Kopf schwamm, und er übergab sich über die Kante der Klippe hinweg.

Zitternd kroch er bäuchlings nach hinten, bis sich wieder festes Gestein unter seinen Augen befand, und dann warf er sich auf den Rücken herum und atmete tief durch. Mit einiger Mühe zog er schließlich sein Schwert aus der Scheide. Von dem roten Stoff war nur etwas Asche übrig. Seine Hände zitterten, als er es sich vor die Augen hob. Er mußte beide Hände dazu benützen. Es war eine Klinge mit dem Reiherzeichen — *Reiherzeichen? Ja. Tam. Mein Vater* — aber wenigstens war sie nur aus Stahl. Er mußte dreimal zitternd ansetzen, bis er sie in die Scheide zurückschieben konnte. *Es* mußte *etwas anderes gewesen sein. Oder es gab noch ein anderes Schwert.*

»Ich heiße«, sagte er nach einer Weile, »Rand al'Thor.« Weitere Erinnerungen krachten in seinen Kopf zurück wie eine Bleikugel, und er stöhnte auf. »Der Dunkle König«, flüsterte er in sich hinein. »Der Dunkle König ist tot.« Es gab keinen Grund zur Vorsicht mehr. »Shai'tan ist tot.« Die Welt schien zu rucken. Er schüttelte sich in lautloser Freude, bis ihm Tränen aus den Augen quollen. »Shai'tan ist tot!« Er lachte in den Himmel hinein. Andere Erinnerungen. »Egwene!« Der Name bedeutete etwas Wichtiges.

Mit schmerzenden Muskeln stand er auf, schwankte wie eine Weide im Wind und taumelte an Aginors Asche vorbei, ohne sie anzublicken. *Nicht mehr wichtig.* Den ersten, steilen Teil des Abhangs fiel er mehr hinunter, als daß er kletterte. Er strauchelte und schlitterte von Busch zu Busch. Als er schließlich einen ebeneren Teil erreichte, schmerzten seine Abschürfungen doppelt so sehr wie vorher, aber er fand genügend Kraft, um gerade eben stehen zu können. *Egwene.* Er rannte schwerfällig los. Es regnete Blätter und Blütenteile, als er durch das Unterholz brach. *Muß sie finden. Wer ist sie?*

Seine Arme und Beine schwangen eher wie Grashalme umher, als daß sie sich dorthin bewegten, wohin er wollte. Taumelnd fiel er gegen einen Baum und knallte so hart auf den Stamm, daß er ächzte. Laub regnete auf seinen Kopf herab, als er das Gesicht an die rauhe Rinde preßte und sich festklammerte, um nicht zu fallen. *Egwene.* Er schob sich vom Baumstamm weg und eilte weiter. Beinahe im gleichen Moment kippte er schon wieder, doch er zwang seine Beine, sich schneller zu bewegen, in die Fallbewegung hineinzurennen, so daß er recht schnell vorwärtstaumelte, wenn auch immer nur einen Schritt weit davon entfernt, platt aufs Gesicht zu stürzen. Die Bewegung brachte seine Beine dazu, ihm wieder besser zu gehorchen. Mit der Zeit stellte er fest, daß er wieder aufrecht und mit schwingenden Armen rannte. Seine langen Beine führten ihn in großen Sätzen den Hang hinunter. Er brach auf die Lichtung hinaus, die nun zur Hälfte von der großen Eiche eingenommen wurde, die das Grab des Grünen Mannes zierte. Da war der weiße Steinbogen mit dem eingemeißelten uralten Symbol der Aes Sedai und die rußgeschwärzte, offene Grube, wo Feuer und Wind versucht hatten, Aginor zu besiegen, und wo dieser Versuch fehlschlug.

»Egwene! Egwene, wo bist du?« Ein hübsches Mädchen blickte mit großen Augen auf. Sie kniete unter den weit ausgebreiteten Ästen und hatte Blumen und Eichenlaub im Haar. Sie war schlank und jung und verängstigt. *Ja, das muß sie sein. Natürlich.* »Egwene, dem Licht sei Dank, daß es dir gut geht!«

Zwei andere Frauen waren noch bei ihr; eine mit verschleierten Augen und einem langen Zopf, der immer noch mit ein paar weißen Morgensternchen geschmückt war. Die andere lag ausgestreckt am Boden, den Kopf auf zusammengefaltete Umhänge gelegt. Ihr himmelblauer Umhang konnte das zerrissene Kleid nicht ganz verbergen. In dem schweren Stoff zeigten sich Risse und angesengte Flecke, und ihr Gesicht war blaß, doch die Augen waren geöffnet. *Moiraine. Ja, die Aes Sedai.*

Und die Seherin, Nynaeve. Alle drei Frauen sahen ihn unverwandt und gespannt an.

»Du bist doch in Ordnung, Egwene, oder? Er hat dir doch nichts getan?« Er konnte jetzt laufen, ohne zu stolpern — bei ihrem Anblick hätte er trotz aller Verletzungen tanzen können —, aber es tat trotzdem gut, sich neben ihr in den Schneidersitz fallen zu lassen.

»Ich habe ihn nicht einmal mehr gesehen, nachdem du ihn ...« Ihr Blick ruhte unsicher auf seinem Gesicht. »Wie steht es mit dir, Rand?«

»Mir geht's gut.« Er lachte. Er berührte ihre Wange und fragte sich, ob er sich das leichte Zurückzucken eingebildet hatte. »Ein wenig Ruhe, und ich bin so gut wie neu. Nynaeve? Moiraine Sedai?« Die Namen füllten seinen Mund mit einem neuen Geschmack.

Die Augen der Seherin waren alt, uralt, in einem jungen Gesicht, aber sie schüttelte lediglich den Kopf. »Ein bißchen durchgeschüttelt«, sagte sie, wobei sie ihn weiterhin beobachtete. »Moiraine ist die einzige ... die einzige von uns, die wirklich verletzt wurde.«

»Mein Stolz ist mehr verletzt als der Rest von mir«, sagte die Aes Sedai gereizt und zupfte an ihrer Decke aus Umhängen. Sie sah aus, als sei sie lange Zeit krank gewesen oder habe sich überanstrengt, doch trotz der dunklen Ringe blickten ihre Augen scharf und kraftvoll. »Aginor war überrascht und zornig, weil ich ihn so lange festhalten konnte, aber glücklicherweise hatte er keine Zeit, sich um mich zu kümmern. Ich bin selbst überrascht, daß ich ihn so lange binden konnte. Im Zeitalter der Legenden kam Aginor gleich nach dem Brudermörder und Ishamael, was Macht betraf.«

»Der Dunkle König und all die Verlorenen«, zitierte Egwene mit schwacher, zittriger Stimme, »sind in Shayol Ghul gebunden, vom Schöpfer gebunden ...« Sie atmete nervös ein.

»Aginor und Balthamel müssen nah an der Oberfläche gefangen gewesen sein.« Moiraine klang, als habe sie das bereits erklärt und sei ungeduldig, weil sie es noch mal erklären mußte. »Die Decke auf dem Gefängnis des Dunklen Königs wurde so schwach und durchlässig, daß sie entkamen. Laßt uns dankbar dafür sein, daß nicht noch mehr der Verlorenen befreit wurden. Wäre das der Fall gewesen, dann hätten wir sie kennengelernt.«

»Es spielt keine Rolle«, sagte Rand. »Aginor und Balthamel sind tot, genauso wie Shai ...«

»Der Dunkle König«, unterbrach ihn die Aes Sedai. Krank oder nicht, ihre Stimme war fest, und ihre dunklen Augen blickten dominierend drein. »Am besten nennen wir ihn auch weiterhin den Dunklen König. Oder höchstens Ba'alzamon.«

Er zuckte die Achseln. »Wie du wünschst. Aber er ist tot. Der Dunkle König ist tot. Ich habe ihn getötet. Ich verbrannte ihn mit ...« Die restlichen Erinnerungen überkamen ihn jetzt, und sein Mund blieb offen stehen. *Die Eine Macht. Ich habe die Eine Macht benützt. Kein Mann kann ...* Er leckte über seine plötzlich trockenen Lippen. Ein Windstoß wirbelte gefallene und zu Boden fallende Blätter um sie herum, aber der Wind war auch nicht kälter als sein Herz. Sie blickten ihn an, die drei. Beobachteten ihn. Sie zuckten nicht einmal mit den Lidern. Er streckte die Hand nach Egwene aus, und diesmal war es gewiß keine Einbildung, daß sie sich vor ihm zurückzog. »Egwene?« Sie wandte das Gesicht ab, und er ließ die Hand fallen.

Doch plötzlich warf sie die Arme um ihn und vergrub ihr Gesicht an seiner Brust. »Es tut mir leid, Rand. Es tut mir so leid. Es ist mir gleichgültig. Es ist mir wirklich egal.« Ihre Schultern zuckten. Er fühlte, wie sie weinte. Ungeschickt tätschelte er ihr Haar und sah über ihren Kopf hinweg die beiden anderen Frauen an.

»Das Rad webt, wie das Rad es will«, sagte Nynaeve bedächtig, »aber du bist immer noch Rand al'Thor aus Emondsfeld. Aber — Licht, hilf, Licht, hilf uns allen —

du bist zu gefährlich, Rand.« Er zuckte unter dem traurigen, bedauernden und den Verlust beklagenden Blick der Seherin zusammen.

»Was ist geschehen?« fragte Moiraine. »Erzähl mir *alles!*«

Und unter ihrem auffordernden Blick erzählte er alles. Er hätte sich gern abgewandt und alles in Kurzform erzählt und Dinge ausgelassen, aber die Augen der Aes Sedai sogen alles aus ihm heraus. Tränen rannen ihm über das Gesicht, als er zu Kari al'Thor kam. Seiner Mutter. Das betonte er. »Er hatte meine Mutter. Meine Mutter!« Auf Nynaeves Gesicht zeigten sich Sympathie und Schmerz, aber die Augen der Aes Sedai trieben ihn weiter, zu dem Lichtschwert, zum Durchschlagen der schwarzen Schnur und den Flammen, die Ba'alzamon verzehrten. Egwenes Arme schlossen sich noch fester um ihn, als wolle sie ihn von dem, was geschehen war, fortziehen. »Aber ich war es eigentlich nicht«, beendete er seinen Bericht. »Das Licht ... zog mich einfach weiter. Ich war es wirklich nicht selbst. Macht das einen Unterschied?«

»Ich hatte von Anfang an einen Verdacht«, sagte Moiraine. »Aber ein Verdacht ist noch kein Beweis. Nachdem ich dir das Abzeichen, die Münze, gegeben hatte und zwischen uns damit ein Band knüpfte, hättest du eigentlich alles freiwillig mitmachen müssen, was ich wollte, aber du hast dich widersetzt, Dinge in Frage gestellt. Das hat mir einiges verraten, aber nicht genug. Das Blut von Manetheren war immer schon halsstarrig und noch mehr, seit Aemon starb und Eldrenes Herz gebrochen wurde. Und dann war da noch Bela.«

»Bela?« fragte er. *Nichts spielt wirklich eine Rolle.*

Die Aes Sedai nickte. »In Wachhügel hatte es Bela überhaupt nicht nötig, durch mich von ihrer Erschöpfung befreit zu werden. Jemand anders hatte das bereits besorgt. In jener Nacht hätte sie selbst Mandarb hinter sich lassen können. Ich hätte daran denken sollen, wer auf Bela ritt. Trollocs auf unseren Fersen, ein Draghkar über uns und ein Halbmensch das Licht weiß wo in der Gegend, da mußtest du doch fürchten, daß Egwene zurückbleiben könne. Du brauchtest etwas nötiger als je im Leben. Also hast du dich an das eine gewandt, das es dir geben konnte: *Saidin.*«

Er schauderte. Er fühlte sich so kalt, daß seine Finger schmerzten. »Wenn ich das nie mehr mache, wenn ich es nie wieder berühre, dann werde ich nicht ...« Er konnte es nicht aussprechen. Verrückt. Das Land und die Menschen um sich herum in den Wahn stürzen. Sterben und verfaulen, während er noch am Leben war.

»Vielleicht«, sagte Moiraine. »Es wäre viel leichter, wenn dich jemand lehren würde, es zu beherrschen, aber es kann auch so gehen, wenn auch nur mit einer übermenschlichen Willenskraft.«

»Du kannst mich lehren. Sicherlich kannst du ...« Er brach ab, als die Aes Sedai den Kopf schüttelte.

»Kann eine Katze einem Hund beibringen, wie man auf einen Baum klettert, Rand? Kann ein Fisch einem Vogel das Schwimmen beibringen? Ich kenne *Saidar,* doch ich kann dich nichts in bezug auf *Saidin* lehren. Diejenigen, die das könnten, sind seit dreitausend Jahren tot. Aber vielleicht bist du widerstandsfähig genug. Vielleicht ist dein Wille stark genug.«

Egwene richtete sich auf und wischte sich mit dem Handrücken über die geröteten Augen. Sie sah aus, als wolle sie etwas sagen, aber als sie den Mund öffnete, kam kein Laut heraus. *Wenigstens zieht sie sich nicht zurück. Wenigstens kann sie mich ansehen, ohne zu schreien.*

»Die anderen?« fragte er.

»Lan hat sie mit in die Höhle genommen«, sagte Nynaeve. »Das Auge ist verschwunden, aber es ist irgend etwas in der Mitte des Sees, eine Kristallsäule und Stufen, um zu ihr zu kommen. Mat und Perrin wollten zuerst nach dir suchen — Loial hat das auch getan —, aber Moiraine sagte ...« Sie sah die Aes Sedai besorgt an.

Moiraine erwiderte ihren Blick ruhig. »Sie sagte, wir dürften dich nicht stören, während du ...«

Seine Kehle zog sich zusammen, bis er kaum noch Luft bekam. *Werden sie auch, wie Egwene, die ihre Gesichter abwenden? Werden sie schreien und weglaufen, als sei ich ein Blasser?* Moiraine sprach weiter, als bemerke sie gar nicht, wie sein Gesicht erblaßte.

»Es war eine ungeheure Menge der Einen Macht im Auge gespeichert. Selbst im Zeitalter der Legenden hätten nur wenige eine solche Menge ohne Hilfe beherrschen können. Sehr wenige. Die meisten hätten sich selbst zerstört.«

»Hast du es ihnen gesagt?« fragte er heiser. »Wenn es alle wissen ...«

»Nur Lan«, sagte Moiraine sanft. »Er muß es wissen. Und Nynaeve und Egwene, um dessentwillen, was sie sind und was sie werden. Bei den anderen bestand noch keine Notwendigkeit.«

»Warum nicht?« Sein Hals war so rauh, daß seine Stimme ganz hart klang. »Ihr werdet doch wohl wollen, daß man mir Beschränkungen auferlegt, oder? Das machen doch die Aes Sedai mit Männern, die die Eine Macht lenken können. Sie so verändern, daß sie das nicht mehr können? Sie ›sicher‹ machen? Thom sagte, Männer, denen Beschränkungen auferlegt wurden, sterben, weil sie nicht mehr weiterleben wollen. Warum erzählst du nichts davon, da man mich nach Tar Valon bringen und mir Einhalt gebieten wird?«

»Du bist *ta'veren*«, antwortete Moiraine. »Vielleicht ist das Muster noch nicht mit dir fertig.«

Rand setzte sich steif und aufrecht hin. »In den Träumen sagte Ba'alzamon, Tar Valon und der Amyrlin-Sitz würden versuchen, mich zu benützen. Er hat Namen genannt, und an einige davon erinnere ich mich jetzt. Raolin Dunkelbann und Guaire Amalasan. Yurian Steinbogen. Davian. Logain.« Den letzten Namen auszusprechen, fiel ihm am schwersten von allen. Nynaeve wurde bleich, und Egwene schnappte nach Luft, doch er fuhr zornig fort: »Jeder von ihnen ein falscher Drache. Versuche nicht, das abzustreiten. Also, ich werde mich nicht benützen lassen. Ich bin kein Werkzeug, das ihr auf den Müllhaufen werfen könnt, wenn es abgewetzt ist.«

»Ein Werkzeug, das zu einem bestimmten Zweck angefertigt wurde, wird nicht herabgesetzt, wenn man es zu eben diesem Zweck benützt.« Moiraines Stimme klang genauso hart wie die seine. »Aber ein Mann, der dem Vater der Lügen Glauben schenkt, setzt sich selbst herab. Du sagst, du wirst dich nicht benützen lassen, und dann läßt du deinen Weg von dem Dunklen König vorbestimmen, wie ein Hund, den sein Herr ein Kaninchen jagen läßt.«

Er ballte die Fäuste und drehte den Kopf weg. Das klang zu sehr nach den Dingen, die Ba'alzamon gesagt hatte. »Ich werde für niemanden den Jagdhund spielen. Verstehst du mich? Für niemanden!«

Loial und die anderen erschienen im Torbogen, und Rand stand mühsam auf, den Blick auf Moiraine gerichtet.

»Sie werden es nicht erfahren«, sagte die Aes Sedai, »bis das Muster es anders will.«

Dann waren seine Freunde nah. Lan führte sie an. Er sah so hart aus wie immer, aber etwas mitgenommener als sonst. Er trug eine von Nynaeves Bandagen um die Schläfen gewickelt und lief ziemlich steif einher. Hinter ihm trug Loial eine große, goldene Truhe, die mit Silber eingelegt und fein verziert war. Keiner außer einem Ogier hätte sie ohne Hilfe aufheben können. Perrin trug ein großes Bündel zusammengefalteten weißen Stoffes in den Armen, und Mat hielt vorsichtig etwas in beiden Händen, das wie die Bruchstücke eines Keramikgegenstandes aussah.

»Also lebst du doch noch.« Mat lachte. Sein Gesichtsausdruck wurde finsterer, und er nickte in Richtung Moiraine. »Sie hat uns nicht nach dir suchen lassen.

Sagte, wir sollten herausfinden, was das Auge verbarg. Ich wäre trotzdem losgegangen, aber Nynaeve und Egwene schlossen sich ihr an und warfen mich beinahe durch den Bogen.«

»Aber jetzt bist du hier«, sagte Perrin, »und so, wie du aussiehst, bist du nicht zu schlecht davongekommen.« Seine Augen glühten wohl nicht, aber die Pupillen waren jetzt ganz gelb. »Das ist das Wichtigste. Du bist hier, und wir sind mit dem fertig, was wir hier zu erledigen hatten, was das auch gewesen sein mag. Moiraine Sedai sagt, wir seien fertig und wir könnten gehen. Heim, Rand. Licht, verseng mich, aber ich will nach Hause.«

»Gut, dich lebendig vorzufinden, Schafhirte«, sagte Lan mürrisch. »Wie ich sehe, hast du dein Schwert nicht verloren. Vielleicht wirst du jetzt lernen, es richtig zu benützen.« Rand fühlte sich auf einmal zu dem Behüter hingezogen; Lan wußte Bescheid, aber an der Oberfläche wenigstens hatte sich nichts geändert. Er dachte, vielleicht habe sich für Lan auch inwendig nichts geändert.

»Ich muß schon sagen«, sagte Loial und stellte die Truhe auf den Boden, »mit *ta'veren* zu reisen hat sich als noch interessanter erwiesen, als ich erwartete.« Seine Ohren zuckten lebhaft. »Falls es noch ein wenig interessanter werden sollte, gehe ich schnurstracks zurück zum *Stedding* Schangtai, gestehe dem Ältesten Haman alles und verlasse meine Bücher nie mehr.« Plötzlich grinste der Ogier. Sein breiter Mund spaltete sein Gesicht in zwei Hälften. »Es ist so gut, dich wiederzusehen, Rand al'Thor. Der Behüter ist der einzige von diesen dreien hier, der überhaupt etwas von Büchern hält, und er spricht nicht darüber. Was ist mit dir geschehen? Wir rannten alle weg und versteckten uns im Wald, bis Moiraine Sedai Lan ausschickte, um uns aufzuspüren, aber sie hat uns nicht nach dir suchen lassen. Warum warst du so lange weg, Rand?«

»Ich bin gerannt und gerannt«, sagte er bedächtig, »bis ich einen Hügel runterfiel und mit dem Kopf gegen einen Stein prallte. Ich glaube, ich bin bei dem Sturz so ziemlich gegen jeden Stein gestoßen, der hügelabwärts lag.« Das sollte seine Abschürfungen erklären. Er versuchte, die Aes Sedai und Nynaeve und Egwene im Auge zu behalten, aber ihr Gesichtsausdruck änderte sich nicht. »Als ich wieder zu mir kam, wußte ich nicht mehr, wo ich war. Schließlich bin ich dann doch hierher zurückgestolpert. Ich glaube, Aginor ist tot, verbrannt. Ich habe Asche gefunden und Fetzen von seinem Umhang.«

Die Lügen klangen für ihn so leicht durchschaubar. Er konnte nicht verstehen, warum sie nicht verächtlich lachten und verlangten, daß er die Wahrheit sage, aber seine Freunde nickten nur, akzeptierten sie und gaben ein paar mitleidige Worte von sich, während sie zu der Aes Sedai gingen, um ihr zu zeigen, was sie gefunden hatten.

»Helft mir auf«, sagte Moiraine. Nynaeve und Egwene hoben sie in eine sitzende Stellung, mußten sie aber auch dann noch stützen.

»Wie konnten diese Sachen im Inneren des Auges sein«, fragte Mat, »ohne wie dieser Stein zerstört zu werden?«

»Sie waren nicht dorthingelegt worden, um zerstört zu werden«, sagte die Aes Sedai kurz angebunden und blockte mit ihrem Stirnrunzeln weitere Fragen ab. Sie nahm Mat die schimmernden schwarzen und weißen Scherben ab.

Für Rand sahen sie einfach wie Schutt aus, aber sie setzte sie entschlossen am Boden neben sich zusammen. Sie ergaben einen perfekten Kreis von der Größe einer Männerhand. Das uralte Symbol der Aes Sedai, die Flamme von Tar Valon, zusammengefügt mit dem Drachenzahn; Schwarz Seite an Seite mit Weiß. Einen Augenblick lang sah Moiraine es sich nur mit ausdruckslosem Gesicht an, dann nahm sie das Messer aus ihrem Gürtel und gab es Lan, wobei sie in Richtung des Kreises nickte.

Der Behüter klaubte das größte Stück heraus, und dann hob er das Messer und stieß es mit aller Kraft darauf herunter. Ein Funken stob auf, die Scherbe hüpfte unter der Gewalt des Hiebs, und die Klinge zerbrach mit einem scharfen Knall. Er betrachtete den Stumpf, der noch am Griff festsaß. Dann warf er ihn beiseite. »Der beste Stahl aus Tear«, sagte er trocken.

Mat hob die Scherbe auf und brummte. Dann zeigte er sie herum. Es war keine Spur des Messerhiebs darauf zu sehen.

»*Cuendillar*«, sagte Moiraine. »Herzstein. Seit dem Zeitalter der Legenden hat niemand es mehr fertiggebracht, ihn herzustellen, und selbst zu der Zeit wurde er nur für die wichtigsten Zwecke angefertigt. Wenn er einmal fertig ist, kann ihn nichts mehr zerstören. Nicht einmal die Eine Macht selbst, auch wenn sie von der größten Aes Sedai gelenkt würde, die es jemals gab, unterstützt vom stärksten *sa'angreal,* der je gemacht wurde. Jede Kraft, die man gegen Herzstein einsetzt, macht ihn nur noch stärker.«

»Wie ist es dann ...?« Mats Geste mit der Scherbe in der Hand umfaßte die anderen Bruchstücke am Boden.

»Das war eines der sieben Siegel am Gefängnis des Dunklen Königs«, sagte Moiraine. Mat ließ die Scherbe fallen, als glühe sie. Einen Augenblick lang schienen dafür Perrins Augen wieder zu glühen. Die Aes Sedai sammelte gelassen die Scherben auf.

»Es spielt keine Rolle mehr«, sagte Rand. Seine Freunde blickten ihn fragend an, und er wünschte, er hätte den Mund gehalten.

»Selbstverständlich«, antwortete Moiraine. Aber sie legte sorgfältig alle Bruchstücke in ihre Tasche. »Bringt mir die Truhe.« Loial hob sie näher zu ihr.

Der Quader aus Gold und Silber schien keine Öffnung zu haben, aber die Finger der Aes Sedai glitten über die feinen Verzierungen, drückten, und mit einem plötzlichen Klicken sprang der Deckel wie von einer Feder gehoben auf. Innen lag ein gekrümmtes goldenes Horn. Trotz seines Schimmers erschien es neben der Truhe, in der es sich befand, ganz unauffällig. Die einzige Markierung war eine Zeile eingelegter silberner Schrift um das Mundstück herum. Moiraine nahm das Horn so vorsichtig heraus, als trage sie ein Baby. »Das muß nach Illian gebracht werden«, sagte sie leise.

»Illian!« murrte Perrin. »Das ist schon beinahe am Meer der Stürme, fast genauso weit südlich von zu Hause, wie wir jetzt im Norden sind.«

»Ist es …?« Loial hielt inne, um Luft zu holen. »Kann es sein, …?«

»Ihr könnt die Alte Sprache lesen?« fragte Moiraine, und als er nickte, gab sie ihm das Horn.

Der Ogier nahm es ebenso sanft in die Hand wie sie und fuhr mit einem breiten Finger vorsichtig die Schrift entlang. Seine Augen wurden immer größer, und seine Ohren stellten sich senkrecht auf. *»Tia mi aven Moridin isainde vadin«,* flüsterte er. »Das Grab ist keine Grenze für meinen Ruf.«

»Das Horn von Valere.« Diesmal schien der Behüter wirklich erschüttert. In seiner Stimme schwang ein Hauch von Ehrfurcht mit.

Gleichzeitig sagte Nynaeve mit zittriger Stimme: »Um die Helden aller Zeitalter von den Toten zurückzurufen, gegen den Dunklen König zu kämpfen.«

»Seng mich!« hauchte Mat.

Loial legte ehrfürchtig das Horn in sein goldenes Nest zurück. »Ich frage mich langsam«, sagte Moiraine, »ob das Auge der Welt, das ja für den größten Notfall gemacht wurde, den die Welt je erleben würde, wirklich für den Zweck da war, zu dem wir es … verwendeten, oder um diese Sachen zu bewahren? Schnell, zeigt mir den letzten Gegenstand.«

Nach den ersten beiden Überraschungen konnte Rand Perrins Zögern verstehen. Lan und der Ogier nahmen ihm das weiße Stoffbündel ab und entfalteten es miteinander. Ein langes und breites Banner wurde da entfaltet und bauschte sich im Wind auf. Rand konnte es nur mit großen Augen anstarren. Das Ganze schien aus einem Stück zu bestehen, weder gewebt noch eingefärbt noch bemalt. Eine Gestalt in der Form einer Schlange, mit roten und goldenen Schuppen, erstreckte sich über die ganze Länge, aber sie hatte dazu noch schuppenbesetzte Beine und Füße mit jeweils fünf langen, goldenen Klauen, und einen mächtigen Kopf mit goldener Mähne und Augen wie die Sonne. Das Aufbauschen der Flagge bewegte die Gestalt. Mit Schuppen, die wie Edelsteine und Metall glitzerten, wirkte sie wie lebendig. Er bildete sich fast ein, er könne sie voller Stolz brüllen hören.

»Was ist das?« fragte er.

Moiraine ließ sich mit ihrer Antwort Zeit. »Die Flagge des Herrn des Morgens, unter der er die Streitkräfte des Lichts gegen den Schatten führte. Das Banner von Lews Therin Telamon. Das Banner des Drachens.« Loial ließ beinahe sein Ende fallen.

»Verseng mich!« entfuhr es Mat kleinlaut.

»Wir werden diese Dinge mitnehmen, wenn wir aufbrechen«, sagte Moiraine. »Sie liegen hier nicht aus Zufall herum, und ich muß mehr darüber in Erfahrung bringen.« Ihre Finger streichelten über die Tasche, in der sich die Bruchstücke des zersprungenen Siegels befanden. »Es ist schon zu spät, um heute noch aufzubrechen. Wir werden uns ausruhen und essen, morgen aber dann früh losreiten. Um uns herum befindet sich immer noch nur die Fäule, und hier ist sie stärker als an der Grenze. Ohne den Grünen Mann wird dieser Ort nicht mehr lange Bestand haben. Legt mich wieder hin«, sagte sie zu Nynaeve und Egwene. »Ich muß ruhen.«

Rand wurde auf etwas aufmerksam, das er schon die ganze Zeit gesehen, aber nicht bemerkt hatte: Abgestorbene braune Blätter fielen von der großen Eiche. Eine dicke Schicht abgestorbener Blätter am Boden raschelte im Wind — braun, vermischt mit den Blütenblättern Tausender Blumen. Der Grüne Mann hatte die Fäule zurückgehalten, aber nun tötete sie bereits das, was er geschaffen hatte.

»Es ist vollbracht, nicht wahr?« fragte er Moiraine. »Es ist beendet.«

Die Aes Sedai drehte den Kopf auf dem Polster aus Umhängen. Ihre Augen schienen so tief wie das Auge der Welt. »Wir haben getan, weswegen wir hier waren. Von hier an kannst du dein Leben leben, wie das Muster es bestimmt. Also iß und schlafe, Rand al'Thor. Schlafe und träume von zu Hause.«

KAPITEL 31

Das Rad dreht sich

In der Morgendämmerung zeigte sich das Ausmaß der Zerstörung im Garten des Grünen Mannes. Eine dichte, an einzelnen Stellen kniehohe Schicht abgefallener Blätter bedeckte den Boden. Alle Blumen waren verschwunden, abgesehen von einigen wenigen, die sich verzweifelt am äußersten Rand der Lichtung hielten. In der Erde unter einer Eiche konnte wohl nicht viel wachsen, aber um den dicken Stamm über dem Grab des Grünen Mannes herum wuchs ein dünner Ring von Blumen und Gras. Die Eiche selbst besaß vielleicht noch die Hälfte ihrer Blätter, und das war weit mehr als jeder andere Baum in der Umgebung. Es war, als kämpfe an diesem Fleck immer noch ein Überrest des Grünen Mannes um das Überleben. Die kühle Brise hatte sich gelegt und wurde von immer stärker werdender stickiger Hitze abgelöst. Die Schmetterlinge waren weg, die Vögel verstummt. Es war eine stille Gruppe, die sich da auf den Aufbruch vorbereitete.

Rand kletterte bedrückt in den Sattel des Braunen. *Es sollte nicht so sein. Blut und Asche, wir haben doch gewonnen!*

»Ich wünschte, er hätte seinen neuen Ort gefunden«, sagte Egwene, als sie sich auf Belas Rücken setzte. Lan hatte eine Bahre für Moiraine gebaut, und diese war zwischen der zerzausten Stute und Aldieb befestigt. Nynaeve würde nebenher reiten und die Zügel der weißen Stute halten. Die Seherin schlug jedesmal die Augen nieder, wenn sie bemerkte, daß Lan sie ansah. Sie mied seinen Blick. Der Behüter seinerseits blickte sie immer dann an, wenn ihr Blick abgewandt war, aber er sprach sie nicht an. Niemand mußte erst fragen, auf wen sich Egwenes Aufmerksamkeit konzentrierte.

»Es ist nicht richtig«, sagte Loial und betrachtete die Eiche. Der Ogier war der einzige, der noch nicht aufgestiegen war. »Es ist einfach nicht richtig, daß der Baumbruder der Fäule zum Opfer fallen soll.« Er gab Rand die Zügel seines großen Pferdes in die Hand. »Nicht richtig.«

Lan öffnete den Mund, als der Ogier zu der mächtigen Eiche hinüberging. Moiraine auf ihrer Bahre hob schwach die Hand, und der Behüter sagte nichts.

Loial kniete vor der Eiche nieder, schloß die Augen und streckte die Arme aus. Die Haarbüschel an seinen Ohren sträubten sich, als er das Gesicht zum Himmel erhob. Und er sang.

Rand war nicht in der Lage festzustellen, ob es Worte waren, die Loial sang, oder einfach eine wortlose Melodie. Bei dieser tiefen, grollenden Stimme klang es, als singe die Erde unter ihnen, und dann war er sicher, die Vögel wieder zwitschern und die Frühlingsbrise seufzen und die Schmetterlinge flattern zu hören. Er verlor sich in diesem Lied und glaubte, es habe nur Minuten lang gedauert, doch als Loial die Arme senkte und die Augen öffnete, war er überrascht, daß die Sonne bereits ein gutes Stück über dem Horizont stand. Als der Ogier begann, hatte sie gerade die Bäume geküßt. Die an der Eiche verbliebenen Blätter schienen nun grüner und fester mit ihren Zweigen verbunden als vorher. Die Blumen, die den Baum umringten, standen straffer aufrecht, die Morgensternchen leuchteten weiß und frisch, die Liebesknoten in kräftigem Scharlachrot.

Loial erhob sich, wischte sich den Schweiß von seinem breiten Gesicht und nahm Rand die Zügel wieder ab. Seine langen Augenbrauen hingen zerknirscht herunter, als könnten sie glauben, daß er hätte angeben wollen. »Ich habe niemals zuvor so stark gesungen. Das hätte ich auch nicht geschafft, wenn nicht ein Rest des Baumbruders noch hier zurückgeblieben wäre. Meine Baumlieder haben nicht seine Urgewalt.« Als er sich in den Sattel setzte, lag Befriedigung in dem Blick, mit dem er die Eiche und die Blumen musterte. »Wenigstens dieser kleine Fleck wird der Fäule nicht zum Opfer fallen. Die Fäule bekommt den Baumbruder nicht.«

»Ihr seid ein guter Mann, Ogier«, sagte Lan.

Loial grinste. »Ich nehme das als Kompliment, aber ich weiß nicht, was der Älteste Haman dazu sagen würde.«

Sie ritten in einer Linie los, Mat hinter dem Behüter, wo er seinen Bogen, falls notwendig, wirksam einsetzen konnte, und Perrin ganz hinten mit seiner Axt, die er quer über den vorderen Teil des Sattels gelegt hatte. Sie überquerten einen Hügel, und kaum waren sie über den Kamm, da befanden sie sich wieder mitten in der Fäule mit ihren gequälten, faulenden Pflanzen in giftigen Regenbogenfarben. Rand sah nach hinten, doch man konnte den Garten des Grünen Mannes nirgends mehr erkennen. Nur die Fäule, die sich hinter ihnen genau wie vor ihnen erstreckte. Und doch glaubte er, einen kurzen Moment lang den mächtigen Wipfel der Eiche — grün und üppig — aufragen zu sehen, bevor er verschwamm und endgültig weg war. Dann gab es nur noch die Fäule.

Er erwartete so halb, daß sie sich ihren Weg hinaus genauso erkämpfen müßten wie den hinein, aber die Fäule lag ruhig und totenstill da. Nicht ein einziger Ast zitterte, als wolle er nach ihnen schlagen, nichts schrie oder heulte, weder in ihrer Nähe, noch in der Ferne. Die Fäule schien sich zu ducken, nicht über sie herzufallen, als sei sie von einem schweren Schlag getroffen worden und erwarte den nächsten. Sogar die Sonne schien weniger rot.

Als sie an der Halskette von Seen vorbeikamen, stand die Sonne nicht weit hinter dem Zenith. Lan ließ sie in einer guten Entfernung an den Seen vorbeireiten und blickte nicht einmal hin, aber Rand schien es, als seien die sieben Türme höher als beim ersten Mal, wo sie sie erblickt hatten. Er war sicher, daß sich die zerklüfteten Turmspitzen höher über dem Boden befanden, und über ihnen konnte man fast die fugenlosen Türme in der Sonne schimmern sehen, wie sie einst gewesen waren, und Flaggen mit dem Goldenen Kranich wehten darüber im Wind. Er blinzelte und sah noch mal hin, aber die Türme verschwanden nicht ganz. Sie befanden sich dort an der Sichtbarkeitsgrenze und verblieben auch dort, bis die Fäule das Seengebiet wieder verbarg.

Vor dem Sonnenuntergang suchte der Behüter einen Lagerplatz aus, und Moiraine ließ sich von Nynaeve und Egwene dabei helfen, Amulette als Wächter rundherum aufzustellen. Die Aes Sedai flüsterte den anderen Frauen etwas ins Ohr, bevor sie damit anfing. Nynaeve zögerte, aber als Moiraine dann die Augen schloß, taten sie es ihr gleich.

Rand bemerkte, wie Mat und Perrin gafften, und fragte sich, wieso sie eigentlich so überrascht waren. *Jede Frau ist eine Aes Sedai,* dachte er — ohne einen Anflug von Heiterkeit. *Licht hilf mir, ich bin es ja auch.* Der trübe Gedanke ließ ihn den Mund halten.

»Warum ist jetzt alles anders?« fragte Perrin, während Egwene und die Seherin Moiraine auf ihr Bett halfen. »Es ist ein Gefühl ...« Er zuckte seine mächtigen Schultern, als fehlten ihm die richtigen Worte.

»Wir haben dem Dunklen König einen gewaltigen Schlag versetzt«, antwortete Moiraine und ließ sich mit einem Seufzer nieder. »Der Schatten wird lange brauchen, um sich zu erholen.«

»Wie?« wollte Mat wissen. »Was haben wir denn getan?«

»Schlaft«, sagte Moiraine. »Wir sind noch nicht aus der Fäule heraus.«

Aber am nächsten Vormittag änderte sich auch nichts,

soweit Rand erkennen konnte. Natürlich war die Fäule auf dem Weg nach Süden langsam schwächer ausgeprägt. Verkrüppelte Bäume wurden durch gerade gewachsene abgelöst. Die erdrückende Hitze wurde geringer. Fauliges Laub machte anderem — lediglich kränklichen — Platz; und schließlich gesundem, wie ihm bald klar wurde. Der sie umgebende Wald färbte sich rot mit neuen Trieben. Die Äste waren dicht belaubt. Am Unterholz waren Knospen zu sehen, grüne Ranken bedeckten die Steine, und frische Blumen bildeten kräftige, leuchtende Farbflecken im dichten Gras, ebenso schön wie dort, wo der Grüne Mann gewandelt war. Es schien, als wolle der bisher vom Winter abgehaltene Frühling nun alles auf einmal aufholen.

Er war nicht der einzige, der das verwundert feststellte. »Ein harter Schlag«, murmelte Moiraine. Mehr wollte sie nicht sagen.

Kletterrosen umrankten die Steinsäule an der Grenze. Männer traten aus den Wachtürmen und begrüßten sie. Ihr Lachen klang irgendwie überwältigt, und ihre Augen leuchteten überrascht, als könnten sie nicht glauben, daß unter ihren stahlgeschützten Füßen neues Gras wuchs.

»Das Licht hat den Schatten besiegt!«

»Ein großer Sieg am Tarwin-Paß! Wir haben die Botschaft erhalten! Sieg!«

»Das Licht ist uns wieder gnädig!«

»König Easar steht voll im Licht«, antwortete Lan auf alle ihre Rufe.

Die Wächter wollten sich um Moiraine kümmern oder ihnen wenigstens eine Eskorte mitschicken, aber das lehnte sie alles ab. Selbst im Liegen auf der Bahre war die Persönlichkeit der Aes Sedai so stark, daß die bewaffneten Männer einen Schritt zurücktraten, sich verbeugten und ihrem Wunsch Folge leisteten. Ihr Lachen folgte ihnen, als Rand und die anderen weiterritten.

Am Spätnachmittag erreichten sie Fal Dara und fanden die von trutzigen Mauern geschützte Stadt im Taumel einer Siegesfeier vor. Es läutete überall. Rand bezweifelte, daß irgendeine Glocke in der Stadt stillstand. Sie erklangen alle — vom kleinsten Silberglöckchen am Pferdegeschirr bis zu dem großen Bronzegong auf der Spitze jedes Turms. Die Stadttore standen weit offen, und Menschen rannten lachend und singend durch die Straßen. Die Männer hatten sich Blumen in die Haarknoten und die Scharniere ihrer Rüstungen gesteckt. Die übrigen Bewohner der Stadt waren noch nicht aus Fal Moran zurückgekehrt, aber die Soldaten waren gerade vom Tarwin-Paß her angekommen, und ihr Jubel reichte aus, um die Straßen zu füllen.

»Sieg am Paß! Wir haben gewonnen!«

»Ein Wunder am Paß! Das Zeitalter der Legenden ist zurückgekehrt!«

»Frühling«, lachte ein ergrauter alter Soldat, als er eine Girlande aus Morgensternchen um Rands Hals hängte. Sein Haarknoten war ein einziges Bündel der kleinen Blümchen. »Das Licht segnet uns wieder mit einem Frühling!«

Als sie hörten, daß sie zur Festung unterwegs waren, umringte sie eine Gruppe von Männern, die in Stahl und Blumen gekleidet waren, und bahnten ihnen einen Weg durch die Feiernden.

Rand erblickte zum erstenmal ein Gesicht, das nicht lachte, als er Ingtar erspähte. »Ich kam zu spät«, sagte Ingtar enttäuscht und ernst zu Lan. »Eine lumpige Stunde zu spät, um alles mit anzusehen. Friede!« Seine Zähne knirschten hörbar, doch dann entspannte sich sein Gesichtsausdruck. »Vergebt mir. Der Schmerz läßt mich meine Pflichten vergessen. Willkommen, Erbauer. Ein Willkommen Euch allen. Es ist gut, zu sehen, daß Ihr der Fäule heil entkommen seid. Ich werde die Heilerin zu Moiraine Sedai in ihre Räume schicken und Lord Agelmar informieren ...«

»Bringt mich zu Lord Agelmar«, befahl Moiraine.

»Uns alle.« Ingtar öffnete den Mund, um zu protestieren, aber dann verbeugte er sich unter ihrem dominierenden Blick.

Agelmar war in seinem Arbeitszimmer. Schwert und Rüstung standen wieder in ihrem Gestell, und sein Gesicht war das zweite, das nicht lächelte. Er trug eine besorgte Miene zur Schau, und das verstärkte sich noch, als er sah, daß Moiraine von livrierten Dienern auf einer Bahre hereingetragen wurde. Frauen in Schwarz und Gold regten sich darüber auf, daß die Aes Sedai zu ihm gebracht wurde, ohne Gelegenheit gehabt zu haben, sich vorher zu erfrischen und von der Heilerin behandeln zu lassen. Loial trug die goldene Truhe herein. Die Stücke des Siegels befanden sich noch in Moiraines Tasche. Lews Therin Telamons Flagge war in ihre Decken eingerollt und noch hinter Aldiebs Sattel geschnallt. Der Stallbursche, der die weiße Stute weggeführt hatte, hatte den strikten Befehl erhalten, dafür zu sorgen, daß die Deckenrolle unversehrt in die der Aes Sedai zugewiesenen Gemächer gebracht wurde.

»Friede!« knurrte der Herr von Fal Dara. »Seid Ihr verwundet, Moiraine Sedai? Ingtar, warum hast du nicht dafür gesorgt, daß die Aes Sedai in ihr Bett kommt und die Heilerin zu ihr gebracht wird?«

»Haltet ein, Lord Agelmar«, sagte Moiraine. »Ingtar hat mir lediglich gehorcht. Ich bin nicht so krank, wie jeder hier zu glauben scheint.« Sie bedeutete zweien der Frauen, ihr auf einen Stuhl zu helfen. Einen Augenblick lang rangen sie die Hände und riefen, sie sei zu schwach dafür, sie solle in einem warmen Bett liegen und ein heißes Bad nehmen und die Heilerin solle kommen. Dann hoben sich Moiraines Augenbrauen, und die Frauen hielten den Mund und beeilten sich, ihr in einen Stuhl zu helfen. Sobald sie bequem saß, gab sie einen Wink, daß die Frauen verschwinden sollten. »Ich muß mit Euch sprechen, Lord Agelmar.«

Agelmar nickte, und Ingtar schickte die Diener aus

dem Raum. Der Herr von Fal Dara musterte die Verbliebenen erwartungsvoll, besonders, wie Rand zu bemerken glaubte, Loial und die goldene Truhe.

»Wir haben gehört«, sagte Moiraine, sobald sich die Tür hinter Ingtar geschlossen hatte, »daß Ihr am Tarwin-Paß einen großen Sieg errungen habt.«

»Ja«, sagte Agelmar bedächtig, und seine besorgte Miene kehrte zurück. »Ja, Aes Sedai, und nein. Die Halbmenschen und ihre Trollocs wurden bis zum letzten vernichtet, aber wir haben kaum gekämpft. Meine Männer nennen es ein Wunder. Die Erde verschlang sie: die Berge begruben sie. Nur ein paar Draghkar blieben übrig, und sie waren zu verängstigt, um irgend etwas anderes zu versuchen, als geradewegs und so schnell wie möglich nach Norden zu fliehen.«

»Also wirklich ein Wunder«, sagte Moiraine. »Und der Frühling ist auch eingekehrt.«

»Ein Wunder«, sagte Agelmar kopfschüttelnd, »aber ... Moiraine Sedai, die Männer erzählen sich vielerlei darüber, was am Paß geschah. Das Licht habe menschliche Gestalt angenommen und für uns gekämpft. Der Schöpfer sei zum Paß gekommen, um den Schatten zu schlagen. Aber ich habe einen Mann gesehen, Moiraine Sedai. Ich habe einen Mann gesehen, und was er tat, das kann nicht sein, das darf nicht sein.«

»Das Rad webt, wie es das Rad will, Herr von Fal Dara.«

»Wie Ihr meint, Moiraine Sedai.«

»Und Padan Fain? Ist er sicher verwahrt? Ich muß mit ihm sprechen, wenn ich ausgeruht bin.«

»Er wird verwahrt, wie Ihr es befahlt, Aes Sedai. Die Hälfte der Zeit jammert er seinen Wächtern etwas vor, und die andere Hälfte über versucht er, sie herumzukommandieren, aber ... Friede, Moiraine Sedai, was war mit Euch in der Fäule? Habt Ihr den Grünen Mann gefunden? Ich sehe sein Werk in den neuen Dingen, die jetzt wachsen.«

»Wir fanden ihn«, sagte sie tonlos. »Der Grüne Mann ist tot, Lord Agelmar, und das Auge der Welt ist weg. Es wird keine jungen Männer mehr geben, die es aus Ehrgeiz suchen können.«

Der Herr von Fal Dara runzelte die Stirn und schüttelte verwirrt den Kopf. »Tot? Der Grüne Mann? Er kann doch nicht … Dann wurdet Ihr besiegt? Aber was ist mit den Blumen und den anderen Dingen, die jetzt wachsen?«

»Wir haben gesiegt, Lord Agelmar. Wir haben gesiegt, und der Beweis ist ein Land, das vom Winter befreit ist, doch ich fürchte, die letzte Schlacht ist noch lange nicht geschlagen.« Rand rührte sich, und die Aes Sedai blickte ihn scharf an, so daß er sich ruhig verhielt. »Die Fäule existiert immer noch und die Schmieden von Thakan'dar rauchen immer noch, unter Shayol Ghul. Es gibt noch viele Halbmenschen und unzählige Trollocs. Glaubt niemals, daß es in den Grenzlanden nicht mehr notwendig sei, Wachsamkeit zu üben.«

»Das habe ich auch nicht geglaubt, Aes Sedai«, sagte er verletzt.

Moiraine bedeutete Loial, die goldene Truhe zu ihren Füßen abzustellen, und als er das getan hatte, öffnete sie den Behälter und enthüllte das Horn. »Das Horn von Valere«, sagte sie, und Agelmar schnappte nach Luft. Rand glaubte beinahe, der Mann wolle auf die Knie niederfallen.

»Damit, Moiraine Sedai, spielt es keine Rolle mehr, wie viele Halbmenschen und Trollocs übrig sind. Wenn die Helden der alten Zeit aus ihren Gräbern steigen, um uns zu helfen, marschieren wir in das Versengte Land und walzen Shayol Ghul platt.«

»NEIN!« Agelmar öffnete überrascht den Mund, aber Moiraine fuhr ruhiger fort: »Ich habe Euch das nicht gezeigt, um Euch in Versuchung zu bringen, sondern um Euch wissen zu lassen, daß unsere Macht genauso groß sein wird wie die des Schattens, wenn wir vor neuen

Schlachten stehen. Sein Platz ist jedoch nicht hier. Das Horn muß nach Illian gebracht werden. Dort muß es im Fall neuer Schlachten die Kräfte des Lichts zusammenrufen. Ich werde Euch um eine Eskorte Eurer besten Männer bitten, um dafür zu sorgen, daß es sicher nach Illian kommt. Es gibt immer noch Schattenfreunde und Halbmenschen und Trollocs, und diejenigen, die dem Ruf des Horns folgen, werden demjenigen gehorchen, der es bläst. Es muß nach Illian.«

»Es wird geschehen, wie Ihr sagt, Aes Sedai.« Aber als sich der Deckel der Truhe schloß, sah der Herr von Fal Dara aus wie ein Mann, dem man einen letzten Blick auf das Licht verweigert.

Sieben Tage später läuteten immer noch die Glocken in Fal Dara. Die Bewohner waren aus Fal Moran zurückgekehrt und feierten mit den Soldaten. Von dem langen Balkon aus, auf dem Rand stand, vermischte sich das Läuten der Glocken mit den Rufen und dem Singen der Menschen. Der Balkon befand sich über dem privaten Garten Agelmars, der kräftig grünte und blühte, aber Rand schenkte dem Garten keine Aufmerksamkeit. Obwohl die Sonne hoch am Himmel stand, war der Frühling in Schienar kühler, als er es gewohnt war, und doch glänzten seine nackte Brust und Schultern vor Schweiß, als er die Klinge mit dem Reiherzeichen schwang. Jede Bewegung war ganz präzise, doch er betrachtete sie aus einiger Entfernung, wo er im Nichts schwebte. Selbst hier aber fragte er sich, ob in der Stadt wohl genausoviel Jubel herrschen würde, wenn die Menschen die Flagge zu sehen bekämen, die Moiraine immer noch versteckte.

»Gut, Schafhirte.« Der Behüter lehnte mit vor der Brust verschränkten Armen am Geländer und beobachtete ihn kritisch. »Du machst es gut, aber treibe dich selbst nicht so! Man kann nicht in ein paar Wochen zum Schwertmeister heranreifen.«

Das Nichts zerplatzte wie eine angestochene Blase. »Ich will doch gar kein Schwertmeister werden.«

»Es ist das Schwert eines Meisters, Schafhirte.«

»Ich will nur, daß mein Vater stolz auf mich ist.« Seine Hand verkrampfte sich um das rauhe Leder des Schwertgriffs. *Ich will doch nur, daß Tam mein Vater ist.* Er schob das Schwert klatschend in die Scheide. »Und außerdem habe ich nicht einmal ein paar Wochen Zeit.«

»Dann bist du nicht von deinem Entschluß abgewichen?«

»Würdet Ihr das?« Lans Gesichtsausdruck hatte sich nicht verändert — die Flächen seines Gesichts wirkten, als könne sich da gar nichts verändern. »Ihr werdet nicht versuchen, mich aufzuhalten? Oder wird Moiraine Sedai es versuchen?«

»Du kannst machen, was du willst, Schafhirte, oder was das Muster für dich webt.« Der Behüter richtete sich auf. »Ich werde dich jetzt verlassen.«

Rand drehte sich um, damit er Lan beim Weggehen beobachten konnte, und sah, daß Egwene dort stand.

»Von deinem Entschluß abgewichen — worum geht es denn, Rand?«

Er schnappte sich sein Hemd und den Mantel, da er mit einem Mal die Kälte spürte. »Ich gehe fort, Egwene.«

»Wohin?«

»Irgendwo hin. Ich weiß nicht.« Er mied ihren Blick, konnte aber auch nicht aufhören, sie anzusehen. Sie hatte sich rote Heckenrosen ins Haar gebunden, das ihre Schultern umschmeichelte. Sie hielt ihren Umhang mit der Hand zu. Er war dunkelblau und am Saum entlang mit einer feinen Linie weißer Blumen umhäkelt, wie es in Schienar Mode war. Die Blumen zeigten in einer geraden Linie auf ihr Gesicht. Sie waren auch nicht blasser als ihre Wangen. Ihre Augen waren groß und dunkel. »Fort.«

»Ich bin sicher, daß Moiraine Sedai etwas dagegen

haben wird, wenn du so einfach weggehst. Nach dem ... nach dem, was du getan hast, hast du eine Belohnung verdient.«

»Moiraine weiß nicht einmal, daß ich überhaupt ein lebendiger Mensch bin. Ich habe getan, was sie wollte, und damit Schluß. Sie spricht nicht einmal mit mir, wenn ich zu ihr gehe. Nicht, daß ich versucht hätte, in ihrer Nähe zu bleiben, aber sie hat mich gemieden. Es wird ihr gleich sein, wenn ich gehe, und es interessiert mich nicht, was sie davon hält.«

»Moiraine ist immer noch nicht ganz gesund, Rand.« Sie zögerte. »Ich muß nach Tar Valon gehen, meiner Ausbildung wegen. Nynaeve kommt auch mit. Und Mat muß immer noch von dem geheilt werden, was ihn an diesen Dolch fesselt, und Perrin möchte Tar Valon sehen, bevor er ... irgendwo hingeht. Du könntest mit uns kommen.«

»Und darauf warten, daß eine andere Aes Sedai herausfindet, was ich bin, und mir Beschränkungen auferlegt?« Seine Stimme klang rauh und beinahe höhnisch; er konnte es nicht ändern. »Willst du das?«

»Nein.«

Er wußte, er würde nie in der Lage sein, ihr zu sagen, wie dankbar er dafür war, daß sie geantwortet hatte, ohne zu zögern.

»Rand, hast du keine Angst ...« Sie waren allein, aber sie blickte sich trotzdem um und senkte die Stimme. »Moiraine Sedai sagt, du mußt die Wahre Quelle nicht unbedingt berühren. Wenn du *Saidin* nicht berührst, wenn du nicht versuchst, die Macht anzuwenden, dann bist du sicher.«

»Oh, ich werde sie ganz gewiß nie mehr berühren. Und wenn ich mir zuerst die Hand abhacken muß.« *Und was ist, wenn ich nicht damit aufhören kann? Ich habe mich niemals bemüht, sie zu lenken, nicht mal am Auge. Was ist, wenn ich nicht aufhören kann?*

»Wirst du heimgehen, Rand? Dein Vater wartet bestimmt sehnsüchtig darauf, dich wiederzusehen. Selbst Mats Vater dürfte nun wohl allmählich Sehnsucht nach seinem Sohn haben. Ich werde nächstes Jahr nach Emondsfeld zurückkommen. Jedenfalls für kurze Zeit.«

Er rieb mit der Handfläche über den Griff seines Schwerts und fühlte deutlich den Bronzereiher. *Mein Vater. Heimat. Licht, wie gern würde ich …* »Nicht nach Hause.« *Irgendwo hin, wo es keine Menschen gibt, denen ich weh tun kann, falls ich mich nicht beherrsche. Ich muß allein sein.* Plötzlich war es winterkalt auf dem Balkon. »Ich gehe fort, aber nicht nach Hause.« *Egwene, Egwene, warum mußtest du zu denen gehören, die …?* Er legte die Arme um sie und flüsterte in ihr Haar: »Niemals mehr nach Hause.«

In Agelmars privatem Garten unter einer Laube, die von weißen Blüten übersät war, drehte sich Moiraine auf ihrer Liege herum. Die Bruchstücke des Siegels lagen auf ihrem Schoß, und der kleine Edelstein, den sie manchmal im Haar trug, glitzerte und drehte sich an seiner Goldkette, die sie mit den Fingerspitzen hielt. Das schwache blaue Glühen verging in dem Stein, und ein Lächeln berührte ihre Lippen. Der Stein hatte an sich keine besonderen Kräfte, aber das erste, was sie in bezug auf die Anwendung der Einen Macht als Mädchen im Königspalast von Cairhien gelernt hatte, war, den Stein dazu zu benützen, Leute zu belauschen, die glaubten, zu weit entfernt zu sein, als daß man sie noch hören könne. »Die Prophezeiungen werden eintreffen«, flüsterte die Aes Sedai. »Der Drache ist wiedergeboren worden.«

Der *Tomanische Kalender* (von Toma dur Ahmid entworfen) wurde ungefähr zwei Jahrhunderte nach dem Tod des letzten männlichen Aes Sedai eingeführt. Er zählte die Jahre *Nach der Zerstörung der Welt* (NZ). Während der Trolloc-Kriege wurden viele Aufzeichnungen zerstört, so daß man sich nach dem Ende dieser Kriege nicht mehr sicher war, in welchem Jahr der alten Zeitrechnung der neue Kalender einsetzte. Tiam von Gazar schlug die Einführung eines neuen Kalenders vor, der die damals angenommene Befreiung von der Bedrohung durch die Trollocs feierte und jedes Jahr als ein *Freies Jahr* (FJ) zählte. Innerhalb der zwanzig auf das Kriegsende folgenden Jahre fand der *Gazarenische Kalender* weitgehende Anerkennung. Artur Falkenflügel bemühte sich, einen neuen Kalender durchzusetzen, der auf seiner Reichsgründung basierte (VG, *Von der Gründung an*), aber dieser Versuch ist heute nur noch den Historikern bekannt. Nach weitreichender Zerstörung, Tod und Aufruhr während des Hundertjährigen Kriegs wurde ein vierter Kalender von Uren din Jubai Fliegende Möwe entworfen, einem Gelehrten der Meerleute, und von dem Panarch Farede von Tarabon weiterverbreitet. Der *Farede-Kalender*, der von dem willkürlich angenommenen Ende des Hundertjährigen Kriegs an rechnet und die Jahre seither als *Neue Ära* (NÄ) führt, ist momentan in Gebrauch.

Adan, Heran (Ei-dan): Gouverneur von Baerlon.
Aera-Gewebe: siehe Muster eines Zeitalters.
Aes Sedai (Aies Sehdai): Träger der Einen Macht. Seit der Zeit des Wahnsinns sind alle überlebenden Aes

Sedai Frauen. Man mißtraut ihnen und fürchtet, ja, haßt sie. Viele geben ihnen die Schuld an der Zerstörung der Welt, und allgemein glaubt man, sie würden sich in die Angelegenheiten ganzer Staaten einmischen. Gleichzeitig aber findet man nur wenige Herrscher ohne Aes Sedai-Berater, selbst in Ländern, wo schon die Existenz einer solchen Verbindung geheimgehalten werden muß. Als Anrede wird benützt: Sheriam Sedai; als Ehrentitel: Sheriam Aes Sedai (siehe auch: Ajah; Amyrlin-Sitz).

Agelmar; Lord Agelmar (Eigelmar) aus dem Hause Jagad: Herr von Fal Dara. Im Wappen führt er drei rennende Rotfüchse.

Aiel (Aiiehl): die Bewohner der Aiel-Wüste; gelten als wild und zäh. Man nennt sie auch Aielmänner. Vor dem Töten verschleiern sie die Gesichter. Das führte zu der Redensart: ›Er benimmt sich wie ein Aiel mit schwarzem Schleier‹, um einen gewalttätigen Menschen zu beschreiben. Sie nehmen kein Schwert in die Hand, sind aber tödliche Krieger, ob mit Waffen oder mit bloßen Händen. Während sie in die Schlacht ziehen, spielen ihre Spielleute Tanzmelodien auf. Die Aielmänner benützen für die Schlacht das Wort ›der Tanz‹.

Aiel-Wüste: das rauhe, zerrissene und fast wasserlose Gebiet östlich des Rückrats der Welt. Nur wenige Außenseiter wagen sich dorthin, weil es für jemanden, der nicht dort geboren wurde, fast unmöglich ist, Wasser zu finden, und weil die Aiel sich im ständigen Kriegszustand mit allen anderen Völkern befinden und Fremde ablehnen.

Ajah: Gesellschaftsgruppen unter den Aes Sedai. Jede Aes Sedai gehört einer solchen Gruppe an. Sie unterscheiden sich durch ihre Farben: Blaue Ajah, Rote Ajah, Weiße Ajah, Grüne Ajah, Braune Ajah, Gelbe Ajah und Graue Ajah. Jede Gruppe folgt ihrer eigenen Auslegung in bezug auf die Anwendung der Einen Macht und die Existenz der Aes Sedai. Zum Beispiel setzen die Roten Ajah ihre ganze Kraft dazu ein, Männer zu finden und zu beeinflussen, die versuchen, die Macht auszuüben. Eine Braune Ajah andererseits leugnet alle Verbindung zur Außenwelt und verschreibt sich ganz der Suche nach Wissen. Es gibt Gerüchte (vehement verneint und um keinen Preis vor einer Aes Sedai zu erwähnen) über eine Schwarze Ajah, die dem Dunklen König dient.

Aldieb: in der Alten Sprache ›Westwind‹, der Wind, der den Frühlingsregen bringt.

Al Ellisande!: in der Alten Sprache ›Für die Rose der Sonne!‹

al'Meara, Nynaeve (Almehra, Nainiev): die Seherin von Emondsfeld.

al'Thor, Rand: ein junger Bauer und Schäfer aus dem Gebiet der Zwei Flüsse.

al'Vere, Egwene (Alwier, Egwain): jüngste Tochter des Wirts von Emondsfeld.

Amyrlin-Sitz, der: (1.) Titel des Führers der Aes Sedai. Auf Lebenszeit vom Turmrat gewählt, dem höchsten Gremium des Aes Sedai; dieser besteht aus je drei Abgeordneten der sieben Ajahs. Der Amyrlin-Sitz hat, jedenfalls theoretisch, unter den Aes Sedai beinahe uneingeschränkte Macht; in etwa vom Rang einer Königin.
(2.) Thron des Führers des Aes Sedai.

Andor: das Reich, innerhalb dessen das Gebiet der Zwei Flüsse liegt. Im Wappen führt Andor einen sprungbereiten weißen Löwen auf rotem Feld.

Angreal: ein sehr seltenes Objekt. Es erlaubt einer Person, die die Eine Macht lenken kann, einen stärkeren Energiefluß zu meistern, als das sonst ohne Hilfe und ohne Lebensgefahr möglich ist. Relikte des Zeitalters der Legenden. Es ist heute nicht mehr bekannt, wie sie angefertigt wurden (siehe auch: sa'Angreal).

Arafel: eines der Grenzlande. Im Wappen führt Arafel

drei weiße Rosen auf rotem Feld und diagonal gegenüber drei rote Rosen auf weißem Feld.

Aram (Eiram): ein junger Mann der Tuatha'an.

Augenlosen, die: siehe Myrddraal.

Avendesora: in der alten Sprache der Baum des Lebens; wird in vielen Geschichten und Legenden erwähnt.

Aybara, Perrin: ein junger Schmiedlehrling aus Emondsfeld.

Ba'alzamon: in der Trolloc-Sprache ›Herz der Dunkelheit‹. Es wird angenommen, dies sei der Trolloc-Name für den Dunklen König.

Baerlon: eine Stadt in Andor an der Straße von Coemlyn zu den Minen in den Nebelbergen.

Barran, Doral: die Seherin von Emondsfeld vor Nynaeve al'Meara.

Behüter: ein Krieger, der einer Aes Sedai zugeschworen ist. Das geschieht mit Hilfe der Einen Macht, und er gewinnt dadurch Fähigkeiten wie schnelles Heilen von Wunden, er kann lange Zeiträume ohne Wasser, Nahrung und Schlaf auskommen und den Einfluß des Dunklen Königs auf größere Entfernung spüren. So lange er am Leben ist, weiß die mit ihm verbundene Aes Sedai, daß er lebt, auch wenn er noch so weit entfernt ist, und sollte er sterben, dann weiß sie den genauen Zeitpunkt und auch den Grund seines Todes. Allerdings weiß sie nicht, wie weit von ihr entfernt er sich befindet oder in welcher Richtung. Die meisten Ajahs gestatten einer Aes Sedai den Bund mit nur einem Behüter. Die Roten Ajah allerdings lehnen die Behüter für sich selbst ganz ab, während die Grünen Ajah eine Verbindung mit so vielen Behütern gestatten, wie die Aes Sedai es wünscht. An sich muß der Behüter der Verbindung freiwillig zur Verfügung stehen, es gab jedoch auch Fälle, in denen der Krieger dazu gezwungen wurde. Welche Vorteile die Aes Sedai aus der Verbindung ziehen, wird von ihnen als streng gehütetes Geheimnis behandelt. (siehe auch Aes Sedai).

Bel Tine (Behltein): Frühlingsfest im Gebiet der Zwei Flüsse.

Biteme: ein winzig kleines, stechendes, sehr lästiges Insekt.

Blassen, die: siehe Myrddraal.

Blattverderber: siehe Dunkler König.

Blaue Ajah: siehe Ajah.

Bornhald, Dain: ein Offizier der Kinder des Lichts, Sohn von Geofram Bornhald.

Bornhald, Geofram: ein Oberkommandierender Hauptmann der Kinder des Lichts.

Bryne, Gareth: General und Hauptmann der königlichen Garde von Andor. Dient Morgase auch als der Erste Prinz des Schwertes. Im Wappen führt er drei goldene Sterne mit jeweils fünf Strahlen.

Byar, Jaret: ein Offizier der Kinder des Lichts.

Caemlyn: die Hauptstadt von Andor.

Cairhien: sowohl eine Nation am Rückrat der Welt wie auch die Hauptstadt dieser Nation. Die Stadt wurde im Aielkrieg (976 — 978 NÄ) niedergebrannt und geplündert. Im Wappen führt Cairhien eine goldene Sonne mit vielen Strahlen, die sich vom unteren Rand eines himmelblauen Feldes erhebt.

Carai an Caldazar!: In der Alten Sprache ›Zur Ehre des Roten Adlers!‹ Der uralte Schlachtruf von Manetheren.

Carai an Ellisande!: In der Alten Sprache ›Zur Ehre der Rose der Sonne!‹ Der Schlachtruf des letzten Königs von Manetheren.

Cauthon, Matrim (Mat): ein junger Bauer von den Zwei Flüssen.

Charin, Jain (Dschain): siehe Fernstreicher, Jain.

Cuendillar: siehe Herzstein.

dämpfen: Wenn ein Mann die Anlage zeigt, die Eine Macht zu beherrschen, müssen die Aes Sedai seine

Kräfte ›dämpfen‹, also komplett unterdrücken, da er sonst wahnsinnig wird, vom Verderben der *Saidin* getroffen, und möglicherweise schreckliches Unheil mit seinen Kräften anrichten wird. Ein Mann, der gedämpft wurde, kann die Eine Macht immer noch spüren, sie aber nicht mehr benutzen. Wenn vor dem Dämpfen der beginnende Wahnsinn eingesetzt hat, kann er durch den Akt des Dämpfens aufgehalten, jedoch nicht geheilt werden. Hat das Dämpfen früh genug stattgefunden, kann das Leben des Mannes gerettet werden.

Damodred, Lord Galadedrid: der einzige Sohn von Taringail Damodred und Tigraine; Halbbruder von Elayne und Gawyn. Im Wappen führt er ein geflügeltes silbernes Schwert, das nach unten zeigt.

Damodred, Prinz Taringail: ein königlicher Prinz von Cairhien; er heiratete Tigraine und zeugte Galadedrid. Als Tigraine verschwand und für tot erklärt wurde, heiratete er Morgase und zeugte Elayne und Gawyn. Er verschwand unter mysteriösen Begleitumständen und wird seit vielen Jahren für tot gehalten. Sein Wappen war eine doppelschneidige goldene Streitaxt.

Dha-vol, Dhai-mon: siehe Trollocs.

Djevik K'Shar: in der Trolloc-Sprache ›Der Sterbende Boden‹; Trollocname für die Aielwüste.

Domon, Bayle (Beil): Kapitän der *Gischt*.

Drache, der: Ehrenbezeichnung für Lews Therin Telamon während des Schattenkriegs. Als der Wahnsinn alle männlichen Aes Sedai befiel, tötete Lews Therin alle Personen, die etwas von seinem Blut in sich trugen, und jede Person, die er liebte. So bezeichnete man ihn anschließend als Brudermörder. Heute wird die Redensart ›vom Drachen besessen‹ benutzt, wenn man sagen will, daß jemand seine Mitmenschen grundlos gefährdet oder bedroht (siehe auch Wiedergeborener Drache).

Drache, falsch: Manchmal behaupten Männer, der Wiedergeborene Drache zu sein, und manch einer gewinnt so viele Anhänger, daß ihn nur eine Armee besiegen kann. Einige haben schon Kriege begonnen, in die viele Nationen verwickelt wurden. In den letzten Jahrhunderten waren die meisten falschen Drachen nicht in der Lage, die Eine Macht richtig anzuwenden, aber es gab doch ein paar, die es konnten. Alle jedoch verschwanden oder wurden gefangen oder getötet, ohne eine der Prophezeiungen erfüllen zu können, die sich um die Wiedergeburt des Drachen ranken. Diese Männer nennt man falsche Drachen (siehe auch Wiedergeborener Drache).

Drachenzahn: ein stilisiertes Zeichen, meist schwarz, in Form einer auf der Spitze stehenden Träne. Wenn es auf eine Tür oder ein Haus gezeichnet wird, gilt das als Anschuldigung, daß die Bewohner dem Bösen dienen.

Dunkler König: gebräuchlichste Bezeichnung, in allen Ländern verwendet, für Shai'tan, die Quelle des Bösen, Antithese des Schöpfers. Im Augenblick der Schöpfung wurde er vom Schöpfer in ein Verlies am Shayol Ghul gesperrt. Ein Versuch, ihn aus diesem Kerker zu befreien, führte zum Schattenkrieg, dem Verderben der *Saidin,* der Zerstörung der Welt und dem Ende des Zeitalters der Legenden.

Dunklen König nennen, den: Wenn man den wirklichen Namen des Dunklen Königs erwähnt (Shai'tan), zieht man seine Aufmerksamkeit auf sich, was unweigerlich dazu führt, daß man Pech hat oder schlimmstenfalls eine Katastrophe erlebt. Aus diesem Grund werden viele Euphemismen verwendet, wie z. B. der Dunkle König, der Vater der Lügen, der Sichtblender, der Herr der Gräber, der Schäfer der Nacht, Herzensbann, Herzfang, Grasbrenner und Blattverderber. Jemand, der das Pech anzuziehen scheint, ›nennt den Dunklen König‹.

Easar, König Easar aus dem Hause Togita: König von Schienar. In seinem Wappen führt er den weißen Hirsch, der nach einer schienarischen Sitte auch — zusammen mit dem schwarzen Falken — das gesamte Land repräsentiert.

Eine Macht, die: die Kraft aus der Wahren Quelle. Die große Mehrheit der Menschen ist absolut unfähig, zu lernen, wie man die Eine Macht anwendet. Eine sehr geringe Anzahl von Menschen kann die Anwendung erlernen, und noch weniger besitzen diese Fähigkeit von Geburt an. Diese wenigen müssen ihren Gebrauch nicht lernen, denn sie werden die Wahre Quelle berühren und die Eine Macht benutzen, ob sie wollen oder nicht, vielleicht sogar ohne zu bemerken, was sie da tun. Diese angeborene Fähigkeit taucht meist zuerst während der Pubertät auf. Wenn man dann nicht die Kontrolle darüber erlernt — durch Lehrer oder auch ganz allein (extrem schwierig, die Erfolgsquote liegt bei eins zu vier) —, ist die Folge der sichere Tod. Seit der Zeit des Wahns hat kein Mann es gelernt, die Eine Macht kontrolliert anzuwenden, ohne dabei auf die Dauer auf schreckliche Art dem Wahnsinn zu verfallen. Selbst wenn er in gewissem Maß die Kontrolle erlangt hat, stirbt er an einer Verfallskrankheit, bei der er bei lebendigem Leib verfault. Auch diese Krankheit wird, genau wie der Wahnsinn, von dem Verderben hervorgerufen, das der Dunkle König über die *Saidin* brachte. Bei Frauen ist der Tod mangels Kontrolle der Einen Macht etwas erträglicher, aber sterben müssen auch sie. Die Aes Sedai suchen nach Mädchen mit diesen angeborenen Fähigkeiten, zum einen um ihre Leben zu retten und zum anderen, um die Anzahl der Aes Sedai zu vergrößern. Sie suchen nach Männern mit dieser Fähigkeit, um zu verhindern, daß sie Schreckliches damit anrichten, wenn sie dem Wahn verfallen (siehe auch Zeit des Wahns, die Wahre Quelle).

Elaida: eine Aes Sedai-Ratgeberin der Königin Morgase von Andor.

Elayne: Königin Morgases Tochter, die Tochter-Erbin des Throns von Andor. Sie führt im Wappen eine goldene Lilie.

Else, Else Grinwell: eine Bauerntochter, die in der Nähe der Straße nach Caemlyn wohnt.

Erster Prinz des Schwertes: Titel — normalerweise — des ältesten Bruders der Königin von Andor, der seit seiner Kindheit darauf vorbereitet wurde, im Krieg die Armee der Königin zu kommandieren und im Frieden als ihr Ratgeber zu fungieren. Falls die Königin keinen überlebenden Bruder hat, bestimmt sie jemanden für diese Position.

Fäule: siehe Große Fäule

Fain, Padan: ein Hausierer, der gerade rechtzeitig zur Winternacht in Emondsfeld ankommt.

Falkenflügel, Artur: ein legendärer König, der alle Länder westlich des Rückgrats der Welt und einige von jenseits der Aiel-Wüste einte. Er sandte sogar eine Armee über das Aryth-Meer, doch verlor man bei seinem Tod, der den Hundertjährigen Krieg auslöste, jeden Kontakt mit diesen Soldaten. Er führte einen fliegenden goldenen Falken im Wappen (siehe auch: Hundertjähriger Krieg).

Far Dareis Mai: wörtlich ›Töchter des Speers‹, eine von mehreren Kriegergemeinschaften der Aiel. Anders als bei den übrigen werden ausschließlich Frauen aufgenommen. Sollte sie heiraten, darf eine Frau nicht mehr Mitglied bleiben. Während einer Schwangerschaft darf ein Mitglied nicht kämpfen. Jedes Kind eines Mitglieds wird von einer anderen Frau aufgezogen, so daß niemand mehr weiß, wer die wirkliche Mutter war. (›Du darfst keinem Manne angehören, und kein Mann oder Kind darf dir angehören. Der Speer ist dein Liebhaber, dein Kind und dein Leben.‹) Diese Kinder sind hochangesehen, denn es wurde prophezeit, daß ein Kind einer Tochter des Speers die Clans vereinen und zu der Bedeutung zurückführen wird, die sie im Zeitalter der Legenden besaßen.

Faust: grundlegende militärische Einheit der Trollocs. Die Anzahl der Krieger ist unterschiedlich: Es sind immer mehr als 100, aber nie mehr als 200. Eine Faust wird gewöhnlich, wenn auch nicht immer, von einem Myrddraal befehligt.

Fernstreicher, Jain: ein Held aus dem hohen Norden, der viele Länder bereiste und viele Abenteuer erlebte; Autor mehrerer Bücher und selbst Hauptperson in Büchern und Geschichten. Er verschwand 994 NÄ, nachdem er von einer Reise in die Große Fäule zurückgekehrt war, von der behauptet wird, sie habe ihn bis zum Shayol Ghul geführt.

Flamme von Tar Valon: das Symbol für Tar Valon und die Aes Sedai. Die stilisierte Darstellung einer Flamme; eine weiße, nach oben gerichtete Träne.

Frauenzirkel: eine Gruppe von Frauen, die von den Frauen des Dorfs gewählt werden und die für Frauenangelegenheiten im Dorf verantwortlich sind (z. B. wann Aussaat und Ernte durchgeführt werden). Der Frauenzirkel ist dem Gemeinderat gleichgestellt, hat aber ganz klar vorgeschriebene Sachgebiete und Verantwortlichkeiten. Steht oft im Gegensatz zum Gemeinderat (siehe auch Gemeinderat).

Fünf Mächte: die Stränge der Einen Macht. Jeder, der die Eine Macht anwenden kann, wird einige dieser Stränge besser als die anderen handhaben können. Diese Stränge nennt man nach den Dingen, die man durch ihre Anwendung beeinflussen kann: Erde, Luft, Feuer, Wasser, Geist — die Fünf Mächte. Wer die Eine Macht anwenden kann, beherrscht gewöhnlich einen oder zwei dieser Stränge besonders gut und hat Schwächen in der Anwendung der übrigen. Einige wenige beherrschen auch drei davon, aber seit dem Zeitalter der Legenden gab es niemanden mehr, der alle fünf in gleichem Maße beherrschte. Und auch dann war das eine große Seltenheit. Das Maß, in dem diese Stränge beherrscht werden und Anwendung finden, ist individuell ganz verschieden; einzelne dieser Personen sind sehr viel stärker als die anderen. Wenn man bestimmte Handlungen mit Hilfe der Einen Macht vollbringen will, muß man einen oder mehrere bestimmte Stränge beherrschen. Wenn man beispielsweise ein Feuer entzünden oder beeinflussen will, braucht man den Feuer-Strang; will man das Wetter ändern, muß man die Bereiche Luft und Wasser beherrschen, während man für Heilungen Wasser und Geist benutzen muß. Während Männer und Frauen in gleichem Maße den Geist beherrschten, war das Talent in bezug auf Erde und/oder Feuer besonders oft bei Männern ausgeprägt und das für Wasser und/oder Luft bei Frauen. Es gab Ausnahmen, aber trotzdem betrachtete man Erde und Feuer als die männlichen Mächte, Luft und Wasser als die weiblichen. Im allgemeinen werden die Fähigkeiten als gleichwertig betrachtet, doch unter den Aes Sedai gibt es ein Sprichwort: ›Es gibt keinen Felsen, der so fest ist, daß Wind und Wasser ihn nicht abtragen könnten, und kein Feuer, das nicht von Wasser oder Wind gelöscht werden kann.‹ Es soll nicht unerwähnt bleiben, daß dieses Sprichwort erst lange nach dem Tod des letzten männlichen Aes Sedai aufkam. Irgendein mögliches Äquivalent bei den männlichen Aes Sedai ist nicht mehr bekannt.

Galad: siehe Damodred, Lord Galadedrid.

Gaukler: fahrende Märchenerzähler, Musikanten, Jongleure, Akrobaten und Alleinunterhalter. Ihr Abzeichen ist die aus bunten Flicken zusammengesetzte Kleidung. Sie besuchen vor allem Dörfer und Kleinstädte, da in den größeren Städten schon zuviel andere Unterhaltung geboten wird.

Gawyn: Sohn der Königin Morgase, Bruder von Elayne,

der bei Elaynes Thronbesteigung Erster Prinz des Schwertes wird. Er führt einen weißen Keiler im Wappen.

Gemeinderat: In den meisten Dörfern wird eine Gruppe von Männern in den Gemeinderat gewählt, der für alle Entscheidungen zuständig ist, die das gesamte Dorf oder Verhandlungen mit anderen Dörfern betreffen. Vorsitzender ist der Bürgermeister oder Dorfälteste. Der Gemeinderat streitet häufig mit dem Frauenzirkel des Dorfes. Diese Auseinandersetzungen haben schon fast Tradition (siehe auch Frauenzirkel).

Gewebe der Zeiten: auch Zeitgewebe genannt (siehe Großes Muster).

Grenzlande: die an die Große Fäule angrenzenden Nationen: Saldaea, Arafel, Kandor und Schienar.

Große Fäule: eine Region im hohen Norden, die durch den Dunklen König vollständig verdorben wurde. Sie stellt eine Zuflucht für Trollocs, Myrddraal und andere Kreaturen des Dunklen Königs dar.

Großer Herr der Dunkelheit: Diese Bezeichnung verwenden die Schattenfreunde für den Dunklen König. Sie behaupten, es sei Blasphemie, seinen wirklichen Namen zu benützen.

Großes Muster: Das Rad der Zeit verwebt die Muster der einzelnen Zeitalter zum Großen Muster, in dem die gesamte Existenz und Realität, Vergangenheit, Gegenwart und Zukunft festgelegt sind. Auch als Gewebe der Zeiten oder Zeitengewebe bekannt (siehe auch Muster eines Zeitalters, Rad der Zeit).

Große Schlange: ein Symbol für die Zeit und die Ewigkeit, das schon uralt war, bevor das Zeitalter der Legenden begann. Es zeigt eine Schlange, die den eigenen Schwanz verschlingt.

Halbmensch: siehe Myrddraal.

Herzensbann, Herzfang: siehe Dunkler König.

Herzstein: eine unzerstörbare Substanz, die während des Zeitalters der Legenden erschaffen wurde. Jede bekannte Kraft, die dazu benutzt wird, den Herzstein zu zerstören, wird von ihm absorbiert und stärkt die Kraft des Herzsteins.

Horn von Valere: das legendäre Ziel der Wilden Jagd nach dem Horn. Man nimmt an, das Horn könne tote Helden zum Leben erwecken, damit sie gegen den Schatten kämpfen.

Hundert Gefährten: hundert männliche Aes Sedai, ausgewählt aus den Mächtigsten des Zeitalters der Legenden, die — von Lews Therin Telamon geführt — den letzten Angriff durchführten und den Schattenkrieg beendeten, indem sie den Dunklen König erneut in seinen Kerker sperrten und diesen versiegelten. Der Gegenangriff verdarb die *Saidin;* die Hundert Gefährten verfielen dem Wahnsinn und begannen mit der Zerstörung der Welt.

Hundertjähriger Krieg: eine Reihe sich überschneidender Kriege, geprägt von sich ständig verändernden Bündnissen, ausgelöst durch den Tod von Artur Falkenflügel und die darauffolgenden Auseinandersetzungen um seine Nachfolge. Er dauerte von 994 FJ bis 1117 FJ. Der Krieg entvölkerte weite Landstriche zwischen dem Aryth-Meer und der Aiel-Wüste, zwischen dem Meer der Stürme und der Großen Fäule. Die Zerstörungen waren so schwerwiegend, daß über diese Zeit nur noch fragmentarische Berichte vorliegen. Das Reich Artur Falkenflügels zerfiel, und die heutigen Staaten bildeten sich heraus.

Illian: ein großer Hafen am Meer der Stürme, Hauptstadt der gleichnamigen Nation. Im Wappen von Illian findet man neun goldene Bienen auf dunkelgrünem Feld.

Ingtar, Lord Ingtar aus dem Hause Schinowa: ein Krieger aus Schienar, der in Fal Dara auftaucht.

Kandor: eines der Grenzlande. Im Wappen führt Kandor ein sich aufbäumendes rotes Pferd auf blaßgrünem Feld.

Kesselflicker: siehe Tuatha'an.

Kinch, Hyam (Kinsch, Haiam): ein Bauer, der nahe der Straße nach Caemlyn wohnt.

Kinder des Lichts: eine Gemeinschaft von Asketen, die sich den Sieg über den Dunklen König und die Vernichtung aller Schattenfreunde zum Ziel gesetzt hat. Die Gemeinschaft wurde während des Hundertjährigen Kriegs von Lothair Mantelar gegründet, der gegen die ansteigende Zahl der Schattenfreunde als Prediger anging. Während des Kriegs entwickelte sich daraus eine vollständige militärische Organisation, extrem streng ideologisch ausgerichtet und fest in dem Glauben, nur sie dienten der absoluten Wahrheit und dem Recht. Sie hassen die Aes Sedai und halten sie sowie alle, die sie unterstützen oder sich mit ihnen befreunden, für Schattenfreunde. Sie werden geringschätzig Weißmäntel genannt. Im Wappen führen sie eine goldene Sonne mit Strahlen auf weißem Feld.

Ko'bal: siehe Trollocs.

Lan, al'Lan Mandragoran: ein Krieger aus dem Norden, Gefährte von Moiraine.

Luc, Lord Luc aus dem Hause Mantear: Tigraines Bruder, der ihr Erster Prinz des Schwertes geworden wäre, hätte sie den Thron bestiegen. Man glaubt allgemein an eine Verbindung zwischen seinem Verschwinden in der Großen Fäule und Tigraines späterem Verschwinden. Er führte eine Eichel im Wappen.

Lurk: siehe Myrddraal.

Machera, Elyas: ein Mann, den Perrin und Egwene im Wald treffen.

Mahdi: in der Alten Sprache ›Sucher‹; Titel eines Karawanenführers bei den Tuatha'an.

Malkier: eine Nation, einst eins der Grenzlande, mittlerweile Teil der Großen Fäule. Im Wappen führte Malkier einen fliegenden goldenen Kranich.

Mandarb: in der Alten Sprache ›Klinge‹.

Manetheren: eine der Zehn Nationen, die den Zweiten

Pakt schlossen; Hauptstadt des gleichnamigen Staates. Sowohl die Stadt als auch die Nation wurden in den Trolloc-Kriegen vollständig zerstört.

Maradon: Hauptstadt von Saldaea.

Meerleute, Meervolk: Bewohner der Inseln im Aryth-Meer und im Meer der Stürme. Sie verbringen wenig Zeit auf diesen Inseln und leben statt dessen meist auf ihren Schiffen. Sie beherrschen den Seehandel fast vollständig.

Meile: Längenmaß, gleich eintausend Spannen (siehe auch Spanne).

Merrilin, Thom: ein Gaukler, der nach Emondsfeld kommt, um dort seine Kunst beim Bel Tine zu zeigen.

Min: eine junge Frau im *Hirsch und Löwen* in Baerlon.

Moiraine (Moarän): eine Besucherin, die vor Winternacht nach Emondsfeld kommt.

Morgase (Morgeis): von der Gnade des Lichts, Königin von Andor, Hochsitz des Hauses Trakand. Sie führt drei goldene Schlüssel im Wappen. Das Wappen des Hauses Trakand zeigt einen silbernen Grundpfeiler.

Muster eines Zeitalters: Das Rad der Zeit verwebt die Stränge menschlichen Lebens zum Muster eines Zeitalters, das die Substanz der Realität dieser Zeit bildet; auch als Zeitengewebe bekannt (siehe auch Ta'veren).

Myrddraal: Kreaturen des Dunklen Königs, Kommandanten der Trolloc-Heere. Nachkommen von Trollocs, bei denen das Erbe der menschlichen Vorfahren wieder stärker hervortritt, die man benutzt hat, um die Trollocs zu erschaffen. Trotzdem deutlich vom Bösen dieser Rasse gezeichnet. Sie sehen äußerlich wie Menschen aus, haben aber keine Augen. Sie können jedoch im Hellen wie im Dunklen wie Adler sehen. Sie haben gewisse, vom Dunklen König stammende Kräfte, darunter die Fähigkeit, mit einem Blick ihr Opfer vor Angst zu lähmen. Wo Schatten sind, können sie hineinschlüpfen und sind nahezu unsichtbar. Eine ihrer wenigen bekannten Schwächen besteht darin, daß sie Schwierigkeiten haben, fließendes Wasser zu überqueren. Man kennt sie unter vielen Namen in den verschiedenen Ländern, z. B. als Halbmenschen, als die Augenlosen, Schattenmänner, Lurk und die Blassen.

Pakt der Zehn Nationen: eine Liga, die in den Jahrhunderten nach der Zerstörung der Welt entstand (ca. 200 NZ); dem Sieg über den Dunklen König verschrieben; zerbrach während der Trolloc-Kriege.

Rad der Zeit: Die Zeit stellt man sich als ein Rad mit sieben Speichen vor — jede Speiche steht für ein Zeitalter. Wie sich das Rad dreht, so folgt Zeitalter auf Zeitalter. Jedes hinterläßt Erinnerungen, die zu Legenden verblassen, zu bloßen Mythen werden und schließlich vergessen sind, wenn dieses Zeitalter wiederkehrt. Das Muster eines Zeitalters wird bei jeder Wiederkehr leicht verändert, doch auch wenn die Änderungen einschneidender Natur sein sollten, bleibt es doch das gleiche Zeitalter.

Rote Ajah: siehe Ajah.

Rückgrat der Welt: eine hohe Bergkette, über die nur wenige Pässe führen. Sie trennt die Aiel-Wüste von den westlichen Ländern.

Sa'angreal: ein extrem seltenes Objekt, das es einem Menschen erlaubt, die Eine Macht in viel stärkerem Maße als sonst möglich zu benutzen. Ein Sa'angreal ist ähnlich, doch ungleich stärker als ein Angreal. Relikt des Zeitalters der Legenden. Es ist nicht mehr bekannt, wie es angefertigt wurde.

Saidar, Saidin: siehe Wahre Quelle.

Saldaea: eines der Grenzlande. Im Wappen führt Saldaea drei silberne Fische auf dunkelblauem Feld.

Schäfer der Nacht: siehe Dunkler König.

Schattenfreunde: die Anhänger des Dunklen Königs. Sie glauben, große Macht und andere Belohnungen zu empfangen, wenn er aus seinem Kerker befreit wird.

Schattenkrieg: auch als der Krieg um die Macht bekannt; mit ihm endet das Zeitalter der Legenden. Er begann kurz nach dem Versuch, den Dunklen König zu befreien, und erfaßte bald die ganze Welt. In einer Welt, die selbst die Erinnerung an den Krieg vergessen hatte, wurde nun der Krieg in allen seinen Formen wiederentdeckt. Er war besonders schrecklich, wo die Macht des Dunklen Königs die Welt berührte, und auch die Eine Macht wurde als Waffe verwendet. Der Krieg wurde beendet, als der Dunkle König wieder in seinen Kerker verbannt werden konnte.

Schattenlords: diejenigen Männer und Frauen, die der Einen Macht dienten und sie anwenden konnten, aber während der Trolloc-Kriege zum Schatten überliefen und die Trolloc-Streitkräfte kommandierten.

Schattenmänner: siehe Myrddraal.

Schicksalsgewebe: eine große Änderung im Muster eines Zeitalters, von einem oder mehreren Menschen ausgehend, die Ta'veren sind.

Schienar: eines der Grenzlande. Im Wappen von Schienar sieht man einen sich herabstürzenden schwarzen Falken.

Schufa: ein Kleidungsstück der Aiel, ein Tuch, gewöhnlich sand- oder felsfarben, das man um Kopf und Hals wickelt. Nur das Gesicht bleibt frei.

Schwarze Ajah: siehe Ajah.

Seherin: eine Frau, die in den Frauenzirkel ihres Dorfs berufen wird, weil sie die Fähigkeit des Heilens besitzt, das Wetter vorhersagen kann und auch sonst als kluge Frau anerkannt ist. Ihre Stellung fordert großes Verantwortungsbewußtsein und verleiht ihr viel Autorität. Allgemein wird sie dem Bürgermeister gleichgestellt, in manchen Dörfern steht sie sogar über ihm. Im Gegensatz zum Bürgermeister wird sie auf Lebenszeit gewählt. Es ist äußerst selten, daß eine Seherin vor ihrem Tod aus ihrem Amt entfernt wird. Ihre Auseinandersetzungen mit dem Bürgermeister sind auch zur Tradition geworden (siehe auch Frauenzirkel).

Shadar Logoth: in der Alten Sprache ›der Ort, an dem der Schatten wartet‹. Eine seit den Trolloc-Kriegen verlassene und gemiedene Stadt. Wird auch ›Wartende Schatten‹ genannt.

Shai'tan: siehe Dunkler König.

Shayol Ghul: ein Berg im Versengten Land; dort befindet sich der Kerker, in dem der Dunkle König gefangengehalten wird.

Sheriam: eine Aes Sedai von den Blauen Ajah.

Sichtblender: siehe Dunkler König.

Spanne: Längenmaß; entspricht ungefähr zwei Schritten. Tausend Spannen ergeben eine Meile.

Sonnentag: ein weithin verbreitetes Mittsommerfest.

Stedding: eine Ogier-Enklave. Viele *Stedding* sind seit der Zerstörung der Welt verlassen worden. In Erzählungen und Legenden werden sie als Zufluchtsstätte bezeichnet, und das aus gutem Grund. Auf eine heute nicht mehr bekannte Weise wurden sie abgeschirmt, so daß in ihrem Bereich kein Aes Sedai die Eine Macht anwenden kann und nicht einmal eine Spur der Wahren Quelle wahrnimmt. Versuche, von außerhalb eines *Stedding* mit Hilfe der Einen Macht im Inneren einzugreifen, bleiben erfolglos. Kein Trolloc wird ohne Not ein *Stedding* betreten, und selbst ein Myrddraal betritt es nur, wenn er dazu gezwungen ist, und auch dann nur zögernd und mit größtem Abscheu. Sogar echte Schattenfreunde fühlen sich in einem *Stedding* nicht wohl.

Stein von Tear: die Festung über der Stadt Tear. Man sagt, sie sei die erste Festung gewesen, die nach der Zeit des Wahns gebaut wurde. Manche behaupten sogar, sie sei *während* der Zeit des Wahns erbaut worden (siehe auch Tear).

Tallanvor, Martyn: Gardeleutnant aus der Leibgarde der Königin; wir treffen ihn in Caemlyn.

Ta'maral'ailen: in der Alten Sprache ›Schicksalsgewebe‹.

Tanreall, Artur Paendrag: siehe Falkenflügel, Artur.

Tar Valon: eine Stadt auf einer Insel im Fluß Erinin. Mittelpunkt der Macht der Aes Sedai. Von hier aus regiert der Amyrlin-Sitz.

Ta'veren: eine Person im Zentrum des Gewebes von Lebenssträngen aus ihrer Umgebung, möglicherweise sogar *aller* Lebensstränge, die vom Rad der Zeit zu einem Schicksalsgewebe zusammengefügt wurden (siehe auch Muster eines Zeitalters).

Tear: ein großer Hafen am Meer der Stürme. Das Wappen von Tear zeigt drei weiße Halbmonde auf rot- und goldgemustertem Feld.

Telamon, Lews Therin: siehe auch Drache.

Thakan'dar: ein ewig von Nebel verhülltes Tal unterhalb des Shayol Ghul.

Tigraine (Tigrän): Als Tochter-Erbin von Andor heiratete sie Taringail Damodred und gebar seinen Sohn Galadedrid. Ihr Verschwinden im Jahr 972 NÄ, kurz nachdem ihr Bruder Luc in der Fäule verschwand, löste einen Kampf um ihre Nachfolge in Andor aus und verursachte die Geschehnisse in Cairhien, die schließlich zum Aiel-Krieg führten. Sie zeigte im Wappen eine Frauenhand, die den Stiel einer Rose mit weißer Blüte umfaßt.

Tochter-Erbin: Titel der Erbin des Throns von Andor. Die älteste Tochter der Königin folgt ihrer Mutter auf den Thron. Sollte keine Tochter geboren werden oder am Leben sein, geht der Thron an die nächste Blutsverwandte der Königin über.

Trolloc-Kriege: eine Reihe von Kriegen, die etwa gegen 1000 NZ begannen und sich über mehr als 300 Jahre hinzogen. Trolloc-Heere verwüsteten die Welt. Schließlich aber wurden die Trollocs entweder getötet oder in die Große Fäule zurückgetrieben. Mehrere Staaten wurden im Rahmen dieser Kriege ausgelöscht oder entvölkert. Alle Aufzeichnungen aus dieser Zeit sind fragmentarisch (siehe auch Pakt der Zehn Nationen).

Trollocs: Kreaturen des Dunklen Königs, die er während des Schattenkriegs erschuf. Sie sind körperlich sehr groß und außerordentlich bösartig. Sie stellen eine hybride Kreuzung zwischen Tier und Mensch dar und töten aus purer Mordlust. Nur diejenigen, die selbst von den Trollocs gefürchtet werden, können diesen trauen. Trollocs sind schlau, hinterhältig und verräterisch. Sie essen alles, auch jede Art von Fleisch, das von Menschen und anderen Trollocs eingeschlossen. Da sie zum Teil von Menschen abstammen, sind sie zum Geschlechtsverkehr mit Menschen imstande, doch die meisten einer solchen Verbindung entspringenden Kinder werden entweder tot geboren oder sind kaum lebensfähig. Die Trollocs leben in stammesähnlichen Horden. Die wichtigsten davon heißen: Ahf'frait, Al'ghol, Bhan'sheen, Dha'vol, Dhai'mon, Dhjin'nen, Ghar'ghael, Ghob'hlin, Gho'hlem, Ghraem'lan, Ko'bal und Kno'mon.

Tuatha'an: ein Nomadenvolk, auch als die Kesselflicker oder das Wandernde Volk bekannt. Sie wohnen in buntbemalten Wagen und folgen einer pazifistischen Weltanschauung, die sie den Weg des Blattes nennen. Die von den Kesselflickern reparierten Gegenstände sind häufig besser als vorher, aber viele Dörfer bleiben ihnen verschlossen, da Geschichten im Umlauf sind, sie stählen Kinder und verführten junge Leute, ihnen zu folgen.

Vater der Lügen: siehe Dunkler König.

Verlorenen, die: Name für die dreizehn der mächtigsten Aes Sedai, die es jemals gab, die während des Schattenkriegs zum Dunklen König überliefen, weil er ihnen dafür die Unsterblichkeit versprach. Sowohl Legenden wie auch fragmentarische Berichte stimmen darin überein, daß sie zusammen mit dem Dunklen

König eingekerkert wurden, als dessen Gefängnis erneut versiegelt wurde. Ihre Namen werden heute noch gebraucht, um Kinder zu erschrecken.

Versengte Land: verwüsteter Landstrich in der Umgebung des Shayol Ghul, jenseits der Großen Fäule.

Wahre Quelle: die treibende Kraft des Universums, die das Rad der Zeit antreibt. Sie teilt sich in eine männliche (*Saidin*) und eine weibliche Hälfte (*Saidar*), die gleichzeitig miteinander und gegeneinander arbeiten. Nur ein Mann kann von *Saidin* Energie beziehen und nur eine Frau von *Saidar.* Seit dem Beginn der Zeit des Wahns ist *Saidin* von der Hand des Dunklen Königs gezeichnet (siehe auch Eine Macht).

Wanderndes Volk: siehe Tuatha'an.

Weiße Ajah: siehe Ajah.

Weiße Burg: der Palast des Amyrlin-Sitzes in Tar Valon.

Weißmäntel: siehe Kinder des Lichts.

Wiedergeborener Drache: Nach der Prophezeiung und der Legende wird der Drache dann wiedergeboren werden, wenn die Menschheit in größter Not ist und er die Welt retten muß. Das ist nichts, worauf sich die Menschen freuen, denn die Prophezeiung sagt, daß die Wiedergeburt des Drachen zu einer neuen Zerstörung der Welt führen wird, und außerdem erschrekken die Menschen beim Gedanken an Lews Therin Brudermörder, den Drachen, auch wenn er schon mehr als dreitausend Jahre tot ist (siehe auch Drache).

Wilde Jagd nach dem Horn: ein Zyklus von Erzählungen über die legendäre Suche nach dem Horn von Valere in den Jahren zwischen dem Ende der Trolloc-Kriege und dem Beginn des Hundertjährigen Kriegs. Um sie vollständig zu erzählen, benötigt man viele Tage.

Zeit des Wahns: siehe Zerstörung der Welt

Zeitalter der Legenden: das Zeitalter, welches von dem Krieg des Schattens und der Zerstörung der Welt beendet wurde. Eine Zeit, in der die Aes Sedai Wunder vollbringen konnten, von denen man heute nur träumen kann (siehe auch: Rad der Zeit).

Zerstörung der Welt: Als Lews Therin Telamon und die Hundert Gefährten das Gefängnis des Dunklen Königs wieder versiegelten,fiel durch den Gegenangriff ein Schatten auf die *Saidin.* Schließlich verfiel jeder männliche Aes Sedai auf schreckliche Art dem Wahnsinn. In ihrem Wahn veränderten diese Männer, die die Eine Macht in einem heute unvorstellbaren Maße beherrschten, die Oberfläche der Erde. Sie riefen furchtbare Erdbeben hervor, Gebirgszüge wurden eingeebnet, neue Berge erhoben sich, wo sich Meere befunden hatten, entstand Festland, und an anderen Stellen drang der Ozean in bewohnte Länder ein. Viele Teile der Welt wurden vollständig entvölkert und die Überlebenden wie Staub vom Wind zerstreut. Diese Zerstörung wird in Geschichten, Legenden und Geschichtsbüchern als die Zerstörung der Welt bezeichnet (siehe auch Hundert Gefährten).

Zweifler: ein Orden innerhalb der Gemeinschaft der Kinder des Lichts. Sie sehen ihre Aufgabe darin, die Wahrheit im Wortstreit zu erkennen und Schattenfreunde zu entdecken. Ihre Suche nach der Wahrheit und dem Licht, so wie sie die Dinge sehen, wird noch eifriger betrieben, als das bei den Kindern des Lichts allgemein üblich ist. Ihre normale Befragungsmethode ist die Folter, wobei sie der Auffassung sind, daß sie selbst die Wahrheit bereits kennen und ihre Opfer nur dazu bringen müssen, sie zu gestehen. Die Zweifler bezeichnen sich als die Hand des Lichts und verhalten sich gelegentlich so, als seien sie völlig unabhängig von den Kindern und dem Rat der Gesalbten, der die Gemeinschaft leitet. Das Oberhaupt der Zweifler ist der Hochinquisitor, der einen Sitz im Rat der Gesalbten hat.

Zweiter Pakt: siehe Pakt der Zehn Nationen.

HEYNE BÜCHER

Douglas Adams

Kultautor & Phantast

01/9404

Einmal Rupert und zurück
Der fünfte »Per Anhalter durch die Galaxis«-Roman
01/9404

Douglas Adams/
Mark Carwardine
Die Letzten ihrer Art
Eine Reise zu den aussterbenden Tieren unserer Erde
01/8613

Douglas Adams/John Loyd/Sven Böttcher
Der tiefere Sinn des Labenz
Das Wörterbuch der bisher unbenannten Gegenstände und Gefühle
01/9891 (in Vorb.)

Heyne-Taschenbücher

HEYNE
BÜCHER

Das Fantasy-Ereignis der neunziger Jahre!

»In kürzester Zeit zum beliebtesten Zyklus der USA aufgestiegen.«
CHICAGO SUN TIMES

»... erinnert in Intensität und Wärme an Tolkien.«
PUBLISHERS WEEKLY

Drohende Schatten
1. Roman
06/5026

Das Auge der Welt
2. Roman
06/5027

Die große Jagd
3. Roman
06/5028

Das Horn von Valere
4. Roman
06/5029

Der Wiedergeborene Drache
5. Roman
06/5030

Die Straße des Speers
6. Roman
06/5031

Weitere Bände in Vorbereitung

Wilhelm Heyne Verlag
München